Heidelberg Historische-philosophischer Verein

Neue Heidelberger Jahrbücher

Heidelberg Historische-philosophischer Verein

Neue Heidelberger Jahrbücher

ISBN/EAN: 9783741150517

Hergestellt in Europa, USA, Kanada, Australien, Japan

Cover: Foto ©Andreas Hilbeck / pixelio.de

Manufactured and distributed by brebook publishing software
(www.brebook.com)

Heidelberg Historische-philosophischer Verein

Neue Heidelberger Jahrbücher

NEUE

HEIDELBERGER JAHRBÜCHER

HERAUSGEGEBEN

VOM

HISTORISCH-PHILOSOPHISCHEN VEREINE

ZU

HEIDELBERG

JAHRGANG XI

INHALT.

Zum Gedächtnis Bernhard Erdmannsdörffers.

Von

Richard Graf Du Moulin Eckart.

Die schönste Stätte, die man im deutschen Lande den Toten geweiht,
ist der Heidelberger Friedhof. Sonnig und ernst, mild und erhebend
sind die Abhänge des friedevollen Hügels, von dessen Höhe das Auge
hinausschweift in das duftumwobene weite Thal des Rheines, dessen silbernes
Band sich in den Fernen sanft verliert. Dort hat die Ruperto-Carola
schon eine Reihe ihrer besten Söhne geborgen: die langen, schattigen
Gänge des wipfelumrauschten Hains sind eine Ehrenhalle der lieben,
alten Hochschule geworden. Und dort haben wir am 3. März dieses
Jahres auch Bernhard Erdmannsdörffer am lichten Abhang des „Bübels"
zur letzten Rast gebettet, einen „pèlerin et voyageur" im schönsten Sinne
des Wortes. Nicht wandermüde hat er Pilgerhut und Wanderstab bei
Seite gelegt, den Lebensfrohen nahm ein schöner sanfter Tod mit sich
fort, ein schönes Leben hat schön geendet. Sein Tod war wie ein Ge-
schenk der „$\dot{\alpha}\gamma\alpha\vartheta\dot{\eta}$ $\tau\dot{\nu}\chi\eta$", an die er sein Leben lang frohen Sinnes
geglaubt.

Nicht als ob das Leben ihm still und friedlich und sonder Sorgen
dahin geflossen wäre. Auch er hat des Leids sein wohl gemessenes
Teil zu tragen gehabt und sein Werdegang war innerlich und äusserlich
kein leichter. Aber er besass jene starke Seele, jenen frischen Willen,
der nach der Höhe weist und führt.

Er wurde am 24. Januar 1833 zu Altenburg geboren. Es ist ein
eigenartiger Zufall, dass sein Geburtstag mit dem Jahrestage der Geburt
des grossen Friedrich zusammenfiel. Es hat ihm die Stimmung des
Festes oft gehoben. Er konnte sich freuen, wenn man davon sprach.
Die Jugend im Vaterhause war ihm still und gleichmässig dahingeflossen.
Zahlreiche Geschwister wuchsen mit ihm empor. Die Familie soll, wie
er wohl selbst des öfteren erzählte, aus dem bayrischen Franken in

das Altenburgische eingewandert sein. Auf seinen Reisen nach Nürnberg
ging er wohl selbst in seiner freundlichen, humorvollen Weise den Spuren
ihrer Herkunft nach. Zeit seines Lebens hat er denn auch einen wahren,
treuen Familiensinn bewahrt. Durch die Mutter war er mit dem Historiker Zinkeisen verwandt.

Nach Vollendung der Gymnasialstudien bezog er Ostern 1845 die
Universität Jena. Die Wahl dieser Hochschule mag ihm nicht leicht
geworden sein. War doch dort auf der Lobedaburg sein älterer Bruder
als Fürstenkellerianer auf der Mensur gefallen und der Schatten dieses
in jugendlicher Kraft so jäh geendeten Lebens konnte sich zwischen ihn
und die Freuden des Studentenlebens wohl stellen. Er hat selten, ja
fast nie von dem tragischen Ereignisse gesprochen. Aber es zeigte von
seiner Energie, dass er, freilich nach langem Schwanken, in die Burschenschaft Teutonia eintrat, der er Zeit seines Lebens ein treuer, warmblütiger
Anhänger geblieben ist. Das Schwanken hatte seine Ursache in den Familien-
verhältnissen, in „seiner Armut", wie er selbst sagt, „die ihn ernst daran
mahnte, seine Zeit ernst zu benutzen, da er ohnehin ein weites Feld zu
durchlaufen hatte". Aber die Poesie des Burschenlebens zog ihn unwider-
stehlich an. Mit jungen Augen erkannte er den Renaissancezug, der
durch dasselbe geht und allen, die es genossen, ein treuer, lieber Begleiter bleibt. So schrieb er denn damals in sein Tagebuch ein: „Die
Poesie des Studentenlebens will ich in vollen Zügen aus dem Born des
jugendlich elastischen, frischen Lebens des Burschen schöpfen." Aber
seine Freude blieb auch jetzt mehr innerlich; er hat den Hieber ritterlich geschwungen, doch ein Führer im Streit ist er nie gewesen. Und
dennoch fand er an dem teutonischen Treiben in Jena warmes Gefallen
und gerne hat er davon in späteren Jahren geplaudert. Sonst sah er
ernst ins Leben und die Wissenschaft zog ihn von Anfang mächtig an.
Sie beschäftigte ihn sichtlich mehr als die engeren und weiteren Sorgen
der Burschenschaft, der er sich ihrer „republikanischen Gesinnung"
wegen angeschlossen. Er hatte sich der klassischen Philologie zugewendet; dabei war aber damals eine eingehendere Beschäftigung mit Geschichte und Philosophie notwendig verbunden. Das ward sein Schicksal.
Sofort vertiefte er sich in die griechische Geschichte und fand den Lehrer,
der ihm bald das gesamte, raste Gebiet derselben eröffnen sollte, um
ihn dann auf die deutschen und insbesondere auf die brandenburgischen
Dinge hinzulenken. Fast gleichmässig wandte er auch der Philosophie
seine Neigung zu. Es hat denn in der That wenig Historiker gegeben,
die über eine so tiefe und gründliche philosophische Bildung verfügten

wie Bernhard Erdmannsdörffer. Da vor wenigen Jahren jener Kampf
gegen Karl Lamprecht und seine Methode losbrach, hat er trotz seiner
ablehnenden Haltung gegenüber derselben dessen philosophische Grundlage stets rühmlich hervorgehoben.

Am Ende des dreijährigen Studiums konnte er mit einer Dissertation „De prytaniis atticis" promovieren. Die Arbeit stand völlig unter
dem Einflusse Gustav Droysens, dem er im Laufe des Studiums sich
immer enger angeschlossen hatte. Die Burschentage aber gingen zu
Ende. Die Wirklichkeit trat ernst an den jungen Gelehrten heran. Aber
die Versuchung, sich durch den Eintritt in die Lehrerlaufbahn den Unterhalt zu sichern, überwand er rasch. Er besass die Kraft, das Leben
mit festem Schenkelschlusse souverän zu traktieren. Sein ganzes Streben
ging nach höheren Zielen und ihnen opferte er die sicheren Aussichten.
Zunächst nahm er eine Hauslehrerstelle an. Sie führte ihn in die Familie
Moltke. Das Gut derselben in Ostpreussen war freilich öde und einsam,
aber der Geist des Hauses ein schöner und anregender. Er that ihm
nach dem teutonischen Treiben der Burschenjahre in doppeltem Sinne
gut und die Frau des Hauses ist ihm eine warme mütterliche Freundin
gewesen. So bedeutete die Zeit des „Hausmeiertums" für ihn keinen
Stillstand, sondern war reich an neuen Anregungen. Noch in den letzten
Tagen seines Lebens hat ihn ein Brief eines seiner Zöglinge erfreut, der
ihm von den tiefen Eindrücken, welche die „Deutsche Geschichte" auf
ihn gemacht, sprach. Damals aber drängte es Erdmannsdörffer nach
dem Süden und er löste seine Beziehungen, um andere einzugehen und
eine Stelle in Venedig anzunehmen. Er hatte den Weg über Triest
gewählt. Im Stellwagen legte er die lange und öde Reise über den
Karst zurück. Er hat mir selbst einmal den tiefen und bleibenden Eindruck geschildert, den das Meer auf ihn geübt, da er plötzlich auf der
Höhe die von der Morgensonne bestrahlte Adria weitgedehnt vor sich
in der Tiefe liegen sah. In tiefster Weise regte ihn dann der sonst wenig
erfreuliche und erspriessliche Aufenthalt in Venedig an. Der Zauber der
Lagunenstadt, der ihm wie einst Platen entgegenwinkte, musste ihm
manche öde Stunde des leidigen Hauslehreramtes in einer deutschen
Kaufmannsfamilie ersetzen. Indessen fand er doch Zeit, in den trau-
lichen Räumen der Bibliothek von San Marco zu arbeiten und den mittelalterlichen Beziehungen der Republik mit Deutschland forschend nachzugehen. So entstand gleichsam als Gelegenheitsschrift eine Abhandlung
„De commercio quod inter Venetos et Germaniae civitates aevo medio
intercessit". Er hat selbst die Entstehungsweise charakterisiert: „Da

1*

es mir jüngst vergönnt war, einige Monate in Venedig zu weilen, schien
mir nichts lieber, als die zahlreichen und in höchstem Grade wertvollen Geschichts- und Litteraturdenkmäler, die in der Bibliothek von
San Marco und in dem alten venezianischen Archiv verwahrt werden,
wenigstens teilweise kennen lernen zu dürfen. ... Und da es nun zu
geschehen pflegt, dass Reisende all das, was sie in der Fremde geschaut
oder vernommen oder gefunden und das auf das Vaterland Bezügliche
nach Hause bringen, so habe denn auch ich mein Augenmerk vorzüglich darauf gerichtet, die Spuren der vaterländischen Geschichte in
jenen zahlreichen Denkmälern zu verfolgen." Es war ein Griff ins
Volle und er hat späteren Forschern mit seinen Resultaten den Weg
gewiesen. Die kleine Arbeit machte Aufsehen und wurde als ein neuer
und gelungener Versuch begrüsst, in diese Zeit und in diese Verhältnisse
lichtvolle Ordnung zu bringen. Wenn ich nicht irre, war es einer der
Herausgeber des „Urkundenbuchs zur Staats- und Handelsgeschichte
Venedigs in seinen Beziehungen zu Byzanz und der Levante", Thomas,
der im Hinweis auf Erdmannsdörffers Schrift ein gleiches Werk für die
Beziehungen Venedigs und Deutschlands anregte. „Der Verfasser dieser
Schrift", meinte er, „würde zu jenen Männern zählen, welche hiefür Ge-
schick und Sinn mitbrächten" [1]).

In der That haben während seines Aufenthalts in Venedig Verhandlungen geschwebt, ihn für ein ähnliches Unternehmen zu gewinnen. Aber
er lehnte ab, da er es mit seinen patriotischen Grundsätzen nicht ver-
einbaren konnte [2]). Auch in der Gelzerschen Zeitschrift hat er von Venedig aus einen Aufsatz veröffentlicht. So war es ihm nicht beschieden,
auf diesem Arbeitsgebiete weiter zu schaffen. Indessen hat er es nie
völlig aus dem Auge verloren. Noch im Jahre 1888 hat er über den
Fondaco dei Tedeschi in Heidelberg einen Vortrag gehalten. Und
er hatte die Freude, als Vorstand der badischen historischen Kommission
das epochemachende Werk Schultes unter seiner Agide abgeschlossen zu
sehen, das im Jahre 1890 sein Vorgänger in diesem Amte, Eduard Winkelmann, angeregt hatte.

Inzwischen war Erdmannsdörffer nach Deutschland heimgekehrt und
hatte sich mit dieser Arbeit noch im Jahre 1858 in Jena habilitiert.
So sehen wir ihn zum zweiten Male an der kleinen thüringischen Universität, der er jedoch bereits im Herbste 1859 für immer Lebewohl
sagte, um Hilfsarbeiter der Münchener historischen Kommission zu

1) S. Sybel, Hist. Zeitschrift, 5, Bd. 151 f.
2) Ich verdanke diese Mitteilung Herrn Archivrat Dr. Karl Obser in Karlsruhe.

werden. Seine Aufgabe, die Edition der Reichstagsakten vorzubereiten, führte ihn nach seinem Italien. Er hat dieser arbeitsreichen Zeit stets mit dankbarer Freude gedacht. Und als er vor wenig Jahren Mitglied der historischen Kommission geworden, da sagte er wohl, dass er nun in seinen alten Tagen dahin zurückgekehrt sei, wo er als junger Historiker seine Laufbahn begonnen. Zunächst wandte er sich ins Toskanische und hat längere Zeit am florentinischen Archiv gearbeitet. Er hat sich mit seiner ganzen Warmblütigkeit in die italienischen Verhältnisse eingelebt: er war bald mit Land und Volk verwachsen. Vergangenheit und Gegenwart wirkten in gleicher Weise auf ihn ein und so ist ihm der Geist der Renaissance in einer Weise aufgegangen wie wenigen Deutschen. In ihm schlummerte ein tiefes, künstlerisches Empfinden. Das ist dort in schönster Weise geweckt worden. Es war kein doktrinäres Geniessen, dem er sich hingab. Unmittelbar wie sein ganzes Empfinden, wirkten Natur und Kunst in gleicher Weise auf ihn ein. Dann sah er Rom. Er gewann das päpstliche Rom mit all seinen Schäden wahrhaft lieb und er hat späterhin wohl manchmal die Wandlung beklagt, welche die „Roma sempre viva" seit 1870 erlitten. Die Stadt war ihm zu modern geworden, er vermisste den „aerngo nobilis" der früheren Tage. Nicht als ob er dem Einigungsdrange des italienischen Volkes nicht mit wärmster Sympathie gefolgt wäre. Wie konnte er warm werden, wenn er von Cavour erzählte, von dem Jubel, mit dem das Volk dem Manne seines Vertrauens zujauchzte, von dem Eindrucke, den er auf ihn selbst gemacht. In Rom und Turin hatte er Gelegenheit genug, das Werden und Drängen des neuen Italien zu beobachten. Er hatte Gelegenheit, mit einer Reihe der bedeutendsten Persönlichkeiten Italiens bekannt zu werden. Und doch lebte er bei all dem weit mehr der Vergangenheit als der Gegenwart. Eine andere Welt war ihm aufgegangen, der Geist der Renaissance erfüllte ihn mit seiner ganzen Kraft. Aber die Reception von That und Werk, von Geist und Form war doch keine einseitige, war frei von jedem doktrinären Zuge. Im Gegenteil. Sie schlug all die Saiten an, die in Erdmannsdörffers Geist und Seele längst vorhanden gewesen und hat sie lediglich harmonisch gestimmt. So ward der Klang zum vollen Akkord, der Leben und Schaffen durchdrang. Indem ihm nun gerade durch diese Wechselwirkung die Geschichte in ihrer vollen Bedeutung erschien und das grosse Geheimnis von der Macht der Persönlichkeit aufging, gewannen all die Gestalten der Periode Leben. Man muss es beklagen, dass er demselben nicht nachgegangen, dass der wissenschaftliche Niederschlag ein äusserlich geringer gewesen ist.

Freilich wer sein kleines Kolleg über die Renaissance gehört, der hat
aus demselben den tiefsten Eindruck mit ins Leben genommen. Und
auch der Vortrag, den er im Jahre 1896 vor den allerhöchsten badischen
Herrschaften im Karlsruher Schlosse gehalten, hat deutlich bewiesen,
wie tief er in den Geist der Epoche eingedrungen. Aber darin liegt
nicht die Bedeutung dieser einzigartigen Lehrzeit: alles was Erdmannsdörffer geschaffen, trägt den Stempel dieser engen geistigen Verbindung.
Die abgeklärte Kraft seiner historischen Kunst ist daraus unmittelbar
hervorgegangen. Als er von seiner wissenschaftlichen Wallfahrt heim-
kehrte, war er fertig, hatte er die Lehrjahre abgeschlossen. Vielleicht,
wenn er in der Stille der Thüringer Universität Zeit und Stimmung gefunden hätte, würde er sich dieser Periode mit seiner ganzen Kraft gewidmet haben.

Zunächst hatte er auch von dieser italienischen Reise, neben der
reichen Ausbeute für die historische Kommission, eine eigene Arbeit
mitgebracht, die wie die kleine Abhandlung aus Venedig das Zeichen
des „Genius loci" an der Stirne trug und doch die Beziehung zur vaterländischen Geschichte festhielt. Die Grundlage zu derselben hatte ihm
ein Fund im Turiner Staatsarchive gegeben. So erschien denn im Jahre
1862 dieser „Beitrag zur Vorgeschichte des dreissigjährigen Krieges" —
eine Episode, welche die Stellung des Herzogs Karl Emanuel I. von
Savoyen zur deutschen Kaiserwahl von 1619 behandelte. Das Buch
zeigt bereits die Vorzüge seiner Schreibart in schönem Lichte. In kurzen,
prägnanten Strichen wird der Hintergrund gezeichnet, die allgemeine
Situation gegeben, der Leser in medias res geführt. Dann aber holt er
weiter aus. Stets unter dem angegebenen Gesichtspunkte wird nun ein
Stück der Geschichte Savoyens vorübergeführt. Wie lebendig ist das
Alles. Wie klar sind die Situationen gezeichnet, aus denen fest und
deutlich die Charaktere sich herausheben. Kein Zweifel, er schrieb unter
den grossen Zeiteindrücken; hatte er doch den Boden Italiens unter den
Schritten der Weltgeschichte dröhnen hören. Es war bezeichnend, wenn
er über die Ereignisse des Jahres 1615 sagte: „Aus dem gänzlichen
Verfall, worin alle nationalen Kräfte des übrigen Italiens schon seit geraumer Zeit lagen, ragte dieser kurze Feldzug um Asti wie eine grosse
patriotische Heldenthat hervor; man fühlte für einen Augenblick den
drückenden Alp des spanischen Übergewichts von sich abgewälzt, man
wies auf Karl Emanuel als den künftigen Befreier Italiens, als das lebendige Zeugnis hin für das noch immer geltende Wort Petrarca's:

　　　　　Che l'antico valore
　　　　Nell' italici cor non è ancor morto!

Es war das erste Mal, dass das Haus Savoyen, wenn ein neuerer Ausdruck erlaubt ist, in Italien moralische Eroberungen machte."

Die historische Analogie ist überhaupt eine der wirksamsten Charakterisierungsmittel Erdmannsdörffers gewesen. Aber nur in diesem Sinne zur farbenreichen Charakteristik hat er sie verwendet, nicht etwa, um daran irgend welche Folgerungen allgemeinerer Art zu knüpfen. „Die Natur jener Dinge sowohl", so sagt er selbst am Schlusse seines Buches, „wie die selbständige Lebendigkeit der neben der überlieferten Formel frei sich bewegenden geschichtlichen Entwickelung widersetzt sich dem".

Im unmittelbaren Zusammenhang mit obigem Werke nenne ich eine weitere Arbeit Erdmannsdörffers, obwohl sie erst einige Jahre später entstanden ist: „Zur Geschichte und Geschichtsschreibung des dreissigjährigen Krieges." Die Veranlassung boten ihm die Werke Fr. von Hurters und M. Kochs über den zweiten und den dritten Ferdinand. Es ist interessant, wie er Koch gleich bei dem ersten Bande das Visir abreisst und ihm ohne Gnade den verdienten Todesstoss versetzt. Nicht minder wichtig ist zu seiner eigenen Beurteilung, wie er Droysen und Häusser gegen die gehässigen Angriffe Kochs in Schutz nimmt, und die Droysen'sche Methode klar und eingehend würdigt: „Gerade bei der Schilderung der genannten Reichsversammlungen hat Droysen das grosse Verdienst, zum ersten Male auf den Kern der Sache eindringend, in wirklicher politischer Verständlichkeit die Natur jener Verhandlungen dargelegt zu haben. Man kann bei dem von ihm eingeschlagenen Verfahren wohl leicht an eine Grenze kommen, wo die Sicherheit der Interpretation schwankt, wo die Kombination der wahrhaft wirksamen Zusammenhänge sich der exakten Beweisführung entzieht und eine allerdings nur subjektive ist; an diesem Punkte ist eine Meinungsverschiedenheit berechtigt." Um so schärfer aber fertigt er die Kampfweise Kochs ab, wie dessen „moralisierende" Methode: „Die Darstellung wird zum Plaidoyer, und indem auf der einen Seite alles oder möglichst vieles geheiligt oder wenigstens entschuldigt wird, auf der andern Handlungen und Motive überall in das Licht tiefster moralischer Verwerflichkeit gestellt werden, so drückt man damit den grossen Gang der Geschichte herunter zu einem armseligen Kampfspiel zwischen bösen Buben und zwischen verkannten und misshandelten Ehrenmännern; ein Spiel, um das es sich, wenn es nichts weiter wäre, nicht sonderlich lohnen würde, sich viel zu kümmern." Doch dabei bleibt er nicht stehen. Vielmehr giebt er in einer glänzenden Einleitung ein vortreffliches Resumé über die bisherige historiographische Behandlung der

grossen Kriegszeit und weist zu gleicher Zeit den Weg, wie man zu
„einer gemeinsamen und wissenschaftlich zu begründenden Basis für
die Beurteilung der Ereignisse und Personen gelangen könnte". Denn,
meinte er, „es liesse sich wohl eine Geschichte des dreissigjährigen
Krieges denken, die weit entfernt von der kühlen Gleichgiltigkeit, die
man einer solchen Betrachtungsweise etwa vorwerfen möchte, vielmehr
voll des teilnehmenden Interesses für die Erscheinung als geschicht-
liches ganzes, ebenso weit entfernt wäre von dem feindseligen Dualismus,
welcher jetzt die Anschauungen trennt." „Sie würde, das grosse Ganze
der Erscheinung fest im Auge behaltend, von selbst auf die Analogie
verwandter Reihen von Ereignissen gelenkt werden, und aus ihrer Richtung des Urteils über Zustände und Personen, über notwendige Zusammenhänge und persönliche Verantwortlichkeit ergeben, welche uns
weit hinwegführen würde von der falschen Feindseligkeit, womit wir
die eine Partei darstellen, ebenso wie von der vorzugsweise in jener begründeten sympathisierenden Parteinahme für die andere." „Denn eben
in der Verneinung jener falschen Identifizierung würde sie beruhen; aber
vielleicht wäre auf diesem oder einem ähnlichen Wege dahin zu gelangen, dass über diese so wichtige Periode die historische Wahrheit
nicht mehr, wie bisher, eine andere diesseits und eine andere jenseits
des Erzgebirges und des Maines wäre." Bedeutungsvolle Worte, wie denn
das kleine Exposé bleibenden Wert hat und auch noch für künftige Generationen gewissermassen als Wegweiser dienen kann. Aber für Erdmannsdörffer bedeutet es eine innere Wandlung. Indem er den Speer schützend
über den angegriffenen Lehrer hält, ist er bereits über ihn hinausge-
schritten, hat er sich den Standpunkt der ruhigen Betrachtung bereits
gewonnen. Unmerklich, pfadsuchend hatte er sich Ranke mehr und mehr
genähert, den er vor allen anderen Historikern zuerst erkannt hat in
seiner innersten und tiefsten Bedeutung. Doch davon später. Die Grundsätze, die er für Behandlung des dreissigjährigen Krieges aufgestellt,
er hatte sie sich für seine gesamte Geschichtsauffassung und Geschichtsschreibung zu eigen gemacht. War doch auch in seinem äusseren Leben
eine starke Wandlung vor sich gegangen. Da er von seiner Südlands-
fahrt nach Jena heimgekehrt, fand er seinen Lehrer Droysen dort nicht
mehr vor. Schon im Jahre 1858 hatte dieser einen Ruf nach Berlin
erhalten und dorthin rief er alsbald den Schüler, um ihm einen Teil der
Arbeiten zur Geschichte des grossen Kurfürsten zu übertragen. So kam
Erdmannsdörffer aufs Neue mit Droysen, aber auch mit Max Duncker in
Berührung, dem er gleichfalls Zeit seines Lebens ein warmes und getreues

Gedenken bewahrt hat. Doch versäumte er es nicht, den „akademischen Zusammenhang" zu wahren und so bot ihm sein „Karl Emanuel" eine willkommene Habilitationsschrift für die dortige Universität. Die Publikationsthätigkeit für den politischen Teil der Urkunden und Aktenstücke zur Geschichte des grossen Kurfürsten nahm ihn nun Jahre lang in Anspruch. Der erste Band ist bereits im Jahre 1864 erschienen und liess deutlich die Selbständigkeit seines Systems erkennen. Art und Weise der Gruppierung, die Auswahl des Wichtigen aus der Unmasse des Materials zeigen das sichere und klare Auge des Forschers, das stets auf das Ganze gerichtet ist, aber auch die Bedeutung des Details erfasst. Die Einleitungen zu den einzelnen Abschnitten beweisen, wie sehr er den Stoff beherrschte, wie sich bei der trockenen Editionsarbeit Stein auf Stein fügte zu einem selbständigen Bau, wie sich ihm Ereignisse und Charaktere in voller Klarheit zeigten. Er hat ein gutes Stück seiner Lebenskraft dem Werke geweiht. Doch fand er glücklicherweise auch noch Zeit zu anderer Thätigkeit. Seit 1864 hatte er die Geschichtsvorträge an der Kriegsakademie übernommen, wo er einen dankbaren und anhänglichen Kreis von Zuhörern fand. Noch in seinen Heidelberger Zeiten hatten ihn seine alten Schüler von der Kriegsakademie aufgesucht und bei ihm gehört.

Zu gleicher Zeit scheint er eifrig journalistisch thätig gewesen zu sein und in den Feuilletons der Berliner Zeitungen ist so mancher kleine Aufsatz vor Allem litterärgeschichtlicher Natur verborgen. Viel Anregung gewährte ihm der Verkehr mit jüngeren Kollegen, mit denen er sich in dem „Selbstmörderklub" zusammengefunden hatte. Er hat in den letzten Zeilen, die er geschrieben, in dem Nachruf auf Alfred Borelius in seiner reizvollen, liebenswürdigen Art von diesem Kreise geplaudert. Kam er doch gerne auf diese Jahre des Wartens und der Arbeit zu sprechen, wo er mit den Genossen froher und trüber Stunden gewissermassen eine Gegenfakultät gegründet hatte. Nicht bloss Julian Schmidt, welcher der intellektuelle Urheber des Namens dieser akademischen „Camorra" war, auch andere sahen mit Interesse und selbst mit Neid auf diesen angeregten und anregenden Kreis junger Gelehrter. Vor Allem gab ja die Konfliktszeit Anlass genug zu heftigen Diskussionen. Erdmannsdörffer hat stets mit innerster Befriedigung betont, dass er schon damals, trotz seiner Beziehungen zu dem „verfehmten" Max Duncker, der Bismarck geradezu hasste, die hohe Bedeutung des angefeindeten Mannes richtig erkannt habe. Die tiefe Verehrung für den Giganten, das Empfinden und Erkennen seiner Grösse ist ein Grundzug von Erd-

mannsdörffers Wesen geworden. Gerade in jenen Jahren hat er an
seinem Waldeck gearbeitet, in welchem er im Gegensatz zu Pufendorf
und der ganzen preussischen Geschichtstradition das Verdienst des einstigen
brandenburgischen Staatsmannes klar und mutig dargestellt hat. Unwillkürlich drängt sich der Vergleich auf zwischen den Tagen des grossen
Kurfürsten und dem Sturze des gewaltigen und so verdienstvollen Staatsmannes, zwischen E. Werk und der Stimmung, die ihn im Jahre 1892
als Führer und Sprecher der badischen Wallfahrer nach Friedrichsruh
geführt hat. Freilich hier die gewaltige Erregung des echten, deutschen
Mannes, dem kein Laster schlimmer schien als der Undank, damals der
kühl und kühn besonnene Historiker, der, wie Gothein so schön sagt,
von der Überzeugung durchdrungen war, dass man seine Sache und
seinen Helden nie besser lobt, als wenn man auch den Gegnern volle Gerechtigkeit widerfahren lässt.

Noch im Jahre 1864 erschien in den preussischen Jahrbüchern eine
Studie „zur Gründungsgeschichte der preussischen Akademie der Wissenschaften". Eine Kritik über den Leibnitz-Jablontzky'schen Entwurf einer
Instruktion für die Mitglieder der zu gründenden Societät hatte ihm die
Veranlassung dazu gegeben. Wenn, wie er selbst im Nachruf für Do-
retius erzählt, bei den „Selbstmördern" die „Knauserigkeit" der Regierung mehrfach besprochen worden ist, so hat der kleine Aufsatz gewissermassen einen humorvollen Hintergrund. Denn er zeigt, wie sehr
nach dem Sturze Danckelmanns die missmutigen Beamten allen Neuerungen gegenüberstanden, wie gefährlich, bedenklich und überflüssig in
ihren Augen die Historie war. Und so bringt Erdmannsdörffer den
klassischen Ausspruch des Gutachtens: „Von der reformatione religionis
ist so viel schon geschrieben, dass nichts mehr nötig", in klaren und
höchst wahrscheinlichen Zusammenhang mit der bureaukratischen Antwort, die im Jahre 1709 ein Mitglied der Akademie, das sich über die
üble Lage der Wissenschaften beklagt, erhalten hat: „Le Roy ne vous
paye point pour faire des livres". Der Aufsatz aber ist ein wahres
Kabinetsstück historischer Betrachtung und seiner eigenartigen Publi-
kationsweise. So zeigt er ein einzelnes Aktenstück „in dem Zusammenhang einer ganzen Partei und Zeitrichtung, in dem Zusammenhang eines
der wesentlichsten Elemente des preussischen Staatslebens", das „auf
anderen Gebieten fördernd und belebend", hier „in seinem retardierenden
Charakter" auftritt, „beschränkend und beschränkt".

Droysens Publikation „das Testament des grossen Kurfürsten" gab
ihm Gelegenheit, zu dieser interessanten Frage gleichfalls das Wort zu

ergreifen. Er verbindet damit ein interessantes Exposé über die preussische Memoirenlitteratur, die sich zu Anfang des siebzehnten Jahrhunderts aus der „Atmosphäre" des Berliner Hofes entwickelt. Dieser war ein Mittelpunkt geworden, „nicht wo die grossen Interessen der Zeit entschieden werden, aber wo sie alle nachklingen und kämpfend sich kreuzen, und die Entscheidungen, die hier im engern Kreis fallen, sind nicht ohne Wichtigkeit für das Ganze". Ihn interessiert dieses Treiben; aber wenn er ihm nachgeht, so ist's um anderer Zwecke willen, und mit Freuden konstatiert er von dem grossen Kurfürsten und seinem Testament, dass „dieses grosse Andenken jetzt wieder in lauterer Klarheit vor uns steht". Es sind die Ereignisse des grossen Sommers 1866, die in dem Schlussworte nachklingen: „Ein anderes fürwahr, als was jene Tradition trübsten Ursprungs ihm andichtete, ist das Vermächtnis, welches der grosse Kurfürst seinem Hause, dem preussischen Staate, und der deutschen Nation hinterlassen hat, und wir heutigen preisen uns glücklich, dass wir jetzt so recht mitten in der Testamentsvollstreckung stehen."

Wahrlich nicht weniger freudig, aber noch weit klarer, erkannte er die Zeichen, die verkündeten, dass sich die Zeiten erfüllten. Dabei schritt die Bearbeitung der Urkunden und Aktenstücke stetig vorwärts. Bereits im folgenden Jahre (1867) konnte der zweite Band der politischen Verhandlungen erscheinen, der eine Fülle neuer Kenntnisse brachte: hartes Ringen des Kurfürsten in den Cleveschen Angelegenheiten, politische Enttäuschungen in dem Verhältnis zu Holland, das erst durch Karl Gustav von Schweden zur Allianz mit Brandenburg gedrängt wurde. Dazu die leidigen Friedensverhandlungen zu Münster und Osnabrück. Mit aller Zähigkeit hielt Friedrich Wilhelm an dem ungeteilten Besitze von Pommern fest. Er war nahe daran, mit dem Kaiser und sogar den evangelischen Fürsten zu zerfallen. Dazu kam das Projekt Oxenstiernas, ihn mit Christine zu vermählen, und durch die Hoffnung auf ihre Hand zur unbedingten Abtretung zu gewinnen. Alles vergeblich. Die Umstände waren stärker, er musste nachgeben. Aber auch sein Streben, durch eine bewaffnete evangelische Mittelpartei den Frieden zu erzwingen, scheiterte.

Indessen war Erdmannsdörffer die Publikation bis zu einem gewissen Grade nur Mittel zum Zweck. Während kleinere Talente an solchem, an und für sich schon dankenswertem Werke volles Genügen finden und ihre ganze Kraft dafür einsetzen, hat er vor allem daraus produktive Anregungen empfangen. Eine ganze Reihe von grösseren, zweifellos

bahnbrechenden Arbeiten scheint er beim Durcharbeiten der staubigen
Akten konzipiert zu haben. So wollte er den Rheinbund behandeln und
den Schleier, der über dem Verhältnis Cromwells zu Deutschland lag,
lüften. Zunächst aber bewegte er sich im engeren Kreise, um sich
gewissermassen mit der bisherigen preussischen Historiographie und
ihren Maximen auseinanderzusetzen.

Im Sommer 1869 erschien sein Buch „Graf Georg Friedrich von
Waldeck. Ein preussischer Staatsmann im siebzehnten Jahrhundert"
Man erwartete eine Biographie, welche die Idealgestalt des grossen Kurfürsten in gesteigertem, ja vielleicht forciertem Glanze zeigen sollte.
Nichts von alledem. Erdmannsdörffer vollzog vielmehr mit kühnem Schritt
den Bruch mit der alten Tradition. Der junge Gelehrte war über seinen
Lehrer und Leiter mächtig emporgewachsen. Er erwies sich gewissermassen als einer der grössten Methodiker der Geschichtsschreibung. Es
war an und für sich eine That, eine Gestalt zum Leben zu erwecken,
die man gewissermassen in das Fundament des Denkmals des grossen Kurfürsten eingemauert hatte: obschon seine Thätigkeit auf die höchsten Ziele
gerichtet war, „obschon dieser westfälische Reichsgraf einer der fähigsten
und energischsten politischen Köpfe, welche die zweite Hälfte des siebzehnten Jahrhunderts in Deutschland aufweist"; „obschon derselbe über
hundert Jahre vor dem Fürstenbunde Friedrichs des Grossen im wesentlichen die gleichen Ideen gehegt und an ihrer Verwirklichung gearbeitet
hat". Nicht genug. Erdmannsdörffer konnte feststellen, dass dieser Graf
von Waldeck vielleicht der Erste gewesen, welcher den allgemeinen Beruf
des preussischen Staates erkannt und ein System politischer Bestrebungen
auf den Glauben an die Zukunft desselben gebaut hat, auf den Glauben
an diesen Staat, „von dessen Erhaltung und Vergrösserung ich das Ziel
meines Vaterlandes abhängig erkenne". Dies zu zeigen, war Erdmannsdörffers Intention, die er völlig und mit Glück ausgeführt hat. Aber
er hat doch noch unendlich mehr gethan. Ich sage nicht zu viel, wenn
ich behaupte, dass dieses Buch einen Markstein in der Entwickelung der
deutschen Historiographie bedeutet. Polybius sagt einmal: „Uns, die
wir Geschichte schreiben, ziemt es, die vorwaltenden politischen Gedanken,
wodurch die Entschliessungen bestimmt werden, dem jedesmaligen Staats-
oberhaupte zuzuschreiben; es ist die Sache der Leser, sich selbst hinein-
zudenken, in wie weit es wahrscheinlicher sein mag, dass diese Gedanken
und Erwägungen das Eigentum derer sind, die dem Fürsten zur Seite
stehen." Erdmannsdörffer fand nun, dass man dieser Maxime, die gewiss jeder seiner Kollegen perhorrescirte, in der Praxis nicht allzuferne

stand. Nicht blos Pufendorf hatte „in der feierlich monumentalen Weise seiner Geschichtsschreibung und mit der sicheren stilvollen Grossartigkeit, die ihm eigen, den grossen Kurfürsten als eigentliches und einziges Subjekt des Staates in die Mitte gestellt, alles auf ihn bezogen, alles ihm beigelegt, alles von ihm ausgehen lassen, so dass neben ihm alle anderen wirkenden Kräfte nur als Werkzeuge des allein handelnden Staatssubjekts erschienen."

Nicht blos bei Pufendorf war diese seltsame Maxime wahrzunehmen. Auch die späteren Generationen blieben gleichsam daran haften und übten im Geiste des Polybius diesen „Übertragungsprozess". Dies war um so auffallender, als die originalen Quellen in ihrer Beschaffenheit nichts hatten, was zu jener Übertragung in allen Fällen gezwungen hätte. Die hieher durchgedrungen, konnte seine Kritik vor dem Lehrer und Freund nicht stehen bleiben. So sprach er es denn offen aus: „Ich habe hiebei vornehmlich die jüngste Darstellung dieser Dinge in Droysens Geschichte der preussischen Politik im Auge, die so bedeutendes für die Kenntnis jener Zeit geleistet hat, der ich aber gerade in der Auffassung dieses Grundverhältnisses nicht beizupflichten vermag." Kein Zweifel, der Abbau der reichen Schätze preussischer Geschichte war von einer falschen Seite aus geschehen. Die ganzen Lager waren dadurch gefährdet. So wies denn Erdmannsdörffer, indem er den ersten Schlag in das Geäder that, die richtige Stelle, wo der neue, sichere Schacht gegraben werden musste. Der Gang in die Tiefen der Forschung aber war ihm eine Aufgabe der Decentralisierung; es kam ihm darauf an, jenen für die gesamte deutsche Geschichte so entscheidenden Entstehungs- oder wenn man will, Schöpfungsprozess auseinanderzulegen in seine einzelnen Akte und in die Wirkungssphären der einzelnen daran mitarbeitenden Kräfte. Der leidenschaftliche Verehrer Bismarcks sah die Grundlage der vollen Erkenntnis in der Geschichte des preussischen Beamtentums. Ist diese Arbeit gethan, dann, meinte er, „wird ein Blick sich aufthun, über ein mannichfaltiges und bewegtes Leben hin; die Reibungen der Persönlichkeiten, der allgemeinen Ansichten, der auf sie gegründeten Parteien wider einander würden sich wahrnehmen lassen; vieles, was sich uns jetzt als unvermittelte Inspiration eines einzelnen giebt, wird dann vielleicht als das sehr vermittelte Resultat mannichfaltigster Zusammenwirkungen erscheinen, — aber das Gesamtbild der Vorgänger wird ein innerlich möglicheres sein, als es irgend eine Erklärung auf dem Wege einer alles durchdringenden, alles überschauenden, alles gleichsam mechanisch am Faden lenkenden absoluten Staatsgenialität zu geben vermag". Aber gerade durch die Darlegung des wahren Verhältnisses der

treibenden Kräfte, würde „auch dem Bilde des Kurfürsten Friedrich
Wilhelm, der in Mitten ihrer aller steht, sein rechtes Licht zu Teil
werden".

Kein Zweifel: es war eine That von hoher Bedeutung, die Erdmannsdörffer hier vollbracht. Es ist, als ob er den Geist des Konsti-
tutionalismus von jedem Parteigewande entkleidet, in seiner ganzen Reinheit in die Geschichtswissenschaft als neues, leitendes Moment eingeführt
hätte. Was die Völker begehrt, in heissem Kampfe sich errungen, es
war längst vorhanden in jener grossen Arbeitsteilung der Männer, die doch
nur die „salus publica" als „ultima ratio" im Auge hatten. Mit diesem
Schritte war er in die Reihen der führenden Geister der deutschen Geschichtsschreibung getreten. Seine Arbeit an den Urkunden und Akten-
stücken hatte somit neben der reichen Ausbeute aus den Archiven, der
Wissenschaft als solcher einen hohen Fortschritt gebracht. Durch Werk
und That hat er nicht blos befreiend gewirkt, die Fesseln der Tradition
abgestreift, sondern auch die Unklarheit, die nebelhafte Verschwommen-
heit, die damals noch auf einzelnen Gebieten der deutschen historischen
Forschung lag, wenigstens teilweise verscheucht. Er selbst fand sich
auf dem richtigen Wege, und zwar auf dem Wege zu Ranke und wir
dürfen sagen, mit Ranke, — den gerade die zünftigen Schüler des
Meisters nicht zu finden vermochten.

Aber noch andere Momente seines Sinnens und Schauens sollten
in dieser Periode reifen. Er hatte einen vollen berauschenden Blick in
das Zauberland der Renaissance, einen vollen Trunk aus ihrem] ver-
jüngenden Quell gethan. Das wirkte sein ganzes Leben lang nach: aber
er war zu sehr der Jünger Göthescher Weltanschauung, als dass er sich
nicht auch mit diesem „Geiste" auseinandergesetzt hätte.

Noch im selben Jahre wie der „Waldeck" erschien in den „Preussischen Jahrbüchern" eine Abhandlung von seltener Eigenart: „Das Zeitalter der Novelle in Hellas". Der Titel, so berechtigt er ist, lässt den
weitumspannenden Inhalt dieser in hohem Grade interessanten Studie
kaum ahnen. Und doch steht sie mit den beim Waldeck gewonnenen Anschauungen für die Geschichtsschreibung in gewissem Zusammenhang.
Er geht hier noch einen Schritt weiter. Er nennt seine Arbeit „einen
kleinen Ausschnitt aus der grossen Aufgabe der vergleichenden Erkenntnis
der geschichtlichen Erscheinungen". Zweck war ihm, „zu erweisen, wie
auf dem Grunde analoger kulturgeschichtlicher Voraussetzungen — hier
im Altertum, dort im Mittelalter — eine Anschauung von Welt und
Leben ersteht, zu deren eigenstem Wesen, neben vielen anderen gleich

charakteristischen, gleich notwendigen Zügen, es gehört, jenes leichte
Genre fast unbewusster Dichtung — der Novelle — hervorzubringen.*
In glänzender Parallelstellung der Strömungen der Kreuzzüge und der
Periode der „sieben Weisen" versteht er es auf breit gezeichnetem historischem Hintergrunde eine litterarische Bewegung mit wenigen Hilfsmitteln
zu rekonstruieren, die ihm gewissermassen unter den Händen wachsen, so
dass Stein auf Stein passt. Dies geschieht aber im engsten Zusammenhang
mit der geschichtlichen Entwickelung. Hat er im Waldeck die Schäden einer
falschen historischen Tradition enthüllt, so zeigt er hier mit einer gewissen
Freude das Ineinanderfliessen von „Wahrheit und Dichtung", diese Weise
des poetischen Schaffens, die dann, „heimisch geworden in dem Geiste
der Nation" von hier an weiter bildet und weiter dichtet in allen Zeiten,
so dass sie auch in den Epochen gesicherterer historischer Überlieferung
immer neben dieser herschreitet, gleichwie ein liederreicher geschmückter
Sänger neben einem würdigernsten Festzuge".

Die Studie vereinigt alle Vorzüge Erdmannsdörffer'schen Schaffens:
vor Allem aber bietet sie eine Fülle methodischer Winke. Von wenigen
Werken können wir mit gleichem Rechte wie von dieser reizvollen Studie
sagen: „Das ist Kulturgeschichte.*

Inzwischen war er „spät genug" zum ausserordentlichen Professor in
Berlin ernannt worden. Aber die grosse Zeit fand ihn am richtigen Platze.
Da die deutschen Kolonnen über den Rhein zogen, litt es ihn nicht da-
heim in den leeren Hörsälen, er stellte sich gleich anderen Gelehrten zur
Verfügung der Armeeleitung und trat als Führer einer freiwilligen Ver-
pflegungskolonne den Marsch nach Frankreich an. Da man hinter dem
Sarge des Verblichenen das Kissen mit den Ordenszeichen trug, da ist
es manchem wohl aufgefallen, dass kein preussischer Orden dasselbe zierte,
ausser dem eisernen Kreuze, das er sich in jenen grossen Tagen erworben
hatte. Es war Erdmannsdörffers Art, dass er im politischen und nationalen Leben nur dann aus der Stille seiner Objektivität hervortrat, wenn
es galt, Farbe zu bekennen, wenn es der „Mühe wert war". Er sprach
gern von jener Campagne in Frankreich, nicht von sich und seinen Aven-
türen, sondern von den grossen und gewaltigen Eindrücken, die er dort
gewonnen.

Das Friedensjahr brachte auch ihm den ersehnten Ruf. So kam er
an Noordens Stelle nach Greifswald, das ihm den ganzen Segen einer
kleineren und eigentlichen „universitas litterarum" bot, „die frei von den
zerstreuenden, trennenden Einflüssen der Hauptstadt in festem Zusammen-
halt und wahrer Kollegialität einen ausgesprochenen Charakter hat und

verbreitet." Vor allem mit Immanuel Bekker, der gleich ihm den Weg
nach Heidelberg gefunden, verband ihn eine Freundschaft für's Leben.
Dazu kamen andere, vor Allem der leider zu früh verstorbene Rudolph
Schöll, der im April 1872 nach Greifswald berufen worden war. Ein
anregender Kreis! Aber auch Fäden, fein wie Spinneweben, die schon
in Berlin geknüpft worden waren, spannen sich weiter. Freilich konnte
er die Geliebte erst nach Heidelberg heimführen.

Seine Lehrthätigkeit befriedigte ihn im hohen Masse. Jetzt konnte
er eigentlich erst mit seiner ganzen Erfahrung richtig hervortreten. Aber
dieses Hervortreten war wie das Erscheinen seiner Bücher ein Ereignis.
Denn was er seinen Schülern bot, — zu diesen gehörte sein künftiger
Schwager, Max Lenz, — das war die vollerfasste, vollbegriffene, voll-
geklärte Ranke'sche Methode. Bis dahin war noch keiner in die eigentlichen Tiefen derselben vorgedrungen. Erdmannsdörffer war auf seine
eigene Weise zu derselben gelangt und konnte, der ohne sie gereift und
geworden, sie mit voller Wahrheit und Durchsichtigkeit bieten. Wir
dürfen sagen, er war der erste der sogenanten Jung-Rankianer. Ich
überlasse einer berufeneren Feder, dieses näher zu erörtern und auszuführen. Aber Erdmannsdörffers Bild wäre unvollständig, würde man nicht
gerade diesen Grundzug seiner akademischen Lehrthätigkeit stark betonen.

Der fünfundsiebzigste Geburtstag Kaiser Wilhelms I. gab ihm am
22. März 1872 Gelegenheit bei der akademischen Festfeier über „Be-
standene Versuchungen in der preussischen Geschichte" zu sprechen. Es
war gleichsam eine historische Revue, die er von dem neugewonnenen
politischen Standpunkte aus mit Genugthuung bethätigen konnte. „Das
Spiel des Lebens sieht sich heiter an, wenn man den sichern Schatz im
Busen trägt." So pries er es, „einen Erfolg, wenigstens als eine heilvolle
Wendung, dass Friedrich Wilhelm IV. seiner Zeit die Kaiserkrone abgelehnt und so das Kaisertum nicht mit hineingezogen worden in die
Trübsal der politischen Niederlagen Preussens von 1850 an, und dass es
unversehrt blieb von dem Missgeschick und von der Schuld jener Jahre."
Aber, — sagt er, „ein gescheitertes Streben um den höchsten Preis ruht
als schwer niederdrückende Last auf dem Leben des Einzelnen, aber unendlich schwerer auf dem Leben eines Staates, und der Spruch: „dass
in grossen Dingen auch schon das Wollen genug sei" ist nicht für das
politische Leben geschrieben". — In Greifswald hatte er durch Zufall jene
Handschrift des Kleist'schen „Prinz von Homburg" gefunden, die ihm
Gelegenheit zu einer reizvollen litterar-historischen Studie in den „Preussischen Jahrbüchern" gegeben.

Doch hier war seines Bleibens nicht länger. Schon das folgende Jahr führte ihn nach Breslau, wo er in Richard Röpell einen liebenswürdigen und kongenialen Kollegen fand.

Aber auch in der schlesischen Hauptstadt sollte er kurze Zeit wirken. Kaum hatte er seine Vorlesungen begonnen, als sich ihm eine nach jeder Richtung hin angenehme Aussicht nach Heidelberg eröffnete. — Treitschke hatte dem Rufe an die Berliner Universität Folge geleistet und war nun selbst eifrig bemüht, den Nachfolger zu finden. Das war unter den damaligen wenig erquicklichen Verhältnissen keine leichte Aufgabe. Aber der gleichfalls erst vor Kurzem nach Heidelberg berufene Eduard Winkelmann arbeitete Treitschke dabei ehrlich in die Hände. Wiederholt riet er Erdmannsdörffer, der mit Maurenbrecher und Noorden an erster Stelle vorgeschlagen wurde, anzunehmen. Er hoffte in ihm eine kräftige Unterstützung zu finden, „den Sinn für ernstere Thätigkeit zu beleben". Die preussische Regierung liess es an ernsten Bemühungen, Erdmannsdörffer zu halten, nicht fehlen. Aber dieser hatte Gründe genug, dem Rufe nach Heidelberg dennoch Folge zu leisten und so gab er denn sein Jawort. Am 25. Januar erhielt er seine Ernennungsurkunde für Heidelberg. Treitschke orientierte ihn in seiner warmblütigen Weise über die dortigen Verhältnisse. Er war hoch erfreut über die so glückliche Wendung der Dinge: „Natürlich", schrieb er, „ist es mir eine Freude gewesen, Ihnen zu zeigen, wie sehr ich Sie schätze, obgleich es dessen unter uns Mädchen kaum bedurfte". „So glaube ich Ihnen sicher eine schöne Thätigkeit versprechen zu können, und wie wichtig ist es doch, dass die Neue Geschichte auf der ersten süddeutschen Universität, die zudem einen halb internationalen Charakter hat, in guten Händen liege! Dazu das herrliche Land; ich werde das Heimweh nach dem Westen nie los werden." „Aber", schliesst er das Schreiben, „ich hielt es für meine Pflicht, einem solchen Rufe aus Preussen mich nicht zu versagen". Doch auch die Schwierigkeiten verhehlte er ihm nicht. Da waren vor Allem die wenig erquicklichen kollegialen Verhältnisse, auf die hier nicht näher eingegangen werden soll. Aber auch als Dozent, so meinte Treitschke, würde er keinen leichten Stand finden. „Die Studenten sind überaus verwöhnt in ihren Ansprüchen an die Form des Vortrages." Aber „unsere Studenten sind besser als ihr Ruf, fleissige Kollegienbesucher und naiv empfänglich".

Nun lag freilich nichts näher als der Vergleich des neuen Historikers mit seinen Vorgängern, mit Schlosser und Gervinus, mit Häusser und Treitschke. Erdmannsdörffer schreckte nicht davor zurück, ihn selbst anzustellen. In seiner Antrittsvorlesung gab er, wie Gothein erzählt, eine geistreiche Skizze derselben. Er huldigte ihnen und brach kurzweg mit ihrem System. Dazu gehörte Mut und Entschlossenheit. Man muss Heidelberg kennen, Studenten und Bürgerschaft, wie sie mit grenzenloser Verehrung an Häusser und Treitschke gehangen, wie hier noch das Bild Schlossers und Gervinus in der Tradition fortlebt, nachdem ihre Bücher längst tot sind. Aber Schüler im wahren Sinne des Wortes hatte doch keiner dieser grossen Vier erzogen, auch Häusser und Treitschke nicht, und so war gerade durch Erdmannsdörffer der Lehrstuhl ernsterer, wenn auch nicht minder anregender Lehrthätigkeit wieder gewonnen worden. Seine Antrittsrede wirkte freilich etwas abkühlend. Aber gerade das gereichte dem Fache selbst zum Segen. Die Zeit hatte an Häusser und Treitschke ihre Forderungen gestellt, vor Allem letzterer musste der Herold sein der grossen politischen Gedanken. Jetzt galt es vielmehr, die Gemüter zu beruhigen und zu neuer ernster Arbeit heranzuziehen. Und bald erkannte man die Eigenart des neuen Lehrers, der eine Reife und Klarheit zur Schau trug, wie keiner der Vorgänger sie besessen hatte. Nicht mehr so viele lauschten auf ihn, diese aber sahen in ihm nicht blos den glänzenden Redner, der er trotz allen gewesen, sondern den Meister — der wie die anderen nicht blos blendende, leuchtende Farben hatte, sondern auch scharfe, künstlerisch vollendete Linien zu ziehen wusste. Und doch ist keiner seinen Vorgängern mehr gerecht geworden als gerade Erdmannsdörffer. Die Feier des hunderten Geburtstages Friedrich Christoph Schlossers am 17. November 1876 gab ihm Gelegenheit, das Bild des hervorragenden Gelehrten in vollem, wir dürfen hinzusetzen, in völlig richtigem Lichte zu zeigen: „Erst fünfzehn Jahre sind verflossen," sagte er, „seitdem die Bürger dieser Universität und die Bürger dieser Stadt an dem Grabe Schlossers standen; weithin in allen Kreisen des Vaterlandes leben und wirken noch zahlreiche Männer, die einst zu seinen Füssen gesessen und manchem heutigen und früheren Bewohner Heidelbergs steht noch das Bild der markigen, imposanten Greisengestalt vor der Seele, mit den scharfgeschnittenen Zügen, mit dem glänzenden, streng blickenden einem Auge, das ihm geblieben, wie sie, in den letzten Zeiten schwankend aber ungebeugt durch die Strassen der Stadt und auf den einsameren Spaziergängen der Umgegend einherschritt. Dennoch lässt sich nicht verkennen, dass unser heutiges Denken in historisch-wissenschaftlicher, unser heutiges Empfinden in nationaler und politischer Beziehung, unsere heutige Beurteilungsweise der Welt und dem Leben gegenüber der Art Schlossers doch schon gänzlich ferne gerückt ist". Aber wie plastisch zeichnet er denn den Werdegang des eigenartigen Mannes, die „zürnende Dantegestalt," die man dahinschreiten sah durch das Inferno der Fürstenhöfe des achtzehnten Jahrhunderts, deren Einfluss stärker gewesen „auf den Mut und die Gesinnung des Kampfes und der Vernichtung des Alten, als auf die Ideen der Wiedergeburt und der Neubegründung". „So," schloss er, „steht Schlosser da als einer der wirkungsreichsten historisch-politischen Lehrmeister unseres deutschen Bürgertums in einer entscheidungsvollen Periode seines Kampfes um sein Recht. Diese Periode können wir heute als abgeschlossen, diesen Kampf als siegreich beendet betrachten. Es werden Zeiten kommen, wo die Leistungen des Mannes für die wissenschaftliche Erforschung und Darstellung der Geschichte vielleicht noch weniger als zum Teil schon jetzt den fortgeschrittenen Ansprüchen der historischen Methode und Technik genügen werden. Aber dieses Verdienst darf und wird ihm nicht vergessen werden und vornehmlich auch in diesem Sinne lassen Sie an dem heutigen Tage der Erinnerung in der Huldigung uns einigen:

Ehre seinem Gedächtnis!"

Treitschke ist er bis zu seinem Tode menschlich und wissenschaftlich in trautester Weise nahe geblieben. Er hatte seine helle Freude an dem starkmutigen Manne, er liebte ihn mit seinen starken Seiten wie mit seinen Schwächen, die ja bis zu einem gewissen Grade naturnotwendig mit ersteren verknüpft waren. Er sollte jedoch bald genug Gelegenheit finden, seine Anschauungen öffentlich mit der ganzen, ihm eigenen Ritterlichkeit zu bekunden. Der im Jahre 1882 erschienene zweite Band der deutschen Geschichte hatte einer Reihe von mehr oder minder berufenen Kritikern Gelegenheit gegeben, über das Buch herzufallen. Vor allem Baumgarten hatte vierzehn Tage nach dem Erscheinen des Werkes jene nach jeder Richtung unqualifizierbare Kritik über dasselbe in der „Allgemeinen Zeitung" veröffentlicht. Mit Recht trat nun Erdmannsdörffer für den aufs Tiefste verletzten Freund und Kollegen ein. Er betonte in einem glänzenden Aufsatze in den „Grenzboten" mit Recht, dass weder in Frankreich noch in England ein hervorragendes nationales Werk einen solchen Empfang erfahren könnte. „Diesem Manne," schrieb er, „und diesem Buche ist öffentlich Unbill geschehen und da kein anderer es that, habe ich mich veranlasst gesehen, dies hier auszusprechen und zu begründen." Und indem er ihn rechtfertigte gegenüber den Vorwürfen, die man wegen seiner ungenügenden Methode und wegen seines „preussischen Partikularismus" gegen ihn erhoben, hat er zugleich mit wenigen Strichen eine glänzende Charakteristik Treitschke's gegeben, die von

2*

bleibendem Werte ist, aber auch nicht minder bedeutungsvoll für Erdmannsdörffers Auffassung von Mann und Werk. „Nun ja," sagt er,
„es wird niemand in Treitschke einen Historiker erkennen wollen von der
Strenge und Kühle Ranke'scher Objektivität, welche ich für meinen Teil
allerdings als das Höchste und Reinste verehre, was die deutsche Wissenschaft auf dem Gebiete historischer Leistung zur Anschauung gebracht
hat, deren Anwendbarkeit auf alle Objekte aber wenigstens nicht erwiesen ist. Es ist wahr, neben vielen anderen beneidenswerten Gaben
haben die Götter diesem Manne etwas heisseres Blut verliehen als in den
Adern der meisten anderen fliesst. Es ist ein leidenschaftlicher Zug in
seinem Wesen, nicht allein in seinem Darstellen und Urteilen, sondern
schon in seinem Sehen und Erkennen. Leidenschaft kann den Blick trüben,
sie kann ihn auch schärfen zu höher gesteigerter Erkenntniskraft, und in
leidenschaftlichen Naturen wird sie bald in der einen, bald in der anderen
Richtung wirken. Es liegt mir fern, zu leugnen, dass nicht auch bei
Treitschke die ungünstige Wirkung erkennbar sei; er ist stark und heftig
in seinem Für und in seinem Wider, er kann auch ungerecht sein und
ist es vielleicht bisweilen". „Aber," führt er nach Aufzählung einiger
Beispiele hiefür fort, „man wolle doch solche Fündchen nicht masslos auf-
bauschen. Und entspringt nicht andrerseits aus jener leidenschaftlichen
Bewegtheit des Naturells gerade auch das Beste, was uns an dieser Geschichtsschreibung erfreut, die warme und erwärmende Lebhaftigkeit der
Darstellung, die stets präsente Fülle konkreter anschaulicher Lebensbilder,
die sprechende Natürlichkeit der Charakterschilderungen, das hinreissende
Pathos bei der Entwickelung der grossen, allgemeinen, idealen Gesichtspunkte? Das mag dem einen wertvoller erscheinen als dem anderen,
aber man muss es doch stehen lassen, und wir sollten uns freuen, dass
in der Reihe unserer zahlreichen lebenden deutschen Historiker — nach
Antlitz und Artung trotz aller Schuleinheit eine recht bunte Reihe —
dieser Mann steht als eine bedeutende und eigenartige Erscheinung, welche
die Liebe der Jugend besitzt und die Achtung des Alters verdient, und
sollten uns damit zufrieden geben, dass nicht allen Bäumen eine Rinde
wächst." So standen sie in guten und bösen Tagen zu einander. Als
Treitschke im Jahre 1891 zu erblinden drohte und in Heidelberg Heilung
suchte und fand, war ihm das Erdmannsdörffer'sche Haus eine Stätte
des Trostes und der Ermunterung in Zeiten grenzenloser Qual und Spannung, die dann freilich nachliess, so dass er noch die Kraft fand an
seinem fünften Bande. Auch diesen hat Erdmannsdörffer in glänzender
Weise gewürdigt. Er schloss die Besprechung mit den Worten: „Den

wahrhaft tragischen Teil der Aufgabe hat Treitschke noch vor sich. Er wird in dem folgenden Bande die Geschichte der Revolution von 1848 schreiben, die noch ungeschrieben ist. Keinem litterarischen Ereignis der nächsten Jahre auf dem Gebiete der deutschen Geschichtsschreibung blicken wir mit grösserer Spannung entgegen; man möchte alle guten Geister beschwören, dass sie dem Verfasser helfend und schützend zur Seite stehen." — — Nun sind sie beide dahin. Aber diese Besprechung hat auch für Erdmannsdörffers theoretische Entwickelung eine ganz be-besondere Bedeutung. Mit Recht hatte er auf die Meisterschaft Treitschkes in der psychologischen Charaktermalerei hingewiesen. Vor allem die Darstellung Friedrich Wilhelms IV. schien ihm in diesem Sinne „ein Kunstwerk der erlesensten Art". Nun stand er damals, da er die Besprechung schrieb, noch völlig unter dem freudigen und be-friedigenden Eindruck, den die Abhandlung Diltheys „Ideen über eine beschreibende und zergliedernde Psychologie" auf ihn gemacht hatte. Sein Briefwechsel mit dem befreundeten Philosophen, den demnächst der Berufenste zu solcher Aufgabe, Max Lenz mit den kleinen Schriften ver-öffentlichen wird, kann uns interessante Aufklärung darüber geben, in wie weit die Beiden über die wichtige Frage vorher ihre Gedanken ausge-tauscht haben. Jedenfalls stand Erdmannsdörffer nicht an, die bedeuten-den Ausführungen, die darauf hinweisen, „dass auf einem gewissen Teil ihres Urteils historische und psychologische Forschung sich aufs Nächste berühren und sich gegenseitig die Hand reichen sollten" für seine Wissen-schaft dankend zu acceptieren. Glaubte doch auch er „an die Möglichkeit und die Notwendigkeit einer Methode", „welche feste Regeln für Men-schenbeobachtung und für ästhetische oder historische Menschendarstel-lung enthielte". Etwas Neues war ihm der Wink nicht, konnte er dem Schöpfer der „deutschen Geschichte seit 1648" nicht sein. Aber so deut-lich ausgesprochen war er bisher noch nicht und mitten in dem theo-retischen Streite jener Tage war ihm dieser Weckruf von einem anderen, wenn auch innerlich tief verwandten Arbeitsfelde herüber doppelt erfreu-lich. So sagte er denn: „Man bemüht sich heutzutage vielfältig, der Historie neue oder vermeintlich neue Aufgaben und Ziele zuzuweisen, erweitertes Arbeitsgebiet und entsprechend veränderte Methoden von ihr zu fordern. Ich zweifle nicht, dass diese Bemühungen noch viele wert-volle Resultate zu Tage fördern werden und zum Teil schon gefördert haben; die Wissenschaft wird, wie ich überzeugt bin, reichlichen Gewinn von jenen kulturhistorischen und wirtschaftsgeschichtlichen Anregungen davontragen, wenngleich ich mich nicht zu dem Glauben bekennen kann, dass sie eine völlige Verschiebung des Schwerpunktes und eine wesentliche Umgestaltung der Aufgabestellung in der Geschichtswissenschaft im Ganzen zur Folge haben werden. Aber wenn man darauf ausgeht, Lücken und Mängel in dem Betrieb der Historie zu konstatieren, so lässt sich wohl auch noch auf andere hinweisen, und ich habe dabei namentlich die Dürftigkeit der psychologischen Fundamentierung im Auge.‟ Es war die Hand des Meisters, welche nun mild und sicher den Finger an eine wunde Stelle legte und die Heilung nur „von der Hilfe einer psychologischen Beweisführung‟ erwartete. Diese Betrachtungen haben ihn dann in der Folge noch weiter geführt und bei den Arbeiten für seinen „Mirabeau‟ tauchte ihm selbst der Gedanke auf, eine „Psychologie des Plagiats‟ zu schreiben.

Doch wir sind weit den Zeitläuften vorangeeilt. Wichtiges, Tiefbewegendes im Leben Erdmannsdörffers gilt es nachzutragen. Da er den Ruf nach Heidelberg annahm, hatte er vor Allem auch die Möglichkeit im Auge, endlich die Geliebte heimführen zu können. So hat er sich denn im Jahre 1875 mit Anna Lenz, der Schwester seines Schülers vermählt. Mit ihr zog ein lichter Geist, eine sonnige Natur in sein Haus ein und bis in seine letzten Tage zitterte und flimmerte die Erinnerung an die Zufrühgeschiedene in Geist und Seele nach. Wohl Mancher ist vor dem schlichten Grabstein auf dem Heidelberger Friedhof gestanden und hat den Sinn der drei Buchstaben: DNM nicht zu enträtseln vermocht. Es waren die Worte des italienischen Dichters, die sie einst zusammengelesen und die auf die Gattin tiefen Eindruck gemacht:

„Dolce nella memoria"

Im Sinne dieser Worte hat er später gelebt, da er mit Lorbeerzweigen, die er in der Vaucluse Petrarcas gepflückt, das Bild der Teuren bekränzte. Und in diesem Geiste hat auch die zweite Gattin, eine nahe Verwandte des Lenzischen Hauses, die Kinder erzogen, die jene ihm gegegeben.

Inzwischen hatte Erdmannsdörffer dem grossen Unternehmen, dem er so lange Zeit seine besten Kräfte geweiht, den letzten Tribut bezahlt und die weiteren Bände der „Urkunden und Aktenstücke‟ veröffentlicht. Aber damit war sein Interesse an der grossen Persönlichkeit Friedrich Wilhelms nicht erloschen. Auch den weiteren Veröffentlichungen seiner Mitarbeiter und Nachfolger folgte er mit Aufmerksamkeit und Sympathie. Die Besprechungen, die er den weiteren von Th. Hirsch herausgegebenen Bänden gewidmet, zeugen davon. Aber er selbst hat noch eine Reihe von Aufsätzen zur Geschichte dieses Zeitraums geliefert. So erschien im Jahre 1878 in der Zeitschrift für preussische Geschichte die Abhandlung über „Louise Henriette von Oranien". Ein lebenswahres, scharf gezeichnetes Bild der Gattin des grossen Kurfürsten, ein „ächter Erdmannsdörffer". Freilich er zeigte sie „in einem anderen Lichte, als in dem sie gewöhnlich gesehen zu werden pflegte. Die weiteren Züge, die man in dem Bilde an dieser Stelle sonst gern erblickte" mussten „verschwinden." Es blieb an der Brautfahrt nach dem Haag nichts übrig von der Romantik sehnsuchtsvoller Jugendliebe. „Es ist bei diesem Werben um die Braut schwierig und hart hergegangen, wie überall sonst in dem Leben und Wirken des grossen Fürsten. Aber", so schloss er die Studie, „die Verklärung der späteren glücklichen Jahre liegt über dem rauhen Anfang". Inzwischen hatte er 1878 in dem „Neuen Plutarch" eine scharfe und pointierte Biographie des „Grossen Kurfürsten" gegeben, nachdem er schon früher in den preussischen Jahrbüchern eine wertvolle, klärende Abhandlung über die Schlacht von „Fehrbellin" veröffentlicht hatte.

Aber schon beschäftigten ihn wieder zwei neue grosse Aufgaben: seine „Deutsche Geschichte vom westfälischen Frieden bis zum Regierungsantritt Friedrichs des Grossen 1648—1740, und die „politische Korrespondenz Karl Friedrichs von Baden." Die „Deutsche Geschichte" ist der volle Niederschlag seines Könnens und seiner Kraft. Mag immerhin dem zweiten Bande das stete Drängen des Verlegers einigen Abbruch gethan haben — das ganze ist ein grosses historisches Kunstwerk, reif und schön, geschlossen und von krystallischer Klarheit. Wie herrlich der Eingang: man hört die Friedensglocken läuten, man lauscht dem Jauchzen des müden Geschlechts über das Ende der namenlosen Qual, und doch durch den klaftertiefen Brandschutt sieht man die Keime neuen Lebens spriessen. Und wie geht er inmitten dieser zersplitterten Periode den nach oben strebenden Zügen nach. Nichts ist verzeichnet, Licht und Schatten mit staunenswerter Sicherheit und Klarheit aufgesetzt. Dazu die Meisterschaft der Charakteristik, der Gruppierung, die zugleich alles, selbst scheinbar Geringfügiges in die richtige Beleuchtung setzt. Er hatte eben die ganze Periode bis ins tiefste durchdrungen, durchschaut und durchdacht: oben auf der heiteren Höhe seines Gartens in dem rebenumwölbten Gang, seinem „Philosophenweg" hat er auf- und abwandelnd einen grossen Teil des Werkes entworfen, die einzelnen Gestalten geschaffen. In der That — das Ganze ist wie aus Stein gehauen und dennoch durchdrungen von echtem, historischem Leben. Streng abgegrenzt ohne Rückblick und Ausblick, gleichsam aus sich heraus sich entwickelnd und dennoch getragen von voller dramatischer Folgerichtig-

keit wirkte es mit unmittelbarer Kraft. Und doch wie weist der Schluss
in die Zukunft, auf Preussen, „den gliederlosen, stummen, regungslosen
Riesen" hin: „Wenn das Wort gesprochen wird, das ihn heisst! Wenn
der Funke springt, der ihm die Glieder löst!

Ein neues Zeitalter bricht an. Sein stolzestes Denkmal ist die po-
litische Korrespondenz Friedrichs des Grossen. Wir lesen die ersten
Blätter, und es ist uns, als hörten wir das Rauschen eines emporsteigenden
Vorhangs, und vor unseren Augen eröffnet sich der Ausblick auf eine
unermessliche Bühne, voll sich drängender Gestalten — von weltweiter
Perspektive."

Mit Recht war dem Werke im Jahre 1894 der Verdunpreis zuerkannt worden. Diese Entscheidung, die Sybels Werk über die Begründung des deutschen Reichs trotz des Vorschlags der Kommission unberücksichtigt liess, erregte ja im ersten Augenblick Befremden und Erstaunen. Aber bald sah man ein, dass sie durchaus berechtigt war, dass
Erdmannsdörffers Werk des Preises völlig wert war. Die Nachricht
hievon traf ihn bereits auf einer Erholungsreise nach Italien, die er bis
nach Sizilien ausdehnte. Es war ein lang gehegter Wunsch, den er sich
jetzt erfüllte. Freilich hat er den Plan einer Orientreise nie völlig aufgegeben, aber der Aufenthalt auf der wunderbaren Insel hat ihm doch
eine tiefe, innere Befriedigung bereitet.

Inzwischen waren auch die beiden ersten Bände der „Politischen
Korrespondenz" Karl Friedrichs von Baden erschienen. Mit wachsendem
Interesse hatte er sich dieser von der badischen historischen Kommission
im Jahre 1883 gestellten Aufgabe hingegeben. Die Anregung war keineswegs von ihm ausgegangen, sondern von Eduard Winkelmann. Aber er
unternahm selbst einen Teil der Archivreisen nach Wien und nach Paris,
von deren Erfolgen er gerne erzählte. Vor Allem Paris machte auf ihn
tiefen Eindruck. Er hat späterhin vielen seiner Schüler geraten, die
französische Hauptstadt zu besuchen und hier ihren historischen Ge-
sichtskreis zu erweitern. Das Werk war im gewissen Sinne eine That.
Wenn er auch die Bearbeitung der späteren Bände in die erprobten
Hände seines Schülers und Freundes Obser niederlegte, da ihm die Behandlung der rheinbündlerischen Periode widerstrebte, so hat doch gerade
er schon durch die beiden ersten Bände die Notwendigkeit jener Entwickelung nachgewiesen und jener sittlichen Entrüstung, mit der man
deutscherseits diesen Zeitabschnitt zu behandeln pflegte, die Basis entzogen. Die Vorarbeiten zu der umfassenden Publikation hatten ihm die
Anregung zu einer Rektoratsrede „Aus den Zeiten des deutschen Fürsten-

bundes" gegeben, in welcher er „mit freudigem Stolze" darauf hinwies,
„dass an jenen denkwürdigen letzten Versuchen, das alte, deutsche Reich
und seine Verfassung noch einmal zu regenerieren in Anknüpfung an
die Kontinuität seiner Geschichte und an die vielleicht noch lebensfähigen
Elemente in ihr, der badische Staat und sein Fürstenhaus einen aufrichtig gemeinten, von wahrem Patriotismus beseelten ehrenvollen Anteil gehabt haben."

Im übrigen hat er der grossen Publikation bis zum Schlusse sein
Interesse bewahrt. So veröffentlichte er als Neujahrsblatt für 1893 die
„Reiseberichte eines österreichischen Kameralisten über das badische Ober-
land im Jahre 1785" und noch in seinem letzten Jahre hat er noch einmal „seinem Reitzenstein" sich zugewendet und für die Anfänge von
dessen Wirksamkeit einen interessanten Beitrag geliefert. So hat er
seiner neuen badischen Heimat und dem Genius loci treulichst den Tribut
geleistet. In diesem Zusammenhange dürfen wir auch seine kleinen Beiträge zur Goethe-Biographie betrachten, die er in den „Neuen Heidelberger Jahrbüchern" veröffentlicht hat. Die beiden kleinen Kabinets-
stücke bilden eigentlich einen Torso. Er hatte noch einige weitere Studien gleicher Art im Auge. Vor Allem hatte ihn der Argwohn interessiert, mit dem man in der Hofburg zu Wien Goethes Reise nach Italien
betrachtete und dieser Sängerfahrt unbedingt politische Bedeutung beilegen zu müssen glaubte. Nicht minder fein ist das Bild, das er von
dem italienischen Zeitgenossen Goethes, dem Vittorio Alfieri, dem Schöpfer
der neuen italienischen Tragödie gegeben hat. Auch die geistvolle Ver-
quickung der Persönlichkeit mit der historischen Entwickelung des Volkes
kommt vortrefflich heraus. So zeigt er ihn als „eine starke vollmänn-
liche Natur in einem verkommenen schwächlichen Zeitalter", als „einen
Propheten der Freiheit, deren Namen ausgelöscht und vergessen war," als
den „hochgesinnten Patrioten, dessen dämmernde Ideen einer nationalen
Wiedergeburt Italiens den Ausgangspunkt bilden für die neuere Geschichte
dieses Landes und seines Volkes".

In dem „Zeitalter der Novelle in Hellas" hatte Erdmannsdörffer es
als eine Sache von nicht geringem Interesse bezeichnet, die Biographie
der „Novelle von den drei Ringen" zu erzählen. Er ist selbst auf den
Gedanken zurückgekommen und hat diese Biographie in einem feinen
und weitsichtigen Vortrage niedergelegt, der im Jahre 1897 gehalten,
freilich noch der Drucklegung harrt.

Im Jahre 1894 hatte sein Schwager Max Lenz jene bedeutsame Abhandlung über „Marie Antoinette im Kampfe mit der französischen Re-

volution" veröffentlicht. Er war mit den Resultaten nicht völlig einverstanden, so sehr ihn die Gedankengänge des ihm geistig und persönlich in so trauter Weise nahestehenden Historikers interessierten. Er hegte wohl eine Zeitlang die Absicht, seine eigene Auffassung der anderen „allzuscharfen" gegenüberzustellen. Daraus hat sich dann der Plan entwickelt, den „Mirabeau" für die „Monographieen der Weltgeschichte" zu schreiben, der ihn mehr und mehr fesselte. Aber es lag in seiner Veranlagung, dass er hiebei mehr anderen Spuren in Mirabeaus Charakter nachging und so ist es denn zu jener nach mehr als einer Seite interessanten Auseinandersetzung nicht gekommen. Denn an dem Punkte, wo er zu der Frage Stellung nehmen musste, bricht er ab. Die Frage blieb ungelöst. Vielleicht ist dies der Einheit des Buches zu Gute gekommen. Denn in der That, auch dieser Mirabeau ist ein Kunstwerk von seltener Eigenart. Aber auch hier noch ein methodisches Weitergehen, eine methodische Betrachtung von höchstem Interesse, die er zu einer „Psychologie des Plagiats" verarbeiten wollte. Die Grundzüge hiezu hat er in dem kleinen Vortrag niedergelegt, den er bei der Historikerversammlung im Haag (1898) über „Mirabeau und Mauvillon" gehalten hat.

Inzwischen war er nach dem Heimgange Eduard Winkelmanns, dem er eine warme und von seiner Charakteristik zeugende Gedenkrede gehalten, Präsident der badischen historischen Kommission, und bald darauf Mitglied der Berliner und Münchener Akademie, sowie der Münchener historischen Kommission geworden. Besonders die letztere Ernennung hat ihn innig erfreut und er hat ihren Arbeiten das wärmste Interesse gezollt. Alljährlich kam er nun in den Pfingsttagen zu den Sitzungen derselben nach München. Hier hatte ihn Liliencron bewogen, für die „Allgemeine deutsche Biographie" den Artikel „Beust" zu übernehmen. So knüpfte er denn nach dem Schlusse des Hauptwerks die alten Beziehungen zu demselben wieder an, für das er in früheren Jahren eine Reihe der wertvollsten Artikel über die Zeitgenossen des Grossen Kurfürsten geliefert hatte. Auch in der Biographie des so hartgescholtenen hat er mit der ganzen Feinheit seiner Arbeitsweise ein Bild geschaffen, das über dem Für und Wider der Parteien diesseits und jenseits des Mains, diesseits und jenseits des Erzgebirges steht. Er sandte es mir mit einem herzlichen Briefe, in welchem er schrieb: „So hilft man sich von einer kleinen Arbeit zur anderen weiter, zu Grösserem fehlt mir der Mut."

Die Beschäftigung mit der neuesten Zeit hatte nun doch eine stark politische Veranlassung: den Sturz des Fürsten Bismarck. Er, der die

Gänge der Geschichte mit so heiterer Ruhe betrachtete, der das „sine ira et studio" sein Leben lang, so weit einem Menschen von Fleisch und Blut dies überhaupt möglich ist, durchgeführt, er fühlte, wie in jenen traurigen Tagen seine politische Leidenschaft geweckt wurde durch den jähen Zorn über die namenlose Undankbarkeit, mit der man dem gewaltigen Schöpfer der deutschen Einheit sein gigantisches Werk vergolten hatte. Es war ein echter, ehrlicher, hellauflodernder „furor teutonicus", der ihn nun erfasste und veranlasste, in die politische Arena herabzusteigen. Kühn und unerschrocken hat er nun den Kreuzzug gepredigt und es gehörte zu den stolzesten Momenten seines Lebens, da er mit den Tausenden des badischen Landes jene Wallfahrt nach Kissingen antrat und in Zeiten, da andere furchtsam schwiegen und in armseliger Scheu sich zurückhielten, dem Kanzler in feurigen, begeisterten Worten das Gelöbnis der Treue und unauslöschlicher Dankbarkeit darbrachte. Seine Rede in Kissingen, an dem heissen Nachmittag des 24. Juli 1892 war in der That eine bedeutsame, gewaltige Kundgebung, die nicht blos in den Herzen der Teilnehmer fortleben wird. Nicht minder stolze und trutzige Worte hat er an jenem 1. April 1897 in Heidelberg gesprochen, da wir das Denkmal Bismarcks enthüllt. Bei diesen Gelegenheiten ist die tiefe, innere Verwandtschaft mit Treitschke, dieses heisse Feuer politischer Leidenschaft in hellen reinigenden Flammen mächtig zu Tage getreten.

Nun ist es auch bei ihm erloschen. Bismarcks Tod hatte ihm Schweninger mit den Worten telegraphiert: „Gönnen wir dem Einzigen die Ruhe!" Auch von Bernhard Erdmannsdörffer dürfen wir sagen: „Gönnen wir dem Einzigen die Ruhe!" Alle aber, die ihn kannten und ihm nahe gestanden, werden hinzufügen:

„Dolce nella memoria!"

Veltro, Gross-Chan und Kaisersage.

Alfred Bassermann.

———

Unter den vielen Rätseln, die uns Dante in seiner Commedia zu raten aufgibt, hat die geheimnisvolle Gestalt des grossen Retters, der da kommen soll, immer in erster Reihe das Interesse der Ausleger in Anspruch genommen. Und mit Recht. Denn diese mystische Hoffnung, die aus dem Jammer und der Verderbnis der Gegenwart zu einer geläuterten glücklichen Zukunft emporstrebt, die Hoffnung auf den V e l t r o, den Windhund, der die nimmersatte Wölfin in die Hölle zurückjagen wird[1]), auf den Gottgesandten, den apokalyptischen DXV, den D u x,

1) Inf. 1 V. 49. E' d'una lupa, che di tutte brame
Sembiara carca nella sua magrezza,
E' molte genti fe' già viver grame.

V. 94. Chè questa bestia, per la qual tu gride,
Non lascia altrui passar per la sua via,
Ma tanto lo impedisce che l'uccide.

Ed ha natura sì malvagia e ria
Che mai non empie la bramosa voglia,
E dopo il pasto ha più fame che pria.

Molti son gli animali a cui s'ammoglia
E più saranno ancora, infin che il V e l t r o
Verrà, che la farà morir di doglia.

Questi non ciberà terra nè peltro,
Ma sapienza e amore e virtute,
E sua nazion sarà tra feltro e feltro.

Di quell' umile Italia fia salute,
Per cui morì la vergine Cammilla,
Eurialo e Turno e Niso di ferute.

Questi la caccerà per ogni villa,
Fin che l'avrà rimessa nell' inferno,
Là onde invidia prima dipartilla.

der die Hure — die entartete Kirche — und den Riesen — den französischen König -- tödten wird [1]), gehört zu den mächtigsten Grundtönen des Gedichts. Aber bis jetzt hat keiner der vielen Versuche zur Aufhellung des Dunkels, worein der Dichter seine Weissagung gehüllt hat, eine allgemeinere Anerkennung zu erringen vermocht [2]). Mein eigener Erklärungsversuch, den ich in meiner Übersetzung des Inferno [3]) unternahm, hatte keinen besseren Erfolg; ja er fand ganz besonders wenig Anklang. Die Kritiker beachteten ihn kaum oder lehnten ihn jedenfalls ab, und Kraus nannte ihn geradezu „einen zwar sehr alten, aber darum nicht weniger verfehlten Einfall" [4]). Gleichwohl blieb ich von der Triftigkeit meiner Ansicht überzeugt, und jetzt, fast zur gleichen Zeit, wo mich Pochhammer in seiner Übersetzung der Divina Commedia [5]) mit der unerwarteten Zustimmung erfreut hat, er halte „dies sechshundertjährige Dante-Rätsel" durch meine Deutung für gelöst, bin ich auf ein neues Beweisstück aufmerksam geworden, das mir geeignet scheint, nicht nur meine Deutung des Veltro zu stützen, sondern die ganze Vorstellungsgruppe, aus der der Veltro hervorgewachsen ist, in helleres Licht treten zu lassen.

> Purg. 20. V. 10. *Maledetta sie tu, antica lupa,*
>> *Che più di tutte l'altre bestie hai preda,*
>> *Per la tua fame senza fine cupa!*
>
>> *O ciel, nel cui girar par che si creda*
>> *Le condizion di quaggiù trasmutarsi,*
>> *Quando verrà per cui questa disceda?*

> 1) Prg. 33 V. 37. *Non sarà tutto tempo senza reda*
>> *L'aquila che lasciò le penne al carro,*
>> *Per che divenne mostro e poscia preda;*
>
>> *Ch'io veggio certamente, e però il narro,*
>> *A darne tempo già stelle propinque,*
>> *Sicure d'ogni intoppo e d'ogni sbarro,*
>
>> *Nel quale un cinquecento diece e cinque,*
>> *Messo di Dio, anciderà la fuja*
>> *Con quel gigante che con lei delinque.*

2) cf. Scartazzini, Leipziger Commentar zu den Stellen Inf. 1 V. 100 und Prg. 33 V. 43. — Derselbe, Enciclopedia Dantesca, Milano 1896—99 zu den Artikeln „cinquecento diece e cinque" und „Veltro". — Kraus, Dante, Berlin 1897 p. 468 ff. und p. 734 ff.

3) Dante's Hölle, Heidelberg 1892 p. 20—24.

4) Lit.-Blatt für german. u. rom. Philologie 1893 p. 257.

5) Pochhammer, Dante's göttliche Komödie in deutschen Stanzen frei bearbeitet, Leipzig 1901 p. XLV.

In meiner Inferno-Übersetzung war ich auf Grund der bekannten Ausführungen Dantes in seiner Schrift De Monarchia[1]) zunächst zu der Auffassung gelangt, dass Dante mit dem Veltro nur seinen idealen Weltkaiser gemeint haben könne, dem er dort die Aufgabe zugewiesen hat, als allmächtiger und darum wunschloser Herr der Erde Friede, Gerechtigkeit und Freiheit aufrecht zu erhalten und dadurch das Menschengeschlecht in den Hafen der zeitlichen Glückseligkeit zu lenken. Dieser erste Schritt wird von vielen anderen Erklärern in gleicher Weise gethan. Dann wirkt aber meist der Nachsatz der Veltro-Beschreibung verwirrend „e sua nazion sarà tra feltro e feltro," das von Vielen als geographische Bestimmung, von Anderen noch willkürlicher gedeutet zu den mannichfachsten Auslegungen verleitete[2]). Mich veranlasste eine Stelle bei Villani zu einer anderen Deutung. Dieser schreibt, wo er von dem ersten Auftreten der Tartaren berichtet, V. cp. 29: „Allora si congregarono insieme e fecero per divina visione loro Imperadore e signore uno fabbro di povero stato, che avea nome Cangius, il quale in su uno povero feltro fu levato Imperadore; e come egli fu fatto signore, fu soprannomato Cane, cioè in loro linguaggio Imperadore." Das Zusammentreffen der Wortgruppen feltro, Cane (= Hund) und Imperadore bei Villani und feltro, Veltro (= Hund) und der Weltkaiser bei Dante, schien mir zu auffallend, um zufällig sein zu können, und da sich mir in Marco Polo's Schilderungen vom Reich der Tartaren und ihrem Gross-Chan das Bild eines Weltherrschers von ebenso staunenswerter Machtfülle als Weisheit und Regententugend bot, so kam ich zu der Vermutung, dass diese Vorstellung vom Gran Cane der Tartaren, der auf schlichtem Filz zum Kaiser erhoben wurde, auch in Dantes Bild vom Veltro Eingang gefunden habe, wobei ich aber ausdrücklich hervorhob, dass Dante natürlich nicht den wirklichen Dschingischan der Geschichte vor Augen hatte, sondern nur eben jenen gewaltigen, weisen und gerechten Weltherrscher, wie ihn die Kunde aus dem fernen Asien schilderte[3]).

---

1) cf. meine Inferno-Übersetzung p. 16 ff.

2) cf. die S. 29 Anm. 2 angeführten Stellen bei Scartazzini und Kraus.

3) Die Spur einer ähnlichen, wenn auch in Einzelheiten abweichenden Auffassung findet sich schon in dem Commentar Boccaccio's, der sie aber auch nicht versteht und kopfschüttelnd bei Seite schiebt (Comento ed. Milanesi, Firenze 1863 I. p. 194): Alcuni altri accostandosi in ogni cosa alla predetta oppenione, danno del tra feltro e feltro una esposizione assai pellegrina, dicendo sì estimare la dimostrazione di questa mutazione, cioè del permutarsi i costumi degli uomini, e gli

Noch ausführlicher als bei Villani findet sich die Erzählung von
der Filzdecke bei der tartarischen Kaiser-Wahl in der Historia orientalis
des armenischen Prinzen und späteren Prämonstratenser-Mönches Haithonus[1]), die Villani selbst als Quelle anführt. Die Stelle, die in
mehrfacher Beziehung wichtig ist und uns noch weiterhin beschäftigen
wird, lautet (cp. 16):

*Quumque istae septem Tartarorum nationes starent sub obedientia
vicinorum, ut superius est expressum, accidit, quod quidam homo senex,
pauper, faber ferrarius[2]), visionem vidit in somno, militem videlicet totum
album, armatum et super albo equo sedentem, qui ipsum nomine proprio
appellavit et dixit: Changie, voluntas Dei immortalis est, quod tu Tartarorum sis Rector, et Dominus super istas nationes Mogtorsi, et quod
per te a servitute vicinorum, in qua steterunt diutius, liberentur: Et*

*appetiti da avarizia in liberalità, doversi cominciare in Tartaria, ovvero nello
imperio di mezzo. Laddove estimano essere adunate le maggiori ricchezze e molti-
tudini di tesori, che oggi in alcuna altra parte sopra la terra si sappiano. È la
ragione con la quale la loro oppenione fortificano, è, che dicono essere antico costume
degl' imperadori de' Tartari (le magnificenze de' quali e le ricchezze appo noi sono
incredibili) morendo, essere da alcuno de' loro servidori portato sopra un' asta,
per la contrada, dove muore, una pezza di feltro, e colui che la porta andar gri-
dando: ecco ciò che il cotale imperadore che morto è, ne porta di tutti i suoi tesori:
e perchè questa grida è andata, in questo feltro involuppano il morto corpo di
quella imperadore; e così senza alcun altro ornamento il seppelliscono. È per questo
dicon così: questo veltro, cioè colui che prima dee dimostrare gli effetti di questa
costellazione, nascerà in Tartaria tra feltro e feltro, cioè regnante alcuno di questi
imperadori, il quale regna tra feltro adoperato nella morte del suo predecessore,
e quello che si dee in lui nella sua morte adoperare. — Ich vermute, dass noch ein
Zweiter aus der Reihe der alten Commentatoren diese Deutung auf den Gross-Chan
gekannt hat, wenn er sie auch ebenso ablehnte wie Boccaccio. In Vernons Ausgabe
des Benvenuto Rambaldi I. p. 58 steht bei der Erklärung des Veltro zu lesen:
Nec minus ridiculum videtur quod alii dicunt, quod autor hic loquitur de magno
anno. „Anno" giebt keinen Sinn und scheint mir verschrieben oder verlesen für „cano"
oder „cane". — Die von Boccaccio erwähnte Lanze mit dem Filz kehrt auch im Reisebericht des Johannes de Piano Carpini (1246) bei der Schilderung der tartarischen Totenbräuche wieder (Recueil de voyages et de mémoires, publié par la
société de géographie. Paris 1838. Bd. IV p. 232): Quando aliquis eorum infirmatur
ad mortem, ponitur in statione ejus una hasta, et circa illam filtrum circumvol-
vitur nigrum.*

1) Haithoni Armeni Historia Orientalis, quae eadem et de Tartaria in-
scribitur. 1671, herausgegeben von Andr. Müller.

2) Dieser mehrfach überlieferte Zug, Dschingis-Chan oder Temudschin sei ein
Schmied gewesen, wird von d'Ohsson, Histoire des Mongols, Amsterdam 1852
Bd. I, p. 36 Anm. 2 wie folgt erklärt: *Le nom de Témoutchin, qui signifie, en mongol,
le meilleur fer . . . , a été confondu avec celui de Témourdji, qui veut dire,
en turc, forgeron, ce qui a, sans doute, fait croire que Tschinguiz-Khan avait
exercé ce métier.*

dominabuntur vicinis eorum, et rectigalia, quae praestare consueverant, recipient ab eisdem. Changius fuit magna jocunditate repletus, audiens verbum Dei: Et narravit visionem, quam viderat, universis. Sed Duces et majores istorum noluerunt credere visioni: imo senem quodammodo deridebant. Nocte vero sequenti praedicti duces viderunt militem album et visionem, sicut senex Changius omnibus reseraverat: et praeceptum fuit eis ex parte Dei immortalis, quod obedirent Changio et sua mandata facerent ab omnibus observari. Unde praedicti Duces et majores septem nationum Tartarorum congregatis populis fecerunt fieri obedientiam et reverentiam Changio superius nominato tanquam eorum Domino naturali. Post haec vero sedem suam statuerunt in medio ipsorum, et extendentes quoddam filtrum nigerrimum super terram desuper sedere fecerunt Changium, et septem Duces majores elevantes illum posuerunt in sedem cum magno tripudio et clamore, et vocaverunt eum Cham primum Imperatorem, solennem reverentiam cum genuflexionibus eidem tanquam imperatori et domino facientes. De tali vero solennitate; quam Tartari fecerunt, qui eorum primum imperatorem et Dominum posuerunt, et de filtro nemo debeat admirari, quoniam forte pulchriorem pannum, super quo ipsum ponerent, non habebant: Aut erant forsitan ita rudes, quod melius vel pulchrius facere ignorabant. Sed de hoc an non posset aliquis admirari, quod cum praedicti Tartari acquisiverunt multa regna et divitias infinitas (quoniam dominium Asiae tenent et opes, et usque ad confines Hungariae dominantur) nec propter hoc voluerunt antiquam consuetudinem relinquere, sive modum: imo oportet, quod confirmatione imperatoris Tartarorum ille modus totaliter teneatur, quem eorum veteres ab initio tenuerunt. Et ego in confirmatione imperatoris Tartarorum bis personaliter interfui.

Die Verwendung der Filzdecke hat man sich hiernach also in der Weise zu denken, dass der designierte Chan sich darauf setzte und die sieben Wahlfürsten dann am Rand anfassten und den Chan in der Filzdecke auf den Thronsessel hoben. Beachtenswert ist auch, welches Gewicht Haithon darauf legt, dass der schlichte alte Brauch auch in den späteren Zeiten des Glanzes beibehalten worden sei, ein Zug, der sich besonders gut dem Bild des Veltro einfügt: der Weltkaiser, den Dante erwartet, hat nicht wirklich arm zu sein, sondern gerade die schrankenlose Fülle seiner Macht und seines Besitzes soll es ja sein, die ihn wunschlos macht, sodass er

non ciberà terra né peltro,
Ma sapienza e amore e virtute.

Das sind die Dokumente, auf die sich bisher meine Deutung des Veltro gestützt hatte. Neuerdings bin ich nun auf ein weiteres Deweisstück gestossen, durch das meine Auffassung eine überraschende Bestätigung und Ausgestaltung erfährt. Es ist die Schrift des **Johannes von Hildesheim** de gestis ac trina beatissimorum trium regum translatione[1]. Die Legende, die schon **Goethes** Interesse erregte[2], ist zwischen 1364 und 1375 verfasst und berichtet von den heiligen drei Königen, von ihrem Leben und Sterben und von den Schicksalen ihrer Gebeine mit vielen anmutigen und merkwürdigen Abschweifungen bis zur Ankunft der heiligen Reliquien in Köln. Als Hauptquelle will der Verfasser chaldäische und hebräische Bücher, die in Accon in's Französische übersetzt worden seien, benutzt haben; Anderes habe er aus sonstigen Schriften, aus eigener Wahrnehmung und aus mündlichen Berichten geschöpft. Für eine Reihe von Stellen ist die Benutzung des Haithonus unzweifelhaft[3]; für andere hat **Zarncke** auf den Zusammenhang mit den Erzählungen vom Priester Johannes hingewiesen[4]; die mündlichen Berichte mag der Verfasser in Avignon und Rom vernommen haben, wo er sich nachgewiesenermassen aufgehalten hat und wo die weitausgreifenden Beziehungen der Curie auch das Morgenland dem Blicke näher rückten.

Im 44. Kapitel nun kommt Johannes von Hildesheim, nachdem er die Nestorianer und ihre Ketzerei erwähnt hat, folgendermassen auf die Tartaren zu sprechen[5]):

---

1) Erwähnt bei **Grimm**, Deutsche Mythologie, 4. Ausg. II. p. 800 Anm. Mir lag sie in der Ausgabe von **Köpke** vor (Mitteilungen aus den Handschriften der Ritter-Akademie zu Brandenburg a. H. 1878, Progr. Nr. 55), wo sich auch ausführliche Angaben über das Werk und seinen Verfasser finden.

2) Sämtl. Werke, Stuttgart 1895 Bd. 36 p. 192 ff.

3) So die Arche Noae auf dem Berggipfel Haithon cp. 9. — Joh. v. Hildesh. cp. 41, das Land der Finsternis Hennem Haithon cp. 10. — Joh. v. Hildesh. l. c., wo nur der Name *Heysensis, Henyssen, Henyssem* lautet, sowie die hier noch näher zu besprechende Stelle.

4) Abhandlungen der philol.-hist. Klasse der sächs. Gesellschaft der Wissenschaften VIII. (1883) p. 117 f.

5) Ich gebe den Text, wie ihn Köpke nach Vergleichung der Brandenburger Handschrift mit zwei alten Drucken hergestellt hat.

Unde anno domini M° CC° LXVIII° deus homines rudes et viles, qui in istorum Nestorinorum terris pastores (erant), contra hos Nestorinos incitant [wohl incitat], qui se Tartaros vocaverunt et sibi fabrum in capitaneum elegerunt, qui tunc potenter eruperunt et omnes terras et regna Nestorinorum destruxerunt et ipsos iuvenes et senes absque aliqua misericordia interfecerunt et deleverunt, et omnes eorum civitates et villas et castra, terras et regna ceperunt, in quibus nunc Tartari habitant et regnant. Et ceperunt Cambalech et in XXX (diebus) oppugnant Baldach, in qua fuit Sarracenorum calipha successor Machometi in eorum lege, sicut papa successor sancti Petri et ita per omnia ei obediverunt. Et ipsum calipham fame occiderunt et postmodum Sarraceni calipham non habuerunt nec habent usque in praesentem diem. Et etiam oppugnaverunt Thauris et (hae) tres civitates sunt meliores et ditiores quam totum regnum Soldani. Nam de fortitudine et pulchritudine civitatis Cambalech[1] et diritiis nullus plene potest enarrare; et Baldach est civitas, quae ab antiquo Babylonia (magna vocabatur, in qua fuit turris Babel. Sed est a loco, quo quondam Babylonia) stetit propter paludes, bestias et vermes periculosas ad dimidium miliariae translata. Et civitas Thauris[2] ab antiquo Susis vocabatur in qua regnabat Ahasverus rex, et in ipsa civitate in templo Tartarorum est arbor arida, de qua plurima narrantur in universo mundo, quae ultra modum cum stipendiariis et armigeris custoditur et aliis diversis seris, serris et muris est quam multipliciter serata et inclusa, nam ab antiquo in omnibus partibus orientis fuit consuetudinis et est, quod si quis rex vel dominus vel populus tam potens efficitur, quod scutum vel clipeum suum potenter in illam arborem pendet, tunc illi regi vel domino in omnibus et per omnia obediunt et intendunt; sed si aliquis rex vel dominus vel populus illam civitatem bene caperet et oppugnaret et in illam arborem scutum vel clipeum pendere non posset, tunc ipsis non obedirent. Et ipsam civitatem (omnes) ibidem maxime defendunt quousque violenter ab ipsa depellantur. Nam ad obtinendam totam terram aliqua civitatis nisi Thauris non quaeritur circumvallare; et nunc dominus Tartarorum in illis partibus magnus canis imperator Cathagiae vocatur, et nunc non est potentior maior et ditior dominus in toto mundo. Nam deus sibi brevibus

---

1) Peking cf. Le livre de Marco Polo ed. Pauthier, Paris 1865 I. p. 265.

2) oder Tavris, heute Tabris, wichtiger Stapelplatz der vom schwarzen Meer nach Persien führenden Karawanenstrasse, cf. Pauthier I. p. 59.

temporibus terras, provincias, gentes et regna, quibus natus (iratus) fuit dominus, tradidit et subjecit propter peccata eorum. Nam ipse idem imperator sub se habet et regnat in omnibus regnis, provinciis et terris, in quibus Nabuchodonosor, Darius, Arphaxat, Ahasverus et Romani in oriente ab antiquo regnabant. Et ipse imperator Tartarorum multum favet in terris et regnis suis Christianis et fidei Christiana, quae in omnibus praedictis terris per infideles et haereticos et Nestorinos fuit abolita et oblita, nunc per fratres minores et Augustinenses et praedicatores et alios doctores de novo incipit reflorere.

Die Stelle geht von der Tradition aus, die wir schon kennen, der erste Kaiser der Tartaren sei ein Schmied gewesen; auch weiterhin finden sich wieder Anklänge an Haithonus; bei dem Hungertod des Khalifen kehren sogar fast die gleichen Worte wieder[1]; an Marco Polos Auffassung erinnert die Gestalt des allmächtigen christenfreundlichen Gross-Chans. Dazwischen aber treffen wir auf ein überraschendes neues Element: den dürren Baum als Grund der Weltherrschaft des Gross-Chans[2]. Dieser dürre Baum, an dem der Schild des Herrschers aufgehängt wird, ist ein hervorstechender Zug der mittelalterlichen Kaisersage, und es leuchtet ein, dass seine Erwähnung im Zusammenhang mit dem Tartaren-Kaisor für meine Deutung des Veltro aufs Schwerste ins Gewicht fallen muss. Aber um die ganze Tragweite zu ermessen, ist es erforderlich auf das Wesen dieser Überlieferung näher einzugehen.

Die Kaisersage hat eine lange vielverschlungene Geschichte, die aber durch eine Reihe eingehender Arbeiten — namentlich seitdem das neue Kaiserreich erstanden, wendete sich das Interesse dieser Frage wieder zu — im Grossen und Ganzen jetzt klar vor uns liegt[3].

---

1) Haithon cp. 26, nec unquam Caliphus postea extetit in Baldach.

2) Dass der dürre Baum in Thauris steht, ist der Descriptio Orientalium partium des Franziskanerbruders Odoricus de Foro Julii († 1331) entnommen, der fast mit den gleichen Worten erzählt: *De ista contrata recedens me transtuli Thauris, civitatem magnam et regalem que Susis antiquitus dicebatur. In ista ut dicitur est Arbor Sicca, in una moscheta et (= id est) in una ecclesia Sarracenorum.* (Yule, Cathay and the way thither, London 1866. Appendix 1. p. 11.) Doch ist von den sagenhaften Zügen dort nichts erwähnt.

3) Aus der reichen Litteratur cf. insbesondere Waechter, Friedrichs, Frach und Gruber Encykl. 1819. XLIX p. 273 ff. — Massmann, Kaiserchronik, Quedlinburg und Leipzig 1854. III. p. 1118 ff. — Voigt, die deutsche Kaisersage, Sybels histor. Zeitschr. 1871. XXVI. p. 131 ff. — Zesschwitz, der Kaisertraum des Mittelalters, Leipzig 1877; Vom römischen Kaisertum deutscher Nation, Leipzig 1877. — Völter, die Secte von Schwäbisch-Hall und der Ursprung der deutschen Kaisersage,

3*

Ihre ersten Keime reichen zurück in die christlichen Weissagungen vom Ende aller Dinge, in die Weissagung des
zweiten Thessalonicher Briefs (cp. 2 V. 3 ff.) vom Kommen des Antichrist und in die der Apokalypse (cp. 11, 13 u. 17) vom Tier des Ab-
grunds.   Als letztes der vier Weltreiche Daniels (cp. 7) vor dem
Kommen des Menschensohns galt das römische.   Es musste also zum
Schluss ein letzter grosser römischer Kaiser und der Antichrist zusammentreffen. Zunächst als Gegensätze gedacht, verschmolzen
sie in der mächtigen Gestalt des Nero in eine einzige geheimnisvolle
Vorstellung.   Wie sich das Volk von Rom nach ihm als dem letzten
rechten Kaiser aus dem Julischen Hause zurücksehnte, sein Grab noch
lange mit Blumen schmückte und seine Auferstehung erhoffte, so war er
für die Christen, die unter ihm gelitten hatten, das Tier, das gewesen
ist und nicht ist und wiederkommen wird aus dem Abgrund[1]).   Seit
Constantins Bekehrung trat dann der letzte Kaiser als Herr der
Christenheit dem Antichrist wieder feindlich gegenüber, und wie der Sitz
des Kaisertums von Rom nach Byzanz verlegt war, so suchte man auch
den Antichrist unter den Heiden und Juden des Ostens, und den ganzen
Schauplatz des letzten Dramas dachte man sich im Morgenland.   Als
weiteres Element kam die Vorstellung vom Kreuz Christi hinzu, das
namentlich seit seiner Auffindung durch die Kaiserin Helena in Ostrom
eine besondere Verehrung genoss, und in Heraklius, der durch glänzende
Siege Jerusalem von der Herrschaft der Perser befreite und das geraubte
Kreuz dorthin als demütiger Pilger zurückführte, verwirklichte sich noch
einmal das Ideal des mächtigen christlichen Kaisers[2]). Darnach gestaltete
sich die Urvorstellung der Kaisersage folgendermassen: Wenn
das Ende der Dinge herannaht, führt ein letzter (byzan-
tinischer) Kaiser das Reich noch einmal auf die Höhe
der Macht, besiegt die Heiden und befreit Jerusalem.
Dann aber legt er auf Golgatha Scepter und Krone
am Fuss des Kreuzes nieder, das mit diesen Reichs-

Zeitschr. für Kirchengesch. 1880. IV. p. 360. — Haussner, die deutsche Kaisersage, Progr. Bruchsal 1882. — Fulda, die Kiffhäusersage, Sangershausen und Leipzig 1889. — Grauert, zur deutschen Kaisersage, hist. Jahrb. 1892 p. 100 ff. —
Schröder, die deutsche Kaisersage, Heidelberg 1893. — Kampers, Kaiserprophetieen u. Kaisersagen, hist. Abhdlg. herausg. von Heigel und Grauert 1895 VIII.
    1) Sueton, Nero cp. 57. — Augustin, de civitate Dei XX. cp. 19. — Voigt
l. c. p. 143.   Döllinger, Christentum und Kirche, Regensburg 1868 p. 285 ff.,
425 ff.
    2) Zezschwitz, Kaisertum p. 57 f.

insignien in den Himmel entrückt wird. Hierauf brechen Gog und Magog los, der Antichrist kommt und herrscht seine Zeit, bis er gestürzt wird, Christus in den Wolken erscheint, und der jüngste Tag beginnt.

Diese Vorstellung, die uns in den Methodius-Weissagungen (zwischen 676 und 678) überliefert ist[1]), hat dann im Abendland, den veränderten Verhältnissen entsprechend, zunächst insofern eine Umbildung erfahren, dass an Stelle des byzantinischen Kaisers ein Frankenkönig tritt, der das zerrüttete römische Reich noch einmal zusammenfasst als *maximus omnium regum et ultimus* und dann, *postquam regnum suum fideliter gubernaverit, ad ultimum Hierosolymam veniet et in monte Oliveti sceptrum et coronam suam deponet.* So in der für die Königin Gerberga, die Gemahlin des Karolingers Ludwig IV (d'Outremer) vor 954 verfassten Schrift des späteren Abtes Adso von Moutier-en-Der[2]).

Und wieder zweihundert Jahre später spiegelt sich abermals der politische Umschwung in der Sage wieder, und der deutsche Kaiser rückt ein in die Vertretung der christlichen Welt beim Ende der Dinge. Ihm ist diese Rolle in dem merkwürdigen Ludus de Antichristo[3]) übertragen, und zwar lässt das überraschend sicher geführte und von einem frischen Patriotismus durchwehte Drama deutlich erkennen, dass der Kaiser, der den Frankenkönig mit dem Schwert demütigt, von den Königen Griechenlands und Jerusalems sich huldigen lässt und den König Babylons von Jerusalem zurückschlägt, kein anderer ist als Friedrich Barbarossa in der Fülle seiner Herrschermacht.

Mit der Spaltung, die der Kampf der Staufer mit den Päpsten im dreizehnten Jahrhundert in die politischen Anschauungen brachte, kam ein eigentümliches Schwanken auch in die Vorstellungen der Kaisersage, während sich gleichzeitig die politische und persönliche Richtung immer schärfer herausarbeitete. Die dämonische Gestalt Friedrichs II. war wie keine andere angethan, in gleicher Weise bei den Anhängern des Kaisertums wie bei denen des Papsttums die äussersten Erwartungen zu erwecken und zu verkörpern, und als er nun aus der Fülle seiner Macht und Thätigkeit heraus wider alles Voraussehen durch

---

1) Döllinger, der Weissagungsglaube und das Prophetentum, Riehls hist. Taschenbuch 1871 p. 304. — Gutschmid, Sybels histor. Zeitschr. 1879 XLI p. 110 ff. — Hauréau l. c. p. 21 f. — Schröder l. c. p. 8.

2) Migne, Patr. lat. Cl. p. 1295. — Meyer, der Ludus de Antichristo, Sitzungsberichte der philos.-philolog.-hist. Klasse der bayr. Akademie der Wissenschaften 1882 I. p. 4 f. — Schröder l. c. p. 9 f.

3) cf. die citierten Abhandlungen von Zezschwitz und Meyer.

einen jähen, zudem von seiner Umgebung noch einige Zeit verheimlichten Tod dahingerafft wurde, so war es ganz natürlich, dass die Welt an diese Thatsachen nicht glauben mochte. Wie einst von Nero so hiess es auch von Friedrich, er sei nicht gestorben, sondern halte sich nur verborgen und werde einstens wiederkommen, und dieser Gedanke war so lebendig, dass wiederholt falsche Friedriche auftreten und in weiteren Kreisen Glauben finden konnten [1]. Und ganz von selbst verwuchs diese Vorstellung mit der eschatologischen Kaisersage. Aber sie bekam dabei zweierlei Gestalt. Die Hoffnung der Kaiserpartei liess Friedrichs Züge dem letzten Kaiser, der vor dem Ende der Welt dem Reiches Herrlichkeit noch einmal aufrichten sollte; der Hass und die Furcht der Päpstlichen sah ihn als Antichrist wiederkommen und das Mass seiner Frevel, mit denen er bei seinen Lebzeiten die Kirche heimgesucht hatte, voll machen [2]. Dabei wurde aber die Thätigkeit Friedrichs von beiden Auffassungen doch in gewisser Beziehung ähnlich gedacht: beide erwarteten von ihm ein scharfes Vorgehen gegen Kirche und Geistlichkeit; nur war dies eben in den Augen der Kaiserlichen ein höchlich gebotenes heilsames Reformwerk, in den Augen der Päpstlichen eine teuflische frevelhafte Verfolgung des heiligen christlichen Glaubens. Die päpstliche Seite dieser Auffassung wurde hauptsächlich ausgebildet und verbreitet durch die Lehren und Weissagungen der Joachiten, der franziskanischen Anhänger des Abtes Joachim von Floris († 1202), der kaiserliche Gedanke fand seinen scharfen Ausdruck in der Secte der Ketzer von Schwäbisch-Hall [3].

----

1) Jan Enenkels Weltchronik, Vers 835 ff. Zeitschr. für deutsches Altertum V, p. 297. — Johannis Vitodurani Chronicon, ed. von Wyss, Archiv für Schweizer Geschichte XI, p. 10. Chronik des Sallimbene (Monum. hist. ad. prov. Parmensem et Placentinam pertinentia III) p. 57 f, 107, 166, 307 f. Jamsilla. Muratori Scr. VIII, p. 589. — Schröder l. c. p. 14 ff. — Brosch, die Friedrichsage in Italien, Sybels hist. Zeitschr. XXXV, p. 17 ff bezweifelt zwar das Vorhandensein einer wirklichen Volkssage in Italien, aber Sallimbene und Jamsilla weisen mindestens die Elemente und Vorbedingungen auf, aus denen die Sage sich gebildet hat.

2) Dieser Umstand kann zur Erklärung der sonst so seltsamen Mitteilung in dem Dante-Commentar des Petrus Allegherii (Florenz 1846 p. 41) dienen, von Einigen wurde der Veltro auf den Antichrist gedeutet. Es ist eben die kirchliche Kehrseite zu der kaisertreuen Auffassung der Staufer-Erwartung.

3) Schröder l. c. p. 17 ff. — Für die Wirkung von Friedrichs II Tod in Italien cf. besonders die angeführten Stellen des Sallimbene. — Fra Dolcinos Lehren haben eine gewisse Ähnlichkeit mit den oben erwähnten Ghibellinischen Erwartungen, kommen aber um deswillen hier nicht in Betracht, da er nicht auf die Wiederkehr Friedrichs II, sondern auf den lebendigen Friedrich von Aragonien seine Kaiserhoffnungen setzt; cf. Muratori Scr. IX p. 435 u. 453.

Dieser kirchlich-politische Zwiespalt machte sich auch noch in anderer Weise in der Weiterbildung der Kaisersage geltend. Adsos Weissagung, die den letzten Kaiser in einem karolingischen Franken-könig erwartet hatte, war auch später, als bei diesem Geschlecht nicht mehr die Kaiserwürde war, nie ganz in Vergessenheit geraten. Im Entechrist (vom Ende des zwölften oder Anfang des dreizehnten Jahr-hunderts[1]) ist es auch noch *der Vranchin chunic einer*, der kommen soll, und bei Jordanus von Osnabrück (1280)[2] finden wir wieder eine in Deutschland verbreitete Weissagung erwähnt, „es werde aus den Karl-ingen, das heisst aus dem Stamm des Königs Karl und dem Haus des Königs von Frankenland ein Kaiser erweckt werden mit Namen Karl, der Fürst und Herrscher von ganz Europa sein und Kirche und Reich reformieren werde, aber nach ihm werde es keinen anderen Kaiser mehr gehen." In diesem letzten Bericht ist zugleich jener anderen Weis-sagung gedacht von „dem sündigen Spross aus dem Samen des Friedrich mit Namen Friedrich, der die Geistlichkeit in Deutschland und selbst die römische Kirche tief erniedrigen und heftig bedrängen werde". Aber beachtenswert ist es, dass doch auch von Karl eine Reformation der Kirche erwartet wird, die eben damals selbst von den päpstlich Gesinnten als wünschenswert anerkannt wurde. Nachdem sich nun das Papsttum im Kampf mit den Staufern mehr und mehr gewöhnt hatte, sich auf den französischen König als seinen berufenen Vertheidiger gegen die Ansprüche des Kaisers zu stützen, bis es schliesslich in das vollkommene Schutz- und Abhängigkeitsverhältnis der Avignonesischen Zeit hinüber-geglitten war, so knüpfte die französisch-päpstliche Richt-ung an diese Karls-Sage an und übertrug, mit ausgesprochen nationaler Tendenz einem König von Frankreich mit Namen Karl die Rolle des letzten Kaisers, während ihm ein deutscher Fried-rich aus Friedrichs II. Geschlecht als Antichrist gegenüber gestellt wurde. Dieser Friedrich werde zuerst Alles verwüsten, die Welt im Bunde mit drei falschen Päpsten in Verwirrung bringen und selbst den König Karl gefangen setzen; dann aber werde dieser von Gott wunderbar befreit, von dem „*sancto Angelico pastore*" mit Uebergehung der deutschen Kurfürsten zum Kaiser gekrönt, gemeinsam mit dem Papst die Kirche reformieren und das gelobte Land wiedergewinnen, worauf die Bekehrung der Juden, Griechen und anderen Ungläubigen

---

[1] Schröder l. c. p. 11. — Hoffmann von Fallersleben, Fundgruben II, 110.
[2] Schröder l. c. 35 f.

beginnt. Diese französische Deutung der Kaisersage, die schon in einer
Weissagung des Franziskaners Jean de la Rochetaillade von 1356
anklingt[1]) und in der Schrift des Bruders Telesphorus[2]) von
Cosenza zu Ende des vierzehnten Jahrhunderts die vorstehende scharfe
Prägung erhalten hat, rief in Deutschland eine entschiedene Reaktion
hervor, die Vision des Gamaleon[3]), deren Inhalt uns in einer Predigt
des Johann Wünschelburg von Amberg zu Anfang des fünfzehnten
Jahrhunderts überliefert ist. Diese Prophezeiung bildet das volle Wider-
spiel der französischen. Die Rollen der beiden Kaiser sind geradezu
vertauscht. Der Kaiser „de campo lilii", also der französische, in rotem
Gewand, mit blutigem Schwert, wird besiegt und getödet von dem deutschen „de Alamania alta, id est Rheno", nachdem der Patriarch von
Mainz zum deutschen Papst gekrönt worden ist; Rom und der päpstliche Stuhl geraten in Missachtung; die geistlichen Güter werden eingezogen und die Priester totgeschlagen. Es ist, wie Zezschwitz[4]) treffend
sagt, ein Weissagungskrieg zwischen der Friedrichs- und Karls-Sage,
und wenn die beiden uns vorliegenden Fassungen auch beträchtlich
später sind als Dante, so haben sie für uns doch um deswillen besondere
Bedeutung, weil sie die Elemente der päpstlich-französischen Gegner-
schaft des Kaisers klar entwickelt zeigen, die im Keim schon in den
früheren Stadien vorhanden sind und die wir auch bei Dante wiederfinden
werden.

Während in der Wirklichkeit der Partei des Karl der Sieg verblieb, behauptete auf dem Gebiet der Sage die Gestalt Friedrichs den
Vorrang, vielleicht gerade darum, weil sich in ihr eine unerfüllte Sehnsucht des Volkes verkörperte, und die mittelalterliche Phantasie, die
sich mit Vorliebe in mystische Träume versenkte und ihr Sehnen und
Hoffen in das Gewand von Prophetenweisheit kleidete, wurde nicht müde,
den Mythus immer reicher auszugestalten.

In der zum Jahr 1348 von Johannes von Winterthur[5])
berichteten Fassung der Sage findet nicht nur der Hass gegen die
Pfaffen einen hochgesteigerten Ausdruck: die Geistlichen wird der Kaiser
so grausam verfolgen, dass sie ihre Tonsuren, wenn sie sonst nichts

---

1) v. Bezold, zur deutschen Kaisersage, Sitzungsb. der philos.-philol.-hist.
Kl. d. bayr. Akad. d. Wissensch. 1884 p. 561 f. — Kampers, hist. Jahrb. 1894 p. 796.
2) v. Mosheim, Ketzergeschichte, p. 347 ff. — v. Bezold l. c. p. 563 ff. —
Kampers, Kaiserprophetieen p. 167 f. u. 235 f.
3) v. Bezold, l. c. p. 570 f. und 604 f. — Schröder l. c. p. 37 f.
4) Kaisertraum p. 35.
5) Johannis Vitodurani Chronicon, l. c. p. 249 f. — Schröder l. c. p. 20 f.

zum Bedecken haben, mit Kuhmist zustreichen, damit man die Glatze
nicht sieht; sondern daneben klingen auch soziale Reform-Ideen an:
arme Mädchen und Frauen verheiratet er mit reichen Männern und
umgekehrt; Nonnen und Begulnen lässt er Ehemänner nehmen, Mönche
Ehefrauen; Unmündigen, Waisen und Witwen verschafft er wieder, all
was ihnen genommen worden, und Jedermann lässt er sein volles Recht
werden. In dem Schlussakte aber, dem Zug nach dem heiligen Land,
finden wir zum ersten Mal neben dem Oelberg den dürren Baum genannt: nachdem Friedrich die Kaisergewalt wieder übernommen und
gerechter und ruhmreicher geführt als ehedem, wird er mit grosser
Heeresmacht über See gehen und auf dem Oelberg oder am dürren
Baum dem Reich entsagen.

Der dürre Baum[1]) ist seitdem ein ständiger Zug in der Kaisersage, wobei sich nur insofern eine Schwankung zeigt, dass er bald
lediglich als Stätte genannt wird, wo der Kaiser dem Reich
entsagt und die Insignien niederlegt, wie bei Johannes von Winterthur, bald auch als Symbol der Weltherrschaft erscheint, an
dem die siegreiche letzte Heerfahrt ihr Ziel findet und an dem in der
Regel der Kaiser zum Zeichen seines vollkommenen Sieges seinen Schild
aufhängt, worauf der Baum neu ergrünt. In dieser Auffassung finden
wir den Baum besonders entschieden betont in einem ebenfalls um die
Mitte des vierzehnten Jahrhunderts entstandenen Meisterlied[2]),
welches weissagt, dass in der Zeit der höchsten Verderbnis und Zwietracht der Kaiser Friedrich kommt,

> . . . . . . der her und auch der mitt;
> Er rert dort her durch Gotes willen;
> An einen dürren paum so henkt er seinen schilt.

Nach der Fahrt über Meer wiederholt es dann nochmals:

> Er rert dort hin zum dürren paum an alles widerhap;
> Dar an henkt er seinen schill, er grünet unde pirt.
> So wirt genum daz heilig grabp,
> Daz nymmer wert darumb getzogen wirt;

worauf die letzte Strophe noch das sieg- und segensreiche Walten des

---

1) Wachter l. c. p. 279. — Fulda l. c. p. 17 ff. — Haussner l. c. p. 22 f.
— Zeaschwitz, Kaisertum, p. 163 ff.

2) Aretin, Beiträge zur Geschichte und Litteratur, IX (1807) p. 1134. —
Schröder l. c. p. 31 ff.

Kaisers nach aussen und innen, namentlich auch gegenüber Pfaffen und
Klöstern schildert und mit der Verheissung schliesst:

Wann daz geschiht, so kumen uns gute jar.

Ehe wir der Kaisersage weiter folgen, haben wir die Herkunft dieses
dürren Baumes näher zu betrachten.

In der ersten Version, als Stätte, wo der Kaiser dem Reich entsagt, ist der dürre Baum offenbar lediglich an Stelle des Kreuzes getreten, an dem nach der früheren Überlieferung der letzte Kaiser Scepter
und Krone niederlegt, und diese Vertauschung findet ihre einfache Erklärung durch die Legende, die das **Kreuzesholz mit dem
Paradiesesbaum** verknüpft[1]. Darnach ist von dem Baum der
Erkenntnis ein Spross oder ein Samen aus dem Paradiesesgarten heraus
auf die Erde gelangt und da zu einem Baum erwachsen. Gewöhnlich
lautet die Sage so, dass Seth, der Sohn Adams, zum Paradies zurück-
kehrt, um dort einen Tropfen Oel der Barmherzigkeit für seinen Vater
zu erbitten und dass ihm der Erzengel an der Pforte diesen zwar versagt, ihm statt dessen aber den Spross gibt mit dem Bedeuten, dass
wenn der neue Baum Frucht trage, die Schuld gesühnt werde, die durch
die Frucht des Paradieses-Baums in die Welt gekommen sei. Das
Reis wird auf das Grab Adams gepflanzt, und der Baum, der daraus
erspriesst, bleibt fruchtlos, bis sein Holz zu dem Kreuz verwendet wird,
das den Erlöser zu tragen hat, und dieser ist die verheissene Frucht
der Versöhnung.

Dieser symbolische Kreuzesbaum fliesst dann aber zusammen mit
einem wirklichen Baum, der einstmals im **Thal Mambre** bei Hebron
gestanden hat[2]. Er war offenbar ein uraltes Heiligtum, dessen Verehrung sich lange erhalten hat. Constantin hat ihn in seinem Glaubenseifer umhauen lassen, aber der unverwüstliche Stamm schlug aus der
Wurzel wieder aus. Flavius Josephus scheint von zwei verschiedenen Bäumen bei Hebron zu sprechen. Einmal (Antiqu. 1. 10, 4) nennt
er die ogygische Eiche, bei der Abraham gewohnt habe, nicht

---

1) **Mussafia**, Sulla leggenda del legno della Croce, Sitzungsberichte der
philos.-hist. Klasse der k. Akademie der Wissenschaften, Wien 1870 LXIII, Jahrgang 1869 p. 165 ff. — W. **Meyer**, die Geschichte des Kreuzholzes vor Christus,
Abhandlungen der philos.-philol. Klasse der bayr. Akademie der Wissenschaften,
München 1882 XVI. p. 101.

2) **Sepp**, Jerusalem und das heilige Land, Schaffhausen 1863. I. p. 502 ff. —
Hovenschen, Johann von Mandeville und die Quellen seiner Reisebeschreibung,
Zeitschr. der Gesellsch. für Erdkunde, Berlin 1888, XXIII. p. 735 f.

weit von der Stadt Hebron, und dann wieder (bell. IV. 9, 7) eine sehr
grosse Terebinlha, die der Sage nach von Erschaffung der Welt
Bestand gehabt habe, sechs Stadien von Hebron entfernt. Die spätere
Überlieferung dagegen kennt daselbst nur einen Baum, eben den, unter
welchem Abraham gewohnt hatte, „im Hain Mamre, der zu Hebron ist [1]).
Über seine Bezeichnung schwanken die Berichte; gewöhnlich wird er
eine Eiche genannt. Arculf (um 690) schildert ihn als einen Stumpf
von zwei Mannsböhen und ringsum angehauen von den Pilgern, die sich
Spähne des heiligen Holzes mitnahmen [2]). Zugleich aber verehrte man
in Hebron die Begräbnisstätte von Adam, Abraham, Isaac
und Jacob [3]), und da auf dem Grab Adams, wie wir gesehen haben,
das Reis des Paradiesesbaumes gepflanzt worden ist, so verband sich
eben der aus diesem erwachsene Baum mit der ogygischen Eiche zu
Mambre zu ein und derselben Vorstellung, die wir dann in der Kaisersage wiederfinden. Sehr merkwürdig ist in dieser Beziehung eine
Stelle in der Reisebeschreibung des Johann von Mandeville (1356),
der noch weiterhin für uns wichtig werden wird. Seinen Bericht über
das Thal Mambre und den dürren Baum stellt er, wie dies auch sonst
seine Gepflogenheit ist, aus anderen Schriftstellern zusammen; ausserdem fügt er aber unverkennbare Züge der Kaisersage bei, die er aus
den in seiner Zeit lebendigen Prophezeiungen geschöpft haben mag [4]).
Wo er auf Hebron und Mambre zu sprechen kommt, erwähnt er zunächst unter anderen biblischen Reminiscenzen, dass Adam und die
Erzväter dort begraben seien, und fährt dann fort [5]):

*Und als da vorgesagt ist, wie in dem thale Mambre ein berg
lyt der auch Mambre heisset. Uff demselben berg stet der dürre el-
lende baum den sie heyssen Trip* [6]), *aber wir heissen inn seyes baum* [7]),

1) Moses I, cp. 13, 18 u. cp. 18, 1 ff. — Bovenschen l. c.

2) Migne, Patrol. lat. 88 p. 798.

3) Petrus Comestor, Migne, Patrol. lat. 198 p. 1093. — Sepp, l. c. p. 489.

4) Bovenschen l. c. p. 240.

5) Von der erfarung des strangen Ritters Johannes von monta-
ville. Strassburg 1507. Buch I. cp. 30. Ich citiere schon hier nach der deutschen
Übersetzung des Otto von Diemeringes, da ich im weiteren Verlauf der Untersuchung genötigt bin, mich gerade an diese zu halten.

6) Anders lesen *Dirpe*, Petrus Comestor l. c. sagt *Dirpsi*, Odoricus de
Foro Julii ed. Laurent, Leipzig 1864. cp. XLVI: *Sarraceni dicunt eum dirp*. In
Simrocks Ausgabe des Mandeville (Volksbücher XIII) p. 41 *Sirpe*. cf. dazu eine
Bemerkung bei Sepp l. c. p. 506, wonach *Sirpe* das persisch-türkische Stammwort
Serw, die Cypresse.

7) Segebaum, wofür bei Simrock l. c. *Siegebaum* steht, ist wohl auf *arbre*
sec zurückzuführen.

unnd ist einn eichbaum, Unnd mann meint er sy gestandenn vonn angand der welt, unnd der was car gottes marter grün und gepletert. Aber du Gott an dem Kräts gestarb do dorret er, unnd auch ander baum me durch alle welt, und fallt inenn das herts inwendig und fielen in die rynden abe. Unnd also ist der selb baum nuch dürre und on alles laubbe, Man findet in wissagung geschriben, es solle ein Fürst komen ins niderland mit vil christenn der soll die selben land gewinnen der sol lassen mess singenn under dem selbenn dürren baum, unnd so sol er wider grüne pletter überkommen uns fruchtber werden, unnd umm des wunders willen sollent alle jüden und heyden christen werden, darumb erbuttet man in gross er unnd hüttet sin gar wole. Auch hat derselbe baum grosse Krafft und tugent und ist gut für den fallenden siechtbum. unnd auch wer sin ein wenig by im treit des pferd mügenn nit zu rehe werden.

Die Verbindung des dürren Baumes mit der Kreuzessage ist aber keineswegs eine vollkommene. Wir finden vielmehr, dass die Vorstellung des dürren Baumes ein selbständiges Leben hat. Einerseits erscheint er uns losgelöst vom Christentum. Denn auch die Sage der Araber kennt einen dürren Baum, von dem sie berichtet, dass er wieder erblüht sei, als der Prophet an ihm geruht habe[1]). Andererseits losgelöst von Mambre und Adams Grab. Gerade unser Johannes von Hildesheim verlegt ihn nach Thauris, und bei ihm ist auch besonders scharf der Zug hervorgehoben, dass der Besitz dieses Baumes die Weltherrschaft verleiht: *quod si quis rex vel dominus vel populus tam potens efficitur, quod scutum vel clipeum suum potenter in illam arborem pendet, tunc illi regi vel domino in omnibus et per omnia obediunt et intendunt.*

Mir scheint hier eine Stelle bei Marco Polo den Weg zu weisen. Als er auf seiner Reise zum Gross-Chan in das östliche Persien kommt, berichtet er[2]): *Il y a un grandisme plain où est l'Arbre Solque, que nous appelons l'Arbre Sec, et vous dirai comment il est fait. Il est grans et gros, et l'escorche est d'une part vert et d'autre blanche et fait riey si comme les chastiaus; mais il est vuit dedens. Il est jaunes comme bois et moult fort; et n'a nul arbre pres, à plus de cent mille; mais que d'une part il a arbres bien à dix milles. Et illec se dient, ceux*

---

1) Ockley, Geschichte der Saracenen, deutsch von Arnold, Leipzig u. Altona 1745. I. p. 351 f. — Zezschwitz, Kaisertum p. 48 u. 166.

2) Le livre de Marco Polo, ed. Pauthier, Paris 1865. I. p. 95 f.

de celle contrée, fu la bataille d'Alixandre contre le roy Daire[1]).

Statt *arbre solque*, was Pauthier aus dem Arabischen als „hochstämmig, breitästig und langdauernd" erklären will, geben Andere an dieser Stelle *l'arbre seul, arbor sola*, wieder Andere *l'albero del sole, arbor solis*, wohinter sich wohl die richtige Lesart *arbre sol* verbirgt[2]). An zwei andern Stellen, wo Pauthier selbst nicht mehr *solque* liest, wird der Baum erwähnt um die Lage von Oertlichkeiten zu bestimmen, bei Aufzählung der persischen Provinzen (*royaumes*) I. p. 66: *Tous ces royaumes sont vers midi, fors un seulement; c'est Tunocain, qui est près de l'arbre seul;* und gegen Ende des Buchs, beim Bericht über den Krieg zwischen Abaga von Persien und Caïdu von Turkestan, II. p. 730 f. *Abaga, le seigneur du Levant, tenoit maintes provinces et terres qui joignoient au roy Caïdu. Et c'estoit vers l'Arbre seul, que le livre Alixandre appelle Arbre sec, duquel je vous ai conté ci arrières. Et Abaga y envoia son filz Argon pour ce qu'il ne receust domage de ses hommes et grant quantité de genz à cheval de l'Arbre sec jusques au flun de Jon* (= Gihon, Oxus). Und wieder an zwei anderen Stellen (II. p. 748 und 749), wo der Baum einfach *arbre seche* genannt ist, finden wir in seiner Nähe das Standquartier Ghazems, der von seinem Vater Argon mit dem Schutz der Grenze — also wohl der Pässe — betraut ist.

Wo der dürre Baum des Marco Polo, der offenbar wirklich existiert hat und der Beschreibung nach eine Riesen-Platane gewesen zu sein scheint, zu suchen sei, ist zweifelhaft. Pauthier möchte ihn im Thal des Oxus annehmen. Doch scheint dem die dritte der oben angeführten Stellen (II. p. 730 f.) zu widersprechen, wo der *Arbre sec* als Grenzpunkt eines Gebiets dem Oxus gerade entgegengesetzt ist. Von Marsden und Yule wird er aus einleuchtenderen Gründen im Süden des Kaspischen

----

1) Zu bemerken ist, dass Odoricus nach einem italienischen Text (wiedergegeben bei Yule, Cathay App. II cp. 2) bei Erwähnung der Stadt Thauris, wo ja der dürre Baum nach der einen Lesart stehen soll (cf. oben S. 34 Anm. 2 u. S. 35 Anm. 2) schreibt: *l'oi ceni in Persia nella citade ch' è detta Taurisio, en quella via, passai il fiume Rosso* (nach Yule l. c. p. 301 vermuthlich der Araxes, Aras), *ore Alexandro sconfisse il Re d'Asia Dario*, also die gleiche Beziehung auf Alexander und Darius, wie bei Marco Polo, wenn auch der von diesem gemeinte Baum nicht bei Thauris gesucht werden kann.

2) Über die ganze Frage des Arbre Sec cf. Marsden, The travels of Marco Polo, London 1818 p. 109 ff. — Yule, The book of Ser Marco Polo, London 1871 I. p. CXXXVII f., 119 ff., II. p. 397 f. und Cathay I. p. 47 f.

Meeres gesucht, zwischen Damghan und Bostam, an jener Stätte westlich
des alten Hekatompylos, wo zwar keine *bataille d'Alixandre contre
le roy Daire* stattfand, wo aber Alexander auf die Leiche des
ermordeten Darius stiess und die Erbschaft seines
Reiches antrat[1]). Auch sonst fand Marco Polo die Erinnerung an
den grossen Welteroberer im Orient noch lebendig, so an der Porte-
de-fer, dem Passe bei Derbent, dessen Befestigung von der Tradition
Alexander zugeschrieben und mit der Sage von Gog und Magog in Verbindung gebracht wurde[2]), in Balkh, dem alten Baktra, wo von der
Hochzeit Alexanders mit einer Tochter des Darius erzählt wurde, wohl
in Verwechslung mit der thatsächlich dort gefeierten Vermählung
Alexanders mit Roxane, der Tochter des Baktrer-Fürsten Oxyartes[3]),
in Badachschan, der Gebirgslandschaft zwischen Oxus und Paro-
pamisus, wo Alexander als der Stammvater des einheimischen Fürsten-
geschlechts der *Zulcarnain* galt, der „Zweigehörnten", wie sie sich
wohl nach dem mit den Widderhörnern des Ammon geschmückten
Alexanderbild der griechischen Münzen nannten[4]).

1) Droysen, Geschichte Alexanders des Grossen, Gotha 1833 p. 254 f.

2) Panthier l. c. I. p. 40 f. — Yule, Marco Polo, I. p. 50 ff., wo erwähnt
ist, dass die von Derbent ausgehende Kaukasische Mauer auch Sadd-I-Iskandar,
Alexanders Wall heisst.

3) Panthier l. c. I. p. I. 109 ff. — Droysen l. c. p. 321.

4) Ein Held *Zulcarnain* oder *Dulkarnein* findet sich auch von arabischen und
persischen Schriftstellern genannt und selbst der Koran (Sur. XVIII. Vers 82—98)
thut seiner eingehend Erwähnung. Zwischen neueren Gelehrten ist lebhaft gestritten
worden, ob unter diesem Namen überhaupt Alexander zu verstehen sei oder ein
anderer Held des Morgenlandes (Graf, Ueber den „Zweigehörnten" des Koran,
Zeitschr. der deut. morgenl. Ges. VIII. p. 442 ff. — Protokoll der Gen.-Vers. l. c. IX.
p. 290. — Redslob l. c. p. 214 ff. — Beer l. c. p. 785 ff. — Flügel, l. c. p. 784 ff.
— Roth l. c. 797 ff. — Heinemann Vogelstein, Adnotationes quaedam ex litte-
teris orientalibus petitas ad fabulas, quae de Alexandro Magno circumferuntur, In-
auguraldissertation, Breslau 1863 p. 27 ff.). Doch scheinen mir die aufgeworfenen
Zweifel nicht erheblich gegenüber der ebenso ungezwungenen wie altverbreiteten
Deutung des *Dulkarnein* auf Alexander, die Marco Polo jedenfalls lebendig gefunden
hat. Wenn aber Beer l. c. p. 791 ff. erklärt, dass *Dulkarnein* nach der jüdischen
Tradition zur Zeit Muhammeds als ein kriegerischer Messias vom Stamme Josephs
aufzufassen sei, als der Vorläufer des wahren, friedlichen Messias aus dem Stamme
Davids, als der „Kriegsgesalbte", „der durch mancherlei abenteuerliche Züge und
Grossthaten sich auszeichnen, die Völker — insbesondere zuletzt den ‚Gog und
Magog' — bezwingen, aber auch mit hoher sittlicher Kraft und Würde begabt sein
werde, so dass der Jüngste Tag und das ewige Gericht mit ihm in Verbindung gedacht worden", so haben wir darin nicht einen Gegensatz zu Alexander zu erblicken,
sondern vielmehr schon die beginnende Verschmelzung der Gestalt des hellenischen
Welteroberers mit der des letzten Kaisers der Kaisersage, der sich ja gerade als
weltlicher Messias, „Kriegsgesalbter" darstellt.

Der dürre Baum zeigt sich also bei Marco Polo mit fest einge-
wurzelten Erinnerungen an A l e x a n d e r im Zusammenhang, und zwar wird
u n t e r   d e n   B a u m   d i e   W a l s t a t t   v e r l e g t ,   a u f   d e r   d i e   E n t-
s c h e i d u n g   ü b e r   d i e   H e r r s c h a f t   d e s   O r i e n t s   g e f a l l e n
i s t"). Schon Zezschwitz[1]) hat darauf hingewiesen, dass Alexander
durch die mittelalterliche Vorstellung mit dem eschatologischen Weltkaiser in eine gewisse Verbindung gebracht worden ist, dass er sich
nach G o t t f r i e d   v o n   V i t e r b o[2]) bei dem Zug nach Jerusalem vor
dem wahren Gotte ähnlich wie der letzte Kaiser zu einer Art Reichs-
übergabe demütigt. Doch das ist ein hebräisches Element in der
Alexandergeschichte[3]), wie es sowohl bei F l a v i u s   J o s e p h u s (Antiqu.
XI. 8) als auch im P s e u d o c a l l i s t h e n e s (II. 24 und 43) bei der
Schilderung von Alexanders Begegnung mit dem Hohen Priester der
Juden zu Tage tritt, und vom dürren Baum ist in diesem Zusammenhang nirgends eine Spur zu finden. Wohl aber finden wir eine solche
an einer ganz anderen Stelle, ohne Beziehung auf Palästina und den
„wahren Gott", in dem obengenannten spätgriechischen Alexanderroman
des P s e u d o c a l l i s t h e n e s und dessen Bearbeitungen, nämlich die
Vorstellung eines zauberstarken Baumpaares am östlichen Ende der Welt,
bedeutsam hervorgehoben und mit der Frage der Weltherrschaft aufs
Engste verknüpft. Ausführlich finden wir diese Episode in dem B r i e f
A l e x a n d e r s   a n   A r i s t o t e l e s , der in die Gruppe der phantastischen
Berichte gehört, die aus jenem Roman hervorgegangen sind[4]). Dort
erzählt Alexander, wie er nach Besiegung des Porus durch diesen
ad Herculis Liberique trophaea, in orientis ultimis oris geführt worden
sei. Dann zieht er weiter bis zum Meer in der Absicht, wenn möglich
den Ocean, der den Erdkreis umfliesst, zu befahren, und erregt dadurch
die Bewunderung der Eingeborenen, weil es ihm vergönnt sei, die ge-
heiligten Male des Hercules und des Liber zu überschreiten. Fernerhin

*) Die Schrift von K a m p e r s , Alexander der Grosse und die Idee des Welt-
imperiums in Prophetie und Sage (2. und 3. Heft der „Studien und Darstellungen
aus dem Gebiete der Geschichte". Herder'scher Verlag, Freiburg i. Br.), die erst erschien, während ich meine Arbeit druckfertig machte, konnte für dieselbe nicht mehr
benutzt werden.
1) Kaisertum, p. 61 u. 177 ff.
2) Platot-Strnve, S. S. Rev. Germ. II. p. 162, 164.
3) cf. W a i s m a n n , Alexander vom Pfaffen Lamprecht, Frankfurt 1850, II.
p. 493 ff. sowie das am Schlusse der Anm. 4 S. 46 Gesagte.
4) Juli Valeri Alexandri Polemi Res Gestae Alexandri Macedonis etc. ed.
Kübler, Leipzig 1888 p. 204 ff. — cf. auch Z a c h e r , Pseudocallisthenes, Forschungen
zur Kritik und Geschichte der ältesten Alexandersage, Halle 1867 p. 106 f.

(p. 205) gelangt er *ad silvas Indorum ultimas*, und auf dem weiteren Zug besteht er — was hier nebenbei bemerkt sein mag — den nächtlichen Sturm mit dem Schneefall und den feurigen Wolken, auf den Dante beim Feuerregen seines Inferno (14. 31) anspielt. Dabei wird wieder des Hercules und des Liber gedacht, die vielleicht dem Menschen zürnen möchten, der sich vermessen, ihre Male zu überschreiten (p. 208). Bei der Höhle des Liber sodann fleht er die Gottheit an, ihn als König des ganzen Erdkreises mit den höchsten Siegeszeichen nach Macedonien zurückkehren zu lassen, bleibt aber unerhört. Auf dem Weitermarsch endlich begegnen ihm zwei Greise, die ihm von den B ä u m e n d e r S o n n e und des M o n d e s erzählen (p. 209): *Videbis, rex, inquiunt, quicunque es, duas arbores Solis et Lunae Indice et Graece loquentes, quarum unum virile robur est Solis, alterum femininum Lunae, et ab his, quae tibi instent bona aut mala, nosse poteris.* Darauf sucht er mit einer auserlesenen Schaar die Bäume auf und findet sie in einem behüteten Hain von duftenden Balsambäumen, von deren Harz sie sammeln (p. 212), ebenso wie späterhin (p. 215) bemerkt wird, dass die fast dreihundertjährigen Priester des Haines nur von Balsamharz und Weihrauch sich nähren. Die Wunderbäume werden wie folgt geschildert (p. 212): *In medio autem luci sacratae illae arbores erant, similes cypressis generibus frondium. Hae pedum altae centum erant arbores, quas hebrioras Indi appellant.* Und als er staunend äussert, dieselben müssten vom vielen Regen so hoch gewachsen sein, so versichert der Priester, *nunquam in his locis pluviam neque feram aut allam urem aut ullam adire serpentem; terminos vero antiquitus ab Indorum maioribus consecratos Soli et Lunae adfirmabat, idem quod in eclipsi solis et lunae veluti uberrimis lacrimis sacrae arbores commoveantur de deorum suarum statu timentes.* Nunmehr befragt er die Bäume, denen es zu sprechen gegeben ist, wann jeweils der Schein ihres Gestirnes ihren Wipfel bestrahlt. Abends antwortet ihm der Sonnenbaum (p. 213): *Invicte bellis Alexander, ut consuluisti, unus eris dominus orbis terrarum, sed virus amplius in patriam non reverteris, quoniam fata tua ita de capite tuo statuerunt;* Nachts verkündet ihm der Mondbaum, dass er im kommenden Jahre in Babylon durch Verrat sterben werde, und bei Tagesanbruch wiederholt noch einmal der Sonnenbaum seine Verheissung: *Tu enim etsi breve superest tempus, dominus tamen orbis terrarum eris.* Am Schluss des Briefes aber erwähnt Alexander noch, dass er *in ultima India ultra Liberi et Herculis trophaea* seine eigenen habe errichten lassen *et in eis*

victorias atque itinera nostra describere .... *quaeque miracula*
futura sunt ... posteris seculis [1]).

In den späteren Bearbeitungen der Alexander - Sage sehen wir
diese Episode dann wiederholt, wie denn der Pseudo-Kallisthenes be-
ziehungsweise dessen lateinische Versionen die Hauptquelle der mittelalterlichen Alexander-Erzählungen gebildet haben, und die Hauptzüge
sind so treu bewahrt, dass wir unsere Betrachtung auf diese ursprüngliche Vorlage beschränken können [2]).

Zwei Elemente in dieser Erzählung scheinen mir für unsere Untersuchung wichtig zu sein. Wir haben auf der einen Seite am äussersten
Rand des Erdkreises das Tropaion, das Bacchus und Hercules zum
Zeichen der letzten Vollendung ihrer Welteroberung aufgestellt haben,
und das Alexander mit dem seinen noch überbietet. Und auf der anderen Seite haben wir das schicksalverkündende Baumpaar der Sonne
und des Mondes, das dem Alexander die Herrschaft der Welt bestätigt.
Wenn wir demgegenüber uns vergegenwärtigen, welche Rolle die Kaisersage dem *Arbre sec* zuweist, so finden wir darin eben diese beiden Elemente wieder: das **Tropaion des Bacchus und des Hercules**
ist darin mit dem herrschaftverheissenden Baumpaar
zu einer Vorstellung zusammengewachsen, und der
Kaiser, der seinen Schild am dürren Baum im Morgen-
lande aufhängt, errichtet sich nur auch wieder ein

----

1) Weniger ausführlich findet sich die Episode der Bäume auch in Julius
Valerius III. cp. 24; doch ist zu erwähnen, dass dort der Hain, entsprechend dem
griechischen Original des Pseudocallisthenes (ed. Müller, Paris 1846) lib. III.
17), ausdrücklich als **Paradies** bezeichnet ist (*Eo ergo cum venissemus, ducor in*
quendam locum arboribus consitum vel amoenissimus. Hunc illi paradisum vo-
cavere), womit allerdings zunächst nur ein Baumgarten gemeint sein mag. Eine
andere Variante bietet Pseudocallisthenes II, cp. 44, wonach der Schauplatz geradezu
in das Gebiet und die Stadt des Helios verlegt ist und ihm die Bäume geheiligt
sind, aus denen Alexander das unsichtbare todverkündende Orakel vernimmt.

2) Li Romans d'Alixandre par Lambert li Tors et Alexandre de Bernay ed.
Michelant, Stuttgart 1846 p. IX, über die Säulen des Hercules u. Liber. p. 312, 316,
317; über die sprechenden Bäume p. 351—356 (besonders p. 354 V, 18: *cires sera*
de l'mont si de venin moras). — Meyer, Alexandre le Grand dans la littérature
française, Paris 1886 II. p. 1 ff., 171 f., 185 f., 215 f. — cf. auch Yule l. c. — Für
die Säulen des Hercules ist noch beachtenswert eine Stelle aus der Beschreibung
Asiens in Brunetto Latinis Trésor (ed. Chabaille, Paris 1863) p. 158 *Outre les*
Bautriens est Paude, une cité des Sogdianiens, où Alixandres fist la tierce Alixandre,
por demostrer la fin de ses aleures. Ce est li leus, où premierement Liber et puis
Hercules et puis Semiramis et puis Cyre firent autel por signe que il avoient la
terre conquise jusque là, et que plus avant n'avoit point de gent. Par enqui se
torne la mer de Sicile et cele de l'aspe en Oceane.

äusserstes Siegeszeichen am Rande des Erdkreises. Und
dass diese Beziehung, die sich als Hypothese uns aufdrängt, auch thatsächlich vorhanden ist, dafür spricht eben Marco Polo, bei dem ein
wirklicher im fernen Osten (nicht in Palästina) stehender *Arbre sec*, der
zudem höchst wahrscheinlich als *arbor solis* bezeichnet ist, zweimal ausdrücklich mit Alexander in Verbindung gebracht wird. Es wäre dies
sonach ein rein weltlicher oder wenigstens ein unchristlicher Bestandteil
der Sage, der dann erst nachträglich mit der christlichen Überlieferung
vom Baum des Seth und dem Kreuzesstamm, an dem der letzte Kaiser
seine Insignien niederlegt, verschmolzen wird. [1]

Diese Verschmelzung können wir sehr deutlich in einer Erzählung beobachten, die den *Arbre sec* im fernen Indien mit dem Baum
des Seth ausdrücklich identifiziert, aber gerade durch ihre auffällige
Absichtlichkeit verrät, dass hier zwei ursprünglich verschiedene Dinge
gewaltsam — vielleicht gerade im Interesse des christlichen Glaubens
— vereinigt werden sollten. Die in einer Handschrift des vierzehnten
Jahrhunderts erhaltene Erzählung [2] berichtet von einem Ritter, der, mit
anderen Christen aus der Gefangenschaft der Saracenen entkommen, nach
langer Reise nach Indien gelangt, wo sie von dem christlichen Herrscher,
dem Presbyter Johannes, der uns weiterhin noch begegnen wird,
freundlich aufgenommen und bewirtet werden. Dann heisst es weiter:
*Tandem rogaverunt eum, ut arborem siccam, de qua multum
saepe loqui audierant, liceret videre. Quibus dicebat: „Non est
appellata arbor sicca recto nomine, sed arbor Seth, quoniam Seth,
filius Adae, primi patris nostri, eam plantavit". Et ad arborem
Seth fecit eos ducere, prohibens eos, ne arborem traumnearent, sed
[ut?] ad patriam suam redire desiderarent. Et cum appropinquassent,
de pulcritudine arboris mirati sunt; erat enim magnae immensitatis
et miri decoris. Omnium enim colorum varietas inerat arbori, con-
densitas foliorum et fructuum diversorum; diversitas arium omnium,
quae sub coelo sunt. Folia vero invicem se repercutientia dulcissi-
mae melodiae modulamine resonabant, et aves amoenos cantus ultro
quam credi potest promebant; et odor suavissimus profudit eos, ita
quod paradisi amoenitate fuisse* [Hier und im Folgenden muss der
Text verderbt sein]. *Et cum admirantes tantam pulcritudinem as-*

---

1) cf. auch Kampers, Kaiserprophetieen p. 105.
2) Mitgeteilt in Zarncke's zweiter Abhandlung über den Priester Johannes
(Abhdlg. d. sächs. Ges. d. Wiss. philol.-histor. Kl. VIII. 1883), p. 127.

pirerent, unus sociorum aliquo eorum maior aetate, cogitans [cogitavit]
intra se, quod senior esset et, si inde rediret, cito aliquo casu mori
posset. Et cum haec secum cogitasset, coepit arborem transire et,
cum transisset, adrocans socios, jussit eos post se ad locum amoe-
nissimum, quem ante se ridebat plenum deliciis sibi paratum festinare.
At illi regressi sunt ad regem, scilicet presbiterum Johannem. Quos
Jonis amplis ditavit, et qui cum eo morari voluerunt libenter et
honorifice detinuit. Alii vero ad patriam reversi sunt.

Diese Erzählung enthält noch einen anderen Zug, der für uns von
Wichtigkeit ist und das Band zwischen dem Paradiesesbaum Alexanders
und zwischen der Kaisersage noch fester schlingt, den Zug, wie der Alte
sich unerwartet von seinen Genossen trennt und geheimnisvoll bei dem
Baume zurückbleibt. In der Kaisersage hat sich aus jenen ersten apokalyptischen Motiven heraus als ein Hauptzug die Vorstellung entwickelt,
dass der Kaiser, geheimnisvoll entrückt, eine Zeit lang
im Verborgenen warte, um dann gewaltig wiederzukehren und seine Aufgabe zu vollenden. Ursprünglich ist es
der böse Kaiser, der Antichrist, Nero und Friedrich II. in der päpstlichen Beleuchtung der joachitischen Weissagungen, dann aber auch der
gute Kaiser, der Retter, von dem die Heilung und das Heil der Welt
erwartet wurde. Namentlich bei Friedrich II. acceptierte auch die
kaisertreue Fassung der Sage diesen Zug und bildete ihn liebevoll aus,
wobei offenbar auch Bilder aus dem germanischen Göttermythus, die
noch in der Tiefe der Volksseele schlummerten, leise aber machtvoll
aufdämmernd sich darein verwebten. Ehe aber diese Entrückung am
Kyffhäuser, am Untersberg und anderen dem Wodan geweihten Stätten [1]
festgelegt wurde, tritt sie zunächst in der Weise auf, dass der Kaiser
nur überhaupt in geheimnisvoller Weise verschwindet, „verloren geht"
und sich verborgen hält, bis seine Zeit gekommen ist, und dieses Verschwinden und Verlorengehen des Kaisers Friedrich finden wir in merkwürdigen Zusammenhang gebracht mit dem Priester Johannes, in
dessen Reich die Sage auch den Paradiesesbaum verlegt. Dieser fabelhafte Priesterkönig im fernen Morgenland, mit dem die Phantasie des
Mittelalters nicht müde wurde sich zu beschäftigen und den sie in einem
ihm zugeschriebenen und in einer Reihe von Varianten und Verarbeitungen
auf uns gekommenen Briefe, der vielfach an die Alexandersage anklingt,
mit den überschwänglichsten Zügen von Macht und Reichtum aus-

---

1) cf. Fulda l. c. p. 29 ff.

stattete[1]), schickt nach einer Umdichtung, die von Oswald dem
Schreiber zu Königsberg in Ungarn zwischen 1350 und 1400 verfasst
ist[2]), an Kaiser Friedrich ein Reihe wunderkräftiger Geschenke: ein un-
verbrennbares Salamanderkleid, eine Flasche Wassers vom Jungbrunnen,
der das Leben um dreihundert Jahre verlängert und einen Ring mit
drei Edelsteinen, von denen der erste die Fähigkeit gibt unter dem
Wasser zu leben, der zweite unverwundbar macht, der dritte unsichtbar.
Und wie nun Friedrich von dem Papst in Bann gethan wird und überall,
wo er sich aufhält, den Gottesdienst unterbrochen sieht, so entschliesst
er sich gegen die Osterzeit diesem Ärgernis ein Ende zu machen. Er
nimmt die Zauberkleinodien zu sich, reitet auf die Jagd und verschwindet
plötzlich den Augen seines Gefolges:

> *Der Keiser bereit sich*
> *mit sinem jaged weidlich.*
> *Niemant wust under yn*
> *sinen mut noch sinen sinn.*
> 1310 *Die edel wat die legt er an,*
> *dye man yme sand von Indian,*
> *und die fleschen er alsam*
> *mit dem grun darunder nam,*
> *der do schmackhaft was:*
> 1315 *uff ein gut ros er do sas,*
> *mit yme ritten etlich herren.*
> *Do er kam in den wald verren,*
> *sin ringerlin nam er yn die hant:*
> *an dem geraid er verschwant,*
> 1320 *das man den edelen keiser her*
> *sind gesach nyemer mer.*
> *Also ward der hochgeporn*
> *Keiser Friderich do verlorn.*
> *Wo er darnach ye hin kam*
> 1325 *Oder ob er den end da nam,*
> *das kund nyemand gesagen mir;*
> *oder ob yne die willen tir*
> *ressen haben oder zerissen,*
> *es kan die warheit nyemand wissen;*
> 1330 *oder ob er noch lebentig sy,*
> *der gewissen sin wir fry*
> *und der rechten warheit.*
> *yedoch ist uns gereit*
> *von pawren solh mer,*

---

1) cf. Zarncke, der Priester Johannes, Abhandlungen der sächs. Gesellschaft
der Wissenschaften, philol.-histor. Klasse VII (1879) p. 827 u. VIII (1876) p. 1.

2) Heidelberger Handschrift Pal. Germ. 844 fol. 150a ff. — Zarncke l. c. 1.
p. 1004.

1335 *das er als ein waler*
      sich oft by yme hab lassen sehen,
      und hab yne offenlich verjehen,
      er süll noch gewaltig werden
      aller Romschen erden,
1340 *er süll noch die paffen storen*
      und er wol noch nicht uf horen,
      noch mit nichten lassen abe,
      nur er pring das heilge grabe
      und darzu das heilig lant
1345 *wieder in der ersten hant,*
      und wol sines schilies last
      hahen an den dorren ast.
      Das ich das fur ein warheit
      sag, das die pauren haben geseit,
1350 *das nym ich mich nicht an,*
      wan ich sin nicht gesehen han.
      Ich han ys auch zu kein stunden
      noch nyndert geschriben funden,
      wan das ichs gehort han
1355 *von den alten pauren an wan.*
      Aber das der hochgeborn
      Keiser Fridrich ward verlorn
      ulsus und auch alda,
      das sagt die Romsch cronica.

Der Dichter hebt also selbst einen gewissen Gegensatz seiner Quellen hervor. Man ist versucht, in der Römischen *Cronica* eine Aufzeichnung der joachitischen, antikaiserlichen Weissagungen zu vermuten [1]), während die mündliche Überlieferung der *pauren* die ghibellinische Gestalt der Sage wiedergiebt und zugleich in dem geheimnisvollen Waller ein Anklang an den Wanderer Wodan wohl nicht abzuweisen ist [2]).

Für unsere Untersuchung ist ausserdem aus dem Gedicht Oswalds des Schreibers hervorzuheben, dass es, ebenfalls im Anschluss an den Presbyter-Brief [3]), im Palast des Priesters Johannes auch einen wunderbaren Baum beschreibt, aus dem beständig ein mit seltsamen Kräften begabtes Harz träuft, eine unverkennbare Reminiscenz an die Sonnen-

---

1) Zu beachten ist auch die Übereinstimmung mit Jan Enenkel, der bei dem Gerücht über Friedrichs Fortleben gleichfalls auf Welschland verweist, und andererseits der Umstand, dass auch die Novelle antiche (ed. Biagi, Florenz 1880 p. 4) den Kaiser Friedrich mit dem Brief des Priesters Johannes und den drei Edelsteinen, deren einer unsichtbar macht, in Verbindung bringen, was beides gegen Brochs Ansicht ins Gewicht fällt (cf. oben p. 38 Anm. 1.).

2) cf. Schröder l. c. p. 48.

3) Zarncke I. p. 922, 1023.

und Mond-Bäume, bedeutsam für uns, wenn auch nur erst in sehr loser
Verbindung mit Kaiser Friedrich.

Während hier nun der Kaiser, der geheimnisvoll verschwindet, um
dereinst als Sieger und Retter wiederzukehren, noch in einer ziemlich
entfernten Beziehung zu dem Herrscher des Ostens und dessen wunder-
kräftigen Schätzen sich darstellt, tritt in einem anderen Beispiel das
Motiv der Entrückung in Verbindung mit dem Morgenlande und der
Alexandersage ungleich schärfer zu Tage. Dasselbe ist bisher für die
hier zu erörternden Fragen wenig nutzbar gemacht worden, scheint mir
aber eine eingehende Betrachtung zu verdienen.

Die Sage von dem entrückten Helden, der nach langer Abwesenheit in der Zeit der höchsten Not als Retter wiedererscheint, hat sich
auch an einen Paladin Karls des Grossen geheftet, an O g i e r oder
H o l g e r, den D ä n e n, dessen rätselhafte Gestalt eine der anziehendsten in jenem ganzen Sagenkreise ist und dichterisch auch die manch-
fachste Weiterbildung erfahren hat[1]).

In den früheren Epen, die ihn besingen, bildet das Reich Karls des
Grossen den Schauplatz seiner Thaten, und zwar ist bezeichnend für
ihn, dass er nicht nur als ein gewaltiger Streiter gegen die Ungläub-
igen erscheint, sondern auch als der leidenschaftliche Widersacher des
Königs Karl. Verursacht wird diese Feindschaft dadurch, dass Ogiers
Sohn Bauduinet durch Karlot, den Sohn Karls beim Schachspiel er-
schlagen wird. Ogier geht als Rebell zu Desier (Desiderius) nach
Italien und wirft sich nach der Niederlage der Longobarden in das
Schloss Castelfort. Dort verteidigt er sich sieben Jahre lang auf das
Hartnäckigste unter den manchfachsten Wechselfällen, und als er allein
noch von den Verteidigern übrig und durch die Not auf's Äusserste
gebracht ist, giebt er das Schloss auf, bricht durch und entkommt seinen
Verfolgern. Dann wird er von Turpin schlafend getroffen und gefangen
genommen, von Karl zum langsamen Hungertod verurteilt, aber von
Turpin heimlich am Leben erhalten. Der Heidenkönig B r e h i e r nutzt

1) G r i m m l. c. II. p. 803, — von der Hagen, Museum für altdeutsche Litte-
ratur und Kunst, Berlin 1809, I. p. 269 ff. — L o r e n z in Ersch und Grubers Allg.
Encyclopädie der Wissenschaften und Künste, III. Section, II. Teil p. 279 f. —
G r a s s e, Sagenkreise p. 340 ff. — D u n l o p, Geschichte der Prosadichtungen, deutsch
von Liebrecht, Berlin 1851 p. 139 ff. — G. P a r i s, Histoire poétique de Charlemagne,
Paris 1865, 137 f., 249 f., 305 ff., 330 ff. — L. G a u t i e r, Les épopées françaises,
Paris 1878—92. II. p. 300, 430, 553; III. p. 52 ff., 240 ff. — V o r e t z s c h, Über die
Sage von Ogier dem Dänen, Halle 1891. — R e n i e r, Ricerche sulla leggenda di
Uggeri il Danese in Francia, Turin 1891.

das Verschwinden Ogiers, macht einen Einfall in Frankreich und bringt Karl in die äusserste Not. Trotzdem es bei Todesstrafe verboten ist, Ogiers Namen zu nennen, ruft die Ritterschaft Karls laut nach ihm, als ihrem Retter; Karl lässt den Todtgeglaubten aus dem Kerker holen, und nachdem Ogier seiner Rache auf den Einspruch des heiligen Michael entsagt und sich mit Karl versöhnt hat, unternimmt er den Kampf, tödet Brehier und erringt einen vollkommenen Sieg über die Heiden.

Wir finden hier schon fast alle Hauptmomente der Kaisersage beisammen: wir haben nicht nur den Retter, der im Augenblick der höchsten Not erscheint und die Christenheit zum entscheidenden Sieg führt, wir haben auch das Leben im Verborgenen, das diesem letzten siegreichen Auftreten vorhergeht, das Gerücht von seinem Tod und zugleich den allgemeinen Glauben, dass er der berufene Retter sei; ausserdem aber haben wir auch den scharfen Gegensatz zu König Karl, wie er aus bereits vorhandenen Keimen sich entwickelnd in dem „Weissagungskrieg" der nachstaufischen Zeit so ausgeprägt hervortritt. Aber die dichtende Sage arbeitet weiter. Es ist, als ob ihr das Motiv der Entrückung und Wiederkehr des Helden in der alten Fassung nicht mehr deutlich genug gewesen wäre; sie spinnt das Leben Ogiers weiter und wiederholt jene Motive mit stärker herausgearbeiteten Kontrasten.

Nachdem Ogier den Einbruch der Saracenen von der Christenheit abgewehrt und die von ihm befreite englische Königstochter zur Gattin genommen hat, findet er doch keine Rast zu Hause. Er fasst den Entschluss, selbst in's Morgenland zu ziehen und dort die Heiden zu bekämpfen und zu bekehren. Mit seinen Vettern und einer Heerschaar macht er sich auf die Fahrt und durchzieht als Sieger den ganzen Osten. Reich um Reich wird zur Huldigung gezwungen; aber in keinem nimmt er selbst die Krone; er setzt seine Begleiter einen nach dem anderen als Herrscher ein über die getauften Völker; er selbst ist der Gotteskämpfer, den es nicht nach weltlicher Macht gelüstet, sondern der nur das eine Ziel verfolgt, die Heidenschaft für das Christentum zu gewinnen. So zieht er weiter und weiter durch die abenteuerlichsten Länder, die erfüllt sind von Wundern aller Art. Schliesslich, nachdem der ganze Osten siegreich durchzogen und seine Aufgabe damit erfüllt ist, kommt er nach Avalon, in das Reich der Fee Morgane. die ihn schon längst in Liebe erwartet. Er lebt bei ihr, zusammen mit König Artus, ihrem Bruder, in ewiger Jugend, ohne der Heimat zu gedenken und den Lauf der Zeit zu gewahren. Nach zweihundert

(bei Anderen dreihundert) Jahren kommt die Christenheit wieder in Not.
Sanct Michael wird zu Morgane geschickt, wie Hermes zu Kalypso, mit
Gottes Befehl, ihren Liebling nach Frankreich zu entlassen. Er zieht
hin und vollbringt sein Retteramt, angestaunt als Fremder in einer
fremden Zeit. Dann aber verrät er, dem Verbot Morganens zuwider, wo
er gewesen, und trennt sich treulos von dem Ring der ewigen Jugend,
den ihm die Fee geschenkt. Plötzlich gealtert und der Hoffnung auf
Rückkehr nach Avalon beraubt, legt er sich hin um zu sterben. Aber
im letzten Augenblick erscheint Morgane und entführt ihn heim nach
Castel Plaisant auf Avalon. Sie muss ihn aufbewahren, bis die Christenheit, die er sechsmal gerettet, wieder seiner bedürfe. Wenn er zum
siebten Mal seines Amtes gewaltet, wird Gott ihn noch drei Jahre auf
Erden lassen und dann in das Paradies aufnehmen [1]).

Diese Züge aus der Feenwelt des König Artus zeigen sich
der Ogier-Sage in der Alexandriner-Version des vierzehnten Jahrhunderts
beigemengt, aus der sie dann auch in den Prosaroman übergehen [2]).
Nicht unerwähnt darf bleiben, dass in dem Alexander-Roman von
Lambert li Tors die Säulen des Hercules, *bornes Arcus*, einmal
auch *bornes Artu* geschrieben werden [3]), dass also unter dem König
Artus, den Ogier in der seligen Insel am Rand der Erde trifft, auch
Hercules verborgen sein mag, dessen Säulen in der Nähe des irdischen
Paradieses stehen.

Für uns ist von hervorragender Wichtigkeit die Darstellung dieses
zweiten Teils der Ogier-Sage, wie sie in die Reisebeschreibung des
Johannes von Montevilla oder John Mandeville, den wir
oben beim Baum im Thale Mambre schon zu erwähnen hatten, verarbeitet ist. Das Buch ist allerdings erst um die Mitte des vierzehnten

----

1) In Dänemark finden wir Ogier als den Nationalhelden Holger in die Tiefe
entrückt, in einem Berg, einer Höhle, dem Schlosskeller von Kronborg schlafend, bis
sein Land einen Retter braucht, so wie ihn Andersens Märchen noch schildern. In
welchem Verhältnis die dänische Sage zu der Karolingischen steht, ist noch nicht
genügend aufgehellt. Doch ist Ogiers Beiname „der Däne" wohl nicht nur als „eine
blosse dichterische Erfindung" (Voretzsch l. c. p. 119) zu erklären. Jedenfalls zeigt
dieser Zug der dänischen Sage die gleiche Weiterbildung des ursprünglichen Gedankens, wie die Entrückung in Kyffhäuser und Untersberg bei der Kaisersage, ein
Stadium, das aber schon jenseits unserer Untersuchungen liegt. Grimm l. c. —
G. Paris, Revue critique d'histoire et de littérature, V, p. 103 ff. — Das dänische
Hauptwerk, Pio, sagnet om Holger danske, Kopenhagen 1869 war mir nicht zugänglich.

2) Reuler, l. c. p. 54 ff.

3) Meyer, Alexandre le Grand II. p. 171 ff., 216 f.

Jahrhunderts geschrieben, es ist aber, von wenigen Partien abgesehen,
die auf eigenen Reiseerlebnissen des Verfassers in Ägypten zu beruhen
scheinen, nichts weiter als eine grosse Compilation aus schon vorhandenen Werken Anderer[1]. Es ist dem Verfasser des Mandeville
Jean de Bourgoigne schwer verübelt worden, dass er sein ausserordentlich vielseitiges Wissen so schmählich missbraucht hat, sich
gänzlich zu Unrecht den Ruhm eines grossen Reisenden zu verschaffen
und die Welt auf Jahrhunderte hinaus zu mystificieren[2]. Aber wir
müssen ihm doch auch Dank wissen für sein ungeheuerliches Plagiat,
das uns gerade durch die grosse Belesenheit des Mannes ein umfassen-
des Bild davon giebt, wie sich das Wunderland des Orients in den gebildeten Köpfen des vierzehnten Jahrhunderts spiegelte, und dadurch
als eine wahre Fundgrube für den Dante-Commentator sich erweist.
Mehr Schwierigkeiten scheint auf den ersten Blick der Umstand zu
bieten, dass in dem französischen und englischen Text der Reisebeschreibung, wie er uns heute vorliegt, diese Anklänge an Ogier vollkommen
fehlen und nur in der lateinischen Fassung sowie in der deutschen
Übersetzung des Otto von Diemeringen sich finden[3]. Gleichwohl scheint es mir nicht angängig, deshalb die Ogier-Elemente einfach als spätere, dem Original fremde Zusätze auszuscheiden. Wir
finden nämlich — was meines Wissens noch nicht beachtet worden ist
—, dass alle diese Ogier-Stellen Mandevilles unverkennbar und grossen-
teils wörtlich übereinstimmen mit den Berichten über Ogier, welche die
Chronik des Jean des Preis, dit d'Outremeuse, genannt „Ly
myreur des histors[4], anfüllen. Dieser Jean des Preis aber, ein bischöf-
licher Notar zu Lüttich, war eng befreundet mit jenem gelehrten Arzt
Jean de Bourgoigne, dit à la Barbe, der die Rolle des fahrenden Ritters Johann von Mandeville, Grafen von Montfort bis auf sein
Todbett so täuschend durchführte, und wurde von ihm sogar zum
Testamentsvollstrecker ernannt (Jean de Bourgoigne starb in Lüttich
1372, Jean des Preis 1400[5]). Unstreitig wirft diese persönliche Be-

---

1) cf. Bovenschen, Johann von Mandeville und die Quellen seiner Reisebeschreibung, Zeitschrift der Gesellschaft für Erdkunde, Berlin 1888 XXIII p 177 ff.

2) Bovenschen l. c. passim.

3) Zarncke, Priester Johannes II. p. 128 ff.

4) Herausgegeben von Borgnet und Bormans in der Collection de chroniques Belges inédites, Brüssel 1864—1887.

5) cf. Bormans, Introduction zum Myreur p. CXXXIII. — Bovenschen
l. c. p. 197 ff.

ziehung der beiden Schriftsteller ein besonderes Licht auf die Übereinstimmungen in ihren Werken und lässt sie uns doppelt auffällig erscheinen.

Wir geben zunächst zwei solche übereinstimmende Stellen, die wir aus dem tiefsten Orient, aus „dem Land, wo der Pfeffer wächst", herausgreifen.

Mandeville II. cp. 6 [1]).

Item von Indus der grossen stat zu dersücht man von Cana und kompt zu der stat gen Sarque, die eine edle gute stat ist, und darin sint vil christen lüte und auch vil kirchen, die Oggier hat lossen buwen, do er das selbige Land gewan. Von Sarque sücht man durch das mere, und darnach so kommet mann durch Lorwe, das ist das lande do der pfeffer wachsset und do man in buwet und ist zu wissen, das niergen in der gantzen welt kein pfeffer wachset dann allein do. Er wachsset wol achtzehen tagreise lang und im gewild und sirut do er wachset do buwet derselbe Oggier zwo grosse stet do er die gewan und heisset eyne noch Flandrie, wan er gab ir den namen siner anen zu eren, die was sines vatters Goffrids mutter, und hiess Flandrinia und was des Dorithus von Menis tochter gewesen. Die ander stat heisset Floranse nach syner mutter dije hyess Florentina, und hyess ir mutter Vierisa, und was syn ane oder grossfrawe des künigs Belleprons von ungern celiches weybe und was florentina Samprunis dochter, den man nennet der lewe, und was berchten schwester die künig Karolus gebare.

Jean des Preis III. p. 57.

Apres vinrent en l'isle que ons appelle Canal. Apres vinrent à Sarque qui syet en la moyene Indre, où les Sarazins se sont rendus à Ogier et pris baptesme. Et furent là maintes eglises ediffiées, où il mist des moynes et des religieux christiens, et y sont encore, et les nom-ons encore les eglises Danois. Apres sont venus à Lombe une grand pays, où il at grands forestz et plusseurs, et tient chis païs XVIII journées de longe, et n'y avoit villes, citeis ne castels. Et vint à Combar sur la riviere d'Argins, où Ogier fondat II citeis, et nommat l'une Flandrine et Florentine l'autre; et les nommat ensy apres ses deux grandames: la mere de son pere et la mere de sa mere, et encore y sont les dictes citeis. Et y croist ly poivre tout ensy que des voisins aux troicques; che semble signe sauluaige.

Die Zusammengehörigkeit der beiden Stellen ist unverkennbar, wenn auch bei Mandeville Ogiers Stammbaum etwas anders angegeben ist als bei Des Preis. Übrigens finden sich an anderen Stellen des Myreur (II. p. 434, III. p. 2 f.) die meisten der von Mandeville aufgeführten Verwandten Ogiers gleichfalls genannt. Ausserdem lässt diese

---

1) Über die Quellen zu dieser Stelle cf. Bovenschen l. c. p. 286.

Stelle auch erkennen, dass die deutsche Fassung dem Französischen entnommen ist; denn der ungewöhnliche Ausdruck *Grossfraue* für „Ahne“ ist nichts weiter als eine Übersetzung der bei Des Preis gebrauchten Bezeichnung *grandame*. Die gleiche Übereinstimmung findet sich fast allenthalben, wo in den beiden Büchern von Ogier und seinen Orientfahrten die Rede ist, sodass kein Zweifel darüber entstehen kann, dass ein mehr als zufälliges Zusammentreffen vorliegt[1]. Dass dasselbe wirklich bis auf die beiden Freunde, den Verfasser des Myreur und den des Mandeville zurückgeht, scheint mir noch dadurch bestärkt zu werden, dass nicht nur bezüglich der Ogiersage, sondern auch an Stellen, die ebenso im französischen und englischen Mandeville enthalten sind, sich Übereinstimmungen mit Jean des Preis erkennen lassen[2]. Wie dieser Zusammenhang des Näheren zu denken ist, ob beide Schriftsteller die gleiche Quelle benutzt haben, ob einer dem anderen entlehnt hat, ob beide sich gegenseitig ausgeholfen haben, ist schwer zu sagen. Ich möchte vermuten, dass das Letztere der Fall ist, dass die eigentliche Geschichtserzählung von Jean des Preis herrührt, während die Ausschmückung mit geographischen Einzelheiten von Jean de Bourgoigne aus dem Schatze seiner Belesenheit beigesteuert sein mag. Vielleicht liesse sich die Sache auch so erklären, dass Jean des Preis, der als Testamentsvollstrecker in Besitz des Nachlasses seines Freundes kam, die von ihm gesammelten Stücke der Ogier-Sage nachträglich in den Mandeville verarbeitet und seinerseits die phantastischen Schilderungen

---

[1] Es seien hier nur einige der auffälligsten Beispiele noch namhaft gemacht:

Herkunft des Priesters Johannes	Myreur III. p. 52		Mandeville IV cp. 4	
Mäuse so gross wie Hunde	„ „ „ 58	„	II „ 7
Junghrunnen	„ „ „ 58	„	„ 8
Witwenverbrennung, Weintrinken der Frauen	„ „ „ 58	„	„ „ 8
Grab des heiligen Thomas in Meharon	„ „ „ 58, 59	„	„ 0
Die Bäume, die Mehl, Wein, Honig und Gift tragen	„ „ „ 62		„ 12

und viele andere. Die Fassung bei Jean des Preis scheint der Mandevilles gegenüber manchmal etwas abgekürzt, ein Umstand, der aber für die Frage der Priorität nicht in Betracht kommt, sondern darin seine Erklärung findet, dass gerade für den Teil der Chronik, der diese Stellen enthält, bei der Publikation nur ein Manuskript in abgekürzter Fassung zur Verfügung stand. cf. III. p. 1 und Band der Introduction von Bormans p. V.

[2] Schon Bovenschen l. c. p. 213 Anmerkung hat dies bezüglich der vita Adae und der Legende vom Kreuzesholz (Myreur I. p. 317—374, Mandeville cp. 2 bzw. I. cp. 3) bemerkt und auf eine mögliche Wechselbeziehung hingewiesen, während er die Ogier-Stellen, da sie im französischen und englischen Texte fehlen, nicht beachtet hat.

des Orients aus dem Mandeville in seine eigene Chronik eingeflochten hat.

Sicher scheint mir dagegen, dass, wie wir im Mandeville eine
Mosaikarbeit von Lesefrüchten vor uns haben, ebenso auch Jean des
Preis in seiner Chronik nur Entlehntes zusammengearbeitet hat, allerdings mit dem Unterschied, dass er kein Hehl daraus macht, sondern
stolz darauf ist, Gewährsmänner zu haben. Bei aller Leichtgläubigkeit
und Kritiklosigkeit zeigt er sich überall vom besten Willen beseelt, die
zuverlässigsten Quellen aufzusuchen und sie gewissenhaft wiederzugeben,
sodass sein Herausgeber Bormans (Introd. CLXV) mit Recht von ihm
sagen kann: *Pour le fond Jean d'Outremeuse, malgré les fables,
malgré les absurdités accumulées dans son Myreur, n'y a rien mis
du sien. Tout ce qu'il rapporte, il l'a trouvé ailleurs, et c'est en
toute sincérité qu'il peut dire: chu que je n'ay troveis, si m'en
tairay* [1]).

Was Jean des Preis über Ogier berichtet, scheint er der Hauptsache nach aus der für uns verlorenen Chronik des lütticher Bischofs
Hugues de Pierrepont (um 1214), *la chronique des Varaxours*,
geschöpft zu haben, für die er immer eine besondere Wertschätzung
bekundet, die er für Ogier aber geradezu als klassisches Dokument betrachtet, da der Bischof den zurückgekehrten Ogier im Jahre 1214 selbst
gesehen und nach Ogiers eigener Erzählung seine Geschichte aufge-
zeichnet habe [2]). Ein merkwürdiges Zusammentreffen darf hier nicht
unerwähnt bleiben, dass nämlich fast um die gleiche Zeit, da Bischof
Hugues den wiedergekehrten Ogier gesprochen haben will, im Jahre
1210 auch die Weltchronik des Alberich von Trois-Fontaines
von dem Auftreten eines greisenhaften Ritters, der sich für Ogier aus-
gab, berichtet [3]). Damit ein solcher falscher Ogier auftreten konnte,

1) Gautier giebt keine Gründe für seine entgegengesetzte Meinung (Epop. III,
p. 553 Anm.): „Il reste à écrire une étude décisive sur les sources de Jean d'Outremeuse: l'une des principales à coup sûr a été son imagination.

2) Bormans, (Introd. p. XVI, XCV ff., CLVI; Myreur I. p. 9, V. p. 123,
131 f., 161. — Als mit diesem Bericht des Bischofs von Lüttich übereinstimmend
nennt Jean des Preis noch die Aufzeichnungen des Abtes Enguerrand von St.
Denis und des Abtes Seguin von Meaux en Brie, die auch an der Chronique des
Vavassours mitgearbeitet zu haben scheinen. V. p. 136.

3) Pertz SS. XXIII. p. 891. A partibus Hispaniarum venit hoc tempore quidam
valde senio confectus miles grandaevus, qui se dicebat esse Ogerum de Dacia, de quo
legitur in historia Karoli Magni, et quod mater eius fuerit filia Theodorici de Ar-
denna. Ille itaque obiit hoc anno, ut dicitur in dyocesi Nivernensi, villa que ad
sanctum Patricium dicitur, prout illic tam clerici quam layci qui viderunt retulerunt.

musste jeden Falls schon eine Sage vorhanden sein, die den Gedanken der wunderbaren Wiederkehr des Helden nach langem Fernsein dem Volke vertraut gemacht hatte.

Ausserdem finden sich im Myreur, worauf schon Bormans (Introd. p. XVIII) aufmerksam macht, an einer ganzen Reihe von Stellen, die sich auf Ogier beziehen, die unverkennbaren Spuren von Versen[1]). Ob darin Bruchstücke der (verlorenen) Geste d'Ogier, zu der sich der gleiche Verfasser bekennt, zu erblicken sind, wie Bormans annimmt, möchte ich bezweifeln, da die meisten dieser Stellen, so die leicht humoristische Episode, wo sich der hungerige Ogier bei den Pilgern durch einen Imbiss zum Kampfe stärkt und deren Bewunderung ebenso durch seinen Appetit wie durch seine Taperkeit erweckt, oder etwas weiter, wo er sich auf seinem Ross Broiefort über den Fluss gerettet hat und nun Karl höhnt, weil er nicht folgen kann (III p. 252), oder die stimmungsvolle Schilderung seiner heimlichen Ausfahrt (IV. p. 41), oder der mächtige Schluss (V. p. 137) von einer volkstümlichen Frische und dichterischen Kraft sind, die auffallend abstechen gegen die sonstige Vortragsweise des Jean des Preis, wie sie sowohl in seiner Chronik als auch in seiner Geste de Liège hervortritt.

Eine in der Chronik versteckte Reimspur ist für uns noch von einem besonderen Interesse. Als Ogier sich heimlich auf seine letzte Fahrt gemacht hat und von seinem Sohn Beuve vergeblich gesucht worden ist, heisst es: et li norelle se rat espandant que Ogier est perdus, ons ne seit qu'il est derenus. Die Stelle erinnert überraschend an die Verse Oswalds des Schreibers:

> Also ward der hochgeporn
> Keiser Friderich do verlorn,

ebenso wie überhaupt die Gestalt Ogiers mit dem sagenhaften Kaiser Friedrich mehr und mehr ähnlich geworden ist. Dass aber die Ogier-Sage diese Entwickelung genommen hat, ist nicht die zufällige Laune eines einzelnen Schriftstellers gewesen, sondern das Gesetz ihres Organismus, der eben diese Keime in sich barg, das Gesetz, nach dem eine jede Sage wächst und wird,

> Wenn Jahre lang durch Länder und Geschlechter
> Der Mund der Dichter sie vermehrend wälzt.

---

1) Über die Versspuren in den Prosa-Romanen cf. Gautier, Epopées II p. 442 ff.

Es scheint mir hiernach als sicher angenommen werden zu können,
dass die Ogier-Elemente in dem deutschen Mandeville nicht willkürliche
Zutbaten des Uebersetzers Otto von Diemeringen sind[1]), sondern auf
ältere über das Original des Mandeville hinaufreichende Quellen zurückgehen, und wenn wir auch nicht behaupten können, dass sie gerade in
diesem Original enthalten gewesen seien, wie es aus der Hand des Jean
de Bourgoigne hervorgegangen ist, so haben wir doch zum Mindesten
das Recht — und das ist das Wichtige für uns — sie als Zeugnis für
die Anschauung der älteren, Dante'schen Zeit in Anspruch zu nehmen.

Die Anspielungen auf Ogier finden sich allenthalben eingeflochten,
wie die fingierte Reise von Land zu Land fortschreitet. Aber einmal
benutzt der Schreiber die Gelegenheit, die ganze Ogier-Sage, in einem
kurzen Auszug zwar, aber im Wesentlichen nach Jean des Preis, uns
vorzuführen. Die Stelle ist in ein Kapitel[2]) eingefügt, das von Java
handelt und dessen sonstiger Inhalt wieder dem Odoricus[3]) entnommen
ist. Sie lautet:

Der König von Jana (= Java) hat gar ein köstlichen palast
darin er wonet. Dann alle staffelen dar uff man in den palast geit,
sint etlich guldin etlich silberin, und die esterich sint gefierteilt von
gold und von silber gegen einander sind die muren inwendig alle über-
zogen mit guldin und silberin blettern. In denselben blettern sint auch
vil ritterlicher that gewirkt und geschrieben. In dem öbristen sale
steet Oggiers leben und sine stryt gar verrcklichen gebildet und er-
graben, wie er aus Frankrich in dasselbe Land kommen ist und wie
er alle land gewan von Rom untz gen Indien[4]), wie ihn die Göttin
frow Jana (= Morgana) also verzaubert, das er nit sterben möcht,
und das er noch ob zweybundert joren uss Indien gen Franckrich kame,
und dan er nilt anderst wisste dann das er nilt mee dann eyn jor uss
gewesen wer, und da er gen Frankrich kam, da verwundert er sich
das sich die leut also gar verwandert hetten in eim jor wan er noch
niemande da den er kante. Auch ston an den muren vil grosse stryt
die etwen geschehen sind von dem grossen Fürsten Hector Alexander

---

1) Von der Hagen, l. c. p. 270. — Simrock, Volksbücher XIII. p. XIII.
2) Buch II cp. 11.
3) cp. 21. cf. Yule, Cathay App. I. p. XVII.
4) Auch dieser Zug hat sein Vorbild im Myreur, wo IV. p. 52 ff. erzählt wird,
wie im Castel Plaisant die Wände des Saales mit den Geschichten der Helden aus-
gemalt sind und bei der Ankunft Ogiers auf einen Wink Morganens mit dessen
Thaten sich schmücken.

*Hercules Keyser Karolen und von vil anderen strytbar Fürsten, das
doch unglich ist den Dingen die Oggier gethan hat, wan wer zu
rynen zytten nitt christen was den betzwang er von
uffgang der sunnen bins zum nidergang der sunnen,
und noch hüt des tages haben die herren indien inne
die von Oggiers linien harkomen sint. Auch sind in dem
landt Jana vil mee christen stet dann in allen anderen Künigrichen
sint, die wir bys har genennet haben. Man liset auch in demselben
val, wie Oggier lang, Künig Karlen gefangener was, und lag zu Mecche*[1]*)
in der stat Alabien, und wie er ledig ward. Do Künig Josore inn
Franckrich zog, do liess in Künig Karolus ledig, darumb das er den
Künig Josore bestreitte, und do half im Oggier und ertötet den Künig
Josore vor der statt Laon*[2]*). Und do er ledig wart du zoch er wider
die heiden von er het in der gefencknuss gelobt und unserm herren
got verheissen, würd er ledig, er wolte alle uncristen lüte durchechten,
und do Oggier anfing zu ziehen wyder die heyden und wider die un-
christen lüte da kam er in Künig Josores vatters land, den er ertötet
het. Derselbe Josores vatter hiess Künig Bereiher. Und du der
horte das Oggier in syn land wan komen da legt er an mit den
münchen die da templer heissen, das sy im dem Oggier verrieten und
gefangen geben. Aber das geschahe nit und Oggier gewann das land
und darnoch alle ander land die nit christen waren. Und nannte
sich selber gottes kempffer. Wann er stryt nit umb lüt
noch umb land oder herschafft zu gewinnen. Denn
allein darumb das er möcht die menschen zu christen-
glauben bringen. Etliche in denselben landen meinen,
Oggier lebe noch und sy an enden, do göttliche lüt wonen
und solle noch herwiderkomen alle lande zu rechter or-
dennnge setzen.*

Das Charakteristische an dieser Gestalt des Ogier ist, dass er, wie
schon Von der Hagen treffend sagt, sich uns als ein christlicher
Alexander darstellt. Sein Zug durch das Morgenland ist ein Alexander-
zug mit der ganzen Ausstattung, die ihm das Mittelalter verliehen hat.

---

1) Mekka, so auch Myreur V. p. 122 Meck. Es scheint hier eine Vermengung
der beiden von Jean des Preis erwähnten Gefangennahmen vorzuliegen, III. p. 267 ff.
durch Turpin und III. p. 340 durch Isoreit mit Hilfe der Templer.

2) Der Heidenkönig, der bei Laon von Ogier besiegt wird, ist im Myreur (III.
p. 280 ff.) nicht Josore, sondern Brehier, entsprechend der Chevalerie Ogier, während
Brehiers Sohn Isoreit erst bei der zweiten Gefangennahme Ogiers auftritt.

Ogier durchzieht alle jene phantastischen Länder und erfährt und besteht die Wunder und Gefahren der Wüste, der Wildnis und des Meeres, deren Schilderung seit Pseudo-Callisthenes und Julius Valerius wie ein üppiger Tropenwald die Siegesbahn des hellenischen Götterjünglings dichter und dichter umwuchert. Unter diesen Abenteuern nun ist für uns von hervorragender Wichtigkeit, dass Ogier, wie Alexander, zu den Bäumen der Sonne und des Mondes kommt und dass Mandeville mit diesem Besuch die Sage von Ogiers Wiederkunft in Zusammenhang bringt. Die Stelle lautet, IV. cp. 11:

Und gen syt ist ein wüste wol XV tagreisen vom wasser. Da stundt ein boum[1] der heisset der summen und des mones baum als man mir saget. Darzu mag niemen komen. Den thut priester Johan mit pfaffen verhüten, die werden by fier oder fünffhundert joren alt, wan des Baumes krafft gibt lang leben, und treit balsam, und wachset auch in aller Welt kein balsam dann do und zu Babilonia . . . . Man saget auch in den selben landen das Oggier by den selben boumen were und sich spyset mit dem balsam und da von lebte er so lang, und meinen er lebe noch und solle har wider zu inen komen.

Das irdische Paradies, zu dem der Myreur (III. p. 67) Ogier gleichfalls gelangen lässt, finden wir bei Mandeville (IV. cp. 13) nur mit Alexander in Verbindung gebracht. Dafür bietet Mandeville hier eine bemerkenswerte Angabe über die Säule des Alexander:

Und man meinet auch das, das der grosse Alexander also nahe zu dem paradise kommen sey, das er die muren gar wol geschen habe, aber er kume nicht in das paradise. Doch so satzt er syn zeychen dahyn als fer er kommen was. Geleiche als Hercules thet uff dem hyspanier mere gegen der sunnen undergang. Das zeichen das Alexander satz gegen der sunnen uffgang by dem paradise das heisset Alexanders gades, und das andere heisset hercules gades[2]. Und das sint grosse steine sülen die stöndt uff hohen bergen zu einer ewigen

---

1) Die von Zarncke (II. p. 153) wiedergegebene Handschrift hat hier richtiger den Plural entsprechend dem Aristotelesbrief, ebenso Jean des Preis (III. p. 67), der sagt: *Et puis sont venus aux deux arbres que ons dist de la lune et de soleal, qui parlont à Alixandre de Machidoine; de leur fruict mangnat Ogier assris et del saincte balme auxsy.*

2) Hier sind also die Säulen des Herkules, die die Alexandersage im fernsten Osten annimmt, zwar an ihre klassische Stelle versetzt, erscheinen aber doch noch im Zusammenhang mit den Säulen Alexanders.

bezeichnung oder bedeutunge das niemant fürre dieselben sülen hyn
auszkummen sul.

Dies gleiche Verbot haben wir aber oben in jener Legende, die den
Baum des Seth mit der *arbor sicca* identisch erklärt, mit diesem Baum
verbunden gesehen *(prohibens eos ne arborem transmeurent)*, was
wieder auf eine Verschmelzung des Baumes mit der Säule in der
späteren Vorstellung hinweist. Und andererseits finden wir auch die
Bäume der Sonne und des Mondes, zu denen Ogier kommt, ebenso in
dem Gebiet des Priesters Johannes wie die *arbor sicca* der Legende,
während der uns Alexanders Brief an Aristoteles herstammende Zug, dass
die Bäume gehütet werden, auch bei dem dürren Baum der Kaisersage
wiederkehrt[1]).

Auf diesem Alexander-Zug, der bis an den äussersten Grenzpfahl
der Erde führt, sehen wir nun Ogier in dem Mass, wie er ein Reich
nach dem anderen erobert, jeweils aus der Zahl seiner Begleiter neue
Könige einsetzen, sodass zum Schluss in allen Ländern, die er durchzogen hat, neue christliche Dynastien von Ogiers Gnaden herrschen. Die
wichtigsten unter diesen und für uns von besonderer Bedeutung sind der
Priester Johannes und der Gross-Chan. Beide Gestalten spielen
auch sonst in der Vorstellung des mittelalterlichen Abendlandes eine
grosse Rolle und zwar der Art, dass sie nicht nur die Phantasie der
Dichter und Geschichten-Erzähler beschäftigten, sondern auch in die
Erwägungen der Politiker als beträchtliche Faktoren Eingang fanden[2]).
Über das Wesen der Beiden herrschte die grösste Unklarheit und
Schwankung in der mittelalterlichen Auffassung. Bald werden die beiden
Namen als die von bestimmten einzelnen Personen aufgefasst, bald als
typische Bezeichnungen, als Herrschertitel. Bald erscheinen beide un-
abhängig von einander, Priester Johannes als der Herr von Indien, der
Chan als derjenige der nördlicher gelegenen Länder von China bis
Vorder-Asien. Bald treten sie in Gegensatz zu einander: der Chan
überwindet den Priester Johannes und tritt Kraft des Rechts der Eroberung an seine Stelle; oder aber der Priester Johannes erscheint als

1) Simrock, Volksbücher, Kaiser Friedrich, genannt Barbarossa, II. p. 239.
. . . . ,, *welches Baumes alle Sultane noch fleissig hüten lassen. Das ist wahr,
dass des Baums gehütet wird, und sind Hüter dazu gestiftet; welcher Kaiser aber
seinen Schild daran hängen soll, das weiss Gott.*

2) Ausser Zarncke l. c. cf. auch d'Avezac, Vorrede zu Johannes de Plano
Carpini in Recueil de Voyages et de Mémoires IV. p. 547 ff. — d'Ohsson, Histoire
des Mongols I. p. 53 Anm. 1. — Pauthier, Marco Polo I. p. 176. — Yule, Cathay
p. CXXII, 146 f., 174 ff.

der Vorfahre des Chan, und dieser übernimmt als Erbe zugleich die
Macht und den Titel des Priesters Johannes. Immer aber sieht das
Abendland in den beiden Gestalten machtvolle Bundesgenossen, die von
Osten gegen die Sarazenen heranziehend den Kreuzheeren im Kampf
um das heilige Land Luft machen. Dabei werden sie entweder geradezu
für Christen gehalten oder doch als Freunde des Christentums betrachtet,
deren Bekehrung zum rechten Glauben zu erwarten stehe.

Im deutschen Mandeville wird nun diese Mischung noch bunter
und die Beziehung zum Abendland zugleich noch enger, indem aus dem
Myrour[1]) der Zug herübergenommen wird, dass der Priester Johannes
und der Gross-Chan ursprünglich noch zwei von Ogier zu Königen eingesetzte Genossen seiner Fahrt sind, die zwei mächtige Dynastien
gründen.

Buch IV. cp. 4 wird darüber folgendermassen berichtet:

*Und da man zalt von gottes geburt achthundert und sechzehn
jare, da zoch Oggier von Denmarken in dieselben lande und gewan
Kathaia und indien und die landt mit einander an derselben gegne, und
was er gewan das gab er seinen frunden und denen die im gehorsame
dienste theten. Und alle die haben zythar das landt ingehelt. Also
ist der adel und die herrschaft ye von einem an den andern kommen.*

*Hier ist zu merken, wie der nam Priester Johan uffkomen ist
des ersten. Oggier der het ein frund der hiess Künig Godebuch von
Friessland, der het einen sun der hiess Johannes. Derselbe Johannes
der lag alle zyt in der kirchen und bettet vil und was gar andechtig
und thet auch vil gutter priesterliche werck. Und darumb das er
also geistlich und als vil in der kirchen was, da was er ander leuten
ein spil, und du gabe man ihm den namen priester Johan. Nun fügt
es sich das derselbe Johannes gar ein manlich that begienge darumb
im syn retter Oggier hold und geneigt ward und im die land, die er
gewonnen hette, befalch und schied Oggier von den landen und behielt
priester Johan die selben land und beliebe im auch der name den
auch alle syne nachkommen noch heut des tages hand und also ward
ihr spil zu einem ernst. Das hab ich gelesen in den selben landen in
den crönicken die da ligent in derselben stat Nyse in unser frawen
münster, und ich glaub nit anderst dan das der name daselbst har
sy kommen. Aber ettliche sagen es were eins males vor zyten ein fru-
mer Künig von indien dem fiel in den syn er wolte die christenheit*

1) III. p. 52, 63, 66.

bestehen etc., wobei er dann durch den Anblick christlichen Gottesdienstes
bestimmt wird, Christ zu werden und den Namen *Priester Johannes*
anzunehmen. *Doch glaub ich das erste das man ich hab es in den
büchern gelesen*[1]).

Dass der Gross-Chan von Ogier sein Geschlecht herleitet, wird bei
Schilderung seines Hofhaltes erwähnt (III. cp. 2):

*Und alles volck das zu tisch dienet das redet nit es dan der Can
mit im redet on allein die farenden leut die gedicht machen oder müre
mere bringen oder müre spyl machen und was sy von got oder von
heyliger lüt reunder und alten historien, von Oggiers strytten sagen,
das hört er gern. Wan er meint er sy von Oggiers geschlecht
kommen, und alle land seyn von Oggier an in rüren.*

Im Übrigen sind Priester Johannes sowohl wie der Chan bei Mandeville mit den gleichen Eigenschaften ausgestattet, die ihnen auch sonst
im Mittelalter beigelegt wurden. Priester Johannes ist der vollkommen
christliche Priester-Fürst, begabt mit Frömmigkeit und Herrschertugenden, voll Macht und Majestät, in der schimmernden Pracht seiner
fabelhaften Schätze, so wie er in jenem überladenen Phantasiestück seines
Briefes an Kaiser Emanuel den kindlichen Gemütern des Mittelalters geschildert wurde und den unersättlichen Hörern in immer neuen Bearbeitungen und Ausschmückungen wiederholt werden konnte: *Si potes dinu-
merare stellas caeli et harenam maris, dinumera et dominiam nostrum
et potestatem nostram*[2]). Der Gross-Chan weist die Züge auf, mit denen
auch Marco Polo, Haithon, Johannes de Plano Carpini und Andere ihn
schildern. Er ist der mächtige Herrscher eines unermesslichen Reiches,
ein Freund der Christen, wenn auch selbst ein Heide und in allen
Stücken ein weiser und glücklicher Regent. Es ist das Bild, wie ich
es bereits in dem Excurs zu meiner Inferno-Übersetzung entworfen habe.
Doch treten einzelne Züge noch schärfer hervor.

Im II. Buch cp. 11 heisst es am Schluss:

*Item der König von Jana ist also mechtig das er dick hat ge-
kriegt mit dem herren der do heisset der grosse hundt, den man
gemeinlich nennet Can, also wil ich in auch nennen hie noch in dysem
buch durch kürtzung willen. Der Can ist der öberst und der mech-*

<hr>

[1] Die erste Namenserklärung schliesst sich eng an den Myrour III. p. 52 u. 66
an. Über die Abweichung des englischen und französischen Textes, der nur die
zweite Erklärung enthält, cf. Zarncke II. p. 132 ff.

[2] Schluss des Briefes, cf. Zarncke I. p. 924.

tigest Keiser den die sunne überscheinet. Er meynet auch es sy kein ander herre dan er, und got sy herre im hymel und er uff der erden. Doch hat in der König von Jana etwan überwunden.

Die Stelle beweist ausser der Schätzung der Macht des Chan, dass die in dem Namen liegende Nebenbedeutung *Hund* dem Mittelalter wohl bewusst war.

Auch der Verwendung des F i l z e s bei dem Volk des Chan wird wieder Erwähnung getban (III. cp. 5):

An vil enden desselben lands hat das folck kein ander hüser dan die von piltzen gemacht sint die richtent sy uff, uff stangen und tronent darunder und fürent sy mit in an die ende da man ir nottürfftig ist zu reisen oder zu anderen suchen, gelich als man hie thut mit dem gezelten[1]. Und wiewal das der grosse Can synen ersten ursprunck gehebt hat von dem land und ouch da von geborn ist, so ist er doch selten da, wan es ist ein bösses land. Er wonet gewonlichen in Kathay das ist ein gut land.

Bemerkenswert ist ferner die Wendung, mit der Mandeville auf den Gebrauch des Papier- und Ledergeldes beim Gross-Chan zu sprechen kommt (III. cp. 7):

Die Can achten nit vil uff goldt silber oder edel gestein. Es sy dan das sy es in ander landt senden oder frembden gesten schencken wöllen, Büre und palast zieren wöllen oder ir zildher damit ussrichten, oder umb koufmanschatz verwechselen. Darumb ist kein müntz in irem londen von gold oder silber. Aber sy hand ein zeichen mit ir geschrifft, das schlecht man uff leder. So aber leder theür ist so schlecht man es uff bappyr als hie uff gold oder silber.

Und in der bestimmtesten Weise wird dem Gross-Chan die Bedeutung eines Weltherrschers zuerkannt, wenn im Anschluss an die Berufung des Cangius zum Kaiser über die sieben Tartarenstämme, die mit dem Traumgesicht des weissen Reiters getreu nach Haithon erzählt ist, seine Eroberungen mit den Worten charakterisiert werden (III. cp. 4): *Also hub er an zu stritten und die land an sich ziehen als vor zytten der gross Alexander, die Römer und Oggier.*

---

[1] cf. Johannes de Plano Carpini cp. II § IV (Recueil de Voyages et de mémoires IV. p. 616): *Stationes habent rotundas in modum tentorii praeparatas, de virgis et baculis subtilibus factas. Supra vero in medio rotundam habent fenestram unde lumen ingreditur, et ut possit fumus exire: quia semper in medio ignem faciunt. Parietes autem et tecta filtro sunt cooperta: estia etiam de filtro sunt facta . . . . et quorumque vadunt, sive ad bellum sive alias, semper illas deferunt secum.*

Immer wieder finden wir eine Mischung der verschiedenartigsten
Elemente. Aber gerade die Art, wie sie durcheinanderführen, führt uns
recht vor Augen, wie phantastisch und nebelhaft und doch zugleich be-
rückend und gewaltig das Bild war, das die abendländische Christenheit
von jenem Herrscher des Ostens sich geschaffen hatte.

Wenn wir nun Halt machen und den langen Weg zurückblicken
nach der Stelle des Johannes von Hildesheim, von der wir ausgegangen
sind, so glaube ich, daß der innerste Zusammenhang jener Sage, der
Gross-Chan der Tartaren habe seinen Schild an dem
dürren Baum im Tempel zu Thauris aufgehängt und sich
damit der Weltherrschaft versichert, nun deutlich vor uns
liegt. Dieser Gross-Chan ist nicht der Schrecken des Abendlandes, wie
er sich dem späteren Blicke darstellt, sondern der mit allem Zauber des
Geheimnisvollen umwobene Herrscher des Ostens, von dem die Christenheit die entscheidende Hülfe im Kampf gegen die Ungläubigen erhofft,
der für die träumende Phantasie geradezu zu dem für das Ende der
Tage prophezeiten mystischen Weltherrscher emporwächst. Denn als
dieser bekundet er sich durch die symbolische Handlung, daß er seinen
Schild am dürren Baum aufhängt. Die Brücke aber zwischen dem
Gross-Chan und dem letzten Kaiser schlägt die Alexander-Sage und die
Ogier-Sage. Die Alexander-Sage enthüllt uns, daß die tiefsten Gedanken
der Kaisersage weit über diese hinaufreichen und verweist das Haupt-
motiv, daß die Siegeslaufbahn des Welteroberers an den Wunderbäumen
ihre tragisch gestimmte Vollendung und Besiegelung findet, in den
fernsten Osten des Erdkreises. Die Bäume weissagen dem Alexander
die Weltherrschaft und einen frühen Tod und legen damit in uns schon
den verborgenen Keim des Gedankens, daß der Held, sein Leben
nicht ausgelebt habe, auch nicht unwiederbringlich gestorben sein könne.
In der Ogier-Sage sodann vereinigen sich alle wesentlichen Elemente
der christlichen Kaisersage und der Alexandersage. Auf der einen Seite
ist Ogier vollkommen der Kaiser der Kaisersage, der Gotteskämpfer —
messo di Dio, ist man versucht zu sagen —, in dessen Hand das Heil
der Christenheit liegt, der eine Zeit im Verborgenen lebt, um, wenn die
Not am höchsten gestiegen ist, als Retter zurückzukehren. Auch seine
erbitterte Fehde mit König Karl entspricht ganz dem scharfen Gegensatz, in dem Kaiser Friedrich zum Lilienkaiser sich zeigt. Auf der
anderen Seite wird auch bei ihm, ebenso wie bei Alexander, das Schwer-

gewicht der ganzen Sage nach dem Osten verlegt; die gleichen Er-
oberungszüge führen zu dem gleichen Ziele, dem Wunderbäumen; er ist
ein christlicher Alexander, nur einer, der nicht stirbt, der im fernen Osten
geheimnisvoll weiterlebt und dereinstens sieghaft wiederkommen wird.
Mit Ogier wird dann die Gestalt des Gross-Chans in Verbindung gebracht, der sein Geschlecht und seine Herrschaft von ihm herleiten soll
und mit dem christlichen Priesterkönig Johannes, dem Lehnsmann
Ogiers, zu einer Person verschmilzt, und diesen Gross-Chan sehen wir
schliesslich, siegreich von Osten nach Westen gewendet, seinen Schild
gleich dem Kaiser der Kaisersage an dem dürren Baum zum Zeichen
der Weltherrschaft aufhängen.

Wenn wir aber diese Ideen zu Dantes Zeit lebendig sehen und
wenn Johannes von Hildesheim und Jean des Preis und Jean de Bourgoigne auch erst fünfzig Jahre nach Dantes Tod geschrieben haben, so
schöpfen sie doch alle aus schon vorhandenen Quellen und liefern gerade
das Zeugnis dafür, dass diese Ideen schon früher bestanden haben —,
so scheint es mir unabweisbar, aus ihnen heraus, im Zusammenhang
mit den in meinem früheren Deutungsversuch beigebrachten Gründen,
in jenem geheimnisvollen allmächtigen Herrscher, der sich den „grossen
Hund" nannte, der auf einem Teppich von Filz zum Kaiser erhoben
wurde, der in einem Lande mit Hütten von Filz „*seinen Ursprung
hatte und geboren wurde*" — *e sua nazion sarà tra feltro e
feltro* — der Gold, Silber und Edelgestein „*nit viel achtet
— questi non ciberà terra nè peltro* — und der durch das Aufhängen des Schildes dem Kaiser der Kaisersage gleichgestellt
wird, das Vorbild des Dante'schen Windhunds zu erblicken,
auf den diese Schilderung zum Teil fast wörtlich passt, dem der Dichter
die gleiche geheimnisvolle Erwartung voraufgehen lässt und dem er die
gleichen Aufgaben zuweist, wie seine Zeit jenem Weltkaiser.

Während so unsere Stelle aus Johannes von Hildesheim die Deutung
des Veltro auf den Gross-Chan bestätigt, trägt sie andererseits auch
dazu bei, den Zusammenhang des von Dante erwarteten Retters mit
dem Kaiser der Kaisersage schärfer ins Licht zu rücken[1]). Der Veltro
kann nicht anders als auf den Weltkaiser gedeutet werden, und ausserdem erweist er sich mit dem Dux des irdischen Paradieses un-
trennbar verbunden. Beide, Veltro und Dux, geben nur verschiedene

[1]) Auch Kraus, Dante p. 475 u. 735 weist auf den Zusammenhang der Kaisersage mit der Veltro-Idee hin, kann sich aber nicht entschliessen, daraus die volle
Konsequenz zu ziehen. Entschiedener Grauert, hist. Jahrb. 1896 p. 815 ff.

Bilder der gleichen Gestalt, Beide betonen nur verschiedene Eigenschaften, verschiedene Aufgaben, die insgesammt dem einen letzten Kaiser zugewiesen wurden. Die Stelle vom Veltro kehrt mehr die allgemein menschliche Seite des Retters hervor: er soll die Wölfin der Habgier in die Hölle zurückjagen, er soll, aus schlichten Verhältnissen hervorgegangen, nicht nach irdischem Besitz trachten und in Weisheit, Liebe und Tugend seines Amtes walten. Es sind dies die sozialen, wirtschaftlichen Ansprüche, deren Erfüllung die Kaisersage von ihrem Kaiser erwartet, wenn sie von ihm weissagt, er werde die gute Zeit, *gute jar* wieder heraufführen, in dem Gewand der Armut auftreten und der Helfer der Witwen und Waisen und des kleinen Mannes sein. Die Prophezeihung von Dux hat dagegen mehr die politischen Aufgaben des Retters zum Gegenstand: *ancidera la fuja Con quel gigante che con lei delinque*. La *fuja* ist anerkanntermassen die Kirche in ihrer Verderbtheit und der Riese der König von Frankreich, der mit ihr im Bunde steht. Wir haben aber gesehen, dass die Züchtigung der frevelhaften Pfaffen und die Niederwerfung des französischen Königs die zwei heissesten Hoffnungen sind, denen das Ghibellinentum in der Kaisersage Worte leiht. Veltro und Dux sind also nicht zwei verschiedene Gestalten der Dante'schen Apokalypse, sondern eine einzige, der alleinige Träger seiner Hoffnungen und zwar der gleiche Retter, den die Volksphantasie in dem Kaiser der Kaisersage ersehnte.

Diese Erkenntnis führt uns aber noch einen Schritt weiter und zeigt uns unweigerlich, dass noch ein anderes Element der Kaisersage in Dantes Vision Eingang gefunden hat: der *albero mistico* ist seiner Herkunft nach offenbar nichts anderes als der dürre Baum der Kaisersage[1]).

Als Beatrice mit dem Triumphzug der Kirche zu dem Baum inmitten des Paradieseswaldes gekommen ist, heisst es (Prg. 32, 37):

Io sentii mormorare a tutti: „Adamo!“
Poi cerchiaro una pianta dispogliata
Di fiori e d'altra fronda in ciascun ramo.

La coma sua, che tanto si dilata
Più quanto più è su, fôra dagl'Indi
Nei boschi lor per altezza ammirata.

---

1) Mussafia hat am Schluss seines Aufsatzes Sulla leggenda del legno della Croce (Sitzungsberichte der k. Akademie der Wissenschaften, philos.-histor. Klasse, Wien 1869, Bd. 63 p. 196) den Gedanken gestreift, ebenso Yule, Marco Polo I, p. 125.

Bei der Deutung des Baumes hat es immer Schwierigkeiten gemacht, dass er in erster Linie offenbar der alte Baum der Erkenntnis ist, während sich im weiteren Verlauf die zwingende Notwendigkeit ergiebt, ihn als das Symbol des römischen Reiches und des Kaisertums aufzufassen[1]). Wie Dante zu diesem Doppelsinn kommen konnte, wird verständlich, wenn wir uns erinnern, dass schon in der Sage, die ihm das Motiv des Baumes gab, die beiden Elemente gemischt sind. Soweit der *albero mistico* sich als Erkenntnisbaum darstellt, kehrt er eben die Bestandteile hervor, die er vom Baum des Seth und von der Legende des Kreuzesholzes überkommen hat[2]). Als Symbol des römischen Reichs und des Kaisertums geht er dagegen auf die Sonnen- und Mondbäume „in den fernsten Wäldern der Inder"[3]) zurück, die dem Alexander die Weltherrschaft verheissen. Doch während in der ausgebildeten Kaisersage das religiöse Element durch das politische in den Hintergrund gedrängt wird und der Kaiser nicht mehr — vor einem Höheren zurücktretend — die Reichsinsignien an dem Kreuzesstamm niederlegt, sondern seinen Schild als Siegeszeichen an dem Stamm aufhängt, dessen Besitz die Herrschaft der Welt bedeutet, hält Dante an dem doppelten Charakter des Baumes fest, und während derselbe im ganzen Verlauf der Vision das römische Reich zu vertreten hat, so tritt doch entschieden die Idee des Erkenntnisbaumes in den Vordergrund, wenn das Neuerblühen des Baumes nicht durch das Aufhängen des Kaiserschildes bewirkt wird, sondern dadurch, dass der Greif (= Christus) das Deichselholz des Kirchenwagens (= das Kreuz) wieder an den Baum fügt (Prg. 32, 49):

> *E volto al temo ch'egli avea tirato,*
> *Trasselo al piè della vedova frasca;*
> *E quel di lei a lei lasciò legato,*

ein Symbol, hinter dem dann allerdings der weitere Sinn sich birgt, dass der päpstliche römische Stuhl (= die Deichsel) durch Christus an das

---

[1]) Scartazzini, com. Lips. II. p. 730 ff., bes. p. 739. — Philalethes II. p. 521. — Döllinger, Akad. Vorträge, Nördlingen 1888 I. p. 88.

[2]) So erzählt Francesco da Buti (Pisa 1858—62) II. p. 785 bei ihm ausführlich die Geschichte von Seth und dem Öl der Barmherzigkeit.

[3]) Man wird deshalb auch in Dante's Hinweis auf die Wälder der Inder in der oben angeführten Stelle nicht sowohl einen Anklang an Virgils Georg. II, 122 ff., worauf gewöhnlich verwiesen wird, als vielmehr an den Aristotelesbrief (l. c. p. 205 ff.) zu erblicken haben. Eine auffallende Ähnlichkeit besteht auch zwischen der Schilderung der *divina foresta* (Prg. 28, 1—21) und dem Paradies des Priesters Johannes mit dem Baum des Seth (cf. oben p. 50).

römische Kaisertum gebunden wird und diesem dadurch Segen bringt.
Dante hat eben mit dieser Sage auch den Absichten seiner Dichtung
entsprechend frei geschaltet, wie wir ihn es mit vielen anderen überkommenen Vorstellungen seiner Zeit ebenfalls thun sehen. Aber die
Wurzel zu seinem Paradiesesbaum liegt unstreitig in der Kaisersage.

Schliesslich haben wir noch des spezifisch germanischen Elements in der Kaisersage zu gedenken, an das auch eine Anzahl
von Zügen der Dante'schen Vision seltsam anklingen. Die Entscheidungs-
schlacht, die der Kaiser am Ende der Tage auf der Walstatt am dürren
Baum zu bestehen hat, ist bekanntlich, und mit guten Gründen, mit
der nordischen Götterdämmerung in Verbindung gebracht worden [1]).
Der entrückte und wiederkehrende Kaiser ist der Wanderer Wodan,
der dürre Baum, der nach dem Sieg neu ergrünt, die Weltesche
Yggdrasil, die, vom Brand der Götterdämmerung verdorrt, bei der
Wiedergeburt der Welt von Neuem ausschlägt. Auf dieser Weltesche
horstet aber nun nach dem germanischen Mythus ein Adler, und unter
ihren Wurzeln lagert der Lindwurm Nidhöggr [2]) und das Gleiche
finden wir bei Dantes Paradiesesbaum, wenn der Adler zweimal aus
seiner Krone niederfährt und wenn sich am Fuss des Baumes die Erde
öffnet und der Drache heraufsteigt (Prg. 32, 112, 124 und 130) [3]).
Ebenso erinnert es an germanische Vorstellungen, wenn der Hauptfeind,
den der Veltro zu bekämpfen hat, unter dem Bild der Wölfin erscheint (Inf. I, 101 und Prg. 20, 15), gleichwie der Fenrirwolf bei
der Götterdämmerung der Gegner Wodans ist [4]).

Durch die Persönlichkeit wie durch die Dichtung Dantes geht ein
starker germanischer Zug, der uns gemahnt, dass die Sonne Italiens zu
seiner Zeit aus dem Blut der Aldigherii noch nicht ausgetilgt hatte,
was deren Ahnherr, der wohl als deutscher Gefolgsmann eines Kaisers
über die Alpen gezogen war, von nordischem Wesen mitgebracht hatte [5]).
Mag sein, dass die Frau, die in Dantes Erinnerung steht, wie sie

. . . . traendo alla rocca la chioma
Favoleggiava con la sua famiglia
Dei Troiani, di Fiesole e di Roma, (Par. 15, 124)

1) Grimm l. c. II p. 798 ff. — Fulda l. c. p. 20, 28 f., 38 f. — Schröder l. c.
p. 45 ff.
2) Grimm l. c. II, p. 664 f., III. p. 237 f.
3) Bei dem Fuchs, der zusammen mit Adler und Drachen am Fuss des Baumes
genannt wird, liesse sich auch an das Eichhorn Ratatöskr denken, das Zwietracht
stiftend zwischen Adler und Schlange der Weltesche hin und her läuft (Grimm l. c.).
4) Grimm l. c. II. p. 608.
5) Kraus l. c. p. 25. — Carducci, l'opera di Dante, Bologna 1888 p. 46 f.

auch noch Märchen zu erzählen wusste, die in dem Lande der Weltesche und der Götterdämmerung ihre Heimat hatten.

Die Parallele zwischen der Kaisersage und dem nordischen Mythus drängt sich unwillkürlich auf, und sie wird noch zwingender durch den Zug der Bergentrückung, den wir namentlich in späteren Fassungen der Sage finden und der sie an einzelnen Orten wenigstens an unzweifelhafte Wodansberge anknüpft [1]). Dem ist aber dann der gewichtige Einwand entgegengehalten worden, dass die ersten Spuren des dürren Baumes unfraglich nach dem Morgenlande weisen [2]), und unsere Untersuchungen haben uns ja über Palästina und Mambre hinaus noch viel weiter nach Osten geführt, bis in das fernste Indien, bis zu den Trophäen des Liber und des Hercules und bis zu den Bäumen der Sonne und des Mondes. Könnte nicht aber vielleicht dort auch die Lösung des Widerspruchs zu finden sein, könnten wir nicht dort in der Wiege der Menschheit auch die Wiege dieser Sage haben? Im tiefsten Grund gefasst ist es ja doch eine Ursage, der Kampf des Lichts mit der Finsternis, die zeitweilige Verdrängung, Überwältigung des Lichts durch die bösen Gewalten, die Ahnung von seiner geheimnisvollen Fortdauer und seine siegreiche lebenerneuende Wiederkunft. Schon der Name der Sonnen- und Mondbäume deutet auf den kosmischen Charakter der Sage, noch mehr, wenn von ihnen erzählt wird, *quod in eclipsi solis et lunae reduci uberrimis lacrimis sacrae arbores commoveantur de deorum suorum statu timentes* (Aristot. Brief p. 212). Auch die Trophäen des Liber und des Hercules weisen denselben Weg: der Gott wie der Halbgott sind Personifikationen der stets ringenden und immer wieder siegenden Sonnenkraft. Und Alexander ist ahnungsvoll in die gleichen Fussstapfen getreten, als er sich zum Sohn des Sonnengottes Ammon erklären liess. Auf die gleiche Grundidee geht der nordische Mythus zurück, und Kampf, siegreicher Kampf des Lichtes mit der Finsternis ist auch der innerste Kern des christlichen jüngsten Gerichtes. So mag denn auch der Baum, der als dem Licht geweiht in den drei Mythen wiederkehrt, auf die gemeinsame Quelle zurückgehen, aus der die drei geflossen sind [3]).

Vielfach werden in der Volksseele die grossen Gedankengänge sich wiederholen. Sie kann von den gleichen Schauern der Nacht und

---

1) Grimm l. c. II. p. 795 ff. — Fulda l. c. p. 25 ff.

2) Hanauer, Progr. p. 23 u. 41.

3) cf. Grimm l. c. II. p. 667, wo auch eine Verwandtschaft der Weltesche mit den Säulen des Hercules vermutet wird.

der Sehnsucht nach dem Licht erfasst werden, wenn sie Sommer und
Winter, Entstehen und Vergehen in der Natur erlebt; wenn sie Versuchung und Sünde und Busse und Erlösung in sich selbst durchmacht;
wenn sie eine Heldengestalt, in der sie sich selbst verkörpert, mit den
feindlichen Mächten kämpfen und ihnen erliegen sieht und die Sehnsucht
nach der Glückseligkeit im Herzen behält, die jener Heros angestrebt
hat. Das Gleichartige aber zieht sich an, und wenn nach tausend
Jahren die Menschheit diesen gewaltigen Widerstreit wieder einmal erlebt, so wird dieses neue Erlebnis mit der Erinnerung des früheren —
sei es nun ein ureigenes oder fremd überkommenes — zu einem einzigen
Gebilde von Vorstellungen zusammenschmelzen. Und so kann sich über
die alte Sonnensage des Ostens die nordische Götterdämmerung legen
und das Weltende der Christen, und den Seligkeit und Gesittung spen-
denden Triumphzug des Gottes, um dessen Mund doch immer die Trauer
wohnt, kann das Volk wiederfinden in den Thaten des göttergleichen
Heldenjünglings, dem die Herrschaft der Welt beschieden war und eine
kurze Spanne Daseins. Die Erinnerung kann noch einmal aufleben,
wenn ein glänzender Herrscher des Reiches Herrlichkeit gegen die feindlichen Gewalten in grandiosem Kampfe hochhält und sie jählings mit
sich hinab nimmt in sein frühes Grab. Und all die Glücks-Sehn-
sucht kann sich schliesslich zusammenfassen in der Erwartung eines gewaltigen Helden, der von Osten heraufziehen soll, sieghaft und segen-
spendend wie das Urbild der ganzen Sage, die Sonne. So hat sich Schichte
auf Schichte gelegt, und sie alle sind zusammengewachsen zu dem einen
gewaltigen Gebilde der Kaisersage, der geheimnisvollsten und vieldeu-
tigsten Sage des Mittelalters. Was Wunder, dass wir sie als einen
Hauptfaktor wiederfinden in dem Gedicht, das so vieldeutig ist wie kein
zweites, und zwar als Kern seines berühmtesten Geheimnisses, des Rätsels
vom Veltro.

Willy Kühne.

Von

Th. Leber.[*)]

- - -

Hochgeehrte Versammlung!

Sechzehn Monate sind dahingegangen, seit uns Willy Kühne durch
den Tod entrissen wurde, seit wir den Verlust des bahnbrechenden
Forschers und hochverdienten akademischen Lehrers zu beklagen haben,
der eine der ersten Zierden unserer Hochschule gewesen ist.

Sein Name wird in der Wissenschaft fortleben und sein Gedächtnis in zahllosen dankbaren Herzen lebendig bleiben. Darum hat auch
der Gedanke, dem teuren Entschlafenen ein seiner würdiges Denkmal
zu setzen, in den weitesten Kreisen freudigen Anklang gefunden. Freunde,
Anhänger und Schüler, nicht nur in Deutschland, sondern auch im Aus-
lande, haben sich in grosser Zahl zur Ausführung dieses Gedankens vereinigt. Ein hervorragender Künstler hat es übernommen, Kühne's Bildnis in Erz zu formen; er hat ein Kunstwerk geschaffen, welches die
geliebten Züge in edler Auffassung wiedergibt und der Nachwelt über-
liefern wird.

Heute sind wir nun hier an der Stätte zusammengekommen, wo
Kühne so viele Jahre hindurch gelebt und gewirkt hat, um dieses Denkmal zu enthüllen, welches der Dankbarkeit und Verehrung für ihn einen
bleibenden Ausdruck geben soll. Auch die zahlreiche Beteiligung,
welche unsere heutige Feier gefunden hat, spricht laut für das hohe
Ansehen, in welchem Kühne's Leistungen stehen, und für die treue Anhänglichkeit, die ihm über das Grab hinaus bewahrt worden ist.

Mir, als einem seiner ältesten Freunde, ist die ehrenvolle Aufgabe geworden, die Gedanken und Empfindungen, welche die Stifter
dieses Denkmals beseelen, heute bei dessen Enthüllung in Worte zu
fassen. So gerne ich mich dieser Aufgabe unterzogen habe, die mir
Gelegenheit gibt, auch meinerseits zu bezeugen, wie viel ich dem ge-

*) Gedächtnisrede, gehalten bei der Enthüllung seines Denkmals im physio-
logischen Institut zu Heidelberg, am 20. Oktober 1901.

liebten Freunde verdanke, der mir schon früh auf dem Weg der Forschung ein Vorbild und ein Führer war und der mir seine Freundschaft
in allen Wechseln des Lebens stets unverändert bewahrt hat, so sehr
muss ich um Nachsicht bitten, wenn es mir nicht gelingen sollte, dieser
Aufgabe, so wie ich es wünsche, gerecht zu werden. Die berufensten
Fachgenossen haben schon Kühne's Lebenswerk in warm empfundenen
Nachrufen gewürdigt und uns auch seine Persönlichkeit in lebendigem
und fein nuanciertem Bilde geschildert, so dass ich fürchten muss, in
Form und Inhalt dahinter zurückzubleiben. — Es würde nicht im Sinne
des Entschlafenen sein, wenn ich seine wissenschaftlichen Leistungen in
längerer Rede und in allen Einzelheiten darlegen wollte. Ich will mich
darauf beschränken, indem ich seinem Entwickelungsgange zu folgen
versuche, aus der reichen Fülle seiner Arbeiten das Wichtigste hervorzuheben, um auch Denjenigen von Ihnen, welche seinem Fache ferner
stehen, von seiner Stellung in der Wissenschaft und von der Bedeutung seiner Entdeckungen eine Vorstellung zu geben. — Seine edle
und liebenswürdige Persönlichkeit steht Ihnen Allen noch so lebhaft
vor der Seele, dass es einer eingehenden Charakterisierung derselben
wahrlich nicht bedarf. Auch empfinde ich lebhaft, wie sehr die künstlerische Begabung zu solcher Schilderung mir abgeht. Von dem Verluste des zu früh dahingeschiedenen Freundes schmerzlich bewegt, vermag ich dem Bilde, welches von ihm in meinem Herzen fortlebt, nur
in kurzen, schlichten Worten Ausdruck zu verleihen.

Es war von vornherein sicher, verehrte Anwesende, dass Kühne's
Denkmal nur hier in Heidelberg, an dieser Stätte seines langjährigen
Wirkens und Schaffens, aufgestellt werden könnte. Hat doch Kühne
unserer Universität seit 1871, also fast dreissig Jahre hindurch, angehört und ihr somit nicht viel weniger als die Hälfte seines ganzen
arbeitsreichen Lebens gewidmet. In Hamburg 1837 geboren und nach
seinen Neigungen und Anlagen zum Grossstädter wie geschaffen, auch
als Jüngling lange und gern in grossen Städten verkehrend, hat er sich
doch in unserer idyllischen Musenstadt rasch eingelebt und hat hier
volle Befriedigung gefunden. Hier lernte er das Glück kennen, ungestört durch Zerstreuungen und zeitraubende Geschäfte sich in wissenschaftliche Arbeit zu vertiefen und dem Ziel seines Denkens und Strebens, der Erforschung der Lebensvorgänge, voll und ganz sich hinzu-
geben. Diese Befriedigung würde aber nicht so vollkommen gewesen
sein ohne das überaus glückliche und harmonische Familienleben, welches
ihm hier erblühte und das ein so stetiges und ungetrübtes war, wie es

wenigen Menschen beschieden ist. Die Zufriedenheit mit dieser arbeitsreichen, schaffensfreudigen Forscherthätigkeit hat ihn auch später niemals verlassen, und so ist er unserer Universität trotz verlockender An-
erbietungen bis an sein Lebensende treu geblieben. Eine schwere Krankheit, deren Anfänge viele Jahre zurücklagen, hat seine Kräfte allzufrüh
gebrochen und nachdem er die Schwelle der Sechziger nur wenige Jahre
überschritten hatte, seinem Leben vor der Zeit ein Ziel gesetzt.

Kühne war ein Mann von glänzenden Geistesanlagen, die schon in
früher Jugendzeit hervortraten. Eine glückliche Unabhängigkeit seiner
äusseren Verhältnisse gestattete ihm, seiner Neigung zu naturwissen-
schaftlichen Studien ungehindert nachzugehen und sich unter der Leitung
der bedeutendsten Naturforscher und Biologen seiner Zeit für seine Lebensaufgabe vorzubereiten. Als 17jähriger bezog er 1854 die Universität
Göttingen, wo besonders Wöhler den tiefsten und nachhaltigsten Einfluss auf ihn ausübte. In der Schule dieses hervorragenden Chemikers,
welchem zuerst die künstliche Darstellung einer von dem Tierkörper
gebildeten komplizierten organischen Verbindung, des Harnstoffs, gelungen ist, begründete sich in ihm das Streben, tiefer in die chemischen
Vorgänge des Lebens einzudringen, und den Stoffwechsel des Körpers
mit exakten chemischen Methoden zu erforschen. Dem weiteren Ausbau einer anderen Entdeckung Wöhler's auf verwandtem Gebiete ist
schon 1857 eine Arbeit von ihm und Hallwachs gewidmet. Dieser
Arbeitsrichtung ist Kühne sein ganzes Leben hindurch treu geblieben
und ihr hat er wohl den grössten Teil seiner Erfolge verdankt.

Mit 19 Jahren, auf Grund einer Dissertation über künstlich erzeugten Diabetes bei Fröschen, zum Doktor promoviert, setzte er seine
Studien zunächst in Jena fort, dann in Berlin unter Du Bois Reymond,
welcher kurz zuvor durch bahnbrechende Arbeiten in der Nerven- und
Muskelphysiologie seinen Ruf begründet hatte. Hierauf begab er sich
zu einem mehrjährigen Aufenthalt nach Paris, wohin ihn besonders die
grossen Entdeckungen Claude Bernard's zogen. Bei diesem vorzüglichen
Experimentator, der, wie unter anderem sein Zuckerstich, die künstliche
Erzeugung von Diabetes durch Verletzung eines ganz bestimmten Gehirn-
teils, zeigt, auch in die chemischen Vorgänge des Lebens tiefe Blicke
zu thun verstand, hat Kühne einen grossen Teil seiner Virtuosität in
der experimentellen Physiologie erworben, wie er denn auch dieses seines
Lehrers stets mit dankbarer Anhänglichkeit gedacht hat.

Schon früh bekundete Kühne seine Meisterschaft in der mikroskopischen Forschung. Eine glänzende Probe davon geben seine, schon

mit 22 Jahren begonnenen und dann eifrig fortgeführten Arbeiten über die Endigungsweise der Nerven in den quergestreiften Muskeln. Zwar hatten schon lange Zeit vor ihm verschiedene Beobachter für niedere Tiere mit Bestimmtheit angegeben, dass das Ende der motorischen Nervenfaser mit der Muskelfaser in direkte Berührung trete; diese Angaben konnten sich aber keinen Eingang verschaffen, weil der gleiche Nachweis für höhere Tiere nicht gelingen wollte und weil gerade bei Wirbeltieren die Untersuchungen zu durchaus abweichenden Annahmen über die Endigungsweise der Muskelnerven führten. Da gelang Kühne zuerst bei Insekten, und dann auch bei Wirbeltieren der sichere Nachweis, dass die Nervenfaser in das Innere des Muskelschlauches eindringt, und einige Jahre später, in denen dieser Gegenstand inzwischen auch von zahlreichen anderen Forschern aufgenommen und gefördert worden war, konnte er auch die erste genauere Schilderung der Art und Weise dieser Nervenendigung, in der sogenannten Nervenendplatte, folgen lassen. Hierdurch war erst für die experimentell gefundene Thatsache, dass der Reizungsvorgang von der Nervenfaser auf die Muskelfaser übertragen wird, ein Verständnis gewonnen.

Bald nachher hat er durch seine berühmt gewordene Beobachtung der freien Bewegung eines mikroskopisch kleinen Würmchens, einer Nematode, im Inneren einer Muskelfaser den Nachweis zu liefern vermocht, dass der Inhalt des Muskelfaserschlauches eine flüssige Beschaffenheit besitzt, was für die noch immer ungelöste Frage vom Zustandekommen der Muskelkontraktion von fundamentaler Bedeutung ist.

Wohl mit durch Du Bois Reymond angeregt, aber in Fragestellung und Ausführung durchaus selbständig und eigenartig sind Kühne's experimentelle Untersuchungen auf dem Gebiete der Muskelphysiologie, durch welche er die Frage, ob die Muskelfaser eine eigene, von der Übertragung durch den Nerven unabhängige Irritabilität besitzt, welche so lange ein Gegenstand des Streites gewesen war, in positivem Sinne entschieden hat.

In Wien, wo er nach der Pariser Zeit einen kürzeren Aufenthalt nahm, ist er von den dortigen hervorragenden Physiologen, Ernst Brücke und Karl Ludwig, besonders zu dem ersteren in nähere Beziehungen getreten.

Im Jahre 1860 hatte ihm Virchow eine Assistentenstelle am pathologischen Institut in Berlin übertragen, an welchem er die Leitung der chemischen Abteilung übernahm; hierdurch eröffnete sich ihm ein selbständiger Wirkungskreis, in welchem er bald auch eine fruchtbringende

Lehrthätigkeit entwickelte. Die nahen Beziehungen zu dem Begründer der Cellularpathologie mussten ihn auf Probleme aus dem Gebiete der Zellenlehre hinlenken, in deren Wahl und Bearbeitung er aber wieder völlig original und bahnbrechend dasteht. Man hatte durch Schleiden und Schwann in der Zelle den Elementarorganismus des pflanzlichen und tierischen Körpers kennen gelernt, und Virchow hatte den grossen Schritt gethan, diese Erkenntnis auf die Pathologie zu übertragen und dafür fruchtbar zu machen. Kühne nahm jetzt die an diesen Elementarorganismen sich abspielenden Lebensvorgänge zum Gegenstand seiner Untersuchung. Die Frucht dieser Studien ist sein Buch über das Protoplasma und die Kontraktilität, das mit einer staunenswerten Fülle von Beobachtungsmaterial die Kontraktilitätserscheinungen im Tier- und Pflanzenreich behandelt und die Bedingungen ihres Auftretens zu ergründen sucht. Charakteristischer Weise bildet einen der wichtigsten Abschnitte desselben eine chemische Untersuchung, der Nachweis einer spontan gerinnenden Substanz in den Muskeln, welche auch die Ursache der Totenstarre abgibt, des von ihm sogenannten Myosin's, eine Untersuchung, durch welche er eine Hypothese Brücke's über die Entstehung der Totenstarre bestätigt hat.

Seine Vorlesungen über physiologische Chemie wurden von Kühne 1868 zu einem ausgezeichneten Lehrbuch ausgearbeitet, welches den Stoff ganz von der physiologischen Seite aus auffasst und durch die Klarheit der Darstellung und die Menge der darin niedergelegten Beobachtungen noch heute von Wert ist.

Auf dem Gebiete der Pathologie ist Kühne trotz der durch seine Berliner Stellung gegebenen Anregung nur ausnahmsweise als Forscher thätig gewesen. Zu erwähnen ist hier seine Arbeit über die chemische Natur der durch die sogenannte amyloide Degeneration der Körperorgane entstehenden Substanz, bei deren Isolierung er sich mit Erfolg der von ihm erfundenen Verdauungsmethode bediente. Er wusste sich weise zu beschränken, auch liess ihm Virchow in seinen Arbeiten völlig freie Hand. Kühne hat Virchow die grosse Liberalität nie vergessen, mit welcher ihm dieser die Mittel des Institutes zu seinen besonderen Forschungen zur Verfügung stellte. So gestaltete sich seine Abteilung mehr zu einem kleinen physiologischen Institute, in welchem unter seiner Leitung alle möglichen, mikroskopischen, chemischen und experimentellen Arbeiten, aber vorzugsweise nicht-pathologischen Inhaltes, ausgeführt wurden. Mit herzgewinnender Freundlichkeit hat damals

Kühne auch mich als jungen Anfänger in sein Laboratorium aufgenommen und in seinen persönlichen Verkehr hineingezogen.

In dieser Berliner Zeit wurde Kühne der Mittelpunkt eines Kreises jugendlicher Fachgenossen, welche in zwanglosem geselligem Verkehr ihre wissenschaftlichen Ansichten und Ergebnisse austauschten und an fremder Arbeit oft scharfe Kritik übten. Die abendlichen Zusammenkünfte waren durch sprühenden Humor gewürzt und eine gewisse Exklusivität hielt die Gesellschaft bei aller Formlosigkeit eng zusammen. Viele aus diesem Kreise haben später an Universitäten gewirkt, nicht wenige als hervorragende Forscher und Gelehrte; gar manche weilen aber nicht mehr unter den Lebenden. Von den Heimgegangenen nenne ich aus Kühne's Zeit: Lücke, Radziejewski, K. Hüter, F. Boll, J. Cohnheim, K. Westphal, W. Preyer.

Kühne folgte schon 1868 einem Ruf an die Universität Amsterdam, wo er aber in den gänzlich geänderten Lebensverhältnissen nicht heimisch wurde. Um so mehr musste er 1871 die Berufung nach Heidelberg, als Nachfolger von Helmholtz, an die Universität, wo damals noch Bunsen und Kirchhoff wirkten, als ein Glück empfinden. Das ganz nach seinen Angaben eingerichtete physiologische Institut wurde bald eine Stätte regster wissenschaftlicher Arbeit, zu welcher er zahlreiche jüngere Kräfte anzuregen wusste.

In der Heidelberger Zeit wurden zunächst die schon in Berlin begonnenen Untersuchungen über die Pankreasverdauung wieder aufgenommen, welche ihn zur Reindarstellung des Fermentes der Bauchspeicheldrüse, von ihm Trypsin genannt, führten und über dessen Wirkung auf die Eiweisskörper näheren Aufschluss gaben. Für die ungeformten Fermente wählte er den neuen Namen Enzyme, um auch durch die Bezeichnung die fermentativ wirkenden chemischen Substanzen von den in gleicher Weise wirksamen niederen Organismen scharf zu trennen.

Bald mussten aber diese Untersuchungen eine Weile zurücktreten, da die Entdeckung Boll's, dass die Netzhaut des Auges eine durch Licht ausbleichbare rote Färbung besitzt, welche im Leben fortwährend zersetzt und wieder erneuert wird, Kühne zu einer vier Jahre hindurch fortgesetzten Reihe bewunderungswürdiger Untersuchungen Anlass gab, welche so recht seine Meisterschaft in der experimentellen Forschung und seine Beherrschung der chemischen und physikalischen Hilfsmittel darthun. Er fand, dass die rote Färbung nicht, wie Boll anfangs annahm, eine Lebenseigenschaft der Netzhaut ist, sondern bei Abschluss des Lichtes nach dem Tode ebenso wie im Leben erhalten bleibt. Er wies nach, dass sie nicht auf einem Interferenzvorgang beruht, sondern von einem roten Farbstoff, dem Sehpurpur herrührt, dessen schwierige Trennung von den damit durchtränkten Gewebselementen, den Stäbchen der Netzhaut, ihm gelungen ist; er zeigte, dass durch die Einwirkung des Lichtes auf den Sehpurpur den Photographieen vergleichbare Bilder äusserer Gegenstände auf der Netzhaut zu Stande kommen, die trotz ihrer Vergänglichkeit sich objektiv demonstrieren lassen, die sogenannten Optogramme. Er hat damit für die photochemische Theorie der Lichtempfindung eine feste Basis geschaffen. Seine Hypothese, dass die Zersetzungsprodukte des Sehpurpurs chemisch reizend auf die Endorgane des Sehnerven in der Netzhaut einwirken, macht es verständlich, wie das Licht eine Erregung des Sehnerven bewirken kann, obwohl dieser Nerv gegen die direkte Einwirkung des Lichtes vollkommen unempfindlich ist. Freilich stehen der Annahme dieser Hypothese noch gewisse Bedenken entgegen, weshalb Kühne selbst sie nicht als sicher erwiesen betrachtet hat.

Nach Abschluss dieser Arbeiten wendete sich Kühne wieder der Untersuchung der durch das Trypsin erzeugten Spaltungsprodukte der Eiweisskörper zu. Die dabei erlangten Resultate sind, abgesehen von ihrer Wichtigkeit für die Lehre von der Verdauung, von besonderer Bedeutung für die schwierige Aufgabe der Zukunft, die Erforschung der chemischen Konstitution der Eiweisskörper, welche jetzt schon ernstlich ins Auge gefasst werden darf.

In der letzten Zeit seines arbeitsreichen Lebens hat sich Kühne wieder mit der Kontraktilität des Protoplasmas beschäftigt und namentlich deren Abhängigkeit von der Gegenwart von Sauerstoff in eingehendster Weise studiert. So schliesst sich das Ende seiner wissenschaftlichen Laufbahn harmonisch den fundamentalen Untersuchungen seiner Jugendzeit an.

Zahlreiche Fragen hat Kühne zur Entscheidung gebracht, in anderen einen Fortschritt angebahnt, der auf lange Zeit hinaus für weitere Forschungen bestimmend sein wird. Erstaunlich ist die Menge einzelner Thatsachen und Erfahrungen, die er in seinen Arbeiten angehäuft hat, und die als sicherer Besitzstand in die Wissenschaft übergegangen sind. Die Zuverlässigkeit seiner Beobachtungen und die Gewissenhaftigkeit seiner Untersuchung auch in nebensächlichen Einzeln-

heiten waren so gross, dass ihm Irrthümer in seiner langen wissenschaftlichen Laufbahn kaum vorgekommen sind. Seine Wahrheitsliebe war
auch das Motiv, das ihn an Gegnern scharfe, zuweilen vernichtende
Kritik üben liess, wenn er sie auf unrichtigen Wegen fand oder wenn
sie berechtigten Ansprüchen zu nahe traten.

Kühne war eine künstlerisch angelegte Natur; diese Anlage
hat ihn aber nie dazu verführt, gewagten Spekulationen Raum zu
geben, oder aus den gefundenen Thatsachen mehr ableiten zu wollen,
als wozu sie berechtigten. Seine künstlerische Ader war für ihn die
Quelle, aus der sein Geist immer neue und unerschöpfliche Hilfsmittel
herzuleiten vermochte zur Bewältigung der Aufgaben, welche er sich
gesetzt hatte. Darum wird seinen Arbeiten ihr Wert verbleiben, auch
wenn die Wissenschaft vielleicht über manche heute geltenden Ansichten
und Theorieen hinweggeschritten sein wird.

Als Lehrer verstand es Kühne, seine Zuhörer durch lebhaften
und inhaltreichen Vortrag zu fesseln und zu wissenschaftlichem Denken
anzuregen. Er sprach schnell und brachte eine Menge von Thatsachen,
so dass der Anfänger zuweilen Mühe hatte zu folgen. Um so mehr
wurde derjenige, welchem es um die Sache ernst war, für seine Aufmerksamkeit durch den Inhalt der sorgfältig ausgearbeiteten und von
zahlreichen Versuchen erläuterten Vorlesungen belohnt. Im Laboratorium war Kühne unermüdlich, denen, die tiefer in seine Wissenschaft
eindringen wollten, die Wege dazu zu zeigen und zu ebnen.

Wer aber das Glück gehabt hat, ihm näher zu treten und in
freundschaftlichem Umgang die Fülle seines Geisteslebens und den
herzgewinnenden Zauber seines Wesens kennen zu lernen, dem wird die
Erinnerung an diese gottbegnadete Persönlichkeit voll heiterer Lebenslust und voll warmer Begeisterung für alles Schöne und Grosse zeitlebens im Herzen lebendig bleiben. Seine Freude am geselligen Verkehr, sein Drang, sich auszugeben und mitzuteilen, seine geistvolle, von
feinen Bemerkungen übersprudelnde Unterhaltung, sein sicheres Urteil
in Sachen der Wissenschaft, sein Interesse und Verständniss für alle hervorragenden Erscheinungen in Litteratur und Kunst, seine Freundlichkeit und Herzensgüte, seine Bereitwilligkeit zu raten und zu helfen,
wo er es mit den reichen Schätzen seiner Erfahrung nur immer vermochte, werden allen, die ihm nahe standen, stets unvergesslich sein.

Ein Freundschaftsverhältnis von seltener Innigkeit, das er noch
in späteren Jahren geschlossen hat, zu einem Manne von ähnlichen
Anlagen und gleicher Bedeutung wurde jäh durch den Tod unter-

6*

brochen. Ich weiß aus seinem eigenen Munde, wie hoch er den Verkehr mit Victor Meyer geschätzt und wie schwer ihn der Verlust dieses Freundes betroffen hat, den er nur wenige Jahre überleben sollte.

Ein hervorragender Biologe, ein glänzender, an Erfolgen reicher akademischer Lehrer, ein für alles Schöne und Gute begeisterter Mensch, ein warmherziger Freund, so lebt Kühne in unserer Erinnerung und in unseren Herzen fort. Sein Lebenswerk aber wird weiter wirken, so lange es eine physiologische Wissenschaft geben wird. Sein Andenken soll unter uns in Ehren bleiben.

—

Wenn wir nun die Hülle von diesem Denkmal fallen lassen, so bleibt mir nur noch übrig, dasselbe im Namen der Stifter dem Nachfolger Kühne's, dem jetzigen Direktor des physiologischen Institutes, Herrn Professor Kossel, als Eigentum des Instituts zu übergeben. Wie derselbe in der Wissenschaft die Traditionen Kühne's hochhält und weiterführt, so wird er auch, dessen sind wir sicher, sein Denkmal gern in seinen Schutz nehmen und in Ehren halten.

Dante und die Renaissance.

Von

Karl Vossler.

--

Das Werk Dantes steht an der Grenze, wo sich Mittelalter und Renaissance berühren, es ist darum zu erwarten, dass sich Anschauungen und Elemente aus der vorhergehenden sowohl wie aus der folgenden Kulturepoche darin aufweisen lassen.

Welches sind nun die Keime einer neuen Zeit bei Dante, wo liegen sie verborgen, was ist schon renaissancemässig in seinem Werk und was ist noch mittelalterlich daran? Dies die Frage, die wir uns vorlegen.

Es wäre vielleicht das Nächstliegende, zuerst die Begriffe Mittelalter und Renaissance genau gegen einander abzugrenzen und den allgemein gewonnenen Massstab auf den besonderen Fall Dante zu übertragen; aber ich hoffe, der umgekehrte, induktive Weg soll uns besser zum Ziele führen, mit dem Vorbehalte jedoch, dass wir ihn zuweilen verlassen dürfen. Sämtliche Strömungen jener Übergangszeit vereinigen sich in der allseitigen Schöpfung Dantes, und wenn wir ihnen Stück für Stück nachgehen, so müssen uns die einen nach vorwärts drängen und die anderen werden zurückfluten ins Mittelalter.

Die politische Stellung Dantes — um von dieser zuerst zu sprechen — lässt sich bereits nicht mehr kennzeichnen mit den Schlagworten der Zeit: Guelf und Ghibelline. In guelfischer Familie und Bürgerschaft ist der junge Dichter aufgewachsen, denn mit den Ghibellinen war es in Florenz zu Ende seit dem Untergang des Staufenhauses (1268) und unter guelfischem Banner ist er zu Kampfe geritten bei Campaldino und Caprona (1289). Nach der Spaltung seiner Partei in schwarze und weisse Guelfen hat er sich den letzteren zugesellt und als weisser Guelfe musste er im Jahre 1302 in die Verbannung ziehen. Der heisse Wunsch, in die Vaterstadt zurückzukehren, die moralische

Unbedenklichkeit, mit der die schwarze Partei ihre Wege zur Herrschaft wählte, ein angeborener aristokratischer Instinkt, ein glühender ethischer Hass gegen das Gemeine, und schliesslich wohl auch Erwägungen philosophischer Art haben den verbannten Dichter immer mehr und mehr zu ghibellinischen Idealen hinübergedrängt.

Es kann nun keinem Zweifel unterliegen, dass für die Entwickelung der italienischen Städte das Guelfentum den Fortschritt bedeutet. Man darf in ihm nicht etwa eine päpstliche oder klerikale Partei im heutigen Sinn des Wortes vermuten. Die Guelfen erstreben zunächst nur die Autonomie ihrer Stadt; dabei steht ihnen die feudale Kaiserherrschaft im Wege und so pflegen sie sich vorzugsweise den Papst als den natürlichen Feind des Kaisers zum Bundesgenossen zu nehmen. Es sind antikaiserliche Partikularisten, die keinen fremden, keinen germanischen Herren wollen, und ohne ihren Sieg ist die italienische Städtekultur und die Renaissance nicht denkbar.

Ebenso müssen die schwarzen Guelfen wieder den weissen gegenüber als die Träger des Fortschrittes bezeichnet werden. Ihnen, den Schwarzen, gehört die revolutionäre Kraft der sogenannten arti minori (niederen Zünfte), ihnen der bessere politische Instinkt, ihnen jene kühne Entschlossenheit, die keine moralischen Bedenken kennt und grausam genug ist, ihre Siege auszunützen. Sie sind die ersten Vollstrecker jenes machiavellistischen Geistes der Renaissance. Man höre ihren Spottvers auf die edelgesinnte, aber unpraktische aristokratische Partei der unterlegenen Weissen:

> Color di esser fatti son li Bianchi
> E vanno seguitando la natura
> Degli animali che si menan branchi,
> Che pur di notte prendon lor pastura.
>
> Di giorno stanno ascosi e non son franchi
> E sempre della morte hanno paura
> Dello leon per tema non li adombrachi
> Che non perdono mai la forfattura:
>
> Che furon Guelfi ed or son Ghibellini,
> Da ora innanzi siau detti ribelli,
> Nemici del Comun come gli Uberti . . .

Auf Dante Alighieri passen diese Verse nicht. Ihm ist die „aschfarbene" Furcht etwas Fremdes. Dennoch gehört er zur geschmähten Partei der Unterlegenen, denen die Geschichte Unrecht gegeben hat. In zwei hervorragenden Individuen verkörpern sich die Extreme beider

Parteien: der unbeugsame Ghibelline Farinata degli Uberti auf der Rechten: ein adelsstolzer Ritter, wie ihn Dante gezeichnet hat, und ein gesinnungstüchtiger Patriot, dem seine Stadt doch immer höher steht als das Parteiinteresse; und der ruhelose, ehrgeizige Aufwiegler Corso Donati auf der äussersten Linken, wie ihn Dino Compagni beschreibt: „Uno cavaliere della somiglianza di Catellina romano, ma più crudele di lui, gentile di sangue, bello del corpo, piacevole parlatore, adorno di belli costumi, sottile d'ingegno, con l'animo sempre intento a malfare .... molto avere guadagnò, e in grande altezza salì. Costui fu messer Corso Donati, che per sua superbia fu chiamato il Barone; che quando passava per la terra, molti gridavano: „Viva il Barone"; e parea la terra sua. La vanagloria il guidava, e molti servigi facea." Dieser Donati ist schon der Renaissancemensch mit vorwiegend ästhetischer Bildung, der aber keine Ideale mehr in der Politik vertritt, sondern nur den eigenen Vorteil.

Eben der Abscheu vor solchem Mangel an Idealität, vor so materiellem und rücksichtslosem Eigennutz ist es, der Dante zurückgetrieben hat von der fortschrittlichen Partei, in die er hineingeboren war, zurück zu den mittelalterlichen Träumen des Kaisertums. In der Politik ist er retrospektiv.

Am Tage, da er Florenz als Verbannter verlässt, tritt er aus den Schranken der heimatlichen Stadtpolitik heraus und wird Weltbürger. „Nos autem cui mundus est patria, velut piscibus aequor." Und nun — wahrscheinlich in den letzten Jahren seines Lebens — führt er das grosse Gebäude der Weltmonarchie auf und beweist in den drei Büchern seines „De Monarchia" der Reihe nach

1. die moralische, soziale und politische Notwendigkeit der Universalmonarchie,

2. das göttliche, natürliche und historische Anrecht des römischen Volkes auf die Weltherrschaft,

3. die durch den Dualismus in der menschlichen Natur und im ganzen Weltsystem begründete strenge Scheidung der weltlichen Herrschaft von der geistlichen, und die direkte göttliche Herkunft der kaiserlichen sowohl als der päpstlichen Gewalt.

Die Grundgedanken: feudale Weltmonarchie, Kontinuität zwischen römischem und germanischem Kaisertum und Von-Gottes-Gnadentum erweisen sich ohne weiteres als mittelalterlich. Das wichtigste moderne Element pflegt man darin zu sehen, dass die weltliche Herrschaft von der päpstlichen emanzipiert wird. Dennoch glaube ich nicht,

dass man das „De Monarchia" etwa in Eine Entwicklungsreihe setzen
darf mit jener historisch-kritischen Schrift des Humanisten Lorenzo
Valla gegen die Donatio Constantini. Es ist sehr zu beachten, dass die
Emanzipation bei Dante eine unvollständige ist. Der Schlusssatz des
Buches beweist es aufs Beste. Nachdem Dante die Unabhängigkeit
des Kaisers (Caesar) vom Papst (Petrus) erwiesen hat, fügt er hinzu:
„Quae quidem veritas ... non sic stricte recipienda est, ut romanus
princeps in aliquo romano pontifici non subjaceat; cum mortalis ista
felicitas quodammodo ad immortalem felicitatem ordinetur. Illa igitur
reverentia Caesar utatur ad Petrum, qua primogenitus filius debet uti
ad patrem, ut luce paternae gratiae illustratus, virtuosius orbem terrae
irradiet. Cui ab illo solo praefectus est, qui est omnium spiritualium
et temporalium gubernator." Damit bleibt nun doch die Civitas terrena
der Civitas Dei untergeordnet. Der Kaiser ist der von Gott eingesetzte
und beauftragte und vom Stellvertreter Christi väterlich bestrahlte Hirte,
der seine Schäfchen der ewigen Weide entgegen zu treiben hat. Im
Grunde steht Dante auf demselben Boden wie Thomas von Aquino.

Aber der Ansatz zur Befreiung des weltlichen Standes ist gemacht,
die historische Priorität des Kaisertums vor dem Papsttum wird sehr
scharf betont, und dem Staat werden seine eigenen Zwecke, seine
eigenen Aufgaben gesetzt: Herstellung einer friedlichen politischen
und sozialen Ordnung, materielle Glückseligkeit (I, 5): „Patet, quod
genus humanum in quiete sive tranquillitate pacis ad proprium suum
opus, quod fere divinum est liberrime atque facillime se habet. Unde
manifestum est, quod pax universalis est optimum eorum, quae ad
nostram beatitudinem ordinantur." Dieser Friede, diese Glückseligkeit
ist nötig, damit das Menschengeschlecht seiner grossen gemeinsamen
Arbeit der Kultur, der „Civilitas humani generis" obliegen könne.

Mag diese Kultur auch schliesslich in transzendentalen Zielen
gipfeln, das Wort ist ausgesprochen: Aufgabe des Staates ist die Förderung der Kulturarbeit.

Die Stützen einer solchen Kulturmonarchie, führt Dante weiter
aus, sind ethischer Natur: Gerechtigkeit, Freiheit und Liebe, Prinzipien, denen zuvörderst der Monarch sich zu unterwerfen hat: „Non enim
cives propter consules, nec gens propter regem; sed e converso consules propter cives, rex propter gentem .... quamvis consul sive rex
respectu viae sint domini aliorum, respectu autem termini aliorum
ministri sunt." Die Maxime könnte ebensogut von Friedrich dem
Grossen stammen.

So erhebt sich Dantes Geist vom Gedanken des mittelalterlichen Gottesstaates zu den modernsten Ideen vom Kulturstaat. Sind diese Gedanken aber etwa renaissancemässig? Finden wir sie etwa bei Machiavelli oder Guicciardini fortgesetzt? Keineswegs! Ganz abgesehen davon, dass die Staatslehre der Renaissance auf empirischer, nicht wie diejenige Dantes auf deduktiver Grundlage ruht, besteht meines Wissens ihr eigentlichstes Kennzeichen in einer scharfen, grausamen Scheidung von Politik und Moral. Die Politik der Renaissance ist die Kunst des Herrschens und hat Selbstzweck; die kulturelle Aufgabe des Staats wird vernachlässigt, die Regierung will nicht beglücken, sondern sich behaupten, sich verstärken, sich ausdehnen. Militär und Diplomatie vielmehr als Bürgerglück und Bürgerfleiss sind ihre festesten Grundlagen. — Ein Vorläufer der Renaissance ist Dante also in seiner politischen Theorie so wenig wie in seiner Praxis.

Wie steht es in Theologie und Religion? Kein ernstlicher Danteforscher, mag er auf katholischer oder protestantischer Seite stehen, wird mehr an der strikten Orthodoxie des Dichters zweifeln wollen. In der philosophischen Theologie sogar noch viel strenger als im Staatsrecht hält sich Dante innerhalb der Thomistischen Lehre. Wohl hat man versucht, in seiner geistigen Entwicklung eine vorübergehende Periode des Zweifels nachzuweisen auf Grund einiger Stellen im „Gastmahl" und in den letzten Gesängen des „Purgatorio", aber der Versuch muss als misslungen bezeichnet werden. Im Gegenteil, gerade diejenige Zeit, in der das „Gastmahl" entstanden ist und in der man einen Anfall von Skepsis zu erkennen glaubte, erweist sich, je mehr man der Sache auf den Grund geht, als der mittelalterlichste Moment im Leben des Dichters. Gerade damals hat ihn die Scholastik vollständig gefangen genommen, gerade damals hat er sich am heissesten bemüht, den Mysterien des Glaubens auf vernunftmässigem Wege beizukommen. Ein leidenschaftlicherer Thomist als damals ist er nie wieder gewesen. Sogar den Unsterblichkeitsbeweis der Seele will er noch auf philosophischem Wege antreten.

Aber zu einer Trennung von Wissenschaft und Glauben, wie sie um jene Zeit durch den Skotismus erreicht wird, ist Dante auch später niemals gekommen. Die Stelle in Purgatorio XXXIII, 82- 00, lässt sich in diesem Sinne nicht interpretieren. Der Dichter fragt seine geistliche Führerin: „Aber warum fliegt Euer liebes Wort so hoch über meine Sehkraft, dass ich, je mehr ich mich anstrenge, um so mehr es verliere?" „Weil du, sagte sie mir, nur jene Schule kennst, der du

gefolgt bist, und nun siehst du, wie wenig ihre Lehre meinem Worte
folgen kann, und wie Euer Weg von dem göttlichen Weg eben soweit
entfernt ist, als die Erde abliegt von jenem Himmel, der am raschesten
kreist". Mit „jener Schule", glaube ich, kann doch wohl nur die Scholastik gemeint sein, und es soll hier ein Graduntersehied, aber kein
Wesensunterschied zwischen Vernunft und Offenbarung bezeichnet werden.

Etwas ganz anderes aber als einen Anflug von Zweifel kann uns
diese Stelle im Verein mit einigen anderen aus den letzten Teilen der
„göttlichen Komödie" lehren (besonders Par. XXIX, 85 ff), nämlich dass
der Dichter sich mehr und mehr einer mystischen Erfassung der Religion
zuzuneigen begann. An Stelle des Raisonnements tritt mehr und mehr
die Offenbarung, ohne dass jedoch der Boden der „filosofici argomenti"
und des „intelletto umano" (Par. XXVI, 25 u. 46) je vollständig verlassen würde. Eine erste Ankündigung dieses Gesinnungswechsels haben
wir wohl schon in dem Sonette XXIV: „Parole mie che per lo mondo
siete" zu erkennen.

Thomas von Aquino, der Scholastiker, und Franz von Assisi, der
Mystiker, das sind die Pole, zwischen denen Dantes religiöse Welt sich
bewegt. Im Mannesalter nähert er sich mehr dem Ersteren, am Abend
seines Lebens sucht er Frieden bei dem Letzteren. Es würde uns viel
zu weit führen, den Einfluss der franziskanischen Mystik auf Dantes
Werk in ihrem ganzen Umfang zu studieren.

So viel ist sicher, dass er einen Jeden der beiden „Kirchenfürsten"
(Principi) in seiner Eigenart erkannt und den Keim des Gegensatzes,
der in ihnen lag, geahnt hat.

> Par. XI, 37. L'un fu tutto serafico in ardore,
> L'altro per sapienza in terra fue
> Di cherubica luce uno splendore.

Aber es ist auch eben so sicher, dass er den Gegensatz, der sich
notwendigerweise immer stärker herausbilden musste, zwischen diesen
beiden Richtungen bedauert, dass er ihn verwischt und ausgesöhnt
wissen möchte. Es gehört nicht zu Dantes Art, denselben Gedanken
zu wiederholen, hier jedoch kann er sich nicht genug thun in der Versicherung, dass beide, Dominikaner und Franziskaner, im Grunde doch
nur ein und demselben Ziele zustreben:

> Par. XI, 40. Dell' un dirò, però che d'amendue
> Si dice l'un pregiando, qual ch'uom prende,
> Perchè ad un fine fur l'opere sue.

und im nächsten Gesange Vers 34 wieder:

> Degno ù che dov' ù l'un l'altro s'induca,
> Si che come' elli ad una militaro,
> Cosi la gloria loro insieme luca.

Um die Einigkeit der Beiden recht eindringlich darzuthun, wird das Lob des hl. Franz dem Dominikaner Thomas von Aquino, und das Lob des hl. Dominikus dem Franziskaner S. Bonaventura in den Mund gelegt.

Aber eine unerbittliche Logik führte die beiden immer weiter auseinander, so dass Dantes Stellungnahme zur Entwicklung der Dinge auch hier wieder eine konservative und retrospektive genannt werden muss. Und auch hier wieder, wie im politischen Getriebe, ist es vorwiegend ein moralischer Affekt, ein ethischer Hass, der Abscheu vor der Entartung beider Mönchsorden, der ihn zurückdrängt zu vergangenen Idealen.

Wie tief Dantes Theologie und Religion noch im Mittelalter wurzeln, zeigt ein rascher Vorblick auf Petrarca. Für diesen hat das Dogma überhaupt keine Bedeutung mehr. Seine ganze Religion ist nur Mystik und Ethik, wird von einem tiefen asketischen Bedürfnis getragen und findet ihren besten geistlichen Ratgeber in dem hl. Augustin. Neben dieser subjektiven und persönlichen Religion nimmt sich Dantes Bekenntnis doch noch recht scholastisch und im schlechten Sinne „katholisch" aus.

Man kann nun darüber streiten, ob die mystische Verinnerlichung der Religion überhaupt schon als Renaissance zu bezeichnen sei. Die Frage ist im Grunde nur ein Zank um Worte. Dass die franziskanische Mystik eine Vorbereitung zu neuen Zeiten bedeutet, wird kein ernsthafter Historiker in Abrede stellen. Mit dem Worte Renaissance aber bezeichnen wir doch wohl nur die ästhetische und antichristliche Seite jener Bewegung, die aus der Zersetzung der mittelalterlichen Gesellschaftsbande und des Gottesstaates zur Freiheit des Individuums führt. Die Mystik kann daher nur dann als Renaissanceelement bezeichnet werden, wenn sie das Individuum vom Priester befreit, sobald sie aber zur Weltverneinung zurückführt, wirkt sie doch nur als mittelalterliche und hemmende Kraft.

Und nun zeigt sich das Wunderbare, dass der Zukunftsmensch Petrarca in einem Punkte wieder viel mittelalterlicher fühlt, als Dante. Der Sänger Lauras hat sich ein Einsiedlerleben zuweilen künstlich geschaffen, er liebäugelt mit dem Gedanken ins Kloster zu gehen,

er quält sein krankes eitles Herz mit grausamer Selbstanalyse, und der
Schmerz ist ihm Wollust. — Dass Dante je die Absicht gehabt habe,
hinter Klostermauern zu fliehen, ist wohl behauptet worden, aber lässt
sich doch nicht erweisen. Und wenn er in seinen letzten Jahren, wie
es nicht unwahrscheinlich ist, unter die Tertiarier des Franziskaner-
ordens gegangen ist, so darf man daraus erst recht nicht auf eine welt-
flüchtige Gesinnung schliessen. Askese liegt seinem ungebrochenen
Gefühlsleben fern.

Trotzdem feiert er mit aufrichtiger Bewunderung die freiwillige
Armut der Franziskaner als die wahre Nachahmung Christi. Wir
kommen damit zu seinem moralischen System. — So wie er es in
der „Divina Commedia" dargestellt hat, ist es sicherlich kein streng ein-
heitliches. Aber wir müssten zu sehr ins Weite gehen, wenn wir
in jedem einzelnen Fall die massgebenden Grundanschauungen erweisen wollten, die den Dichter zu seinen jeweiligen Anordnungen
der Laster und Tugenden geführt haben. Hier dürfte sich der Kürze
halber ein deduktiver Weg empfehlen. Wir bezeichnen also a priori als
mittelalterliche Moral diejenige mit theokratischer Grundlage, in der
der Mensch sich seinem Gotte opfert; als Renaissance-Moral, sofern es
überhaupt eine solche giebt, die rein menschliche und individualistische,
die ihren Richter nur im eigenen Gewissen findet, als moderne Moral
die soziale, in der der Mensch sich seinem Nächsten opfert.

Indem nun Dante in aller politischen und sozialen Ordnung einen
göttlichen Willen erblickt, so muss sich seine Moral in manchen Punkten
mit unserer modernen Sittenlehre berühren, ohne dass sie nötig hätte,
dabei ihren mittelalterlich theokratischen Boden zu verlassen. Wenn
also z. B. der Dichter die Mörder Cäsars zu unterst in die Hölle steckt,
so werden wir Modernen ihm verhältnismässig gerner unsere Zustimmung geben als die Renaissance, die ja thatsächlich gerade dieses
Urteil wiederholt gerügt hat.

Ähnlich verhält es sich nun auch mit der Askese der Mönche und
Eremiten. Ihr kontemplatives Leben wird zwar höher geschätzt, als das
gemeinnützige Wirken gerechter und gütiger Fürsten — und darin ist
Dante mittelalterlich — aber hinter der ganzen Lobpreisung solcher
Askese steckt ein kirchenpolitischer und modern sozialer Gedanke:

> Che, quantunque la Chiesa guarda, tutto
> E della gente che per Dio domanda,
> Non di parenti, nè d'altro più brutto,

so predigt der Stifter von Montecassino.

Die neuesten Forschungen von Fr. X. Kraus haben es sehr wahrscheinlich gemacht, dass Dante eine Reform der Christenheit gerade von dieser, von asketischer Seite erwartete, und dass er in recht enger Fühlung mit der strengen franziskanischen Richtung des Ubertino da Casale stand. Er befürwortet also die Askese in der Hauptsache nur als Mittel zu dem hohen sozialen Zweck einer reinen, von Weltmachtsgedanken unverfälschten katholischen Kirche. Es ist durchaus kein Zufall, dass die schlimmsten Invektiven gegen die verweltlichte Geistlichkeit jener Zeit immer den kontemplativen und asketischen Geistern des Paradieses in den Mund gelegt werden. — So vermengen sich hier aufs Eigentümlichste die mittelalterlichen Anschauungen mit den allermodernsten Bestrebungen eines idealen Katholizismus.

Mittelalterlich ist freilich der ganze Untergrund dieser Moral mit ihrer ewigen Verdammnis und ihrer grundsätzlichen Ausschliessung des gesamten Heidentums vom Wege des Heils. Man darf die wenigen sporadischen Durchbrechungen dieses Systemes nach der Richtung der Renaissance hin, nicht sehr hoch anschlagen. Wenn der Selbstmörder Cato nicht in der Hölle büsst und die persönliche Sympathie des Dichters in vollstem Masse für sich hat, so bleibt ihm trotzdem der Weg zur Reinigung verschlossen und er verdankt die Ausnahmstellung nur dem politischen Glaubensbekenntnis seines Sängers. Trajan verdankt seinen Platz im Himmelreich einer viel verbreiteten mittelalterlichen Volkssage, und der Trojaner Ripheus verdankt ihn wohl einem allegorisch ausgelegten Virgil-Vers. Solche Ausnahmen hätte auch ein weniger kühner Geist des Mittelalters sich erlauben dürfen.

Viel bedeutungsvoller weist ein anderes Element auf die Renaissance hin: die Naturmoral bei Dante (Par. VIII, 142):

E se il mondo laggiù ponesse mente
Al fondamento che natura pone,
Seguendo lui, avria buona la gente.

„Und wenn nur immer unten eure Welt
Den Grund, den die Natur gelegt hat, ehrte,
So wär' es mit dem Menschen wohl bestellt."

Die Heimat dieser Naturmoral liegt in dem irdischen Paradies, im goldenen Zeitalter, von dem die Alten sangen. Etwas Neues ist die „lex naturalis" aber doch nicht, denn schon die Scholastik hat sie aufgenommen und mit der theokratischen Moral in Einklang zu bringen versucht. So durfte denn auch Dante ein grünendes irdisches Paradies getrost auf den Gipfel seines theologischen Berges der Läuterung pflanzen. Aber er ahnte nicht, dass diese glückliche Erde, die er mit

Lethe getränkt und für seine mittelalterlichen Triumphzüge von Staat und Kirche zubereitet hatte, dass dieses vorlassene Eden über ein Kurzes wieder von einem tollen und lachenden Haufen lebendiger Menschen erobert werden sollte. — Er steht eben auch hier wieder unserer neuen und ernsten sozialen Moral viel näher als dem natürlichen Sittenkodex eines Rabelais.

Wir kommen zum dritten und wichtigsten Punkte: Dantes Stellung in der Litteratur.

Boccaccio erzählt uns, dass Dante ursprünglich im Sinn gehabt habe, sein göttliches Gedicht in lateinischer Sprache abzufassen. Wir werden diesem Zeugnis nicht ohne weiteres Glauben schenken, aber: „se non è vero, è ben trovato", denn so wie die Verhältnisse damals lagen, musste ein Dichter, der so hohe philosophisch-theologische Probleme im Busen wälzte, sein geeignetstes Ausdrucksmittel und sein würdigstes Publikum in der grossen, internationalen lateinischen Litteratur suchen. Und wenn nun dieser Dichter gar einem Volke angehörte, das, wie die Italiener, noch kaum seit hundert Jahren eine eigene Litteratur aufzuweisen hatte, und zwar eine Litteratur, die in jeder Landschaft der Halbinsel wieder ein anderes Gesicht zeigte, eine andere Mundart redete, andere Ziele verfolgte und doch dabei ihre Abhängigkeit von französischen Mustern fast nirgends verleugnen konnte. Wohl hatte das leuchtende Vorbild des Rosenromanes da und dort einem Toskaner den Mut gegeben, die philosophische Dichtung auch mit italienischer Zunge reden zu lassen, aber Werke, wie der „Tesoretto", des Brunetto Latini oder die „Intelligenza" des fraglichen Dino Compagni, waren wenig geeignet, zur Nachfolge aufzumuntern. In der That war diese Vorarbeit zunächst für Dante verloren, und er musste sich den kühnen Glauben in seine Muttersprache erst selbst durch langjähriges Bemühen von neuem erwerben, bevor er ihn bethätigen konnte in einem Werke, das der kaum erstandenen italienischen Dichtung mit einem Schlage den ersten Platz eroberte in der ganzen Litteratur des Abendlandes — die lateinische mitgerechnet.

Das stille Ringen unseres Dichters gegen die mittelalterlichen Vorrechte des Lateins lässt sich stufenweise verfolgen. In seinem Jugendwerk, der „Vita nuova", vertritt er noch den Standpunkt, dass die vulgäre Litteratur sich auf den Gegenstand der Liebe zu beschränken habe, denn, sagt er, diese junge Kunst sei nur durch die Liebe ins Leben gerufen, indem der Sänger seiner Herrin, die nicht Lateinisch konnte, sich verständlich machen wollte. An dem ersten Zwecke, der das Lied geboren hatte, sollt' es auch fernerhin gefesselt bleiben. Aber in gleichem Masse wie die Liebe mit dem Dichter des „dolce stil nuovo" zu philosophischen Höhen hinaufwächst, so strebt auch die Sprache aus ihrer Beschränkung empor und breitet ihre guten Rechte über neue Stoffgebiete.

Die zweite Geliebte des Dichters nach dem Tode seiner irdischen Beatrice wird jetzt die Philosophie, und auch sie besingt er in italienischen Canzonen, aber „weil das Lied keiner einzigen Vulgärsprache würdig wäre, in offenen Worten von meiner neuen Herrin zu singen, und weil die Leser nicht reif gewesen zum unmittelbaren Eintritt und zum Glauben in die nackte Wahrheit" (Convivio III, 3), deshalb, sagt der Dichter, habe er sich des allegorischen Schleiers bedient. So warm und so leidenschaftlich er im „Convivio" seine Muttersprache verteidigt, zur philosophischen Dichtung wird ihr doch erst bedingungsweise und auf dem Umweg über die Allegorie der Zugang erschlossen. Während aber noch andere Zeitgenossen, wie Francesco da Barberino, ihren Kommentar zur allegorischen Dichtung in lateinische Prosa verhüllten, will Dante nun aus drei Gründen sich der Vulgärsprache bedienen: 1) weil die zu erklärenden Lieder, denen der Kommentar doch nur zu dienen hat, ebenfalls italienisch geschrieben sind, 2) weil all seinen Landsleuten der Schatz des Wissens gehören soll und 3) weil er sie liebt, diese wunderbare Sprache seiner teuren Heimat. Wie aus einem brennenden Hause die Flammen durch die Fenster schlagen und hell den inneren Brand verkünden (Conv. I, 12), so wollte Er seine leuchtende Liebe zum heimatlichen Laut bekennen.

Und nun, in einem dritten Werke, macht er sich daran, die geschmähte Sprache des „sì" zu läutern und vor Entartung zu bewahren. Es scheint mir ausser Zweifel zu stehen, dass das ganze „De vulgari eloquentia" von einer sprachreformatorischen Tendenz getragen ist. Wäre das geniale Buch nicht nur ein Bruchstück, so müsste die Absicht seines Verfassers noch klarer zu Tage treten. Schon als er den ersten Teil des „Gastmahls" schrieb, trug sich Dante mit dem Plan des „De vulgari eloquentia", und schon damals steht ihm der Grundgedanke bestimmt vor Augen, nämlich: Die Vulgärsprache ist einer fortwährenden Veränderung und Verderbnis ausgesetzt; es ist, wie er später ausführt, der göttliche Fluch, der seit dem Turmbau zu Babel ewig fortwirkt und alle lebendigen Idiome in tausend Äste auseinanderjagt und sie in einem unaufhaltsamen Fäulnisprozesse zersetzt. Dem Unheil zu steuern, haben die Gelehrten etwas Dauerhaftes künstlich geschaffen: die un-

verwüstliche Grammatica, das ewig gleiche Latein, ein Volapük des
Mittelalters. Und nun scheint mir, möchte Dante etwas Ähnliches mit
der italienischen Sprache vornehmen: ihren litterarischen Idealtypus für
die ganze Halbinsel fixieren, sie vor der Zersplitterung und Verderbnis
der Dialekte erretten und hoch über alle landschaftlichen Schranken zu
einer gemeinitalienischen National- und Kunstsprache erheben. So sehen
wir mit Staunen, wie er ein Programm vertieft, das erst zweihundert
Jahre nachher in der Hochrenaissance des Klassicismus wieder auf-
tauchen und seine Verwirklichung im Cinquecento finden sollte: das
„Vulgare illustre, cardinale, aulicum et Curiale, quod omnis Latiae civitatis est, et nullius esse videtur, et quo municipia vulgaria omnia
Latinorum mensurantur, ponderantur et comparantur." Mittelalterlich ist
die Grundanschauung von der er ausgeht, wenn er glaubt, dass dieser
Idealtypus eine aprioristische Existenz, erhaben über alle Mundart führe,
und dass man nur rückwärts den Strom der unheilvollen Sprachent-
wicklung hinaufzusteigen habe, um zu ihm zu gelangen. Aber das Ziel
selber ist modern, es ist dasjenige des Klassizismus.

Durchaus im Einklang mit dieser Sprachreform steht auch das
grosse ästhetische Vorbild, das hier zum ersten Male der vulgären Kunst
gewiesen wird: die Antike. „Bisher", heisst es in jener berühmten
Stelle des De vulgari eloquentia, „verdienten die vulgären Dichter allerdings wohl den Namen Poeta, von den grossen Poeten aber, d. h. den
klassischen (hoc est regularibus), unterscheiden sie sich doch, denn
diese haben in erhabener Sprache und nach regelrechter Kunst geschaffen . . . die Modernen aber nach dem Zufall; je näher wir darum
die Alten nachahmen, desto regelrechter werden wir dichten". Das
klingt den Worten nach, schon fast wie hohler Formalismus der Spätrenaissance, aber wir müssen uns hüten, das unangenehme Gefühl, das
uns aus langjähriger Übersättigung an antikisierenden Machwerken erwachsen ist, auf diesen ersten Sehnsuchtsruf nach einer neuen, harmo-
nischeren Kunst zu übertragen.

Der also geläuterten Sprache wird nun auch ein weiteres Stoffgebiet erschlossen. Bisher war die Liebe und ihre philosophische Verklärung unter dem Schleier der Allegorie der einzige sangbare Gegenstand für Dante gewesen. Nun setzt er aber das ganze Stoffgebiet des
vulgären Dichters mit den drei Funktionen der menschlichen Seele in
Verbindung, sodass der anima vegetalis das Gebiet des utile entspricht,
der anima animalis das delectabile und der anima rationalis das bone-

stum. Die höchsten Gegenstände dieser drei Gebiete sind: Waffenruhm, Liebe und Tugend. (De vulg. eloq. II, 2.)

Die theologischen Stoffe blieben also auch zur Zeit des „De vulgari eloquentia" noch immer ausgeschlossen. Es ist darum gar nicht so unwahrscheinlich, dass Dante sich eine Zeit lang mit dem Gedanken getragen habe, die „göttliche Komödie" in lateinischer Sprache zu verfassen. Aber gerade so, wie im „Gastmahl" das italienische Lied des Dichters auf dem Weg der Frauenhuldigung sich zur Philosophie erheben konnte, so darf nun schliesslich auch die italienische Terzine sich dem höchsten Gotte nähern durch die gnädige Fürsprache einer angebeteten Frau. Und damit ist das Italienische in all seine Rechte eingesetzt. Auf den theoretischen Kampf folgt der grosse praktische Sieg. Die „Divina Commedia" ist das erste Denkmal der modernen italienischen Nationallitteratur, und alles was dahinter liegt, ist noch provinzial.

Kaum aber hatte sich Dante aus dem mittelalterlichen Kastenvorurteil des Lateins herausgerungen, und noch arbeitete er an den letzten Gesängen seines grossen Gedichts, da sollte ihm eine ganz neue, fremdartige Anschauung in den Weg treten. Ein junger Gelehrter, Giovanni del Virgilio, der aus Padua, der Wiege des Humanismus stammte, ging mit dem Dichter eine poetische Korrespondenz ein. Er fordert ihn auf, in lateinischer Sprache zu singen und ein Heldenepos politisch-historischen Charakters zum Gegenstand zu nehmen, anstatt dem unverständigen Volk in seiner minderwertigen Sprache so schwerverständliche, theologische Dinge preiszugeben. Denn mit Latein nur sei der wahre Weltruhm zu gewinnen:

> Si te fama juvat, parvo te limite septum
> Non contentus eris, nec vulgo judice tolli.

Dieser vorwitzige junge Mann ist aber nicht etwa ein Nachzügler des Mittelalters, nein, er spricht von Weltruhm, von Poetenkrönung, von dem berühmten Albertino Mussato und er bedient sich der klassischen Form virgilischer Eklogen. Er ist ein begeisterter Humanist, dem die ganze „Divina Commedia" schon etwas zopfig vorkommt. Man hat nun freilich gezweifelt, ob diese Korrespondenz auch wirklich noch zu Lebzeiten des Dichters verfasst sei, oder ob sie nicht etwa ein blosses demonstratives Scheingefecht bedeute, das erst einige Jahre nach Alighieris Tod von humanistischer Seite gegen das stärkste Bollwerk der vulgären Dichtung unternommen wurde. Für unsere Zwecke ist eine Entscheidung dieser Frage nicht nötig, denn soviel steht fest, dass es

schon im 2. und 3. Jahrzehnt des Trecento humanistisch gesinnte
Männer gab, die sich stolz von der kaum erstandenen Vulgärsprache
abwandten und den besten Teil ihrer Geisteskraft auf klassische Studien
und lateinischen Stil warfen, und zu diesen gehören sogar die hellsten
Köpfe des Jahrhunderts: Mussato, Petrarca, Salutati, Niccoli, Bruni
und wie sie alle heissen. Sie hatten den Standpunkt des ersten Ver-
teidigers der Vulgärsprache auf ihre Weise schon wieder überholt —
freilich ohne zu ahnen, dass ihre Enkel nach langem Suchen wieder
ein allermodernstes Programm in dem vergessenen „De vulgari eloquentia"
finden würden.

So hat Dante mit einem genialen Schwung frisch aus dem Mittelalter heraus die ganze Generation der Humanisten überholt und stellt
sich den sprachlichen Unitariern des 16. Jahrhunderts an die Seite.

Mit der Befreiung der Sprache geht natürlich die Befreiung des
vulgären Dichters Hand in Hand. Im Mittelalter ist der „Rimatore"
oder „Dicitore per rima" in seinen Stoffen, seinen Formen und seinem
Hörerkreise kastenmässig beschränkt, seis nun, dass er als ritterlicher
Troubadour in der Canzone, oder als volksmässiger Spielmann im Epos,
oder, wie der Franziskaner Mönch als „Spielmann Gottes" (giullaro
del Signore) in der Laude, oder als Kleriker im Lehrgedicht und in der
Chronik sich bewegte. Den ersten Schritt zur Befreiung hat Guido
Guinizelli schon vor Dante gethan, indem er die sinnliche Liebe des
affektierten Ritters zur geistigen, transzendentalen Liebe des ernsten
philosophisch gebildeten Bürgers erhob. Eine Kunst für Alle ist aber
auch diese neue Lyrik des „dolce stil nuovo" noch nicht. Trotz ihrem
tiefen und allgemein menschlichen Gehalte, der sie uns noch heute sympathisch macht, bleibt sie noch immer gelehrt, exklusiv und stark konventionell. In dieser halb modernen, halb mittelalterlichen Strömung
bewegt sich der grösste Teil von Dantes Dichtung während seiner ganzen
Jugendzeit; bis er endlich in der „Divina Commedia" ein Werk schafft,
das den Interessen und Ansprüchen aller Gesellschaftsklassen Genüge
thut, in dem, um ein berühmtes mittelalterliches Wort zu gebrauchen,
das Lämmchen waten und auch der tiefgründigste Elephant noch schwim-
men kann; also nicht bloss das erste Kunstwerk italienischer Nationallitteratur, sondern auch das erste von allgemein menschlicher Bedeutung. Die Kluft zwischen Laie und Kleriker ist überbrückt und mit
der neuen Kunst zugleich entsteht ein neues Publikum.

Wenn nun aber die unmittelbar folgende Epoche sofort eine zweite
Scheidewand zwischen Vulgus und Humanist aufrichtete, so musste die

Hochrenaissance doch wieder darauf bedacht sein, eine Ausgleichung des geistigen Niveaus herzustellen, wie sie eben schon Dante bewerkstelligt hatte. Also auch hier wieder steht sein Genie einerseits dem Mittelalter und andererseits den entlegeneren modernen Jahrhunderten viel näher als der unmittelbar folgenden Zeit. So erklärt es sich, dass er gerade bei den gebildetsten Männern des ausgehenden 14. und angehenden 15. Jahrhunderts in einige Missachtung geriet, während er seine ungeteilten und wärmsten Bewunderer in niederen Kreisen suchen musste, bei dem jungen Boccaccio, dem biederen Sacchetti, dem bildungsdurstigen Giovanni Gherardi da Prato, dem fröhlichen Antonio Pucci und schliesslich bei dem niederen Klerus, den Minoritenpredigern.

Das grosse künstlerische Mittel, dessen sich Dante bedient, um zwischen Laie und Klerus die Brücke zu schlagen, um das Übersinnliche begreiflich, das „Unbegreifliche" zum „Ereignis" zu machen, das grosse Mittel ist die Allegorie. Also doch ein vorwiegend mittelalterliches Verfahren, das seine eigentliche Wurzel in jenen philosophischen Lehren des Mittelalters hat, die man als „Realismus" und „Konzeptualismus" bezeichnet. Wie Thomas von Aquino, so ist auch Dante Konzeptualist, die Universalia sind für ihn Vorstellungen, Conceptus von realer Existenz, also auch künstlerisch darstellbar. So hat z. B. Giotto in der Unterkirche S. Francesco zu Assisi die Verbindung der Armut mit dem heiligen Franz allegorisch dargestellt, und so hat Dante denselben Gegenstand gesungen in den Versen: Paradiso XI, 55 ff.

> Non era ancor molto lontan dall' orto,
>   Ch' ei cominciò a far sentir la terra,
>   Della sua gran virtute alcun conforto;
> Chè per tal donna giovinetto in guerra
>   Del padre corse, a cui, com' alla morte,
>   La porta del piacer nessun disserra;
> Ed innanzi alla sua spiritual corte,
>   Et coram patre le si fece unito;
>   Poscia di dì in dì l'amò più forte.
> Questa, privata del primo marito,
>   Mille cent' anni e più dispetta e scura
>   Fino a costui si stette senza invito.

Die malerische Darstellung ist gelungen, weil eben die Armut sinnlich verkörpert wurde in einem zerlumpten Weib mit strengem, hohläugigem Blick; die Verse Dantes dagegen — gestehen wir es offen — sind herzlich unpoetisch. Vielleicht der einzige gelungene Zug in der ganzen Erzählung ist das Anschauliche: „dispetta e scura si stette senza invito." Im Übrigen ist die Armut bei Dante eine Frau, die seit

7*

Christus unverheiratet bleiben musste, weil ihr eben niemand gerne die
Thore des Vergnügens öffnet — und damit basta. Fast an sämtlichen
Stellen der „Divina Commedia", die künstlerisch misslungen sind — und
es giebt deren vielleicht mehr als unsere moderne Danteschwärmerei
sich zugestehen möchte — ist es immer wieder die leidige Allegorie,
die nicht gehörig verkörpert und individualisiert werden konnte. Die
lebendigsten allegorischen Figuren aber, wie Virgil, Charon, Cato und
Dante selber hören eben auf reine Allegorien zu sein in demselben Augenblick, wo ihr künstlerisches Leben beginnt. Es sind lebendige Individuen, die so zu sagen erst nachträglich ihren symbolischen Wert bekommen, so dass, streng genommen, das Persönliche an ihnen ihre
abstrakte allegorische Bedeutung trübt. Ein logischer und wissenschaftlicher Kopf des Mittelalters, wie es Cecco d'Ascoli war, hat diesen
Widerspruch erkannt und von seinem Standpunkte aus auch mit Recht
getadelt: die allerlebendigsten Gestalten der bildnerischen Phantasie
sind für ihn, den Vertreter der unverfälschten Didaxis, Allotria.

> Qui non se canta al modo delle rane,
> Qui non se canta al modo del poeta,
> Che finge immaginando cose vane; ...
> Non vego il conte che per ira et asio
> Ten forte l'arcevescovo Rugero
> Prendendo del so ceffo fero pasto;
> Non vego qui squadrare a Dio le fiche:
> Lasso lo zanze e torno su nel vero:
> Le favole me fa sempre nimiche.

Für den Künstler freilich liegt der Hauptwert des Gedichtes
gerade in diesen Allotria.

Dante befindet sich in einem höchst gefährlichen Dualismus zwischen schaffender Phantasie und abstrahierender Reflexion. Nur ein
Genie von so elementarer Kraft wie er konnte siegreich daraus hervorgehen. Diese Leistung, die künstlerische Überwindung der Allegorie,
wird man aber nicht als renaissancemässig oder modern bezeichnen
dürfen. Sie ist allerpersönlichstes Verdienst, ein Ausfluss von Dantes
leidenschaftlicher Phantasie, die auch im Jenseits ihre irdischen Erinnerungen und ihr ungefüges Gefühlsleben nicht los werden will. Es
ist das allgemein Menschliche und allgemein Künstlerische in dem Gedicht und das hat ihm durch alle Jahrhunderte hindurch ein ewiges
Leben gesichert. Renaissancemässig wäre vielmehr die Vermeidung,
die Abschaffung, aber nicht die Überwindung der Allegorie gewesen.
Denn in der Renaissance verwendet man die Allegorie höchstens noch

als nachträgliche Interpretationsmethode, wie Cristoforo Landino, oder als ornamentales Beiwerk, wie Polizian gethan hat, aber nicht mehr als Grundprinzip des künstlerischen Schaffens.

Eine andere Seite in der ästhetischen Wirkung der göttlichen Komödie muss jedoch als spezifisch mittelalterlich bezeichnet werden: die logisch genaue, festgefügte Ebenmässigkeit des kolossalen Gebäudes der drei Reiche, die Monumentalität, die sichere hierarchische Ordnung, die bis ins letzte durchgeführt, nach unseren Begriffen wohl leicht ins Peinliche, Kleinliche und Kindische ausarten müsste, wenn nicht der tiefe Ernst mittelalterlicher Überzeugung eine göttliche Bedeutung auch im Geringfügigsten noch gewähren liesse. Sogar die äussere Form der 3 mal 33 Gesänge, plus einem „Proemio", um das Hundert voll zu machen und die Terza rima selbst, ist jedenfalls nichts anderes als die logische Schöpfung überzeugungstreuester Zahlensymbolik. Sobald man sich mit der Scholastik bekannt gemacht hat, wird man auch die Grossartigkeit dieses Systemes wieder geniessend empfinden.

Das Traumhafte der ganzen Vision des Jenseits ist also logisch ausgebaut und bekommt den Wert einer Thatsache. Ohne die Beihülfe des Glaubens aber wäre auch die kräftigste Phantasie der Welt nicht im Stande gewesen, eine so greifbar schauerliche Hölle zu schaffen. Wie kläglich ist z. B. die Illusion der Petrarkischen Triumphzüge an der inneren Skepsis ihres Verfassers gescheitert. Petrarca fühlte zu sehr, dass seine Triumphe nur ein unmassgebliches Traumgesicht seien und darum hat er sich nicht die Mühe genommen, sie den logischen und physischen Gesetzen der Einbildungskraft zu unterwerfen. Weil der Glaube fehlte, fehlt auch die Evidenz. Ist nun aber der grösste Dichter der Renaissance, A r i o s t, nicht auch ein Skeptiker gewesen und hat er nicht trotzdem die märchenhafte Welt, an die er selbst nicht glaubte, zur klarsten Evidenz gestaltet? Gewiss, aber nur dadurch hat er es vermocht, dass er jeglichen Ernst der Überzeugung bei Seite lässt, und das künstlerische Schaffen als ein ergötzliches Spiel betreibt. Wenn Dante sich leidenschaftlich mit den Schatten seiner Hölle zankt, so steht Herr Lodovico lächelnd über den Kindern seiner Phantasie und hat die unartigen gerade so lieb wie die artigen. Der blutige Ernst Alighieris musste dem ebenmässigen Formenkünstler der italienischen Renaissance manchmal wie etwas Fremdartiges, Unheimliches, Groteskes, Barbarisches, Pedantisches und Lächerliches erscheinen. Erst nachdem der letzte Mensch des guten Geschmacks begraben, und das liebliche Programm arkadischer Ergötzung zu Ende gespielt war, konnte die Donner-

stimme Alighieris wieder einem lebendigen Echo in der erschütterungs-
und rührungsbedürftigen Brust des modernen Publikums begegnen.

Hat nun aber nicht doch, muss man fragen, das von Dante selber
proklamierte Ideal der antiken Kunst eine Spur renaissancemässigen
Schönheitsgefühls in seinen Werken hinterlassen? Müsste man nicht
blind sein, um seine Begeisterung für Virgil zu verkennen? Beweisen
es nicht zahlreiche Stellen, dass er sogar die stilistische Formvollendung
virgilianischer Ausdrucksweise empfand? Und haben nicht die neuesten
Untersuchungen von Edward Moore eine Kenntnis der antiken Litteratur bei Dante erwiesen, die für jene Zeit schon sehr beträchtlich ist?
— Gewiss, und all diese Elemente sind unbedingt als Zeichen des nahen-
den Humanismus zu deuten.

Dennoch wäre es ein grosser Irrtum, die klassische Bildung Dantes
als etwas bisher nie Dagewesenes zu preisen. Es gab vor ihm und
neben ihm in Italien und besonders in Frankreich eine Reihe von Männern, die ihm an klassischer Gelehrtheit zum Wenigsten gleich standen,
wenn nicht gar überlegen waren. Und man täusche sich nicht, gerade
das, worauf es ankommt: die Auffassung und Beurteilung des Altertums
überhaupt ist bei ihm noch eine durchaus mittelalterliche. Die ganze
unendliche Kulturarbeit der Römer hat in seinen Augen noch keinen
eigenen Wert und ist nur eine Vorbereitung auf die Kunft Christi; im
Kaisertum, nicht in der Republik erreicht sie ihren Höhepunkt und in
der Person des Papstes erst ihre Existenzberechtigung. Dieser Gedanke
ist mit unzweideutiger Prägnanz ausgedrückt in den Versen: Inferno II,
16 ff. Der Dichter spricht hier von Aeneas, dem Stammvater Roms,
der zum ersten Mal eine Fahrt in die Unterwelt gethan habe, ähnlich
wie sie nun Dante, von Virgil geleitet, unternehmen soll, und sagt:

Però, se l'avversario d'ogni male
  Cortese i fu, pensando l'alto effetto
  Che uscir dovea di lui, e il chi e il quale,
Non pare indegno ad uomo d'intelletto:
  Ch' ei fu dell' alma Roma e di suo impero
  Nell' empireo ciel per padre eletto;
La quale e il quale — a voler dir lo vero —
  Für stabilili per lo loco santo
  U' siede il successor del maggior Piero
Per questa andata, onde gli dài tu vanto,
  Intese cose che furon cagione
  Di sua vittoria e del papale ammanto.

Der Sinn ist: „Wenn darum Gott, der Feind alles Bösen, dem
Aeneas die Fahrt nach der Hölle gnädig gestattete, und wenn wir die

hohen Folgen, die von Aeneas ausgehen sollten (nämlich das kaiserliche
und päpstliche Rom), bedenken, so scheint das dem verständigen Menschen eine wohlberechtigte und würdige Sache. Denn Aeneas wurde in
dem empireischen Himmel zum Vater der grossen Roma und ihrer Herrschaft auserwählt. Beide, Rom und die Weltherrschaft, wurden in
Wahrheit bestimmt zu dem heiligen Sitze, wo der Nachfolger Petri
thront. Und durch diese Unterweltsfahrt, die du, Virgil, dem Aeneas
nachrühmst, erfuhr er Dinge, die zur Ursache seines Sieges und des
Papsttums geworden sind."

Also noch immer die grosse mittelalterliche Zweckskette, die von
Aeneas bis zum Papste heraufführt. Ein ähnliches Gewichtsverhältnis
zwischen Antike und Christentum drückt sich in der von Edward Moore
ermittelten Statistik aus. Der englische Gelehrte zählt in sämtlichen Werken
Dantes etwa 200 Bezugnahmen auf Virgil, 100 auf Ovid, je 50 auf Cicero
und Lukan, je 10 bis 20 auf Horaz und Livius — die alle zusammen reichlich überwogen werden durch 500 Bezugnahmen auf die Bibel allein [1])
— von der mittelalterlichen Kirchenlitteratur gar nicht zu reden.

Nicht einmal das durchgehende Nebeneinander biblischer und antiker
Darstellungen in den allegorischen Gruppen und auf den Reliefs im Pur-
gatorium darf als Renaissanceelement aufgeführt werden. Es ist lange
erwiesen, dass dieser Parallelismus die ganze bildende Kunst des Mittelalters beherrscht und in der allegorisch-symbolischen Auffassung des
Altertums seine Wurzel hat.

Wenn aber auch die Grundanschauung eine mittelalterliche bleibt,
so erhebt sich doch die künstlerische Ausführung oft genug zu echt
modernem Klassizismus. Mit anderen Worten: Dante hat den eigenen
Wert der Antike theoretisch nicht erkannt, aber die eigene
Physiognomie der Antike hat er künstlerisch gefühlt und wiedergegeben.

Das zeigt sich zunächst negativ in seinem ablehnenden Verhalten
gegen den Ritterroman.

Das zeigt sich positiv in seinem Stil, in der festen Struktur des
gegliederten Ausdrucks, in dem kunstreich gehandhabten Enjambe-
ment, in der freieren Rhythmisierung der Phrase.

Es zeigt sich in der Wiedergabe antiken Wesens und Gehahrens,
z. B. in jener berühmten Schilderung des Limbus der berühmten Männer.
Hier hat der Held und Denker des Altertums die mittelalterliche Ver-
kleidung, die ihm Benoît de Sainte More und andere Franzosen ange-

---

1) E. Moore, Studies in Dante. First Series, Oxford 1896.

legt hatten, beiseit geworfen und steht, wie es ihm gebührt, in rein ver-
klärter Menschlichkeit vor uns.

> Genti v' eran con occhi tardi e gravi
> Di grande autorità ne' lor sembianti:
> Parlavan rado con voci soavi . . . .
>
> Vidi il maestro di color che sanno
> Seder tra filosofica famiglia.
> Tutti lo miran, tutti onor gli fanno.

Unwillkürlich streift der Gedanke zu Raphaels Parnass und Schule
von Athen. Es ist derselbe Geist der Renaissance, der über jenen Bildern schwebt.

Und dasselbe zeigt sich in der flammenden Rede des Ulixes, der
Haus und Familie vergisst und seine Leute zum „tollen Fluge" hinaus-
jagt, den fremden Ocean zu erforschen.

> Considerate la vostra semenza:
> Fatti non foste a viver come bruti,
> Ma per seguir virtute e conoscenza! (Inf. XXVI, 118.)
>
> „Bedenket, dass ihr Mensch-geboren seid,
> Und nicht geschaffen, wie das Vieh zu leben,
> Erkenntnis suchen sollt und Tüchtigkeit!"

Das ist die grosse Maxime der Renaissance, die Wiederentdeckung
des Menschen — und wieder dringt unser Geist nach vorwärts: zu
Cristoforo Colombo. Diese Ideenassoziationen sind so naheliegend, dass
sie sich wiederholt den Litterarhistorikern aufgedrängt haben.

Die Spur antiker Kunst zeigt sich endlich in der Art wie die
Naturschilderung verwertet wird. Dantes Naturgefühl ist kein modern
sentimentales, wie es sich bald schon bei Petrarca findet. Die Landschaft, sofern sie sich bei Dante nicht mit der Vaterlandsliebe verbindet
— und auch dieser Zug dürfte antik sein — wirkt vorzugsweise auf
seine Phantasie, nicht auf sein Gemüt. Er verwendet sie zur Veran-
schaulichung seiner Höllenräume und seines Läuterungsberges und sieht
mit einem klareren topographischen Auge als der moderne Dichter, dem
die bewegte Seele den Blick fürs Gegenständliche verschleiert. Hierin
steht er der Antike und besonders dem Homer, den er nicht gekannt
hat, am nächsten.

Selten nur, besonders in der prachtvollen Steincanzone „Io son ve-
nuto al punto della rota" (Canzoniere XI), bricht doch schon ein modernes Naturgefühl heraus. Die winterlich erstarrte Aussenwelt wird
hier durch fünf Strophen hindurch in Gegensatz gebracht zur glühenden Liebesqual in der Brust des Dichters, und dennoch werden die bei-

den Kontrastempfindungen auf einen gemeinsamen Grundakkord der
Melancholie gestimmt. Das Motiv ist dem mittelalterlichen Minnesang
entnommen, aber kein Troubadour und selbst kein Walther von der
Vogelweide hat es mit solcher Kunst erfasst, mit solchem Gefühle vertieft. Derartige Kundgebungen eines modernen Empfindens sind jedoch
vereinzelt und oft noch kaum erkennbar.

Alles zusammengenommen ist Dante der Erste, der in künstlerischer
Weise antike Elemente in die Vulgärlitteratur eingeschmolzen hat. Seinen
unmittelbarsten Nachfolger fand er dabei in Boccaccio — mit dem
Unterschiede jedoch, dass dieser nur zu oft ins Mittelalterliche zurückfällt, indem er es bei einem unorganischen Nebeneinander mittelalterlicher und humanistischer Formen bewenden lässt; nur in dem quanti-
tativen Verhältnis der Mischung ist ein Fortschritt zu Gunsten der
Antike bei Boccaccio eingetreten, im qualitativen aber ein Rückschritt
zu verzeichnen. Der echte und rechtmässige Fortsetzer Dantes sollte
erst viel später in Ariost erstehen. — Immer wieder steht unser Dichter
dem Mittelalter und der Hochrenaissance viel näher als der dazwischen
liegenden Zeit des Humanismus.

Werfen wir noch einen kurzen Blick auf Dantes Verhältnis
zur bildenden Kunst, das besonders in Deutschland so oft zum
Gegenstand der Untersuchung gemacht wurde. Seine Kunstlehre ist
mittelalterlich und geht in keiner Weise über die Anschauungen des
Albertus Magnus und des Thomas von Aquino hinaus, wie Janitschek
gezeigt hat.[1]) Wenn man nun aber die Entsündigung des Schönen in
der Welt als ein Renaissanceelement bezeichnet hat, das wir den Fran-
ziskanern und Dante verdanken, so ist Franz Xaver Kraus wohl mit
Recht dieser Auffassung entgegengetreten. „Ich fürchte", sagt er, „dass
hier ein Missverständnis vorliegt, wie es häufig bei solchen gefunden
wird, welche mit dem Gedanken der theologischen Kreise nicht völlig
vertraut sind. Eine prinzipielle Verdammung der Schönheit war auch
dem Christentum vor dem 13. Jahrhundert fremd; es war wesentlich
die Schönheit des menschlichen Leibes, von deren Betrachtung und
Genuss die aszetische Lebensauffassung in Anbetracht der Sündhaftig-
keit und Schwäche unserer Natur abzuziehen suchte. Das hat wahrhaftig auch Francesco d'Assisi wie irgend einer seiner Vorgänger gethan. Wenn er aber die Herrlichkeiten in Gottes freier Natur mehr
als andere bewunderte und liebte, so lag darin kein Gegensatz gegen

---

1) Die Kunstlehre Dantes und Giottos Kunst, Leipzig 1892.

die prinzipielle Auffassung der übrigen Christenheit, sondern es war nur
ein Ausfluss seiner poetisch angelegten Stimmung. Die grosse Evolu-
tion und Revolution, welche für die Kunstgeschichte mit der Entdeckung
der Schönheit des menschlichen Körpers beginnt, fällt nicht ins 13.,
sondern ins 15. Jahrhundert, und Francesco d'Assisi ist daran gar nicht,
Dante nur von ferne beteiligt." [1])

Es wiederholt sich immer dasselbe Schauspiel: neben den mittelalterlichen Grundanschauungen kann man einen modernen Sinn für dar-
stellende Kunst bei Dante einesteils in vereinzelten Äusserungen finden,
wie in dem berühmten Worte: „Poi chi pinge figura, se non può esser
lei, non la può porre; onde nullo dipintore potrebbe porre alcuna figura,
se intenzionalmente non si facesse prima tale, quale la figura esser dee"
(Conviv. IV, 10), d. h. in moderne Sprache übersetzt: Das Bild muss
erlebt sein. Andererseits offenbart sich ein moderner Sinn für Kunst
nur noch in einem Imponderabile, in dem unbewusst Geniales seiner
plastisch sinnlichen Schaffensweise, das sich aufs Innigste mit dem
Genius Michelangelos berührt.

Die bedeutungsvollste Spur einer künstlerischen Gesinnung, einer
ästhetisch empfindenden Seele aber verrät sich in jenem unbewussten
Gegensatz, in den der Dichter jeden Augenblick zum Moralisten tritt.
Die Verse, die er einer Francesca, einem Farinata, einem Capaneus und
Ulixes widmet, bezeugen es laut genug, dass er eine unbändige und
schlecht verhehlte Freude hat am Kraftmenschen, am ausserordentlichen
Individuum, an der Kühnheit, an der Schönheit, an der Liebe und am
Ruhm. Der grosse Verbrecher aus ganzem Holze steht seinem innersten Instinkt wohl näher als manch zahmer Gast im Himmelreich.
Diese Wertschätzung der Kraft entspricht aber ebenso sehr der germanisch ritterlichen als der antiken Denkungsart; und in der That vermählt sich in Dantes Brust die Seele des alten Hellenen mit der des
alten Germanen; er hat etwas von dem germanisch gesinnten Ghibellinen Farinata und von dem ruhm- und wissensdurstigen Hellenen Ulixes
in seinem Blute leben; das Innerste in ihm, das Individuum ist ganz
modern und menschlich im besten Sinne des Wortes.

So sahen wir also: vom Mittelalter ist das ganze Denken und
Glauben Alighieris beherrscht; seine Überzeugung, seine Gesinnung ist
eher eine retrospektive als eine fortschrittliche; seine volle Sympathie
gehört dem grossen Idealen der Vergangenheit, und die ersten Ansätze

---

1) Dante, sein Leben und sein Werk, Berlin 1897. S. 549 f.

zu einer neuen Gestaltung des politischen, sozialen, religiösen und litterarischen Lebens, in der Art, wie sie sich zu seinen Tagen geltend machen, erscheinen ihm meist als Verfall und Verderbnis. Wo er aber je selbst im Sinne des Fortschrittes thätig ist, da schreitet er gleich jahrhunderteweit über die näheren Ziele der Frührenaissance hinaus, und seine Leistungen müssen darum zunächst noch ohne Fortsetzung liegen bleiben. Er steht also in keinem unmittelbaren Kontinuitätsverhältnis zur Kulturentwicklung seines Zeitalters, und es ist durchaus falsch, ihn einen „Bahnbrecher der Renaissance" zu nennen im eigentlichen Sinn des Wortes, wie es etwa auf Petrarca passt. Dieser, Petrarca, hat die verborgen angesponnenen Fäden der Renaissance behutsam aufgenommen und unermüdlich weitergezogen und hat für die nächste Entwicklung in viel augenfälligerem, intensiverem Masse fördernd gewirkt als Dante, der mit dem Anachronismus des Genies in hochgewölbtem Bogen eine Brücke vom Mittelalter zur Neuzeit herübergeschlagen hat. Er ist der Erste und der Letzte zugleich, der den ganzen Gehalt des Mittelalters mit der Seele eines modernen Menschen erfasst hat; nur so ist es zu erklären, dass er es vermochte, die feudale Monarchie zu verteidigen und den Kulturstaat zu predigen, ein gläubiger Katholik zu bleiben und über die Kirche seiner Zeit den Stab zu brechen, die theokratische Moral zu verinnerlichen, die abstrakteste Scholastik noch dichterisch zu beleben, die Allegorie künstlerisch zu überwinden, das theologische Wissen zu popularisieren, das Latein zu verehren und trotzdem eine vulgäre Kunstsprache zu schaffen, die Welt der Antike zu verkennen und doch ahnend zu erfassen; kurz das ganze Gebäude der mittelalterlichen Weltanschauung auf einen Augenblick noch einmal poetisch zu durchglühen. — Man könnte vermuten, dass diese zauberische Durchleuchtung mit dem Prometheusfeuer der Dante'schen Seele dem ehrwürdigen Gebäude einen heimlichen Schaden angethan habe, denn kaum hatte der Dichter sein Feuerwerk abgebrannt, da fing auch schon der alte Bau zu wanken an und stürzte.

Pfalzgräfin Elisabeth
Äbtissin von Herford.

Ein Vortrag[1])

von

J. Wille.

Die „Frauenfrage", wie sie heutzutage in allen Formen des sozialen Lebens so leidenschaftlich das zarte Geschlecht bewegt, ist wenigstens nach der Seite der höheren Bildung hin, schon längst akademisch behandelt worden. Ein gelehrter Kandidat mit dem gerade nicht sehr schönen und vielleicht auch dem damaligen Frauengeschlechte gar nicht begehrenswerten Namen Johannes Sauerbrei hat schon Ende des siebenzehnten Jahrhunderts mit einer stattlichen Reihe von Thesen „über die Gelehrsamkeit der Frauen" in der Leipziger Universität öffentlich disputiert.[2]) In zwei lateinischen Abhandlungen, die nach Form und Inhalt und nach dem heutigen Geschmacke, dem Familiennamen des Verfassers alle Ehre machen, hat er dem Frauengeschlechte seine Anerkennung nicht versagt. Er hat zugegeben, dass es nicht gegen die Vernunft sei, wenn Frauen, die Vermögen, dazu freie Zeit von häuslichen Geschäften besitzen und beseelt sind von Lust und Liebe zu den Studien, ihre Zeit lieber den Wissenschaften als andern nichtssagenden Dingen zuwenden. Ein ganzer Katalog „gelehrter Frauen" von dem

1) gehalten zum Besten des Badischen Frauenvereins in der Aula der Universität am 14. Dezember 1900. — Nur in diesem eng begrenzten Rahmen und nur als Skizze bitte ich meine Darstellung zu beurteilen. Mein Versuch auf Grund der im k. Staatsarchiv zu Münster i. W. befindlichen Akten des ehemaligen Reichsstifts Herford und dort vermuteter Briefschaften seiner berühmtesten Äbtissin, den psychologischen Inhalt dieser bedeutenden Frauengestalt tiefer zu ergründen, ist mir leider nicht geglückt. Ich benütze die Gelegenheit, der mir vom Vorstande und den Beamten des gen. Archivs zu Teil gewordenen Unterstützung meinen herzlichen Dank an dieser Stelle auszusprechen.

2) Johannes Sauerbrei, De foeminarum eruditione Diatr. II. Lips. 1676. (Diatr. I war auch in der Leipziger Universitätsbibliothek nicht zu finden.)

frühesten Altertum bis in des gelehrten Verfassers Tage soll uns beweisen, in wie reichem Maasse auch die Frauenwelt an der gelehrten
Bildung aller Zeiten Teil genommen hat, dass also nach dem Schöpfungs-
plane die Frauen auch geistig dem Manne nicht untergeordnet seien.
Das war ein grosser Fortschritt in der freien Auffassung sozialer Verhältnisse jener Tage gegenüber dem dogmatisch getrübten Urteile eines
reformierten Theologen des sechszehnten Jahrhunderts, der aus seinem
frommen Zweifel keinen Hehl machte, dass die Frau nach dem Ebenbilde
Gottes geschaffen sein könne, weil das göttliche Ebenbild eine Herrschaft
über die Natur bedeute.

Von solchem paradiesischen Selbstbewusstsein scheinen mir auch in
unsern Tagen noch viele befangen zu sein, weil sie sich um die Lehren
der Geschichte nicht kümmern und vieles im Streben der Frau selbst
nach gelehrter Bildung neu und unerhört finden, was im geistig reg-
samsten Jahrhundert der neueren Geschichte auch dem Frauengeschlechte
die höchste Menschenwürde verlieh. Denn glänzender als die Renaissance Italiens[1]) hat wohl keine andere reiche Kultur den Frauen ein
Zeugnis ihrer hohen Begabung ausgestellt. Sie hat uns gezeigt, dass
auch die Frauen fähig waren, im Mittelpunkte eines veredelnden Geisteslebens zu stehen, die läuternde Kraft ernster und tiefer Bildung in sich
wirken zu lassen, in der Freiheit des Wissens und Erkennens niemals
des Zwanges ächter Weiblichkeit zu vergessen und im Streite der
schrankenlosen Gewalten mit den Gesetzen feinster Sitte jener Tage
auch den Mann zu adeln. So reich an hochbegabten Frauengestalten
ist die Kultur diesseits der Alpen niemals gewesen. Figuren, wie sie
das geistige Leben der italienischen Fürstenhöfe beherrschten, wie sie
in der Villa des Antonio Alberti zu Florenz aus- und eingingen, jene
feinsinnigen, reichbegabten Frauen vermissen wir, die gerne gesehen
und bewundert, mit den Gebildetsten des andern Geschlechts über alle
Fragen des höheren menschlichen Daseins disputierten. Auf ganz
anderm Boden, in andern Formen und Äusserungen bewegt sich im Norden der geistige Verkehr. Die neue Bildung ist in die Gelehrtenstube
eingezogen, erst in der Gelehrtenstube hat sie fruchtbringend gewirkt.
Diese Bildung bei den Deutschen ist nicht mehr so frei, nicht so dilet-
tantisch, so glänzend und weite Kreise umfassend, sie ist aber ernst
und tief, in einem Zeitalter, das in den Fragen des Seelenheils sich ab-

---

1) Janitschek, Die Gesellschaft der Renaissance in Italien und die Kunst.
Stuttgart 1879. Kap. 3.

mühl, die Glaubensartikel als ein Heiligtum wahrt, für sie kämpft
und blutet, oder in vorraussetzungslosem Zweifel an allem, nur nicht
am eigenen Denken und Sein, neue Wege der Erkenntnis öffnet. Nicht
so vorherrschend wie die Frau der italienischen Gesellschaft, sondern
bescheiden und zurückhaltend, aber mit tiefem Ernst am wissenschaft.
lichen Leben teilnehmend, von unermüdlichem Streben nach Erkenntnis, oft staunenswerter umfassender Gelehrsamkeit, von den geistigen
Führern der Zeit geachtet, bewundert und gefeiert — so stehen die
gelehrten Frauen der deutschen Renaissance vor uns.

An dem Ruhme aber, der ihnen gebührt, hat keine so grossen Anteil als die pfälzische Prinzessin Elisabeth,[1]) Äbtissin von Herford.
Landläufige Geschichtsbücher wissen von ihr nichts zu erzählen, kaum
dem Namen nach ist sie vielleicht so vielen bekannt, die als Führer
mitten im Kampfe um die Fragen moderner Frauenbildung stehen. Und
doch war diese Prinzessin die Unserige, ein Kind unserer Stadt, auf
dem Schlosse zu Heidelberg geboren, von den dreizehn Kindern, die
Elisabeth Stuart dem Kurfürsten Friedrich V., dem Winterkönig, geschenkt hat, das dritte, von den hochbegabten Mädchen dieses schicksalsvollen Familienkreises die älteste. Der Glücksstern der englischen
Heirat leuchtete noch einmal auf, um bald darnach dauernd zu ver-
löschen. In lebhafter Erinnerung waren noch den Pfälzern jene festlichen Tage, die unserm Schlosse den letzten Palastbau angefügt, der
jetzt halbgebrochen von grünender Höhe in das liebliche Thal herab-
schaut, mit all den hängenden Gärten und rauschenden Wassern in
kunstreichen Formen aus dem Boden geschaffen, einen nie dagewesenen
Glanz höfischen Lebens bei einem so fröhlichen und doch einfachen
Geschlecht. Diese glänzende Heimat blieb der Prinzessin eine fremde
Welt. Am 26. Dezember 1618 ist sie geboren und schon Ende Oktober
des kommenden Jahres war Kurfürst Friedrich, als guter Calvinist der
Stimme Gottes folgend, ausgezogen, um das zweifelhafte Geschenk der
böhmischen Königskrone in Empfang zu nehmen. Der Gang der Geschichte ist bekannt: Der böhmische Krieg, die Schlacht am weissen

---

1) Guhrauer, Elisabeth, Pfalzgräfin bei Rhein, Äbtissin von Herford (Raumer's
Histor. Taschenbuch 3. Folge Jahrg. 1 S. 1—137, 2 S. 417—554), was ihre innern
Lebensverhältnisse betrifft, eine Arbeit von grundlegender Bedeutung, die uns zum
ersten mal ein zusammenhängendes Lebensbild der Prinzessin gibt. (Davon abhängig und ohne selbständigen Wert: Blaze de Bury, Memoirs of the princess of
Bohemia. London 1853.) — Hölscher, Pfalzgräfin Elisabeth (Allgem. Deutsche Biographie 6, 19—28).

Berge, die Eroberung der Pfalz und ihrer Residenz, die Flucht der
kurfürstlichen Familie — und das Elend eines dreissigjährigen Krieges.

Die kleine Prinzessin war ihrer Grossmutter, der geist- und gemüt-
vollen Kurfürstin Louise Juliane,[1]) der Tochter des grossen Oraniers,
auf der Flucht nach der Mark Brandenburg gefolgt. Die protestantische
Politik hatte mit dem brandenburgischen Hofe, wo damals Georg Wil-
helm regierte, verwandtschaftliche Beziehungen geschaffen. Mit dem
Kurfürsten war Julianens Tochter, die Schwester Friedrichs V., Elisabeth
Charlotte verheiratet. Sie ward die Mutter des grossen Kurfürsten und
Friedrich Wilhelm war also der Vetter der Pfalzgräfin Elisabeth. Eine
Verwandtschaft, die für ihren Lebensweg von entscheidender Bedeutung
werden sollte. Wahrscheinlich bis zum Jahre 1626 blieb Elisabeth zu
Crossen unter der Obhut ihrer sorgsamen Grossmutter. Inzwischen hat
sich die kurfürstliche Familie, deren Flüchtlingsleben wenigstens mit
einer Schar von Kindern gesegnet war, im Haag versammelt, im Ge-
nusse der Gastfreundschaft der niederländischen Staaten, unter dem
Schutze der oranischen Verwandtschaft. Elisabeth war Eltern und
Geschwistern gefolgt. Dort hoffte man auf eine glückliche Wendung
der politischen Verhältnisse, doch vergeblich. Die Zuverlässigkeit der
englischen Politik versagte mit samt der Schutzherrlichkeit Jakobs I.,
auf welche die protestantische Welt all ihre Hoffnungen gebaut hatte.
Auch nach dem Tode des vom Schicksal gebeugten Kurfürsten (29. November 1632) blieb die Hofhaltung der böhmischen Königin ein Exil.
Aber vom Elend jener Tage merkte der Fremde, der kam, sehr wenig.
Alle sind entzückt von dem äussern Glanze dieses Lebens, in dessen
Mittelpunkt die schöne Königin Böhmens den ganzen Zauber ihrer Persönlichkeit entfaltete.[2]) Es war ein Wanderleben fröhlichster Art, denn
im Haag sass man niemals fest. Zu Rhenen hatte sich Friedrich V.
ein stattliches Schloss gebaut, das in seinem Äussern nicht gerade glanz-
voll und von reichen Formen, doch in seinem Innern den behaglichen

---

1) Fr. Spanheim, Memoires sur la vie et la mort de la serenissime Princesse
Loyse Juliane, Electrice Palatine etc. Leyden 1645. — F. E. Bunnett, Louise Juliane,
Electress Palatine and her times. London 1862.

2) J. O. Opel, Elisabeth Stuart, Kurfürstin der Pfalz, Königin von Böhmen.
(Histor. Zeitschrift 23, 289—329.) „The pearl of Britain" Blaze de Bury S. 87. —
Über das Leben im Haag: G. D. J. Schotel, De Winterkoning en zijn gezin. Tiel
1859. boofst. D. — K. Th. Wenzelburger, Geschichte der Niederlande II, 288 ff. —
P. J. Blok, Geschiedenis van het nederlandsche Volk IV, 322 ff. — C. Neumann,
Rembrandt 1902. S. 72 ff.

und eleganten Reichtum einer Residenz zur Schau trug.[1] Grund und
Boden war von den Staaten von Utrecht geschenkt. Gerne versammelte
sich zur Sommerszeit die königliche Familie in dem einst zur Abtei
Egmond gehörigen Hondslaarsdijk, das von Johann Heinrich, dem Statthalter, zu einem glänzenden Schlosse umgebaut mit zahlreichen Kunst-
schätzen angefüllt war. Auch auf den Schlössern der Adeligen am Rhein
und an der Vecht suchte man Gastfreundschaft und genoss fröhliche Tage.
Zwar lebte dieser Hof der flüchtigen Königsfamilie vom Gnadenbrote
der Generalstaaten, von den milden Gaben, die von England herüber-
kamen, aber rauschende Feste und Jagden, Fahrten zu Wasser und zu
Land, liessen die Knappheit der Mittel nicht merken, die zeitweise in
diesem Kreise herrschte, und nichts von den Schulden, die auf diesem
frohen Dasein lasteten.[2] „Wir hatten oft reicheres Mahl als Kleopatra,[3]
erzählt uns einmal die jüngste Tochter Sophie, wir lebten von Perlen
und Diamanten."

Es fehlte nicht an Stimmen, die sich gegen dieses üppige Leben,
gegen die Freuden des Theaters und der Ballette erhoben, während die
pfälzischen getreuen Unterthanen zu Hause unter den Schrecken des
Krieges seufzten.[4]

Um die geistvolle Königin aber versammelte sich an dem wandernden
Hofe neben Kavalieren und Diplomaten die ganze geistig vornehme Gesellschaft jener Tage. Auch die Prinzen und Prinzessinnen sollten Teil
nehmen an der hohen Bildung, in deren reichem Besitze die niederländischen Staaten an der Spitze des geistigen Lebens[4] in Europa
standen. Nicht unfruchtbar auch für diese höheren Zwecke blieb der
gewaltige Reichtum, welcher diesem rührigen kleinen Volke im Kampfe
gegen die spanische Weltmonarchie eine unentbehrliche Macht verliehen.
Man wetteifert um den Besitz von hohen Schulen. An sechs Universitäten
und Akademien des kleinen Landes lehrten die gefeiertsten Vertreter

1) Schotel S. 77. — Joh. Kretschmar, Das kurpfälzische Schloss zu Rhenen,
eine Arbeit, die mir Herr Staatsarchivar Kretschmar in Hannover für diese Zeitschrift zur Verfügung stellte, die jedoch einen passenderen Platz demnächst in den
„Mittheilungen zur Geschichte des Heidelberger Schlosses" finden wird.

2) Aitzema, Saken van Staet en Oorlogh III, 324, 916.

3) Wenzelburger II S. 389.

4) Vgl. de Sorbière, Lettres et discours sur diverses matières curieuses. Paris
1660 8°. Neugedruckt in: Bijdragen en mededeelingen van het hist. genootschap gev.
te Utrecht 27, 1 ff. bes. Lettre IV. Über die allgemeinen Kulturverhältnisse auch
C. Neumann, Rembrandt Kap. I.

der Wissenschaft. Neben dem Erhteil niederländischer Gelehrsamkeit,
der Philologie und Altertumskunde, blühen mathematische und natur-
wissenschaftliche Studien. Dabei bewegen die tiefen Fragen des Glaubens Staat und Kirche. Die Scholastik der calvinischen Theologie,
durch die Dortrechter Synode geheiligt, im Kampfe mit dem Rationalismus, gibt den politischen Parteien ihre Färbung.[1] Eine Unduldsamkeit
ohne gleichen beherrscht die theologischen Schulen. Rigorose Calvinisten
überwachen jeden freien Zug metaphysischer Betrachtung, der in das
Heiligtum des Dogmas einzudringen sucht. Auch der gute Rat des Heidelberger Theologen Pareus, die Geheimnisse Gottes mit Zartheit zu
behandeln, war vergessen, als die neue Philosophie, die Gott als den
Urquell aller Erkenntnis, vom Zwange des Dogmas befreite, neue und
erbitterte Kämpfe in die Hörsäle zu Leiden und Utrecht hineintrug.

Im Jahre 1629 war René Descartes nach den Niederlanden gekommen.

Ehe die hochbegabten Kinder des Winterkönigs all die Eindrücke
der regen geistigen Umgebung in sich aufnehmen konnten, hatten sie
im nahen Leiden mit seiner berühmten Universität eine tüchtige Erziehung genossen. Die stolze Königin enthob sich mitten im geräusch-
vollen höfischen Leben gerne dieser ersten Sorgen. In Leiden ward ein
eigener Hofstaat eingerichtet. Unter Professoren und Gouvernanten
wuchsen Prinzen und Prinzessinnen heran, in der freien Luft wissenschaftlichen und künstlerischen Lebens, wie im Zwange calvinischer
Dogmatik und höfischer Etikette, deren Freuden und Leiden uns die
jüngste der Töchter, Sophie, so köstlich geschildert hat.[2] Erst als im
Haag wieder alle um die Mutter versammelt waren, trat auch Elisabeth
in diesen Kreis.[3] Eine jugendliche schöne Gesellschaft an diesem
Hofe![4] Wer kennt sie nicht aus den Bildern van Dycks, die stattlichen Jünglingsfiguren mit ihrem schlanken Wuchse, den feinen lang-

1) Wenzelburger II, 875. — K. Fischer, Geschichte d. neueren Philosophie I,
1. Descartes S. 189 ff. — A. Tholuck, Vorgeschichte des Rationalismus I. Das akademische Leben des 17. Jahrhunderts 2, 204 ff.

2) Memoiren der Herzogin Sophie, nachmals Kurfürstin von Hannover herg.
von Adolf Köcher (Publikationen aus den preuss. Staatsarchiven IV) S. 34 ff.

3) Nach Miss. Benger, Memoirs of Elisabeth Stuart, queen of Bohemia II,
436, deren sonst unzuverlässigen Mitteilungen Guhrauer I S. 8 folgt, im J. 1626.

4) A. Dove, Die Kinder des Winterkönigs. Beilage zur Allg. Zeitung 1891
n. 82—84 u. Ausgewählte Schriften vornehmlich historischen Inhalts. Leipzig 1898
S. 62 ff. Schotel Kap. 13 und 14. Auch Memoiren der Sophie S. 34 ff.

gestreckten Händen, ihren weichen Zügen und den schwärmerischen sinnigen Augen, die sie vom Vater ererbt und der Hoheit ihrer Erscheinung als Erbteil der stolzen Mutter: die Prinzen Karl Ludwig und Ruprecht. Und wie die Söhne, so machten die Töchter von sich reden. „Der Hof der Königin, so berichtet Sorbière, schien den Grazien zu gehören, zu denen sich die schöne Welt im Haag alle Tage begab, um dem Geist, der Tugend und der Schönheit der Prinzessinnen ihre Huldigungen darzubringen." [1]) Da war Louise, die Holländerin, die künstlerisch hochbegabte Schülerin Honthorsts, von lebhaftem Geiste, stets ausgelassen und sans façon, lässig in der Kleidung bis in ihr hohes Alter, da sie als Äbtissin von Maubuisson hoch aufgeschürzt im Klostergarten sich zu schaffen machte. Daneben ein Mädchengesicht von feinen klassischen Zügen, voller Entzücken, Prinzessin Sophie mit dem kleinen Munde, der so scharf und geistreich reden konnte, damals schon als die vollendetste Lady Europas weithin in hohen Kreisen so berühmt, wie späterhin als Freundin von Leibniz, sie die Stammmutter der englischen und preussischen Könige! Wie ganz anders wieder die ernste gelehrte Elisabeth.

Neidlos hat Sophie, die jüngste, das Bild dieser ältesten Schwester als Schönheit uns überliefert. [2]) Es ist aus jungen Jahren dies Bild mit dem feinen lebhaften Teint, der allen Geschwistern eigen war, den braunen glänzenden Augen, dem dunkelschwarzen Haar, das ihre wohlgebaute hohe Stirne umsäumte. Das Ebenmass ihres geistvollen Kopfes erhöht der kleine Mund, kaum beeinträchtigt durch die bescheiden hervorragende stark gebogene Nase: „Un sujet à rougir"! sagt einmal scherzend Sophie. Und das machte auch der Prinzessin Kummer, wenn zeitweise ein rosiger Schimmer diese hervortretende Partie ihres Mädchengesichtchens allzustark in lebhafte Farben versetzte. Sonst war von Eitelkeit nichts an ihr. Sie war eine ernste Natur, deren Gedankenwelt abseits von dem Getriebe des kleinen Hofes lag, den, ihres königlichen Stammes niemals vergessend, die Mutter regierte. Wenn einmal Sophie von Hannover uns erzählt, dass die Königin sich um ihre Hunde und Papageien mehr gekümmert habe, als um ihre Kinder, so scheint es, dass Prinzessin Elisabeth am wenigsten Anteil an der seltenen Gunst der Mutter gehabt hat und beide Naturen sich wenig verstanden. Es hätte dem ernsten, geistvollen und schönen Mädchen nicht gefehlt, dereinst einen Fürstenthron zu zieren. Aber treu den Traditionen ihres -

---

1) Sorbière bei [Baillet] La vie de Mons. Descartes. Paris 1691 II, 252 ff.
2) Memoiren S. 38.

Hauses hat sie, die flüchtige und heimatlose, das Glück der Ehe an der
Seite des freidenkenden polnischen Königs Ladislaus IV. um den Preis
eines Glaubenswechsels nicht erkaufen wollen,[1]) was doch die anderen
thaten, die es leichter nahmen mit dem unsichtbaren Gute religiöser
Überzeugung: ihr Bruder Eduard und ihre Schwester Luise, beide die
ersten Konvertiten der calvinischen Pfälzer. Nicht anders dachte auch
Kurfürst Karl Ludwig, der nicht ohne das heuchlerische Trugspiel
eines diplomatischen Handels seine Tochter Liselotte, die kerndeutsche
Pfälzerin, einer ihr so fremden Welt zugeführt hat.

Prinzessin Elisabeth war hochbegabt, von lebhaftem Geiste. Schon
in den Mädchenjahren, da andere mühsam die Elemente der Grammatik oft mit Widerwillen in sich aufnehmen, war sie mit mehreren
Sprachen vertraut.[2]) Abgekehrt von der Welt suchte ihr jugendlicher
Geist nach den grossen Problemen der Erkenntnis. Dabei war sie auch
in den schönen Wissenschaften wohl zu Hause, ohne die Einseitigkeit
gelehrten Wissens, von feinster Bildung, wie sie das höfische Leben
lehrte und verlangte, mehr französisch als deutsch.[3]) Denn auch des
Vaters Bildung entstammte fremdländischem Boden. Und doch empfing
von Gelehrsamkeit und Wissenschaft ihr Leben seinen besten Teil.

An leuchtenden Vorbildern ihres Geschlechtes fehlte es ihr nicht.
Sie schloss Freundschaft mit einem andern Wunderkinde jener Tage,
Anna Maria van Schurmann.[4]) Man hat sie den Stern von Utrecht, die
holländische Minerva genannt. Was selbst grosse Gelehrte niemals erfasst haben, das lernte sie als Kind. In jungen Jahren war sie schon
mit den klassischen Sprachen vertraut, sie las Homer, Virgil und
Seneca, sie sprach Latein so geläufig wie französisch, flämisch war ihre
Muttersprache, deutsch aber verstand sie so gut wie spanisch, italienisch
so gut wie englisch. Neben philosophischen Studien und der Arbeit
ihres regen Geistes in theologischen Problemen besass sie auch in
Mathematik und Naturwissenschaften staunenswerte Kenntnisse. Um
die göttliche Offenbarung im Urtext der h. Schrift kennen zu lernen,
studierte sie mit Eifer die semitischen Sprachen, vor allem Hebräisch,
aber auch das Syrische, Chaldäische, Äthiopische und Arabische waren

1) Ausführlich bei Guhrauer I S. 17 ff.
2) [Baillet] Vie de Mons. Descartes II, 231.
3) „une éducation aussi peu" Baillet II, 232. — Blaze de Bury 115.
4) G. D. J. Schotel, Anna Maria van Schurman, Herzogenbosch 1853. —
P. Tschakert, Anna Maria von Schürmann, der Stern von Utrecht, die Jüngerin
Labadies. Gotha 1876.

ihr keine fremden Laute. Dabei war sie eine gottbegnadete Künstlerin.
Ihre Porträts erregten die Bewunderung der Zeitgenossen, in Bildhauer-
kunst, Holzschnitt und Kupferstich hat sie sich versucht, musikalisch
war sie hoch begabt und in weiblicher Handarbeit schuf sie Stickereien
von künstlerischer Vollendung. Eine solche Vertreterin des weiblichen
Geschlechts war wohl dazu berufen, eine lateinische Abhandlung zur
Verteidigung der Frauenbildung zu schreiben.

So fanden sich zwei gelehrte Damen in Freundschaft zusammen.
Aus dem Briefwechsel der Prinzessin mit der Schurmann sind uns
leider nur zwei Briefe erhalten aus den Jahren 1639 und 1647. In
dieser Zwischenzeit ist aber ein Umschwung in dem geistigen Leben
der Beiden vor sich gegangen. Beide haben in der Gelehrsamkeit der
Bücher ihr Suchen nach Erkenntnis nicht befriedigen, die Ruhe ihrer
Seele nicht finden können — aber sie glaubten in diese unsichtbare
Welt auf verschiedenen Wegen zu gelangen. Anna Maria van Schurmann, eine tiefe, bis zur Schwärmerei angelegte Natur, suchte die Erklärung der Welt in der göttlichen Offenbarung der h. Schrift, sie
lernte Gisbert Voetius kennen, sie war ihm nach Utrecht gefolgt, diesem
Vertreter der strengsten Inspirationslehre, der keinen Eingriff kritisch-
sprachlicher Versuche in die h. Schrift duldete, dem jedes Trennungs-
zeichen vom h. Geiste eingegeben erschien. Im akademischen Hörsaal
saß sie, die glaubensselige Jungfrau zu den Füssen des Theologen, jedoch,
- was heutzutage nicht mehr nötig ist, — durch einen Vorhang verdeckt. Den Disputationen wohnte sie bei.

Auch Elisabeth suchte Gott, doch nicht in der Erleuchtung durch
den h. Geist, sondern auf dem Wege des Denkens, den Descartes ihr
gewiesen. Mit den Traditionen der Philosophie und Theologie hatte
dieser Denker gebrochen, er begann sein System ganz von neuem aufzubauen. Vom Zweifel an allem ausgehend, kennt er nur die eine Wahrheit, das eigene Denken, das einzige Prinzip der Gewissheit, die aus
dem Wesen Gottes fliesst, als der unendlichen in sich selbst begründeten Substanz. Aus der wahren Gottesidee, mit Ausschluss aller
Wunder, erklärte er die Welt. Nur durch logisches Denken, durch
Anwendung mathematischer Methoden auf den menschlichen Geist suchte
er die Welt zu begreifen. So stehen sich in diesen beiden Frauen
Inspiration und Denken, Scholastik und Rationalismus, Mystizismus und
Kartesianismus einander gegenüber.

Im Jahre 1637 waren die ersten Schriften des Descartes, die Essais
philosophiques, erschienen, unter ihnen die Methode des Denkens. Des-

cartes bekennt, dass er unbefriedigt sei von allen Wissenschaften, die Mathematik ausgenommen; sie allein gibt ihm die Methode, über den Zweifel zur Gewissheit zu gelangen. Diese Schrift hat die neunzehnjährige Prinzessin gelesen und verstanden. Eine andere neue geistige Welt thut sich ihr auf. Sie bekennt, aus diesen Schriften in einer Stunde mehr zu lernen, um ihren Verstand zu bilden, als wenn sie ihr ganzes Leben auf die Lektüre anderer Bücher verwenden würde. Im Jahre 1640 hat sie den Philosophen selbst kennen gelernt, der im Jahre 1629—49 nach manchen Wanderungen, als erfahrener Weltmann die Niederlande aufgesucht. Um ungestört zu sein vor der Neugierde der Menschen, um Ruhe zum Denken zu finden, hat er mehrfach seinen Wohnsitz gewechselt. Doch blieb er Weltmann und Kavalier, kein Einsiedler in seiner „Einsiedelei". Unter dem freisinnigen Regimente des Prinzen von Oranien, Johann Heinrich, in einem Lande, das wie kein anderes im damaligen Europa einem jeden Fremdling Freiheit der Gedanken gewährte, fand er Schutz vor den Angriffen streitsüchtiger Theologen, die ihn als Atheisten verlästerten, worunter der streitbarste, Gisbert Voetius. Auch Anna Maria van Schurmann hat den Denker gemieden.

Am Hofe der Königin aber fand er eine Stätte, da man ihn verstand. Hier sammelt sich um ihn ein kleiner Kreis begeisterter Anhänger, unter ihnen der treueste Diener des oranischen Hauses, Konstantin Huygens, des Statthalters Sekretär, von vielseitiger feinster Bildung, ein Humanist vom besten Schlage der alten Italiener. Wahrscheinlich schon von Leiden aus hat Descartes die Pfalzgräfin Elisabeth unterrichtet. Sie gewann ihn zum Lehrer und Freunde fürs Leben. Es bildet sich ein geistig reger Verkehr zwischen der Prinzessin und Descartes,[1]) der in dem bei Leiden gelegenen Schlosse Endegeest Wohnung genommen hat. Eine merkwürdige Fügung, dass sie einem Manne näher tritt, der in jungen Jahren in der Schlacht am weissen Berge gegen ihren Vater gefochten hat.

Wohl niemals hat man in der Geschichte des geistigen Lebens solch ein von den höchsten Interessen erfülltes Freundschaftsverhältnis gesehen, wie hier zwischen dem Philosophen, dessen Lehren eine ganze geistige Welt erschüttern, und der zweiundzwanzigjährigen Prinzessin,

1) [Baillet] Vie de Mons. Descartes. — Kuno Fischer, Geschichte der neueren Philosophie I. 1 (Descartes), 4. Auflage, Heidelberg 1897 S. 191 ff. — Guhrauer I S. 47 ff. — A. Foucher de Careil, Descartes, la princesse Élisabeth et la reine Christine d'après des lettres inédites. Paris 1879. — Max Heinze, Pfalzgräfin Elisabeth und Descartes. (Histor. Taschenbuch VI. Folge Jahrg. 5 S. 257 ff.)

die vom tiefsten Drange nach Erkenntnis erfüllt, die Weisheit des Lehrers in sich aufnimmt. In unermüdlichem Fleiße, die Nächte hindurch
arbeitend, dringt sie in alle Wissenschaften ein, die ihr ein Verständ-
nis der Lehre des Descartes ermöglichen. In anregendem Verkehr mit der
Schülerin ist sein Hauptwerk, die Prinzipien der Philosophie, in den
Jahren 1641—1643 vorbereitet worden, jene Philosophie, die uns die
Erklärung der Welt auf mechanische Gesetze zurückzuführen sucht.
Darum hat sich das lernbegierige Mädchen bei Zeiten in das Studium
der Mathematik und Physik vertieft. Harveys Entdeckung über den
Kreislauf des Blutes läßt sie der Anatomie und Physiologie nähertreten.
Man sagt, sie habe am Seziertisch stehend die neuen Errungenschaften
biologischer Forschung geprüft.

So kam es, daß Pfalzgräfin Elisabeth im eigenen Kreise und bei
Fremden als ein Wunderkind angestaunt ward. Bei ihren Geschwistern
hat sie zeitlebens nur den Namen „die Griechin" geführt.[1] Und diesen
Namen einer Weisen, den ihre Schwester Sophie so gerne im Scherze
ihr gab, durfte sie im Ernste mit Ehren tragen. Daß man sich über
ihre Zerstreutheit lustig machte, that der Ehrfurcht vor ihrem Wissen
keinen Abtrag. „Man erzählt Wunderdinge, — so berichtet uns Sorbière[2])
nach einem Besuche im Haag, — von dieser seltenen Person, daß sie mit
der Kenntnis der Sprachen die Wissenschaften verbinde, daß sie sich
nicht mit den Possen der Schulphilosophie abgebe, sondern die Dinge
klar erkennen wolle, daß sie einen scharfen Geist und ein gründliches
Urteil habe. Ihres Alters schien sie zwanzig Jahre zu sein, ihre Schönheit und ihre Gestalt waren in der That die einer Heroine!" Gelehrte
und Dichter der Zeit, darunter Namen von gutem Klang, stritten sich
um die Ehre, der gelehrten Prinzessin Prosa und Dichtung zu widmen.[3])

Die hochbegabte Pfalzgräfin aber, die wie Descartes bekannte, seine
Lehre von der Begründung des Seins auf dem Denken, die Schwierig-
keiten seiner analytischen Methode, wie wenige klar begriff, trug den
Adel wahrer Bildung in ihrer tiefen Bescheidenheit. Keine Spur von
Überspanntheit, auch kein Gelehrtendünkel, die schlimmste Frucht der
Selbsttäuschung, haftet diesem erkenntnissuchenden Leben an. Diese

---

1) „La Grèce", auch „La Signora antica", Sophie an Karl Ludwig 2. Juni
1666. Briefwechsel der Herzogin Sophie von Hannover mit ihrem Bruder dem Kurfürsten Karl Ludwig von der Pfalz (Publikationen aus den k. preussischen Staatsarchiven 26) S. 101.

2) Sorberiana, on Bons mots etc. Paris 1694 S. 85—86. Guhrauer I S. 60.

3) Schotel, De Winterkoning S. 137.

Bescheidenheit blieb unberührt selbst von der grössten Huldigung, als Descartes ihr, der Fünfundzwanzigjährigen, seine im Jahre 1644 erschienenen Prinzipien der Philosophie gewidmet hat. Als Zeuge ihrer hohen und seltenen Eigenschaften will er der Nachwelt einen Dienst erweisen, wenn er dieses Vorbild ihr zeigt, in dem sich ein fester Wille mit Klarheit des Verstandes und ernster Arbeit der Bildung vereinigt. „Ich habe niemand gefunden, schreibt Descartes[1]) unter anderem in dieser Widmung, der meine Schriften so umfassend und so gut verstanden; selbst unter den besten und gelehrtesten Köpfen gibt es viele, die sie sehr dunkel finden; ich habe fast durchgängig bemerken müssen, dass die einen die mathematischen Wahrheiten leicht fassen, aber den metaphysischen verschlossen sind, während es sich bei anderen gerade umgekehrt verhält. Der einzige Geist, so weit meine Erfahrung reicht, dem beides gleich leicht wird, ist der Ihrige. Darum muss ich diesen Geist unvergleichlich hoch schätzen. Aber was meine Bewunderung steigert: Es ist nicht ein bejahrter Mann, der viele Jahre auf seine Belehrung verwendet hat, bei dem sich eine solche umfassende wissenschaftliche Bildung findet, sondern eine noch jugendliche Fürstin, die in ihrer Anmut eher den Grazien, wie die Poeten sie beschreiben, als den Musen oder der weisen Minerva gleicht." Wie bescheiden in ihrer Selbsterkenntnis dankt die Prinzessin: „Freilich, schreibt sie, werden die Pedanten wohl meinen, dass sie gezwungen sind, für mich eine neue Moral aufzustellen, damit ich mich des Lobes wert machen könne. Aber ich nehme dasselbe nur als eine Regel meines Lebens, indem ich wohl weiss, dass ich auf der untersten Stufe stehe und Sie nur mein Bestreben, mich zu unterrichten und das von mir erkannte Gute zu erlangen, billigen."

Bei alledem aber war Elisabeth keine blinde Anhängerin der Philosophen. Sie bewahrt sich die Freiheit ihres Denkens, äussert ihre Zweifel mit einem Scharfsinn, der die Bewunderung Descartes erregt. Sie ist nicht allein eine lernende, sondern auch eine durch Widerspruch anregende Schülerin. Descartes selbst gefördert zu haben, ist nicht ihr alleiniger Verdienst, denn einige Arbeiten des Descartes wären ohne den Einfluss der Prinzessin überhaupt nicht entstanden. Seine Schrift über den Menschen hat er umgearbeitet, nur um sie der Schülerin vorzulegen. Die im Jahre 1646 erschienene Abhandlung über die Leidenschaften der Seele ist für die Prinzessin geschrieben, für sie ein Führer auf dem

---

1) Wörtlich nach K. Fischers Übersetzung. Descartes S. 196 ff.

Wege zur Glückseligkeit. Die Schriften von Descartes aber würden, von
ihren Beziehungen zu Elisabeth durch jene ehrenvolle Widmung abgesehen, zur Erkenntnis des innern Lebens der Pfalzgräfin nur wenig beitragen, wenn uns nicht das geistige Band zwischen Lehrer und Schülerin
in den Briefen[1]) erhalten wäre. Bis vor wenig Jahren musste man sich
darauf beschränken, nur aus den Briefen des Descartes, die nur Antworten
sind auf die an ihn gerichteten Fragen, sein Verhältnis zu Elisabeth
kennen zu lernen. Seit aber durch den französischen Akademiker
Foucher de Careil[2]) auch eine Reihe von Briefen der Pfalzgräfin bekannt geworden sind, gewinnt dieses Bild an Tiefe der Farben. Freilich
diese Briefe sind nicht leicht verständlich. Die geistige Arbeit der
Prinzessin ringt mit der Sprache und der Form, sie kann die metaphysischen Fragen nicht so leichtplaudernd abmachen, wie ihre in geist-
vollem Spötteln gewandte Schwester Sophie. Aber ein reger ruheloser
Geist spricht aus ihnen, lebendig in immer neuen Zweifeln, neuen
Fragen und Widersprüchen. Sie sind Zeugnisse eines grübelnden
Geistes, der sich mit den höchsten Problemen menschlicher Erkenntnis
beschäftigt, Bekenntnisse eines tiefen Seelenlebens, das vom Schicksal
gequält sich abmüht, nach den Stürmen des Lebens die Wege zu finden, die zur Ruhe des Gemüts führen. Nicht allein Metaphysisches,
auch die grossen Fragen der Ethik werden dem Philosophen vorgelegt.
Und so verdanken wir es der Prinzessin Elisabeth, dass durch sie veranlasst und gedrängt Descartes sich über Fragen ausspricht, die sonst in
seinen grossen Systemen keinen Platz gefunden haben.[3]) Dem Welt-
manne, der nach freiwilligen Wanderungen nun den sichern, von Stürmen freien Hafen gefunden hat, der in abgeklärter Ruhe des Denkens
allen Unebenheiten des Lebens vorsichtig aus dem Wege geht, steht die
Tochter eines fürstlichen Hauses gegenüber, das vom Schicksal verfolgt, nur die harten Seiten des Lebens kennen gelernt hat. Diese
Schicksalsschläge lasten auf ihrem Gemüt.

Was hat sie nicht alles erleben müssen! „Ich muss Ihnen bekennen, schreibt sie an Descartes, dass ich mich unglücklich fühle, so
lange ich mein Haus nicht wieder eingesetzt sehe in seine Rechte und
meine Familie noch im Elend weiss." Diese Hoffnung gab sie nach

---

1) Oeuvres de Descartes par Victor Cousin. Tome VII—X.

2) Foucher de Careil, Descartes, la princesse Élisabeth et la reine Christine.
Paris 1879. — Schon 1862 erschien vom gleichen Verfasser: Descartes et la prin-
cesse Palatine, ou de l'influence du cartésianisme sur les femmes au XVIIe siècle.
Paris 1882.

3) M. Heinze, Die Sittenlehre des Descartes. Leipzig 1872.

dem Tode des Schwedenkönigs vernichtet, sie sah den Vater als Flücht-
ling dem Schicksal erliegen. Der hoffnungsvollste ihrer Brüder, ein
Wunderkind in allen seinen Anlagen, war im Zuidersee ertrunken. Moritz, der nach dem Zusammenbruch des stuartischen Königtums seinem
heldenmütigen Bruder auf die See gefolgt, verschwindet in den west-
indischen Gewässern! Der Uebertritt ihres Bruders Eduard zur römischen Kirche, der mit der Hand der ehrgeizigen klugen Anna Gonzaga
auch seinen Glauben ohne die Wandlung innerer Überzeugung vertauscht
hat (1648), geht der Schwester tief zu Herzen. Seine Seele ist nach
dem Glauben der Calvinistin für immer verloren![1]) Es ist ein Zeichen
vertrauensvoller Freundschaft, dass sie in dieser so subtilen, ihre Stimmung beherrschenden Frage, den seinem Glauben treu gebliebenen Sohn
der römischen Kirche zum Berater nimmt. „Wenn ich nicht wüsste,
schreibt sie, dass Sie mehr mitleidig als strenggläubig sind, müsste
meine Klage eine ungebührliche sein." Im Haag selbst findet die Prinzessin keine Heimat, der eigenen stolzen Mutter bleibt sie die ernste
Denkerin, unverständlich und fremd. Ein tragisches Ereignis entfremdet beide noch mehr:

Es ist eine heute noch dunkle Geschichte.[2]) Ein französischer
Edelmann, Marquis d'Epinay, von zweifelhaftem Rufe und etwas unklarer Vergangenheit, doch in seinem Auftreten nicht ohne den Reiz
einer Persönlichkeit, die Frauenherzen leicht gewinnt, soll in der besonderen Gunst der Königin Elisabeth gestanden haben. Man hat beiden
ein zartes Verhältnis nachgesagt. Dieses Verhältnis muss derart gewesen sein, dass die Familie sich genötigt sah, Stellung dazu zu nehmen.
Der Marquis ward am Hofe verhasst. Der ihn am meisten hasste war
Pfalzgraf Philipp. Nach einem vorhergegangenen Wortwechsel hat er
des Nachts auf offener Strasse den Edelmann überfallen und erstochen.
Vom Mutterfluche verfolgt, flieht der Prinz vom Hofe, tritt in spanische
Dienste und endet in den Kämpfen bei Rethel (1650) sein junges
Leben. Auch Elisabeth hat bald nach diesen Ereignissen den Hof ver-
lassen (1646) und bei ihren Verwandten in Berlin Aufnahme gefunden.
Es ist möglich, dass dieser Urlaub ein unfreiwilliger war und auf
Zwistigkeiten innerhalb der Familie beruht, die von jenem Verhältnis
nicht unberührt waren. Zu den vielen Täuschungen aber, die Pfalzgräfin
Elisabeth erfahren, kam noch die eine, dass ihr Freund und Berater,

---

1) „que j'en saurois avoir abandonnée au mépris du monde et à la perte de
mon ame (selon ma croyance)". Foucher de Careil S. 70.

2) Ausführlich Guhrauer I S. 85.

der inzwischen zu der geistvollen und gelehrten jugendlichen Königin
Christine von Schweden in Beziehung getreten war, dieses Verhältnis
nicht zu Gunsten der pfälzischen Familie, und nicht ohne Demütigung
der Prinzessin hat ausnützen können (1649).[1]) Denn Versuche, durch
Übersendung seines mit der Prinzessin geführten Briefwechsels ein persönliches Verhältnis der beiden durch ihre wissenschaftlichen Neigungen
verwandlen Fürstinnen zu erreichen, konnte zu keiner Zeit so unge-
schickt ausgedacht werden, als gerade jetzt, da in der schwedischen
Politik der pfälzischen Frage gegenüber eine kühlere Haltung sich geltend machte. Vorsichtig ist der einflussreiche Diplomat am Hofe
Christinens — der französische Resident Peter Chanut — allen Andeutungen des Philosophen aus dem Wege gegangen. Mehr aber als
die politische Lage musste bei aller geistigen Verwandtschaft der beiden
Frauen die Grundverschiedenheit ihres Wesens ein derartiges freundschaftliches Verhältnis vereiteln. Christine[2]) war Königin in vollem Besitze einer damals in den Geschicken Europas gebietenden Macht, mit
in den Händen ihrer Diplomaten ruhte zu Münster und Osnabrück auch
das Schicksal des pfälzischen Hauses. Die junge, geistvolle, gelehrte
und wissensdurstige, aber überspannte Fürstin versammelt die Gelehrten
an ihrem glänzenden Hof, sie lässt sich beleben und auch huldigen,
neben ihrem mannhaften Sinn regieren auch ihre Launen. Elisabeth
kam zu ihr als Flüchtige, als eine Bittende, als die Tochter eines entthronten Fürstenhauses. Sie hatte keine Gunst zu verteilen, die Huldigungen, die sie von den Gelehrten entgegennahm, konnte sie mit
äusseren Ehren nicht erwidern. Die Prinzessin müht sich ab, in ihren
Gedanken und mit ihrem Willen die Ruhe der Seele, in der Lösung
grosser ethischer Probleme ihre Befriedigung zu finden, sie ist bei allem
Rationalismus tief religiös gestimmt, ihr Wissen ist Moral. In der Unruhe der Gegensätze sieht die junge schwedische Königin des Lebens
Reiz, der Katholizismus mit seinem den Traditionen ihres eigenen Hauses
so fremdartigen Wesen zieht sie, die Tochter Gustav Adolfs, an, und
doch hat es niemals eine Konvertitin gegeben, die so wenig der römischen Kirche in allen ihren Forderungen und Erwartungen Freude
machen konnte, wie diese aller Askese abgeneigte leichtlebige Fürstin.
Der Verkehr mit den Gelehrten ist ihr bei allem ernsten Wissen doch
mehr ein geistreiches amüsantes Dilettieren. Auf dem Wege zur Erkenntnis, den Pfalzgräfin Elisabeth, von Descartes geleitet, gesucht hat,

1) Foucher de Careil 8. 91 ff.
2) E. Daniels, Christine von Schweden. (Preussische Jahrbücher 96, 385 ff.
97, 50 ff.) — Guhrauer I, 98 ff.

vollziehen sich Seelenkämpfe erschütternder Art. Dabei dürften Neid und Eifersucht, so oft den Gelehrten eigen, auch beim Frauengeschlechte — die Zukunft wird es uns einmal lehren — nicht fremde Erscheinungen sein. Wir wissen aus einer guten Quelle, dass auch in späteren Jahren ein der gelehrten Pfälzerin gespendetes Lob, Christine nicht angenehm berührt hat.

Der Eifersüchtigen steht die Gekränkte gegenüber. Mit vornehmer Kühle hat Königin Christine in den Briefen an Descartes ihre Nebenbuhlerin ignoriert. Ein von Elisabeth an die Königin gewagtes Schreiben wird mit Stillschweigen beantwortet. In dieser Stimmung, mitten im bangen Hoffen auf die Entscheidungen des westfälischen Friedenscongresses, ereilt sie die Nachricht von der Hinrichtung Karl I. (1649), der letzte tragische Abschluss dieser stuartischen Familiengeschichte. Alle diese Ereignisse wirken immer von neuem auf das Gemüt der Prinzessin ein. Körperliche Leiden kommen hinzu, die ihr Seelenleben belasten. Der Dualismus von Seele und Leib, den Descartes ihr gelehrt hat, er muss in diesem Leben den schärfsten Widerspruch erfahren. Die metaphysischen Betrachtungen können hier keinen Platz mehr finden.

Durch ihre Briefe mit Descartes geht tiefe Melancholie, der Grundzug ihres Denkens ist Pessimismus. „Ich habe Mühe, schreibt sie, mich davon zu überzeugen, dass wir mehr Gutes, wie Übles in diesem Leben haben, da mehr dazu gehört, jenes als dieses sich zu verschaffen, da der Mensch mehr Gelegenheit hat Unlust zu empfinden, als Lust, da es eine unendliche Zahl von Irrtümern gibt für eine Wahrheit, so viele Mittel sich zu verirren, als eines, den richtigen Weg zu finden.“

Darum bilden die Fragen über Glück und Unglück im Menschenleben einen Hauptgegenstand des Briefwechsels, wertvoll, weil sie Descartes veranlasst haben, auch über ethische Fragen seine Gedanken mitzuteilen. Vergeblich hat die Prinzessin in ihren Klagen über die Widerwärtigkeiten des Lebens und die von ihnen erzeugte Unruhe des Geistes und Körpers bei dem Philosophen eine befriedigende Antwort gefunden. Das Mittel, das Descartes verrät, die Einbildungskraft von allen unangenehmen Ereignissen abzuwenden und nur den Verstand auf solche Dinge zu richten, die zufrieden machten, haben bei der Prinzessin keinen Einfluss gehabt gegenüber den überwältigenden Eindrücken der vielen schmerzlichen Ereignisse in ihrem eigenen Leben. Auf Empfehlung von Descartes studiert sie Senecas Schrift über „das höchste Gut“, ohne von seinen Sentenzen jemals befriedigt zu sein, sie sind ihr alles andere,

nur kein Weg zur Glückseligkeit, die nach Descartes die vollkommene
Ruhe und Zufriedenheit der Seele ist. Wenn es aber Sache des Verstandes ist, diesen Weg zu finden, so wünscht die Prinzessin vergeblich die Mittel kennen zu lernen, die ihren Verstand so kräftigen sollen,
um bei allem Handeln nur das Beste zu wählen. Descartes hat ihr
entgegen zu kommen versucht, zunächst durch die Lehre von der intellektuellen Liebe zu Gott als dem alleinigen Quell der Wahrheit und
der Vollkommenheit. Die Erfüllung des göttlichen Willens sehen wir
auch in unsern Missgeschicken und wir gewinnen aus dieser Erkenntnis
Befriedigung. Der Prinzessin aber ist das Wissen von der Existenz
Gottes wohl ein Trost über natürliche Unglücksfälle, doch nicht über
solche, die vom freien Willen der andern abhängen. Das Glück des
Lebens, die Ruhe der Seele nicht im Irdischen zu suchen, wie Descartes
ihr schreibt, ist für sie nur ein Grund, um so lieber und leichter den
Tod zu suchen, der uns frei macht von den Leidenschaften. Zur Er-
reichung der Glückseligkeit gehört nach Descartes das richtige Wissen
von dem was man zu thun hat oder nicht, und der Wille das Erkannte
zu thun. Das eine nennt er Weisheit, den Willen Tugend. Doch die
Erklärung des Verhältnisses des freien Willens zum Wissen, über das
Elisabeth Aufklärung wünscht und einen interessanten Briefwechsel mit
Descartes veranlasst, wird von letzterem nicht immer mit Konsequenz
und zur Befriedigung der erkenntnisdurstigen Prinzessin durchgeführt.
Descartes lehrt die Freiheit und Unabhängigkeit des Willens, zu thun,
was uns das beste erscheint. Wenn aber der Wille dem richtig Er-
kannten zu folgen hat, also doch wieder vom Wissen die Richtung erhält, so kann er nicht frei sein, da ja das Wissen nicht in unserer
Macht steht, sondern ein Ausfluss der göttlichen Vollkommenheit ist.
Diesen Widerspruch, diese Abhängigkeit der Glückseligkeit von unserem
Willen aber hat die Prinzessin aufs entschiedenste bestritten: „ich kann
mich von dem Zweifel nicht losmachen, schreibt sie, ob man zur Glückseligkeit gelangen kann, ohne alles das, was von unserem Willen nicht
abhängt, da es Krankheiten gibt, die uns das Vermögen zu denken
und damit die Möglichkeit nehmen, uns einer vernünftigen Zufriedenheit
zu erfreuen, andere die uns die Geisteskraft schwächen und hindern,
die Grundsätze zu befolgen, die uns die gesunde Vernunft ausgedacht
hat, da man sich von den Leidenschaften hinreissen lässt, denen die
Reue folgt, nach Descartes eines der grössten Hindernisse der Glückseligkeit.

Descartes hat wohl die Freiheit des Willens aus dem unmittelbaren Gefühl desselben bewiesen, giebt aber nicht zu, dass diese Unabhängigkeit der Abhängigkeit von Gott widerstreite. Elisabeth hat ihre „Stupidität" gegenüber dieser wichtigen Frage vom Verhältnis der Freiheit zum göttlichen Willen zugeben müssen, aber Gott kann nach ihrer Meinung nicht die unveränderliche Ursache von Allem sein, was nicht von der menschlichen Willkür abhängt und nicht auch zugleich von dem, was der Mensch thut. Wenn Gottes Macht eine absolute ist, so kann er uns nicht den freien Willen gegeben haben. Da wir aber das Bewusstsein der Freiheit haben, so widerstrebt es dem gesunden Menschenverstand, uns abhängig anzunehmen. Die Unabhängigkeit des freien Willens widerstreitet der Vorstellung, die wir von Gott haben, die Abhängigkeit des Menschen aber seiner Freiheit. „Es ist mir unmöglich, schreibt sie, zusammen zu reimen, dass der menschliche Wille zur selben Zeit frei, und doch die göttliche Macht in gleicher Weise unendlich wie begrenzt sein solle." Sie hat Descartes in Verlegenheit versetzt. Seine versuchte Konstruktion eines absoluten und relativen Willens war nicht der Weg, den Widerspruch von Freiheit und Notwendigkeit, den Zweifeln seiner Schülerin gegenüber, zu beseitigen.

Auch einen Kardinalpunkt der Philosophie Descartes hat die Prinzessin angegriffen, das Verhältnis von Seele und Leib, Geist und Körper, der beiden Substanzen, der denkenden und der körperlichen. Beide sind von einander verschieden, haben nichts mit einander gemein. Das Wesen der Materie ist die Ausdehnung, das Wesen des Geistes Denken. Diese Attribute, Sein und Wirken, schliessen sich aus, es ist ein Gegensatz von psychischem und physischem Leben. Beide können sich nicht gegenseitig durchdringen, sondern nur an einem Punkte berühren. Es war Aufgabe der späteren Philosophie, diesen schroffen Dualismus zu überwinden. Doch war es schon Prinzessin Elisabeth, die ihre Bedenken einer solchen schroffen Scheidung von Geist und Materie entgegenhielt. Das Verständnis dieser Fragen hat Descartes der sinnlichen Vorstellung seiner Schülerin überlassen und ihr den Rat gegeben, sich nicht allzusehr mit metaphysischen Problemen abzuquälen. Aber der Prinzessin ist es zu danken, dass Descartes noch einmal diese Frage berührte, als er auf Wunsch der Elisabeth sein Buch über die Leidenschaften der Seele schrieb (1647) und hier den schroffen Dualismus mit der Erklärung abschwächte, dass die Leidenschaften, die Affekte aus der Einwirkung des Körpers hervorgehen, dass es Zustände giebt, in denen unter dem Einfluss des Körpers die Seele leidet, dass die

Leidenschaften Gemütsbewegungen sind, aus zwei Naturen gemischt,
der körperlichen und der geistigen. Diese Schrift, sagt Descartes, sei
nicht für viele geschrieben, „um so mehr, als ich sie nur verfasst habe,
um von einer Prinzessin gelesen zu werden, deren Geist dergestalt über
das Gewöhnliche erhaben ist, dass sie ohne einige Mühe das versteht,
was unsern Doktoren das schwerste zu sein scheint".

Nur kleine Bruchstücke aus dem Briefwechsel der Pfalzgräfin mit
dem Philosophen sind hier mitgeteilt. Sie genügen zum Beweise, wie
selbständig sich ihr geistiges Leben in diesem anregenden Verkehre bewegte. Descartes ist bekanntlich (Ende Dezember 1649) einem Rufe
der schwedischen Königin nach Stockholm gefolgt und bald darnach
am 11. Februar 1650 gestorben.

Um diese Zeit ist Prinzessin Elisabeth nach einem längern Aufenthalte in Berlin und Crossen, der indessen auch im Besuche des
Haag eine Abwechselung gefunden hat, ihrem Bruder Karl Ludwig
nach Heidelberg gefolgt. Der westfälische Friede hatte ihm seine Lande
zurückgegeben. Eine neue, auf allen Gebieten des staatlichen und kulturellen Lebens segensreiche Zeit begann unter diesem Wiederhersteller
der Pfalz. Auch die Universität Heidelberg erhebt sich noch einmal
zu nie dagewesenem Glanze. In diesem Kreise findet die gelehrte Pfalzgräfin reiche geistige Anregung, hier findet sie einen Anhänger Descartes'scher Philosophie, den grossen Philologen Johann Freinsheim, der
von der hohen Schule zu Upsala und dem Hofe der schwedischen Königin, aus einer glänzenden gefeierten Stellung zu uns gekommen war.
Gerne erinnert er sich späterhin noch des vertraulichen Verkehrs mit
dem pfälzischen Hofe, des guten Bacharacher, den ihm der Kurfürst
frisch aus dem Keller gespendet und vor allem der geistvollen Unterhaltung mit der Prinzessin.[1] Seine gesammelten Reden, einst vor den
Gelehrten von Upsala und der Königin in elegantem Latein gehalten,
hat er der Pfälzerin gewidmet. Dass in den Heidelberger Kreisen auch
die Lehren Descartes die Geister bewegten, lassen dürftige Mitteilungen
uns erkennen.[2] Wie gerne wüssten wir mehr!

Auch ihre gelehrten sprachlichen Studien nimmt die Prinzessin
wieder auf. Sie schliesst eine warme und dauernde Freundschaft mit
einem Mann, dessen Ruhm als Exeget, Orientalist und Archäologe da-

---

1) Johannis Freinshemii Orationes cum quibusdam declamationibus. Franco-
furti 1662. 8°.
2) G. E. Guhrauer, Joachim Jungius und sein Zeitalter. Stuttgart und Tübingen 1850 S. 317 und Beil. 92.

mals weithin leuchtete, mit Johann Heinrich Hottinger[1]) aus Zürich. Neben Freinsheim glänzt auch sein Name unter den Ehrentafeln dieses festlichen Raumes. Nur vorübergehend hat ihn seine Vaterstadt, die, alter Beziehungen zur Pfalz gedenkend, bei der Taufe des Kurprinzen Karl Gevatter gestanden,[2]) nach Heidelberg ziehen lassen. „Damit die Academie etlicher massen wieder in vorigen stand gebracht werden möge" hat ihn Karl Ludwig nur für ein paar Jahre erbeten.[3]) Von 1655- 1661 wirkte er hier zu Ruhm und Ehren der hohen Schule. In tiefer Ehrfurcht vor der Wissenschaft, in Verehrung für diesen grossen Gelehrten hat die Prinzessin seine Werke gesammelt. Sie ist begierig, alle die Sprachen kennen zu lernen, die in Hottingers „Orientalischer Bibliothek" vertreten sind. Seine Abhandlung über die hebräischen Grabdenkmäler, seine orientalische Numismatik liest sie mit regem Interesse, über jedes neue Werk aus seiner Feder ist sie hocherfreut.[4]) „Diese angenehme Jahrszeit," schreibt sie dem Gelehrten späterhin von Heidelberg entfernt.[5]) „bringet unserm Theil der Welt nicht mehr lieblicbe Blumen und wohlschmeckende Früchten, als Euere fruchtbare Feder uns järlich nützliche und ergötzliche Raritäten zukommen lasset." Als Zeichen seiner Verehrung für die gelehrte Freundin hat ihr Hottinger den fünften Band seiner Kirchengeschichte gewidmet. Des Zürcher Gelehrten Töchterlein Elisabeth aber sollte sich der hohen Pathenschaft der philosophischen Prinzessin erfreuen.

Wahrscheinlich durch Hottinger war sie auch mit dem Züricher Landvogt Rahn bekannt geworden, der in seiner Vorrede zur „Deutschen Algebra" der Prinzessin ehrenvoll gedenkt. Wie bescheiden fasst sie auch diese Huldigung wieder auf. „Er gedenket meiner darinnen mit einem Titel, schreibt sie, den ich nicht verdiene, insonderbeit in dieser subtilen Kunst, die den ganzen Menschen erfordert. Was ich dem Landvogt davon gesagt, kam nicht aus eignem Witz, sondern von meinem berühmten Lehrmeister, dem sel. Mons. Des Cartes her. Ich sollte billig jetzt hierfür danken, weil ich aber nur Ungelegenheit mit meim Handschreiben machen würde, so bitte ich, Ihr wollet solches in meinem Namen verrichten, mich auch ferner in Euer beider Gunst

1) H. Steiner, Der Züricher Professor Johann Heinrich Hottinger in Heidelberg 1655—1661. Zürich 1886.
2) Steiner, Anh. Nr. 4.
3) Steiner, Anh. Nr. 5.
4) Steiner, Anh. 27.
5) Crossen 6. 10. Juli (1661), Anh. 27, 5.

erhalten, deren ich das Gute zuschreiben muss, das ihr von mir denket
und sagel." [1]

Aber auch in Heidelberg im Kreise der Gelehrten war für sie des
Bleibens nicht lange, weil sie auf dem Schlosse, das sie nach schick-
salsschweren Jahren wieder betrat, keine Heimat fand. Wie Karl Ludwig, in Sparsamkeit zäh und hart geworden, seinem aus ruhmgekrönten
Kämpfen zurückgekehrten Bruder Ruprecht einen Anteil am wiederge-
wonnenen Pfälzischen Stammgute verweigerte, so waren die ehelichen
Verhältnisse des Kurfürsten nicht dazu angethan, die vielgewanderte
Schwester hier die vielgesuchte Seelenruhe finden zu lassen. Ihr Bleiben
ward erschwert, sobald sie sich in der Ehescheidungsfrage des Vaters
auf die Seite der Mutter stellte.[2]) Kurfürstin Charlotte, des harten
Daseins an der Seite ihres Gatten müde, nimmt im Jahre 1662 ihre
Zuflucht zum Landgrafen Wilhelm VI., ihrem Bruder, nach Kassel.
Auch Elisabeth folgte ihr, um niemals mehr nach Heidelberg zurück-
zukehren. Hier konnte sie ruhige Tage verleben, an diesem kleinen
Hofe, wo nach des Landgrafen Tode seine Witwe, die geistvolle hoch-
gebildete Hedwig Sophie, die Vormundschaft über ihre Söhne und die
Regentschaft über das Land mit männlicher Festigkeit führte, und
Künste und Wissenschaften eine Pflege fanden.

Doch ihr Leben sollte hier nicht abschliessen. Wir haben ihrer
Beziehungen zum brandenburgischen Hofe, ihres zeitweiligen Aufenthalts
in Crossen und Berlin gedacht. Auch mit Friedrich Wilhelm, dem
grossen Kurfürsten, verband sie alte Freundschaft. Noch befand sich
die märkische Residenz in ärmlichen Verhältnissen, auf diesem auch von
der Natur so wenig bevorzugten Boden, wo es damals noch keine Bücher
und keine Gelehrten gab, nur abergläubige Theologen disputierten, war
Elisabeth wegen ihrer Gelehrsamkeit und geistvollen Unterhaltung gefeiert und bewundert. Descartes hat es ihr gedankt, dass durch ihre
Vermittlung auch diese Kreise mit seinen Schriften bekannt geworden
sind. Erst Friedrich Wilhelm, der Schöpfer des künftigen Grossstaates,
begann seiner öden Residenz und seinen Landen auch geistiges Leben
zuzuführen. Die von ihm neugegründete Universität Duisburg sollte
ein Sitz Descartes'scher Lehre werden. Und doch war dauerhafte Freundschaft und Wärme des Familienlebens das Beste, was die ruhelose
Prinzessin hier finden konnte. Nach jahrelangen Wanderungen ihres

1) Stenner, Anh. 27 u. 3.
2) So wenigstens Bailliet II, 235.

schicksalsvollen Lebens verdankt sie dem brandenburgischen Kurfürsten eine dauernde Zufluchtstätte, an der sie in Ruhe ihrer inneren Welt leben konnte.

Noch einmal hat sie ihren berühmten Namen der Welt bekannt gemacht, doch in anderen Formen eines tiefinnerlichen Lebens.

Am 1. Mai 1661 war die Prinzessin, durch den mächtigen Einfluss ihres brandenburgischen Vetters gefördert, zur Koadjutorin des freiweltlichen Reichsstifts Herford gewählt worden.

Diese uralte, unter Ludwig dem Frommen zwischen Paderborn und Münster nahe beim Zusammenflusse der Aa und Werre gegründete Abtei lag als kleines reichsunmittelbares Gebiet der Altstadt Herford gegenüber, nur durch eine Brücke mit ihr verbunden.

Hier in dieser „Freiheit", wie der kleine Bezirk hiess, residierten nun die Äbtissinnen über den kleinen Kreis von Unterthanen, begabt auch mit der Civilgerichtsbarkeit in der Stadt, die einst freie Reichsstadt, im Jahre 1652 diese Stellung verlor und unter die Oberhoheit des brandenburgischen Kurfürsten gekommen war. Auch dieser kleine geistliche Staat der Abtei war gleich der Stadt Herford im Jahre 1523 zur Reformation übergetreten. Die Abtei aber blieb reichsunmittelbar unter dem Schutze der brandenburgischen Kurfürsten als ein evangelisches adeliges Frauenstift, dessen Äbtissinnen ebenfalls dem lutherischen oder reformierten Bekenntnisse angehörten.

So bekam Elisabeth als Koadjutorin Anspruch auf Nachfolge in eine schon im Mittelalter von Angehörigen des hohen Adels sehr begehrte, auch an Einkünften reiche Stellung einer Fürstin und Prälatin des heiligen römischen Reiches, mit ihrem Lebenhof und ihrem Hofstaate, der auch dem kleinsten politischen Gemeinwesen damals nicht fehlen durfte. Am 28. März 1667 ist sie dann nach dem Tode ihrer Vorgängerin, der pfalz-zweibrückischen Prinzessin Elisabeth Luise als Äbtissin von Herford intbronisiert worden.

Man sollte nun denken, dieses adelige Frauenstift wäre eine Hochburg des Cartesianismus, eine philosophische Akademie geworden, in der eine gelehrte Äbtissin mit gleichgesinnten Schwestern fern vom Geräusche der Welt in stillem Klosterleben metaphysische Probleme verfolgte. Elisabeth aber nahm von ihrem Vetter, dem grossen Kurfürsten, diesen reichsfürstlichen Platz, um den inneren Frieden der Seele, das höchste Gut zu suchen und die Idee Gottes in uns, die Descartes gelehrt, nicht in der metaphysischen Gedankenwelt zu verfolgen, sondern in das tiefe Innere, in das geheimnisvolle Empfinden religiösen

Lebens einzuführen. Die alte Abtei Herford ward, was sie einstens in
der alten Kirche war, nun auch in der neuen, doch in anderer Form
und anderem Geiste: der Sammelplatz der Frommen, der Bekehrten,
der im Geiste Gottes Wiedergeborenen, der Auserwählten Gottes. Eine
Wandlung merkwürdiger Art im Leben der Pfalzgräfin! Descartes hatte
seiner Schülerin den Rat gegeben, sich um metaphysische Dinge nicht
viel zu kümmern, vielleicht um ihren Fragen auszuweichen, mit denen
sie ihn so hart bedrängte.

Sie hat es gethan, nicht allein, weil sie in dem metaphysischen
Denken keine Befriedigung fand, sondern weil ihr philosophisches Denken
ein ethisches war. Aber dieses ethische Denken der Äbtissin stand
immer im Widerspruche mit den ihrem Lehrer abgerungenen Äusserungen moralischen Inhalts; an dem Verhältnis des freien Willens zu
Gott als dem Urquell aller Erkenntnis hat ihr Denken halt machen
müssen. Je mehr sie sich abmüht, nach dem höchsten Gute, nach der
Glückseligkeit, nach der Ruhe ihrer Seele zu gelangen, um so mehr
erweitert sich der Gegensatz zwischen dem von Descartes gelehrten
freien Willen und dem allgemeinen Kausalgesetz, das uns abhängig
macht von Gott. Sie hat zwar durch ihre Einwände den Philosophen
so weit gebracht, daß er in seinen „Passions de l'âme" diese Lehre von
der Freiheit des Willens gemildert, indem er zugegeben, daß der Mensch
die Erreichung des höchsten Gutes nicht immer in seiner Gewalt hat,
daß er sich dem Willen der allmächtigen Ursache ergeben müsse, eben
in der intellektuellen Liebe zu Gott. Diese rein erkenntnistheore-
tische Lehre befriedigte sie nicht, darum suchte sie einen andern Weg,
der im neuerwachten religiösen Leben der Zeit gegeben war.

Es ist vielleicht nicht ohne Bedeutung für die Prinzessin gewesen,
daß sie schon von Heidelberg aus (1660) mit den Werken des Theologen Johannes Coccejus bekannt geworden ist,[1] dessen religiöse, von
der Liebe zu Gott ausgehende Ideen von dem Gnadenbunde Gottes mit
den Menschen, trotz aller mystischen Anklänge doch in ihrer tiefinnerlichen Durchbildung vielfach auch mit Descartes sich berühren. Aber
nicht der Intellekt, sondern der Glaube zeigt uns den Weg zur Eini-
gung mit Gott, der Glaube, dessen Wurzel die Liebe ist. Über die
geistige Beziehung der Schülerin des Descartes zu dem gelehrten Föderal-
theologen zu Leiden sind wir im einzelnen nicht unterrichtet. Coccejus
hat ihr seinen lateinischen Kommentar zum Hohen Lied gewidmet.

---

[1] Das Nähere bei Guhrauer I, S. 123 ff.

„Nichts gibt es in der ganzen Welt, schreibt er in seiner Widmung, was uns nicht von der Eigenliebe wieder zurückführt zu Gott, der wie die Ursache alles Schönen und Lieblichen, der einzige Mittelpunkt der Liebe ist." In ihr soll der Dualismus zwischen Seele und Leib überwunden werden zum wahren Leben. [1]) An die Stelle der intellektuellen Liebe, wie Descartes sie gelehrt, tritt die religiöse Liebe, die aus dem Herzen kommt, durch welche die Seele zu einer Vereinigung mit Gott zu kommen sucht, ganz unabhängig von den realen Forderungen der Kirche, die nach Coccejus nur geistige Attribute kennt. Doch steht Coccejus nur am Anfange einer kirchlich reformatorischen Bewegung, in deren Mittelpunkt auch die Pfalzgräfin immer mehr die ethischen Probleme praktisch in sich zu lösen glaubt.

Durch innerliches Erleben Gottes, durch die Betrachtung, die Kontemplation soll diese Vereinigung des Menschen mit Gott zur Wahrheit werden. Je mehr diese Liebe das menschliche Herz vereinigt, die Selbstsucht abtötet, desto reifer wird der Mensch zur Aufnahme des göttlichen Geistes, desto kräftiger zur Ertragung aller Leiden, in der willenlosen Ergebung in den Willen Gottes. Das ist die kontemplative Mystik, die nur das Gebet ohne Worte, das Sichversenken in die Unendlichkeit Gottes kennt. Diese Mystik, die in der katholischen Kirche ihren fruchtbarsten Boden gefunden und uns die tiefsinnigen Lehrer wie Meister Eckhart, Suso und Tauler gegeben hat, erfasst auch die reformierte Kirche, je mehr sich ihre Vertreter im Sinne des Coccejus von dem starr gewordenen religiösen Leben, von der geistlosen Erklärung der h. Schrift losmachen, um die Kirche Gottes im innern Leben aufzurichten durch die Erweckung eines frommen Lebens. Diese Liebe zu Gott, die Descartes den vollkommensten Affekt nennt, wird auch in der Mystik zur Leidenschaft, doch zur Leidenschaft, die entgegengesetzt der Lehre des Descartes niemals Reue erzeugt, sondern Seligkeit, freilich auch mit dem Verluste des freien Willens, die Herrschaft über die Vernunft erringen kann. Eine Leidenschaft, die nicht die Macht der Sinne zu überwinden sucht, sondern den unerforschlichen Gott sinnlich zu erkennen, mit den Augen zu sehen, mit den Ohren zu hören, ja selbst zu schmecken sucht. Die Liebe zu sich selbst schliesst die Welt in sich, sie ist die Wurzel alles Uebels. Darum muss man auf den eigenen Willen und selbst auf die Vernunft verzichten.

---

1) „Haec est vera vita, id amabile futuri. Ejus radii in hac palaestra carnis et spiritus inter se belligerantium veram vitam initiant." Widmung an Elisabeth. Coccejus, Opera IV, 551.

So lehrte der Mann, der jetzt an der Pforte der Abtei zu Herford um Einlass und Schutz bat — Jean de Labadie, der neue Prophet der reformierten Kirche, eine Erscheinung, in so vielem dem h. Franziskus ähnlich, doch im Gewande Calvins.

Labadie[1]) ist Franzose, in der Guyenne i. J. 1610 geboren. Er hat seine erste Erziehung bei den Jesuiten gehabt, ist auch bei ihnen Novize geworden. Aber die politische Tendenz des Ordens stösst ihn ab. Er wird Weltgeistlicher. Schon früh geht ein mystischer Zug durch sein Inneres. Während seiner Priesterweihe fühlt er, dass Christus, nicht der Bischof ihm die Hände aufs Haupt legt. Wie eine grosse Mission lag es in diesem Gefühl. Es geht ihm wie so vielen der alten und neuen Kirche, die vom Geist Gottes getrieben, ihn vergeblich suchen in der äusseren Erscheinung des kirchlichen Lebens. Seine Gedanken sind erfüllt von einer Reform seiner Kirche, von einer Wiederherstellung des Christentums in ihrem alten ursprünglichen Dasein, nach dem Muster der ersten Gemeinden zu Jerusalem.

Durch seine Thätigkeit als Prediger von gewaltigem Einfluss gewinnt er Anhänger und gründet eine Bruderschaft von allen denen, die zum neuen Leben erweckt sind. Diese Erweckung geschieht durch Gebet, Betrachtung und Predigt. Mit seiner Lehre von der h. Schrift als Regel des Glaubens nähert er sich der neuen Kirche, aber sein Reformwerk ist ganz mittelalterlich, franziskanisch. Durch seine Gottesliebe geht ein Zug vom Geiste der alten Mystiker: Nach dem Vorbilde Christi stirbt man in sich selbst, um Gott zu lieben. Diese Liebe kann aber der Mensch gar nicht üben, ohne dass Gott durch Christum sie ihm bewiesen hat in der innern Erweckung. Diese inwendige Stimme ist das Zeugnis Gottes in uns, der zum Herzen spricht. Labadie ist später so weit gegangen, diese innere Stimme als Prinzip des Glaubens über die Schrift zu stellen. Denn die Religion ist lange Zeit auch ohne die h. Schrift gewesen. Die Offenbarung Gottes ist eine fortwährende, dafür ist der Mensch sich selbst Zeugnis. Also eine subjektive Freiheit des Denkens, die ganz dem Beweise Gottes bei Descartes entspricht.

Die Versuche Labadies, auf dem Boden der römischen Kirche seine Reform zu begründen, sind gescheitert, sie haben ihm Hass uud Ver-

---

1) M. Goebel, Geschichte des christlichen Lebens in der rheinisch-westphälischen evang. Kirche II, 181 ff. — H. Heppe, Geschichte des Pietismus und der Mystik in der reformierten Kirche, namentlich der Niederlande S. 240 ff. — A. Ritschl, Geschichte des Pietismus I, 194 ff.

folgung gebracht. Nachdem er die Lehre Calvins kennen gelernt, hofft er unter den Reformierten sein auserwähltes Volk zu finden. Er entschliesst sich zum Konfessionswechsel, wird erst Prediger im Dienste der Genfer Kirche, dann 1666 nach Middelburg in Holland berufen. Aber trotz des ungeheuern Erfolges seiner Predigten — der junge Spener hat ihn in Genf voll Bewunderung gehört — kann er sein Lebensideal nur in einer Trennung von der kirchlichen Gemeinschaft finden. So sammelt sich um ihn eine neue Gemeinde der geistlich Wiedergeborenen unter Loslösung von jeder kirchlichen Verfassung, in Verleugnung der Welt mit ihren Gütern und Freuden um Jesu Christi willen. Nicht die Kirche, sondern die Gemeinde ist der Mittelpunkt, um den sich diese Auserwählten sammeln. Der Familienvater, nicht der Priester leitet diese Gemeinde. In ihr wirkt nun Labadie durch die unmittelbare Gewalt seines Wortes, durch den Effekt seiner äussern rhetorischen Mittel, die Prophetie seiner mystischen Betrachtungsweise, die uns die baldige Wiederkehr des Reiches Christi auf Erden verkündigt, wirkte er besonders auf die Gemüter der Frauen. Unter ihnen finden wir auch Anna Maria van Schurmann wieder. Statt der einst jugendlich schönen und gelehrten holländischen Minerva, die, obwohl Calvinistin strengster Sorte, sogar von den Jesuiten in lateinischen Versen einst gefeiert ward, folgt eine an Jahren und in Askese gealterte religiöse Schwärmerin der Schar der Labadisten. Die Glut ihrer Augen, der letzte Glanz ihrer einstigen Schönheit, verrät die Vorgänge in der Tiefe ihrer Seele. Sie hat alle Wissenschaft und alle Gelehrsamkeit, allen Ruhm und alle Ehren verachten lernen im Lichte der inneren Offenbarung. Sie hat sich mit Maria verglichen, welche das bessere Teil erwählte. „Eukleria" betitelte sie das merkwürdige Buch, in dem sie alle ihre Erlebnisse und inneren Wandlungen uns geschildert hat. [1] Durch sie ist die Berufung Labadies nach Middelburg veranlasst worden, sie ist ihm dann nach Amsterdam gefolgt, auch hier war den Bekehrten und Wiedergeborenen als staats- und kirchenfeindlichen Separatisten ein ruhiges Bleiben nicht vergönnt. Elisabeth hört von der Not der neuen Gemeinde, lädt sie zu sich ein und versichert sie voller Freiheit ihrer Religionsübung in dem kleinen Bezirke der Herforder Abtei. Ihre Einladung ist zunächst an die Schurmann erfolgt, die sich, wie sie erzählt, von den Banden der Welt und den irdischen Dingen befreit, um die

---

[1] Εὐκληρία seu Melioris Partis Electio 1673. — Aus dem Lateinischen übersetzt. Dessau und Leipzig 1783.

wahre christliche Religion mit grösster Freiheit und Reinheit in Gesellschaft der Frommen zu üben und den letzten Abschnitt ihres Lebens
zu beschliessen. In duldsamem Geiste hat der brandenburgische Kurfürst den Wünschen der Äbtissin seine Genehmigung nicht versagt. So
kam denn eine Gesellschaft von etwa fünfzig Personen nach Herford, um nach dem Berichte der Prinzessin eine klösterliche Ansiedlung
zu gründen. Ein buntes Gemisch von Vertretern aller Stände, die nun
in einem der Abtei nahegelegenen Hause eine gemeinsame geistliche
Haushaltung führten. Unter ihnen war die Frauenwelt vorherrschend,
die meisten aus dem hohen Adel und von hoher Bildung. Unter dem
Schutze der einstigen Schülerin des Descartes richtet sich nun die neue
Gesellschaft nach dem Vorbilde der ersten Christengemeinden ein, in den
freien Formen der Gesellschaft, ohne den Zwang kirchlicher Verfassung,
ohne liturgische Formeln bei Gottesdienst und Taufe. Denn diese wird
nur den Kindern der Wiedergeborenen zu Teil, sie kann aufgeschoben
werden, bis die Zeichen der Wiedergeburt erkenntlich sind. Eine von
mystischer Schwärmerei bis zur Extase erfüllte geistliche Unterhaltung
ist Gottesdienst. Im neuen Jerusalem zu Herford wird jetzt gemeinsam
die Feier des h. Abendmahls begangen. Mystische Tänze und Gesänge
bezeichnen den Höhepunkt religiöser Schwärmerei. Gleich dem Tanze
Davids vor der Bundeslade ist Kuss und Tanz das Zeichen der allgemeinen Wiedererweckung. In einer solchen von der Welt abgekehrten
Gesellschaft sind, nach dem Muster der ersten Gemeinden, auch die
Gläubigen nur die Haushalter über ihr Vermögen, Christus ist der
Herr alles Besitzes, ein jedes Mitglied als Glied am Leibe Christi verpflichtet seinen Besitz dem Ganzen zur Verfügung zu stellen, eine Art
Gütergemeinschaft, die Anna Maria van Schurmann als die wahre Ge-
burtsstunde der Labadistengemeinde angesehen hat. Bedenklicher war
schon die Nichtachtung aller bisherigen gesellschaftlichen Formen, in der
Kasuistik, mit der die Labadisten die Ehe betrachteten, deren öffentliche
Schliessung ihnen zu weltlich dünkte, deren Unauflöslichkeit sie nach
den Worten Christi nur hypothetisch fassten, eine Ehe, die sie überhaupt nur zwischen Wiedererweckten als giltig anerkannten und darum
nur von dem Einverständnis der Verlobten und der Kenntnisnahme der
Gemeindevorsteher abhängig machten.

Dass eine verständige Frau wie Äbtissin Elisabeth mit allen diesen
Auswüchsen exzentrischer Lehren, die gar viele der Gemeinde entfrem-
deten, nicht einverstanden war und zu Zeiten ihre Rechte und Pflichten
als Schutzherrin geltend machen musste, konnte man voraussehen. Was

sie aber zur Labadistengemeinde hinzog, war der heilige Ernst des
tiefen inneren Lebens, was sich hier, trotz mancher Verirrungen, unter
dem Einflusse einer die Gemüter überwältigenden Predigtweise Labadies und seiner mit dem Geschicke eines Ordensbruders geleiteten geistlichen Exerzitien in der Familie zu Herford verbreitete. „Die Prinzessin,
welche diesen Betrachtungen fast immer beiwohnte, schreibt die Schurmann,[1]) ward dadurch zu grosser Bewunderung und Liebe dieser Wahr-
beiten und Lehrart hingerissen und lernte nun auch das wahre Christentum von seinem falschen Nachbilde unterscheiden. Mehr als einmal
pries sie sich selig, dass Gott sie gleichsam zur Bewirterin und Be-
schützerin seiner wahren, uns ächten Gläubigen gesammelten Kirche,
vor andern ausersehen hatte. Besonders aber, nachdem Labadie in
einer Krankheit ihr näher ans Herz geredet hatte, versicherte sie mich
voller Freuden mit den Worten des Samariters, sie glaube nun fort
nicht mehr um meiner und anderer Rede willen, sondern weil sie selbst
gehört und erkannt habe, dass diese Männer wahre und von Gott gelehrte Diener Christi seien." Wir zweifeln nicht an dem, was die religiöse Schwärmerin über Pfalzgräfin Elisabeth uns berichtet, obwohl
letztere das Bekenntnis ihres inneren Verhältnisses zu Labadie niemals
ausführlich niedergelegt hat. Die Idee Gottes aber in uns, die Descartes aus dem abstrakten Denken beweist, hat sich bei ihr längst ver-
flüchtigt in der inneren mystischen Offenbarung, in dem Lichte der
Wiedergeburt, das so stark leuchtet, um auch das eigene „Ich" willenlos in sich vergehen zu lassen. „Es bleibt mir, schreibt sie kurz vor
ihrem Ende an ihren Bruder Karl Ludwig, in dieser Stunde nichts
übrig, als mich darauf vorzubereiten, um meine durch das Blut meines
Erlösers gereinigte Seele Gott zu empfehlen. Ich weiss, dass sie befleckt
ist von vielen Sünden, von der einen vor allem, dass ich das Geschöpf
höher gestellt habe, als den Schöpfer und zu sehr für meinen eigenen
Ruhm gelebt habe. Das ist eine Art von Götzendienst. Weil ich weiss,
dass der Leib duldet für die Sünden, die er mir zu begehen befohlen
hat, darum ertrage ich fast alle Tage meine Schmerzen mit Freude."
Es ist das Kreuz, welches zu tragen sie sich auferlegt hat, ihrer selbst
entsagend, um sich ganz dem Willen Gottes zu ergeben.[2])

Das neue Jerusalem zu Herford machte sich weithin einen Namen.
Von heiligem Ernst getrieben, kamen viele zu den Andachten und Pre-

---

1) Eukleria. Deutsch S. 251 ff.
2) An Karl Ludwig 31. Okt. 1679. „En renonçant à moi-même, pour me sou-
mettre entièrement à sa volonté" Foucher de Careil Anh. 18.

digten Labadies, viele auch aus Neugierde, um von den Sünden dieser
Welt belastet, das Verdammungsurteil des neuen Propheten in Gleichmut über sich ergehen zu lassen. Zu den Neugierigen kamen aber
auch die freigeistigen Spötter und sie sassen in der eigenen Familie
der frommen Äbtissin. Glückselige Naturen, die sich um die Rätsel
der Welt nicht kümmerten, sich über subtilen Fragen der Gottes-
erkenntnis ihre Lebenslust nicht verderben liessen. Auch sie haben die
Schicksale des pfälzischen Hauses von Jugend auf erlebt, aber gleich
der unverwüstlichen Natur ihres Heimatlandes haben sie die Glückseligkeit immer wieder in sich selber gefunden ohne metaphysische
Fragen und mystische Betrachtungen. Um ihrer Sünden willen haben
sie kein Kreuz getragen. In religiösem Indifferentismus aufgewachsen,
kennen sie nicht den Zwang der Glaubenslehren, wollen sich aber die
Freiheit billigen Spottes nicht nehmen lassen. „Die Askese Eurer Devotion — schreibt Karl Ludwig an die Schwester — hat Eure Be-
leibtheit nicht verhindern können." [1]) Auf ihren religiösen Eifer giebt
er nicht viel. „Ich masse mir nicht an die Ratschlüsse Gottes zu
untersuchen, die unerforschlich sind und zweifle, ob wir beide so lange
leben, um der von Ihnen gewünschten Wiedergeburt teilhaftig zu werden,
noch weniger die Anzeigen einer Erneuerung unserer Herzen unterscheiden zu können." [2])

Figuren wie Labadie sind diesem Kreise fremdartig. Auch die
geistvolle Spötterin Sophie von Hannover ist mit ihrem Urteil über den
neuen Propheten von Herford bald fertig, der nur ein Bösewicht oder
ein Unglücklicher sein kann und nur das Gute hat, mit seinem vielen
Gelde der Frau Äbtissin die Abtei neu zu bauen." [3]) Wie sie einmal
nur zum Spasse in die katholische Kirche zur Beichte geht, so ist
ihrem von der Liselotte gerühmten „lustigen Verstand" auch ein Besuch in Herford nur ein erwünschtes Amusement. So kommt sie eines
Tages mit ihrem Hofprediger aus Osnabrück herübergefahren (1671),
um ihn mit Labadie disputieren zu lassen. Sie trifft fröhliche Gesellschaft aus Heidelberg, ihren Neffen den Kurprinzen Karl mit seinem
Hofmeister Professor Paul Hachenberg, auch sie wollen einmal den
Verkündiger des neuen Lebens in Gott sehen und hören. Hachenberg

---

1) Karl Ludwig an Elisabeth 16. März 1676. Foucher de Careil Anh. Nr. 11.
2) Karl Ludwig an Elisabeth 9. 17. Okt. 1676. Foucher de Careil Anh. Nr. 6.
3) Sophie an Karl Ludwig 5. Nov. 1670 (Publikationen a. d. preuss. Staatsarchiven 26) S. 153. Vgl. auch die spöttischen Bemerkungen über die Prädesti-
nationslehre ebend. S. 42.

hat uns diesen Aufenthalt geschildert.[1]) Man hat bei dieser Schilderung
das Gefühl, als ob die Herrn mehr zu einem Schauspiel als zu ernsten
Dingen gekommen wären. Gleich bei der Tafel wird es lebhaft. Die
leichtlebigen Pfälzer wissen ihren Dank für die dargebotene Gastfreundschaft nicht besser auszusprechen, als dass sie mit seichtem Spotte der
Äbtissin zusetzen und über Labadie recht abfällig urteilen oder sich
lustig machen. Oft muss ihr Geschwätz durch ernste Worte der Pfalzgräfin unterbrochen werden. Erst die Nacht beruhigt die bösen Zungen.
Den nächsten Tag ist Disputation im Hause Labadies, wo die Gesellschaft klösterlich beisammen wohnt. Langsamen Schrittes kommt er
seinen Gästen entgegen, abgehärmt von innern Qualen und „von der Art
der Sterblichen, die ein besserer Geist angehaucht, der niedern Erde
entrückt und zum Umgang mit der Gottheit emporgehoben hat." Dann
wird den Tag über von fleischlichen Begierden und Weltentsagung geredet. Es ist ein Lärmen und Zanken ohne Ende. Besänftigend muss die
Äbtissin dazwischentreten. Aber die fremden Herrn müssen über ihre
Heimat schöne Dinge hören. Gott solle ihn strafen, sagte der Labadist
Schlüter, wenn er während eines zehnjährigen Aufenthaltes in der
Pfalz auch nur einen einzigen frommen Professor oder Prediger gesehen
habe, die alle voll Ehrgeiz, Habsucht und Völlerei seien. Aber das
leichtfertige höfische Volk lacht darüber hell auf. Auch die Predigt
Labadies, eigens für sie gehalten, ganz im Geiste der Wiedererweckung,
eine Mahnung an den künftigen Regenten der Pfalz, macht auf diese
Gattung von Zuhörern keinen andern Eindruck, als dass sie Mitleid
haben mit den zu Thränen gerührten Jungfrauen, die sie hier versammelt haben, arme Seelen des schwachen Geschlechts, von furchtsamer
und ängstlicher Frömmigkeit verwirrt. Und zu Hause angekommen,
lachen sie wieder. — Den Spott der Freigeister konnten Labadie und
seine Anhänger über sich ergehen lassen. Schwerer war es für sie, den
Anklagen und Verfolgungen der kirchlichen und städtischen Behörden
von Herford Stand zu halten, obwohl Äbtissin Elisabeth schützend und
verteidigend ihre Hand über dieser merkwürdigen Gemeinde hielt. Als
gefährliche Separatisten im Sinne der Münsterischen Wiedertäufer sind
sie von den lutherischen Predigern in Wort und Schrift verfolgt worden, von übertriebenen Gerüchten beeinflusst, klagte sie der Rat von
Herford der Gütergemeinschaft und selbst der Frauengemeinschaft an,
als Störer der öffentlichen Sitte und Ordnung, auch vor den Stein-

---

1) Schormann, Enkleria. Deutsch S. 1 u. ff. (aus dem lateinischen in der Bibliotheca Bremensis Class. VIII veröffentlichten Briefe).

würfen des Pöbels waren sie nicht sicher, der in den Handwerkern der
neuen Gemeinde die Schädiger des städtischen Gewerbes erblickte. Der
Klagschriften an das Reichskammergericht, der Mandate des Kurfürsten
gegen die Stadt, der Fragen und Antworten all der eingesetzten Kommissionen weltlicher und geistlicher Art ist anderwärts ausführlich gedacht.[1]) Auch die weiteren Schicksale der Labadisten zu verfolgen,
liegt mir ferne. Die Gefahren des Krieges haben sie am 23. Juni 1672
hinweggetrieben. Das religiöse Leben der Äbtissin aber, ihr Sehnen nach
dem innern Frieden aus dem Zwiespalte der seelischen und körperlichen
Lebenskräfte, das Ringen eines starken Geistes mit der Macht des Gemüts, das Suchen Gottes, den Descartes sie begreifen, Labadie im Feuer
der inneren Offenbarung sie fühlen gelehrt hatte, das Alles war nach
dem Wegzuge ihrer Schützlinge nicht zur Ruhe gekommen.

Der Ruhm der frommen, für die Erneuerung des religiösen Lebens
so empfänglichen Äbtissin zog neue verwandte Geister an. Nun betrat
ein anderer, auch ein Mystiker, den Boden der Abtei, in der starken
Hoffnung, auch hier sein religiöses Werk zu befestigen, ein Mann, der,
wie Macaulay so treffend sagt, religiöse Freiheit zum Eckstein des
Staatswesens gemacht hat — William Penn.[2]) Auch er gehört einer
Sekte an, deren Liebe zu Gott Leidenschaft war, eine Leidenschaft, die
Seele und Leib so mächtig durchdrang, dass George Fox, ihr Stifter,
zitterte, wenn die Kraft Gottes über ihn kam. In William Penn aber
hat diese Mystik zur Menschenliebe sich veredelt. Eine Mystik, die
nicht wie bei Labadie nur Gott in uns handeln lässt, sondern selbst
handelt, die nicht von Selbsttäuschung befangen in hochmütiger Selbst-
schätzung und Eigenmacht die Wiedergeborenen von den Ungläubigen,
als vom Schlamme der Welt besudelt, zu scheiden wagt, sondern einem
jeden in seinem eigenen Herzen einen Tempel Gottes bauen lässt, eine
Mystik, die nicht den freien Willen opfert, sondern mit starker Lebenskraft vom Lichte der innern Offenbarung erleuchtet, Freiheit und
Menschenglück begründen will. Labadies Versuch, im Geiste der reformierten Lehre eine Klostergründung mit asketischer Strenge und der
Vernichtung des freien Willens zu erneuern, musste missglücken. Der
Name William Penns hat sich verewigt in der Freiheit religiösen Be-
kenntnisses des Weltbürgertums jenseits des Ozeans.

---

1) Hölscher, Die Labadisten in Herford 1864.
2) Dixon, William Penn 2. ed. London 1852. — S. M. Janney, The life of
William Penn. 2. ed. Philadelphia 1852.

Der Ruhm unserer Äbtissin war auch zu den englischen Quäkern gedrungen. Robert Barclay hat ihr sein theologisches System zugeschickt,[1] von ihr empfing es Karl Ludwig. Er wird sich schwerlich in diese „vera dei cognitio" hineinvertieft haben, wenn er seiner Schwester Sophie nur zu melden weiss, dass die fromme Äbtissin auch einige Mahnungen wider den Zorn Gottes der Sendung beigegeben habe.[2] Auch auf Sophie, die Barclay flüchtig sah, scheint der berühmte Quäker mit „seinen blauen Augen" keinen tiefen Eindruck gemacht zu haben. Dem ihr gespendeten Segen schreibt sie nur die eine rasche Wirkung zu, dass sie auf der Reise mit einem ihr erwünschten Diner ganz unerwartet regaliert worden sei.[3] Wüssten wir doch statt dieser billigen Spässe der freigeistigen Geschwister, was Pfalzgräfin Elisabeth über Barclays Buch gedacht hat, über ein System,[4] das zwar an Stelle des intellektuellen Gottes das himmlische Feuer im Herzen setzt, jedoch in seiner Gnadenlehre versöhnender, als Coccejus auf den Zwiespalt im Innern der frommen Prinzessin einwirken konnte!

Mit Barclay und John Fox ist auch William Penn, ehe er sich zu seinem grossen Werke nach dem neuen Weltteil aufmachte, zur Äbtissin nach Herford gekommen (1677).[5] Ihr Besuch, ihr Empfang gleicht einer religiösen Versammlung; in Gebet, in Unterhaltung über die Fragen des inneren Lebens gehen die Stunden dahin. Die Erscheinung William Penns, der zweimal in Herford weilte, macht auf Elisabeth den tiefsten Eindruck; in ihrem Sehnen nach Gott fühlt sie sich hingezogen zu dem tiefsinnigen Verkündiger der inneren Erleuchtung. Ihre Reden, ihre wenigen uns erhaltenen Briefe tragen die geistigen Spuren des von Gott erfüllten Quäkers, doch dauernden Erfolg hat William Penn nicht gehabt, weder im Glauben der Äbtissin, noch in

---

1) Theologiae verae christianae Apologia 1676. Einen Briefwechsel Elisabeths mit Barclay enthält das lithographisch erschienene Werk: Reliquiae Barclaianae, Correspondence of David Barclay and Robert Barclay of Urie and his son Robert, including Letters from Princess Elisabeth of the Rhine ... W. Penn, G. Fox and others etc. London 1870. Dieses im British Museum vorhandene Buch war mir trotz allen Suchens nicht zugänglich.

2) Karl Ludwig an Sophie 5. Mai 1677 a. a. O. S. 295. — „C'est une des faiblesses humaine qui a été de tout temps, que les beaux esprits et savants se veulent rendre recommés par la singularité, principalement es affaires de la réligion." Karl Ludwig an Elisabeth 5. März 1677. Foucher de Careil S. 197.

3) Sophie an Karl Ludwig 24. August (1677) a. a. O. S. 298.

4) Vergl. H. Weingarten, Die Revolutionskirchen Englands. Leipzig 1868. S. 364 ff.

5) Guhrauer II, S. 515 ff.

seiner eigenen Sache. Auch von ihm wie von Labadie trennt sie bei
aller Zuneigung doch eine unsichtbare Welt.

Fromm und gerecht, nie müde im Suchen nach der Wahrheit, hat
sie bis an ihr Ende das Reichsstift Herford regiert, am 11. Februar
1680 im Alter von 62 Jahren ist sie gestorben.

Schwer ist es dieses Leben in seinen inneren Wandlungen und Regungen zu verfolgen und zu verstehen, weil uns die historische Grundlage, ihre eigenen Bekenntnisse doch nur bruchstückartig bekannt
sind. Wie anders, wie lebendig steht dem gegenüber das Lebensbild
ihrer Nichte Liselotte vor uns, deren zahlreiche Briefe[1]) die feinsten und
unfeinsten Regungen ihres Seelenlebens uns enthüllen!

Prinzessin Elisabeth geizte nicht nach dem Ruhme einer Schriftstel-
lerin und Philosophin oder nach einer Unsterblichkeit, die im Sinne der
Mystik Sünde bedeutet. Ihre Briefe an Descartes hat sie nach dem
Tode des Philosophen zurückverlangt, ihre Herausgabe verweigert, als
man diese wertvollen Zeugnisse ihres Geisteslebens, der ersten Gesamt-
ausgabe der Descartes'schen Werke einverleiben wollte. Nur durch einen
Zufall sind diese Briefe aus einem verborgenen Winkel wieder zum
Vorschein gekommen und vielleicht bildet auch dieser wertvolle Fund
nur einen kleinen Teil von dem, was verborgen liegt oder auf immer
verloren gegangen ist. Wir wissen, dass sie durch ihre Schwester Sophie
mit Leibnitz bekannt geworden war. Mit Malebranche, der alle Dinge
in Gott geschaut, hat sie Briefe gewechselt.[2]) Um diese zu finden,
geben wir gerne ein gutes Teil selbst von Liselottens urwüchsigen Be-
kenntnissen zum Preise, ohne dass ihr prächtiges Bild auch nur einen
einzigen Zug einbüssen müsste.

Was uns aber auch diese verlorenen Bekenntnisse aufhellen könnten, das möge uns ein Künstler sagen, der in die Tiefen deutschen
Wesens wie kein anderer hineingeschaut hat. Aus seiner grossen Zeit
heraus, in der Glauben und Wissen die Geister bewegte, hat uns Albrecht
Dürer zwei Bilder geschaffen: Den heiligen Hieronymus im Gehäuse,
den Eremiten, der ferne vom Geräusche der Welt in fromme Arbeit
versenkt ist, beschaulich und gottseelig. Freundlich und warm scheint
die Sonne durchs Fenster. Ein Bild tiefsten Friedens, innerlichster Ruhe,

1) J. Wille, Pfalzgräfin Elisabeth Charlotte, Herzogin von Orléans 1895. S. 33 ff.
2) Mit den beiden grossen Mathematikern und Physikern Konstantin und
Christian Huygens dürfte sie auch späterhin in brieflichem Verkehr gestanden
haben. Unter den berühmtesten Gelehrten der Zeit, denen Christian Huygens
sein' Horologium (Hagae Com. 1658) zugeschickt hat, steht auch Elisabeths Name.
Christian Huygens, Oeuvres publ. par la Société Hollandaise des sciences II, 269.

höchster Glückseligkeit. Und daneben die „Melancholie": Eine geflügelte Frauengestalt, voll düsterer Schwermut, ein Genius, der emporsteigen möchte zu den höchsten Zielen der Erkenntnis — aber des starken Denkens und des freien Willens Flügelkraft ist gelähmt durch die Gewalt eines unüberwindlichen Gesetzes, aber auch die Ruhe der Seele ist dahin. Glauben und Wissen, Offenbarung und Vernunft im ewigen Ringen, das sind auch die tiefen unüberwindlichen Gegensätze im Leben der Äbtissin von Herford. Die Norne aber, die an ihrer Wiege auf dem Schlosse zu Heidelberg gestanden, in jenem verhängnisvollen Jahre, als die ersten Wetterzeichen den grossen Krieg verkündigten, hat ihr mit einem starken Denken auch ein tiefes Seelenleben, einen schwermütigen Zug als Erbteil mitgegeben, als eines von den vielen Loosen, die dem schicksalsvollen Geschlechte Friedrichs V. bestimmt waren. Jene düstere Frau, die Dürer uns so ergreifend dargestellt hat, sass auch an der Pforte, die zum höchsten Gute, zur Glückseligkeit führen sollte. Diese Melancholie hat, wie uns Liselotte in ihrer derben Weise andeutet,[1]) den erhabenen Geist dieser pfälzischen Prinzessin mit einem leichten Schleier umgeben, noch ehe der Tod ihr den Stab einer Äbtissin aus der Hand nahm. Von den „Devoten" allein hat sie dieses Erbe nicht erhalten.[2]) William Penn erklärte sie einmal: „Es ist so schwer, die Grundsätze zu befolgen, davon man überzeugt ist, aber ich fürchte, die Kraft meines Geistes ist nicht stark genug."

Das sagte Pfalzgräfin Elisabeth, die einst in jugendlichem Gedanken-fluge den schwierigsten Problemen Descartes'scher Philosophie gefolgt war.

---

1) Briefe herg. v. Holland (Publ. d. litt. Ver. Bd. 132) S. 177.

2) „Elle avoit été entournée par des gens dont la dévotion mélancolique luy avoit été un martyre et l'avoit fort ennuyée, luy ayant empêché toute sorte de récréation." Memoiren der Sophie (1679) S. 133.

IV.

NEUE
HEIDELBERGER JAHRBÜCHER

HERAUSGEGEBEN

VON

HISTORISCH-PHILOSOPHISCHEN VEREINE

ZU

HEIDELBERG

JAHRGANG XI HEFT 2

HEIDELBERG
VERLAG VON G. KOESTER
1902

Inhalt der erschienenen Bände.

I.

Karl Zangemeister

(geb. 28. November 1837, gest. 8. Juni 1902).[1]

Von

J. Wille.

Für die Lebensdauer ist kein Gesetz. Der schwächste Lebensfaden zieht sich in unerwartete Länge und den stärksten zerschneidet die Scheere einer Parze, die sich in Widersprüchen zu gefallen scheint.

Die ernste Wahrheit dieser Goethe'schen Worte, diesen Widerspruch in seiner ganzen Härte fühlen wir heute alle, die wir so zahlreich versammelt sind, um die Zeichen der Verehrung und Liebe am Sarge eines teuern Mannes niederzulegen, der an Körper und Geist für uns das Bild unerschütterlicher Kraft und Stärke war. Denn wenn ich das Wesen dieses Mannes nur mit e i n e m Worte kurz bezeichnen sollte, so kurz, wie er es gewohnt war auf zahlreichen Leichensteinen der Vorzeit zu lesen, die sein scharfer Geist entziffert, so schriebe ich das einfache Wort L e b e n unter sein Bildnis.

Es ist mir die schwere Pflicht zuteil geworden, vor den Schatten des Todes dieses Leben im Sonnenlichte seines Daseins zu betrachten. Eine schwere Pflicht, weil ich mich dabei der eigensten persönlichen Erinnerungen und schmerzlichen Empfindungen nicht erwehren kann, denn mir selbst hat sich mit dem Tode dieses Mannes ein gutes Stück eigener Lebensgeschichte abgeschlossen. Eine schwere Aufgabe, weil bei Betrachtung eines solchen Lebens die Fülle bedeutender, eigenartiger und teurer Züge so mächtig auf mich einströmt, dass sie alle in einer kurzen Spanne Zeit zu fassen, mir ein Wagnis erscheint. Eine schwere Aufgabe, weil, eine wichtige Seite dieses Lebens voll zu würdigen, ein anderer aus unserer Mitte mehr berufen wäre, als ich.

Einen grossen deutschen Gelehrten, eine Zierde des Standes deutscher Bibliothekare und einen Mann eigenster und bester Art haben wir verloren!

1) Gedächtnisrede gehalten bei der akademischen Trauerfeier am 11. Juni 1902 in der Aula der Universität zu Heidelberg.

Karl Zangemeister ist aus Thüringen zu uns gekommen. Am
28. November 1837 ist er im Gothaischen geboren. Die Eigenart seines
Stammes hat er nicht verleugnen können, doch vor allem zwei Lebens-
elemente nahm er aus der Heimat mit: aus dem Lande, da deutscher
Sang durch Geschichte und Sage klingt, sein fröhliches Herz und aus
dem Lande, wo seit alters die gelehrten Schulen blühen, den Ernst in
der Wissenschaft. Ernst strebend und lernend ist er aufgewachsen.
Nach vollendeter Gymnasialzeit, die ihm in dankbarer Erinnerung blieb,
hat er in Bonn und Berlin klassische Philologie studiert, zu einer Zeit,
als das Studium der Altertumswissenschaft in höchster Blüte stand. Das
geschah noch im alten Deutschland, dessen Jugend ideale Werte noch
zu schätzen wusste und noch verstand, welch ein hoher bildender Wert,
welch eine geistige Kraft im Studium der Antike liegt. Auch Zangemeister folgte diesem Zuge. Nicht die litterarisch-ästhetische Seite der
klassischen Studien hat ihn angezogen, er ging den harten, schweren
Weg, den ihm sein Lehrer Friedrich Wilhelm Ritschl in Bonn gewiesen,
dem grammatische Schulung die grundlegende Methode aller philologischen Kritik war, ohne die ein Erforschen des Altertums ja nicht denkbar ist. Denn kein Studium der Sprache ohne Grammatik. Eine Sprache
wissenschaftlich erforschen heisst aber ihren Quellen nachgehen und
diese ältesten Quellen liegen nicht in den litterarischen Denkmälern, sie
ruhen in den Inschriften. Diese sind ein wichtiges Fundament der
Sprachengeschichte. Die Forderung eines Sprachstudiums des alten
Latein auf Grund der Inschriften, das war in der Schule Ritschls ein
hervorragendes Programm. In diese Richtung hat Zangemeister sich
hineingelebt, nach Neigung und Anlage, die ihm wie wenigen andern angeboren war. Die Epigraphik ward seine wissenschaftliche Lebensarbeit.
Doch über die Ziele grammatischer Forschung und ausschliesslich philo-
logischer Kritik ist er weit hinausgewachsen. Wohl hat er auch hier
seine Probe bestanden, seine Mitarbeit an der Bentley'schen Horazaus-
gabe, seine Ausgabe des Kirchenvaters Orosius, die er nach eingehenden
Forschungen besonders in den Bibliotheken Englands besorgte, zeigt
uns, was er auf diesem Gebiete, würdig seines Lehrers, gelernt hat.
Von entscheidender Bedeutung aber für ihn war, dass es Ritschl gelang,
das grosse monumentale Werk einer Sammlung aller Inschriften aus
dem weiten Bereiche altrömischer Kultur von neuem anzuregen und
Theodor Mommsen die Macht seines genialen Schaffens für dieses gewaltige Unternehmen einsetzte. Karl Zangemeister trat in den Dienst
dieses von der Berliner Akademie herausgegebenen Werkes. Wie sehr

man die Tüchtigkeit des jungen Gelehrten schätzte, beweist die schwierige Aufgabe, die ihm zufiel. Zunächst ging sein Weg nach Italien, nach der versunkenen und wieder entdeckten monumentalen Fundgrube antiken Lebens, nach Pompei. Dort hat der junge Gelehrte die ersten glänzenden Proben seines für die Entzifferung inschriftlicher Denkmale so scharf ausgeprägten Geistes abgelegt, in der Sammlung der pompejanischen Wandinschriften, die unter dem Titel „Inscriptiones parietariae Pompeianae" 1871 als ein Teil des Corpus inscriptionum erschien und nach mehrfachen Reisen des Herausgebers im Jahre 1898 eine Ergänzung gefunden hat. Ein Werk, das nicht allein für die Kenntnis des antiken Lebens in seinen alltäglichen Formen, sondern vor allem für die Kenntnis des Schriftwesens von grundlegender Bedeutung ward. Dann aber ist er römischer Kultur am Oberrhein gefolgt, um die auch für unsere Gegend so wichtige Sammlung der Inschriften Obergermaniens zu bearbeiten. Seit den Tagen, da er zu uns kam, war er mit diesem Werke beschäftigt. Es ist fast zu Ende gekommen. Mitten im Lesen der Bogen hat ihn die tückische Krankheit befallen, müde hat er die Feder niedergelegt, aber sein Geist weilte noch an den Stätten seiner einstigen Thätigkeit, schon im Erlöschen irrte er noch auf den alten, liebgewordenen Pfaden.

Diese Bände des Corpus inscriptionum sind das wissenschaftliche Lebenswerk Zangemeisters, sie sind ein Monument der Wissenschaft wie seines eigenen Namens, unzerstörbar und fest, gleich manchen Resultaten, die wir der exakten Wissenschaft verdanken. Aber sie waren nicht sein einziges Werk. Zangemeister war nicht ausschliesslich kritischer Sammler, sein grosses Verdienst besteht auch in der geistigen Verwertung dessen, was er gesammelt. Als ein Mann von universellem gelehrtem Wissen hat er in seinen Forschungen, die in unübersehbaren Einzelschriften des In- und Auslandes niedergelegt sind, überzeugende Schlüsse gezogen, aus den unscheinbarsten Fragmenten uns oft Blicke in das Leben der Völker eröffnet und vor allem auf eine ganze Reihe von Wissenschaften fruchtbringend und umbildend eingewirkt. Die Archäologie, die alte Geschichte, die alte Geographie, in erster Linie die Wissenschaft von der historischen Entwicklung der Schrift: die Paläographie, sie werden den Namen Zangemeisters lebendig erhalten. Das römische Recht wird historisch betrachtet in den Inschriftenwerken reiche Früchte ernten und selbst die deutsche Philologie verdankt seinem Glück im Finden und seiner Handschriftenkunde, in den Bruchstücken des Heliand ein unschätzbares Denkmal.

Aber alle diese Studien, sie bewegen sich in stetem Kontakte mit dem frisch pulsierenden Leben. Wie jene Gelehrten der Renaissance Italiens, wo die Epigraphik ihre erste Heimat hat, ist auch Zangemeister nicht von den Büchern zu den Denkmalen, sondern zuerst in die Welt und dann in die Studierstube gegangen. Wie jener Ciriaco von Ancona, der weit über Länder und Meere gezogen kam, um in froher Begeisterung für das neuerwachte Altertum, seine inschriftlichen Denkmale zu sammeln, so war auch Karl Zangemeister von einem fröhlichen Wandertriebe im Dienste seiner Wissenschaft beseelt. Nicht allein in den Museen der Städte, sondern in Feld und Wald, wo oft verborgen und vergraben die Denkmale der Vorzeit ruhen und draussen am römischen Grenzwall sah man seine kraftvolle Gestalt. So kam er von den Büchern auch zu den Menschen. Sein liebenswürdiges Wesen verschaffte ihm zahlreiche Freunde, in diesen Kreisen wirkte er weit über die Zunft der Gelehrten hinaus anregend und fruchtbringend, weckte er Verständnis für die Erhaltung unserer Denkmale. Als der gefällige, in seinem Wissen nie versagende Gelehrte, ward er der vielgesuchte Berater für Alle, die Freude an den Zeugnissen uralter Kultur ihres heimatlichen Bodens hatten. Seine Arbeitsstube konnte zeitweise einem kleinen Museum gleichen, wo neben Büchern und Papieren zahlreiche Fragmente von Gefässen, zerbrochene Inschriftensteine, verwitterte Münzen und viel Anderes aus dem Hausrath der Vorzeit, durcheinander lagen. Darum war er die Seele jenes Unternehmens, das von einer Reichskommission geleitet, den Grenzlinien römischer Kultur in deutschen Landen folgte. Denn nur im Verkehr mit Natur und Leben konnte auch diese Arbeit gedeihen.

Akademieen und gelehrte Gesellschaften, Museen und wissenschaftliche Kommissionen wählten Zangemeister zum Mitglied und Berater. Auch unsere Universität hat ihn als ordentlichen Honorarprofessor in ihre Mitte aufgenommen, damit er sein reiches Wissen auch im Lehren verwerten sollte.

Doch nicht dem Lehrer gilt heute in dieser Form unsere akademische Feier. Sie gilt dem Manne, der dreissig Jahre lang das wichtigste Institut der hohen Schule, ihre Bibliothek, geleitet hat.

Karl Zangemeister war ein ächter Gelehrter, voll Liebe und Leidenschaft zu den Büchern. Und weil er dies war, erfüllte er die eine wichtige Seite seines eigentlichen Berufes, eines Bibliothekars. Aber nicht ein jeder, der gelehrt ist, besitzt auch die Anlage bibliothekarisch zu wirken, die oft im Laufe von Jahrhunderten gesammelten Erzeugnisse litterarischen Lebens, für die Wissenschaft, für Bildung und Leben nutzbar zu machen, voll Achtung und Ehrfurcht vor dem Alten, mit freiem Blicke auch für die Forderungen der Gegenwart. Solche Anlage aber war diesem Gelehrten angeboren, wie dem Künstler der Sinn für die Lebenskraft der Farben, für die Schönheit der Formen. Als Bibliothekar an der herzoglichen Bibliothek auf dem Friedensteine bei Gotha, wohin ihn die erste Lebensstellung geführt (1862–1873), hat er Zeit gehabt, diese Anlagen auszubilden. Er hatte sich bewährt, er war kein Neuling mehr, als er im Jahre 1873 zur Leitung der Heidelberger Bibliothek berufen ward.

Nur wenige sind noch unter uns, die jene Anfänge seines Wirkens haben verfolgen können, die im Vergleiche des Einst und Jetzt so voll und gerecht die Verdienste dieses Mannes zu würdigen wissen. Auch entzieht sich die Arbeit eines Bibliothekars vielfach dem Urteile der grossen Menge und ein kleiner Teil selbst der Gebildeten ist eingeweiht in den stillen, dem Geräusche der Aussenwelt oft entrückten Gang eines Amtes, das Verwaltung und wissenschaftliches Streben zugleich sein soll. Diese Arbeit bewegt sich überdies in einem innern undankbaren Widerspruche. Sie verschliesst sich in ihren Äusserungen vielfach dem allgemeinen Verständnis und lässt doch wieder, an der Grenze des Menschenmöglichen angekommen, noch Freiheit genug für den Tadel übrig. Denn im Grunde genommen heisst bibliothekarisch wirken: Wünsche erfüllen. Doch das Mass der Wünsche ist bekanntlich grenzenlos. So bald es einmal mit den Wünschen zu Ende gekommen ist, haben auch die Bibliothekare keinen Platz mehr in der Welt.

Als Zangemeister zu uns kam, befand sich die hiesige Bibliothek noch in den engen Grenzen, in denen sich damals noch Lehren und Lernen der Fakultäten bewegte. Der Umfang der Sammlung entsprach der gegen heute so bescheidenen litterarischen Thätigkeit in der ersten Hälfte des neunzehnten Jahrhunderts. Die Räume der Bibliothek, die Art ihres Betriebes, die Ordnung der Bücher genügte den damaligen kleinen Verhältnissen. Aber der neue Zug im litterarischen Leben war schon im Gange. Der neue Bibliothekar verstand ihn, es war ihm klar, dass Einrichtungen, deren nach heutigen Begriffen umständlichen Charakter zu schildern mir ferne liegt, für ihre Zeit vortrefflich, unmöglich aber für die Zukunft genügen konnten. Denn unaufhaltsam war der Fortschritt litterarischen Schaffens, neue Wissenschaften lösten sich ab von den alten, um selbst wieder neue zu befruchten. Mit gebieterischer

Macht forderte die neue Litteratur ein Recht neben der unsterblichen
alten, die Interessen wuchsen hinaus in endlose Ferne, es mehrten sich
mit den neuen litterarischen Erscheinungen die Aufgaben der Bibliotheken.
Immer berechtigter erwiesen sich die Forderungen, alle diese litterarischen Schätze in Formen und unter Bedingungen zu benützen, die einem
vorwärtsstrebenden, rasch lebenden Zeitalter die bequemsten schienen.
Es ist das grosse Verdienst Karl Zangemeisters, dass er, der stolze Vertreter einer grossen längstvergangenen Kultur, auch sein Auge offen
hielt für das Neue, das Kommende, dass er die alte Bibliothek zunächst
einmal fähig machte, diesen Forderungen auch für die Zukunft zu genügen, dass er die Heidelberger Bibliothek nach allen Richtungen hin
neu organisierte. Eine gewaltige Arbeit, die er im Laufe von wenigen
Jahren nicht nur leitend, sondern auch selbst mitarbeitend bewältigte.
Handelte es sich doch darum, eine damals schon 300 000 Bände umfassende, in einzelnen Teilen nicht einmal durch genaue Kataloge zu-
gängliche Sammlung neu zu ordnen, im ganzen Verwaltungsapparate
neue Einrichtungen zu schaffen. Wer heute sich mit Hilfe der muster-
haften Kataloge in den gewaltigen Büchermassen zurecht findet, wer
heute in Benützung dieser litterarischen Schätze eine Bequemlichkeit
und vor Allem eine Freiheit geniesst, wie dieselbe anderwärts nicht zu
finden ist, der hält Vieles für selbstverständlich, was doch einstens ganz
anders war. Auf Vollkommenheit hat Zangemeister am wenigsten Anspruch gemacht. Wer aber gerecht und billig denkt, der wird heute
anerkennen müssen, dass in dieser Verwaltung so viel Gutes, so viel
Einzigartiges und Musterhaftes geschaffen ist, und der Leiter dieser
Anstalt redlich bemüht war, auch Wünschen gerecht zu werden.

Diese neue Bibliothek aber nach eigenen Ideen ihres Vorstandes
umgeschaffen, war nichts Lebloses, sie war auch keiner Maschine gleich,
die, einmal in Bewegung gesetzt, ihre einförmige Arbeit besorgt.
Eine Bibliothek, welche die meisten Bücher hat, ist deswegen noch
nicht die Erste. Eine jede Verwaltung muss die Spuren individuellen
Lebens in sich tragen. Wer sie führt, dessen Geist soll auch in ihr
zu spüren sein. Auch Karl Zangemeister hat dieser Anstalt den Stempel
seines Geistes aufgedrückt, mit dieser Anstalt war er geistig verwachsen
bis zum letzten Aufblitzen seines starken Lebensfeuers. Er brachte
eigenes Leben in die Ordnung der Dinge durch die Freiheit der Benützung, durch seine Gefälligkeit, die ein jeder an ihm schätzte, durch
die Selbstlosigkeit, die sich gerne in die Neigungen eines jeden Bib-
liotheksbenützers hineinlebte und eigene Gelehrsamkeit, umfassende bib-

liographische Kenntnisse zur Verfügung stellte. Denn die Aufgabe eines
jeden Bibliothekars soll ja sein, nicht allein zu geben, was man wünscht,
sondern auch Wege zu führen, die man noch nicht kennt, einem jeden
mehr zu sein, als auch der beste Katalog vermag. Mit den veralteten
Figuren, die in Büchern vergraben Luft und Licht scheuen, hatte Zangemeister nichts gemein. Wer einmal in die Bibliotheksräume kam, der
verspürte sofort den frischen Luftzug, der ihm hier entgegen kam. Es
konnte in diesen von Büchern überfüllten Räumen manchmal recht
faustisch aussehen, aber trockene Naturen im Stile Wagners fanden
hier keinen Platz. Neben den ernsten Arbeiten gediehen unter dieser
Verwaltung auch des Lebens heitere Seiten, Frohmut und Humor.

Zangemeister war vor Allem kein Freund vom toten Buchstaben von
Paragraphen und Instruktionen. Es gab bei ihm keine Methoden, die
wie auf ehernen Tafeln unverrückbar eingegraben waren. Er, der Vertreter der Wissenschaft, dem wissenschaftliches Streben und Arbeiten
als die Grundbedingungen bibliothekarischen Wirkens galten, war der
ausgesprochene Leugner einer Wissenschaft, die sich Bibliothekswissen-
schaft zu nennen pflegt. Er wollte nichts wissen von Schulen, in denen
Bibliothekare gross gezogen werden, denn ein Mann von eigenen Ideen
braucht die Autorität der Schule nicht. Und dennoch war diese Bibliothek eine Schule, in der wir alle, die Gelehrten und die Ungelehrten,
ohne Lehrbuch im lebendigen Verkehre mit ihm, der selbst das Leben
war, gelernt haben. Auch er selbst hat wiederum gerne von uns gelernt.

Karl Zangemeister war mit dieser Bibliothek geistig verwachsen.
Darum gab er ihr nicht nur Leben, er nahm es auch von ihr. Es war
unschwer zu beobachten, wie dieser Oberbibliothekar, der in jungen
Jahren als der Vertreter eines Faches zu uns kam, in den seinem Amte
gestellten Forderungen, in dem vielseitigen geistigen Verkehr, den es
mit sich brachte, in immer weitere Interessensphären hineinwuchs und
am allzufrühen Ende seiner Tage angekommen, als ein mit den vielseitigsten Regungen des Lebens und der Wissenschaft vertrauter Mann
erschien. In diesem geistigen Zusammenhang verstand er auch die grossen
Traditionen, die auf den alten Heidelberger Büchersammlungen ruhen,
er fühlte sich immer als den Nachfolger aller der Männer, deren Gelehrsamkeit vor Jahrhunderten hier gewaltet. Aus diesem geistigen Zu-
sammenleben entstanden seine kleineren Arbeiten zur Geschichte der
Bibliothek, erwuchs ihm vor allem die Liebe zur Geschichte dieses
Bodens, der ihm eine zweite Heimat geworden war, zur alten Pfalz und
Heidelberg. Diese neue Heimatliebe trug ihre Früchte, sei es, dass er

die Spuren römischer Kultur in unseren Landen verfolgte oder unserem Schlosse sein Interesse schenkte, in einer Form, die an Gründlichkeit, auch auf diesem jungen Boden die Schule Ritschls erkennen lässt.

Und noch eine Seite seiner Verwaltung muss ich berühren. Sie kann nicht gelernt werden, in keiner Bibliothekslehre steht sie geschrieben. Ich meine das Verhältnis zu seinen Beamten. Auch im Verkehr mit ihnen konnte er des Zwanges der Instruktionen vergessen, er hatte nichts an sich von dem, was man im schlimmen Sinne Bureaukratismus nennt. Es gab bei ihm keine Scheidung nach Stellung und Rang. Er wusste, dass im menschlichen Organismus auch das Haupt nicht ohne die Glieder leben kann, dass im Leben der Verwaltung auch ein Diener, der mit Liebe und Verständnis seinen Dienst versah, in seiner Art soviel wert war, wie der Leiter selbst. Er war uns nicht nur ein wohlwollender Vorstand, er war uns ein Kollege und dieses Band konnte sich im Laufe der Jahre auch zur Freundschaft befestigen. Hatte er einmal Vertrauen zu denen gefasst, die mit ihm arbeiteten, so gab er einem jeden die Freiheit seines Wirkens. Ein jeder war in seiner Weise sein eigener Herr und doch blieb er der Herr im Hause. Seinen Beamten hat er im Verbande der Universität eine bis dahin nicht vorhandene soziale Stellung verschafft und über deren Wahrung sorgsam gewacht. Wir alle wussten, dass er es gut mit uns meinte. Ein hartes Wort, es kam wie der Blitz und flog wieder von dannen und was zurückblieb war heller Sonnenschein. Auch ein unverdienter Tadel, er ward hundertfach durch ein herzliches, nicht immer verdientes „Vortrefflich" aufgehoben. So haben wir viele Jahre mit ihm zusammen gearbeitet und wir Alle bis zum jüngsten der Diener dürfen heute bekennen: „Wir haben einen guten Mann verloren, wir hätten keinen bessern finden können. Die beste Anerkennung für ihn ist unsere aufrichtige Trauer um ihn".

Zangemeister war Leben, aber kein Leben, das wie im Takte der Uhr in seinem Innern schlug, ein Leben erregbar, in seinen Äusserungen so oft unter den unmittelbarsten Eindrücken des Augenblicks rasch und feurig. Da aber Augenblicke wechseln, war es nicht einförmig, sondern voll Stimmung, mannigfaltig, von vielgestaltender elementarer Kraft, reich an Akkorden, die in seinem Innern auf- und niederstiegen. Oft schien sein Wesen rauh und hart, während in seinem Innern kindliche Güte ruhte. Die Kraft des Feuers loderte auf und die heitere Ruhe des Gemüts sprach wieder aus seinen Augen. Rastlos, voll Hast und Eile, voll Ungeduld die immer neu seiner Gedankenwelt entspringenden Ziele

kaum erwartend, war er doch voll Überlegung und von starkem Willen.
Ein Gelehrter von umfassendem Wissen, seines Wertes wohl bewusst
und mit Recht bewusst, mitteilsam, wenn man sein Wissen suchte,
niemals damit prunkend und dabei wieder erfüllt von einer Bescheidenheit, die oft schüchtern und verlegen gespendetes Lob entgegen nahm.
Ein Mann, der Tage und Stunden der Gegenwart vergessend, im Bann-
kreise der Arbeit alle die Eigentümlichkeiten eines der Welt entrückten
Gelehrten teilen konnte und doch wieder mitten im Leben stehend Freude
am Leben hatte, dem er in allen seinen Regungen Verständnis entgegen-
brachte. Darum ein Mann, wie wenige zum Verkehr mit Menschen,
für die Gesellschaft geschaffen, dort gerne gesehen und gesucht, er
das lebensvollste und belebendste Element in ihr. Darum verstand er
auch in seinem eigenen Hause das gesellige Leben so geistig anregend zu
gestalten. Da saß er so oft unter uns, auch über gelehrte Fragen
leicht hinplaudernd und wusste auch im Gespräche über die alltäglichen
Dinge mit heiteren, launigen Geschichten aus alter und neuer Zeit die
Symposien zu würzen. Gerne war er fröhlich mit den Fröhlichen.
Sein Haus am Berg hinter schattigen Bäumen verborgen, das ihm und
uns die um ihn treu besorgte Frau so behaglich gestaltete, war der
Mittelpunkt edelster Geselligkeit, erfüllt von den Klängen musikalischen
Lebens. Auch in der äusseren Erscheinung war Karl Zangemeister der
kräftigste Ausdruck des Lebens, stark an Leib und Seele. Man hätte
glauben sollen, der Tod habe kein Recht an ihm. Und doch ging er
von uns, so mitten in neuen Aufgaben und Plänen, die seinen ruhelosen
Geist noch lebhaft beschäftigten, als die Hand des Todes die seinige
schon gefasst hielt und unter starkem Ringen ihn hinwegzuziehen suchte,
von dem was sein Eigenstes war — vom Leben.

Doch der Tod trennt nicht, er bindet auch, oft fester als das Leben.
Mehr als sonst im Alltagsleben, da wir nicht Zeit haben über unsere
Gefühle Rechenschaft zu geben, da unser Urteil über Menschen so oft
über dem Kleinen das Grosse, über den Schwächen die Stärke vergisst,
kommt uns heute zum Bewusstsein, was wir an ihm besessen haben.
Bei aller Trennung fühlen wir jene erhebende Kraft, die im Andenken
ruht, das uns mit unsichtbaren Fäden hinüberzieht vom Jenseits zum
Diesseits, vom Tod zum Leben, von Sterblichkeit zu Unsterblichkeit.

Gegenüber von St. Peter, dem alten Mausoleum Heidelberger Gelehrten, erhebt sich jetzt, kaum den kraftvollen Fundamenten entwach-
sen, die neue Heidelberger Bibliothek, noch unvollendet, wie so Manches
von den Lebenszielen dieses Mannes. Sein höchstes Ziel aber seit den

Tagen, da er zu uns kam, war dies neue Haus. Der Künstler, der es
schmückt, soll den historischen Traditionen des Heidelberger Bodens
entsprechend auch der Männer gedenken, deren Namen mit der Geschichte der Heidelberger Büchersammlungen alter und neuer Zeit verbunden sind. In zweien ihrer Leiter kommt diese Geschichte zum Ausdruck: in Janus Gruter, dem Epigraphiker, der die alte Palatina hin-
wegziehen sah und in Karl Zangemeister, dem Epigraphiker, der uns die
neue Bibliothek umgeschaffen hat.

Möge sein Andenken dem neuen Hause die Weihe geben.

Er aber, der selbst das Leben war, bleibe auch in uns lebendig!

Ehre seinem Gedächtnis!

Maistre François Villon.

Die Strahlen der italienischen Renaissance überfluteten Frankreich
am Ende des 15. Jahrhunderts mit solchem Glanze, dass die humanistisch
Gebildeten wie Rabelais aus der Nacht zum Lichte zu erwachen glaubten:
„le temps estoyt encores tenebreux et sentant l'infelicité et calamité des
Gothz qui avoyent mis a destruction toute bonne literature." (Pantagruel
Kap. VIII.) Immer dunkelere Schatten der Vergessenheit verhüllten den
Augen der Nachwelt die Jahrhunderte des Mittelalters, in denen doch
das Werk der Renaissance mühevoll vorbereitet worden war, und nur
wenige Schriftsteller und die Erinnerung an wenige Dichtungen des
Mittelalters lebten im Andenken der folgenden Jahrhunderte wahrhaft
lebendig fort. Während von gefeierten Dichtern des ausgehenden Mittelalters wie Christine de Pisan, Alain Chartier oder dem Lyriker Froissart
nicht viel mehr als der Name erhalten blieb, war das Andenken des
„povre Villon", des „povre petit escollier" aus dem 15. Jahrhundert so
frisch und lebendig, dass selbst Boileau ihm einen Ehrenplatz in seinem
Parnass einräumt und, freilich mit Verkennung seines Wesens, ihn als
einen Neuerer und Begründer der kunstvollen Dichtung „in jenen rauhen
Jahrhunderten" begrüsste (Art poétique I, 117 v.) [1]). 1533 hatte Clément
Marot die Werke Villon's auf Betreiben Franz I. herausgegeben. In
dem Vorwort [2]) erkennt er Villon als seinen Lehrmeister an und erklärt,
dass Villon „vor allen Dichtern seiner Zeit den Lorbeerkranz davonge-
tragen hätte" (. . . eust emporté le chapeau de laurier devant tous les

---

1) Dazu bemerkt Ste. Garde, ein Gegner Boileau's und Verfasser einer „Défense
des beaux esprits de ce temps contre un satirique" 1675, mit Entrüstung „Voilà
une belle marque de jugement que de louer un voleur, tel que Villon, condamné
(encore par grace) à être banni!" (Oeuvres de Boileau ed. Berriat-Saint-Prix Bd. II.)
2) Abgedruckt in Oeuvres de Villon ed. Longnon p. CX ff.

poetes de son temps), wenn er an Fürstenhöfen gelebt hätte". Seine
Werke sind so voll von „tausend schönen Farben", dass sie, meint
Marot, auch in Zukunft fortleben werden. Freilich sollte auch Villon
dem Übereifer der Dichter der Pleiade zum Opfer fallen. Du Bellay
erwähnt ihn nicht in seiner „Deffense et illustration de la langue fran-
çoyse" und verwirft die von Villon gepflegten mittelalterlichen Gattungen
als „episseries qui corrumpent le goust de nostre langue". 1542 erscheint die letzte Ausgabe von Villon's Werken.

Villon hatte aber stille Verehrer unter den Altertumsforschern wie
Fauchet und den Dichtern, die unabhängig von dem klassischen Ideal
im 17. Jahrhundert die „poésie gauloise" pflegten. So erhält sich das
Andenken Villon's bis zur Zeit der Romantiker, des Wiederauflebens
des Interesses am Mittelalter. Die Romantiker haben ihn wieder zu
Ehren gebracht. Théophile Gautier setzte ihm ein Denkmal in seinen
„Grotesques" (1832). Die wissenschaftliche Forschung nahm die vor
drei Jahrhunderten von Marot begonnene kritische Herausgabe und Erklärung der Werke Villon's wieder auf.[1]) Einige Gedichte, in denen
Villon die geheimsten Falten seines gequälten Herzens erschlossen, sein
körperliches und seelisches Elend mit ergreifender, oft schauerlicher
Wahrheit geschildert hat, finden einen Wiederhall bei den Lesern auch
zu einer Zeit, wo die zahlreichen Anspielungen auf Zeitgenossen und
zeitgenössische Verhältnisse, an denen seine Werke besonders reich sind,
längst nur mit Mühe verstanden werden.

Das Wenige, was wir über Villon's Leben wissen, entnehmen wir
seinen Werken, den Lais (Vermächtnisse, gewöhnlich Petit Testament
genannt), dem Testament (Grant Testament) und lyrischen Gedichten.
Manch dunkele Punkte hat erst die neuere Forschung erhellt; königliche Gnadenbriefe, Gerichts- und Parlamentsakten lassen uns in die
Tiefe des Elends blicken, in dem Villon sich bewegt hat und beleuchten
unheimlich das Bekenntnis des Dichters, das wir am Anfang des Grant
Testament lesen:

> En l'an de mon trentiesme aage[2])
> Que toutes mes hontes j'euz beues . . .

1) Beste Ausgabe der Werke Villon's: Oeuvres complètes de François Villon
par Aug. Longnon. Paris, Lemerre 1892. — G. Paris, François Villon (Les grands
écrivains français). Paris, Hachette 1901 (neuere Litteratur das. S. 189); ders. Villoniana Romania XXXI p. 357 ff. (sprachliche und metrische Beobachtungen, Text-
kritische Bemerkungen); G. Gröber, Grundriss der roman. Philologie, Französische
Litteratur S. 1161 f.

2) G. Paris (Romania XXX S. 362) liest „en l'an trentiesme de mon aage",
weil Villon sonst nie e, a in Hiat als Silbe zählt.

Der Dichter ist 1431 in Paris geboren. Sein Vater, den er früh verloren haben muss, hatte zwei Zunamen „des Loges" und „Montcorbier", die wir aus den Akten der „Faculté des arts" der Pariser Universität und zwei Gnadenbriefen von 1455 und 1456 kennen lernen. In der einen Urkunde wird der Dichter als „maistre François des Loges, aultrement dit de Villon" bezeichnet.[1]) Der Name „de Villon" kam ihm von einem Oheim Guillaume de Villon, Kanonikus der Stiftskirche von St. Benoit le Bestourné, bei dem er wohnte und dem er als seinem „plus que pere" ein treues Andenken bewahrt hat. Sein Vater, sein Grossvater Orace waren arm:

> „Sur les tombeaulx de mes ancestres
> Les ames desquels Dieu embrasse,
> On n'y voit couronnes ne ceptres." (Gr. Test. Str. XXXV.)

Seine Mutter, die 1461, als Villon sein Testament verfasste, noch lebte, schildert er als „pauvrette et ancienne" in einem Gebet an die Jungfrau Maria von wunderbarer Einfalt und Innigkeit, das er ihr in seinem Testament vermacht:

> „Femme je suis pourette et ancienne
> Qui riens ne scay; oncques lettres ne leus:
> Au monstier[2]) voy dont suis paroissienne
> Paradis peint où sont harpes et lux,
> Et ung enfer où dampnez sont bouilluz:
> L'ung me fait paour, l'autre joye et liesse" ... (Gr. T. v. 893—8.)

Villon wohnte bei seinem Oheim in unmittelbarer Nähe der Sorbonne, deren Glocke er von seinem Zimmer aus hörte,[3]) mitten im Quartier latin, wo die verschiedenen Hörsäle und Lehranstalten der Universität zerstreut waren. Er trat in die Faculté des arts ein, welche die Vorstufe zu den übrigen Facultäten, besonders zur theologischen, bildete. François de Montcorbier wurde 1449 baccalaureus, 1452 magister. Er scheint nach einiger Zeit ernsteren Studiums, dessen Spuren sich in seinen Werken wiederfinden,[4]) bald in eine recht lose Gesellschaft geraten zu sein. Er hat später mit Wehmut und Reue an seine „jeunesse folle" zurückgedacht und vergleicht sein selbstverschuldetes Elend mit dem beschaulichen und genussreichen Dasein mancher Studiengenossen, die als Mönche wohlver-

---

1) Aug. Longnon, Étude biographique sur Fr. Villon. Paris 1877 S. 12 f. u. 133.
2) Die Kirche.
3) „Ce soir, seulet, estant en bonne (in guter Stimmung)   Dictant ces lais et descrivant — J'oi la cloche de Serbonne. — Qui tousiours à neuf heures sonne — Le Salut que l'Ange predit" ... (Petit Test. Str. XXXV.)
4) G. Paris, Fr. Villon S. 43 - 47.

sorgt in Klöstern leben und sich's gut sein lassen, während Andere, wie
er selbst, betteln und „pain ne voient qu'aux fenestres". Die Zeit war
zu ernsterem Studium wenig geeignet. Infolge des endlosen Krieges
mit England und innerer Zwistigkeiten herrschte furchtbare Not und
Verwilderung der Sitten im Lande, die Alain Chartier die kraftvollen,
wenn auch rhetorisch gefärbten Klagen einflösst, durch die Desesperance,
eine Figur des allegorischen Tractates „Consolation des trois Vertus",
den Dichter zum Selbstmord zu treiben versucht: „La chevalerie de ton
pays est perie et morte, les estades sont dissipées, le Clergié est dispers
et vagne et opprimé et la regle et moderation de honnesteté ecclesiastique
est tournée avecques le temps en desordonnance et dissolution. Les
citoiens sont despourveuz d'esperance et descognoissans de seigneurie
par l'oscurté de ceste trouble nuée. Ordre est tournée en confusion et
Loy en desmesurée violence. Juste seigneurie et honneur deschiet,
obeissance ennuie, patience fault, tout tombe et fond en abisme de ruine
et de desolation." [1] In der Umgegend von Paris trieben sich wilde
Banden herum, so dass die Ile de France „estoit toutte peuplée de gens
pires que ne furent oncques Sarrazins" (Journal d'un Bourgeois de Paris
a. 1440). Das Universitätsviertel war der Tummelplatz einer unruhigen,
bunt zusammengewürfelten Bohème und die „tavernes" des Quartier
latin der Versammlungsort von Studenten, Dirnen, sittenlosen Priestern,
zu denen sich Diebe und Verbrecher gesellten. Häufige Konflikte zwischen
der Universität und der Regierung. Unterbrechungen der Vorlesungen
und Predigten, durch die die Universität die weltliche Macht zur Wahrung ihrer Privilegien zwang, führten zu offenem Aufruhr unter den
Studenten. Gerade die Jahre 1451—53 waren besonders stürmisch, reich
an tragi-komischen Ereignissen, die wir aus Gerichtsverhandlungen vom
Jahre 1453 [2] in ihren Einzelheiten kennen. Wir erfahren, dass die
Studenten, die mit der Polizei in offenem Streite lagen, sich grober
Ruhestörungen schuldig machten und die Polizei wegen willkürlicher
Verhaftungen, Beleidigung des Rektors der Universität und Gewaltthätig-
keit von der Universität verklagt wurde. Die Studenten hatten sich
eines Ecksteins, der vor einem wohlhabenden Bürgerhaus stand und
vom Volkswitz als Pet-au-Diable bezeichnet wurde, bemächtigt und ihn
in ihrem Quartier aufgepflanzt. Der Polizei, die den Stein in die Cité
fortgeschafft hatte, wurde er gewaltsam entrissen und auf dem „Mont

---

1) Oeuvres de Maistre Alain Chartier par André Du Chesne. Paris 1617
S. 275 f.

2) Ausg. von Longnon Einleit. S. XXXV—LIII.

Saint-Hilaire" wieder aufgestellt. Ein anderer Stein wurde auf den
Mont Sainte-Geneviève geschafft, „a grosses bandes de fer et par plastre"
festgemacht und allnächtlich von Tanzenden umschwärmt „a fleutes et a
bedons"; die Vorübergehenden und besonders die „officiers du Roy"
wurden gezwungen die Wahrung der Privilegien des Steines, der mit
dem blumenbekränzten Pet-au-Diable das Palladium der studentischen
Freiheiten geworden war, feierlich zu schwören. Als die Polizei diesem
Unfug ein Ende machen wollte, fand sie den einen Stein mit einem
Rosmarinkranz (chapeau de rosmarin) geschmückt. Noch andere Vergehen wurden den „escoliers" zur Last gelegt. Nicht allein zogen sie
Nachts durch die Strassen und schreckten die Bürger aus dem Schlafe
auf durch den Ruf „tuez, tuez"; sie rissen Hacken von den Fleischer-
laden und die kunstvollen Aushängeschilder und Wahrzeichen bürger-
licher Häuser, die durch ihre seltsamen Namen und Darstellungen ihre
Phantasie anregten: die „Truie qui file" wurde mit dem „Bären" in
Gegenwart des „Hirschen" vermählt und der „Papagei" dem Paar als
Hochzeitsgeschenk verehrt. Alle diese „choses qui sont detestables"
führten zu Konflikten mit der Polizei. Vierzig Studenten wurden verhaftet, vom Rektor der Universität feierlich zurückgefordert und im
Triumph in das Universitätsviertel verbracht, wobei der Zug der akademischen Würdenträger von den Polizeibeamten angegriffen und aus-
einandergetrieben wurde. Diese stürmischen Aufzüge, die zu einer neuen
Unterbrechung des akademischen Unterrichts führten, mussten die Phantasie des Magister Villon anregen; in seinem Testament erwähnt er einen
leider verlorenen, von ihm verfassten „Romant du Pet au Diable", den
sein Freund Guy Tabarie „grossa" [1]); „par cayers est soubz une table.
— Combien qu'il soit rudement fait, — La matiere est si tres notable,
— Qu'elle amende tont le mesfait." [2]) Diese Ereignisse scheinen den
ohnehin zu Müssiggang hinneigenden escolier vom Studium vollends ab-
gelenkt zu haben.

Übersehen wir die Namen der „Erben" des Dichters, unter die er
in seinen beiden Testamenten in harmlosem Scherz oder mit beissendem
Witz sein Gut verteilt, so finden wir neben hohen Gerichtsbeamten,
würdigen Domherrn, Kaufleuten, die Schar der „enfans perduz", die
„gracieux gallans . . . si bien chantans, si bien parlans   Si plaisans
en faiz et en diz", Schenkwirte, Dirnen, Abenteurer und Diebe, die am

---

1) ins Reine schreiben.
2) Der gewichtige Inhalt wiegt die Fehler auf.

Galgen endeten. Mag er in die vornehmeren Kreise von Paris durch
seinen Oheim, den würdigen Domherrn, eingeführt worden sein, seine
Neigungen zogen ihn zur Bohème hin, deren Dichter er wurde. Schon
am Ende des 15. Jahrhunderts wird er wegen seiner Erfindungsgabe und
Unternehmungslust in einem Gedichte „Les Repues franches" [1]) gefeiert.
Der „bon maistre François Villon", um dessen Namen sich ein Kranz von
Legenden geschlungen hatte, findet hier Mittel und Wege, um auf Kosten
von Wirten und Händlern ohne Gold und Silber seine hungrigen Freunde
zu sättigen.

1455 trat ein Wendepunkt in Villon's Leben ein. Aus zwei königlichen Gnadenbriefen [2]) erfahren wir, dass er 1455 am Tage von Frohn-
leichnam von einem Priester angegriffen wurde, wie er mit einem Freunde
und einer Dirne auf einer Bank vor der seiner Wohnung naben Kirche
St. Benoît le Bestournè sass. Im Streite wurde er verwundet, versetzte
dem Gegner einen Dolchstich und tötete ihn durch einen Steinwurf.
Dann verliess Villon Paris, trieb sich in der Umgegend umher und erhielt, offenbar auf Betreiben seines Oheims des Domherrn, zwei Gnadenbriefe, die ihm erlaubten nach Paris zurückzukehren. Eine unglückliche
Liebe, deren „tres amoureuse prison" [3]) er zu entfliehen suchte, wohl
eher die Hoffnung bei einem Verwandten seiner Mutter Unterstützung
zu finden, trieben ihn aus Paris nach Angers. Vorher verfasste er seine
erste grössere Dichtung die „Lais" (Vermächtnisse, sogen. Petit Testament). Da trat eine neue Versuchung an ihn heran, der er erlag: zwei
Abenteurer der schlimmsten Art, Colin du Cayeux, und der Sohn eines
Edelmanns, Regnier de Montigny, der in den Akten einer Gerichtsver-
handlung als „pipeur, goliardus et finaliter cecidit in profundum ma-
lorum" [4]) bezeichnet wird, zusammen mit einem picardischen Priester
und dem Einbrecher (magister crochetorum) Petit-Jean, bewogen Villon
mit ihnen die Gelder der theologischen Fakultät, die im Collège de
Navarre sich befanden, zu rauben.[5]) Kaum war der verbrecherische
Anschlag gelungen, als Villon einen neuen Raub vorbereitete. Er sollte
in Angers einen reichen Domherrn aufsuchen und einen Anschlag gegen
ihn ins Werk setzen. Villon gab jedoch den Plan auf, kehrte aber nicht

1) Früher fälschlich Villon zugeschrieben. S. Edit. Longnon LIII—LIX.
2) Edit. Longnon LIX—LXIII und Longnon, Étude Biogr. sur Franç. Villon
S. 133—9.
3) Petit Testam. Str. II—VI, Str. X.
4) Longnon, Étude biogr. S. 151.
5) Edit. Longnon LXV—LXXI.

nach Paris zurück, wohl aus Furcht vor den Folgen des ersten Diebstahls. 1457 finden wir ihn am Hofe des kunstliebenden Charles d'Orléans.
Seine Gegenwart im Dichterkreise des Herzogs, so befremdlich sie uns
nach den eben geschilderten Ereignissen sein mag, ist bezeugt durch
eine Ballade Villon's, die in einer Handschrift der herzoglichen Bibliothek
erhalten ist und einer Laune des Fürsten ihre Entstehung verdankt.
Karl hatte in einer Art dichterischen Turniers, an dem er sich selbst
beteiligte, seinen Hofdichtern die Abfassung von Balladen über ein vor-
geschriebenes Thema auferlegt: „je meurs de seuf auprès de la fontaine", so fängt diese Ballade an, in der der Dichter zusammenhanglos
Antithesen häuft, eine Wortspielerei, die das ausgehende Mittelalter von
der höfischen Lyrik früherer Zeit geerbt hatte. In ebenfalls konventionellen Formen bewegen sich zwei Balladen, in denen der „povre
escolier François" die Geburt der Tochter Karls, Maria von Orléans,
feiert und zugleich die Gnade des Fürsten durch die Vermittelung der
neugeborenen Prinzessin anfleht. Die geschmacklosen Huldigungen blieben
aber erfolglos. Einige Spuren von Wanderungen durch Mittelfrankreich
bis Moulins, dem Herrschersitz des Herzogs Johann von Bourbon, haben
sich in den Gedichten Villon's erhalten. [1]) Von Paris bis Roussillon (in
Dauphiné) giebt es „weder Busch noch Gesträuch", an dem nicht „ein
Fetzen seines Kittels hängt". (Gr. Testam. v. 200 7 ff.) Auf diesen Wanderungen lernte Villon Mitglieder eines weitverzweigten, besonders in
Ostfrankreich „thätigen" Geheimbundes von Gaunern, Dieben, den sogenannten „coquillards" kennen. Diese wohlorganisierte Vereinigung, die
von einem „roi de la coquille" geleitet war, ist uns aus gerichtlichen
Verhandlungen, die 1455 in Dijon stattfanden, näher bekannt. [2]) Die
Enthüllungen eines Mitgliedes der Coquille sind in das Protokoll aufgenommen worden und geben uns wertvolle Aufschlüsse über den Jargon
der coquillards, eine seltsame Geheimsprache, reich an malerischen Wen-
dungen, die in das jammervolle Dasein dieser Elenden blicken lässt, für
die die Erde „la dure", der Tag „la torture", die Hand „la serre"
heissen.

Ein uns unbekanntes Vergehen, wahrscheinlich ein neuer Diebstahl,
liess Villon 1461 in Menn-sur-Loire verhaften und als Kleriker und
Gefangenen des Bischofs Thibaud d'Aussigny einschliessen. Aus dem
Dunkel des Kerkers schickt er an seine Freunde die Ballade „Aiez pitié,

1) S. G. Paris, Villon S. 60 f.
2) S. Marcel Schwob, le jargon des Coquillards en 1455 (Mém. de la Soc. de
Linguist. de Paris, tome VII).

alez pitié de moy" mit dem wehmütigen Refrain „le lesserez la, le
povre Villon?" (ed. Longnon S. 111 f.). Hier verfasste er ein ergreifen-
des Zwiegespräch in Balladenform zwischen seinem Leib und seinem
Herzen, das dem leichtsinnigen Dichter seine Vergangenheit vorwirft
und ängstliche Mahnungen zuruft, die er mit dem Hinweis auf seine
Jugend, das Schicksal von sich weist:

> — „Dont vient ce mal? — Il vient de mon maleur.
> Quant Saturne me feit mon fardelet [1])
> Ces maulx y meist, je le croy" . . .
> (Debat du cuer et du corps de Villon v. 67—69, S. 115.)

Im Gefängnis zu Meun erreichte Villon unerwartet ein Gnadenerlass
Ludwigs XI., dem er in überschwenglichen Worten dankt und unter
anderm wünscht „vivre autant que Mathusalé — et douze beaux enfans,
tous masles — voir . . . conceuz en ventre nupcial . . ." (Gr. Testam.
Str. VIII, IX).

Nach einem ersten kurzen Aufenthalt in Paris, wo er sich unsicher
fühlte, verfasste Villon sein Hauptwerk, le Testament (sogen. Graut
Testament). 1462 treffen wir ihn wieder in Paris, wo er in die Bande
seiner gefährlichen Freunde zurückfällt. Er verfasst für sie in dem
Jargon der Coquillards sieben Balladen, die in einer für uns schwer ver-
ständlichen Sprache die Genossen warnt vor „ces coffres massiz" (Kerker)
und dem Galgen „que le grand Can ne vous face essorer", „qu'au
mariage ne soiez sur le banc   Plus qu'un sac de plastre n'est blanc." [1])
Noch einmal gerät Villon ins Gefängnis wegen eines Diebstahls, dann
infolge einer Civilklage der theologischen Fakultät, welche die Aus-
lieferung der ihr einst geraubten Summe von 120 Goldthalern verlangte.
Seinen Freunden verdankte Villon zwar die Freiheit, gleich darauf aber
wurde er nach einem nächtlichen Gelage in eine Schlägerei verwickelt
und verhaftet. [3]) Jetzt schien er dem Tode verfallen zu sein. In der
schauerlichen Ballade des Pendus schildert er sich bereits als am Galgen
hängend und bittet die Vorübergehenden um Mitleid. Aber das Parlament nahm das Todesurteil zurück und verbannte Villon auf 10 Jahre
aus Paris.

Von da an verlieren wir die Spur Villon's. Eine Anekdote in Rabelais' Pantagruel lässt ihn in St. Maixent (Poitou) eine Mysterien-

---

1) Last, Päckchen.

2) „Dass die Sonne (grand Can, von Khan) euch nicht anstrockne". „Dass Ihr
nicht beim Henker auf dem Schafott (banc) weisser seid als ein Sack voll Gips"

3) S. G. Paris, Villon p. 68 f.

aufführung leiten und an einem unglückseligen Mönch, der sich weigerte, priesterliche Gewänder für die mitwirkenden Schauspieler zu liefern, grausame Rache nehmen. Mit der Rabelais eigenen Kaltblütigkeit und Objektivität wird erzählt, dass Villon auf den gemächlich auf seinem Maultier dahinreitenden Mönch die Schar der als Teufel vermummten Schauspieler hetzte, wobei der Unglückliche von dem scheu gewordenen Tiere zu Tode geschleift wurde.

In diesem trostlosen Dasein, dessen jammervolle Einzelheiten den Hintergrund zu Villon's Dichtung bilden und als Zeitbilder von Interesse sind, ist der Dichter seelisch nicht untergegangen. Zu hohem Gedankenflug ist er zwar wenig veranlagt und sein Lebenstraum ist der eines Darbenden, unstät Umherirrenden, dem ein genussreiches Dasein, stille Behaglichkeit, die ihm stets versagt war, als die höchsten Güter des Lebens erscheinen. Von sinnlichen Trieben hin und hergezerrt, den Lockungen des Lasters unterliegend, sehen wir ihn willenlos von einer Niederlage seines besseren Ichs zur anderen fortgerissen. Mit der Beweglichkeit impulsiver, sinnlicher und dabei willensschwacher Naturen, wechseln in ihm die Stimmungen. Sein Leben ist ein Ringen zwischen dem Geist und dem Fleisch, aber freilich ein Ringen ohne tragische Grösse. Er fühlte selbst diesen Zwiespalt seines Wesens und war sich selbst ein Rätsel „Je congnois tout, fors que moy-mesmes" ist der Refrain einer Ballade (Poésies diverses, ed. Longnon p. 136 f.). Sein Herz ist weicheren Regungen und zarten Empfindungen zugänglich. Seines Oheims und Beschützers, Guillaume de Villon, gedenkt er in rührenden Worten der Dankbarkeit; er nennt ihn seinen „plus que pere qui est m'a plus doulx que mere" (Gr. Test. Str. LXXVII). Für seine „arme Mutter", deren kindliche Frömmigkeit er innig und schlicht zu schildern weiss, schreibt er ein Gebet an die Jungfrau Maria, die einzige Zuflucht für ihn und die Mutter. „la povre femme"

> Qui pour moy ot douleur amere,
> Dieu le scet, et malnte tristesse. (Gr. Test. Str. LXXIX.)

Neben den abstossenden Gestalten der „grosse Margot", der „Belle Heaulmiere" und anderer Dirnen, durchzieht seine Werke die Erinnerung an eine reinere, innigere Liebe, die er nicht vergessen kann. Anmutig schildert er das trauliche Zusammensein mit der Freundin:

> „Quoy que le lay vonlsisse dire
> Elle estoit preste d'escouter,
> Sans m'acorder ne contredire;
> Qui plus ¹), me souffroit acouter

1) = et qui plus est, noch dazu.

11*

> Joignant d'elle, pres m'acouter¹)
> Et ainsi m'aloit amusant
> Et me confroit tout raconter,
> Mais ce n'estoit qu'en m'abusant".

Dieser Liebeskummer — überall nennt man ihn „l'amant remys et regnyé" hat ihn zu Tode verwundet und auf seinen Grabstein lässt er die Worte schreiben:

> Cy gist et dort en ce sollier²)
> Qu' Amours occist de son raillon
> Ung povre petit escollier
> Qui fust nommé François Villon . . .   (Gr. Test. Str. CLXV.)

Den unglücklich Liebenden widmet er folgende Strophe voll zartesten poetischen Reizes:

> Item donne aux amans enfermes⁴)
> Sans le lay maistre Alain Chartier⁵)
> A leur cheves, de pleurs et larmes
> Trestout un plain un benoistier
> Et ung petit brin d'esglantier
> Qui soit tout vert, pour gouppillon⁶)
> Pourveu qu'ils diront ung psaultier
> Pour l'ame du povre Villon.   (Gr. Test. Str. CLV.)

Villon's Werke zerfallen in lyrische Gedichte, von denen er einen Teil in sein Hauptwerk kunstvoll verwoben hat, und zwei grössere Dichtungen, „les Lais", „le Testament." ⁷)

Beide Testamente sind in Strophen von je acht Achtsilbern verfasst, deren einfache, festgefügte Form den Dichter zwingt, sich kurz zu fassen und im Allgemeinen vor den nichtssagenden Formeln und der Weitschweifigkeit wahren, der nur wenige Dichter des Mittelalters entgehen.

Er beginnt sein erstes Testament, die „Lais", mit der feierlichen einleitenden Formel, erklärt dass er Paris verlässt, um den Banden einer unglücklichen Liebe zu entfliehen und vorher zu Weihnachten, zur Zeit

---

1) Mich ihr nähern, mich an sie anlehnen (Text nach G. Paris, Villon p. 41).
2) Söller, die Kapelle von St. Avoye, die Villon scherzend sich als Begräbnisstätte ausmacht und die in einem oberen Stockwerke sich befand.
3) Geschoss.
4) Krank.
5) Gefeierter lyrischer Dichter des XV. Jahrhunderts (c. 1385 bis c. 1430 siehe Piaget, Romania XXX, 316—51).
6) Weihwedel.
7) Eine genauere, historisch begründete Einteilung der Werke Villon's gibt G. Paris, Villoniana (Rom. XXX, S. 355 f.)

„wo die Wölfe von Wind leben und man wegen der Kälte zu Hause beim Feuer sitzt" sein Testament verfasst. Es folgen dann nach der Anrufung der Dreieinigkeit und der Jungfrau Maria die testamentarischen Bestimmungen. Guillaume de Villon vermacht er seinen Ruhm (mon bruit), seiner Geliebten „qui si durement m'a chassé" lässt er sein Herz

> ... mon cuer enchassé[1])
> Palle, pitaux, mort et travay." (Petit Test. Str. X.)

Es folgen harmlose Scherze, zu denen die Aushängeschilder von Wirtshäusern und Kaufläden und die Wahrzeichen von Patrizierhäusern reichlichen Stoff liefern: einem Metzger vermacht er „le Mouton", „le Boeuf Couronné", „la Vache", ein Trinker erhält „le Trou de la Pomme de Pin"; andern überlässt er imaginäre Güter, dem Einen hundert Franken „prins sur tous mes biens", einem Andern ein Schloss; „zwei armen Klerikern, die Latein sprechen, ruhigen, friedfertigen Kindern, die bescheiden sind und ordentlich singen beim Chorpult" schenkt er die Zinsen des Hauses eines uns unbekannten Guillot Gueldry „en attendant de mieux avoir". In dieser Arbeit unterbricht ihn das Läuten der Glocke der nahen Sorbonne

> „qui toujours à neuf heures sonne
> Le Salut que l'Ange prédit;
> Si suspendis et mis cy bonne,[1])
> Pour prier comme le cuer dit. (Pet. Test. Str. XXXV.)

Wie er wieder schreiben will, ist die Tinte gefroren und die Kerze erloschen; er schläft ein und sein Werk bleibt ein Fragment.

1461 griff Villon dasselbe Thema wieder auf und erweiterte und vertiefte es.

Das Testament (Grant Testament) beginnt mit einer wohlkomponierten Einleitung. Der Dichter steht im dreissigsten Lebensalter, nachdem er „alle seine Schande gekostet" („que toutes mes hontes j'euz beues" v. 2). In der Erinnerung an die eben verbüsste schwere Kerkerhaft gedenkt er zunächst des Bischofs, dem er sein Elend verdankt. Er wünscht ihm nichts Böses und betet für ihn „das siebte Verslein aus dem Psalm Deus laudem" und überlässt es dem Leser nachzuschlagen: „fiant dies ejus pauci et episcopatum ejus accipiat alter" heisst es im Bibeltext. Nachdem er dem König für die ihm gewährte Hülfe gedankt, erklärt er seinen Entschluss, sein Testament zu schrei-

---

1) „In einem Reliquienschrein."
2) = borne „bleib hier inne".

ben, weil er sich schwach fühlt „mehr an Geld als an Gesundheit",
fügt er scherzend hinzu. Er bekennt seine Sünden und hofft auf Gottes
Gnade. Hätte ihm das Glück zugelächelt wie Andern und hätte er
trotzdem gesündigt, so wäre er der Erste, sich zum Feuertod zu ver-
dammen; so aber:

> „Necessité fait gens mesprendre
> Et faim saillir le loup des bois."

Seine Jugend ist verflogen

> „Il ne s'en est à pié allé
> N'à cheval; helas! comment don?
> Soudainement s'en est vollé
> Et ne m'a laissé quelque don.
> Allé s'en est et je demeure,
> Povre de sens et de savoir,
> Triste, failly, plus noir que meure,[1]
> Qui n'ay n'escus, rente, n'avoir." (v. 173—9.)

Sein Herz möchte zerspringen, wenn er an die verlorenen Jahre
zurückdenkt, wo er die Arbeit floh „wie ein böser Junge". Und er erinnert sich der Jugendfreunde: die Einen sind arm wie er selbst, Andere leben wohlgenährt in Klöstern, Andere sind „tot und starr; Nichts
bleibt von ihnen zurück. Mögen sie Ruhe im Paradiese geniessen."
Doch besser elend leben als „avoir esté seigneur — Et pourrir soubz
riche tumbeau". Der Todesgedanke bemächtigt sich seiner Seele. Auch
ihn wird der Tod einst erreichen, da er kein „Engelssohn ist und keine
Sternenkrone trägt":

> „Mon pere est mort, Dieu en ait l'ame;
> Quant est du corps, il gist soubz lame[2])...
> J'entens que ma mere mourra,
> — Et le scet bien, la povre femme, —
> Et le fils pas ne demourra." (Gr. Test. Str. XXXVIII.)

Die Todesahnung, das „vanitas vanitatum" flösst dem Dichter seine
ergreifendsten Verse ein. Villon steht hier unter dem Einfluss der Vorstellungen seiner Zeit. Das 15. Jahrhundert hat mit furchtbarer Gewalt
die Vergänglichkeit alles Fleischlichen, die finstere Macht des Todes
empfunden und ausgedrückt. Die menschliche Vernunft, die von den
Banden der Tradition und der Autorität sich zu befreien anfing, sah
mit erschreckender Deutlichkeit das Hinfällige der damaligen Gesellschaft, des Rittertums und der Kirche, der Stützen der mittelalterlichen
Kultur, ohne die Kraft und den Willen zu haben, den morschen

---

1) Brombeere.
2) Was den Leib betrifft, so liegt er unter dem Leichenstein.

Bau zu zerstören und Neues aufzubauen. Es war eine Zeit zersetzender Kritik und Satire, die Zeit der Narrenspiele und der Totentänze, wo die Menschen in Blindheit und Torheit dem Tode und der Verwesung entgegenzutaumeln schienen, den Lockungen, der grausigen Aufforderung zum Tanze des Todes folgend.

So beschreibt Villon in düstern Farben, mit schauerlicher Wahrheit das Werk der Zerstörung:

„Et meure Paris et Helaine
Quiconques meurt, meurt à douleur
Telle qu'il pert vent et alaine;
Son fiel se creve sur son cœur,
Puis sue, Dieu scet quelle sueur!
Et n'est qui de ses maulx l'alege:
Car enfant n'a, frere ne sœur,
Qui lors voulsist estre son plege.[1]

La mort le fait fremir, pallir,
Le nez courber, les vaines tendre,
Le col enfler, la chair mollir,
Joinctes[2] et nerfs croistre et estendre.
Corps femenin, qui tant est tendre,
Poly, souef, si precieux,
Te fauldra il ces maulx attendre?
Oy, ou tout vif aller es cieulx." (Str. XL, f.)

Dann lässt er in der köstlichen, stimmungsvollen „ballade des dames du temps jadis" Frauengestalten der Sage und Geschichte, halbverklungene und halbverstandene Namen an uns vorüberziehen; sie Alle sind dahingegangen; „mais où sont les neiges d'antan" ist der Refrain dieser Strophen, die wie eine ferne Melodie geheimnisvoll verklingen. Am Schluss des Testamentes taucht der Todesgedanke noch einmal auf. Der Anblick der Knochen und Schädel, die in offenen Hallen und Söllern im Kirchhof „des Innocents" aufgehäuft waren, während an den Wänden eine berühmte Darstellung des Totentanzes, der „Danse Macabré", die Macht des Todes schilderte, regt die Phantasie des Dichters an:

„Quant je considere ces testes,
Entassees en ces charniers,
Tous furent maistres des requestes
On tous de la Chambre aux deniers[3]
Ou tous furent portepaniers[4]

1) „Der für ihn eintreten möchte".
2) Gelenke.
3) Verwaltung der königlichen Schatullengüter.
4) Lastträger.

Autant puis l'ung que l'autre dire,
Car d'evesques ou lanterniers
Je n'y congnois riens a redire.

Et icelles qui s'enclinoient
Unes contre autres en leurs vies,
Desquelles les unes regnoient
Des autres craintes et servies,
La les voy toutes assouvies, [1]
Ensemble en ung tas pesle mesle.
Seigneuries leur sont ravies:
Clerc ne maistre ne s'y appelle." (Str. CXLIX, CL.)

In den „Regrets de la Belle Héaulmiere" [2]) hören wir die Klage
der Frau, die mit grausamer Ironie die Zerstörung ihrer einstigen Schönheit durch das Alter und die Laster an ihrem eigenen Leibe schildert:

„Ainsi le bon temps regretons
Entre nous, povres vielles sotes,
Assises bas, a croppetons [3])
Tout en ung tas comme peloten,
A petit feu de chenevotes [4])
Tost allumées, tost estainctes;
Et jadis fusmes si mignotes."

und sie ermahnt in der folgenden Ballade die jungen Freundinnen die
Zeit der Jugend auszunutzen. Wer solche Verkommenheit sieht, fährt
der Dichter fort, sollte von der Liebe ablassen. Denn auch diese Frauen
waren einst unschuldig, bis die Liebesleidenschaft sie zur Sünde verführte. Beispiele der Sage und Geschichte, die Erzählung eines persönlichen Erlebnisses schildern die verhängnisvolle Macht der Liebe. Feierlich sagt der Dichter sich von der Liebe los „Ma vielle ay mis soubz le
banc" [5]) und schliesst die Einleitung seines Testaments mit einer Schilderung seines Elends und der Erklärung, seinen letzten Willen aufsetzen
zu wollen. Es folgt die übliche Anrufung Gottes und der Jungfrau
Maria und die Aufzählung der „Vermächtnisse". Seine „arme Seele"
übergibt er der Dreieinigkeit, seinen Leib:

„A nostre grant mere la terre;
Les vers n'y trouverout grant gresse:
Trop luy a fait fain dure guerre.

1) Zur Ruhe gebracht.
2) Frau eines Waffenschmiedes. Text nach Longnon u. G. Paris, Villon S. 140.
3) hockend.
4) Hanfsplitter.
5) „Hab' die Leier unter die Bank gelegt" = habe mich aus der lustigen
Gesellschaft zurückgezogen.

> Or luy soit delivré grant erre:[1])
> De terre vint, en terre tourne." (Gr. Test. Str. LXXVI.)

Seinem „plus que pere", dem Domherrn, vermacht er seine Bibliothek
und den „Rommant du Pet au Diable", der „in Heften unter einem
Tische liegt" und ein Hauptbestandteil des Büchervorrats war, seiner
Mutter jenes schlichte Gebet an die Jungfrau Maria, das sie für den
verlorenen Sohn beten soll, seiner Geliebten Rose ein Liebeslied. Die
übrigen Vermächtnisse sind teils harmloser Natur, wie die des ersten
Testaments, teils verbirgt sich hinter dem ausgelassenen Scherz eine
satirische Absicht: einem Schenkwirt verspricht er den schuldigen Wein
zu bezahlen, „doch wenn er seine Wohnung findet, ist er schlauer als
ein Wahrsager", drei armen Waisenkindern — in Wirklichkeit sind es
alte Wucherer   gibt er einen Studienplan und wünscht, dass sie gut
erzogen werden, „wenn es auch Prügel kostet":

> „Chapperons auront enfourmes[2])
> Et les poulces sur la saincture:
> Humbles à toute créature:
> Disans: Han? Quoy? Il n'en est riens!
> Si diront gens, par aventure:
> Veci enfans de lieu de bien!" (Str. CXX.)

In dieser feingezeichneten Karrikatur erkennt man den hochmütigen,
grausamen Wucherer, der barsch die Bitte des Dichters abschlägt „Han?
quoy? il n'en est rien!" Eine Reihe von Vermächtnissen besteht in
Gedichten, das einzige Gut, das Villon wirklich sein Eigen nennen
konnte. Meister Jehan Cotart, ein erlauchter Trinker, erhält die glänzende „Ballade et Oroison", in der Vater Noas, Loth und Archetriclin,
der sagenhafte Gastgeber von Kanaan, aufgefordert werden, sich der
Seele des „bon feu maistre Jehan Cotart" anzunehmen, der „tousjours
crioit: Haro, la gorge m'art — Et si ne sceut oncq sa soif estanchier".
Einem Parlamentsprokurator schenkt er die „Contreditz Franc Gontier",
eine Widerlegung der Ditz Franc Gontier des 1361 verstorbenen Philippe
de Vitry, der ein idyllisches Bild der glücklichen Armut des Bauern
Franc Gontier und seiner Frau Helaine entworfen hatte. Diesem küm-
merlichen Dasein stellt Villon das üppige Leben eines dicken Domherrn entgegen, den er sieht:

> „sur mol duvet assis . . .
> Lez un brasier, en chambre bien natee,[3])

---

1) Reise, grant erre „rasch", sogleich".
2) (Ins Gesicht) drücken s. O. Paris, Villonlena Romania XXX, S. 366.
3) Mit Matten belegt.

> A son costé gisant dame Sidoine
> Blanche, tendre, polie et satinée [1]
> Boire ypocras a jour et a nuitee
> Rire, jouer, mignonner et baiser.

Was ist dagegen die Idylle Franc Gontier's und seiner Helaine
unter dem Rosenstrauch, mögen auch „alle Vögel von hier bis Babylon“
dazu singen; sie essen grobes Schwarzbrod und trinken Wasser das
ganze Jahr lang. „Il n'est tresor que de vivre à son aise.“ — Den
Findelkindern (Enfans Trouvez) gibt er nichts, „die verlorenen muss er
trösten“. In zwei Gedichten warnt er sie vor den Folgen des Leicht-
sinns, der seinen Freund Colin de Cayeux an den Galgen gebracht hat
und alles Geld wandern lässt „tout aux tavernes et aux filles“. [2] Nachdem er bald in harmlosem Scherz, bald mit satirischer Absicht seine
Vermächtnisse verteilt hat, bestimmt der Dichter feierlich die sechs
Testamentsvollstrecker und ihre Stellvertreter und bezeichnet als die
von ihm gewählte Begräbnisstätte scherzhaft die Kapelle von Saincte-
Avoye, die einzige in Paris, wo Niemand begraben werden konnte, weil
sie in einem ersten Stockwerke lag.

> „De tombel riens; je n'en ay cure
> Car il greveroit le plancher.   (Str. CLXIII.)

Die grosse Sturmglocke „qui n'est de voirre“ [3] soll bei seinem
Begräbnis läuten, obgleich „Aller Herzen erbeben, wenn sie ertönt“.
Nachdem er die Totenfeier bis ins Einzelnste geordnet, nimmt er in einer
letzten Ballade Abschied vom Leben und lädt seine Freunde zu seinem
Begräbnis ein:

> Icy se clost le Testament
> Et finist du povre Villon.
> Venez à son enterrement,
> Quant vous orrez le carrillon,
> Vestuz rouge com vermillon
> Car en amours mourut martir . . .   (v. 1996—2001.)

Ein mutwilliger Scherz „wisst Ihr was er that beim Abschied; er
trank einen Schluck Rotwein, als er die Welt verlassen wollte“ ist sein
letztes Wort. Das Testament musste in den Kreisen der „escolliers“
und „bazochiens“, die jede Anspielung auf die Personen und Zustände
der Zeit verstanden, grossen Anklang finden. Wenige Jahre später,
wahrscheinlich 1465, ahmte der geistreiche königliche Steuerrat für

1) Gepolst.
2) Ballade de Bonne Doctrine à ceux de mauvaise vie, ed. Longnon S. 93 f.
3) Glas.

Limousin, Henri Baude,[1]) in seinem „Testament de la Mule Barbeau"
Villon's Testament nach. Das Maultier des Gerichtsdieners Barbeau
beschreibt sein körperliches Elend und vermacht die einzelnen Teile
seines Leibes, wobei wie bei Villon satirische Ausfälle sich zu harmlosen
Scherzen gesellen. Der Beginn:

> „Mon corps premier, qui jadis fut si beaulx . . .
> Veul estre mis au ventre des corbeaulx",

die Bestimmung von drei Metzgerhunden als Testamentsvollziehern,
erinnern auch in der Form an Villon. Derselbe Baude hat in einem
merkwürdigen Genrebild, den „Lamentations Bourrien, chanoine de Saint-
Germain", Villon's „Contreditz Franc Gonthier" nachgeahmt. Ein von
seiner Geliebten verlassener „chanoine bien gras" sucht sich im Spiel
mit dem Kinde, das ihm die Treulose zurückgelassen hat, zu trösten.
Der Anfang des Gedichtes, das den Kanonikus im Bette schildert, wie
er dem Kinde pfeift und singt und es springen macht, ist in der Form
dem Beginn von Villon's Ballade nachgebildet. Auch sonst zeigt sich
bei Baude und Villon derselbe satirische Geist. Während aber Villon
die Fülle seiner Beobachtungen frei verarbeitet und zum Kunstwerk
umzugestalten weiss, bleibt Baude, der in Amt und Würden war, im
Banne von Standesvorurteilen und Standesinteressen befangen; seiner
Satire haftet das zeitlich Vergängliche an.

Wir begreifen, wesswegen diese Dichtungen, in denen Scherz und
Ernst, rohe Spässe und Cynismen, zartes Empfinden, fromme Herzens-
ergüsse und ausgelassene Lieder in geistvoller Weise miteinanderver-
woben sind, von dem Zahn der Zeit so wenig gelitten haben. Die gefeierten Dichter des ausgehenden Mittelalters gefielen sich in der Überwindung technischer Schwierigkeiten, die Poesie wurde wie die Gotik
der Zeit kraus, bizarr und unwahr. Selbst die gemütvolle Dichterin
Christine de Pisan musste der Mode folgend, obgleich die Erinnerung
an ihren toten Gatten ihr Herz erfüllte, einen Cyklus von Liebesliedern
in dem konventionellen Stil der damaligen Lyrik dichten. Die Poesie
wurde zu einem geistreichen Spiel mit Reimen und konventionellen Gedanken und Bildern. Die Gefühle und Ideen hüllten sich in kunstvolle
Allegorien, die zu entziffern für den scholastisch gebildeten Leser der
Zeit genussreich sein mochte; für unseren modernen, natürliches Em-

1) Les vers de Maître Henri Baude . . . , publiés par Quicherat, Paris 1856.
— Vergl. G. Gröber, Französische Litteraturgeschichte (Grundriss der romanischen
Philologie) S. 1161 f.

pfinden und unmittelbare Anschauung erstrebenden Geschmack haben
die luftigen Gebäude dieser Allegorien ihren Reiz verloren.   Auch in
Villon's Werken findet sich der Einfluss der zeitgenössischen Dichtung.
Die Huldigungsgedichte an Karl von Orléans, die Ballade, in der Villon
die einzelnen Teile seines Körpers auffordert, dem Parlament für die
ihm gewährte Freiheit zu danken und die Zähne lauter in Dank erklingen sollen „als Orgel, Trompete und Glocke", das Herz sich spalten
soll vor Rührung, eine Ballade, die aus Sprichwörtern besteht, eine andere, die alle Fertigkeiten des Dichters aufzählt mit dem Refrain „je
congnois tont fors que moy mesmes", eine Ballade in Antithesen, alle
diese Erzeugnisse höfischer Lyrik bilden den vergänglichen Teil der
Werke des Dichters. Seinem Wesen nach ist Villon ein Realist. Er
wirft einen scharfen, eindringlichen Blick auf die ihn umgebende Welt
und in sein Inneres. Der Kreis seiner Betrachtungen ist eng. Paris, das
Quartier Latin, damals besonders eine Welt für sich mit ihrem bunten
Getriebe, ihrer eigenartigen Bevölkerung, ist das eigentliche Feld seiner
Beobachtung. Hier kennt er jeden Stein, jede Strasse, jedes Hausschild.
Er besitzt die Gabe, die nur der wahre Künstler ·hat, den charakteristischen Zug an Menschen und Dingen zu erfassen und mit epigrammatischer Kürze zu zeichnen; er beschreibt nicht kleinlich, umständlich
und zwecklos. Jeder Zug wird durch das innere Mitempfinden des Dichters belebt. Die Bilder sind bald heitere, ausdrucksvolle Skizzen, bald
abstossende, bald ergreifende Zerrbilder der Wirklichkeit. Wir sehen
die drei Wucherer „die Mütze auf dem Kopf, die Daumen im Gürtel"
dastehen, die „enidereaux d'amonrs transsis — chaussans sans mesbaing
faunes botes",[1]) die Pariserinnen, die „auf dem unteren Saum ihres
Kleides hocken in Kirchen und Klöstern" und sich Neuigkeiten erzählen, die „povres vielles soles", die am Feuer gekauert sitzen und
an die schöne Zeit der Jugend zurückdenken. Ein Zug genügt, um die
Ungleichheit der Menschen im Leben der Gleichheit im Tode entgegen-
zustellen:

> Et foulles qui s'enclinoient
> Unes contre autres en leurs vies,
> Desquelles les unes regnoient,
> Des autres craintes et servies:
> La les voy toutes assouvies . . . (Gr. Test. Str. Cl.)

In der Ballade des Pendus wird das Verletzende der Selbstironie,
die den eigenen Leib zum Gegenstand einer Darstellung von unerbitt-

---

1) „Sterblich verliebte Stutzer, die bequeme gelbe Stiefel tragen" (Gr. Test.
v. 1973 f.).

lichem Realismus wählt, durch die Seelenangst des Dichters und durch
die schaurige Totentanzstimmung gemildert:

> La pluye nous a buez[1]) et lavez
> Et le soleil desechiez et noircis;
> Pies, corbeaulx nous ont les yeux cavez,[2])
> Et arraché la barbe et les sourcils.
> Jamais, nul temps, nous ne sommes assis[3]) . . .
> Puis ça puis la comme le vent varie,
> A son plaisir sans cesser nous charrie,
> Plus becquetez d'oiseaulx que dés à couldre.
> Ne soiez donc de nostre confrairie,[4])
> Mais priez Dieu que tous nous vueille absouldre
>   Envoi
> Prince Jhesus, qui sur tous a maistrie
> Garde qu'Enfer n'ait de nous seigneurie:
> A luy n'ayons que faire ne que souldre.
> Hommes, icy n'a point de mocquerie,
> Mais priez Dieu que tous nous vueille absoudre!"

Überall dringt das Empfinden des Dichters unverfälscht hervor.
Dieser persönliche Zug seiner Werke ist es, der ihn dem modernen
Leser näher bringt. Nicht allein führt er sich handelnd in seine Werke
ein und beschreibt seine äussere Erscheinung; wir sehen ihn bei der
Arbeit, die Glocke der nahen Sorbonne unterbricht ihn beim Schreiben,
er redet mit seinem Freund Fremin, dem er im Bette liegend seinen
letzten Willen diktiert. Alles was er dichtet, bezieht sich auf ihn, seine
Erlebnisse und die seiner Freunde füllen sein Werk. Sein Individualis-
mus wird aber nie aufdringlich. Falsche Sentimentalität und romantische
Selbstvergötterung sind ihm und seiner Zeit fremd. Bescheiden, demütig
bekennt er seine Schwächen, mit zarter Zurückhaltung, aber mit Innigkeit spricht er von seiner Mutter, seinem Oheim und Erzieher. Es ist
ein Stück leidender Menschheit, das uns in Villon's Werken wahr und
schlicht entgegentritt.

Villon ist kein Neuerer gewesen, kein Vorläufer der Renaissance,
obgleich seine klare Auffassung der Dinge uns modern anmutet. Er ist
im Banne der religiösen und sittlichen Ideen seiner Zeit befangen: seine
naive Frömmigkeit ist durchaus aufrichtig; sie hält ihn zwar von den
schlimmsten Verirrungen nicht zurück, in aufrichtiger Reue erhofft er
aber Rettung allein von der Gnade Gottes. Das klassische Altertum
ist für ihn nicht, wie für manche seiner Zeitgenossen, eine Quelle tie-

1) beuchen.
2) aushöhlen.
3) in Ruhe.
4) Zunft.

ferer Erkenntnis, die zur christlichen sich gesellt, aber als von ihr
wesensverschieden empfunden wird. Wir finden bei ihm nichts von der
feurigen Begeisterung, vom Heisshunger nach Erkenntnis um ihrer selbst
willen, die eine Christine de Pisan beseelt und ihr die schönen Worte
eingibt: „O gent bien conseillie, o gent eureuse! je dy à vous, les dis-
ciples d'estude de sapience, qui par grâce de Dieu et de bonne fortune
ou de nature estes appliqués à encerchier la hantesse de la clere res-
joutssant estoille, c'est assavoir sapience, prenés diligemment che trésor,
buvés de celle claire et saine fontaine. Car quele chose est à homme
plus digne que science? . . . Si ne vueilliés resongnier nul labour ou
paine, vous champions de Sapience; car, se vous le avés et bien en
usés, vous estes nobles, vous estes riches, vous estes tous parfais." [1])
Villon ist kein „champion de Sapience". Wissen ist für ihn der Weg,
der zu reichen Pfründen, einem sorgenfreien Leben führt. In einem
Punkte aber steht er an der Schwelle einer neuen Zeit. Der Gedanke,
sein von Kummer und Reue wundes Herz, seinen von Hunger und
Krankheit gequälten Leib, die kleinen Erlebnisse seines ruhmlosen Daseins zum einzigen Gegenstand seines Dichtens zu machen und die Hoffnung, für ein solches Werk Leser und Bewunderer zu finden, die Fähigkeit, sich selbst zum Objekt künstlerischer Darstellung zu machen, sich
mit grausiger Selbstironie im Tode am Galgen hängend darzustellen,
das sind Züge, die nur in einer Zeit denkbar sind, die den Menschen
als Individuum von seiner Umgebung loszulösen beginnt, den Dichter
nicht mehr auffasst als den Hüter und Übermittler einer poetischen
Tradition, sondern als ein bevorzugtes Wesen, das die Fähigkeit und das
Recht hat, eigene Erlebnisse und Empfindungen in poetischer Form für
sich und Andere auszudrücken. Andere Dichter vor Villon hatten Züge
ihres Lebens in ihre Werke verwoben: Adam de la Hale hat sich und
die Seinen in seine romantische Komödie „le Jeu de la Feuillée" als Mit-
wirkende eingeführt, aber es handelte sich um eine Belustigung in einem
Kreise von Bekannten; die Anspielungen auf Freunde und Zunftgenossen
erhöhten den Reiz des Gelegenheitsstückes. Villon haben Elend und
Schmerz, Liebeslust und Liebespein erst zum Dichter gemacht. Von
ihm wie von dem wesensgleichen Paul Verlaine gelten die Worte des
letzten Biographen Villon's, G. Paris: „ohne sein selbstverschuldetes
Elend hätte er nicht in unsere Herzen den Stachel eindringen lassen,
der das seinige zerriss."

1) Christ. de Pisan, Livre de policie citiert in Kervyn de Lettenhove, Oeuvres
de Froissart, Bruxelles 1870, I p. 235.

Beiträge zur Geschichte Albrechts von Hohenberg aus dem Vatikanischen Archiv.[1]

Von

Alexander Cartellieri.

Im Anschluss an die von mir 1897 begonnene Verzeichnung des Konstanzer Materials in den Registerbänden des Vatikanischen Archivs zu Rom[2] bearbeitete nach meiner Rückkehr in die Heimat Herr Kurt Schmidt im Auftrage der Badischen Historischen Kommission die Jahre 1370—83. Das Ergebnis unserer Nachforschungen findet, soweit es die Bischöfe von Konstanz betrifft, in den „Regesten"[3] Aufnahme. Ich war nicht wenig überrascht, aus den unter dem Namen des Papstes Klemens VII. gehenden Bullenregistern der sogenannten avignonischen Reihe Auszüge zu erhalten, in denen Graf Albrecht von Hohenberg, den ich seit dem 25. April 1359 gestorben wähnte, wieder auftauchte. Nach einigen Versuchen, den auffälligen Thatbestand anders zu erklären, lenkte ich die Aufmerksamkeit meines Herrn Mitarbeiters auf die Möglichkeit, dass Teile der Klemens VII. zugewiesenen Bände Klemens VI. zugehören könnten, eben weil Albrecht am Hofe des letztgenannten Papstes weilte. Bald wurde meine Vermutung bestätigt. Laut der mir gewordenen Auskunft lässt sich schon auf Grund äusserer Merkmale (Schrift, Wasserzeichen) feststellen, dass die einzelnen Lagen verschiedener Päpste gleichen Namens durch einander gebunden sind. Als ich darauf hin in dem inhaltreichen Buche von Valois über das grosse Schisma nachschlug, bemerkte ich, dass der Übelstand schon erkannt war. Valois schreibt[4]:

---

1) Vergl. Zeitschr. f. d. Gesch. d. Oberrheins N. F. 14 (1899), 481: Kleine Beiträge zur Geschichte Graf Albrechts von Hohenberg und Matthias von Neuenburg.

2) Vgl. ebenda 13 (1898), 11—22 meinen Reisebericht.

3) Regesten der Bischöfe von Konstanz, 2. Bd., 1.—4. Lieferung. Innsbruck 1894 ff. Die den Text abschliessende Doppellieferung ist im Druck fast vollendet und reicht bis 1383.

4) N. Valois, La France et le grand Schisme d'occident t. Ier, préf. p. XV.

Au milieu de cahiers remplis d'actes de Clément VII sont insérés certains cahiers contenant des bulles de Clément VI, voire de Clément V. Er verweist zum Beispiel auf den tomus 64 Klemens VII., Blatt 533 und ff.; tomus 69, Blatt 198 und ff. Hierzu füge ich erklärend hinzu, dass Valois die mit jedem Papste neu beginnende Bandziffer anwendet, ich dagegen die durchlaufende der avignonischen Reihe benutze.

Es würde überflüssig erscheinen, an dieser Stelle von neuem den arglosen Forscher vor ebenso unangenehmen als schwer zu vermeidenden Irrtümern zu warnen, wenn nicht die Auszüge selbst, die Lebensgeschichte Albrechts von Hohenberg um kleine Züge bereicherten. Der schwäbische Graf hat das Schicksal gehabt, in unseren Tagen im Kreise der Historiker hochberühmt zu werden durch eine Chronik, die er, wie man jetzt ziemlich sicher behaupten kann, nicht verfasst hat, die Chronik des Matthias von Neuenburg. Fern sei es mir, die ungemein verwickelten Fragen, die sich an die Verfasserschaft knüpfen, und die zu den scharfsinnigsten Vermutungen Anlass gegeben haben, auch nur zu berühren. Die Litteratur ist sehr zerstreut. Einen Hinweis auf die wichtigsten Schriften habe ich am Schluss meines kurzen Überblicks in der Allgemeinen Deutschen Biographie Bd. 45 (1900), 731—733 gegeben. Inzwischen haben die Regesten der Bischöfe von Konstanz das Jahr 1356 überschritten (Nr. 5218 ff. 5221) und man gewinnt jetzt einen deutlicheren Einblick in die Verhältnisse, unter denen Albrecht zum dritten Male vergeblich den Versuch machte, das Konstanzer Bistum zu erlangen.

Um den geschichtlichen Zusammenhang für die unten folgenden Auszüge herzustellen, genügt es, einige Belege zu geben. Am 1. März 1342 hatte Albrecht zum letzten Male als Kanzler des kaiserlichen Hofes geurkundet[1]). Als Gesandter Kaiser Ludwigs IV. ging er nach Avignon, kehrte aber nicht mit seinen Begleitern zurück[2]). Er liess sich vom Papste Klemens VI. bewegen, die kaiserliche Sache zu verraten und in seine Dienste zu treten. Solches geschah Ende 1342. Man hat nun geglaubt, der ehrgeizige Streber sei während der nächsten drei Jahre in Avignon gewesen[3]).

---

1) Albertus Dei gracia comes de Hohenberg, imperialis aule cancellarius, bezeugt, dass er einen Brief des Pfalzgrafen Gottfried von Tübingen für die Abtei Bebenhausen (Actum et datum in Bebenhausen 1302, 4. non. april., ind. 15.) gesehen hat. Datum per copiam 1342, kal. marcii, ind. 10. Kopialbuch Bebenhausen Bl. 49 b im Staatsarchiv Stuttgart; Crusius, Annales Suevici 2, 240.

2) K. Wenck, Albrecht von Hohenberg und Matthias von Neuenburg, Neues Archiv 9 (1884), S. 56 und die übersichtliche Tabelle S. 99.

3) Wenck S. 56.

Das war aber nicht der Fall. Am 3. März 1344 urkundet er zusammen mit dem Grafen Berthold von Sulz in Freiburg i. B. wegen 400 Mark Silber, die ihnen der Landkomtur Deutschordens schuldig war[1]). Zur Ergänzung dieser Urkunde dienen die vatikanischen Notizen, aus denen hervorgeht, dass Albrecht damals, als die päpstliche Kanzlei die Schreiben ausfertigte, in oder bei Wien (Nr. 1 und 2) und in oder bei Konstanz (Nr. 3) weilte. Es sei daran erinnert, dass er unter anderen sehr zahlreichen und einträglichen Pfründen auch die St. Stephanspfarrkirche in Wien besass[2]).

1) 1344 Februar 12.

Clemens VI. S. Crucis et S. Marie Schotorum in Wienna Pataviensis diocesis monasteriorum abbatibus ac A l b e r t o d e H o h e n b e r g canonico Constantiensi mandat, quatenus Annam natam Johannis de Gottersprunn puellam litteratam Pataviensis diocesis in monasterio S. Jacobi de Wienna ordinis S. Augustini in canonicam et sororem recipi faciant. Datum Avinione 11. id. febr., a. II° (Prudentum virginum).

Reg. Aven. 224, 189b.

2) 1344 Februar 12.

Clemens VI. S. Crucis et S. Marie Scothorum in Wienna Pataviensis diocesis monasteriorum abbatibus ac A l b e r t o d e H o h e n b e r g canonico Constantiensi mandat, quatenus Heinricum de Swemwert scolarem Pataviensis diocesis in monasterio Neunburgensi[3]) prope Viennam ordinis S. Augustini in canonicam et fratrem recipi faciant.

Datum Avinione 11. id. febr., a. II° (Cupientibus vitam).

Reg. Aven. 224, 237a.

3) 1344 Juni 26.

Clemens VI. Bertholdo dicto Spuol clerico Constantiensi beneficium ecclesie cum cura (60 lib. Turon.) vel sine cura (40 lib. Turon.) consuetam

---

1) Grossh. Generallandesarchiv Karlsruhe (5.293): geben zu Friburg 1344 an der nehsten mitwochen vor Oculi. Das noch hängende Siegel des Hohenbergers ist stark beschädigt. Man erkennt aber noch die beiden Hifthörner, das Hohenberger Wappen. Darüber befindet sich anscheinend eine sitzende Gestalt, die ein Buch in der linken Hand hält. Das Siegel ist demnach das einer der Kirchenämter Albrechts.

2) Gerbert. Historia Silve Nigre 2, 125 zum Jahre 1342. Regg. Konstanz 2 Nr. 4763 zu 1345 Okt. 19.

3) Klosterneuburg.

ab olim clericis socularibus assignari ad collationem prepositi et capituli ecclesie in Zovingen [1]) Constantiensis diocesis pertinens reservat.

Datum Avinione VI. kal. iul., a. III° (Exigunt tue).

Reg. Aven. 227, 649 b Nr. 57.

In eundem modum episcopo Tergestinensi [2]) et abbati monasterii in Cruzlingen [3]) extra muros Constantienses ac A l b e r t o d e H o h e n - b e r g cauonico Constantiensi capellano, sedis apostolice.

----

1) Zofingen bei Konstanz.
2) Triest.
3) Kreuzlingen.

Reiseeindrücke vom Grossen St. Bernhard aus dem Jahre 1188.

Von

Alexander Cartellieri.

Es wird immer eine anziehende Aufgabe sein, in den verschiedenen
Zeiten zu verfolgen, welchen Eindruck die gewaltige Alpennatur auf
den reisenden Menschen macht. Von diesem Gesichtspunkt aus erscheint
vielleicht die nachstehende kleine Mitteilung willkommen. Die Quelle,
aus der wir schöpfen, ist freilich längst gedruckt, aber niemand dürfte
anders als durch Zufall darauf aufmerksam werden. Ausserdem ist das
gleich zu nennende Buch längst nicht auf allen öffentlichen deutschen
Bibliotheken vorhanden. Als 2. Band der Chronicles and Memorials
of the reign of Richard the First gab W. Stubbs 1865 heraus: Epi-
stolae Cantuarienses, the letters of the prior and convent of Christ
Church, Canterbury, from 1187 to 1199; London, in der Sammlung der
sog. Rolls Series. Diese in verschiedener Hinsicht, unter andern als ge-
treue Schilderung des päpstlichen Gerichtsverfahrens und der Kurie überhaupt [1]), sehr lehrreichen Briefe verdanken ihre Entstehung dem langen

---

[1]) Bruder Johann schreibt über die Schwierigkeiten, in Rom Recht zu finden:
Nr. 209, S. 194: Romae omnes Romanos inveni, et dominus papa [Clemens III.] Romanus est, natione videlicet et genere. Nec miramur si Romani sint indigenae, quia
ex curiae qualitate etiam allegtone Romani fluat. — Nr. 232, S. 214: Salva sanctorum
reverentia dixerim, qui in ea (sc. curia Romana) conversantur, non est de quo sperare
possint oppressi. Es folgen Klagen über die Habsucht der Kurialen. Bellua mul-
torum capitum est (sc. curia, nach Horaz Epp. 1, 1, 76,) Nihil unquam studiosius
agendum videtur, quam ut ab ejus faucibus, licet non sine laesione, eripi valeamus.
— Nr. 248, S. 270: Ablativus proprie, ut dicit Priscianus, Romanorum est, non
dativus. Vielleicht bietet sich mir Gelegenheit, an anderem Orte auf diese zu bezeichnenden Urteile zurückzukommen.

13*

nnd erbitterten Streite zwischen dem Erzbischofe von Canterbury und
dem Konvente der Christuskirche daselbst. Ursprünglich handelte es
sich um die von jenem geplante, von diesem bekämpfte Gründung eines
weltlichen Chorherrenstiftes in Hakington bei Canterbury. Bald aber
zog die Fehde immer weitere Kreise und spaltete die englische Geistlichkeit in zwei Lager [1]. Die zahlreichen, deswegen gewechselten Briefe sind in
der von Stubbs gedruckten und eingeleiteten Sammlung erhalten. Der Kon-
vent gab sich naturgemäss die grösste Mühe, den Papst für sich zu
gewinnen. Gleich nach dem 9. Januar 1188 sandte er vier Brüder an
Klemens III. Am 20. desselben Monats waren sie in Saint-Omer: in crastino
profecturi quantum corpora nostra pati poterunt vel jumenta. (Brief
Nr. 165, S. 140.) Unter ihnen befand sich Bruder Johann von Bremble,
der eifrigste Verfechter der Sache des Konvents, dessen Briefe nach dem
Urteil des Herausgebers (Introd. S. LXIII) die besten des Bandes und sämtlich sehr lesenswert sind. Von den Beschwerden des Reiseweges entwirft
Johann dem Subprior Gottfried ein Bild, dem es sicher nicht an An-
schaulichkeit mangelt. Wir glauben, den Mönch vor uns zu sehen,
wie er auf dem Grossen St. Bernhard [2] mit erstarrten Fingern in die
Tasche greift und die Tinte im Horn eingefroren findet [3]

Zur genaueren Zeitbestimmung des im Auszug folgenden Briefes
dient, dass Johann und seine Genossen am 27. Februar in Rom eintrafen
(Nr. 205) [4].

Gaufrido subpriori frater Johannes . . . . In Monte Jovis
positus, hinc coelos montium suspiciens, hinc infera vallium abhorrens,
coelo jam vicinior et fidentior andiri, „Domine", inquam, „restitue me
fratribus meis, ut annunciem illis, ne et ipsi veniant in locum hunc
tormentorum." [5] Loca namque tormentorum non immerito nuncupa-
verim, ubi terram saxeam glacierum marmora consternunt, ubi pedem
figere non est, immo nec sine periculo ponere, et mirum in modum cum

---

1) Vgl. Norgate, Angevin Kings 2, 437.

2) In Nr. 204, S. 188 wird erwähnt: sacerdos quidam, nuncius praepositi Sancti
Bernardi de Monte Jovis. Vergl. im übrigen über den Pass A. Schulte, Geschichte
des mittelalterlichen Handels 1, 96 ff. und oft.

3) Zu dem hängenden Tintenfass vgl. Wattenbach, Schriftwesen, 3. Aufl., 225.

4) Zur Beurteilung der Reisegeschwindigkeit kann man die Stelle bei Gerva-
sius von Canterbury, ed. Stubbs, 1, 423 heranziehen. Dort wird erzählt, wie ein Bote
mit einer vom 17. März 1188 datierten Bulle Klemens' III. (J. — Löw. 2 Nr. 16179)
am Karfreitag 15. April in Canterbury eintrifft, „in tribus septimanis et IIII diebus
a Roma veniens."

5) Wie Stubbs bemerkt, nach Lukas 16, 28 in der Geschichte des armen
Lazarus.

in lubrico stare non possis, in mortem corruis si labaris. Hic manum in peram conjeci, ut sinceritati vestrae vel syllabas unas exararem, invenique atramentarium a renibus dependens humore sicco repletum et indurato. Sed nec digitos movere potui ad scribendum. Barba quoque gelu rigabat, et de spiritu oris concreto glacies prominebat prolixior. . . . . (Nr. 197, S. 181.) [1].

---

[1] Es sei gestattet, hier eine weitere geographische Notiz anzureihen. In Nr. 202, S. 276 erzählt Bruder Johann, wie er im Januar 1189 unter grossen Gefahren von Mortara bezw. Pavia nach Rom zurückkehrte: Somarium domini prioris . . . . in Alpibus ulterioribus, in monte videlicet Bardunensi, amisi. Unde Senam [Siena] veniens . . . Inzwischen ist eine A. Schulte gewidmete Arbeit erschienen: Ludw. Schütte, Der Apenninenpass des Monte Bardone und die deutschen Kaiser. Mit einer Karte. Berlin 1901 (Hist. Studien veröff. von Ebering, 27. Heft). Vgl. die lehrreiche Besprechung von J. Jung in den Mitteil. des Österr. Inst. 23 (1902), 307 bis 311. Unsere Stelle bestätigt die Ansicht Schütte's (S. 27 Anm.), dass ein Pass der ganzen Gebirgslandschaft den Namen gab. Beim heutigen Bardone begann ehemals der Aufstieg der Strasse, die von Parma nach Pontremoli führt, und die heute nach der Passhöhe von La Cisa genannt wird.

Zeugnisse zur Pflege der deutschen Litteratur in den Heidelberger Jahrbüchern.

Von

Reinhold Steig.

— · ·

Der Anteil Heidelbergs an der Entwicklung der deutschen Litteratur vor hundert Jahren ist bereits zu einem festen Kapitel der deutschen Litteraturgeschichte geworden, das jedoch noch vieler Hände Arbeit zum inneren Ausbau nötig hat. Ist von der Heidelberger Romantik die Rede, so treten, wie billig, die wichtigen romantischen Werke in den Vordergrund, die im ersten Jahrzehnt des vorigen Jahrhunderts dort entstanden sind, rings von litterarischen Gegenwirkungen und von journalistischen Bemühungen für oder wider sie umgeben, die in der Badischen Wochenschrift und der Einsiedlerzeitung, sowie im Morgenblatt und der Jenaischen Litteratur-Zeitung sich geltend machten. Hinzuzuthun zu diesem Bilde aber ist diejenige Pflege und Behandlung der deutschen Litteratur, die in den Heidelberger Jahrbüchern ihrer Zeit angestrebt und zum Teil auch mit Erfolg durchgeführt wurde. Dieser vollbelaubte Zweig damaliger Heidelbergischer Bethätigung ist nicht so deutlich sichtbar für unser Auge, weil er eben nur als ein Zweig aus dem stattlichen Damme hervortreibt, der die philologisch-historischen Gesamtbestrebungen trägt und neben dem wieder, ebenso frisch und kräftig, andere Stämme aufwachsen, die von den Philosophen, den Medizinern, den Juristen, den Mathematikern gepflanzt und aufgezogen wurden.

Dieser glückliche Aufwuchs war die belebte und wieder belebende Folge der Neuverfassung der Heidelberger Hochschule, die allen Gliedern und Fächern derselben frisches Blut zugeführt hatte. Die neue geistige Kraft mußte danach streben, auch nach aussen hin litterarisch, kritisch, wissenschaftlich in die Erscheinung zu treten. Göttingen, Jena, Halle,

Leipzig hatten ihre Litteratur-Zeitungen, durch die das öffentliche Urteil in Deutschland mitbestimmt' wurde. Auch das Heidelberger Kuratorium wünschte eine litterarische Anstalt dieser Art zu besitzen. Die Verhandlungen kamen 1807 zum Abschlusse, und „im Oktober 1807" wurden von Heidelberg aus in die Tagesblätter (z. B. Intell.-Bl. Nr. 23 zum Morgenblatt) und an einzelne Persönlichkeiten die Ankündigungen versandt, die das Erscheinen der „Heidelberger Jahrbücher" im Verlage von Mohr und Zimmer für das neue Jahr 1808 in Aussicht stellten.

In derartigen Anstalten nehmen die philologisch-historischen Disziplinen, und was mit ihnen zusammenhängt, naturgemäss einen breiten Raum ein, weil in ihnen sich schliesslich doch die Gelehrten, trotz all ihrer besonderen, weit auseinander gehenden Fachstudien, wie auf gemeinsam erworbenem und gemeinsam zu verteidigenden Boden wieder zusammenfinden. So auch bei der Einrichtung und Ausgestaltung der Heidelberger Jahrbücher. Dadurch fiel Friedrich Creuzer, als dem offiziellen Vertreter dieser Richtung, der überwiegende Einfluss zu. Er erzählt selbst in seinen Erinnerungen aus dem Leben eines alten Professors, wie er seine Stellung nahm. Wichtig sind dafür auch die ungedruckten Briefe Creuzers an Karl August Böttiger, die sich auf der Königlichen Bibliothek in Dresden befinden. Böttiger war ein wissenschaftlich bedeutender, amtlich und publicistisch äusserst einflussreicher Philolog, mit dem Creuzer, seit er ihn 1798 bei seiner Durchreise durch Weimar besucht hatte, bis an sein Lebensende in Zusammenhang blieb. Creuzer schreibt an Böttiger immer so, dass was er mitteilt, auch öffentlich verwertet werden könne. Böttiger brauchte solche Zuflüsse von allen Seiten. Wir gewahren, dass von Anfang an sich in das positive Programm der Jahrbücher eine polemische Abwehr mischte: diese war gegen Voss und seine Partei gerichtet.

Es tauchte nämlich im Laufe des Jahres 1807 eine Reihe von Plänen zur Beschaffung eines gelehrten Blattes auf. Ein Professor Seeger kündigte eine politisch-litterarische Zeitung an, wozu die Heidelberger Gelehrten Beiträge liefern würden: nach Creuzers Urteil „ein guter Mann, aber gewiss nicht gemacht so etwas zu unternehmen; hier weis auch kein Professor von der Sache. und jeder augurirt eine bald sterbende Fehlgeburt" (an Böttiger 10. 1. 1807). Als dann der unglückliche preussische Krieg den Fortbestand der Universität Halle ins ungewisse stellte, wurde erwogen und in öffentlichen Blättern berichtet, dass die Professoren Schütz und Ersch mit der Hallischen Allgemeinen Litteratur-Zeitung nach Heidelberg übersiedeln würden. „Wir wissen", schrieb aber Creuzer am 15. März 1807 an Böttiger, „officiell noch nichts davon. Indessen würde ich mich dieser wichtigen Acquisition in jedem Betracht freuen. Schütz kenne ich als meinen ehemaligen Lehrer aus persönlicher Bekanntschaft und ein Literator wie Ersch wäre dem Institut wie der Universität ein grosser Gewinn". Dies alles blieb jedoch ohne Folgen.

Um so ernster und gefährlicher für Creuzer aber erwies sich ein dritter Versuch: nämlich die Jenaische Litteratur-Zeitung mit ihrem Redakteur Eichstädt, der Voss ergeben war, nach Heidelberg zu verpflanzen. Diese unverhältnismässige Verstärkung der gegnerischen und Schwächung der eigenen Position konnte sich Creuzer nicht gefallen lassen. Er erklärte sich bestimmt dawider, und durch die Begründung der Heidelberger Jahrbücher wurde die Absicht der Gegenpartei zerstört. Zwischen der Heidelberger und der Jenaer Redaktion herrschte fortan eine Spannung, die ab und zu üble Zeichen ihres unvertilgbaren Vorhandenseins gab: Creuzer, Böckh und wer sonst poetisch zu Heidelberg hielt, bekam einer nach dem andern den Unmut der Jenaer zu kosten. Heidelberg trat ferner damals in Rivalität mit Göttingen und gedachte auch die in altem Geleise fortgehenden Gelehrten Anzeigen zu überflügeln. Böckhs noch nicht gedruckte Korrespondenz mit dem Minister von Reizenstein, die ich gelesen, enthält so manchen Beleg dafür. Gut stand sich Creuzer dagegen auch weiterhin mit Schütz in Halle, und in seinen Briefen an ihn von 1808 und 1809 erneuern sich die Versuche, die von Schütz redigierte Hallische Litteratur-Zeitung für Heidelberg und, was nicht so schwer war, gegen Jena einzunehmen. Nicht als ob das alles allein aus niederen persönlichen Beweggründen geschehen sei. Im Gegenteil, ein neuer, produktiver, das „Vaterland" (wie Creuzer einmal sagt) erfassender Geist sollte die Heidelberger Jahrbücher erfüllen und wurde an den übrigen Instituten vermisst. „Das Zeitalter warnt", heisst es schon 1807 in der Ankündigung, „und der Genius der Wissenschaften verbietet, die Kritik zu einem Mittel der Gewinnsucht, der litterarischen Partei- und Herrschsucht herabzusetzen".

Diejenigen Männer, die die Ankündigung unterschrieben und zuerst die Geschäfte führten, waren Ackermann, Creuzer, Daub, Heise, Langsdorf, Loos, Schwarz, Thibaut, Wilken. Sie bildeten das Redaktionskollegium. Und ihren Fakultäten entsprechend, erschienen die Heidelberger Jahrbücher in fünf von einander gesonderten Abteilungen: 1) für Theologie, Philosophie und Pädagogik, 2) für Jurisprudenz und Staatswissenschaften, 3) für Medizin und Naturgeschichte, 4) für Mathematik, Physik und Kameralwissenschaften, 5) für Philologie, Historie, Litteratur und Kunst. Nach der Ankündigung sollte mit dem ganzen Unternehmen, als einem kritischen, vorerst auch eine „doktrinelle Anstalt" verbunden sein, und es war versprochen worden, dass den einzelnen Heften passende Abhandlungen vorausgehen sollten: eine Idee, derzufolge thatsächlich alle fünf Abteilungen ihr erstes Heft mit einer allgemeinen Abhandlung einleiteten, die dann aber später aufgegeben wurde, während wenigstens für den Umkreis der fünften Abteilung einlaufende Abhandlungen in Daub und Creuzers „Studien" übernommen werden konnten.

Ausser der Ankündigung entstand nun noch durch gemeinschaftliche Übereinkunft der Redaktoren ein „Plan der Heidelbergischen Jahrbücher der Litteratur", welcher, als Oktavdruck von vier Seiten, nur denjenigen Gelehrten in die Hände gegeben wurde, die zur Mitarbeit herangezogen werden sollten. Mir ist allein das unter Creuzers Briefen an Böttiger erhaltene Exemplar bekannt. In 16 Paragraphen werden für die Rezensenten Regeln aufgestellt, darunter eine Anzahl die sich von selbst verstehen: manche aber eigentümlich und wichtig für den Geist des neuen Unternehmens. Keine Rezension könne angenommen werden, welche von der Redaktion nicht zugeteilt worden sei. Jeder Rezensent habe sich über die Annahme der ihm vorgeschlagenen Schriften binnen acht Tagen zu erklären, widrigenfalls die Redaktion die vorgeschlagenen Schriften einem Anderen zuzuteilen berechtigt sei. Rezensionen übernommener Bücher müssten innerhalb vier Monaten eingeliefert werden, sonst würden die betreffenden Schriften als nicht übernommen betrachtet. Das rezensierte Buch aber, wenn die Redaktion es liefert, gehört nicht dem Rezensenten, sondern wird von ihm erstanden, wie auch alle Zusendungen auf seine Kosten geschehen. Über jede materielle Änderung, die der Redaktion nötig scheinen möchte, solle mit den Rezensenten Rücksprache genommen werden. Folgende Sätze sind wissenschaftlich die entscheidenden:

„Um dem Zweck, diese Jahrbücher durch innern Güte auszuzeichnen, vollkommen zu entsprechen, muss jeder Recensent den Standpunkt vor Augen haben, auf welchem die Wissenschaft steht, in welche die vorliegende Schrift eingreift. Der Leser unserer Blätter soll die Fortschritte der Wissenschaften leichter und bestimmter als aus irgend einem andern Blatte kennen lernen. Unsere Leser sollen daher wenig von dem Guten und Nützlichen, was wir in einer Schrift finden, unterhalten werden, insoferne die Wissenschaft selbst nichts durch die Schrift gewonnen hat.

Jede Recension muss freilich zugleich zu erkennen geben, ob der Verfasser seinen Gegenstand gut behandelt habe. Finden wir aber darin,
bei allem guten und nützlichen, durchaus keine neue Ansichten, keine
Bereicherung für die Wissenschaft, nichts ausgezeichnetes in der Darstellung, so wäre es dem Zwecke dieser Blätter zuwider, uns lange bei
einer solchen Schrift aufzuhalten."

„Vorzüglich sparsam müssen unsere Blätter im Lobe seyn. Indem
wir uns hauptsächlich mit der Untersuchung beschäftigen, ob und was
der Verfasser einer Schrift Neues producirt, ob die Wissenschaft durch
seine Bemühung gewonnen habe? legen wir uns die Pflicht auf, das
wahre Verdienst mit aller Unpartheilichkeit anzuerkennen und zu ehren.
Aber Schriften, aus welchen wir nichts auszuzeichnen vermögen, was
eigentlicher Gewinn für die Wissenschaft wäre, können auf unser Lob
keinen Anspruch machen, wenn nicht etwa ein Schriftsteller Anerkennung
des Guten neben dem Ausspruche, dass die Wissenschaft durch seine
Schrift keinen Zuwachs erhalten habe, als Lob aufnehmen will."

„Die Urtheile müssen kräftig, männlich und, wo es die Natur der
Sache erlaubt, entscheidend seyn. Sie müssen Furchtlosigkeit verrathen."

„Aber bei aller Strenge muss Humanität das erste Gesetz seyn,
das bei allen Urtheilen unverbrüchlich beobachtet wird. Die Redaktion
wird nichts aufnehmen, wenigstens nicht in einer Form abdrucken
lassen, die jenem Gesetze zuwider wäre."

Kein Recensent der Heidelberger Jahrbücher sollte dasselbe Buch
auch noch an anderer Stelle recensieren dürfen. Für gewünschte Anonymität wird Verschwiegenheit zugesichert. Das Honorar für den gedruckten Bogen beträgt drei Ducaten, oder 16 Gulden 30 Kreuzer
Rheinisch.

In den ausgehobenen Sätzen liegt eine scharfe Kritik des Wesens
der übrigen Litteratur-Zeitungen damals und die feste Absicht der Heidelberger, es besser zu machen als die anderen. Man merkt wohl an
mancher Verbindung ziemlich entgegengesetzter Bestimmungen, dass der
„Plan" aus einem nicht ganz leicht errungenen Kompromiss hervorgegangen ist. Indessen Vorschrift und Ausführung der Vorschrift sind
überall zwei verschiedene Dinge, und Ausnahmen von den Regeln erlaubte man sich sofort auf beiden Seiten, auf der der Redaktoren und der
Rezensenten. Übrigens war den Rezensionen, so sehr und vergeblich die
Redakteure auch auf Kürze drängten, kein bestimmter Umfang zuge-
messen, und wenn nur formell durch Anknüpfung an ein vorgemerktes
Buch dem Rezensionszuschnitt genügt war, konnte sich der Verfasser,

wenn er etwas Tüchtiges zu sagen hatte, unbeschränkt in seinen Mitteilungen ergehen. Manche Beiträge der Jahrbücher sind auf diese Weise eher eine Abhandlung, als eine Rezension geworden, und eben deswegen haben sie um so grössere historische Wichtigkeit für uns. Die Rezensionen konnten also mit und ohne Namen veröffentlicht werden; . die Regel war im Text „ohne Namen". Allein die Heidelberger Professoren hatten das Sonderrecht der Selbstanzeige ihrer Werke, aber nur mit voller Namensunterschrift. Hinzu kamen die Intelligenz-Blätter für Ankündigungen, buchhändlerische Angebote, wissenschaftliche Nachrichten, Antworten und Berichtigungen bestimmt.

Die Vielheit der an der Redaktion Beteiligten hatte ihre Vorzüge und Nachteile. Die Vorzüge bestanden darin, dass die ganze Universität an dem Gedeihen der Jahrbücher ein Interesse hatte, und dass eine Vielheit persönlicher Beziehungen zu Gunsten derselben ausgenutzt werden konnte; auch war möglich bisweilen, eine Rezension, die in i h r e r Abteilung aus irgend einem Grunde anstössig gewesen wäre, zur Vermeidung des Anstosses in einer verwandten Abteilung unterzubringen. Andererseits hemmte die Vielheit der Redaktoren, unter denen es flinke, eifrige und lässige gab. Jeder hatte schliesslich doch seine eigne Vorstellung von kritischer Gerechtigkeit und Parteilichkeit, von dem Zweck und Ziele der Jahrbücher, und dies schadete der scharfen Herausarbeitung eines einheitlichen Geistes, auf den sich alle Rezensenten einzurichten gehabt hätten. Auch wechselten die Personen öfters. Die Fünfteilung der Jahrbücher, in der Idee vortrefflich, führte in der Praxis doch für die Leser von damals, und die Benützer von heute, zu fühlbaren Unbequemlichkeiten. Dies alles lässt sich im Einzelnen genau erkennen und darthun. Daneben besteht zu vollem Rechte, was Creuzer in seinem Buche rückblickend auf die ersten Jahre sagte: „Mit wissenschaftlichem Eifer und Wahrheitsliebe wurde das Werk unternommen. Jenen Ehrenmännern, die sich dabei thätig erwiesen, Dauh, Schwarz, Thibaut, Heise, Ackermann, Langsdorf u. A. waren alle anderweiten Motive fremd; und was Wilken und Böckh, Schlosser u. A. auf den mir bekannten Gebieten geleistet, wird sich wohl immer als gründliche Arbeit erweisen."

Creuzer spricht so als klassischer Philolog und Professor zu Philologen und Professoren, denen er als bejahrter Mann durch Mitteilung von Erfahrungen aus seinem amtlichen Leben nützen wollte. Dieser klar zu Tage liegende Charakter seines Buches muss festgehalten werden, weil man alsdann nicht auf die falsche Suche nach Dingen geht, die nicht darin zu finden sind. Fast ganz beiseite gelassen, oder nur in Bemerkungen angedeutet, hat Creuzer sein persönlich und litterarisch sehr enggeknüpftes Band mit der damaligen deutschen Litteratur. Darüber aber wissen wir genügend heute auch so Bescheid. Er hat als Student in Jena Schiller gehört und dessen wie Novalis' Einschriften in sein Tagebuch selbst bekannt gegeben. Es braucht ferner nur auf den grossen Einfluss hingewiesen zu werden, den in Marburg Savignys Umgang nach der litterarischen Richtung auf ihn übte, so dass er auch in die Laroche-Brentanosche Schriftstellerei und Freundschaft hineinkam. In Heidelberg, bemerkt er beiläufig einmal, habe er eine ihm von einer uralten Grossmuhme vorgesagte Volksliedstrophe aus dem dreissigjährigen Kriege den Herren v. Arnim und Clemens Brentano mitgeteilt, welche sie in des Knaben Wunderhorn aufnahmen. An Schütz in Halle empfahl er brieflich die Einsiedlerzeitung, der jeder Biedermann Beifall geben müsse. Görres, dem nur privatim dozierenden, liess er, halb gegen die Satzungen, in den Jahrbüchern das Wort zur Selbstanzeige und nachträglichen Erweiterung der deutschen Volksbücher. Mit Tieck, als er in Heidelberg 1806 erschien, befreundete er sich, mit Wilhelm und Friedrich Schlegel knüpfte er an. Seine Einladung Friedrichs, 9. 12. 1807, ist bekannt (Raich, Dorothea 1, 240). Mit keinem der Brüder Schlegel war er bisher in näheren Verhältnissen gewesen, aber innerlich hatte er sich längst ihnen verwandt gefühlt. In der Schrift von 1803 über „die historische Kunst der Griechen in ihrer Entstehung und Fortbildung" zitiert er sie, und von Böttiger deswegen zur Rede gestellt, bekennt er freimütig (12. 12. 1803), dass er manche Ideen derselben über das Altertum für sehr fruchtbar, manche Ansichten für neu und interessant halte: „In meiner Schrift aber bin ich mir nicht bewusst von Ideen derselben ausgegangen zu seyn, vielmehr war ich bemüht mein Urtheil von allen fremden Einflüssen frei zu erhalten. Da ich aber in dem Laufe einer Untersuchung, wo ich so oft die griechische Poesie berühren musste, auf einigen Punkten mit Friedrich Schlegel zusammentraf, so erforderte es ja die historische Genauigkeit, diese gleichlautenden Zeugnisse unter dem Texte anzuführen." Die Brüder Grimm, als ganz junge Leute, zog Creuzer zu sich und seinen wissenschaftlichen Arbeiten heran, weil ihn, mitten in seinen mythologischen Forschungen, natürlich auch die nordischen und altdeutschen Religionen und Dichtungen fesselten. Und an die mit Goethe verlebten glücklichen Septembertage 1815 erinnert unvergänglich das Gingo biloba-Gedicht im Buch Suleika des Westöstlichen Divans.

Diese ungefähre Übersicht mag andeuten, wie Creuzer in den Jahr-
büchern das Fach der deutschen Litteratur zu begründen und auszu-
gestalten begann. Sein jüngerer Freund August Böckh, der nach Creuzers
Weggang nach Leiden im Sommer 1809 die Redaktion der fünften
Abteilung übernahm, wirkte in demselben Sinne und mit erhöhter
Emsigkeit weiter. Creuzer klagte immer von Anfang an, dass ihn diese
Thätigkeit zu sehr zerstreue. Und die Creuzer-Böckh'sche Tradition
fand dann, als Böckh zu Ostern 1811 nach Berlin übersiedelte, in
Wilken einen die Dinge sicher und nüchtern behandelnden Fortsetzer.

Im ersten Jahrgang, der im Ganzen eine lokalheidelbergische Färbung zeigt, finden wir doch schon Rezensionen von Jean Paul, Friedrich
Schlegel, Arnim, Görres. Horstig aus Miltenberg (der vorher in Heidelberg
privatim doziert hatte), Karl Justi aus Marburg (nach Creuzers freund-
schaftlicher Einschätzung „als gefälliger Übersetzer alttestamentlicher
Dichter etc. rühmlichst bekannt") u. a. Die hatte also Creuzer sich angeworben. Carl Windischmann aus Aschaffenburg, der sich mit seinen
medizinisch-philosophischen Rezensionen auf der Grenzlinie mit dem
Litterarischen hielt, korrespondierte fast allein mit August Böckh, noch
ehe dieser an der Redaktion beteiligt war, zuerst von Böckh wegen
seiner Platoarbeiten etwas mitgenommen, dann aber mit ihm bekannt
geworden und innig befreundet. Nach und nach treten Jacob und
Wilhelm Grimm hinzu, aber auch Gräter aus Schwäbisch Hall. Ernst
Wagner aus Meiningen, dessen Talent dem Jean Paul's ähnlich geartet
war. Dann Wilhelm Schlegel. Franz Horn und Solger aus Berlin.
Niemals aber, obwohl öfters eingeladen, Clemens Brentano als Rezensent.
Und zwischen allen geschäftlich, ja nicht blos geschäftlich vermittelnd,
helfend, ausgleichend der Verleger Johann Georg Zimmer.

Sehen wir uns diese Männer heute an, so erkennen wir historisch
sofort, was an ihnen verschieden war. Unter Lebenden ist das aber
für dritte Personen nicht so leicht. Gewisse Meinungsverschiedenheiten,
ja Gegnerschaften zwischen den zur Mitarbeit Eingeladenen stellten sich
erst allmählich ein und setzten sich bis in den Schooss der Jahrbücher
selber fort. Grimms z. B. gerieten mit Gräter in ein gespanntes Verhältnis; während noch Jacob ihm die Rezension einer seiner Schriften vor
dem Drucke zuschickt und ihm die Einsendung an die Jahrbücher an-
heimstellt, verurteilt Gräter anonym an derselben Stelle Wilhelms Alt-
dänische Heldenlieder. Arnim wird von seinen Freunden Görres und
Grimm gut, wie durch ein Versehen aber von Ernst Wagner schlecht
behandelt. Mit Schlegels sucht Arnim sich immer auf gutem Fusse zu

halten: es hindert nicht, dass Friedrich Schlegel in denselben Heidelberger Jahrbüchern, die Görres' enthusiastische Anzeige des Wunderhorns brachten, eben diesem Werke ein paar stechende, von der Vossischen Gegenseite schadenfroh begrüsste Wahrheiten sagte. Durch die Jahrbücher mittelbar kam zuerst auch der Gegensatz zwischen den schon berühmten Brüdern Schlegel und den noch nicht berühmten Brüdern Grimm auf, bis er plötzlich in ihnen auch für alle Aussenstehende grell sichtbar wurde. Namentlich Wilhelm Schlegel und Jacob Grimm traten, wie sich das zeigen wird, einander hier auf demselben Boden störend in den Weg: Schlegel verdross die Tonart der beiden jungen Leute, Grimm der Wissensgrad Schlegels, der von den auf äusseren Namenglanz bedachten Redaktionen zu Ansprüchen geradezu verzogen wurde. Gewiss, ein Name wie der Schlegelsche war sehr wichtig für die Heidelberger Jahrbücher, und Creuzers eigene Bemerkungen aus späterer Zeit beweisen, wie hoch er die „gelehrten und geistreichen" Beiträge dieser beiden Brüder einschätzte: worin ihm Böckh und Wilken folgten. Ja wir empfangen nachstehend die Belege dafür, dass zu Gunsten Schlegels in Jean Pauls und in Arnims Rezensionen von den Heidelbergern eingegriffen wurde. So trat auch Jacob Grimm in einem Falle 1810 aus freiwilligem Selbstzwang vor Wilhelm Schlegel zurück und hatte, da er es selber nicht geheim hielt, öffentliche Missdeutung und Verdruss davon. Beide Brüder Grimm, insbesondere aber Wilhelm, mussten dann die scharfe Rezension ihrer Altdeutschen Wälder in den Heidelberger Jahrbüchern über sich ergehen lassen. Und dies Verhältnis gegenseitiger Abneigung zog sich immer weiter hin, selbst bis in Goethes Nähe, dem Boisseree, allerdings vergeblich, seine Freunde Schlegel gegen die ihm nicht recht genehmen Grimms wieder anzuempfehlen sich bemühte. Später sind Wilhelm Schlegel und Grimms so leidlich mit einander ausgekommen, aber ohne die in und neben den Heidelberger Jahrbüchern sich abspielenden Vorgänge wäre dies alles in gleichem Masse nicht verständlich.

In diesen Vorbemerkungen deute ich die Dinge nur mehr an, als ich sie für jetzt ausführe. Namentlich auch übergehe ich hier alles, was die Rezensenten zweiten und dritten Wertes anlangt, die schliesslich auch ihr Recht erhalten müssen. Es kommt mir zunächst darauf an, urkundliche Zeugnisse in einer gewissen Masse vorzulegen, aus denen und durch die eine historische Wiedererkennung der ganzen Verhältnisse ermöglicht wird. Schon die Feststellung der Autorschaft der einzelnen Rezensionen hat ihre Schwierigkeit. Die Rezensionen erschienen,

wie gesagt, ohne, selten mit Verfassernamen, aber auch mit blossen
Anfangsbuchstaben, mit willkürlich gesetzten Buchstaben oder Chiffern.
Diese gilt es, zum Verständnis und zur Wertbestimmung des Inhaltes,
aufzulösen. Eine anonyme Rezension ist eigentlich keine Rezension;
man will wissen, wer sie geschrieben hat; immer sehen wir daher, im
Bereiche unserer litterarischen Überlieferung, vorkommenden Falls die
Frage aufwerfen: wer ist der Verfasser? Fichte wie Treitschke wussten,
was sie wollten, als sie für jeden Zeitungsartikel die Unterschrift des
Verfassers forderten. Rezensionen haben eben einen subjektiven Wert,
der aber nicht allein beim Rezensenten anfängt. Die Auswahl des
Rezensenten für ein Buch, die wissenschaftliche Stellung die er einnimmt,
seine Zugehörigkeit zu oder Abneigung vor bestimmten Gruppen seiner
Wissenschaft, auch wohl menschlich für sich oder des Autor nebenher
laufende Wünsche und Zwecke, all das bedingt, ohne des Einzelnen
Schuld, den subjektiven Charakter einer Rezension. Dadurch gerade
erhöht sich für uns das Interesse, das wir, wenn die Dinge historisch
geworden sind, nun objektiv solchen Rezensionen entgegenbringen.
Historisch arbeitend habe ich wenigstens die eigentlich wichtigen Züge
einer anonymen Rezension und sie selbst erst dann zu verstehen geglaubt, wenn ich den Verfasser kennen lernte und die übrigen Verhältnisse übersehen konnte, unter denen sie entstanden war. Nun aber
sind in den Heidelberger Jahrbüchern die Unterfertigungen in und ausser
den Registern keine verlässlichen Wegweiser durch die Irre. Sie stimmen
nicht genau. Es kam daher, dass diese äusseren Dinge vielfach dem ange-
stellten Sekretär der Jahrbücher überlassen blieben, der seine Sache so gut,
als ihm beliebte, machte. Oft mag aber der Sekretär selber nicht gewusst
haben, wer der Verfasser einer anonymen Anzeige war, und daraus
flossen dann auch irrige und ungenaue Angaben. All dies muss aufgeklärt werden, und dazu sollen die nachfolgenden Zeugnisse dienen,
die ich, nicht ohne freundlich teilnehmendes Entgegenkommen von
mancher Seite, allmählich aus privaten Nachlässen Arnims, Böckhs,
Creuzers, Grimms, oder aus dem Besitze der Königlichen Bibliotheken
zu Berlin und Dresden gesammelt habe; manche Nachforschung nach
einst Vorhandenem hat, wie es zu geben pflegt, auch wohl zu keinem
Resultate mehr geführt. Die meisten Blätter gebe ich vollständig
wieder, in dem Glauben, dass auch die übrigen persönlichen oder allgemeinen Mitteilungen, die sie enthalten, der Geschichte der Heidelberger Romantik nützen werden; aus den Briefen Windischmanns und
denes Creuzers an Böttiger allerdings schien es mir zu genügen nur die

einschlägigen Stellen anzuheben. Die Zeugnisse erscheinen rein chrono-
logisch hintereinander, und ich merke nur das Notwendigste zu ihrem
Verständnisse an.

1. Friedrich Creuzer an Karl August Böttiger.

Heidelberg, d. 23. October 1807.

.. Aus beiliegender Ankündigung und Plan[1]) ersehen Sie
nun was wir hier im Literarischen .. vorhaben. Die wirklich activen
Mitglieder unserer Universität arbeiten sämtlich an diesem Institute.
Es kommt nun noch darauf an, dass wir bedeutende Gelehrte des Auslandes gewinnen. Daher ergeht auch an Sie, verehrungswürdiger Freund,
die Bitte unser junges Institut durch Ihren Rath und Ihre Hülfe zu
unterstützen. Ich nenne Ihnen vorerst kein bestimmtes Buch zum Recensiren, aber indem ich denke, dass in dem an Literatur und Kunst-
schätzen so reichen Dresden so manches bedeutende seltene und theuere
Werk des Aus- und Inlands aus dem Gebiet der alten und neuen Kunst
zuerst in Ihre Hände kommt, so zähle ich auf Ihre aus so vielen Proben
erkannte Freundschaft, hoffend, dass Sie davon jezuweilen für unsere
Blätter eine Recension ausarbeiten. Auch bitte ich um freundschaftliche Mittheilung Ihrer Gedanken über die Einrichtung unseres Instituts.
So viel an mir liegt, wird kein Wink meines einsichtsvollen Freundes
verlohren geben ..

(Am Rande:) Voss der Vater hat an den Literarischen Jahrbüchern
nicht den geringsten Theil.

Nehmen Sie die Versicherung meiner wahren Verehrung an

Ihr ergebenster

Fr. Creuzer.

2. Friedrich Creuzer an Karl August Böttiger.

(Heidelberg) d. 24. October 1807.

Da mein Brief sich verspätet hatte, so füge ich heute noch ein
Blättchen hinzu ..

Ich lege Ihnen auch den Plan der Heidelb. Lit. Jahrbücher bei[2]),
nicht um Ihnen die darin enthaltenen Regeln vorzulegen (welches
einem Veteranen gegenüber mir schlecht anstehen würde), sondern damit Sie doch mit der inneren Einrichtung dieses so eben aufkeimenden
Instituts bekannt werden möchten ..

Ihr

Creuzer.

1) Über die „Ankündigung" vgl. oben S. 181. — Böttigers Briefe an Creuzer
sind in Karlsruhe, auf der Hof- und Staatsbibliothek, nicht vorhanden.
2) Über den „Plan" vgl. oben S. 183.

3. Friedrich Creuzer an Karl August Böttiger.
Heidelberg, d. 10. Januar 1808.

. . Von unseren Lit. Jahrbüchern ist nun das erste juristische Heft ausgeflogen. Es geht mit den Bestellungen sehr gut, und es ist kein Zweifel, dass sie aufkommen werden. Die Bedingung, unter der Sie Ihre Theilnahme zusagen, stimmt auch mit meiner Ueberzeugung überein. Da ich indessen nicht der einzige Redacteur bin, so musste ich dem Schluss der Mehrheit folgen, welcher dahin ausfiel, dass Nennung des Namens oder Anonymität oder Chiffre jedem Recensenten frei stehen soll. Mehrere Recensenten und namentlich ich werden die Namen unterzeichnen. Warum sollte ich mich auch nicht nennen? ich bin mir einer redlichen, von personellen Beziehungen freien, wissenschaftlichen Gesinnung bewusst. In meinen Beiträgen zum ersten philologischen Heft, das auch bald erscheinen wird, habe ich selbst im Widerspruch mit Vossischen Lieblingsmeinungen, diese Freiheit mir vindicirt und werde sie ferner behaupten . . Diese Achtung für jedes rechtschaffene Bemühen in der Wissenschaft suche ich und Daub auch in den Studien zu beweisen, worin wir Arbeiten von den heterogensten Denkern aufnehmen. So enthält z. B. der nächstens erscheinende 3te Band neben einer Abhandlung vom Skeptiker Fries auch eine von Görres . .

Hoffentlich werden Sie bei der oben angegebenen Einrichtung unserer Lit. Jahrb. kein Bedenken tragen, zuweilen die Beurtheilung eines bedeutenden, kostbaren antiquarischen Werks, dergleichen Ihr Dresden so viele gewinnt, für diese Blätter zu übernehmen, und ich freue mich dieser Gelegenheit von Ihnen zu lernen . .

Creuzer.

4. Bettina Brentano an Goethe.
[Frankfurt, im März 1808.]

Friedrich Schlegel wird Goethes Werke in der Heidelberger Litteraturzeitung rezensieren. Hat doch der Wolf den Hirten, endlich selbst fressen wöllen.[1]

---

1) Aus der Nachschrift eines undatierten Original-Briefes Bettina Brentanos, der mit den Worten „Wer draussen auf der Taunusspize" (Briefwechsel mit einem Kinde, 3. Aufl., S. 111) beginnt. Durch den Absatz „Die Erziehungsplane und Judenbroschüren werd ich mit nächstem Posttag senden" weist sich dieser Brief als Antwort auf Goethes Brief an Bettina vom 24. Februar 1808 (Weim. Ausgabe IV 20, 21) aus, gehört also in den März 1808. Friedrich Schlegels Rezension der ersten vier Bände von Goethes Werken erschien im zweiten Hefte 1808 S. 145; der Druck der Hefte war im Januar 1808 wegen überhäufter Arbeit ins Stocken geraten (Görres-Briefe 7, 500). Ausser Goethe noch Adam Müller und Büschings Volkslieder (oben S. 188) von Fr. Schlegel anonym rezensiert, im Register sämtlich: „Von Fr. S."

5. Carl Windischmann an August Böckh.

Aschaffenburg d. 14. Juli 1808.

. . Creuzern meinen herzlichen Gruss. Von Daub, dem ich dasselbe zu entrichten bitte, hab ich auf einige Anfragen wegen philosophischer Rezensionen noch keine Antwort und weiss nicht, was ich daraus machen soll. Die physiologische Rezension von Walther im nächsten medizinischen Heft der Jahrbücher wird Sie hin und da freuen,[1]) besonders, wo es mir etwa gelungen ist, das Scholastische wieder zu beleben ..   Ewig der Ihrige

Windischmann.

6. Friedrich Creuzer an Wilhelm Grimm.

Heidelberg, 26. October 1808.

Recht willkommen, mein hochzuverehrender Herr, war mir Ihr Brief vom 11 mit den beiden Beilagen, und für das eine, wie für das andere sage ich Ihnen meinen verbindlichsten Dank. Die Recension wird in einem der ersten Hefte des nächsten Jahres der Heidelberger Jahrbücher eine Stelle finden,[2]) und die Verlagshandlung wird Ihnen das für den gedruckten Bogen bestimmte Honorar à 20 fl. Rheinisch notiren.

Die historische Abhandlung[3]) kann indessen in die Jahrbücher nicht aufgenommen werden, da der enge Raum dieser Zeitung die Aufnahme von Abhandlungen überhaupt nicht mehr gestattet.

Dagegen biete ich Ihnen die Studien dazu an, wo sie bald abgedruckt werden kann. Das Honorar von den Studien ist für den gedruckten Bogen 12 fl. Rheinisch. Der Druck ist aber grösser und weitläuftiger, so dass der Unterschied des Honorars doch nicht sehr beträchtlich ist.

Haben Sie die Güte mich über Ihren Entschluss mit einigen Zeilen zu benachrichtigen.

Bei künftigen Sendungen von Packeten bitte ich Sie, sich der fahrenden Post zu bedienen.

Es wird mir recht erwünscht seyn, wenn Sie die unter uns angeknüpfte literarische Verbindung fortsetzen wollen, und ich werde die Gelegenheit nicht vorbeilassen Sie jezuweilen um neue Beiträge für die

---

1) Über Physiologie des Menschen mit durchgängiger Rücksicht auf die komparative Physiologie der Tiere von Ph. Fr. Walther: Medizinische Abteilung 1808, S. 218—265, im Text anonym, im Register: Von Windischmann.

2) Über der Nibelungen Lied, hg. von Fr. H. v. d. Hagen, im Jahrgang 1809, Heft 4 und 5 (Kleinere Schriften 1, 61); zu der Honorarbestimmung vgl. oben S. 184).

3) Über die Entstehung der altdeutschen Poesie und ihr Verhältnis zu der nordischen: in Daub und Creuzers Studien Bd. 4 (Kl. Schr. 1, 92). Vgl. Deutsche Literatur-Zeitung 1908 Nr. 25 zu den Briefen an Denecke.

Jahrbücher zu bitten. Empfehlen Sie mich bei Ihrem älteren Herrn
Bruder bestens. Ihr jüngerer Hr. Bruder,[1]) den ich gestern noch sprach,
befindet sich recht wohl. Mit wahrer Hochachtung

der Ihrige

Fr. Creuzer.

7.   Friedrich Creuzer an Wilhelm Grimm.

Heidelberg, d. 18. December 1808.

Hochzuehrender Herr und Freund!

Beiliegenden Brief an Herrn v. Arnim geben oder senden Sie ihm
doch gefälligst zogleich. Da ich seine Berliner Addresse nicht weis, so
muss ich Sie, falls er abgereist wäre, mit dieser Bitte beschweren.

Ihr Zusatz zu der Abhandlung in den Studien kam zu spät.
Doch ist am Ende der Abhandlung noch das Citat von Müller,
Schweizergeschichte beigefügt worden.

Die andere Note soll zur folgenden Abhandlung aufgehoben werden.

Um diese bitte ich Sie nun recht sehr, denn da das Stück, was
den ersten Theil Ihrer Abhandlung enthält, in diesen Tagen ausgegeben
wird, so soll gleich mit dem Druck des neuen fortgefahren werden, und
in diesem muss sie.

Ihre Recension erscheint nächstens. Vorläufig ist es in den Studien
bemerkt worden, dass die Recension mit der Abhandlung in Zusammenhang steht.

Ich gratulire Ihrem älteren Herrn Bruder zu der literarischen
Muse.[2]) Die vaterländische alte Literatur darf nun noch schöne
Früchte von Ihnen Beiden hoffen. Glücklicher Weise denken nicht alle
Gelehrte so, wie der alte Entinische Schulmonarch,[3]) der, wie in der
Griechischen und Lateinischen, so auch höchstwahrscheinlich in der alt-
deutschen Literatur zum Verwundern wenig gelesen hat. Grüssen Sie
Ihren Hrn. Bruder.

Aufrichtig hochachtend Ihr

Fr. Creuzer.

(Am Rande:) So wie mir wieder etwas aus dem Kreis Ihrer Forschungen vorkommt, werde ich Sie um fernere Beiträge für die Jahrbücher bitten.

1) Ludwig Grimm, der Maler, seit Anfang Juni in Heidelberg, und von da
nach München gehend.

2) Mundartlich für Musse. Jacob Grimm war im Juli zum Privatbibliothekar
des Königs Jerome ernannt worden.

3) Johann Heinrich Voss. Der Vorwurf der Unbelesenheit kehrt auch in
Arnims Angriffen auf Voss wieder, oder vielmehr steht damit in Verbindung.

8. Friedrich Creuzer an Achim von Arnim.

Heidelberg, d. 18. December 1808.

Ihren Unfall unterwegs, verehrtester Freund, erfuhr ich bald durch meinen Vetter,[1]) den Sie meinen Bruder nennen. Gottlob dass es so abgegangen ist, mit blossem Stubenarrest.

Wie sehr mir Ihre epistola ad Vossium gefallen hat in Ton und Art und in ihrer sich durchaus gleichbleibenden Haltung kann ich Ihnen nicht genug sagen. Sie machen sich dadurch um die deutsche Literatur verdient.[2])

Lassen Sie sich nun kurz erzählen, wie es hier damit gegangen ist. Das Finale errathen Sie schon, da Sie wissen, wie ich hier gestellt bin.

Schon acht Tage vor Empfang Ihres Briefes, musste ich von Thibaut (der doch zu Vossens Feinden schwören will) die Zumuthung hören (er ist jezt Mitredactaur): keine Ihrer Recensionen wieder m i t I h r e m   N a m e n abdrucken zu lassen.

Ich gedachte also den Brief ohne weiter bei der Redaction herumzufragen im Intelligenz-Blatt abdrucken zu lassen. Dagegen bemerkte aber Hr. Zimmer und Wilken, dass dieses zur grössesten Spaltung Anlass geben würde, da das Intelligenz-Blatt Eigenthum des g a n z e n Instituts sey und jedem Heft beigelegt werde. Zu einer Umfrage aber den Versuch zu machen, benahmen mir und Zimmer fernere, unter der Hand angestellte Erkundigungen (selbst Daub hielt es für unmöglich — dem Ihr Brief selbst überaus wohl gefiel) allen Muth — und so hat denn der alte Wütherich hier in loco für seine schlechten Streiche gerade den allerfreiesten Spielraum. Mehrere der Wortführer in der Redaction haben nämlich keine andere Sorge, als die Jahrbücher, durch gehörige Castrirung und Zähmung, für den grossen Haufen in dem Ruf g u t e r   W a a r e zu erhalten — Vaterland und Wissenschaft mögen dann zusehen, wie sie dabei zurecht kommen.

Auf obige Zumuthung Thibauts gebe ich übrigens eine factische Antwort, dadurch dass ich eine Recension von Ihnen (vom Dichtergarten) an die Spitze des 2ten philologisch-äthetischen Hefts stelle,

---

1) Leonhard Creuzer in Marburg; Arnim hatte mit dem Reisewagen Unglück gehabt.

2) Gemeint ist Arnims aus Cassel, 8. Dezember 1808 „An Hrn. Hofrath Voss in Heidelberg" erlassenes Schreiben, das im Intelligenzblatt der Jenaischen Litteratur-Zeitung Nr. 3 vom 6. Januar 1809 abgedruckt ist. Arnim hatte es also auch zur Aufnahme in die Heidelberger Jahrbücher eingeschickt.

das in diesem Augenblick unter der Presse ist, das ist Alles was ich
thun kann, ohne Jemand zu fragen.[1])

Die Recension vom Wunderhorn ist nun angelangt. Sie ist ausführlich und mitunter recht gelehrt. Nur der Anfang ist mir zu sehr
im Ton der Recension von Runge's Blättern. Ich habe daher
Görres um die Erlaubniss gebeten vornen das etwas zu brennende Colorit ein bisgen abzustreifen. Ich werde sorgen, dass sie nun bald kommt.[2])

Ihre Recension von Jacobi findet, laut mehreren eingelaufenen
Nachrichten, vielen Beifall, und namentlich hat mir der Pfarrer Dang
in einem Gevatterbrief an mich (Mitgevatter ist Savigny) mir aufgetragen Ihnen dafür die Hand zu drücken.[3])

Das Vossische Haus wird jetzt durch einen neuen Plan bewegt:
den beohrfeigten Martens in eine vacantgewordne Lehrerstelle am hiesigen Gymnasio zu bringen. Da wird stark nach Karlsruh correspon-
dirt mit Ewald und Graf Benzel. Ohne Zweifel geht der Plan durch.[4])

Letzterer (Benzel) demaskirt sich im Jason immer mehr. Der alte
Hr. Rector soll das Haupt der deutschen Philologen seyn, und die deutschen Universitäten sollen eben aufhören.[5])

Ihren Brief an Voss sollten Sie doch vor allen Dingen an die Hallische Litteratur-Zeitung schicken.[6]) Dort nimmt man ihn ja wohl am
ersten auf. Zimmer meinte auch vor allen Dingen in den Hamburger
Correspondenten.

Zimmern habe ich neulich gebeten, Sie um einige neue Recensionen
für die Jahrbücher zu ersuchen unter andern von Seume's Miltiades.
Ich vergass aber die Hauptsache. Diese besteht in der angelegentlichen

---

1) Rostorfs Dichter-Garten etc.; Heidelberger Jahrbücher 1809 S. 55, im Text
anonym, im Register: „Von L. A. v. Arnim". — Der Nr. 29 der Einsiedler-Zeitung
hatte Arnim von Rostorf das Gedicht „Lebensweise" vorangestellt; hierzu ist die,
offenbar von Arnim selbst herrührende, Druckfehleranzeige im Intelligenzblatt der
Heidelberger Jahrbücher 1808, Nr. 14, S. 452 zu berücksichtigen. Die „Lebensweise"
war Arnim handschriftlich durch Friedrich Schlegel zugekommen (Schlegel 8. 6. 1808,
hg. von Walzel in der Zeitschr. f. öst. Gymn. 1889, 10, 100).

2) Wunderhorn und Runge Vier Blätter von Görres recensiert. Eine Aufstellung der von Görres herrührenden Beiträge bei Franz Schultz, J. Görres als
Herausgeber, Litterarhistoriker, Kritiker 1902, S. 78. Vgl. Neue Heidelberger Jahrbücher 1901, 10, 12.

3) Jacobi, Über gelehrte Gesellschaften; dazu zwei Gegenschriften von Roth-
mann und Aman; Heidelb. Jahrbücher 1808, S. 362. Pfarrer Bang in Gonsfelden,
der Freund Savignys, Brentanos, Grimms, war ein Vetter Creuzers.

4) Näheres darüber in den Görresbriefen 8, 46.

5) Über Graf Benzel-Sternaus Zeitschrift Jason vgl. „Heinrich von Kleists
Berliner Kämpfe" 1901, S. 391.

6) Creuzer in befreundetem Verhältnis zum Herausgeber Prof. Schütz (oben S. 182).

Bitte: von Schillers Theater uns eine Kritik zu machen. Es ist mir viel daran gelegen. Thun Sie es doch. [1])

Sie hatten recht. In jener grausenvollen Nacht ist auch nicht ein Blutstropfen geflossen —, und ich muss lachen so oft ich daran denke. Indessen hat die Affaire doch die Folge gehabt, dass hiesige Stadt ihre Garnison verloren hat, die vor acht Tagen nach Mannheim verlegt worden mit der Erklärung, es sollten keine Soldaten mehr her — nachdem hiesige Bürgerschaft vorigen Sommer eine Caserne aus ihrem Beutel erbaut hat — die sie 6000 fl. kostet. Das ist ächt Dadisch. [2])   Adieu, lieber Freund. Vergessen Sie uns nicht, besonders auch Schiller nicht. Alle Bekannte grüssen herzlich. Aufrichtig der Ihre

Fr. Creuzer.

9. Johann Georg Zimmer an Achim von Arnim.

Heidelberg, d. 21te Januar 1809.

Lieber Arnim, wenn ich nicht wüsste, dass Sie mir im Briefschreiben etwas zu gute hielten, so wäre ich wirklich in Verlegenheit, und ich bin es doch, dass ich Ihnen bisher auf Ihre drey Briefe noch keine Zeile geantwortet habe. [3]) Vergeben Sie mirs. Jetzt nachdem ich in den heute angekommenen Blättern der Jenaischen Literatur-Zeitung Ihre Erklärung gegen Voss gedruckt gesehen habe, schiebe ich es nicht länger auf, Ihnen zu sagen, wie sehr ich mich über dies köstliche Stück gefreut habe; beynahe so gut hat mir in Hinsicht ihrer Schlechtigkeit die Vossische Antwort gefallen. [4]) Der Mann muss in seinem Uebermuth durchaus nicht gehört haben, was Sie ihm gesagt, oder alles für Spass halten. - Brentano hat mir unterdessen seine kurze Erklärung gegen Voss ebenfalls zugeschickt. Ich hoffe dass sie nächstens auch in einigen Zeitungen gedruckt erscheinen wird. Sie ist gar hübsch und Voss kann wohl bey einigen Stellen in die Verlegenheit kommen zu glauben, er

---

1) Für Schillers Theater war, auch vergeblich, Ludwig Tieck von Creuzer angegangen worden (Zimmer S. 261).

2) Dies gehört an der „närrischen kleinen Revolution", über die Arnim an Görres (N, 39) schreibt.

3) Von diesen „drei Briefen" Arnims enthält das Buch über Johann Georg Zimmer und die Romantiker, hg. von Heinrich Zimmer, keinen einzigen; möglicher Weise war der eine der, in welchem Arnims Schreiben „An Voss" übermittelt wurde.

4) Voss' Antwort an Arnim, den er aber nicht mit Namen nennt, im Intelligenzblatt der Jen. Litteratur-Zeitung Nr. 5 vom 11. Januar 1809.

hätte sie selbst gemacht. ¹) — Wissen Sie denn, dass Eichstädt Ihre Anzeige vor dem Abdruck an Voss geschickt hat, ob er auch erlaube, sie
abzudrucken? und Voss hat sie dann mit seiner Antwort zurück geschickt.

Mir hat dieser Voss seit 3—4 Monaten unsäglichen Aerger, Verdruss und auch Schaden zugefügt. Er hat unter dem Schein gutmüthiger
Sorge für mich, bey Leuten die es nicht beurtheilen können, deren gute
Meynung von meinem Geschäft mir aber, wie er wohl wusste, wichtig
ist, dieses verdächtig zu machen gesucht und ein Geschrey angerichtet,
als sey ich mit den Romantikern und Mystikern etc. verschworen und
diese richteten mich zu Grunde. Durch solch allgemein verbreitetes
miserables Geschwätz verleitet wäre ich beynahe zu einem Verlags-
artikel gekommen, dessen ich zeitlebens mich würde geschämt haben.
Baggesens vollendeten Faust, von dem Sie ja hier schon gehört haben,
habe ich drucken sollen. Anfänglich rieth mir ein Freund dazu, der
es für politisch hielt, dass bey mir etwas von der Gegenparthey verlegt würde, er meynte, dann sey den Leuten das Maul gestopft. Mir
schien das anfänglich selbst so und ich ging weiter als ich kluger Weise
hätte gehen sollen. Baggesen kam selbst wieder hierher. Ich bekam
das Stück unter einem Vorwand in die Hände und er selbst las bey
mir etwas daraus vor. Jetzt erst sah ich, was ich gemacht hatte und
hätte mögen des Teufels werden. Ich lebte zwei Tage im Fegefeuer.
Endlich gab mir Gott ein den Kerl zu beleidigen: ich wollte ihm das
Agio von den Louisd'ors abziehen und das hat mich vor der Selbst-
kreuzigung gerettet. Auch hierbey war Voss thätig, auch wieder aus
anscheinend guter Meynung, aber hätten sie mich gehabt, dann hätten
die Teufel sich höhnisch ihres Schelmstreichs gefreut. Dieser vollendete
Faust ist ein schändliches Ding. Voll Witz, bey dem man aber nicht

---

¹) Die Erklärung Brentanos „Zu allem Ueberfluss an Herrn Hofrath Voss in
Heidelberg, dass man keine Kirchenlieder an ihn gedichtet", welche im Intelligenzblatt der Jen. Litteratur-Zeitung Nr. 18 vom 4. März, in der Hallischen Litteratur-
Zeitung vom 8. März 1809 gedruckt ist, erschien aber im Nürnberger Correspondenten
schon in der Nummer vom 30. Januar 1809. Hierauf bezieht sich, was Brentano
mit durchschlagender Komik an Zimmer, am 6. Juni 1811, als dieser ihm die
Rechnung dafür präsentiert hatte, schreibt (Zimmer S. 102): „Stellen Sie sich vor,
wie Voss gerächt ist gegen die Anzeige in dem Correspondenten, da ich 24 G. dafür bezahlen muss und er nichts, umsomehr, da ich von der ganze Anzeige nichts
mehr wusste, und wenn Arnim es mich nicht versicherte und die Rechnung, so
glaubte ich, es hätte ihnen geträumt. Ich versichere Sie, dass bis jetzt mich keine
Bekanntmachung in der Welt so interessirt, dass ich 24 fl. dafür gegeben hätte,
doch es ist geschehen."

zum lachen kommen kann, vor Empörung und Schaam. Das Ding ist eigentlich gar nicht gegen die neueste Zeit, gegen die alte erste Schlegel-Tieckische und bekommt dadurch ein lächerliches Ansehen, weil die Streiche gar niemand troffen. Tieck wird gemein schändlich behandelt.

Creuzer hat mir schon lange aufgetragen Sie zu bitten, doch folgende Sachen für die Jahrbücher anzuzeigen:

Attila von Werner.
Miltiades von Seume.
Penthesilea von v. Kleist. [1]

Meine Frau grüsst Sie bestens. Vergessen Sie uns nicht. Unser Kind wird täglich herrlicher.

Mit stets treuer herzlicher Gesinnung

Ihr Zimmer.

(Nachschrift:) Ich lege die Abrechnung über einige im vorigen Jahrgang der Jahrbücher von Ihnen abgedruckte Anzeigen bey. Den Betrag habe ich Ihnen vorläufig gut geschrieben.

10. Achim von Arnim an Friedrich Creuzer.

Berlin d. 25. Januar 1809.

Vielen herzlichen Dank für die Zeichen Ihrer freundschaftlichen Erinnerung, die mir Ihr Brief giebt; meine Vermuthung hat mich nicht getäuscht, dass Sie der einzige in Heidelberg seyn würden, der noch meiner gedächte, von Zimmer hörte ich noch kein Wort. — Und vielleicht gehen Sie auch bald fort? Unter uns gesagt, Wolf ist der Antrag nach Landshut gemacht worden, er sagte mir aber, dass er ihn ausschlüge; er scheut etwas die regelmässig vielen Vorlesungen und will auch eigentlich nur Oberdirektion und Arbeit nach Gefallen bey

1) Infolge dieses Auftrages schrieb Arnim in einem Billet, das ich besitze, an Reimer: „ferner erbitte ich mir zur Durchsicht, wenn Sie gerade diese Bücher liegen haben oder mir gefälligst verschaffen könnten: Attila von Werner, Seumes Miltiades, Kleists Penthesilea . . Ich soll das recensieren und hab noch nichts als das erste mit Augen gesehen, das ist doch zuviel verlangt;" vgl. H. v. Kleists Berliner Kämpfe S. 176. — Nur die Attila-Rezension ist im Jahrgang 1810 S. 6, anonym, im Register von =— ç. erschienen.

der hier zu errichtenden Universität. — Dann wird Voss herrschen in
Heidelberg! Es thut mir leid, denn ich habe doch wirklich viel Anhänglichkeit noch an den treuen Berg und die luftigen Schlösser. —
Sie werden in der Jenaer mich und ihn gehört haben, ich lege Ihnen
meine Antwort bey,[1]) zeigen Sie die an Zimmer, und wem Sie wollen,
die schändliche Lügenhaftigkeit des Brutus im zizenen Schlafrock tritt
immer deutlicher hervor, ich hoffe doch, dass den Leuten endlich die
Augen aufgehen. — Die Recension des Schillers trag ich in Gedanken,
aber geschrieben ist noch nichts davon, noch hätte ich Lust Brentanos
sämtliche Arbeiten vom Anfange seiner Schriftstellerey zu characteri-
siren, manches von ihm, das ich wieder in die Hände bekam hat mich
so neu und anmuthig überrascht, dass ich auch andern die Freude
gönnte und machen wollte. Glauben Sie, dass es sich für die Jahrbücher schickt? Seume's Miltiades ist mir noch nicht zu Gesicht gekommen. — Für Görres hab ich wenig Aussicht,[2]) ich hoffe Savigny ist
glücklicher. — Mit Brentanos Ehewesen scheint es in Landshut besser
zu gehen, es überrascht und freut mich, ich wünsche Fortgang und
glaube doch nicht daran. — Hier ist alles in grossen Geldverlegenheiten,
ich bеfinde mich unter der Zahl mit, die Reise des Königs hat alle
Geschäfte gestockt und allen Credit schwankend gemacht, wer vor-
räthiges Geld hat versteckt es lieber für die unsichere Zukunft. —
Humboldt der ältere hat die Stelle als Geheimerstaatsrath über das ge-
sammte gelehrte und geistliche Wesen noch nicht angenommen. Viele
Grüsse allen Freunden und Bekannten, den Ihren vor allen.

Hochachtend

Achim Arnim.

(Am Rande:) Ist hier niemand zur Mitarbeit an den Jahrbüchern
aufzufordern? Humboldt, Spalding, Woltmann, Wolf, Solger, den
Uebersetzer des Sophokles kenne ich speciell.

11. Carl Windischmann an August Böckh.

Aschaffenburg, d. 20. Januar 1809.

. . Thu mir doch den Gefallen, zu Loos zu gehen und ihm nebst
meinem Gruss zu sagen, ich wolle das angebotne Buch nehmen: er

---

1) Die aus „Berlin, 20. Januar 1809" datierte Antwort „An Hrn. Hofrath Voss
in Heidelberg" im Intelligenzblatt zur Jenaer Litteratur-Zeitung Nr. 13 vom
15. Februar 1809.

2) Nämlich ihn in Berlin zu versorgen.

solle mirs nur schicken, auf März käme alles, was ich an Rezensionen
hätte: er solle nur darauf bedacht seyn, mir einmal etwas recht ange-
nehmes zuzuwenden, z. B. Schubert's Ansichten von der Nachtseite
der Naturwissenschaft . . [1])

Ewig Dein Windischmann.

12. Friedrich Creuzer an Wilhelm Grimm.

Heidelberg, d. 27. Januar 1809.

Theuerster Freund!

Die Fortsetzung Ihrer Abhandlung in den Studien wird in dem
nächsten Stück, dessen Druck baldigst angefangen wird, erscheinen.
Das Stück mit dem Anfang Ihrer Abhandlung ist bereits ausgegeben.
An Ihrer Recension der Nibelungen in den Jahrbüchern wird so eben
gedruckt und dieses Stück erscheint hier in den ersten Tagen des
Februar.

Jetzt also eine neue Bitte:

Ich wünsche die so eben erschienenen

Deutschen Gedichte aus dem Mittelalter
von v. Hagen

von Ihnen für die Jahrbücher recensirt zu sehen; und Sie würden mich
verbinden, wenn Sie diese Kritik doch baldigst einsenden könnten.
Darum bitte ich also.[2])

Herr von Arnim wird wohl nun in Berlin seyn.

Leben Sie wohl. Grüssen Sie mir Ihren Herrn Bruder.

Hochachtend der Ihre

Fr. Creuzer.

13. Johann Georg Zimmer an Achim von Arnim.

Heidelberg, d. 6. Februar 1809.

Lieber Arnim, Sie haben ohne Zweifel jetzt meinen vorigen Brief.
Ich habe unterdessen noch Ihren vorwürfigen vom 25. Januar bekommen

und antworte um Ihnen ein Zeichen meiner Besserung zu geben sogleich
darauf.[1])

Wer eins von folgenden Blättern liest, dem konnte doch wohl die
Erscheinung des 2ten und 3ten Theils vom Wunderhorn nicht unbekannt seyn: 1) Hamburg. Correspondent, 2) Zeit. f. d. eleg. Welt,
3) Morgenblatt, 4) Miszellen f. d. Weltkunde, 5) Jahrbücher d. Lit,
6) Schwäb. Merkur, 7) Allgemeine Zeitung. An alle habe ich die Anzeige noch im Oktober geschickt, aber freylich ist sie in manche erst
spät eingerückt worden. Wer Ihnen in Leipzig gesagt hat, die Jahrbücher würden aufhören, der müsste überhaupt von den Jahrbüchern
nicht so viel wissen als Bileams Esel. Ihre Fortsetzung ist in allen
Exemplaren des vorigen Jahrgang No. 14 ausführlich angekündigt[2])
und diese Ankündigung ist auf einem besonderen Blättchen abgedruckt
allen Buchhandlungen, welche die vorige Anzeige erhalten, noch extra
in starker Anzahl geschickt worden, um es ihren Kunden mitzutheilen, wenn es nicht sonst verbraucht worden ist. Dann hat diese
Ankündigung auch im Hamburg. Correspondenten, der allg. Zeitung, den
Miszellen, dem allgem. Anzeiger pp. gestanden und ich habe in keinem
dieser Blätter eine Anzeige von der Fortsetzung der Jenaischen Lite-
raturzeitung, der Hallischen do., gelesen und glaube doch, dass sie fortgesetzt werden. Oder können sie die Berliner Buchhändler nicht liefern?
Dann kenne ich freylich die Ursache nicht, aber man bestelle sie alsdann auf der Post. Es sind von 1809 bereits 10 Hefte heraus.

In Ihren früheren Briefen, lieber Arnim, habe ich nirgends den
Auftrag gefunden, Ihnen noch Exemplare des Wunderhorns zu senden,
nur die Anzeige, Sie hätten sich welche in Frankfurt geben lassen.
Haben Sie nun die Güte auf beyfolgendem Zettel die Anzahl der Exem-
plare auszufüllen, die Sie zu haben wünschen und geben Sie ihn dem
Reimer, der Ihnen den Bezug derselben von Leipzig gern besorgen wird.

Ich habe seitdem wir den Abdruck Ihrer Erklärung hier haben,
mit der Rudolphi noch nicht über diese Sache gesprochen.[3]) Brentanos

---

1) Der „vorige Brief" ist der oben unter Nr. 8. Der „vorwärtige vom 25. Januar"
steht bei Zimmer S. 150; es sind aber, wie die Verteidigung Zimmers zeigt, dort
die Vorwürfe Arnims fortgelassen worden. Auf den obigen Brief ist der Arnims
vom 25. März 1809 (bei Zimmer S. 148 gedruckt, aber mit der irrigen Jahreszahl
1808) die Antwort, der die Atilla-Rezension beigelegt war; Creuzers Bemerkung
gegen Görres (8, 53): „Arnim hat auch wieder was geschickt", meint eben diese
Atilla-Rezension.

2) D. h. im Intelligenzblatt der Heidelberger Jahrbücher Nr. 14.

3) Die Rudolphi unterhielt in Heidelberg eine Erziehungsanstalt, in die Brentano die Tochter seiner ersten Frau gegeben hatte.

Aufsatz ist nun auch abgedruckt, aber erst, wie ich sehe, im Correspondenten von Deutschland.[1]) Die Jugendblätter der Landshuter kommen nicht zu Stande. Ich weis nicht warum. Hier ist nichts Neues
vorgefallen, es soll aber nächstens etwas Wichtiges vorfallen.

Meine Frau und Kind sind gesund. Frühling haben wir hier schon
gehabt. Bäume wollten blühn, es wird aber wieder Winter. Leben
Sie wohl!

Ihr Zimmer.

14. Corl Windischmann an August Böckh.

Aschaffenburg, d. 18. Februar 1809.

. . Freund Molitor hat eine recht wackere Charakteristik der
sämmtlichen schriftstellerischen Laufbahn unseres vortrefflichen Nico-
laus Vogt (den Eure Curatel vor mehrern Jahren schon nach Heidelberg vocirt hatte, was er ausschlug) mir zugeschickt. Ich werde hieran
aus meiner eignen genauen Kenntniss des Mannes einiges kleine ändern
und hinzusezen und dann alles ins reine schreiben lassen und wünschte
diese Darstellung (welche kaum einen Bogen betragen wird) in die
historisch-philologischen Jahrbücher aufgenommen zu sehen, so wie dies
Vogt selbst gar sehr wünscht — weit mehr als in die ver-Ast-ette
Zeitschrift als worin es Molitor wolle abdrucken lassen, weil ihm oder
vielmehr mir wegen seiner bis auf diese Stunde auf meine Anfragen an
Daub noch keine Antwort auch nicht durch Auftrag zugekommen, was
ich nun gewiss nicht mehr anders als unverbolene Geringschäzung und
Verachtung auslegen kann, welche ich dem sonst biederen Daub nie erwiedern werde . .[2])

Dein Windischmann.

15. Carl Windischmann an August Böckh.

[Aschaffenburg März 1809.]

. . Daub grüsse schönstens; ich werde anzeigen, was ich bearbeiten will. Molitors Charakteristik ist eine Rezension, keine Abhandlung; ich habe manches gute hinzugefügt: es kann also wohl abgedruckt
werden und ich schicke es ein . .

Dein Windischmann.

_____

1) S. oben die Anmerkung auf S. 197.

2) Die ver-Ast-ette Zeitschrift ist die von Friedrich Ast herausgegebene Zeitschrift
für Wissenschaft und Kunst. Molitors „Charakteristik", angeschlossen an N. Vogts
Darstellung des europäischen Völkerbundes, erschien in den Heidelberger Jahrbüchern 1809. 2, 129.

16. Friedrich Creuzer an Achim von Arnim.

Heidelberg, d. 1. April 1809 (Ostersammstags).

So eben komme ich von einem Abendgang aufs Schloss, wobei ich
mich Ihrer erinnerte, wie wir so oft zusammen in das schöne Abendroth
gesehen, so schön, wie es heute war — da fiel mir meine Sünde schwer
aufs Herz, dass ich Ihnen so lange Antwort schuldig, und ich beschloss
so fort, sie so viel möglich heute noch gut zu machen. Die welthisto-
rischen, sage universalhistorischen, hochwichtigen, ja einzigen Begeben-
heiten, die sich seit vier Wochen dahier ereignet haben, mögen, wenn
sie können, meine Saumseeligkeit entschuldigen. Die Hauptsache werden
Sie nun wohl schon wissen, dass unser Böckh Professor ordinarius mit
1200 fl. geworden, weil ich nach Leyden als Professor linguae graecae
gehe u. s. w. Dazwischen liegen dann nun noch mancherlei Sachen als
z. B. eine Vocation für Böckh nach Königsberg mit 1200 Thalern —
allgemeine Bewegung unter allen schlechtbesoldeten hiesigen Professoren,
Kabale, Missgunst, Neid, und dann auch eine Braut, nämlich des Prof.
Böckh (Demoiselle Wagemann von Göttingen, des Juristen Martin
Schwägerin). Stellen Sie sich nun, bei solchem Discursmaterial unsere
Theegesellschaften vor, unsere Abendversammlung im Hecht — so haben
Sie Alles in Zeichnung und Colorit, bis auf die leiseste Schattirung.

Dass ich unserm Böckh von Herzen glückwünsche zur Stelle, werden Sie erwarten : zur Braut nicht. Es thut mir gar zu leid, dass er
nun mit den Juristen so verflochten ist. Seine Wissenschaftlichkeit
wird ihn vor Philistereien bewahren, aber solcher Familiennexus wirkt
unvermerkt nachtheilig. Die Veränderung meiner Lage war ganz un-
verhofft. An Landshut konnte ich, seit ich von Buttmanns Vocation
wusste, nicht mehr ernsthaft denken. Da kam mir der sehr erwünschte
Ruf nach Holland. Wer Ruhe sucht und Griechische Manuscripte und
die Belehrung in seinem Fach durch den Mund eines Meisters (wie dies
Alles bei mir der Fall ist), der konnte sich wohl wegen der Wahl
keinen Augenblick besinnen, zumal bei so freundlicher, nobler Behandlung, wie ich sie von dortaus erfahren — und so schwimme ich dann
in vier Wochen mit Frau und Büchern auf dem Rhein zu den Batavern
hinunter, bei denen ich wohl sterben werde. Statt in die Pfälzische
Ebene, sehe ich künftig in die weite See, und stärke mir meine Augen
von der Lesung der griechischen Handschriften. — Es soll mich freuen,
wenn Sie meinen Entschluss eben so billigen wie Görres, der mir gestern
schrieb: „ich würde in dem Lande der Philologen und Blumisten wohl

gedeihen". Besuchen Sie mich nur einmal da drunten in dem Laude
von Egmond; wäre doch schon Ihr Johann von Leyden einer solchen
Reise werth.[1]) Den müssen Sie uns nun um so weniger vorenthalten,
da ich ihn an Ort und Stelle mit verstärkter Theilnahme lesen werde.

Wir erwarten nun die von Ihnen übernommenen Recensionen, besonders über Schiller. Die Anerbietung wegen Brentanos Schriften gefällt mir. Da aber die meisten Sachen für die Jahrbücher zu alt sind,
so wäre es schön, wenn Sie den Goldfaden von Brentano, der so
eben mit Holzschnitten versehen erschienen ist, recensiren wollten.[2]) Da
hätten Sie denn Gelegenheiten über diesen Poeten überhaupt etwas zu
sagen. Ich habe Brentano schon vor sechs Wochen geschrieben und ihn
um Beiträge gebeten, bis jezt aber keine Antwort erhalten. An die
Berliner Gelehrten hatte ich schon öfter der Jahrbücher wegen gedacht,
allein Böckh versicherte mich immer, dass weder Wolf noch Buttmann
noch Spalding Theil nehmen würden. Da habe ich dann das Einladen
unterlassen. Jezt aber kommt es mir überhaupt nicht mehr zu, da
ich das Redaktionsgeschäft vom philologisch-ästhetischen Heft bereits
an Böckh abgegeben habe, der es nun mit Wilken gemeinschaftlich
fortführt. Wenn Sie die Herrn sehen, auch Hrn. Schleiermacher, so bitte
ich meine Empfehlung auszurichten. — Voss, der alte, hat seit Ihrer
Abreise drei chirurgische Operationen ausgestanden: Zwei an der Nase,
da man ihm aus jedem Nasenloch einen Polypen herausgezogen, und
Eine an der Hand. Jezt ist er wieder wohl, da⟨gegen⟩ kränkelt nun
der älteste Sohn sehr an Hypochondrie und Gicht. Daggesen treibt
⟨sich soit ei⟩nigen Tagen wieder mit den Vossischen hier herum. Eine
Satyre gegen die ⟨Romantiker⟩ soll bei Cotta unter der Presse seyn.[3])

A. W. Schlegels Buch über die dramatische Poesie ist zum 1ten
Theil fertig. Zimmer liefert überhaupt gewaltig viel Sachen auf die
Messe. Er rüstet sich schon zur Reise nach Leipzig. — Die Grimms
haben beide zu den Jahrbüchern recht tüchtige Beiträge geliefert. Em-
pfehlen Sie mich dem gelehrten Uebersetzer des Sophokles Herrn Solger.
— Ich werde auf meiner Reise bei Görres einsprechen. Er scheint recht

1) An einem Drama Johann von Leiden arbeitete damals Arnim schon seit
Jahren.

2) Die Rezension von Brentanos Goldfaden schickte Arnim am 29. Juli 1809
an Zimmer (Zimmer S. 150). Auf den Wunsch Brentanos verfasste auch Wilhelm
Grimm, beide ohne davon zu wissen, eine Anzeige, die durch Jacob Grimm an die
Heidelberger Jahrbücher weitergegeben wurde. Nur diese letztere wurde abgedruckt:
1810, 2, 285. Darüber unten weiteres.

3) Gemeint ist von Baggesen „Der Karfunkel oder Klingklingel-Almanach", 1810.

vergnügt zu seyn. Dr. Zimmermann hat seit einigen Tagen einen Sohn
erhalten. Er geht mit Frau und Kind wieder nach Marburg zurück.[1])
Viele Grüsse von den Meinigen. Leben Sie recht wohl. Ihr

Fr. Creuzer.

N. S. Von Ihren Recensionen ist fast Alles abgedruckt. Die
Görressische über das Wunderhorn[2]) hat bei der Dünne der Hefte getheilt werden müssen. Die Hälfte ist bereits erschienen. Brentano hatte
sie lange in Landshut gehabt; ihm so wie Savigny hat sie sehr gefallen. Adieu.

17.   Carl Windischmann an August Böckh.

Aschaffenburg d. 5. April 1809.

. . Dein letztes Schreiben gibt mir die angenehme Aussicht, einen
grösseren Wirkungskreiss für die Jahrbücher zu gewinnen. Durch
Loos schnelle Sorge für den Abdruck vermag ich in medizinischen
Dingen manchmal ein kräftig Wort früh genug zu sagen: durch Deine
Beförderung ists mir nun auch in andern Sachen erlaubt, so wie durch
Daub. Sobald ich den Messkatalog erhalte, werde ich Euch vorschlagen,
was mir lieb ist und manchmal auch nicht lieb, sondern nothwendig,
dass es gethan werde. Ich hoffe, es soll uns gelingen, lieber Böckh,
hie und da noch gutes zu stiften in dieser gleichgültigen Zeit. Molitor
dankt Dir schönstens für die Einladung und wird Dir selbst schreiben,
hier folgt seine von mir durchsehene und durchreinigte Rezension von
Vogl; sie beträgt troz dem Schein doch kaum über einen halben Bogen
und ich wünschte, Du liessest sie sogleich abdrucken. Die Abschrift
hat lange aufgehalten . .

Ewig Dein Windischmann.

18.   Johann Georg Zimmer an Achim von Arnim.

Heidelberg, d. 7ten April 1809.

Ihren Brief vom 25ten März, lieber Arnim, habe ich erhalten und
danke Ihnen dafür, so wenig tröstliches er auch gebracht, ausser der
Recension. Ihre Nachricht von den schlechten Aussichten für den
BücherVerkauf in Ihrem Lande konnte mir nicht unerwartet seyn, dem-

---

1) Dr. Christ. Zimmermann, der vergeblich in Heidelberg versucht hatte sich
festzusetzen, war verheiratet mit Creuzers Tochter aus der ersten Ehe seiner Frau,
später Bergrat in Clausthal.

2) 1809, 1, 273; im Register: Von ϝ—ϛ.

ohngeachtet drückt mich Ihre Bestätigung, denn selbst bey der grössten
Resignation ist immer noch eine Hoffnung zu verlieren. Dass die Buchhändler dennoch gerne verlegen, kann ich mit eigenem Beyspiel beweisen: ich bringe nicht weniger als 20 Artikel zur Messe, denen ich
mit schwerem und bekümmerten Herzen jetzt nachsehe. Es ist so ver-
flucht verführerisch, man kann nicht widerstehen; auch wenn man denkt,
wenn das auf einmal alles baar Geld wäre, welch reicher Mann wärst
Du. Dass es in Preussen so schlimm ist, schadet uns mehr als irgend
ein Land, denn dort ist doch verhältnissmässig am meisten gekauft
worden. Ich weis nicht ob ich meinen Ballen nachrieben werde. Wenn
der Krieg nicht anabricht, gehe ich ganz gewiss hin. Wie wollte ich
mich freuen, wenn Sie sich verleiten liessen, mit Reimer die Reise zu
machen, um dort die armen Buchhändler zu trösten. Im Ernst, lieber
Arnim, kommen Sie hin.

Dass uns Creuzer verlässt, wird er Ihnen in der Einlage sagen.[1] Es
ist sehr betrübt.

Meine Frau ist wohl und mein Kind unbeschreiblich herrlich und
liebenswürdig.

Grüssen Sie Reimer herzlich!

Ihr treuer Zimmer.

19. Friedrich Creuzer an Jacob Grimm.

Heidelberg, d. 10. April 1809.

Für Ihren gehaltvollen Beitrag zu den Jahrbüchern bin ich Ihnen,
hochzuverehrender Herr Auditor, sehr verbunden, und es wird diese
Kritik der Hagenschen Sammlung altdeutscher Gedichte bald abgedruckt
werden. Freilich wird ihre Länge, bei dem kleinen Umfang der Hefte,
ein mehrmaliges Abbrechen nothwendig machen, wobei aber doch für
unmittelbare Aufeinanderfolge Sorge getragen werden wird.[2] Eine Anzeige der kürzlich erschienenen altfranzösischen Fabliaux wird der Redaction gleichfalls willkommen seyn; und es ist gut, dass Sie diese
Anzeige kurz zusammendrängen wollen, da durch die Enge des Raums
der Jahrbücher Kürze so dringendes Bedürfnis ist.

---

1) D. b. in Brief Nr. 16.

2) Vgl. oben S. 200 Anmerkung 2. An der Rezension waren beide Brüder
betelligt, das setzt Creuzers Brief vom 2. Mai 1800, unter Nr. 21, ausser Zweifel;
vgl. Wilhelm Grimms Kleinere Schriften 4, 643. J. Grimms Zusendungsbrief muss
von verschiedenen Auffassungen zwischen den Brüdern gesprochen und Creuzers
Urteil erbeten haben, wovon dessen Bemerkung über den „Orientalismus", die sich
auf S. 215 der Rezension (Jac. Grimms Kl. Schr. 4, 37; Wilhelms 1, 149) bezieht, ein
Nachhall ist.

In Ihrem Streit mit Ihrem Herrn Bruder über den Orientalismus scheint mir, soweit mir das Vorliegende hinreichendes Urtheil gestattet, das Recht auf Ihrer Seite zu seyn. Ich wünsche, dass wir uns in einer mündlichen Discussion einmal darüber auslassen könnten. Vielleicht führt Sie ja einmal Ihre Kunstliebe auf eine Reise nach Holland.

Die Recension von Eichhorn im vorigen Jahrgang der Jahrbücher hat (unter uns gesagt) Wachler in Marburg gemacht.[1]

Von Brentano habe ich in langer Zeit nichts gehört, ohngeachtet ich ihm vor 6 Wochen einen langen Brief schrieb. Hr. von Savigny hat mir noch kürzlich geschrieben. Ich hatte den Brentano um mehrere Recensionen gebeten. Auch darauf höre ich nichts von ihm. Von Hrn. v. Arnim werden Sie wohl neue Nachrichten haben. Die neuesten, die er hierher gegeben an Herrn Zimmer, lauteten nicht sehr günstig. Ich habe ihm vor einigen Tagen geschrieben. Er ist sehr thätig für uns, und hat neulich wieder eine Recension geschickt. Görres desgleichen, der mich vorige Woche mit einem langen heiteren Briefe erfreute, und sich wieder recht heimisch in Coblenz zu fühlen scheint. Ich freue mich auf den bevorstehenden Besuch, da ich ihm auf meiner Durchreise zusprechen werde. Voss hat einen harten Winter gehabt. Erst musste er sich aus jedem Nasenloch einen Polypen herausholen lassen, dann ward ihm ein alter Schaden an der Hand operirt. Jezt ist er wieder wohl auf, und Baggesen, der sich seit einigen Wochen wieder hier herumtreibt und nächstens bei Cotta sein Buch gegen die Romantiker ans Licht treten lassen wird, scheint sehr mit ihm verbunden zu seyn. Ich sehe den einen so wenig wie den andern.

Dass Prof. Böckh daher mein Nachfolger geworden, wissen Sie vielleicht schon. Derselbe führt mit Wilken die Redaktion des ästhetisch-philologischen Hefts fort, und es wird also durch mein Weggeben nicht das geringste geändert. Herr Zimmer wird die Beiträge immer sofort besorgen.

Empfehlen Sie mich Ihrem Herrn Bruder. Sein Aufsatz für die Studien ist unter der Presse. Die dringenden Messartikel halten jezt den Druck dieses Stücks der Studien etwas auf. Es wird aber doch noch zur Ostermesse ausgegeben.

> ich beharre mit aufrichtiger Hochachtung Ihr
> > ergebenster Fr. Creuzer.

[1] Die Rezension von „Eichhorns Geschichte der Litteratur .. bis auf die neuesten Zeiten" (1808, 2, 181) ist, wie noch andre, nur mit R im Register gezeichnet. Eine Inhaltsangabe dieses Briefes Creuzers in dem Briefwechsel zwischen Jacob und Wilhelm Grimm aus der Jugendzeit S. 82, wodurch er auch Arnim und Brentano bekannt wurde.

20. Achim von Arnim an Friedrich Creuzer.

Berlin, d. 22. April 1809.

Ungewiss, ob mein Brief Sie, geehrter Freund, noch in unserm
schönen Heidelberg treffen kann, habe ich eine eben erschienene Novellen-
sammlung, meine Winterarbeit und den Wintergarten genannt, zurückgehalten, weil sie der Unkosten bis Leiden und besonders dieses Um-
weges nicht werth. Sie wollen, dass ich Ihren Entschluss dahin zu
gehen billigen soll, und denken nicht daran, dass ich Heidelberg lieb
habe und dass es mir leid thut, es allmälig so verweisen zu sehen,
nun alle Gevattern fortgezogen sind. Alle andre Einwendungen, ob
ein so fremdartiges Völkchen, wie die Holländer jezt sind, Ihnen einigermassen den Wirkungskreis auf einer deutschen Universität ersetzt, ob
Sie nicht bestimmt in Deutschland auf eine Anstellung an einem der
Bibliothekorte rechnen konnten, der Ihnen diese Vorzüge Hollands
einigermassen ersetzt, werden Sie Selbst hinlänglich abgewogen haben,
wie leicht ist es auch, wenn man an einem so grossen Strome wohnt,
sich mit dem ganzen Hansrathe und Bibliothek einzuschiffen um wieder
in das Herz von Deutschland zurückzudringen, das Reisen auf Schiffen
ist nicht einmal eine Unterbrechung der gewohnten Beschäftigungen
und Lebensweise. Wohl freue ich mich darauf, Sie nach solcher Rückkehr einmal wiederzusehen und, wo es sey, uns der schönen Sonne
Heidelbergs und der gewohnten Wege im Thal und auf der Höhe zu
erinnern; vielleicht dass ein guter Genius Sie aus einem unruhigen
Kriegsschauplatze entfernt, wo die wissenschaftliche Bildung bald vertrieben wird. Die Jahrbücher thun mir leid, wegen mancher Hoffnung,
die ich und andre daran gehängt, die Freyheit und Unbefangenheit des
Urtheils darin bewahrt zu sehen, nun zweifle ich gar nicht an Böckhs
guter Gesinnung und Absicht, dasselbe fördern zu wollen, aber eine
Verbindung, eine Bekanntschaft, die eben gut vorhanden, lässt sich
durch gar keine andre ersetzen, auch hat er das Hinderniss seiner
Jugend und des wohlbewahrten Verkehrs mit den meisten zu bekämpfen,
wodurch sich jeder berechtigt glauben wird, ihn auf allerley Art beschränken zu müssen, jeder wird ihn in seine Bündnisse aufnehmen
und, wenn er sich nicht sehr tapfer hält, werden die Jahrbücher zu
nichts weiter, als zu einer theuern Ausgabe der Göttinger Anzeigen.
Auch um die Beendigung Ihrer Symbolik thut es mir leid, ich bin gewiss, wir erhalten von Ihnen bald ein viel gelehrteres Werk in schönem
Latein, prächtig gedruckt, aber uns fehlte gerade ein Werk, in dem

sich Kenntniss der Alten und unserer Sprache so vereinigt, wie Sie es
uns geben können, so dass die ganze Sinnesart ohne Zwischenträger von
Uebersetzern, Erklärern, unmittelbar zu uns übergeht. Geben Sie es
nicht auf, vielleicht wird es Ihnen darin eine Freude und Aufmunterung
in der Arbeit, sich dabey an die alten reinen deutschen Töne zu erinnern, die Ihnen bald in den grausamen Gutturalen der Holländer
untergehen werden. Doch lassen Sie Sich durch mein Bedauern nur
von meinem Wunsche überzeugen, Sie so wiederzusehen in alten Verhältnissen, wo ich Sie so lieb gewonnen, sonst lassen Sie Sich dadurch
nicht in Ihrem Unternehmen einen Augenblick bedenklich machen. Das
Glück liegt in jedem Unternehmen, Luft und Erde und Wasser können
die Freude über ein gelungenes, über erfüllte Thätigkeit nicht vernichten. — Ich wünsche Ihnen Gesundheit und Ihrer werthen Frau,
die ich herzlich begrüsse

Hochachtungsvoll

Achim Arnim.

Da Sie mir nichts über Hamanns Schriften schreiben, so vermuthe
ich, dass Sie dieselben vielleicht noch brauchen, in diesem Falle schicken
Sie sie mir noch nicht, sondern künftig — Leiden liegt ja nicht ausser
der Welt.

21.   Friedrich Creuzer an Jacob Grimm.

Heidelberg, d. 2. Mai 1809.

Verzeihen Sie mir, mein verehrtester Herr und Freund, dass ich
Sie mit Besorgung dieses Pakets nach Göttingen belaste. Sie erweisen
mir durch baldige Weiterbeförderung einen grossen Dienst, worum ich
Sie ergebenst bitte. Halten Sie diese Freiheit, die ich mir nehme, der
Zerstreuung zu gut, in der ich eben mich befinde, da ich mich zum
Abzug rüste. Ich habe das Paket frankirt. Sollte Ihnen aber doch
eine Portoauslage dadurch verursacht werden, so bitte ich den Betrag
nur gelegentlich Hrn. Buchhändler Zimmer zu melden, der den Auftrag
hat, dergleichen auf meine Rechnung zu notiren. Es versteht sich von
selbst, dass Sie es von Cassel nach Göttingen weiter nicht frankiren.
Das Paket enthält, ausser der Probeschrift eines Mitglieds des hiesigen
philologischen Seminar, eine Schrift von Dr. Zimmermann aus Marburg,
welcher in Göttingen eine Anstellung sucht. Da er sich vorgenommen
hat, von Marburg aus, wohin er in diesen Tagen zurückgeht, Ihnen
selbst zu schreiben und seine Schrift zu übersenden, so unterlasse ich
jezt etwas Weiteres über seine Lage und Wünsche zu sagen. Er wird

14*

Sie selbst bitten, seiner in Cassel bestens zu gedenken. Die Aussichten in Marburg sind jezt gar zu eng, und hier ist gegenwärtig eine grosse Ueberzahl an Docenten.

Die Abhandlung Ihres Hrn. Bruders in den Studien ist nun abgedruckt. Schade, dass das Stück noch nicht ausgegeben werden kann, sonst hätte ich Ihnen ein Exemplar beigelegt. Ich werde aber durch Zimmermann eins von Marburg aus besorgen. Die inhaltsreiche Recension von Ihnen beiden[1]) wird nun bald in den Jahrbüchern, freilich in einigen Absätzen erscheinen. Dem Hrn. Prof. Böckh, meinem Nachfolger im Amt und in diesem Zweig der Redaction, habe ich bereits vor einiger Zeit die sämtlichen Papiere gegeben.

Wegen Ihres Hrn. Bruders in München[2]) können Sie sich beruhigen. Es sind gute Nachrichten von dorten hier.

Sehr freue ich mich auf den Fortgang Ihrer Untersuchungen in unserer alten vaterländischen Literatur. Sollte mir, auf meiner Reise, oder dorten etwas Wichtigscheinendes aufstossen, so werde ich Sie benachrichtigen. Nur Schade, dass ich zu sehr Laie bin. In Darmstadt beschäftigt sich ein Kirchenrath Wagner mit einem Zweig derselben. Ich weis nicht ob Sie Grund finden, etwas auf seine Arbeiten zu halten. Freund Görres ist recht munter in Coblenz, und beschäftigt sich jezt mit physikalischen Versuchen. Ueber das L i c h t dürfen wir etwas von ihm erwarten. Doch noch früher über die M y t h e n g e s c h i c h t e (Fortsetzung dessen, was von ihm in den Studien stand).

Zunächst werde ich auf einige Zeit nach Darmstadt gehen. Empfehlen Sie mich Ihrem Hrn. Bruder. Ich beharre hochachtend

Ihr ergebenster

Fr. Creuzer.

(4 Nach- und Randschriften:) Meine Adresse ist: Prof. Creuzer abzugeben bei Buchhändler Leske in Darmstadt.

Meine lezten Briefe haben Sie hoffentlich durch Hrn. Zimmer erhalten.

Herr Buchhändler Zimmer wird auf seiner Rückreise von Leipzig, wo er auf der Messe ist, vermutlich durch Cassel kommen, und nicht verfehlen, Sie und Ihren Herrn Bruder zu besuchen.

ich mache Sie aufmerksam auf A. W. Schlegels Vorlesungen über die dramatische Kunst und Literatur, die nächstens hier erscheinen werden.

---

1) S. oben auf S. 206 die Anmerkung 2.
2) Des Malers Ludwig Grimm (oben S. 193).

22. Carl Windischmann an August Böckh.

Aschaffenburg, d. 13. Mai 1809.

Lieber Freund!

. . Für Molitors Rezension sorge baldigst. Uebrigens sind mir Deine Worte nicht gar tröstlich in Hinsicht meiner eignen Beiträge. Dennoch schlage ich Dir vor, was auf beiliegendem Blätlein steht, hoffend, dass Du dem Freunde künftig ein bequemes Plätzchen in den Jahrbüchern bereiten wirst.

. . Sag doch Loos, Okens Lehrbuch eines Systems der Natur-philosophie möge er mir überlassen. [1])

Ewig Dein Windischmann.

23. August Böckh an Wilhelm Grimm.

Heidelberg, den 29. May 1809.

An Herrn Carl Wilhelm Grimm in Cassel.

Ew. Wohlgeboren werden hierdurch ersucht, von den unten ver-zeichneten Schriften eine Beurtheilung in die Heidelberger Jahrbücher der Literatur zu liefern. Im Fall, dass Ew. Wohlgeboren eine oder die andere Schrift nicht übernehmen sollten, erbitten wir uns den Ge-setzen des Instituts gemäss, eine baldgefällige Antwort.

Die Redaction der Heidelberger Jahrbücher der Literatur. [2])

Für Philologie, Historie, schöne
Litteratur und Kunst.

Aug. Böckh, Prof.

Dr. J. Gust. Büsching und Dr. Fr. Heinr. von der Hagen Buch der Liebe. 1 B. 8. Berlin Hitzig.

Museum für altdeutsche Litteratur und Kunst. Herausg. von Dr. J. H. von der Hagen, D. J. Docen und Dr. J. G. Büsching 1 B. m. K. Berlin Unger. [3])

Ein von Ew. Wohlgeboren selbst übernommener französ. Fabliau.

1) Das „beiliegende Blättlein" nicht erhalten; die Rezension über Oken in der Abteilung für Theologie, Philosophie etc. 1810 S. 97 anonym.

2) Böckh benutzt zu diesem Briefe ein Redaktionsformular, in dem das oben cursiv Wiedergegebene vorgedruckt war, das Übrige handschriftlich vom Redakteur oder vom Sekretär ausgefüllt wurde. Die S. 212 folgende „Nachschrift" Böckhs be-findet sich auf der inneren Seite des Formulars.

3) Über das „Buch der Liebe" siehe unten zu Brief Nr. 54. Das „Museum" besprach Jacob Grimm: 1811 S. 145 (Kleinere Schriften 6, 16).

Nachschrift.

Ew. Wohlgeboren habe ich die Ehre vorstehende Schriften zur Beurtheilung anzutragen, da mir nach Hrn. Creuzers Abgang die Redaction
dieses Theiles unserer Jahrbücher mit Hrn. Prof. Wilken gemeinschaftlich übertragen worden ist.

Ihre Recensionen, welche noch in unsern Händen sind, werden wir
sobald als möglich befördern. Sie würden längst abgedruckt worden
seyn, da wir von ihrer Trefflichkeit überzeugt sind, wenn die Länge
derselben nicht ein Hinderniss in den Weg legte, indem wir nicht zu
oft abbrechen mögen, und doch einige Mannigfaltigkeit nothwendig ist.

Die Redaction hofft und wünscht, dass Sie uns ferner wie bisher
mit Ihrer eifrigen Theilnahme beehren mögen. In Erwartung einer
baldigen gütigsten Antwort habe ich die Ehre mich Ihnen zu empfehlen. Mit aller Hochachtung bin ich

Ew. Wohlgeboren gehorsamer Diener

Böckh.

24.   Jean Paul an August Böckh.

Bayreuth, d. 31. Mai 1809.

Meine Theilnahme an den Heidelberger Jahrbüchern belohnt mich
reich durch die Verbindung und Bekanntschaft, in welche sie mich mit
so vielen hochgeachteten Gelehrten setzt. Ihr Brief gehört unter diese
Belohnungen.

Sehr gern streich' ich den Namen Schlegel aus der Recension.
Nicht einmal meinen Feinden mag ich weder thun als es literarisch
nothwendig ist; geschweige einem Manne wie Schlegel, dessen seltenen
Kunstgeist ich so achte und den ich persönlich kenne. [1]) — So wie ich

1) Briefe Jean Pauls an Zimmer (Zimmer S. 299) streifen seine Verbindung
mit Creuzer; vgl. auch unten an Brief Nr. 52. Bereits am 1. Februar 1808 konnte
Görres (S. 30) ihm für die Zusage seiner Mitarbeit danken und ihm Herders Schriften
und die Corinne der Frau v. Staël antragen; eine Anzeige der letzteren von Jean
Paul ist noch im Jahrgang 1809 S. 322 erschienen. Wahrscheinlich hat Böckh eine
ungünstige Erwähnung Schlegels aus dem zweiten Absatz der Recension von Pellegrins
(Fouqué's) Roman Alwin weggestrichen, die 1809. 2, 49 im zehnten Hefte der Jahr-
bücher erschien. Jean Paul beginnt mit dem Preise von Goethes Meister, wendet
sich dann aber gegen die ihn nachahmende „neuere Dichterschule" und sagt: „Bei
Werner, Ast, dem Verfasser der Niobe u. s. w. vererzt sich oft das wahre poetische
Gold-Geäder in rauhes, graues, unförmliches Gestein." Wahrscheinlich war hier
Schlegel mitgenannt; der typographische Zustand der Stelle zeigt, dass aus den Zeilen
etwas herausgenommen ist; vgl. unten Nr. 81. Schlegels „Kunstgeist" vorher von
Jean Paul in der Recension von Gottfr. Körners Aesthetischen Ansichten (1809. 2, 100)
mit demselben Worte gerühmt. — Jean Paul hat seine Heidelberger Rezensionen
1826 in der „Kleinen Bücherschau" (Hempel 52. 53) herausgegeben.

aber gerechten Tadel über mich nicht verzeihend aufnehme, sondern dankend: wo setz' ich freilich dieselbe Aufnahme meiner wolwollenden Rügen zu leicht bei andern voraus.

1) Baggesen Wallers Briefe und 2) Delbrück über die Dichtkunst will ich gern beurtheilen, wenn ich sie — habe.[1]) Leider find' ich bei dem hiesigen Buchhändler nicht viel mehr Neuigkeiten als etwan den — Messkatalog. Leben Sie wol! Ich grüsse meine Freunde.

Ihr

Jean Paul Fr. Richter.

25. August Böckh an Achim von Arnim.

Heidelberg, den 14. Juni 1809.

(Redactionsformular; die „unten verzeichneten Schriften", deren Beurtheilung gewünscht wird, sind:)

E. Wagner, Reisen aus der Fremde in die Heimath. 2. B. Tübingen, Cotta.[2])

Fr. Schlegels sämtl. Werke 1. B. Berlin, Hitzig.[3])

v. Steigentesch, Lustspiele 1. und 2. B. Wien, Geistinger.

Derselbe, die Gelehrsamkeit der Liebe, München 1809. 8.

(Auf einer inneren Seite des Formulars:)

Lieber, verehrter Freund,

Sie werden wissen, dass Creuzer leider von hier fort ist, dass ein ganz anderes Wesen dadurch hier entstanden, alle unsere schönen Gesellschaften und Unterhaltungen sich in langweilige Essgesellschaften aufgelöst haben; dass unser Heft der Jahrbücher nun auf Wilken und mich — versteht sich die Recensenten ausgenommen · allein beruht, und was dergleichen mehr ist, was Sie noch ausserdem wissen werden. Da ich nun nicht zweifle, dass Sie uns wohl auch ferner Ihre Beyträge zu den Jahrbüchern schenken werden, so habe ich Ihnen vorstehende Bücher antragen wollen, und bitte Sie, uns zu schreiben, was davon, und ausserdem, was sonst noch, Sie wohl übernehmen möchten.

1) Rezension von „Delbrück, Ein Gastmahl. Gespräche über Poesie" im Jahrgang 1809. 2, 241; im Register: Von F. R. J. P.

2) Früher geschriebene Rezensionen Arnims über drei Werke Ernst Wagners im Jahrgang 1809. 1, 168; im Register: Von H. a.

3) Die Rezension von Schlegels Werken sandte Arnim an Zimmer (Zimmer S. 150) schon am 10. Juli; sie ist im Jahrgang 1810. 1, 145 gedruckt, im Register: Von π—ς. Einen ähnlichen Eingriff Böckhs, wie vorstehend bei Jean Paul, bezeugt unten der Brief Nr. 53.

Was wir noch von Ihnen haben, wird bald abgedruckt seyn. Mit dem Raum sind wir eben immer in der Enge. Darum bleibt auch die Fortsetzung der Recension des Wunderhornes so lange aus.[1]

Werden Sie uns hier nie wieder heimsuchen? Wenn Sie wieder kommen, so werden Sie mich wahrscheinlich, wie die Leute sagen, in einem andern Stande finden. Ich habe nehmlich die „südliche" Göttingerin Dorette Wagemann, die Sie mir einmahl auf dem Balle zeigten, zur Braut, und werde in einem Vierteljahre nach ihrer Vaterstadt reisen, um sie mir zur Frau zu holen.

Ich erwarte von Ihnen bald einige freundliche Worte. Wenn Sie Wolf, Schleiermacher, Spalding oder sonst einen meiner Bekannten in Berlin sprechen, so bitte ich Sie mich ihnen zu empfehlen. Leben Sie recht wohl. Der Ihrige

Böckh.[2]

26. Johann Georg Zimmer an Achim von Arnim.

Heidelberg, den 17ten Juny 1809.

Mein werthester Freund!

In Leipzig habe ich durch Reimer Ihren Brief vom 22ten Aprill erhalten und Ihnen durch denselben den Goldfaden gesandt.[3] Hoffentlich wird die neue Redaktion die alten Aufträge nicht zurücknehmen wollen und darum erfreuen Sie uns recht bald mit Ihrer Anzeige desselben. Zum Zeichen, wie erfreulich uns allen Ihre Beyträge sind, bittet Sie Böckh in der Anlage einiges neue zu übernehmen und zu wählen was Sie ausserdem noch anzuzeigen wünschen. Ich sende Ihnen den Brief mit der reitenden Post und ein Packet von Ernst Wagner, das wahrscheinlich den 2ten Theil seiner Reise in die Heimath enthält, mit dem Fuhr-Ballen nach.[4] Diesen Mann haben Sie durch Ihre Recension sehr entzückt, worüber er sich ausgelassen gegen mich auslässt. Das Bild folgt dann ebenfalls mit vielem Danke zurück.

Wegen der altdeutschen Bühne bin ich mit Ihrem Vorschlag ganz einverstanden. Kommen bessere Zeiten und Sie haben es noch keinem übergeben, dann drucke ich es mit Lust.[5]

---

1) Sie kam erst 1810 nach; aus welchen Gründen, sieh Neue Heidelberger Jahrbücher 1901, 10, 127 und unten die Briefe Nr. 64. 66. 73.

2) Auf der Adresse die Bemerkung: „Mit Gelegenheit"; der Brief war Einlage zu dem folgenden Zimmers an Arnim.

3) Dieser Brief Arnims findet sich nicht in Zimmers Buche.

4) Den diesem Packete einliegenden Dankbrief Ernst Wagners an Arnim, vom 6. Mai 1809, tellte ich in der Zeitschrift für deutsche Philologie 1896, 29, 209 mit.

5) Von Arnim war eine „Alte deutsche Bühne" schon 1808 im VI. Intelligenzblatt der Heidelberger Jahrbücher angekündigt worden.

Creuzer hat einige sehr unangenehme Wochen in Darmstadt zugebracht. Es waren ihm, ehe er sein Bestallungs-Diplom erhalten hatte,
hässliche Kabalen in Holland gespielt worden, die aber jetzt zu seiner
Ehre niedergeschlagen sind. Er reisst in wenig Tagen dahin ab. Von
Brentano und Hrn. v. Savigny habe ich noch gar nichts gehört. Grüssen
Sie Reimer. Meine Frau empfiehlt sich Ihnen bestens. Mein Knabe
ist ganz herrlich. Leben Sie recht wohl!

Ihr J. G. Zimmer.

27. Karl Justi an August Böckh.

Marburg, den 20. Juni 1809.

Wohlgeborner
Hochzuverehrender Herr!

Es macht mir ausserordentliches Vergnügen, mit einem Manne in
Verbindung zu treten, der seine Laufbahn so ruhmvoll begann, und
den ich längst hochschätzte! Noch vor einiger Zeit, als ich das Glück
hatte, Ihren wackern Freund Prof. Schulz von Halle[1]) hier bei mir zu
sehen, wurde Ihrer öfter mit Theilnahme in unserm Zirkel erwähnt.

Sehr gerne werde ich die mir aufgetragenen Bücher zum Rezensiren übernehmen. Schon längst sandte ich eine Anzeige des 3. Bandes
von Jördens Lexikon etc. ein, die noch nicht abgedruckt ist.[2]) Jördens
Werk habe ich selbst; bloss den 3. Band habe ich von Hrn. Zimmer
erhalten, die 2 ersten aber wieder durch Hrn. Krieger zurückgeschickt,
durch ein Versehen hat jedoch Hr. Zimmer auch diese auf die mir
zugeschickte Note gesetzt. Mit Vergnügen werde ich bisweilen ein Buch,
das ich besonders studirt habe, anzeigen, und desfalls bei Ihnen vorher
anfragen.

Da ich jetzt mit der zweiten Auflage meiner Gedichte beschäftigt
bin, so wäre mir's sehr angenehm, wenn die Anzeige davon in den
Heidelberger Jahrbüchern recht bald erschiene, um darauf Rücksicht
zu nehmen und von Erinnerungen, die ich für begründet halte, Gebrauch
zu machen. Ueber Gedichte muss man sich oft die sonderbarsten Dinge
sagen lassen, und selten fasst ein Rezensent die ganze Individualität
eines Gedichts gehörig auf. Die herrlichste, in einer klassischen Sprache
verfasste und für mich höchst aufmunternde Beurtheilung meiner Ge-

1) Wohl David Schulz, vgl. Max Hoffmann, August Böckh (Leipzig 1901)
S. 9, 11 und sonst.
2) Erschien in Jahrgang 1810, I, 180; im Register: Von Ki.

dichte hat Joh. von Müller in einem Briefe an mich gegeben. Schade, dass das viele Lob, welches dieser reiche Brief enthält, es unmöglich macht, ihn drucken zu lassen!

Nächstens werde ich Ihnen mit meinen „Blumen althebräischer Dichtkunst" aufwarten, wofür sich J. v. Müller so warm interessirte. Oft musste ich ihm Bruchstücke daraus mittheilen. Es ist mir schmerzlich, dass er die Erscheinung des Ganzen nicht erlebt hat! Wachler und Rommel lassen Gedächtnisreden auf ihn drucken.[1]

Mein lieber, alter Freund Creuzer ist jetzt bei uns. Morgen oder übermorgen reist er ab, und meine herzlichsten Wünsche begleiten ihn! Er empfiehlt sich Ihnen bestens. Die Herren Daub und Kries bitte ich angelegentlichst zu grüssen.

Leben Sie wohl! Mit innigster Hochachtung und Verehrung habe ich die Ehre, zu sein

Euer Wohlgeboren gehors. Dr.

Justi.

28. Ernst Wagner an August Böckh.

Meiningen den 4. Juli 1809.

Der verehrungswürdigen Redaction meinen innigsten Dank für Ihre freundliche Einladung zur Theilnahme an den Heidelberger Jahrbüchern der Literatur! Und gewiss, wenn ich mir je gewünscht, Mitgenosse eines Kritischen Instituts zu seyn, so würden meine Wünsche auf dieses trefflichste von allen, die ich kenne, gerichtet seyn.

Doch ist mein Leben durch langjährige Kränklichkeit des grössten Theils seiner Kraft beraubt, und ich werde bey einem so herrlichen Concerte nur als ein schwaches Stimmlein tönen. Indessen soll mich auch diess nicht abhalten, Weniges zu würken, so lang es noch Tag ist.

Mit Vergnügen übernehme ich die mir aufgetragenen beyden Werke Fesslers J. A. Nachtwächter Benedict. Berlin. Maurer, und Der Wintergarten. Novellen von L. A. v. Arnim. Berlin. Realschulb.[2]

F. M. Klingers Werke Th. 8, 9, 11 und 12 betreffend, so bitte ich diess ablehnen zu dürfen, da es mir für jetzt zu bändereich ist, und

1) Wachlers, Rommels und Windischmanns Gedächtnisreden auf Johannes von Müller sind im Jahrgang 1813 S. 65 von F. W. (Friedrich Wilken) angezeigt.

2) Die Rezensionen beider Werke stehen im Jahrgang 1809, 2, 161 und 2, 145; sie sind im Register mit D. A. E. gezeichnet, während dies selbe Zeichen zu gleicher Zeit auch noch Heinrich Voss hat. Darüber ist im Euphorion 1902, 9, 301 gesprochen.

ich mich vor einiger Zeit schon einmal habe durcharbeiten müssen, einem Freunde zu Liebe.

J. E. Wagner.

29. Karl Justi an August Böckh.

Marburg, den 4. Juli 1809.

Hochgeehrter Herr und Freund!

In meinem letzten, durch Hrn. Dr. Zimmermann besorgten Briefchen erwähnte ich eine neue Schrift von mir, die nun erschienen ist, und die ich Euer Wohlgeboren zu überreichen die Ehre habe. Möge diese Frucht reinen Sinnes für orientalische Poesie und sorgfältigen Studiums Ihres Beifalls nicht unwerth seyn![1]) Haben Sie die Güte, für eine baldige Anzeige in Ihren schätzbaren Jahrbüchern zu sorgen. Ein Rezensent mit poetischem Geiste wird hier der kompetenteste Richter seyn. Bücher, die hebräische Literatur betreffend, bedürfen der Empfehlung, wenn sie unter das Publikum kommen sollen.

Ihren würdigen Hrn. Kollegen Daub, Schwarz und de Wette bitte ich mich angelegentlich zu empfehlen, und versichert zu seyn, dass ich mit ausgezeichnetster Hochachtung sey

Euer Wohlgeboren

ganz ergebenster

Justi.

30. Achim von Arnim an August Böckh.

Berlin, d. 5. July 1809.

Sehr geehrter Freund! Fast zu gleicher Zeit kam mir Ihre freundschaftliche Aufforderung[2]) und Ihre Anzeige gegen die divina comoedia in die Hand, für beydes sage ich Ihnen meinen Dank, denn mir hat beydes viel Freude gemacht. Die lächerlichen Winkelzüge in der Vossischen Antwort könnten Sie sehr schön einleuchtend machen, wenn Sie Ihre erste Anzeige ruhig noch einmal mit der Beyfügung abdrucken liessen: nach dem Rathe des Recensenten von allen Schreib und Sprach-

1) Sieh unten Brief Nr. 60.
2) Oben S. 313 Brief Nr. 75.

fehlern gereinigt, zweyte verbesserte aber unveränderte Auflage.[1]) Von
denen verschiednen Aufträgen, die ich theils noch von Creuzer, theils
von Ihnen habe, hoffe ich eine Anzeige des Goldfadens, Schillers und
Fr. Schlegels bald zu liefern, haben die andern grosse Eile, so übernimmt es wohl ein andrer, etwas von Steigentesch möchte ich indessen
auch gern auch noch annehmen, weil der Mann mir sehr werth ist. Ich
sende Ihnen die Recension des Sigurd, zu der ich mir den Grimm zu
Hülfe nahm wegen seiner vertraulichen Bekanntschaft mit den alten
Sagen, er repräsentirt im Anfange das gelehrte Urtheil und ich am
Schlusse das ungelehrte, da es gemeinschaftlich, so bitte ich keinen
Namen oder Zeichen beyzufügen. [2]) – Ist Ihnen mein Wintergarten vor-

1) In der Jenaischen Litteratur-Zeitung 1809 Nr. 18 war über die aus der
Vossischen Umgebung stammende Comoedia divina eine die Angriffe gegen die
Heidelberger verschärfende anonyme Rezension erschienen, für deren Verfasser man
den alten Voss hielt. Am Schlusse war die Anspielung gemacht: „dass Calvin
den Servet braten liess, war nach dem Ausspruch eines berühmten protestantischen
Lehrers der Kirchengeschichte, die höchste Religiosität.“ Ein Heidelberger Theologe
sollte getroffen werden. Dagegen erliess August Böckh, im Intelligenz-Blatt der
Jen. Litt.-Zeitung Nr. 36 vom 13. Mai 1809, mit seinem Namens Unterschrift und dem
Datum Heidelberg 13. März 1809, eine abwehrende „Bemerkung über den Schluss
der Recension der sogenannten Comoedia divina in der Jen. A. L. Z. 1809 Nr. 18
S. 143“. Worauf die Antwort des Rezensenten der Comoedia divina, in Nr. 43 des
Jen. Intelligenz-Blattes vom 14. Juni 1809, ohne sachliche Polemik an Böckhs Stil
herummäkelte. Diese Schriftstücke lagen Arnim vor, als er seinen obigen Brief an
Böckh schrieb. Ein halb Jahr später, in Nr. 79 desselben Intelligenz-Blattes, wurde
die formelle Erklärung abgegeben, dass „Professor Voss“ weder die Rezension der
Comoedia divina, noch die Erwiderung gegen Böckh geschrieben habe. Offenbar war
diese Erklärung dem jüngeren Voss, auf den sich wohl auch der Verdacht gelenkt
hatte, durch sein amtliches Verhältnis zu Böckh abgenöthigt worden.

2) Als Arnim diese von Wilhelm Grimm verfasste, von ihm selber mit einem
Schlussatze versehene Rezension von Fouqués Sigurd an Böckh sandte (Näheres
künftig darüber im Briefwechsel zwischen Arnim und den Brüdern Grimm), konnte
er nicht wissen, dass bereits Jean Paul ihm zuvorgekommen war. In Jean Pauls
Nachlass auf der Königl. Bibliothek zu Berlin existirt kein das Zustandekommen
dieser Rezension betreffendes Dokument. Dagegen meldet Bernhardi aus Berlin,
9. Februar 1809, seinem Freunde Fouqué nach Neunhausen (1848, S. 25), er sei auf
seiner Reise bei Jean Paul in Bayreuth gewesen: „Er wünscht sehr, Dich persönlich kennen zu lernen, nachdem ich ihm viel von Dir erzählt hatte, und da wünschte
er den Alwin und Sigurd zu lesen.“ Daraufhin knüpfte Fouqué mit Jean Paul an,
dessen Rezension beider Werke in den Heidelberger Jahrbüchern 1809. 3, 49 an
der Spitze des zehnten Heftes steht. Unmittelbar dahinter, gleich im elften Hefte
(1809. 2, 121), erscheint nun Arnims und W. Grimms Rezension, mit folgender Anmerkung der Redaktion (d. i. Böckhs): „Schon im vorigen H. 10 S. 52—55 hat ein
Mitarbeiter unseres Instituts als Anhang zu der Beurtheilung von des Verf. Alwin
seine Stimme über den Sigurd vernehmen lassen, und wir haben geglaubt, dem
Publikum die Worte dieses Schriftstellers, der unter die grössten Zierden unserer
Litteratur gehört, nicht vorenthalten zu dürfen. Die gegenwärtige, ausführlichere

gekommen? Vielleicht gefällt Ihnen einiges daraus, Sie können ihn bey
Wilken finden, dem ich ihn geschickt, ich bitte ihn und seine Frau
freundlichst zu grüssen. — Dass Brentano von seiner Frau getrennt ist,
werden Sie wissen, sie wohnt bey Marburg auf dem Lande, er bleibt
noch in Landshut, mich hält der Krieg, sonst wäre ich längst dort eingetroffen. — Mein Glückwunsch zu Ihrer Ehe, Ihre Braut hat mir sehr
wohlgefallen, so selten ich sie gesehen, die Göttinger Damen sind überhaupt nach meiner Beobachtung häuslicher, wirthlicher und freundlicher,
als die Pfälzerinnen.   Herzlich

Achim Arnim.

31. Jean Paul an August Böckh.

Bayreuth, d. 19. Juli 1809.

Verehrtester Herr Professor! Den 31. Mai hab ich Ihr gütiges
Schreiben beantwortet.[1]) Da ich nun die beiden zum Rezensieren gewählten Werke von der Buchhandlung noch nicht erhalten — Raggesen
Wallers Briefe und Delbrücks Gastmal etc. — so vermuth' ich, dass
mein Brief, da der Krieg alles, also auch Briefe nimmt, nicht angekommen. Ich wiederhole ihn gern, da mir soviel an der Erfüllung
Ihres Wunsches liegt, dass der Name Schlegel aus der Rezension
weggelassen werde. Er kam ohne bittere Beziehung hinein, da ich ihn
als Kritiker und jetzt besonders als Mensch sehr achte und wir längst
einander persönlich in Weimar liebgewonnen. Leben Sie wol! Was
vielleicht jetzt leichter wird, da der Friede mit seiner Morgenröthe
heraufdämmert.

Ihr

Jean Paul Fr. Richter.

Rezension, welche im vorigen Hefte keinen Raum mehr finden konnte, wird darum
nicht unnütz scheinen, sondern beyde werden neben einander gelesen werden können.
Die letztere rührt von zwey Verfassern her, welche ihre Ideen ineinander gearbeitet
haben." Dies letztere, wie Böckh gutgläubig Arnims Mitteilung formulierte, ist nicht
richtig; Grimm und Arnim kommen sich innerhalb der Rezension nicht ins Gehege,
ein Zusammenarbeiten der Ideen hat nicht stattgefunden. Das grosse Lob, das Böckh
hier Jean Paul spendet, stimmt sachlich zu der litterarischen Ausnahmestellung, die
ihm innerhalb der Heidelberger Jahrbücher, insbesondere 1811 von Görres, eingeräumt wurde und der Schätzung Jean Pauls seitens der Romantiker allgemein entsprach.

1) Sieh oben S. 212 Brief Nr. 24.

32. Carl Windischmann an August Böckh.

Aschaffenburg [ohne Datum].

Euer Wohlgebohrn

haben mir gütigst die Rezensionen von Adam Müller, Görres[1]) und Hermann von Lehnin übertragen — das wollte ich Dir, mein lieber Böckh, nur melden und zugleich einmal recht bitterlich klagen, dass es mir nicht vergönnt ist Dich zu sehen... Wenn Creuzer noch da ist, so wünsch ihm in meinem Namen glückliche Reisse. Jene Bücher aber: Adam Müller und Hermann von Lehnin schicke mir mit nächster Gelegenheit (eine andre Ausgabe des lezten hab ich hier; ich nehme noch einige Prophezeihungen hinzu und werde etwas über das Prophezeien im allgemeinen reden).

Wir grüssen Dich von Herzen. Sobald ich so viel Geld bekomme, als ich Lust habe Dich zu sehn, komme ich zu Dir.

Dein Windischmann.

33. Carl Windischmann an August Böckh.

Aschaffenburg, d. 22. Juli 1809.

Lieber!

.. Auch bitte ich Dich, Freund Daub zu sagen (aber gewiss), er möge mir doch den 7ten Band von Tennemann's Geschichte der Philosophie[2]) nebst den andern recensendis zuschicken, damit ich nicht aufgehalten bin: ich habe nur 6 Bände. Die Rezension von Adam Müller freut mich sehr.

Wir grüssen Dich schönstens.

Dein Windischmann.

34. August Böckh an Achim von Arnim.

Heidelberg, den 25. July 1809.

(Redactionsformular; die „unten verzeichneten Schriften", deren Beurtheilung gewünscht wird, sind:)

---

1) Die Rezensionen von Adam Müllers Idee der Schönheit und von Görres' Mythengeschichte; die Rezension des ersteren Werkes verzögerte sich (worüber unten näheres); die der Mythengeschichte steht in den Heidelberger Jahrbüchern 1810 (2, 113), im Register: „Von W—d."; vgl. Görres-Briefe 8, 220. 233.

2) Anzeige von Tennemanns Geschichte für Philosophie in der Abteilung für Theologie, Philosophie etc. 1810. 1, 57; im Register: „Von —d—".

K. Lappe, Miranda ein historisches Gedicht in 3 Gesängen.
(Rostock Stiller in Commission.)

Sarrazins Romanzen und Erzählungen. Bremen, Heyse.

Jean Paul, des Feldpredigers Schmelzle Reise nach Flätz mit
fortgehenden Noten, nebst der Beichte des Teufels bey
einem Staatsmanne. Tübingen, Cotta 1809.

Gräters lyrische Gedichte nebst einigen vermischten Inhalts.
Heidelberg, Mohr und Zimmer.

Aug. Böckh, Prof.

35. Johann Georg Zimmer an Achim von Arnim.

Heidelberg, d. 30ten July 1809.

Lieber Arnim! Ihre beyden Briefe vom 5ten und 19ten July habe
ich erhalten und die Einlagen beyder an Böckh abgeliefert. [1]

Reimer hatte mir in Leipzig allerdings einige Packete von Ihnen
zur Besorgung übergeben, [2] aus dem Trouble der Messe kann ich mich
nicht mehr erinnern, an wen, nur war eine an Fr. v. Stael dabey, das
ich erst vor kurzem mit einem andern Packet an A. W. Schlegel nach
Copet gesandt habe. Alles für von Savigoy bestimmte wird in Frankfurt im Brentanoischen Hause abgegeben und so ist es ohnfehlbar auch
mit dem überlieferten Packet gehalten worden, so wie das an Görres
ohne Zweifel an die Buchhandlung von Pauli & Co beygeschlossen seyn
wird. Es ist mir ausserordentlich leid, dass ich Ihnen nicht nähere
Aufschlüsse darüber geben kann und besonders dass · das Packet nach
Landshut noch nicht angekommen ist. — Görres' Buch hat ein unglück-
liches Schicksal. Er hat jetzt erst den 6ten Bogen zur Correktur. Den
5ten hat er viermal gehabt. Er und ich und Setzer und Drucker werden
noch toll darüber werden. Engelmann hat wohl die meiste Schuld; aber
bey dem entsetzlichen Manuscript ist es ihm nur halb zu verdenken,
dass er nicht eifriger ist.

Von Nehrlich habe ich keine Nachricht, aber ich weiss durch
Winter, dass er das Geld erhalten hat. Wunderhorn und Dogs hat

1) Der Brief vom 5. Juli 1809 fehlt im Buche oder Zimmer, der vom 19. Juli
hat daselbst (S. 151) das unrichtige Datum des 29. Juli, das auch oben S. 204 Anmerkung 2 zu lesen ist. Die Einlage des zweiten Briefes waren Arnims Rezensionen von Friedrich Schlegels Gedichten (oben S. 213) und von Brentanos Goldfaden (oben S. 204 und unten Brief Nr. 54); Arnim vermisst den Abdruck seiner
Anzeige von Jung-Stillings Geisterthcorie in Daubs Abteilung (unten Brief Nr. 54).

2) Die Packete enthielten den Wintergarten, der zu Arnims Verdruss erst spät
in die Hände seiner Freunde gelangte.

Reimer sich nicht ausliefern lassen. Ich werde sie Ihnen mit nächster Gelegenheit senden.

Creuzer hatte noch kein eigentliches BerufungsPatent vom König erhalten, sondern nur einen Brief des Ministers. Der König hatte ihn ohne Zustimmung der UniversitätsCuratel berufen und diese einen andern Professor, einen Inländer, vorgeschlagen, um diesen zu gewinnen hatte man Creuzer verläumdet und ihn der Irreligiosität und Gott weis wessen alles beschuldigt; man glaubte anfänglich hier es seyen Fuchsschwänze dazwischen, aber es war nicht wahr. Durch das kräftige Dazwischentreten einiger Freunde wurden jene Verläumdungen bald niedergeschlagen und Creuzer ist eine sehr ruhmvolle Existenz dorten gewiss.

Unser Knabe wird bald laufen. Sie sollten ihn einmal sehen, wie lieblich er ist.

Ihr tr. Zimmer.

(Nachschrift:) Ich sende Ihnen zugleich Honorarberechnung und Anweisung auf Reimer.

36. Ernst Wagner an August Böckh.

Meiningen den 4. August 1809.

Ew. Wohlgeboren

habe ich die Ehre, anliegend die beyden zu fertigen übernommenen kritischen Anzeigen über Arnims Wintergarten und Fesslers Nachtwächter Benedict gehorsamst darzulegen, womit ich zugleich das mir gütigst aufgegebne Pensum verrichtet habe. [1])

Zum Schluss die dringende Bitte an das verehrte Institut, meinen eigentlichen Namen gefälligst n i e m a l s aus dem Incognito hervortreten zu lassen, wenn nicht ich selbst Beweggründe finden sollte, diess zu thun, woran ich aber zweifle, da mir nichts heiliger und werther ist, als der Friede in jeder Rücksicht, der dadurch doch immer gestört wird. In vollkommenster Verehrung

Ew. Wohlgeboren

ganz gehorsamster

J. E. Wagner
Hzgl. S. Cabinetssecretär.

37. Karl Horstig an August Böckh.

Mildenberg 4. August 1809.

Ew. Wohlgebornen theilten mir unterm 17. Mai 1809 die dies-
jährigen Aufträge der Redaction der Heidelberger Jahrbücher mit, mit
namentlicher Angabe von

Füessli Sämmtl. W. in 8 Costourblättern
— allg. Künstlerlexikon
Gräter poet. u. pros. Schriften
Gruber poet. Anthologie etc.

Zimmer schreibt auf meine Nachfrage, er höre von der Redaktion, dass
bey derselben sich gar keine Notiz eines Auftrages dieser Werke vorfinde.[1]

Haben Sie die Güte, diesen Irthum zu heben und Zimmer zugleich
aus nachfolgendem Verzeichnisse der Schriften, die ich aus dem Mess-
verzeichnisse gezogen habe, diejenigen anzustreichen, die Sie mir noch
zur Beurtheilung zukommen lassen wollen.[2]

Zimmer hat von mir seitdem 7 Rezensionen und unter diesen erst
zwey (Lorrey und Bernewitz) für Sie[3] empfangen. Er schreibt zugleich,

---

1) Karl Horstig gehört zu denen, die an den Heidelberger romantischen Bestrebungen in einiger Entfernung teilnahmen. Seine Mitarbeit ist fast in jeder der
damaligen Zeitungen anzutreffen. Ueber ihn teile ich eine ungedruckte Stelle aus
Creuzers Briefe an Böttiger vom 10. Januar 1807 mit. „Horstig und seine Frau",
schreibt er, „treiben sich hier auch noch herum, welches buchstäblich von
ihnen gilt, da sie allenthalben sind, selbst oft wo man sie nicht gerne sieht, und
dies letztere ist jetzt an vielen Orten hier der Fall, seitdem man weis, dass sie was
in Gesellschaften gesprochen wird wieder in Journalen drucken lassen, und überhaupt jede Kleinigkeit von hier, in Flugschriften ausbreiten. (Ich habe neulich
selbst auf dieses vorlaute Paar angespielt, als ich in einem Programm, wo ich von
den neuen Schicksalen der Universität sprach, der male feriatorum hominum gedachte, die von hier aus Alles ins Publicum brächten.) Dazu kommt noch ihre aus
cynische gränzende Lebensart und vernachlässigte Kinderbehandlung, welche ihnen
von einem hiesigen Satyricus den Namen honette Zigeuner zugezogen hat. Uebrigens halte ich ihn für einen sehr gutmüthigen braven Mann, und auch der Frau
kann man vielfache Talente und eine gewisse Aufrichtigkeit des Charakters nicht
absprechen." Im Schlussberichte seines Programms „Philos. vet. loci" 1806 S. 37
lobt Creuzer die naturae artisque bona Heidelberga, die jeder kenne, und sagt: et si
quis ignoret, edoceri queat ephemeridibus, quibus nuper multi homines, partim
male feriati, in hanc literarum universitatem depraedicandam certatim involarunt.
Horstig wurde von Anfang an zur Mitarbeit an den Jahrbüchern herangezogen
und hat eine ganze Reihe, übrigens ziemlich unbedeutender, Anzeigen mit und ohne
Namensandeutung geliefert. Ja, er erhielt sogar das Lob der von ihm rezensierten
Autoren (unten Brief Nr. 40).

2) Das beigelegte Verzeichnis enthält 36 Schriften litterarischen oder künstlerischen Inhalts.

3) d. h. für Ihre Abteilung. Die kurze Anzeige von Lorreys Rhetorik, anonym im Text und Register, in 1809. 2, 336.

dass er den Klopstock nicht in der Prachtausgabe habe und dass die
Anzeige davon unterbleiben müsse, wenn ich mir die Ansicht desselben
nicht selbst verschaffen könne. Machen Sie ihm den Vorschlag, ob er
ein doppeltes Honorar für Beurtheilung solcher Werke, die er nicht
anschaffen möge, bezahlen wolle. Ich würde mir alsdann Mühe geben,
sie aufzusuchen. Unter Versicherung meiner aufrichtigsten Hochachtung
und Ergebenheit nenne ich mich

Ihren Freund und Diener

Horstig.

38. Carl Windischmann an August Böckh.

Aschaffenburg, d. 14. August 1809.

Geliebter!

. . Lass doch ums Himmelswillen die Rezension von Vogt bald
abdrucken, man quält mich darum. In acht Tagen erhältst Du eine
k l e i n e Anzeige eines drolligen Büchleins von mir, das mir mein Freund
Dr. Ehrmann in Frankfurt gegeben; die lass sogleich einrücken . .

Ewig Dein Windischmann.

39. Carl Windischmann an August Böckh.

[Aschaffenburg, August 1809.]

Lieber Böckh!

Hier die Rezension, von der ich neulich sagte. Es ist ein Spass,
der eben darum nicht verzögert werden darf. Lass sie sogleich abdrucken.

Du lässt doch wieder keine Silbe von Dir hören. Durch Ehrmann
habe ich erfahren, dass Du gesund bist . .

Ewig Dein Windischmann.

40. Karl Justi an August Böckh.

Marburg, den 15. September 1809.

Hier, mein verehrtester Freund, erhalten Sie eine von den mir aufgetragenen Rezensionen, die ich einstweilen voraus gehen lasse, weil sich
mir gerade eine Gelegenheit darbietet, den Brief einschliessen zu können.
Die andern sollen demnächst folgen; die über die epigrammatische An-

tbologie alsdann,[1] wenn ich die beiden letzten Bände (die so eben erschienen seyn sollen) werde erhalten haben. Ich werde sodann den Geist des Ganzen bestimmter darzustellen suchen.

Unserm Freunde Creuzer gefällt es nicht sonderlich in Leyden; das steife, pedantische Leben konnte, wie ich voraus sah, seinen natürlichen Sinn nicht wohl ansprechen. Auch muss es einem ächten Deutschen wunderlich an einem Ort behagen, wo man nichts als holländisch, lateinisch und französisch spricht. Gegen Wyttenbach fing seine erste Unterredung sogleich lateinisch an, obgleich Wyttenbach hier in Marburg geboren und erzogen ist.

Die Horstigsche Rezension meiner Gedichte habe ich mit Vergnügen gelesen,[2] wenn ich gleich nicht in allen Punkten mit dem Verfasser harmonire, so sind doch einige seiner Bemerkungen sehr gegründet. Auch ist seine Sprache schön und geistvoll. Mir macht es überhaupt viel Vergnügen, mancherlei Stimmen zu vernehmen. Unser Freund Schulz zu Halle hat zur zweiten Auflage zwei treffliche Kompositionen geliefert. Vielleicht wird diesem braven Mann jetzt durch Vaters[3] Abgang nach Königsberg geholfen.

Ich wünsche recht sehr, dass meine Rezensionen bald abgedruckt werden möchten, weil ich gern mit den Herrn Verlegern, wenn ich auch den vorigen Jahrgang erhalten habe, abrechnen möchte.

Schenken Sie mir ferner Ihre Liebe und Gewogenheit!

Hochachtungsvoll

Der Ihrige

Justi.

41. August Böckh an Jacob Grimm.

Heidelberg, den 25. September 1809.

(Redactionsformular; die „unten verzeichnete Schrift", deren Beurtheilung gewünscht wird, ist:)

Judith, Schauspiel von Heinr. v. Itzenloe, Hofpoet bey K. Rudolf II.
Aus einer alten Handschrift. Zürich, Orell & C. 1809.[4]

Aug. Böckh, Prof.

1) Heidelb. Jahrbücher 1811, S. 1132, im Register: Von Ki.
2) Heidelb. Jahrbücher 1809, 2, 55; im Register: Von —g.
3) Des Professors Vater.
4) Heidelb. Jahrbücher 1810, 1, 89; im Register: Von J. Gr (Kleinere Schriften 6, 9); vgl. unten Briefe Nr. 46 und 68.

42. Carl Windischmann an August Böckh.

Aschaffenburg, d. 28. September 1809.

Geliebter Freund!

. . ich höre, Creuzer kommt wieder an seine d. h. an Deine
Stelle zurück. Sage mir doch um aller Götter willen, wie sich das
verhält. Man wird Dich doch nicht zurücksetzen? . .

Du erhälst nächstens die Rezension von A d a m M ü l l e r. Andre
Arbeit quälte mich bisher zu sehr. Du könntest mir einen grossen
Gefallen erweisen, wenn Du mir die G e s c h i c h t e e i n e r D r u s e n -
f a m i l i e und den D a b i s t a n von unserm Hrn. v. D a l b e r g zur Rezension überliessest.[1] Dieser hatte beide Schriften schon längst an
Creuzer gesandt, der ihm auch baldigste Rezension zusagte. Bis izt
ist nichts gekommen. Da nun Dalberg gehört, dass ich Mitarbeiter
sey, so hat er mich angelegentlich gebeten, die Rezension zu übernehmen. Wenns also möglich ist und selbst wenn dieselbe schon übertragen wäre und manierlich wieder zurückgenommen werden könnte
wegen des langen Ausbleibens, so wäre ich sehr froh darum: Du be-
greifst wohl, dass mir dies in meiner hiesigen Lage von Bedeutung
seyn muss und dabei darf ich Dir auch sagen, dass vieleicht niemand
die Arbeit dieses wirklich liebenswürdigen Mannes so zu erkennen vermag wie ich, der ich seine Eigenthümlichkeit ganz kenne. Den
D a b i s t a n habe ich im Februar für Jena rezensirt. Dies hindert
nicht in der Rezension der D r u s e n f a m i l i e auch darauf hinzudeuten
und donselben als einen Anhang dieser Schrift zu betrachten, was er
wirklich ist. Geht dies leztere nicht, so übernimmt Molitor recht gerne
den Dabistan. Schreibe sogleich hierüber. V o g t s R u i n e n a m R h e i n
bitte ich mir ebenfalls aus, dass Du sie keinem andern gibst . .

Dein Windischmann.

43. Johann Georg Zimmer an August Böckh.
(nach Göttingen)

Heidelberg, d. 3. October 1809.

Liebster Böckh!

Ich kann Dir jetzt schon „Glück zum heiligen Ehestande!" zurufen,
denn bis es zu Dir tönt, sitzst Du ganz und gar drinn. Deinen Brief

--

1) Heidelb. Jahrbücher 1810. 1, 50; im Register: Von W—d.
2) Böckhs Hochzeit wurde am 4. Oktober 1809 in Göttingen gefeiert.

an Creuzer habe ich zurückgehalten, weil mir May es rieth und niemand mir gewisses sagen konnte, was ich damit thun sollte.

Kastner ist wirklich — nicht Ordinarius geworden; aber Loos und de Wette. Sonst nichts neues, als dass Wagner aus Würzburg hier erwartet wird, der künftig hier privatisiren wird.

Angekommen ist nichts als Recensionen von Welker[1]), Jean Paul und Horstig; kein Brief.

Ich habe zwar keine Braut und keine junge Frau, aber doch Eile. Grüsse Deine junge Frau und Zimmermann und die seinige herzlich.

Dein Zimmer.

(Nachschrift:) de Wette ist verheurathet.

44.   Carl Windischmann an August Böckh.

Aschaffenburg, d. 28. Oktober 1809.

Lieber Freund!

. . Solte dann mein Schreiben an Dich, das ich an Daub ein- schloss, nicht an Dich gekommen seyn? Ich muss dringend seyn um eine Erklärung über die Angelegenheit des Hrn. v. Dalberg, da dieser mich gar sehr drängt . .

Dein Windischmann.

45.   Johann Georg Zimmer an Achim von Arnim.

Heidelberg, d. 4ten November 1809.

Wie sehr muss ich Sie um Verzeihung bitten, theuerster Freund! dass ich Ihnen bis jetzt noch nicht auf Ihren Brief vom 11ten September geantwortet habe. Ich habe immer schreiben wollen und habe immer Abhaltungen gehabt: zuerst Sorgen, dann mehrere Reisen und endlich der starke Besuch unserer Universität in diesem angefangenen Cours. Es ist mir diese Nacht heiss aufs Herz gefallen, dass ich durch meine Verzögerung Sie vielleicht in Ihren Operationen gehindert habe, wenn es nähmlich ernsthaft damit gemeynt war.[2])

---

1) Welckers Zeichen ist W—k; eine Aufstellung seiner Heidelberger Rezen- sionen bei Kekulé, Das Leben Friedrich Gottlieb Welcker's S. 489.

2) Der Brief Arnims vom 11. September 1809 fehlt im Buche über Zimmer. Aus Zimmers Andeutungen und denen in den Briefen Nr. 49 und 52 ergiebt sich der mir auch anderswoher bekannte, eine zeitlang gehegte, dann aber aufgegebene Wunsch Arnims, zu promovieren und Vorlesungen zu halten, wohl im Hinblick auf die Begründung einer Universität in Berlin.

Ich hatte gleich mit Wilken gesprochen. Das Hinderniss mit den achtzig Gulden wollen wir schon in so weit heben, dass es wenigstens Ihren Wunsch nicht unausführbar macht. Wilken sagt, Sie sollten entweder ein Gesuch in lateinischer Sprache an den Decan der philosophischen Facultät, das die beyfolgende Ueberschrift haben müsste[1]), gleich einschicken, oder auch nur einen Bogen mit Ihrer Unterschrift, so wolle man das Gesuch selbst hier abfassen, doch thun Sie lieber das erste.

Ist Brentano noch bey Ihnen? Ich freue mich Ihres Zusammenseyns recht herzlich und wünsche mir nur zu Zeiten ein Stündchen bey Ihnen zu seyn. Grüssen Sie doch Brentano recht von mir und sagen Sie ihm, er solle mir doch auf meinen Brief antworten, den ich etwa vor 4—5 Monaten nach Landshut habe gehen lassen. Ich bat ihn darin nahmentlich mir zu sagen, ob ich das, was ich ihm noch schuldig bin, an Mad. Rudolphi bezahlen solle, oder wo sonst bin?

Dass Crenzer wieder da ist, wissen Sie. Ich habe bis jetzt ihn noch wenig geniessen können; aber er ist ganz ausserordentlich vergnügt und das ist reicher Gewinn für seine Drangsale. Die Jahrbücher werden k. J. natürlich fortgesetzt.[2]) Empfehlen Sie sie doch recht! Leben Sie recht wohl!

Ihr Zimmer.

46. Jacob Grimm an August Böckh.

Cassel, am 5ten November 1809.

Hochgeschätzter Herr Professor

Hier sende ich Eurer Wohlgeb. zwei schon längst niedergeschriebene Recensionen über Hagens Museum und Buch der Liebe, für welche sich nunmehr wohl Platz finden könnte, da wie ich eben sehe, mit dem Abdruck der früheren Recension über die Sammlung altdeutscher Gedichte der Anfang gemacht worden ist. Vielleicht wäre es um deswillen gut, wenn sie bald erscheinen könnten, da dem Vernehmen nach schon Fortsetzungen der genannten Schriften auf dem Wege sind.[3])

1) Diese Ueberschrift, wohl von Wilkens Hand, fehlt.

2) Die Anzeige der Fortsetzung im XXV. Intelligenzblatt der Heidelberger Jahrbucher 1809.

3) Jacob an Wilhelm Grimm 16. Juni 1809 (aus der Jugendzeit S. 110): „Ein Brief von Böckh in Heidelberg (oben S. 212) bemerkt, es müsse bloss ihrer Länge halber geschehen, um nicht so oft abzubrechen, und bittet um weitere Anzeigen des Buchs der Liebe und des Magazins. Ich will ihm antworten, das solle geschehen, würde aber wegen jenes aufgehaltenen Abdrucks nicht so eilig seyn."

Wie schön hätte ich sie Ihnen bei Ihrer neulichen Anwesenheit in Cassel [1]) mitgeben können, und wie leid that es mir, dass ich den mir zugedachten gütigen Besuch versäumte! Allein wie ich nach Haus kam, hatten meine Leute sogar den Gasthof abzufragen vergessen, wo Sie für diesen Tag noch zu finden gewesen wären.

Indem ich nochmals die Recension durchsehe, kommen mir einige Sätze unpassender vor, als damals, wie ich sie niederschrieb, und es möchte Ihnen noch viel mehr so scheinen. Besonders der Eingang über Büschings Abhandlung von Wolframs Leben ist ein wenig zu sentimental. Ich frage freilich, ob denn am Sentimentalen an sich etwas Unrechtes zu finden ist? und ich gestehe, dass ich bei der ganzen vielleicht nur zu ausführlichen Ausführung meines Glaubens, eine Art von Ironie gegen Büsching im Sinn hatte, welcher bei Abfassung seines unglaublich trockenen Aufsatzes gewiss eher an seine tägliche Mittagssuppe als an dergleichen gedacht hat. Inzwischen kann die Stelle allenfalls wegbleiben und verfahren Sie meinetwegen damit nach Ihrer bessern Beurtheilung.[2])

Wenigstens würde dadurch etwas Raum gespart, und es ist meine Generalbesorgnis für beide Recensionen, dass sie wieder zu weitläufig geworden sind. Ich hätte sie freilich noch weitläufiger machen können, durch das, was ich darum mit Fleiss ausgelassen habe. Mich tröstet die Hoffnung, dass die Heftezahl dieser Abtheilung der Jahrbücher künftiges Jahr vergrössert werden kann, das Publicum hätte gewiss nichts dagegen, weil so Vieles zurückbleibt, aus Mangel an Raum. Wo ich nicht irre, so ist z. B. Görres Recension des Wunderhorns nur angefangen, aber noch nicht aus. auch hat es längst von einer Arnim-schen Recension von Stillings Geisterkunde verlautet, die ich seither vergebens erwartete. [3])

Als mir neulich Hr. Zimmermann erzählte, dass Hr. Hofrath Creuzer aus seinem Leiden wieder nach Heidelberg zurückkäme, habe ich mich recht gefreut. Sollte er schon dort seyn, so bitte ich mich ihm bestens zu empfehlen.

mein Bruder ist noch in Berlin, wird aber nun ehstens hier zurück-erwartet.

1) Gelegentlich der Hochzeitsreise nach Göttingen (oben S. 226); vgl. auch Briefwechsel aus der Jugendzeit S. 187.

2) Ikebb scheint die Stelle beim Abdruck 1811 S. 145 weggelassen zu haben; was da über Wolfram gesagt wird, hat nach meiner Auffassung wenigstens nichts Sentimentales (Kleinere Schriften 6, 16).

3) Jacob Grimm benutzt hier die Gelegenheit, auf die Redaktion zu Gunsten seines Freundes Arnim einen Druck zu üben.

Die Anzeige, welche Sie die Güte gehabt haben, von der kürzlich in Zürich erschienenen altdeutschen Judith zu verlangen, soll so bald erfolgen und so kurz als möglich, als ich sie vom Buchhändler erhalte.[1]) Die Buchhändler in unserer Nähe versorgen ihr Sortiment so übel, dass man dergleichen Sachen immer besonders verschreiben lassen und dann lang darauf warten muss.

Ich habe die Ehre mit aufrichtiger Hochachtung zu seyn

Ihr

ergebenster

J. Grimm.

47. Carl Windischmann an August Böckh.

Aschaffenburg, d. 5. November 1809.

Geliebter Freund!

Endlich einmal ein Wort von Dir nach so langem Harren. Ich danke Dir für die Uebertragung der Rezension von Dalbergs Schrift und hoffe, Du sollst meiner sicher genug seyn, dass ich Dir Deine Bedingungen erfülle. In den nächsten Wochen sollst Du sie erhalten, so wie Adam Müller etc. — ist denn Görres Mythologie noch nicht fertig? . .

Ewig Dein Windischmann.

48. Ernst Wagner an August Böckh.

Meiningen den 14. Nov. 1809.

Ew. Wohlgeboren

übermache ich anliegend, Dero Schreiben vom 25. v. M. gehorsamlich, das mir aufgegebne Pensum sogleich, um Sie nicht mit 2 Briefen zu belästigen. Ich hatte die beyden Werke[2]) zur Hand, und fand die Beurtheilung derselben leicht. Wollen Ew. Wohlgeb. den Faust doch etwa in Correlation geben, so soll es mir ganz gleich seyn — ja, ich will von Herzen gern geirrt haben![3])

---

1) Für altdeutsch war die Judith von Itzenlos (oben S. 225) wohl von Böckh, als er sie Grimm antrug, und von diesem, als er sie annahm, gehalten worden, da sie dem Titel nach aus einer alten Handschrift stammen sollte. Vgl. darüber Grimms Rezension.

2) Fessler, Alonso und Schöne, Faust: im letzten Hefte 1809. 2, 357 und im ersten Hefte 1810 S. 3.

3) Wagner kennzeichnet Schönes Faust als „einen missglückten Versuch". Er meint also, wenn ein Korreferent für das Buch noch bestellt würde, der etwa günstiger urteile, so sei es ihm recht; er denkt an Fälle, in denen, wie von Fouqués Sigurd, zwei Rezensionen erschienen waren.

Den Messkatalog von Michaelis habe ich nicht da. Es war aber in demselben nichts wünschenswerthes für mich. Ich lese gegenwärtig Göthe's Wahlverwandtschaften. Sollte ich Ursache finden, mit meinen Gedanken darüber zufrieden zu seyn, so könnte ich sie Ew. Wohlgeb. mittheilen. Rechnen Sie aber gütigst nicht auf mich, sondern geben die Recension ja recht schnell einem Würdigern. (A. W. Schlegel wäre wohl zu wünschen.) Das meinige findet wohl in geringern Blättern noch Platz.

Darf ich Ew. Wohlgeb. den 2. Band meiner Reisen und meinen kleinen Ferdinand Miller für baldgefällige Beurtheilung bey dieser Gelegenheit zu Gnaden empfehlen?   .

Mit der entschiedensten Verehrung

Ew. Wohlgeboren

ganz gehorsamster

J. E. Wagner.

49. Achim von Arnim an Friedrich Creuzer.

Berlin, d. 25. November 1809.

Ein herzlicher Glückwunsch zu Ihrer Rückkehr, lieber Creuzer, ich höre Sie sind vergnügt und wohl und das freut mich, Christus ist zu Leiden geboren und Sie sind auch dort gewesen und ich bin einmal durchgereist und mehr mag ich von der Stadt nicht wissen. Das Merkwürdigste muss Ihnen in Heidelberg gewesen seyn, nachdem Sie so manches Neue gesehen und erlebt, alles dort noch in alter Art wiederzufinden, mich wenigstens hat seit der Jenaischen Schlacht nichts so sehr verwundert, als ein dickes Buch[1], das eben bey Cotta herausgekommen unter dem Namen Klingding Almanach herausgegeben von Daggesen, das von nichts als der Einsiedlerzeitung und der Sonettengeschichte[2] spricht, einigemal glaubte ich bey dem langwierigen Lesen, die Schlacht von Regensburg, Aspern, Wagram, das sey alles nur eine Lüge aus dem Vossischen Hause, ich wäre noch ein Jahr jünger und sässe im Schatten des Heidelberger Schlosses und wegen dieser lebhaften Rückerinnerung an Sie und alle Freunde dort (Görres - Wintergarten — Doctorat[3]) - Jahrbücher) sey auch dem nordisch mythologischen Vogel[4], der den Leuten ins Nest s, und das für Eyer

1) „ein dickes Buch" ironisch, da es im Gegentheil ein äusserst dünnes ist.
2) Die letzte grosse „Beylage" zur Einsiedlerzeitung.
3) Sieh oben S. 227 zu Brief Nr. 45.
4) d. i. Baggesen.

ausgiebt, vorläufig[1]) alle öffentliche Rüge geschenkt, ich glaube, dass
schwerlich ein andrer Mensch, der nicht so persönlich darin berührt
ist, die Geduld hat, es auszulesen. Ich habe dieses Packesels[2]) zu jener
Zeit[3]) nicht entfernt gedacht, jezt aber merk ich, da er einen Faust heimlich in der Tasche gemacht[4]), dass ihn mancherley ärgern konnte, das
ist die Hand des Schicksals, es giebt zurück, dass es so überflüssig mit
Fausten geschlagen wird. — Haben Sie die Redakzion der Jahrbücher
wieder übernommen? — Ihrer Frau viel Glück, dass sie ihren Kindern
wieder näher, ganz der Ihre

Achim Arnim.

50. Carl Windischmann an August Böckh.

Aschaffenburg, d. 2. Dezember 1809.

        Lieber Freund!

.. Hiebei die Rezension der zwei Dalbergschen Werke.[5]) Was ich
gesagt habe, ist wahr und wohl verdient; Dalberg ist eine der
besten und schönsten Seelen, die ich kenne, und so innerlich, wie sein
Bruder äusserlich ist. Kleine Fehler sind hier leicht zu übersehen.
Ueberhaupt darf bei Männern von grossem Einfluss immer ein Wort
mehr zu ihren Gunsten gesagt werden, weil Wissenschaft und Kunst
den wesentlichsten Gewinn dabei haben. Ich weiss wenige Grosse, die
so eifrig für die Literatur wirken und keine Kosten scheuen, auch so
fleissig und verständig selbst Hand anlegen, als dieser Hr. v. Dalberg.
Ich bitte Dich recht dringend, diese Rezension bald abdrucken zu lassen und mir dann von diesem Stücke statt eines zwei Exemplare zuschicken zu lassen.

Ist dann Görres Mythologie noch nicht erschienen? seine Darstellung des Upnekhat in den Jahrbüchern[6]) hat mich mit ihm ausgesöhnt. Da ist er einmal wieder ein wackerer einfacher Mensch. Der
homo compositus Brentano hatte ihn fast ganz zum Narren gemacht
— einfache kräftige Gemüther können solche convulsirische Spannungen,
wie sie Menschen von der Art natürlich sind, nicht vertragen.

1) Später als Waller in der Gräfin Dolores mitgenommen.
2) Wortspiel mit Baggesen.
3) d. h. als Arnim die Sonettengeschichte schrieb.
4) Wortspiel mit der Faust und dem Faust, welchen Baggesen gemacht hatte
(oben S. 197); im folgenden Fortsetzung dieses Wortspieles in Bezug auf das allgemeine Welt-Schicksal, als im besonderen darauf, dass neben Goethes Faust noch
so überflüssige „Fauste", wie der von Baggesen, von Schöne hervorkamen.
5) Sieh oben S. 226.
6) Abteilung für Theologie 1809. 2, 193.

Adam Müller erhältst Du nach Neujahr — er wird etwas gekampelt werden müssen; denn bei aller Trefflichkeit ist er auch ein äusserst aufgeblassener Prinz . .

(N. S.) Den Abdruck besorge ja bald; bedenke, dass es das erstemal ist, dass Du mir etwas einrückest und ein kleines Einkommen, dessen ich so sehr bedarf, zufliessen lassen kannst. Von dem Ertrag dieser Rezension bitte ich Dich auch das Dir schuldige Geld abzuziehn.

Dein Windischmann.

51. August Friedrich Bernhardi an August Böckh.

Berlin, d. 28 st. December 1809.

Ich habe Ihren lieben Brief vom 25 sten September nebst der ehrenvollen Einladung zu den Jahrbüchern vor etwa 10 Tagen erhalten und bin nicht abgeneigt beide Werke zu übernehmen, wenn mir die Redaktion dazu Zeit lässt die Recensionen nach meiner Bequemlichkeit anzufertigen, denn ich bin sehr beschäftigt und die neue Organisation des Schulwesens wird noch mir zu mancherlei neuen Geschäften Veranlassung geben . . [1])

Ich schliesse mit der Bezeugung meiner innigsten und wahrsten Hochachtung für Ihre Verdienste und Gelehrsamkeit

A. F. Bernhardi.

52. Friedrich Creuzer an Achim von Arnim.

Heidelberg, d. 2. Januar 1810.

Sie beschämen mich recht, mein theuerster Freund, durch Ihren begrüssenden Brief. Es wäre an mir gewesen, Ihnen zuzurufen, dass ich wieder auf der Oberwelt sey. Gottlob, dass ich wieder da bin. Dort hätte ich es nicht ausgehalten. Die Menschen waren gutmüthig und freundlich, und die Collegialischen Verhältnisse bildeten sich günstig. Aber das Wasser, das Wasser   und die Kost — und die blassen Gesichter   und die Todtenstille auf den Gassen und, und

doch Sie waren ja selber dort · Ueber der Reise habe ich nun manches versäumt z. D. dass ich eben jezt erst Ihren herrlichen Wintergarten lese, den mir Zimmer neulich mittheilte. Es ist ein erquickliches Buch. Geben Sie öfter dergleichen. Den Albert und Concordia hätten Sie etwas weitläuftiger geben sollen. In meiner Jugend hab' ich

---

1) Das weitere in diesem Briefe handelt von Pindar, im Anschluss an Böckhs jüngste Abhandlung über den Dichter.

das Buch in den Nachbarshäusern herumgetragen und vorgelesen. Da möchte ich ganz wieder regenerirt sehen. Die Recension in den Jahrbüchern findet Savigny schlecht, Görres schlecht und ich auch schlecht. Ich weis nicht wer sie gemacht hat.[1] So viel aber weis ich, dass ich sie nicht aufgenommen hätte. — Sie wissen vielleicht schon, dass die Görressche Recension des Wunderhorns (diese würdige Arbeit) nur einem kleinsten Theil nach ist in den Jahrbüchern abgedruckt worden.

Und warum? — weil Thibaut (der N. B. in der Redaction jezt prädominirt) ein veto dazwischen gelegt hat. Und warum hat es Wilken gelitten? weil, sagt man, Sie selbst etwas unter die Recension geschrieben. (Sie erinnern sich doch des kleinen Umstands noch?) und weil daraus hervorleuchte, dass Verfasser, Recensent und Redacteur (also meine Wenigkeit) mit einander unter der Decke gespielt hätten. Ich habe Görres die Sache auf der Stelle gemeldet und zu Zimmer gesagt, dass dies Verfahren miserabel sey. Görres will es auch nicht dabei lassen.[2] — Ich selbst aber bin seit meiner Rückkehr nicht mehr in der Redaction. Zimmer und Einige andere wünschten es zwar — aber wo Thibaut regieret — mag ich keine Hand im Spiel haben. · Auch brauche ich keine Programme mehr zu schreiben (diese Ehre hat Böckh) und vom Senat hab' ich mich auch dispensiren lassen. Sehen Sie, wie glücklich ich nun meinen Collegien (und daran habe ich Freude) und meinen Büchern (welche mir auch lieber sind als alle Jahrbücher) leben kann! Die Redaction des ästhetisch-philologischen Hefts haben Böckh und Wilken zusammen. — Dem Klingding-Almanach hab ich die Ehre nicht angethan ihn zu lesen. Eben so wenig die Jenaische Recension der Reinbeckschen Briefe über Heidelberg. Alle diese Sachen sind doch zu ungesalzen, um gontirt zu werden. Bei Görres hab' ich auf der Hin- und Herreise einige schöne Tage zugebracht. Er arbeitet seit dreiviertel Jahren gewaltig im Feuer (er schreibt was Französisches über das Licht) — daneben geht es mit seiner Mythenhistorie rasch vorwärts; sie wird bald fertig seyn. Der Mann ist ungemein fleissig. Sein Leben in Coblenz ist aber nicht für ihn. Ich wollte ihm wünschen, dass er wenigstens nach Cöln käme, wohin, nach Einigen, die Departementsuniversität verlegt werden soll. — In Cöln hat mirs bei den alten Bildern sehr wohl gefallen. Boisseree und sein Freund kommen nächstens mit den Bildern hierher, um hier zu wohnen. — Unser Doctor Zimmermann sizt mit Frau und Kind am

1) Sieh oben S. 216: Ernst Wagner.
2) Vergleiche wegen der Angelegenheit auch unten die Briefe Nr. 64 und 66.

Harz. Er hat eine Stelle beim Bergdepartement in Clausthal, und es
gefällt ihm wohl.

Sie sind ja mit Brentano recht fleissig gewesen, wie ich aus dem
Brief an Zimmer ersehen. [1]) Hoffentlich wird Zimmer doch den Verlag
übernehmen. Ich wünsche bald wieder etwas von Ihnen beiden zu
lesen. Und Brentano vergisst doch seine Romanzen nicht? [2]) Grüssen
Sie ihn doch bestens von mir. Werden Sie denn im Sommer nicht
wieder hierherkommen? Es ist doch hübsch hier an den Bergen.

Wegen des Doctorats braucht es wohl keiner Versicherung, dass
ich mir eine Ehre daraus mache. Fries ist seit gestern Decanus.
Wilken, Böckh (Langsdorf hoffentlich auch) sind dafür   da ist es
also entschieden (auch ohne Langsdorf schon). — Wilken wird Ihnen
geschrieben haben, dass es nur eines kurzen lateinischen Briefes bedarf,
worin Ihr Wunsch ausgedrückt ist. Der muss aber von Berlin
kommen. Darüber können wir nicht hinaus. [3]) — Ich bin nun begierig,
wie es, nach der Rückkehr des Königs, mit Ihrer Universität gehen
wird. Es kann was Grosses werden. Nur wäre ich doch für eine
kleinere Stadt in dortiger Gegend. [4]) Meine Frau erwidert Ihren freundlichen Gruss. Ich bin hochachtend

Ihr
Fr. Creuzer.

(Am Rande:) Den Herrn Buttmann und Schleiermacher bitte ich
mich gelegentlich zu empfehlen.

53. Carl Windischmann an August Böckh.

Aschaffenburg, d. 3. Jenner 1810.

Lieber Freund!

. . Was die Rezension betrifft, so gebe ich mich ohne noch den
Abdruck gesehn zu haben, zufrieden. Fr. Schlegel werde ich in meiner
Schrift genugsam zurecht weisen. Wegen Othmar Frank aber wird Hr.
Görres doch seine leidenschaftliche Meinung etwas herunterspannen

1) Dem verlorenen Briefe Arnims vom 11. September 1809 (oben S. 227. 237).

2) Zu Creuzers fortdauernder Teilnahme für Brentanos Romanzen vom Rosen-
kranz vgl. Rohde, Friedrich Creuzer und Karoline v. Günderode 1896 S. 32 und
Euphorion 4, 363.

3) Wegen des Doktorats vgl. S. 227, 231, 233.

4) Diese Meinung bezieht sich auf die damals viel erörterte Frage, zu der auch
Savigny über Schleiermachers „Gelegentliche Gedanken" (Heidelberger Jahrbücher
1808 S. 237) und Wachler an Eggers' Schrift „Keine Universität in Berlin" (1811.
5, 141) Stellung genommen hatten.

müssen, wenn er die Commentationes Persicas liesst. In einiger Zeit
dürften also die Jahrbücher auch ihre Meinung ändern. Wäre ich der erste
redende gewesen, wie dann mit der ganzen Rezension vom Görres? —
Dies nur bemerkungsweise, Du kennst meine Gesinnung und weisst,
dass ich nicht an Kleinigkeiten hafte.[1])

Ich danke Dir für die mitgetheilten Rezensiónen, denke ferner so
günstig für mich. Den Ast lass mir zugehen.

Wir grüssen Dich alle von Herzen.

Dein Windischmann.

54. Jacob und Wilhelm Grimm an August Böckh.

Cassel, 5. Januar 1810.

Verehrter Herr Professor,

ich muss recht bedauern, dass ich dem gütigen Antrag, meine
Recension des Buchs der Liebe zu einer späterhin von A. W. Schlegel
eingegangenen zuzurichten, unmöglich entsprechen kann. Beide Beurtheilungen berühren sich auch gar nicht; die meine ist durchaus historisch,
die schlegelsche sagt zur Empfehlung der alten Bücher für unser heutiges Publicum manches Gute, obgleich zu weitläufig, und überhaupt
scheint es mir, dass Schlegel, wenn er sich mit der Geschichte unserer
älteren Literatur beschäftigt hätte, so viele bekannte Dinge nicht so
sehr herausgehoben haben würde, die an hundert andern Orten ebenfalls stehen könnten. Ich wüsste aus dem Meinigen nichts zu streichen,
ohne dass manches folgende unklar würde, alles könnte wohl recht gut
als ein nothwendiges Supplement zu der Schlegelschen Critik angesehen
werden, aber alsdann würden Sie keinen Raum gewinnen, welches doch
die eigentliche Absicht ist.

Ich bin überzeugt, dass Schlegel selber seine Abhandlung viel eher
abkürzen könnte, vielleicht einigen meiner Bemerkungen zu gefallen.

---

1) Der Brief lässt erkennen, dass Böckh wieder zu Gunsten Friedrich Schlegels
und Görres' in Windischmanns Rezension von Dalbergs Drusenfamilie und Dabistan
(1810 S. 49) eingegriffen hatte. Und zwar muss dies gegen den Schluss, auf S. 60,
geschehen sein. Dort nämlich mustert Windischmann die neueren und neuesten
Leistungen auf dem Gebiete asiatischer Religionsgeschichte durch. Es wäre da
Schlegels Sprache und Weisheit der Inder und Othmar Franks Licht vom Orient —
von Görres in der Abteilung für Theologie 1809, 2, 269 zwar mit Vorbehalten, aber
doch mit günstiger Wärme angezeigt — zu nennen gewesen. Schlegels und Görres'
Name aber fehlt jetzt ganz, und Franks Schrift wird so erwähnt, dass man gerade
noch leise fühlt, dass Windischmann nicht mit ihr zufrieden ist. Vgl. A. W. Schlegels Vorwürfe unten in Brief Nr. 65.

wenn Sie ihm solche mitsendeten, dazu wohnt er aber wohl zu entfernt;
er ist glaube ich immer noch in Copet. Also auf den Fall, dass sich
zu meiner Recension kein Raum finden würde, begebe ich mich, einem
so geachteten Schriftsteller gegenüber, gern meines Vorrechts, besonders,
da es dem Institut der Jahrbücher daran gelegen seyn muss, sich jenen
für andere Fälle zu erhalten, wo er mehr competent ist, als dies im
Fach der altdeutschen Poesie zu seyn scheint. [1])

Was den Goldfaden betrifft, so wird mein Bruder, da er so eben
von seiner Reise zurückgekommen ist, einige Worte hinzufügen.

Sie haben wohl die Güte mir von dem Schicksal der obigen Recension demnächst einige Nachricht zu ertheilen.

Mit wahrer Hochachtung bin ich

Eurer Wohlgeb.

gehors. Diener

Grimm.

1) Der Brief, mit dem Böckh den Antrag that und dem er Schlegels Manuskript
beifegte, fehlt. Jacob Grimm erhielt schliesslich seine Recension zurück (unten S. 255)
und veröffentlichte sie später in der Leipziger Litteratur-Zeitung 1813 (Kl. Schriften
6, 81). Gegen die Angriffe wehrte sich v. d. Hagen im Anzeiger zu Idunna und
Hermode Nr. 15, indem er auch etwas von dieser Schlegel-Grimmschen Angelegenheit verlauten liess. Darauf antwortete Jacob Grimm 1813 in der Leipziger Litteratur-Zeitung 1813 (Kl. Schriften 7, 591) und gab die folgende richtige Darstellung
des Sachverhalts:

„Im Jahr 1809 wurde ich von der Redaction der Heidelb. Jahrb. aufgefordert,
das genannte Buch der Liebe zu beurtheilen; später aber ging auch eine anbe-
stellte Rec. desselben Werks durch A. W. Schlegel ein. Der Redacteur, damals
Hr. Prof. Böckh, wünschte diesen ersten von einem beliebten Schriftsteller eingehenden Beitrag nicht gerade abzuweisen und hatte die Güte, mir die Schlegelsche
Beurtheilung im Original zuzuschicken mit der Bitte, sie mit meiner zu bearbeiten,
ungleich aber auch mit dem Erbieten, im Fall ich nicht dazu verstünde, jene
dennoch zurück zu geben und die meinige, als welche das Recht für sich habe und
sonstigen Lob verdiene, das hier nicht wiederholt zu werden brauchte, anzunehmen.
Ich war freilich mit den Grundsätzen der Schlegelschen Rec. zu wenig einverstanden, um in jenen Antweg einzugehen, aber bescheiden genug, aus freiem Willen
meine Arbeit wieder zu nehmen. Was ich für recht hielt, wollte ich auch recht
sagen; Herr v. H. mag durch irgend eine Klätscherei davon gehört haben und er-
frecht sich zu der Lüge: „dass meine Rec. dort zu spät gekommen und vor der
Schlegelschen habe zurückstehen müssen“. Ich habe die Redaction dieser L. Z.
durch Mittheilung des Originals, woran hier gelegen, in Stand gesetzt, die Wahrheit
meiner obigen Behauptung pflichtmässig bezeugen zu können.“

Die Leipziger Redaktion versichert dann auch in einer Fussnote, dass J. Grimm
ihr den Originalbrief zur Einsicht vorgelegt habe; er wird nicht mehr in Grimms
Händen zurückgelangt sein und deshalb heute im Nachlasse fehlen. Hagen kam
nochmals in Idunna und Hermode 1813 Nr. 6 auf diese Antwort zurück, indem er
aus einem Briefe J. Grimms an ihn die Stelle abdruckte, worin Grimm allerdings
selber von der Kollision beider Recensionen geschrieben hatte.

(Auf demselben Blatte, unmittelbar hinter Jacob:) Ich nehme hier Gelegenheit, geehrter Herr Professor, Ihnen die Entstehung der zwei Recensionen vom Goldfaden zu erklären.[1]) Ich hatte zwar in Berlin gesagt, dass ich eine Anzeige davon aufschreiben wollte, darnach aber kam es mir aus den Gedanken, so reiste ich ab, und erst in Halle kam mir das Buch wieder in die Hände und mein Vorsatz in den Sinn, und von dorther ist das Blatt zu Ihnen gekommen. Arnim wusste also nichts davon und hat meine Aeusserung nicht gehört oder vergessen oder für flüchtig gehalten. Enthält meine Anzeige nichts, das nicht auch in Arnims Recension stünde, oder kann sie nicht leicht angefügt werden, so seyn Sie nur so gütig sie zurückzulegen, da Arnim in jedem Fall den Vorzug haben muss.

Ich empfehle mich Ihnen und bin mit ausgezeichneter Hochachtung

Ihr ergebenster Dr.[2])

Wilhelm Carl Grimm.

55. Jacob Grimm an August Böckh.

Cassel, 21. Jan. 1810.

Eine Stelle, die ich neulich über den Roman von Tristan aufgefunden habe, ist so merkwürdig, dass ich nicht unterlassen kann, solche Ihnen, werther Herr Professor, beiliegend zuzuschicken, um sie, auf den Fall von meiner Recension des Buchs der Liebe noch Gebrauch gemacht wird, angezeigten Orts einrucken (sic) zu lassen. Im Fall, dass der Raum, welchen die schlegelsche einnimmt, solches nicht gestattet, bin ich zugleich so frei, um deren gefällige Rücksendung zu bitten.

Mit vollkommener Hochachtung

Ew. Wohlgeb. ergebener Dr.

Grimm.

(Nachschrift:) Darf ich Sie wohl ergebenst bitten, Herrn Zimmer gelegentlich zu fragen, ob er einen Brief von meinem Bruder noch aus Berlin mit einer Ankündigung erhalten?[3])

———

1) Wegen der Goldfaden-Rezensionen sieh oben S. 201.

2) „Diener" natürlich, nicht „Doctor".

3) Betrifft die von Wilhelm Grimm, Arnim und Brentano gemeinsam verfasste Ankündigung der Altdänischen Heldenlieder, die im 3. Intelligenzblatt der Heidelb. Jahrbücher 1810 (Kl. Schriften 1, 173) abgedruckt ist; vgl. Zeitschr. f. d. Philol. 29, 195.

56. A. W. Schlegel an August Böckh.

Genf, d. 23. Januar 1810.

Hochgeehrtester Herr Professor!

Ew. Wohlgeboren gütige Zuschrift vom 25sten December v. J., die ich erst vor einigen Tagen erhielt, säume ich nicht sogleich zu beantworten. [1]

Es sollte mir leid thun, wenn, meiner Anzeige des Buchs der Liebe zu Gunsten, eine andre schätzbare Arbeit zurückgelegt werden sollte. Ich schrieb sie aus eignem Antriebe und auf meine Gefahr; da das Buch erst vor kurzem erschienen, so glaubte ich nicht einer vorgängigen Bevorwortung zu bedürfen, die bey der grossen Entfernung immer weitläuftig ist. Es steht also ganz bey Ew. Wohlgeboren, ob Sie Gebrauch davon machen wollen; widrigenfalls bitte ich, die Anzeige in meinem Namen Hrn. Hofrath Eichstädt in Jena für die dortige A. L. Zeitung gefälligst zuzusenden. [2]

Die Anzeige des Ariost von Gries ist beynahe fertig und erfolgt unfehlbar in wenigen Tagen. Demnächst werde ich die von Winkelmanns Werken liefern, wenigstens von den beyden ersten Theilen, wenn ich nicht unterdessen noch den dritten erhalte. Mit Hrn. Hofrath Creuzer war ich schon übereingekommen, etwas über Goethe's Winkelmann, wiewohl das Buch schon früher erschienen, als am schicklichsten Orte anzuhängen. [3]

Klingers Werke muss ich ablehnen. Sie scheinen mir für den jetzigen Stand unserer Litteratur gänzlich veraltet, und ich habe nichts darüber zu sagen.

Niobe und der Graf von Gleichen vom Vf. des Lacrimas wird sich mit den romantischen Wäldern desselben Vfs. am besten zusammennehmen lassen. Sigurd unterbleibt natürlich, da, wie ich höre, Hr. Richter mir schon mit einer Beurtheilung zuvorgekommen. Wegen Goethe's Wahlverwandtschaften sehe ich einer Antwort meines Bruders entgegen.

Ich danke Ew. Wohlgeboren in meinem und seinem Namen, für die Sorge, welche Sie für die Anzeige unserer Schriften in Ihren Blättern

---

1) In Wilhelm Schlegels Nachlass (Klette S. 23) befindet sich kein Brief Böckhs aus der Heidelberger Zeit; keiner überhaupt von Creuzer.

2) Diese Wendung der Sache, dass die Schlegelsche Rezension des Buchs der Liebe an Böckhs Gegner Eichstädt gehen sollte, war sehr fatal und trug gewiss dazu bei, Schlegels Rezension abzudrucken (1810 S. 97) und Grimms zurückzugeben.

3) Ariost, mit vollem Namen im Register, abgedruckt 1810 S. 103; Winkelmann, mit Namensunterschrift, 1812 S. 65.

tragen. Für Fr. Schlegels Gedichte, und den 2ten Band meines
spanischen Theaters würde ich Hrn. Görres als Beurtheiler vorschlagen.[1]) Was meine Vorlesungen betrifft, so scheint es mir nicht
gerade nöthig, dass derselbe Recensent für beyde Bände gewählt würde.
Wenn Ew. Wohlgeboren die Beurtheilung des ersten Bandes übernähmen,
so würde es ohne Zweifel sehr belehrend für mich ausfallen. Leider
habe ich Ihre Schrift über die Ächtheit einiger griechischer Stücke nicht
dabey benutzen können; ein hiesiger gelehrter Freund hat sie erst
kürzlich erhalten, und will sie mir mittheilen, sobald er sie ausgelesen
haben wird. Der 2te Band könnte Hrn. von Collin in Wien zur Beurtheilung angetragen werden; falls E. W. nicht auf meinen obigen
Vorschlag eingehen sollten, würde er wohl das Ganze übernehmen.[2])

Verzeihen Sie meine Freyheit, wenn ich Ihnen nun noch mit einer
Anfrage beschwerlich falle. Hr. v. Barante, Sohn des hiesigen Präfects,
und selbst Präfect in der ehemaligen Vendée, in der neugebauten Stadt
Napoleon, ein Mann von vielen Kenntnissen und einem liebenswürdigen
Charakter, Verfasser einer geistreichen Schrift über die französische
Litteratur des 18ten Jahrhunderts, wünscht einen Deutschen als Gesell-
schafter und Secretär um sich zu haben, der ihm beym Studium der
deutschen Sprache und Litteratur behülflich seyn könnte. Wissen Sie
für diese Stelle einen gebildeten und in unsrer Litteratur und Philosophie bewanderten jungen Mann? Die Bedingungen, die ihm zugesichert werden, sind ein Gehalt von 50 Lsd., also 550 fl. Rheinisch,
nebst freyer Wohnung, Tisch u. s. w. Fürs erste würde das Verhältniss
auf ein Jahr eingegangen, um zu sehen, ob man gegenseitig für einander passt. Hr. von Barante steht natürlich die Kosten der Reise,
und falls die Verbindung nicht länger dauert als ein Jahr, auch die
der Rückreise. Es würde dem jungen Mann Musse genug zu eignen
Studien übrig bleiben, auch hätte er in der Folge gewiss Gelegenheit
Paris zu sehen und zu benutzen. Dass er mit Fertigkeit französisch
spreche, ist nicht nöthig, dieses würde sich schon durch den Aufenthalt
im Lande finden. Wäre er ausübender Musiker, so wäre es um so
angenehmer zur Aufheiterung eines einsamen Aufenthalts.[3])

1) Fr. Schlegels Gedichte von Arnim rezensiert (oben S. 213).
2) Wilhelm Schlegels Spekulation auf Böckh schlug fehl, da dieser die
Vorlesungen bereits andern vergeben hatte. Eine Anzeige in Jahrgang 1811
S. 683 von A. W.
3) Es war dies dieselbe Stelle, „die Schlegel und Staël Chamisso (Leben und
Briefe 1839. 1, 268) zudachten": Chamisso bot sie am 1. August 1810 aus Chaumont
seinem Freunde Wilhelm Neumann an, übernahm sie dann aber selber und verlebte
die nächste Zeit in Napoleon.

Ew. Wohlgeb. würden mich durch eine baldige Antwort hierauf recht sehr verbinden. Wenn Sie jemanden zu dieser Stelle mit Zuversicht empfehlen können, so stehe ich auch meinerseits dafür ein, dass sie mancherley Vortheile und Annehmlichkeiten darbieten würde.

Mit ausgezeichneter Hochachtung E. W.

ergebenster

A. W. Schlegel.

57. Ernst Wagner an August Böckh.

Meiningen den 23. Jan. 1810.

Tausend Dank, verehrtester Mann, für Ihre gütige Zuschrift vom 25. v. M., die ich erst heute erhielt!

Gern wollte ich noch länger an Ihrem verehrten Institute Theil nehmen — allein meine Kränklichkeit nimmt schneller zu, die Kräfte ab und mein letztes Stündlein beginnt so allmählig zu nahen, dass ich jeden Augenblick noch auf die Beschickung meines eignen Hauses verwenden muss. Also Ade!

Göthe ist bei A. W. oder Fr. Schlegel, diesen göttlichen Kritischen Seelen, in den besten Händen möchte ich doch die Recension noch lesen![1]

Hr. A. v. Arnim hat mir selbst geschrieben und sich als Recensenten meiner frühern Werke genannt. Aber er meldete mir, dass er die Rec. über den 2. Band meiner Reisen abgelehnt habe, wovon Ew. Wohlgeb. nichts zu wissen scheinen.[2] — Nun, Sie werden schon meine übrigen Bücher einem auch guten und schöndenkenden Manne zur Beurtheilung anvertrauen — im Nothfalle thut es ja wohl der prächtige Jean Paul. — Wenn der Mensch einem höhern Richterstuhle naht, so verliert sich doch, wie ich finde, die Begierde auf das Urtheil der Welt gar merklich. — Gut habe ich es wohl gemeynt! —

Wollten Sie, Verehrtestor, vielleicht mit Herrn Mohr und Zimmer für mich meine kleine Rechnung gütigst abmachen? Ich habe von ihnen nichts als die „Trösteinsamkeit." Es wird ja wenigstens Null von Null aufgehen, hoffe ich? Aber Verzeihung für diese Bitte!

---

1) d. h. die Rezension von Goethes Wahlverwandtschaften: es ist jedoch keine von der ersten Auflage in den Heidelb. Jahrbüchern erschienen; vgl. S. 252.

2) Wie Arnim später aus dem Gedächtnisse den Inhalt seines Briefes an E. Wagner skizzierte, sieh Zeitschr. f. d. Philologie 29, 211; jetzt kommt nun hinzu, dass Arnim eine weitere Besprechung der Schriften Wagners abgelehnt hat.

Schliessen Sie den ehrlich bewahrten Namen eines heitern Menschen in
das Gedächtnis eines Biedermanns ein, und leben Sie froh und glück-
selig! Ewig Ihr

J. E. Wagner.

58. Karl Solger an August Böckh.

Frankfurt an der Oder, den 27sten Januar 1810.

Wohlgeborener Herr
Hochzuehrender Herr Professor,

Ew. Wohlgeboren gütige Zuschrift und der Antrag der Herren
Redaktoren der Heidelberger Jahrbücher war mir so ehrenvoll als erfreulich. Besonders freut es mich, auf diese Weise mit Ihnen in
nähere Verbindung zu kommen, welches ich bei der begründeten Hochachtung, die ich schon längst gegen Ihre Verdienste um die alte Literatur hege, nicht besser wünschen konnte. Um Ihnen einen Beweis von
meiner Bereitwilligkeit zu geben, übernehme ich die Uebersetzungen
von Fälse, und zugleich die Schlegelschen Vorlesungen. Den Sophokles
von Bothe erlauben Sie mir wenigstens noch auszusetzen, da ich grade
durch andere Arbeiten ziemlich stark beschäftigt bin. Haben Sie doch
auch die Güte, mich wissen zu lassen, wie die Recensionen aufgetragen
werden, ob etwa durch zugeschickte Auszüge aus den Messkatalogen,
aus welchen der Recensent wählt, wie es bei andern Instituten zu sein
pflegt. Zuweilen werde ich mir die Freiheit nehmen, Ihnen Recensionen
anzubieten, da man sich doch immer am liebsten und besten mit
solchen Büchern beschäftigt, woran man aus andern Ursachen ein besonders Interesse nimmt. So habe ich vor einiger Zeit eine Beurtheilung
des Attila von Werner geschrieben, welche für ein andres Journal bestimmt war, aber dort, ich weiss nicht aus welchen Gründen oder Rücksichten, noch nicht abgedruckt worden ist. Wollen Sie diese aufnehmen,
und mich bald davon benachrichtigen, so werde ich sie zurückfordern
und Ihnen sogleich übersenden. Bei ganz neuen oder sonst noch nicht
sehr verbreiteten Büchern, werde ich um so mehr bitten müssen, sie
mir zu überschicken, da Frankfurt leider keinen hinlänglichen Bücher-
verkehr hat. [1]

---

1) In Solgers Nachgelassenen Schriften und Briefwechsel, hg. von Raumer und
Tieck, findet sich keine Spur, dass diese Anknüpfung von Folgen gewesen wäre.
Böckh kam in Berlin bald in Verkehr mit Solger; an Minister von Reitzenstein
schrieb er 17. Oktober 1811 (ungedruckt): „Unsere Universität hat von Frankfurt
noch den Prof. Solger erhalten, einen gelehrten und scharfsinnigen Mann, der in
der Philologie sowohl als Philosophie eine Lücke füllt."

Bei der Correspondenz die hierdurch entstehn wird, darf ich Sie wohl bitten, mir gelegentlich Nachricht von dem, was in Heidelberg für die Wissenschaften merkwürdiges vorgeht, zukommen zu lassen. Besonders wünschte ich sehr zu wissen, wie es mit des Herrn Professor Creuzer Werk über die religiösen Symbole der Alten steht, und ob man Hoffnung hat, es bald erscheinen zu sehn, da mir dieser Gegenstand besonders wichtig ist. Stehn Sie in näheren Verhältnissen mit meinem Freunde, dem Professor Voss, so bitte ich diesen von mir zu grüssen.

Nehmen Sie gütig die Versicherung der ausgezeichneten Hochachtung an, mit der ich die Ehre habe mich zu unterzeichnen

Ew. Wohlgeboren ergebener Diener

Solger.

59. Jean Paul an August Böckh.

Bayreuth, d. 5. Februar 1810.

Verehrtester Herr Professor! Schon einmal hab' ich · mit Dank für das Zutrauen der Redakzion — die Beurtheilung der Herderschen Werke ausgeschlagen, weil sie Kräfte fodert, welche meine übersteigen und welche die Redakzion gewiss leichter in ihrem Zirkel aufbietet.[1] Auch, glaub' ich, wären, da seine Werke schon von der Zeit rezensirt worden, keine mehr zu beurtheilen nöthig als die zum ersten male gedruckten.

Zu beurtheilen wünsch' ich Köppens Darstellung des Wesens der Philosophie, — welche in kurzem erscheint — in so fern sie eines Schülers meines Freundes Jacobi so würdig ist als ich hoffe.[2] Die übrigen vorgeschlagenen Werke Krummacher[3], Woltmann, Conti — sind nicht hier zu haben und leider bei mir jetzt zu wenig Zeit zum Rezensieren, das mich die dreifache eines eignen Produzierens kostet. Leben Sie wol in Ihrem so fruchttragenden Leben.[4]

Ihr

Jean Paul Fr. Richter.

1) Es war dies Creuzer gegenüber geschehen (Nerrlich S. 544): Jean Paul erklärte auf den Rezensionsantrag, da gerade das historische Auge Herders Polyphem-Auge sei, während er selbst nur Schmetterlings-Augen habe, Creuzer selbst „mit seinem reichen, grossen, historischen Sinne" für weit geeigneter.

2) Anzeige in der Abteilung für Theologie, Philosophie etc. 1810. 2, 97; im Register: Von F. R. J. P.

3) Vgl. Jean Pauls Kleine Bücherschau (Hempel 52, 108).

4) Obwohl nicht mit diesem Briefe zusammenhängend, sei doch hier angeknüpft, dass, in Weiterführung der Note auf N. 212, Jean Paul im Jahrgang 1810. 2, 65 Fouqué Held des Nordens in drei Teilen rezensierte. Jean Paul schreibt darüber an Fouqué (S. 301) am 30. Juni 1810. Diejenigen Stellen, die Jean Paul

60. Karl Justi an August Böckh.

Marburg, 13. Februar 1810.

Hier, mein verehrtester Freund, kommt die Rezension von der epigrammatischen Anthologie, einem Werke, das ich durch längeren Gebrauch von einer vortheilhaften Seite kennen gelernt habe. Da das Ganze noch nirgends, soviel ich weiss, rezensirt worden ist, so wünschte ich einen baldigen Abdruck dieser Anzeige.[1]

Sodann bin ich so frei, Ihnen zwei andere Rezensionen, die ich mit Musse verfertigt habe, zu senden. Noch ist von Matthissons Anthologie in Ihren Jahrbüchern nicht die Rede gewesen; es war also, wie ich glaube, schicklich, ihrer zu gedenken. Dass ich aber nicht in das unbedingte Lob habe einstimmen können, womit man hie und da so freigebig war, werden Sie sehen. (Die etwas strenge Rezension in der Jenaer Allg. Lit. Zeit. v. 1807 war von mir; dort aber konnte von den zwei neuesten Bänden noch nicht die Rede seyn.) Gefällt Ihnen die Rezension, so bitte ich gleichfalls um baldigen Abdruck. Ist das Buch schon einem andern aufgetragen, so bitte ich um gefällige Zurücksendung meiner Rezension. Sarrazins Romanzen sind auch noch nirgends rezensirt worden; ein angehender Schriftsteller mit Talent, der aber doch solche Missgriffe thut, wie Sarrazin, verdient, glaube ich, auf die Art behandelt zu werden, wie ich diesen Verfasser behandelt habe, d. h. gerecht, aber human. Im Fach der Ballade und Romanze wird jetzt allzuviel gesudelt, daher ist Strenge hier nöthig.[2]

Die Rezension von Jördens Lexikon 3. Theil habe ich auch noch nicht abgedruckt gesehen; sobald ich den Abdruck der Rezension erhalte, soll die Rezension des 4. Bandes nachfolgen. — Am Ende des 1. Semesters 1810 wünschte ich mit den Hrn. Mohr und Zimmer abzurechnen, wenn bis dahin meine eingegangene Rezensionen abgedruckt

darin aus der Heidelberger Rezension im voraus mittelt, welchen in merkenswerter Weise von der Druckgestalt ab. Auch Fouqués Eginhard und Emma wurde im Jahrgang 1811 S. 292 angezeigt oder, wie Fouqué sich in seiner Lebensgeschichte (1840 S. 300) ausdrückt, „durch eine Jean Pauls-Rezension geehrt".

1) Diese Anzeige von Haugs und Weissers Epigrammatischer Anthologie erschien erst 1811 S. 1133; unterzeichnet: Kl.

2) Die Rezension erschien 1810. 2, 80 im Text anonym, im Register: Von Kl. Dass Justi sich selbst in der Rezension als Muster, wie Sarrazin es besser machen müsste, neben Bürger hinstellte, hat den herben Tadel Jacob Grimms hervorgerufen, wie künftig aus dem Arnim-Grimmschen Briefwechsel hervorgehen wird. Man vergleiche auch unten Brief Nr. 68, wo Jacob Grimm die Rezension von Jördens 3. Teil im Jahrgang 1810. 1, 189 offen tadelt; trotzdem auch 1811 noch von Justi eine Rezension des 4. und 5. Teiles.

seyn sollten; ich habe bisher noch gar nicht abgerechnet, und kann die alten Rückstände nicht wohl leiden, deswegen wünsche ich die zwei vorigen Jahrgänge erst zu haben. Die Einlage hitte ich den Herren gefälligst zuzustellen.

Ist mir's einigermassen möglich, so komme ich in den Osterferien auf ein Paar Tage mit Freund Creuzer[1]) nach Heidelberg, um Sie und meinen alten Freund Creuzer einmal in Ihrem edlen, wohlthätigen Wirken näher zu schauen. Creuzer hat mich freundlichst eingeladen.

Unsre Universität wird, wie man sagt, sieben neue Professoren erhalten. Was Hr. v. Leist nun thun wird, wird man nun bald sehen. Was würde J. v. Müller gethan haben, wenn er für Universitäten frei hätte wirken können..

Meinen lieben Freunden Creuzer, Daub und Schwarz tausend herzliche Grüsse! Mit reinster Hochachtung und Liebe

der Ihrige

Justi.

N.S. Werde ich nicht bald eine Anzeige meiner hebräischen Anthologie in den Heidelberger Jahrbüchern lesen?[2]) — Wenn Sie für Meusels Künstler-Lexikon noch keinen Rezensenten bestimmt haben, so will ich wohl diese Rezension übernehmen, und bitte mir desfalls nur Ihre Meinung zu eröffnen.

61. C. Windischmann an August Böckh.

Aschaffenburg, d. 13. Februar 1810.

.. Liess doch meine Rezension von Tennemann[3]), ich mögte Dein Urtheil wissen. Sage aber Zimmer, er möge für bessere Correctur sorgen, es steht da S. 60 Scheine statt Scheue, S. 61 unzuverlässlichst statt unverlässlichst, mehreres andere nicht zu gedenken. In früheren medizinischen Rezensionen wars ebenso.

Loos bitte ich zu bemerken, dass im nächsten Monat die rückständigen Rezensionen kommen. Dann auch die für Dich ..

Ewig der Deinige

Windischmann.

---

1) Leonhard Creuzer.
2) Abtheilung für Theologie etc. 1810, 2, 3.
3) Sieh oben S. 220.

62. Carl Windischmann an August Böckh.

Aschaffenburg, d. 28. Februar 1810.

. . im nächsten Monat, wo ich auch meine literarischen Schulden
an Dieb, Daub, Loos abzutragen gedenke . .

Hiebei die verlangte Rezension. ich hatte sie nur erst flüchtig
angesehen und für einseitig gehalten, da der Verfasser alle Mystik ver-
höhnt, wie Creuzer alles mystifizirt; bei genauerer Ansicht sehe ich,
dass Du recht haben magst.

Freilich will ich den Ast behauen, wo möglich abhauen — das
hab' ich Dir ja schon gesagt, hab' Dir auch den Auftrag gegeben mir
die sämmtlichen Hefte zur Recension schicken zu lassen.   Diesen
Menschen m u s s ich rezensiren . .

(N. S.) Dass D u mit meiner Rezension des Tennemann zufrieden
bist, ist mir mehr werth, als der Beifall der ganzen andern Welt . .

. . sei in gutem eingedenk
                                        Deines C. Windischmann.

63. Carl Windischmann an August Böckh.

[Aschaffenburg, März 1810]

Lieber guter Freund!

. . Ich habe nun Görres[1]: er hat fleissig gearbeitet, schätzenswerth,
doch manche nähere Quelle verschwiegen -   es ist in der That etwas
gewonnen mit dem Buch, aber manierirt bleibt es, wie alle seine Werke.
Ich rezensire es sogleich, da ich es jezt schon zu mir genommen und
mir alles ausgezeichnet habe: ich hoffe, Du sollst zufrieden seyn.
Adam Müller verzögert sich deswegen, weil ich nicht viel Gutes zu sagen
weiss über eine Schrift, von der man so viel Rühmens macht und dies
thut mir immer leid . .
                                        Ewig Dein Windischmann.

64. Achim von Arnim an August Böckh.

Berlin, 12. März 1810.

Herzlichen Dank, lieber Böckh, für Ihren Brief, ich hätte ihn gleich
beantwortet, aber ich wünschte mancherley mitzusenden, was noch nicht
eingetroffen ist, unter andern ein Paar Recensionen übersetzter spanischer
Schriften von einem hiesigen gründlichen Kenner der Sprache Hrn.
Assessor Siebmann. Sie schrieben mir, dass alle meine Recensionen in
den Jahrbüchern abgedruckt sind, ich vermisse nach den beyden ersten

---

1) Görres' Mythengeschichte, sieh oben S. 220.

Stücken dieses Jahrganges doch noch zweye, die von Fr. Schlegels Gedichten, eine andre über Jungs Geistertheorie.[1]) Wenn ich jezt einigen
Tadel gegen die Jahrbücher erhebe, werden Sie vielleicht argwöhnen,
dass er durch eine geargwöhnte Zurücksetzung veranlasst werde, aber
theils kennen Sie mich besser, theils kenne ich Sie besser. Mein erster
Tadel, den ich sehr allgemein höre, betrifft das schlechte Intelligenz-
blat, welches allen andern Zeitungen ein Hauptinteresse giebt, doch dies
wird wohl wegen der Juristen unveränderlich bleiben. Was aber in
Ihrer Abtheilung doch leicht zu bessern wäre, das ist ein Auffassen
alles dessen, was der Zeit merkwürdig scheint, um davon unterrichtet
seyn zu wollen, nun werden aber solche Sachen theils zu spät, theils
niemals angezeigt, während eine Menge unbedeutender Arbeiten weitläufig rezensirt sind. Sie glauben nicht, wie ungemein wichtig in einer
Zeit wie die unsre, die so schnell verdaut, die durch eine Zahl allgemeiner Blätter so schnell bedient wird, die augenblickliche Beurtheilung
von Schriften ist. Fried. Schlegels Schriften vor einem halben Jahre
angezeigt, wo in allen Zeitungen von ihm gesprochen war, hätte doppelt
so viele Leser angezogen; warum ist noch keine Rezension der verschiednen Schriften über Johannes Müller erschienen, der Wahlverwandtschaften, Hirts Baukunst der Alten, Jean Pauls Schriften u. s. w. Die
Bibliothek der Abentheurer und den Feldprediger Schmelzle werde ich
rezensieren,[2]) weil Sie es mir aufgetragen, den Rest dieses Auftrages habe
ich aber fast noch nicht mit Augen gesehen, es ist sehr schwer hier
Bücher zu bekommen, nirgends kann der Sortimentsbuchhandel un-
ordentlicher betrieben werden. Ich sende Ihnen zwey Rezensionen, eine
ist ein wunderlich Buch, das in manchen Kreisen viel Aufsehen gemacht
hat,[3]) das andre, den Ritter, habe ich mit Lust und Liebe und ganz in
allgemeiner menschlicher Beziehung geschrieben, alles eigentlich Physi-
kalische aber nicht berücksichtigt, ich glaube, dass ein schneller Abdruck davon gut thäte, es ist noch nirgends etwas darüber gesagt.[4]) Die
Geschichte mit der Rezension von Görres ist sehr lächerlich; ich habe
sie durchaus nicht gelesen als soweit sie abgedruckt, nur abreisend von
Heidelberg erhielt ich einen Brief von Görres der mich erinnerte eine

[1]) Zu den Rezensionen von Fr. Schlegels Gedichten und Jungs Geisterkunde
sieh oben S. 240 und 221.

[2]) Was nicht geschehen ist.

[3]) Die gänzlich anonyme Rezension von dem Buche „Die Versuche und Hindernisse Karls“, im Jahrgang 1810. 2, 347.

[4]) Die Rezension von Ritter, Fragmente aus dem Nachlasse eines jungen
Physikers (vgl. unten S. 252) in der Abteilung für Theologie, Philosophie etc. 1810.
2, 116; im Register: von π— .̇

Verbesserung darin zu machen, die ich aber nur dabey notieren konnte,
weil das Blat, wozu sie eigentlich gehörte, noch unterweges war; die
Geschichte gehört wieder characteristisch zu Heidelberg. Wilken grüssen
Sie doch vielmal so wie seine Frau und Kind, ich hätte ihm geschrieben,
wenn ich nicht in diesem Augenblicke durch einen Todesfall in meiner
Familie sehr beschäftigt wäre, Creuzer, Krapfries und allen Bekannten
viel Herzliches, der Frühling fängt bald an und da wird es auf Ihren
Bergen hochbergehen. Glückzu.

Achim Arnim.

65. A. W. Schlegel an August Böckh.

Coppet, d. 2ten April 1810.

Hochgeehrtester Herr Professor!

E. W. sende ich hiebey die Antwort des Hrn. von Barante auf Ihre
ihm mitgetheilten Vorschläge.[1]) Sie sehen, dass er bereitwillig darauf
eingeht, und es ist nun an dem Secretär Ihrer Jahrbücher sich zu entscheiden, ob er die Stelle antreten will, und uns baldigst seinen Entschluss wissen zu lassen. Die, wo ich nicht irre, schon erwähnten
Bedingungen wiederhole ich zum Ueberfluss. Sie sind: ein Gehalt von
1200 £ oder 50 Carol. nebst freyer Kost und Wohnung; Vergütung
der Reisekosten; der Vertrag gilt auf ein Jahr, und sollte auf einer
von beyden Seiten keine Erneuerung desselben beliebt werden, so steht
Hr. von Barante auch die Rückreise. Er wird nach der Mitte Aprils
in seiner Präfectur zu Napoleon im Dep^t de la Vendée zurücksyn.
Der Secretär könnte gerade zu an ihn schreiben, thut er es aber auf
Deutsch, so müsste er sich dabey lateinischer Schrift bedienen. Er
kann aber auch seine Antwort an mich richten oder beyschliessen, und
wiewohl ich im Begriff bin nach Frankreich abzureisen, treffen mich
die Briefe am sichersten, wenn sie hicher adressirt werden. Je eher
er die Stelle antreten kann, desto angenehmer wird es seyn.

---

1) de Barante à monsieur Schlegel: j'ai fort à vous remercier, du soin que
vous avez bien voulu prendre pour ce que je souhaite. Il me semble que le secré-
taire des annalles litteraires doit être un homme tout convenable et fort instruit.
on ne rédige assurement pas le journal de Heidelberg avec autant de facilité que
nos journaux de France et il y faut plus de savoir. quant au savoir faire je m'en
passerai bien, je ne veux que m'instruire et m'occuper. ainsi, monsieur, je m'en
rapporte pleinement à vous. si vous croyez que la chose puisse convenir, je vous
remercierai de la conclure. je vous prie, monsieur, de croire à mon sincère et
durable attachement.   de Barante.

E. W. reichhaltige Schrift über die Tragiker habe ich jetzt gelesen, jedoch fehlte es mir noch an Musse, es mit der Aufmerksamkeit zu thun, die sie verdient, d. h. immer dabey die alten Dichter nachzulesen. Sollte ich eine zweyte Ausgabe meiner dramaturgischen Vorlesungen erleben, so werde ich nicht ermangeln meine Versäumniss nachzuholen, und meine Uebereinstimmung mit Ihnen oder meine Zweifel zu äussern.

Die Beurtheilung des Ariost habe ich seit Ihrem Briefe eingesandt; der des Winkelmann wird meine nächste freye Musse gewidmet seyn.[1]

Dass die Herren Redactoren für gut gefunden, zwey Aufsätze gegen meines Bruders Recension des Stollberg einzurücken, kann ich wohl begreifen[2]); ich will Ew. W. aber auf einen andern indirecten Angriff auf ihn aufmerksam machen. Philol. p. III Jahrg. 2tes Heft steht eine Recension zweyer Schriften von Hrn. v. Dalberg. Der Beurtheiler will ganz offenbar S. 50 meines Bruders Ansicht vom Pantheismus widerlegen. Auf der folgenden Seite hingegen, wo er alle unbedeutenden Schriften über die Indier nennt, wovon die meisten ja nur Afterübersetzungen aus dem Englischen sind, übergeht er geflissentlich die meines Bruders, die erste in Deutschland, und überhaupt in Europa ausser England, aus den Quellen geschöpfte, ohne deren Kenntniss alles nur Geschwätz bleibt. Eine solche stillschweigende Feindseligkeit gegen einen verdienten Mitarbeiter hätte wohl billiger Weise ganz zurückgewiesen oder mit einer Berichtigung begleitet werden sollen. Ueberhaupt befremdet es mich, dass eine so wichtige Schrift wie die über die Sprache und älteste Weisheit der Indier, die unsrer Litteratur Ehre macht, und wovon ein übersetzter Abschnitt in Frankreich schon die grösste Aufmerksamkeit erregt hat, in Ihrer Zeitschrift immer noch nicht angezeigt worden.[3]

Ich danke Ihnen für die Nachricht von den Brüdern Grimm, die mir bey meiner Entfernung von Deutschland unbekannt geblieben waren.

---

1) Ueber die beiden Recensionen siehe oben S. 239. In Friedrich Schlegels Briefen an seinen Bruder Wilhelm, soweit sie erhalten, geschieht die einzige Erwähnung der Heidelberger Jahrbücher an der Stelle, wo Friedrich schreibt (Walzel S. 531): „Mohr & Zimmer haben die Geschicklichkeit gehabt, mir grade alle Stücke von den Jahrbüchern zu schicken, nur grade die beyden nicht, welche mich allein oder fast allein interessiren; nemlich worin Deine Recensionen vom Titurell und Winkelmann enthalten sind."

2) In der Abtheilung für Theologie 1808 S. 266 hatte Friedrich Schlegel mit voller Namensunterschrift Friedrich Leopold Stolbergs Geschichte der Religion Jesu Christi beurtheilt. Dagegen erschienen an der Spitze des Jahrgangs 1809 derselben Abtheilung „Bemerkungen über einige Stellen in Fr. Schlegels Rezension etc." und eine zweite Rezension des Stolbergschen Buches ebendaselbst S. 54

3) Vgl. oben S. 235, 236 zu Brief Nr. 53.

Es ist zu verwundern und zu loben, dass Leute, die im Dienst einer
so neudeutschen Regierung stehen, das Altdeutsche so gut kennen. Die
Herren sind etwas bey der Hand mit Tadeln: das pflegt so zu gehen,
wenn man jung ist, und selbst noch nichts bedeutendes geleistet hat.

Ich empfehle Ew. W. eine kürzlich in französischer Sprache erschienene Lebensbeschreibung Zwingli's von Hrn. Hess aus Zürich zu
baldiger Beurtheilung. Der Vf. wird der Redaction ein Exemplar zustellen lassen. Der gelehrte Hr. Professor Wilken würde mich sehr
verbinden, wenn er die Anzeige übernehmen wollte.[1]

Noch vergass ich, dass das mit Hrn. von Chamisso ein Irrthum
ist. Ew. W. verwechseln Napoleonville mit Napoleon. Das letzte ist
eine fast nur noch im Entwurfe vorhandne Stadt.

Mit ausgezeichneter Hochachtung

Ew. Wohlgeb.

ergebenster

A. W. Schlegel.

66. August Böckh an Achim von Arnim.

Heidelberg, den 2. April 1810.

(Redactionsformular; die „unten verzeichnete Schrift", deren Beurtheilung gewünscht wird, ist:)

Ferdinand Miller, Roman von Ernst Wagner.

(darunter, noch auf der ersten Seite des Formulars:)

Nachschrift zur auf der folgenden Seite befindlichen
Vorschrift.

Wagner schreibt zwar, dass Sie auch den 2. Band seines vorigen von
Ihnen recensirten Romans nicht übernehmen wollten. Warum nicht?[2]
Ueber Ihre Recension des Attila hat der Vorleser in seinen Monologen
im Jason nicht genug Ausrufungszeichen machen können.[3] Da der Jason[4]
nunmehr aus dem Ministerium kommt, und Hofrichter in Mannheim
wird, so hat er viele Zeit nach Kolchis zu schiffen; wenn er nur endlich statt des Dreckgelben Felles das goldne mitbrächte! Er scheint
stets denselben Weg umsonst zu beschiffen.

---

1) Eine anonyme Rezension von Hess, Vie d'Ulrich Zwingle im Jahrgang
1811 S. 1065.
2) Sieh oben S. 241.
3) Sieh H. v. Kleists Berliner Kämpfe S. 393.
4) d. i. Graf Benzel-Sternau.

Recensionen von Hrn. Assessor Siebmann werden uns sehr angenehm seyn; künftige Messe will ich ihn auch zum Recensiren noch besonders einladen.[1])

(Auf der zweiten und dritten Seite des Formulars:)

Ihr letzter Brief, verehrter Freund, war mir sehr erfreulich, indem ich schon lange neue Beyträge von Ihnen erwartete, wenn auch die alten noch nicht alle verbraucht waren. Ich hatte Ihnen geschrieben, dass Ihre Recensionen bereits alle gedruckt wären; Ihnen mangelte aber noch Jungs Geisterkunde und Fr. Schlegels Gedichte. Jungs Geistergeschichten gehen mich jedoch gar nichts an, wie Sie wissen, und daran konnte ich also gar nicht denken; was aber Fr. Schlegels Gedichte betrifft, so waren diese damals wirklich in der Druckerey, wurden aber aus Mangel an Raum von unsrem Secretär immer wieder zurückgelegt, sind nun aber in dem jüngst erschienenen und schon in voriger Woche ausgegebenen Hefte wirklich erschienen.[2]) Aber hier muss ich Sie sehr um Entschuldigung bitten, bester Freund! Sie kennen die bedenklichen Zeiten; Sie leben freylich in Preussen, wo Sie jeder Anfechtung unausgesetzt sind; aber Sie wissen, wie den Süddeutschen jeder Ausdruck jetzt missdeutet wird; Sie werden es daher nicht übel nehmen, wenn Sie in der gedachten Recension einige Aenderungen gemacht finden werden. Darüber könnten Sie sich freylich beschweren, dass ich nicht mit Ihnen früher darüber conferirt habe; aber ein Zufall verhinderte dieses gerade. Denn da ich, ohne irgend einen Anstoss zu ahnden, Ihre Kritik in den Druck gab, so fiel mir das Ganze erst in der Correctur auf, und es musste daher die Aenderung gleich, ohne die Möglichkeit weiteren Conferirens, von mir selbst gemacht werden. Da auf unsere Nahmen die Jahrbücher censurfrey gedruckt werden, so müssen natürlich wir auch die Verantwortung dafür stehen. Sie sehen hieraus auch, dass an Zurücksetzung gar nicht zu denken ist; und Sie werden davon weit weniger noch sprechen können, wenn Sie wüssten, in welchem Gedränge ein Redakteur bey der Masse der Materialien ist, wovon manche wohl Jahre lang im Pulte liegen, ehe der harrende Verfasser seine Arbeit wieder zu Gesichte bekömmt.

Was Ihren Tadel betrifft, so gebe ich Ihnen zu, dass er gegründet ist; aber bedenken Sie auch anderseits, was sich zur Entschuldigung sagen lässt. Das Intelligenzblatt kann bey der jetzigen Einrichtung un

1) In Böckhs Nachlass keine Spur einer Anknüpfung mit Siebmann (gendelt als von Grunenthal).

2) Sieh oben S. 240.

möglich das werden, was Sie wünschen, indem es schon im Verhältniss
gegen die übrige Masse unförmlich gross werden würde, zumahl bey
den einzelnen Abtheilungen, wo es wohl die Masse der Recensionen an
Umfang bei Weitem übertreffen würde. Auch würden wir doch meistens die andern Zeitungen ausschreiben müssen; und das ist doch eine
sehr geringe Buchmacherey. Was das schnelle Recensiren in die Zeit
einwirkender Bücher betrifft, so sagen Sie mir nur, wie es zu machen!
Sie meinen freylich, es wäre leicht zu bewirken, ist es aber keineswegs.
Ich halte mich an die von Ihnen genannten Bücher: die Wahlverwandtschaften hatten die heyden Schlegel übernommen; um eine Recension
von diesen wartet man wohl einige Zeit; zuletzt bekommt man sie doch
nicht. Ernst Wagner hatte sie gleichfalls; aber dieser ist ietzo körper-
lich zu elend.[1] Hirths Baukunst ist seit Jahr und Tag dem Senator
Stieglitz in Leipzig aufgetragen; eben so lange die Jean-Paulschen
Schriften[2]: aber die Recensenten sind eben nicht so allzeit fertig, wie
die Weimarschen Kunstfreunde, die ohne Kenntniss der Sache, meisten-
theils, mit schönen Worten allerley mehr anzeigen als beurtheilen.[3] Bedenken Sie auch, dass unsere Jahrbücher auf Schnelligkeit schon wegen
der Lage unserer Stadt verzichten müssen, da die Bücher erst aus dem
Norden zu uns kommen, meist in den Norden wieder zur Recension
gehen, und dann zurück, und die Recensionen dann wieder, zum Theil
wohl langsam, gedruckt nach dem Norden. Auch ist der Spruch so
wahr, dass erst nachdem der erste Rausch verbraust ist, nach Jahren
die Bücher frey und partheylos beurtheilt werden können, und so schadet denn das Späte auch nichts. Sie meinen, Manches Unbedeutende
käme eher und wäre weilläufiger angezeigt. Allein wie vielfältig ist das
Interesse! Jeder will etwas von dem Seinen; und wahrhaftig ein Redacteur einer Zeitung, zumahl einer so in 5 Abtheilungen zerspaltenen,
ist nicht minder in Verlegenheit, als der Theaterdirector im Faust;
allein man muss ein für allemahl auf allgemeine Befriedigung verzichten.

Ihre Kritik des Ritter soll hoffentlich im philosophischen Heft, wo
sie früher wird erscheinen können, frühzeitig abgedruckt werden.[4] Wegen
des Wunderhorns bin ich von Ihrer Unbefangenheit vollkommen über-

---

1) Wegen der Wahlverwandtschaften sieh S. 239, 241, 253, 258.

2) Görres lieferte sie im Jahrgang 1811.

3) Diese Wendung gegen Goethe ist sehr bemerkenswert, erscheint aber auch
bei anderen Heidelbergern, so bei Görres in der Jean Paul-Rezension; und auch
Wilhelm Schlegel macht in der Winkelmann-Rezension zuletzt ein paar Bemerkungen
gegen Goethes Schrift „Winkelmann und sein Jahrhundert".

4) Sieh oben S. 247.

zeugt: ich habe vor wenigen Wochen mir den Rest der Recension von Wilken, der ihn in Beschlag hatte, wieder zu verschaffen gesucht; allein lächerlich wird's nun allerdings seyn, nach so langer Zeit die Fortsetzung folgen zu lassen. Doch hat Creuzer allerdings einen Fehler gemacht, indem er die Recension, wie er mir sagte, an Savigny und Brentano nach Landshut verschickt hatte, und die Zufriedenheit derselben damit als ein besonderes Motiv des schleunigen Abdruckes selbst öffentlich aufstellte. Es ist hier allerdings viel Kleinigkeitsgeist; aber mit etwas mehr Vorsicht und Consequenz, als Creuzer besessen, konnte vieles vermieden werden, was, nach so grossen Fehlern von Seiten der bessern Parthey, nun einmahl auf viele Jahre im Argon liegt.[1])

Das Wetter ist trefflich; unsere Aussichten erheitern sich auch sonst: aber die Hoffnung, dass Sie wieder kommen, ist durch die Berliner Universität nun ganz dahin.[2]) So leben Sie denn wohl in Ihrem beneidenswerthen Berlin. Grüssen Sie alle, die mich etwa kennen.

Der Ihrige
Böckh.

67. Carl Windischmann an August Böckh.

Aschaffenburg, d. 11. Mai 1810.

Geliebter Freund!

. . Ich muss erst wieder recht Lust an der Arbeit gewinnen, das fehlt mir noch vor allem andern. Dies ist auch der Grund, warum Daub die Fortsetzung der Tennemannschen Rezension noch nicht erhalten, die doch wirklich in der Arbeit ist. Für Deinen Antheil bekommst Du nächstens die Rezension von Adam Müller. Ich muss mich durch die Kritik wieder hineinschaffen in meine eigne Sphäre. Dann wird sogleich Görres vorgenommen und Ast (den ich jedoch noch nicht habe) . .

Also haben wir beide die Wahlverwandschaften verstanden und gefühlt! · · In diesem Buche steht mein innerstes Leben -- wie? dies kann ich Dir nur von Angesicht zu Angesicht sagen, wenn ich es jemals irgend einem sage und auf die rechte Weisse sagen kann. Mich hats nicht verwirrt, sondern zur vollen Klarheit gebracht; ich bin ihm zwar tiefen Schmerz, aber auch die tiefste Selbsterkenntniss schuldig.

---

1) Sieh oben S. 214, 247.

2) Das bedeutet doch wohl: Arnim werde, im Anschlusse an die Berliner Universität, nun finden, was er sonst in Heidelberg angestrebt hätte, und bezieht sich mit auf das „Doctorat" (oben S. 235).

Ach! könntest Du mir erlauben diese Schrift in den Jahrbüchern darzustellen, ich wollte Dinge darüber sagen, welche Göthe, Dich und
jeden, dem dieses Licht leuchtet, von Herzen freueten. Es wäre mir
leid, wenn's auch da so schief beurtheilt würde wie überall. Sollte
nicht möglich seyn, über etwas dergleichen zwei Recensionen zu
geben? Sonderbar! ich bin gewiss, dass ich das rechte sagen würde
und doch eben so gewiss, dass ich in mir selbst eben solche wahre
aber weit tiefere Ansicht zurückbehalten würde und müsste . .

Lebe wohl. Ewig

Dein Windischmann.

68. Jacob Grimm an August Börkh.

Cassel, 14. Mai 1810.

Hochgeschätzter Herr Professor

ich bin so frei anzufragen. ob eine im März abgeschickte Anzeige
von Beneckes Minneliedern, um deren baldige Einrückung ich gebeten
hatte, richtig angelangt ist? Das Gegentheil wäre möglich und wird
mir sogar wahrscheinlich, als ich auf einen im Paquetchen zur weitern
gefälligen Absendung eingeschlossenen Brief an Herrn Prof. Görres zu
Coblenz bisher noch keine Antwort erhalten habe.

von dem unlängst erschienenen 2ten Heft des altdeutschen Museums
stehe ich fast an, für die Heidelberger Jahrbücher eine Recension niederzuschreiben, da Sie wahrscheinlich einen überflüssigen Vorrath an bessern
und wichtigeren haben. vielleicht scheint Ihnen dann folgender Vorschlag angenehm, dass Sie mir die noch nicht abgedruckte Recension
des ersten Hefts des Museums zurückschickten, ich würde dann, da
beide Hefte eigentlich einen Band und ein Ganzes ausmachen, und
einige im ersten abgebrochene Abhandlungen im zweiten schliessen, die
Anzeige beider in einander verarbeiten, wodurch vermuthlich das Ganze
nicht eben weitläufiger werden würde, als die Beurtheilung des ersten
Hefts. .

von der Recension des Buchs der Liebe habe ich seitdem nichts
gehört, als ich sie nebst der mir mitgetheilten schlegelischen im Januar
zurücksandte. In der abgedruckten kleinen Anzeige vom Schauspiel
Judith habe ich einige auffallende Druckfehler angetroffen, sie aber
nicht notirt und jetzt das Heft nicht zur Hand.

Ist es erlaubt zu wissen, wer der andere D. A. K ist? der nicht
der jüngere Voss ist. [1]) Einige kleine Recensionen, die z⟨war⟩ in den

1) Sieh darüber oben S. 216 und den folgenden Brief.

Heften hinten, aber im ganzen dann doch in der Mitte stehen, haben mich nicht sehr erbaut, z. B. die des Jördensschen Lexicons von Ki (Justi in Marburg?) Sie müssen mir aber meine Freimüthigkeit zu gut halten.

Ich empfehle mich nebst meinem Bruder Ihrer Gewogenheit ganz ergebenst

Grimm.

69. August Böckh an Jacob und Wilhelm Grimm.

(Redactionsformular; äussere Postadresse: Sr. Wohlgeboren Hrn. Jacob Grimm, Auditor beym Staatsrath, in Cassel, Johannisstrasse, bey dem Kaufmann Hrn. Simon Wille. Mit einer Beylage. — Am Kopfe des Formulars dagegen:)

Heidelberg, den 31. Mai 1810.

An Herrn Grimm, Privatgelehrten in Cassel
Wohlgeb.

(Die „unten verzeichneten Schriften", deren Beurtheilung gewünscht wird, sind:)

Nibelungenlied. Critische Ausgabe v. Dr. Fr. H. von der
Hagen. Berlin Hitzig.

Büsching und von der Hagen, Museum der altdeutschen
Litteratur, 2. Heft.

(auf der inneren Blattseite:)

Hochgeschätztester Herr,

auf Ihre gütige Zuschrift vom 14. May habe ich, wenn auch etwas spät, die Ehre Ihnen zu melden, dass die Recension von Benecke's Minneliedern bereits im Druck ist [1]); auch habe ich den Brief an Görres besorgt, aber weiter nichts mehr davon erfahren.

Ihren Vorschlag wegen des Museums von Büsching und von der Hagen nehme ich mit Dank an, und sende Ihnen daher die Recension des ersten Heftes zurück, um von beyden eine zu erhalten. Dass sie bisher nicht abgedruckt worden, liegt daran, weil ich den spärlichen Raum unter so viele Fächer theilen muss, und gerade im Fache der altdeutschen Litteratur relativ am meisten geliefert worden war. Desto mehr werde ich nachher sorgen, die Recension beyder Hefte schneller zum Druck zu befördern.[2]) Davon mag denn auch Veranlassung ge-

---

1) Erschien 1810. 1, 371 (Kleinere Schriften 6, 11).
2) Sieh oben S. 211.

nommen werden, Ihre Recension des Buches der Liebe beyzufügen,
welche sogleich nach Schlegel folgen zu lassen unpasslich schien.[1]

Was die Druckfehler betrifft, so habe ich deswegen schon häufige
Vorstellungen gemacht, welche aber bisher wenig gefruchtet haben; ich
selbst bin mit mannigfaltigen Geschäften zu sehr überhäuft, als dass
ich durch eigene Bemühung helfen könnte. Von manchen kleinen Recensionen bin ich eben auch nicht erbaut; überhaupt missbillige ich
vieles an unserem Institut, was ich nicht abändern kann. Die zu-
sammengesetzte Redaction hat neben vielem Guten auch manchen Nachtheil. Der andere D. A. E. ist der Kabinetssecretär Wagner in
Meiningen, welcher aber, wegen einer Kränklichkeit, die ihn täglich
sein Ende erwarten lässt, keinen weitern Antheil nehmen kann. Wenn
Sie mir im Fache der Poesie und der verwandten Litteratur einige
tüchtige Männer als Mitarbeiter nennen könnten, würde ich Ihnen vielen
Dank wissen. In diesem Fache wechseln die Recensenten so sehr;
Fr. Schlegel, Jean Paul, A. W. Schlegel, Arnim u. a. wechseln; und
keiner hat lange Ausdauer!

Ich empfehle mich Ihnen und Ihrem Herrn Bruder bestens.

Der Ihrige

Böckh.

70. Johann Georg Zimmer an Achim von Arnim.

[Leipzig, Juni 1810]

Hierbey, mein geliebter Freund, erhalten Sie nebst einem Brief von
Görres ein Exemplar seines Buches, worin Sie sich mit unserm Brentano teilen sollen; wenn Sie künftig einmal sich trennen, dann soll der
abgebende Theil sein eigenes haben.[2]

Ihr Briefchen hat mir Reimer gebracht, aber das Manuscript werde
ich nun wohl nicht mehr hier erhalten, denn ich gehe in drei Tagen
ab. Schicken Sie es entweder durch Reimers Einschluss (was mir des
hohen Portos wegen am liebsten wäre) oder direkt an J. F. Gleditsch
Buchh. allhier mit dem Auftrag, es dem nächsten PostPacket an uns
beyzuschliessen. Auf diesem Wege wünschte ich überhaupt künftig auch
Ihre Briefe und Beyträge für die Jahrbücher zu erhalten. Ich erhalte
es immer innerhalb acht Tagen.[3]

---

1) Sieh oben S. 237.

2) Görres' Mythengeschichte der asiatischen Welt mit seinem Briefe vom
11. Mai 1810: sieh Neue Heidelberger Jahrbücher 1901, 10, 139.

3) Das „Briefchen" Arnims fehlt im Buche über Zimmer; das „Manuskript"
ist das zu Halle und Jerusalem. Vgl. oben S. 235.

Von der Messe lassen Sie sich Reimer erzählen. Wenn sie auch schlecht war, so zeigte sich doch wenigstens einige Hoffnung zu einer künftigen bessern.

Grüssen Sie Brentano herzlich. Wie gerne hätte ich Sie hier gesehen! Leben Sie recht wohl!

Ihr treuer Zimmer.

(Nachschrift:) Ich freue mich erschrecklich nach Haus zu kommen. Denn ich habe nun auch ein Mädchen neben dem Knaben. Die Frau Prof. Wilken ist sammt ihrem Kinde mit mir hierher gereisst und geht wieder mit mir zurück.

71. Johann Gustav Büsching an August Böckh.

Berlin, d. 15. Juni 1810.

Mein Freund Kannegiesser ladete Ew. Wohlgeboren im Anfange dieses Jahres zur freundschaftlichen Theilnahme an einem Journal für Wissenschaft und Kunst, Pantheon betitelt, ein, welches Sie damals nicht ganz von der Hand wiesen. Bei der jetzt bestimmten Fortsetzung auch im folgenden Jahre, lade ich Sie ergebenst unter den schon gemeldeten Bedingungen noch einmal ein, mit der Bitte, uns recht bald mit einem Beitrage zu erfreuen.

Eine aus dem Pantheon besonders abgedruckte Abhandlung meines Freundes Bernhardi: über das Alphabet, hoffe ich, werden Sie durch eine Buchhandlung von der Leipziger Messe bekommen haben. Sie war von Bernhardi für Sie bestimmt. Die einliegende Ankündigung empfehle ich Ihnen freundschaftlichst. [1]

Hochachtungsvoll
Ew. Wohlgeboren
ergebener
Dr. Büsching.

72. Carl Windischmann an August Böckh.

Aschaffenburg, d. 27. Juni 1810.

Geliebter Freund!

. . Hier hast Du die Rezension von Görres; möge sie Deinen Beifall erhalten; sie ist ehrlich und von Herzen für die Sache und den Verfasser. Lass sie bald abdrucken. [2]

---

1) Diese Ankündigung des Pantheons im 10. Intelligenzblatt der Heidelberger Jahrbücher von 1810 abgedruckt; hierin sowohl wie in der Vorrede des Pantheons ist Böckh als Mitarbeiter aufgeführt.

2) Sieh oben S 220.

17*

Hast Du dann die hündisch schlechte Rezension meines Versuchs über den Gang der Bildung in der heilenden Kunst gelesen?[1]) Der Mensch hat nicht einmal das Buch gelesen, verwechselt Bacons, Sydenhams und andre Ansichten mit der meinigen — weiss von der Geschichte der Kunst nichts und hat den Leichtsinn ins blaue zu schwätzen! Ich habe Ackermann eine klare Epistel darüber geschrieben, wie er so etwas nur abdrucken liess. An dem ganzen Jammer ist Schubert schuld, der die Sache zu lange verzögerte, weil er mir in jeder Hinsicht genug thun wolte, und nun wurde sie durch Loos einem andern übergeben und verhunzt. Indessen werde ich dazu still schweigen, solches Lob und solcher Tadel bekümmern mich wenig. Der Autor Ingenuus karakterisirt sich selbst genug.

Welche Freude machst Du mir mit dem Auftrag der Darstellung der Herderschen Werke. Ich sehe das als Belohnung meiner nun 20jährigen ununterbrochenen Liebe für den Verfasser an.[2]) Und um Göthes Wahlverwandschaften solls Dich nicht reuen, dass Du sie mir zugestanden.[3]) Nur vergiss nicht wieder, dass Du diese Bücher mir zugetheilt, wie Du es mit Görres vergessen zu haben scheinst, den Du mir ja schon vor einem Jahre fest übertragen hattest.

Lebe wohl. Ewig

Dein Windischmann.

73. August Böckh an Achim von Arnim.

[Heidelberg] d. 13. July 1810.

Meinen letzten Brief werden Sie ohne Zweifel richtig erhalten haben, worin ich Ihnen über allerley unklare Punkte ziemlich ausführlich geschrieben habe.[4]) Ihre letzten Recensionen sind leider noch nicht gedruckt; die über Ritter habe ich zur schnellern Förderung an Daub gegeben, der sie aber, wie ich sehe, immer noch nicht drucken lässt. Die Versuche Carls sind gegenwärtig in der Presse.[5]) Es fehlt uns gar zu sehr an Raum, um die mancherley Bedürfnisse zu befriedigen; ich hoffe aber mit nächstem Jahre wenigstens 8—9 Bogen Zulage zu meinem Hefte zu bekommen. Mit der Fortsetzung der Wunderhornsrecension habe ich gegenwärtig einen Plan, welchen ich durchzutreiben gedenke, wodurch

---

1) Abteilung für Medizin 1810 S. 214, anonym.
2) Erschien im Jahrgang 1812 S. 385, 417; im Text und im Register: Von C. J. W—n.
3) Sieh oben S. 252.
4) Oben S. 250 Nr. 66.
5) Zu Ritter und zu Carls Versuchen vgl. oben S. 247.

sie endlich auch zu Tage gefördert werden wird.[1] Ueberhaupt dürfen
Sie von meinem guten Willen und meiner Bereitwilligkeit überzeugt
seyn, das Gute und das freye Urtheil in unsern Jahrbüchern zu erhalten;
es wird mir aber von der alten bekannten Parthey thätig entgegen-
gewirkt, insbesondere von Thibaut.

Die Mythengeschichte von Görres ist ein vortreffliches Buch, welches
Sie hoffentlich angesehen haben werden. Es liegt davon auch schon
eine schöne Recension bey mir, die wegen des beengten Raums immer
auch noch nicht vom Stapel laufen kann.[2] Es ist ärgerlich, dass ich
die besten Sachen oft zurücklegen muss, weil ich so wenig Raum habe,
während bey der Redaction der andern Hefte, besonders beym juristischen, oft der grösste Mangel ist.

Uebrigens ist mir das ziemlich hölzerne Leben hier ziemlich ver-
leidet; ich wünschte nichts sehnlicher, als bey Ihnen seyn zu können,
wo eine schöne neue Welt, unter der liberalsten Unterstützung einer
Regierung emporblüht, welche ich vor allen Deutschen liebe und jederzeit geliebt habe. Ach wann wird die Zeit kommen, da ganz Deutschland sich einer solchen Morgenröthe erfreuen kann!

Grüssen Sie Brentano von mir, und wer sich sonst meiner erinnert,
und vergessen Sie nicht einen Freund, dem Sie so theuer sind.

Böckh.

74. A. W. Schlegel an August Böckh.

Chaumont an der Loire, d. 6ten August 1810.

Hochgeehrtester Herr Professor!

Ew. Wohlgeb. verzeihen gütigst die so lange Verzögerung meiner
Antwort auf Ihren verbindlichen Brief vom 24sten April, der mir erst
hier und also ziemlich spät zugekommen ist. Eine beträchtliche Reise,
mancherley Abhaltungen und überhäufte Beschäftigungen sind Schuld
an meiner Versäumniss.

Was Sie mir von Hrn. Wagner melden, scheint es allerdings sehr
wünschenswert zu machen, dass er auf den Vorschlag eingehen möchte,
den Sie ihm gethan. Sie würden mich also sehr verbinden, wenn Sie
mir baldigst nur durch einige Zeilen melden wollten, ob er so entschieden
bejahend geantwortet hat. Die Unentschlüssigkeit des Secretärs Ihrer
Jahrbücher, da er anfangs verneinend geantwortet und nachher diess

1) Sieh oben S. 214.
2) Sieh oben S. 257, von Windischmann.

wieder zurückgenommen, macht, dass die Sache einer neuen Wahl anheim gegeben werden kann. Indessen wünschte ich zugleich zu wissen,
wie dieser Mann letztlich über den Vorschlag gesinnt ist. Er kennt
die Bedingungen, er hat nun schon einige Zeit lang seine neue Stelle
bey der Bibliothek verwaltet, und wird also keine Schwierigkeit haben
sich zu entscheiden, ohne dass wir von unsrer Seite nöthig hätten, ihm
im voraus eine ganz bestimmte Entscheidung zu geben. Die Bestimmung
des Reisegeldes wird keine Schwierigkeit machen.

In einigen Wochen hoffe ich mit Hrn. von Barante zusammenzu-
treffen, es ist daher mein dringender Wunsch zuvor Nachricht über die
Entschliessung der beyden Männer, denen der Vorschlag durch Sie gemacht worden, zu haben. Hrn. Wagners Geneigtheit könnte allerdings
die Wahl noch anders entscheiden, da Hr. von Barante ein grosser Liebhaber der Musik ist. Ich will Ihnen nicht bergen, dass auch Hr. von
Chamisso, dessen Ernennung in Napoleonville ein Irrthum war, und der
sich gegenwärtig hier bey mir befindet, ihm vorgeschlagen worden ist.[1])
So lange die vorläufig gethanen Vorschläge noch niemanden zu einem
Schritt bewogen haben, der seine Verhältnisse verrückt und dadurch für
den andern Theil bindend wird, ist es, däucht mich, immer erlaubt,
sich die Wahl frey zu lassen.

Ihre Erklärung über die meinen Bruder betreffenden Erwähnungen
und Verschweigungen in den Heidelbergischen Jahrbüchern[2]), habe ich
ihm mitgetheilt, und ich zweifle nicht, er wird sie befriedigend finden.
Uebrigens schien mir die Sache nur in Bezug auf die Gesinnung der
Herren Redactoren bedeutend. Solche Bücher wie die Schrift meines
Bruders über die Indier und die Sammlung seiner Gedichte bahnen sich
wohl selbst ihren Weg, und wenn sie in einem so ausgezeichneten Blatte,
wie Ihre Jahrbücher sind, unbeurtheilt bleiben, so hat diess nur den
Nachtheil einer Lücke für die Zeitschrift selbst.

An dem besten Willen hat es mir nicht gefehlt, Ihnen noch ferner
Beyträge zu den Jahrbüchern zu liefern, bis jetzt aber ist es nicht möglich gewesen. Besonders hätte ich Lust über die Ausgabe von Winkelmanns Werken etwas zu sagen.[3])

Es ist mir sehr erfreulich zu hören, dass Sie über die Pindarischen
Sylbenmasse gearbeitet haben, und ich werde gewiss die erste Gelegenheit benutzen, mich durch Ihre Untersuchungen zu belehren. Ueber

1) Sieh oben S. 240.
2) Sieh oben S. 233. 236. 249.
3) Sieh oben S. 239; in Wilhelm Schlegels Sämmtlichen Werken 12, 321.

.

Hermanns metrische Einsichten kann ich nicht so günstig urtheilen, wie Sie es mir in der Abhandlung über die Griechischen Tragiker zu thun schienen. Seine Grundsätze scheinen mir allzu abstract, seine Anwendung davon gewagt, seine Constructionen der Sylbenmasse nicht befriedigend, seine Urtheile oft gerade zu geschmacklos, wenn er z. B. die Römer in Behandlung des Elegischen Sylbenmasses den Griechen vorzieht, oder behauptet, Horaz habe schlechte Hexameter gemacht, da dieser Dichter vielmehr mit der grössten Kunst den Hexameter zum vertraulichen Ton der Sermonen herabgestimmt hat.

Mit ausgezeichneter Hochachtung

Ew. Wohlgeb.

ergebenster

A. W. Schlegel.

Wenn E. W. mich bald mit einer Antwort erfreuen wollen, so bitte ich selbige hieher zu richten unter der Adresse: à Chaumont par Ecure Dep‘ de Loire et Cher. Späterhin aber: à Paris, rue de la Concorde No. 8 aux soins de Mr. Rocheux.

75. Karl Justi an August Böckh.

Marburg, 18. August 1810.

Verehrtester Freund!

Sie erhalten einstweilen von den mir aufgetragenen Rezensionen die von Jördens — 4. 5 Band [1]), und eine Rezension von einem Kalender des deutschen Parnasses [2]), wo ichs für Pflicht hielt, vor dieser trivialen Kompilation zu warnen, und mein Urtheil zu belegen, damit sich nicht andere durch den Titel getäuscht, dies Büchlein kaufen, wie es mir leider! ergangen ist.

Matthissons Erinnerungen habe ich nun auch erhalten, und nächstens folgt davon eine Recension.

Vielleicht habe ich das Glück, Sie diesen Herbst in Heidelberg meiner Hochachtung persönlich versichern zu können.

Ganz der Ihrige

Justi.

1) Auch diese Rezension ist erschienen 1811 S. 730; im Register: Von Kl; vgl. oben S. 244.

2) Ich kenne davon den zweiten und dritten Jahrgang für 1810 und 1811, der erste war 1783 erschienen, elende Charteken, der Anzeige in den Heid. Jahrbüchern unwürdig; Böckh hat die Anzeige mit Recht unter den Tisch fallen lassen.

76. Wilhelm Grimm an August Böckh.

Marburg, 4. September 1810.

Ew. Wohlgeb.

bin ich so frei eine Recension einer dänischen Schrift zu übersenden
für die Jahrbücher. Da ich dachte, sie berühre eins der merkwürdig-
sten dänischen Bücher, von dem man doch keine grosse Bekanntschaft
in Deutschland vermuthen darf, und als Gelegenheitsschrift sey sie auch
nicht in den deutschen Buchhandel gekommen, so hoffte ich, eine Recension davon werde bei diesem eigenen Interesse Ihnen nicht unangenehm
seyn. Sie geben freilich der altdeutschen Literatur verhältnissmässig
Raum genug, wie immer eine neue Wissenschaft vieles zu sagen hat,
welches eine erwachsene voraussetzen darf, und es wird sich daher für
die altnordische wenig Platz finden, indessen sind die Fälle nicht häufig,
wo etwas von Belang übers Meer kommt: von der eben herausgekommenen
Niäls Saga lässt sich nicht viel sagen, dagegen soll eine Uebersetzung
der Resenischen Edda erschienen seyn, die interessant seyn könnte; ich
habe sie aber noch nicht bekommen. Auch hält's äusserlich schwer, dass
etwas herüberkommt: ein Paquet hatte erst neulich ein französischer
Caper genommen, es hatte drei Monat vor dem Priesen Gericht in Lübeck
gelegen, bis endlich eine günstige Entscheidung von Paris kam, wodurch
ich es erhielt, nachdem ich es schon verloren gegeben. Weil ich es
sosehr wünsche, denke ich auch an die Möglichkeit, dass die Herrn vom
Magnäischen Institut angeregt werden, und sich endlich anschicken den
zweiten Theil der Sämundinischen Edda herauszugeben, wenn ihnen die
Recension zu Gesicht kömmt. Wenn jemand in Sünden sein Brot ge-
gessen, so sind es die zwei, die vom Legat dreissig Jahr zur Herausgabe der Manuscripte besoldet worden und gar nichts gethan.[1]

Die Recension von Hagens Nibelungen werde ich anfangen, sobald
ich nach Cassel zurückgekehrt bin, welches in einigen Wochen der Fall
seyn wird. Die nothwendige Vergleichung nimmt viel Zeit weg, da Sie

---

1) Die hier eingesendete „Recension einer dänischen Schrift" kann nach den
Umständen (vgl. auch unten S. 266) und dem Inhalte nur die über Nyerups Axel
und Valborg sein, die im Jahrgang 1811 S. 360 (Kl. Schriften 2, 1) zum Abdruck
gelangte. Ich weiss allerdings damit nicht recht zu reimen, was Wilhelm Grimm
aus Marburg den 20. September 1810 an Nyerup schreibt (an Nordische Gelehrte
S. 30): „Ich habe in diesen Tagen eine Recension von Axel und Waldburg .. für
die Heidelberger Jahrbücher angefangen, und werde sie, sobald ich wieder in Cassel
bin, beendigen." Das „Packet", von dem Grimm spricht, war ein von Nyerup ab-
gesandtes (ebenda N. 22. 23).

aber noch Vorrath an altdeutschen Recensionen haben werden, so wird es nichts verschlagen, wenn ich sie Ihnen erst in etwa zwei Monaten zusende.

Ueber die sehr treffliche Recension von Görres über die Mythologie des Indous par Mr. de Polier [1] habe ich mich sehr gefreut: haben wir nicht bald Hoffnung eine Recension seiner Mythengeschichte zu erhalten? es scheint mir gerade bei diesem Buch, das so herrlich in der Idee und oft in der Ausführung, nöthig, dass es öffentlich anerkannt und gewürdigt werde.

Eine erneuerte Recension über das altdeutsche Museum von meinem Bruder werden Sie ohne Zweifel erhalten haben. [2]

Mit der Versicherung der aufrichtigsten Hochachtung

Ew Wohlgeb.

gehorsamer Dr
Wilhelm Carl Grimm.

(Nachschrift:) Die Einlage bitte ich Hrn. Zimmer zukommen zu lassen.

77. Franz Horn an August Böckh.

Berlin, 10. September 1810.

Wohlgeborne,
Hochzuverehrende Herren,

Indem ich Ew. Wohlgeb. die Beurtheilung der mir genannten Schriften zu senden die Ehre habe, möge es mir verstattet sein, den Wunsch auszudrücken, dass auch meine Schriften, besonders die neueren, bald möglichst einen Recensenten in Ihren Jahrbüchern finden mögen. Ich darf diesen Wunsch aussprechen, indem ich, die strengste Gerechtigkeit für die erste Pflicht eines Kritikers haltend (wie ich denn dies bereits in den beifolgenden Beurtheilungen genugsam zeige) nichts anders erwarte und wünsche, als solche. Zugleich würde es mir angenehm sein, mich bald wieder durch neue Aufträge von Ihrer Seite beehrt zu sehen. [3]

Mit der ausgezeichnetsten Verehrung
Ew. Wohlgeb.

gehorsamer Diener
Dr. Franz Horn.

1) in der Abteilung für Theologie 1809. 1, 241.
2) Sieh oben S. 255.
3) Von Franz Horn sind eine grosse Anzahl von Rezensionen in die Heidelberger Jahrbücher geliefert worden. Sein Zeichen ist Fn. Für 1810 nenne ich seine Anzeigen von Graf Loebens Roman Guido und dessen in Berlin herausgekommenen

78. Carl Windischmann an August Böckh.

Aschaffenburg, 15. October 1810.

Lieber Freund!

. . Die Rezension von Görres kommt spät genug; es sind nun vier
Hefte erschienen, seitdem ich sie eingeschickt — vor Neujahr sollst Du
noch Göthe und Müllers Idee der Schönheit haben, aber die Darstellung
Herders ist schwieriger als dass ich sie so im Fluge abthun könnte
— ich werde also jeden freien Augenblick verwendend doch kaum in
diesem Jahre fertig werden. Was restirt muss mir ja doch bleiben,
wenn auch eine andre Redaction eintrit. So will ich Dir auch nächster
Tage sagen, was ich mir aus dem Cataloge gewählt. Daub erinnert
mich nicht an Tennemann [1]), ich fühle daher auch keinen Drang, die Rezension fortzusezen, besonders, da ich so ungeheuer viel zu thun habe
und endlich einmal mit meiner magischen Arbeit fertig werden muss . .

Ewig Dein Windischmann.

79. August Böckh an Jacob Grimm.

Heidelberg, den 1. November 1810.

(Redactionsformular; die „unten verzeichneten Schriften", deren
Beurtheilung gewünscht wird, sind:)

Büsching, Der arme Heinrich. Zürich, Orell pp. [*])
Sendschreiben über den Titurel — von Docen. Berlin Salfeld. [²])

Böckh.

Gedichten; Horn, als Fouqué's Getreuer, hatte Graf Loeben gewiss kennen gelernt.
1811 wieder eine Reihe Rezensionen. 1812 S. 411 II. v. Kleists Käthchen von ihm angezeigt (Kleists Berliner Kämpfe S. 451); ferner (1812 S. 1030) Frau von Fouqués
kleine Erzählungen und Fouqués Magie der Natur, wozu man vergleiche Horn an
Fouqué aus Berlin 6. Juni 1812 (Briefe 1848 S. 131): „Ferner habe ich an die Redaction der Heidelberger Jahrbücher geschrieben und mir die Beurtheilung der Erzählungen und der Magie der Natur ausgebeten. Da ich seit zwei Jahren ein so
sehr fleissiger Mitarbeiter bin, und man mir bis jetzt fast immer meine Wünsche
gewährt hat, so zweifle ich nicht, man werde es auch diesmal. Wenn ich nur auch
im Stande wäre, dem mich so sehr chredson Wunsch Deiner Gattin ein völliges
Genüge zu leisten. Ihrem pfeilartig durchdringenden Scharfsinn stehet vielleicht
kein Mann. Voluisse sat est." Vgl. unten Nr. 96 und 99.
    1) Sieh oben S. 220. 245; eine gänzlich anonyme Rezension von Tennemanns
Grundriss der Geschichte der Philosophie im Jahrgang 1812 S. 1218.
    2) Jahrgang 1812 S. 40 (Kl. Schriften 6. 64).
    3) Der Titurel von Wilken unten in Nr. 89 zurückgenommen, angezeigt von
Wilhelm Schlegel 1811 S. 1073 (Sämmtliche Werke Bd. 12).

80.   Wilhelm Grimm an August Böckh.

Cassel, 12. November 1810.

Hochgeehrtester Herr Professor.

Ew. Wohlgebornen bin ich so frei eine Recension von Arnims Romian zu übersenden. Da Sie noch kürzlich über den Mangel an Recensionen im poetischen Fach sich beklagten, so hoffe ich, dass sie Ihnen nicht ganz ungelegen kommt, und wünsche es. Haben Sie das durchaus geistreiche und originelle Buch schon gelesen, so werden Sie mir gewiss in allem Lob Recht geben, und vielleicht manchen Tadel zu streng finden: er mag ein Beweis seyn, wie redlich die ganze Recension geschrieben worden. Wenn es Ihnen gefällt, sie anzunehmen, so würde ich es für eine besondere Freundschaft erkennen, wenn Sie solche bald zum Druck beförderten. [1]

Zugleich folgt als Fortsetzung einer früher übersendeten Recension von Nyerups Axel und Waldborg eine kurze Anzeige von einer zweiten Probeschrift, mit der Bitte sie unmittelbar auf die andere folgen zu lassen. [2]

Die früher aufgetragenen Recensionen werden wir Gelegenheit haben, diesen Winter auszuarbeiten, und sie Ihnen zusenden, sobald sie fertig sind. Mein Bruder empfiehlt sich mit mir Ihnen bestens

Der Ihrige

Wilhelm Carl Grimm.

81.   Carl Windischmann an August Böckh.

[Aschaffenburg, November 1810]

Lieber Freund!

. . Die Historie wegen der Jahrbücher ist mir sehr begreiflich: ich mag mich über nichts mehr wundern. Nur dies wäre mir nicht lieb, wenn ich die Wahlverwandschaften nicht darstellen könnte, weil ich es Göthe bei Gelegenheit selbst mitgetheilt habe. Wäre dann nicht möglich, sie noch ins 14, 15, 16te Heft zu bringen? — Unser freundschaftliches Verhältniss stört doch in der Redaktion nicht! und

---

1) Jahrgang 1810, 2, 374 (Kl. Schriften 1, 289): vergl. Zeitschrift f. d. Philologie 31, 168.

2) Axge og Else, hg. von Rahbek: 1811 S. 143 (Kl. Schriften 2, 12).

als Reducteur hast Du mir doch Göthe und Herder übertragen.
Schreibe mir hierüber bald . .[1])

Lebe wohl. Ewig
Dein Windischmann.

82.   Wilhelm Grimm an August Böckh.

Cassel, 11. December 1810.

Hochgeehrtester Herr Professor.

Ich übersende Ihnen anliegend eine Recension von Wagners A. B. C.
für die Jahrbücher, die freilich ins poetische Fach gehört, weil aber
das Buch auch zum Theil in meinen Kram einschlägt, so hab ich daran
Gelegenheit genommen, sie zu schreiben. Sollten Sie die Recension
schon einem andern Recensenten aufgetragen haben, so verstehts sich,
dass die meinige nachsteht, und ich bitte auf diesen Fall nur, sie mir
gelegentlich wiederzuschicken.[2])

Mit der aufrichtigsten Hochachtung der Ihrige

Wilhelm Carl Grimm.

83.   Karl Justi an August Böckh.

Marburg, 11. Dezember 1810.

Mein Lieber!

Hier noch eine der mir aufgetragenen Rezensionen! Da ich höre,
dass es mit der Redaktion der Jahrbücher eine Veränderung geben wird,

---

1) Es scheint, dass in dem Redaktions-Komitee, ähnlich wie früher (oben
S. 252) aus Creuzers Freundschaft mit Arnim und Görres beim Wunderborn, so
hier aus Böckhs Freundschaft mit Windischmann bei Rezensionen des letzteren
Schwierigkeiten entstanden seien. Was die Wahlverwandtschaften anlangt (von deren
zweiter Auflage schliesslich im Jahrgang 1814 S. 177 eine A. W. unterzeichnete
Anzeige erschien: sieh oben S. 252, 258), so erfahren wir hier, dass Windischmann
seine Absicht bei Gelegenheit Goethe selbst mitgeteilt habe. Windischmann trat
zuerst 1804 mit Goethe in Verbindung (Weim. Ausgabe IV 17, 219), und 1811 am
2. Mai (ebenda 22, 79) dankt Goethe Windischmann „für die mitgetheilte Recension",
ohne dass aus den Lesarten S. 425) gegebenen Bemerkungen hervor-
ginge, welche Rezension (doch wohl der Farbenlehre?) gemeint sei. Briefe Windischmanns sind in Goethes Nachlass vorhanden; das Weimarer Goethe-Archiv teilt
mir aus dem Briefe Windischmanns vom 13. November 1810 die folgende, hierher-
gehörige Stelle mit: „Durch eine Fügung vom Himmel ist mir die Darstellung der
Wahlverwandtschaften für die Heidelberger Jahrb. übertragen. Ich darf Ihnen bezeugen, dass nicht leicht einer besonderer Schickungen wegen so tief wie ich von
diesem Werke durchdrungen werden konnte. Hiemit sollen Sie gewiss zufrieden
seyn." Vgl. oben S. 253.

2) Ganz anonym 1810. 2, 371 abgedruckt, fehlt in Wilhelm Grimms Kleineren
Schriften, von mir früher in der Zeitschrift f. d. Philologie 29, 706 ohne dies direkte
Zeugnis schon für W. Grimm in Anspruch genommen.

so ersuche ich Sie angelegentlichst, die noch von mir vorräthigen Rezensionen alle in dem Jahrgang 1810 einrücken zu lassen; besonders wünschte ich, dass die Rezensionen von der epigrammatischen Anthologie [1]) und von Matthissons lyrischer Anthologie und dessen Erinnerungen vor allen andern abgedruckt würden. [2]) —

Mit unserm trefflichen und kostbaren Begräbnismonument der heil. Elisabeth hat es unterdessen leider! eine traurige Veränderung gegeben. Nachdem es sechstehalb hundert Jahre in der Elisabethkirche gestanden, ist es die vorige Woche eingepackt und nach Kassel transportirt worden. Bei der Zählung der Edelsteine fand sich, dass noch 824 Edelsteine (Sapphire, Smaragde, Rubinen, Onyxe, Amethyste, 3 ungeheuer grosse Perlen u. s. w.) daran waren, herrliche Gemmen und Kameen von griechischer Arbeit, meist von Rittern auf ihren Kreuzzügen gesammelt. Diese haben wir alle erst sorgfältig abgedruckt. Das Publikum soll in der Folge manches erfahren. Sagen Sie doch dies, nebst meiner besten Empfehlung, meinem Freunde Creuzer.

Leben Sie wohl. Hochachtungsvoll

Der Ihrige

Justi.

N. S. Vor einigen Tagen habe ich eine Gehalts-Zulage erhalten. Eben so die Hrn. Wagner, Tennemann und Wenderoth.

84. Carl Windischmann an August Böckh.

Aschaffenburg, 25. Dezember 1810.

Lieber Freund,

Verzeihe dass ich Dich so lange ohne Antwort liess. Deinem freundlichen Vorschlag, die Rezension der Wahlverwandschaften in diesem Jahre noch einzurücken, konnte ich nicht entsprechen, was mich allerdings schmerzt. Mein Georg wurde eben in jenen Tagen gefährlich krank und ist jezt noch reconvalescent, meine ganze Familie wurde nach und nach unpässlich und ich war nicht im Stande, das geringste, viel weniger so wichtige Gegenstände, wie in jenem Buche, rein und heiter

---

1) Die Rezension von Weissers Epigrammatischer Anthologie 1810 S. 1132, im Register: von Kl.

2) Matthissons Erinnerungen: 1813 S. 355, 1815 S. 1037, 1816 S. 1240; gezeichnet mit Kl. Ueberhaupt bringen noch die nächstfolgenden Jahrgänge eine Reihe kleiner Anzeigen von Justi, so dass eine viel spätere Mitteilung Justis an Böckh nach Berlin: „Seit Ihrem Abgange von Heidelberg habe ich wenig oder gar keinen Antheil mehr an den Heidelberger Jahrbüchern genommen", kann zu Recht bestehen hann.

durchzudenken. Wenns nicht möglich ist, dass der Anftrag mir erhalten werde (so wie Herder), da er mir einmal geschehen, so muss
ichs eben fahren lassen . .

Ewig Dein Windischmann.

85. Franz Horn an August Böckh.

Berlin, 17. Januar 1811.

Es ist mir erfreulich, Ihnen, verehrtester Herr Professor, die beiliegenden Recensionen für Ihre Jahrbücher bereits jetzt übersenden zu
können, wobei ich nur bedauere, dass ich vier der mir aufgetragenen
Schriften (Timoleon, Etwas über Theater, Vorlesungen über Deutsche
Klassiker und Streckfuss Klementine) nicht habe auftreiben können. In
mehrern hiesigen Buchhandlungen waren meine Nachfragen vergeblich, doch wird es mir in Zukunft nicht fehlen, sie zur Stelle zu schaffen, und ich hoffe deshalb, die Recensionen wenigstens gegen die Ostermesse senden zu können. Alle übrigen, (26 Blätter) die ich wegen
jener wenigen fehlenden, nicht aufhalten wollte, erfolgen hiebei, und ich
wünsche sehr, dass sie den Ernst und Eifer bezeichnen, den ich für die
Sache hege, und stets hegen werde. [1])

Mit dem innigsten Vergnügen vernahm ich Ihren Ruf hieher, und
die Uebereinstimmung desselben mit Ihrer Neigung. Ich hege die
Hoffnung, dass Sie Sich hier recht glücklich fühlen werden, denn in
der That ist Berlin überhaupt, so wie die Universität in dem herrlichsten Gedeihen.

Verstatten Sie mir, die Bitte, dass auch meine eignen Schriften
baldmöglichst recensirt werden mögen, zu wiederholen, eine Bitte die
sich gewiss durch sich selbst rechtfertigt.

Mit der ausgezeichnetsten Hochschätzung

Ew. Wohlgeb.

gehorsamer Diener

Franz Horn.

N. S. Der sichern und schnellern Ankunft wegen frankire ich
diese Beiträge nicht; bitte aber, mir diese Auslage zu berechnen und
vom Honorar abzuziehen.

2) Sieh oben S. 263 zu Brief Nr. 77.

86. Carl Windischmann an August Böckh.

Aschaffenburg, 31. Jenner 1811.

Lieber Freund!

Ich danke Dir für die Notiz wegen der Recension von Herder und Göthe — wünschte aber, dass Du mir von Wilken die bestimmte Erklärung der Aufnahme verschafftest oder mir schreibst, ob ich mich an denselben selbst wenden soll. Ich bin nicht sehr interessirt, ferner vieles für die Jahrbücher zu thun; aber diese Sachen mögte ich nach Musse bearbeiten und darin aufgenommen haben. Vielleicht macht sich in Berlin eine andre, geistigere Unternehmung - dann vergiss meiner nicht . .

Ewig Dein Windischmann.

87. Achim von Arnim an August Böckh.

[Berlin, ohne Datum.]

Lieber Böckh! Sie wissen, dass Sie ein Doppeldaseyn auf zwey Universitäten leben, ich weiss daher nicht, ob Sie dieser Brief noch antrifft. Herzlich lieb wär es mir gewesen, wenn Sie jezt schon in dem grossen Universitatsgebäude anzutreffen wären, wo alles in gutem Geiste gedaiht. Wie gehts mit den Jahrbüchern? Mancherley Arbeiten und störende persönliche Geschäfte haben mich vom Rezensieren abgehalten, doch habe ich jezt wieder Lust gewonnen. Wer trit nun an Ihre Stelle? Sind Sie schon abgegangen? — Ich sende Ihnen, oder dem Nachfolger, Siebmanns Antwort auf den Einladungsbrief[1]), zugleich sende ich Ihnen Einladungsgrüsse aus der Redaktion aller Ihrer hiesigen Freunde, insbesondre

von Ihrem Achim Arnim.

88. Friedrich Wilken an Jean Paul.

Heidelberg, d. 13. May 1811.

Erlauben Ew. Wohlgebohren, dass ich dem gedruckten Schreiben noch einige schriftliche Worte beylege, um Ihnen unsere Jahrbücher zu fernerer wohlwollender Beförderung und Unterstützung zu empfehlen, so wie sie sich derselben bisher zu erfreuen hatten.

Für Ihre Beurtheilung von Eginhard und Emma würde ich Ihnen früher meinen Dank gebracht haben, wenn ich nicht durch eine Reise nach Paris, von der ich erst seit wenigen Tagen zurückgekehrt bin,

---

1) In Böckhs Nachlasse nicht vorhanden, also wohl an den Nachfolger abgegeben; vgl. oben S. 246. 251.

daran wäre verhindert worden. Das Recepisse hat Ihnen indess das
Morgenblatt überliefert, wo Einer der schlechtesten Sturmwächter von
dem hiesigen aesthetischen Wartthurm gar voreilig über Ihr Urtheil über Arnims Halle und Jerusalem Lärm geblasen hat. Ihre Recension ist, (buchstäblich fast gemeint,) von der Post in die Druckerey
gewandert, und dennoch ist fast zu gleicher Zeit das Stück vom Morgenblatt mit dem Geschrey des Julius hier angelangt, wo das Blatt der
Jahrbücher ausgegeben wurde. Darum muss im Volk der Drucker Be-
stechung und Verrath obwalten. Es wäre mir nicht unangenehm, wenn
Sie gelegentlich dem Herrn Julius zutheilen wollten, was ihm gebührt. [1]

1) Diese Mittheilung Wilkens lässt uns einen überraschenden Blick in die Heidelberger Verhältnisse thun, die um so unerquicklicher sein mussten, als sie sich
auf so engem, die Betheiligten immer wieder persönlich zusammenführenden Raume
abspielten. In seiner Rezension von Fouqué's Eginhard und Emma 1811 S. 292
(oben S. 244) hatte Jean Paul im Eingang vergleichend mit Fouqué gesagt, „es sei
eine wahrend-erquickende Erscheinung, dass gerade jetzt so viele geist- und kennt-
nissreiche Männer — Hagen, Büsching, Görres, Brentano, Arnim etc. — uns durch
das Ausgraben und Abformen Altdeutscher Götterstatuen und Ahnenbilder . . zu
trösten, zu erheben, ja zu reinigen suchten", und in einer Note dazu unter dem
Texte bemerkt: „Hrn. v. Arnims „Halle und Jerusalem, Studentenspiel
und Pilgerabentheuer", verdient, so wie seine Geschichte „der Gräfin Dolores"
durch die Kraft des Komischen, des Romantischen, des Charakteristischen und des
Altdeutschen weit mehr Lob als ihm verwöhnte, obwohl von einigen Ecken mit
Recht verwandte Kunstrichter, welche der Demantschneide die Perlenrinde vorziehen, werden geben wollen." Von dieser Rezension erhielt die Vossische Partei,
vor dem Erscheinen, in der Korrektur auf unzulässige Weise Kenntniss und lieferte
schleunigst einen Gegenartikel in das Morgenblatt, der aber das Missgeschick hatte,
in Nr. 84 vom 8. April 1811, fast früher als Jean Pauls Rezension heranzukommen.
Wilken gebraucht den Ausdruck: „von dem hiesigen ästhetischen Wartturm." Es
ist dies allerdings bildlich, aber eigentlich doch wirklich gemeint, wie auch
sonst öfter vom alten Voss in seinem Thurm gesprochen wird. Seit ich letzte Pfing-
sten Voss' Haus (eine Woche vor dem Abbruch!) gesehen habe, verstehe ich die
Anspielung. An dem kleinen Hause, das ursprünglich, nicht mehr zuletzt, in einem
Garten mit Steinmauer lag, war ein eigenes, thurmartig aufsteigendes Treppenhaus
angebaut, dessen oberstes Geschoss Voss zur Arbeitsstube diente. Da saß in der
That der alte Voss wie auf einem Thurme, und von da oben aus ist die Polemik
gegen die Heidelberger Romantiker geleitet worden. Hier hatte auch der Morgenblatt-
Artikel „Deutschlands Wiedergeburt durch seine neueste Litteratur" seinen Ursprung.
„Ein modern christlicher Recensent", beginnt er, „hat neulich in einem kritischen
Blatte, welches unter den Auspicien einer Akademie herauskommt, ein Wort des
Trostes für Deutschland und die Deutschen gesprochen, und sehr treuherzig versichert, die Herrn Achim v. Arnim, Brentano, Görres, und die übrigen Gevattern
und Gevatterinnen hätten keine ernstlichere Angelegenheit, als ihre in den Koth
gefallenen Landsleute zu erheben und — zu reinigen." Von den Veteranen unserer
Litteratur, von Wieland, Voss, Goethe, Klinger etc. erwartet der Rezensent natürlich
nichts mehr, „dieser Ehrenmann, der beym Diamant nicht auf das Wasser, sondern
auf die Schärfe sehe." Das neueste Produkt der Karfunkelmanie sei „Halle

Es freut mich unendlich, dass die Redaction der Jahrbücher, welche
ich nach Herrn Prof. Böckh's Abgang habe übernehmen müssen, mir
Gelegenheit geben wird zu näherer Verbindung mit Ihnen. Am liebsten
wäre es mir, wenn die Correspondenz bald nicht mehr schriftlich wäre,
und Sie Ihren Plan ausführten, den ich mit Freuden vernommen habe,
in das anmuthige Neckarthal Ihren Wohnsitz zu verlegen.

Genehmigen Sie die aufrichtigste Versicherung meiner innigsten
Verehrung.

Wilken
Professor.

89. Friedrich Wilken an Jacob Grimm.

Heidelberg d. 14. Juni 1811.

Ew. Wohlgebohren

nehme ich mir die Freyheit, um die Beurtheilung der auf dem Um-
schlage bemerkten Schriften für unsre Jahrbücher zu bitten.[1]) Ich hoffe,
dass Sie künftig sich derselben so gütig annehmen werden, als bisher.

Es ist mir äusserst unangenehm, dass von Herrn Prof. Böckh das
Buch der Liebe zweymal aufgetragen worden, und dass ich dadurch
genöthigt worden bin, die reichhaltige Beurtheilung, welche Sie eingesandt haben, zurückzulassen. Ihrem Wunsche gemäss habe ich sie
Herrn Zimmer zugestellt, um sie Ihnen bey erster Gelegenheit zugehen

und Jerusalem", wo alle Verruchtheit durch eine Pilgerfahrt zum Grabe des Erlösers gebüsst, und der stupideste Monachismus als die letzte Zuflucht unserer Zeit
gepredigt werde. Blätter, die unter der Aufsicht protestantischer Professoren herausgegeben würden, redeten einer solchen Verkehrtheit das Wort! Und zum Schlusse
geht es dann höhnisch noch gegen den „musivisch-dichtenden Recensenten" los, der
schliesslich auf Karls Versuche und Hindernisse (oben S. 258) verwiesen wird. In
diesem Romane macht Jean Paul eine bestimmte Figur und wird, unbekannt, aus
seinem Gespräch errathen: was auch nicht schwer sei, da ein jeder, der nur eine
Seite von ihm gelesen habe, ihn an den ersten vier Worten erkennen müsse. Damit war in dem Morgenblatt-Artikel angedeutet, dass man auch Jean Paul als Recensenten erkannt habe. Im Morgenblatt ist „Julius" unterschrieben. Es kann
dies nicht der Hamburger Dr. Julius gewesen sein (Kerners Briefwechsel 1, 134).
Arnim hielt denn auch ohne weiteres Alois Schreiber, der zu Voss' Partei gehörte,
für den Verfasser; an Zimmer S. 151: „Dass Ihnen die Feindschaft der Vosse viel
Schaden thut, ist unlengbar .. Was hat es geholfen, dass Sie dem Schreiber
die „Aesthetik" in die Welt befördert? Er hat „Halle und Jerusalem" im Morgenblatt mit aller Niederträchtigkeit zu besudeln gesucht, und das nicht der Sache
wegen, da wäre Zeit gewesen, wenn es vertrieben, sondern im Voraus, um den Absatz zu hindern."

1) Der Umschlag nicht erhalten.

zu lassen. Eine günstige Gelegenheit, die Rückreise des Herrn Prof.
Harding aus aus Göttingen, habe ich leider durch Vergessenheit versäumt.[1])

Unendlich freue ich mich, bey dieser Veranlassung in nähere Verhältnisse mit Ihnen zu treten.

Genehmigen Ew. Wohlgebohren die Versicherung meiner innigsten
Hochachtung

Wilken.

(Nachschrift:) Die Recension von Docens Sendschreiben über
Titurell bitte ich zurückzulassen, wenn Sie dieselbe noch nicht angefangen haben sollten.[2]) Um die übrigen bitte ich recht sehr, auch um
baldige gefällige Mittheilung.

90. Johann Georg Zimmer an August Böckh.

Heidelberg, den 11ten July 1811.

Lieber Böckh!

Nimms nicht übel, dass ich Deinen in Leipzig empfangenen Brief
so spät beantworte: Du weist, wies geht. Es freut mich von Herzen,
dass Du Dich in Berlin wohl fühlst. Es konnte auch nicht fehlen und
Dein Sinn hat immer dahin gestanden. — Wir leben hier so nach alter
Weise, es nimmt aber immer mehr und mehr einer vom andern keine
Notiz. An die Dauer unsrer Universität ist übrigens jetzt kein Zweifel
mehr und man hat Grund von dem neuen Grossherzog recht viel Gutes
auch für sie zu hoffen.

Deinen Auftrag nach Karlsruhe habe ich besorgt. Prof. Voss behauptet den Schützischen Aeschylus niemals von Dir gehabt zu haben.
— Nach unserm Buche sind alle Hefte des vorigen Jahrgangs der Jahrbücher an Dich expedirt worden, sollte Dir eins oder das andere fehlen,
so zeige mirs an und es soll nachfolgen.[3])

Grüsse unsere Freunde und sage Arnim, ob er mir nicht auf
meinen Brief antworten wollte?[4])

Gott behüt Dich!   Dein Zimmer.

Lass doch die Einlage gleich abgeben.

1) Über die Angelegenheit vgl. oben S. 237. 255.
2) Recensiert von A. W. Schlegel, vgl. oben S. 265; Jacob Grimms „verspä-
tete" Anzeige ebenfalls, wie die vom Buch der Liebe, in der Leipziger Literatur-
Zeitung 1812 (Kleinere Schriften 6, 116).
3) Der „in Leipzig empfangene Brief" Böckhs, vom 1. Mai 1811, steht bei
Zimmer S. 303; es ist, wie diese Antwort Zimmers zeigt, Einiges daselbst ausgelassen worden.
4) Bald darauf musste Zimmer allerdings Arnims Brief vom 28. Juni 1811
(Zimmer S. 152) erhalten haben; die „Einlage" in der Nachschrift meint den folgenden Brief Nr. 91.

91. Johann Georg Zimmer an Clemens Brentano nach Berlin, und
Achim von Arnim an Brentano nach Bukowan.

Heidelberg, den 17ten July 1811.

Ich schreibe Ihnen, lieber Brentano, ohne zu wissen, ob mein Brief
Sie noch trifft, oder ob ich Sie nicht früher hier sehe, als mein Brief
nach Berlin kommt. Ich bin von einem Tag zum andern abgehalten
worden Ihnen zu schreiben.[1]

Herzlich gefreut hat mich die Nachricht dass wir Sie nächstens
hier sehen sollen; ich dachte Sie hätten Heidelberg ganz vergessen, denn
ich weis dass Sie in Berlin sehr zufrieden sind. Ich sehne mich recht
darnach so vieles mit Ihnen zu sprechen.

Einliegend erhalten Sie Ihrem Verlangen gemäss Mohrs Rechnung.
Es hat mich Kampf gekostet Ihnen die f. 24 für die Anzeige gegen Voss
im Correspondenten anzuschreiben[2]), allein wir haben für den Abdruck
derselben in den Literatur-Zeitungen und einigen andern Blättern ausserdem f. 40—50 bezahlt und da die Sache doch mehr persönlich war, so
hielt ichs für schicklich die Kosten zu vertheilen. Dass Sie das Wunderhorn defekt erhalten haben ist mir sehr leid; Sie werden nun den
3ten Theil von Leipzig aus erhalten und ich hitte Sie das Exemplar
vom 2ten Theil durch Reimer zurückzusenden. — Wenn Sie nur die
f. 19 an Arnim bezahlen wollen, so lassen wir den Rest der Rechnung
auf künftige Abrechnung stehen. Sie wissen, lieber Brentano, dass ich
stets nichts mit grösserer Liebe drucke, als etwas von Ihnen; auch
waren wir ja in Hinsicht der Kindermährchen eigentlich schon einander
gewiss; allein die entsetzlich traurige Lage des Buchhandels und die
noch traurigere Aussicht in die Zukunft, hat uns zu dem festen Entschluss
gezwungen, nicht eher wieder etwas neues zu unternehmen, bis die
Sachen sich einigermassen geändert und bis nahmentlich die Beschränk-
kungen, welche durch die K. franz. Dekrete der Buchhandel erfahren hat,
einigermassen wieder beseitigt sind. Demohngeachtet möchte ich die
Kindermährchen um keinen Preiss fahren lassen, wenn es irgend geschehen kann, dass uns die dadurch zu übernehmenden Verbindlichkeiten
nicht zu sehr drücken. Ich bitte Sie daher wegen des Preisses der
Kupferstiche mir die möglichsten Details zu verschaffen, auch zu sagen,

1) Dies Schreiben bezieht sich auf Clemens Brentano's Brief vom 6. Juni 1811
(Zimmer S. 102), worin er Rechnung von Mohr verlangt, den Verlag seiner Kinder-
märchen berührt und für Anfang August seinen Besuch in Heidelberg in Aussicht
stellt.

2) Sieh oben S. 197.

18*

ob sie illuminirt werden müssen, ob und um welchen Preiss dies dort
geschehen könnte. — Am leichtesten wäre der Sache geholfen, wenn
Sie durch Ihren Hrn. Bruder in Frankfurt das Capital gegen die Hälfte
des Gewinnes könnten herschiessen lassen?! — Eine grosse Freude
würden Sie mir machen, wenn Sie mir einmal einige der Mährchen
schicken wollten.

Ich verspare alles Weitere auf Ihre Ankunft, und grüsse sie herzlich![1])

Ihr

tr. Zimmer.

(Auf der vierten Seite desselben Briefbogens Arnim weiter:)

Lieber Clemens! Ich habe den Brief des Zimmer eröffnet, weil ihn
Böckh als etwas sehr eilig zu besorgendes erhalten hatte, ich dachte,
dass etwa wegen der Hulda Vorkehrungen zu treffen, Du wirst aber
sehen, dass nichts darin sonderliche Eile hat. Ich reise in diesen Tagen
fort über Halle und Weimar, ob ich mich dann nach Böhmen wende,
um Savigny zu repräsentiren, der wegen seiner Collegia die dringenden
Bitten von Motz nicht erfüllen kann mit ihm in Bukowan zusammen-
zutreffen, oder ob ich an den Rhein gehe, das ist mir noch nicht ganz
klar. Steffens, der Dich sehr vermisste, war hier und wollte mir aus
Halle schreiben, ob ich während des Aufenthalts der Luise in Reichardts
Hause in die Kost genommen werden könnte, der Mann hat aber vergessen, so komme ich wahrscheinlich um diese Freude, Louisen zu
sprechen. Meine Judengeschichte hat seit Deiner Abreise eine Katastrophe erlebt, die mir zu einem Buche, woran ich arbeite, sehr gelegen gekommen, ich wäre sonst nimmermehr herausgekommen. Ich
sass im Badehause und las in der Zeitung von den Schnürbrüsten, es
war am Tage wo Du abreistest, war mit drey hundert Thalern bepackt
und hundsmüde, trit ein fremder Mensch herein, springt mit erhobnem
Stock auf mich schimpfend los, ich habe meinen Stock zum Glück an
der Hand, parire aus, haue nach, er taumelt und blutet, ich drück
ihn an die Erde, übergeb ihn den Badeknechten in der Meinung, es
sey ein Wahnwitziger, er aber schreit mir zu, er sey der Moritz Itzig,
worauf ich die Sache der Justiz übergebe, die an dem Juden nach

---

1) Brentano aber war nicht mit Schinkel an den Rhein gegangen, sondern
nach Bukowan in Böhmen. Dahin sendet ihm Arnim den Brief nach. Arnim selbst
entschied sich in Weimar, nicht nach Böhmen, sondern an den Rhein zu reisen,
und sah noch vor Ende des Jahres auch die Heidelberger Freunde wieder. — Diese
Nachschrift Arnims, jetzt erst mir bekannt geworden, gehört zu „Arnim und Brentano" S. 288, 361, wo das Nähere über die Reise zu erfahren ist.

Herzenslust examinirt. Mir ist die Katastrophe das Liebste, denn die Geschichte hat mich innerlich in der Hitze durch das dumme Gerede so tief gekränkt, dass sich meine Natur endlich in einer Ruhr Luft machte, von der mich Dr. Meyer kurirte.[1]) Viel Grüsse an Christian, ich schriebe mehr, wenn ich Zeit hätte.

Dein Achim Arnim.

92. Wilhelm Grimm an Friedrich Wilken.

Cassel am 23. Jul. 1811.

Ew. Wohlgebornen

geehrtes Schreiben vom 14. Juni habe ich richtig erhalten. Mit Vergnügen werde ich noch ferner an den Jahrbüchern Theil nehmen, so wie auch mein Bruder. Als Beweis übersende ich Ihnen hierbei von diesem eine früherhin schon aufgetragene Recension von Büschings armen Heinrich und von mir eine, welche verschiedene neuere Schriften über die nordische Mythologie zusammenfasst.[2]) Ich wünsche, dass Sie Ihnen angenehm sey, und da ich die Bücher selbst nicht ohne mancherlei Mühe und Gefahr erhalte, denn noch vorigen Herbst ward ein Paquet von einem französischen Caper genommen, und endlich von dem PrisenGericht zu Paris noch frei gegeben, als ich es schon verloren glaubte, so denke ich, dass sie in Deutschland selten und auch noch keinem andern Recensenten aufgetragen sind.

Ew. Wohlgeb. könnten mir einen besonderen Gefallen erzeigen, wenn Sie die Güte hätten, diese Recension bald zum Druck zu befördern, und mir die Numern, worin sie steht, auf der Post sous bande zuzuschicken. Da ich sie einem Freunde[3]), der sich lebhaft dafür interessirt, nach Copenhagen senden will, so wär es mir ungemein lieb, wenn ich einen Abdruck auf das allerfeinste und leichteste Papier, das man haben kann, erhalten könnte, es versteht sich auf meine Kosten. Da alle Briefe von hier dahin nach dem Gewicht bezahlt werden, so kommt ungemein viel darauf an, und ein freilich dicker Brief, den man nicht auf die Paketpost gegeben, hat, was unglaublich lautet, mit hundert dänischen Thalern Porto müssen bezahlt werden.

Was die von Ihnen gütigst zum Recensiren angetragenen Bücher betrifft, so wollen wir sie gern übernehmen, indessen ist bis jetzt noch

---

1) Über die „Judengeschichte" s. Kleins Berliner Kämpfe S. 632. Das „Buch, woran Arnim arbeitete" sind doch wohl die Novellen von 1812. Dr. Heinrich Meyer war Mitglied der christlich-deutschen Tischgesellschaft.

2) Armer Heinrich: oben S. 264. Schriften über die nordische Mythologie: Jahrgang 1811 S. 774 (Kl. Schriften 2. 14).

3) Nyerup.

keine davon wirklich erschienen, und ich glaube auch nicht, dass dies vor Herbst der Fall seyn wird.

Mein Bruder behält Ihrem Wunsch gemäss die Recension von Docens Titurell zurück und bittet sich dafür Sailers Weisheit auf der Gasse aus [1]), so wie er auch in kurzem so frei seyn wird, eine Recension von dem Stück aus der Edda Sämundar, welches Gräter edirt, zuzusenden. [2])

Mit der Versicherung der aufrichtigsten Hochachtung

Ew. Wohlgeb.

ergebenster Dr

W. C. Grimm.

(Nachschrift:) Ich bitte, meinen Namen gleich unter die Rec. über nordische Myth. drucken zu lassen.

03. Friedrich Wilken an Jacob Grimm.

Heidelberg d. 20. Sept. 1811.

Ew. Wohlgebohren

habe ich die Ehre hiedurch anzuzeigen, dass ich die Beurtheilung des Gräterschen Specimen heute richtig empfangen habe. Auch die erste Abschrift war mir richtig vor etwa vier Wochen zugekommen, und zwar durch Herrn Prof. Gräter in Schwäbisch Hall, wie ich heute aus einem Briefe desselben an mich erfahren habe. [3])

Ihr Herr Bruder wird den Abdruck seiner Beurtheilung der Schriften über die Nordische Mythologie, welche ich ihm auf die angegebene Art zugeschickt habe, zu seiner Zeit richtig empfangen haben.

Die erste Abschrift Ihrer Beurtheilung von Gräter war schon seit mehren Tagen in der Druckerey, ich habe sie nun zurückgenommen und an deren Statt die zweyte hingegeben. Sie wird im letzten Bogen

---

1) Nicht erschienen, aber 1816 in der Rezension von Hennckes Ausgabe des Honerius (Kl. Schriften 6, 214) kommt Jacob Grimm auf dies Buch zurück. Savigny an Wilhelm Grimm 8. Juli 1811 (ungedruckt): „Dass Euch Sailers Weisheit auf der Gasse gefallen hat, freut mich ungemein . . Wenn es einer von Euch recensiren wollte, wäre mirs gar lieb. Vielleicht in den Heidelberger Jahrbüchern."

2) Gräters specimen edilicum: 1811 S. 899 (Kl. Schriften 6, 20).

3) Jacob Grimm an Gräter, 23. Juli 1811 (R. Fischer S. 16, 21): „Das Programm von der Heigaqvitha . . hat mir Herr Zimmer erst gestern geschickt: ich habe es sogleich durch gelesen und darüber ist eine kleine Anzeige desselben für die Heidelb. Jahrbücher entstanden, die ich, um dasselbe nicht noch einmal schreiben zu müssen, so frei bin hierbei im Original zu übersenden . . Nach Durchlesung derselben bitte ich sie unter beikommenden Couvert an Hrn. Prof. Wilken nach Heidelberg, dem ich sie bereits angekündigt habe, abgehen zu lassen."

des September oder im ersten Bogen des Oktoberheftes abgedruckt werden.

Ihrer fernern gütigen Theilnahme empfehle ich unsere Jahrbücher angelegentlich

Wilken.

(Nachschrift:) Auch die Recension des armen Heinrich soll nicht lange mehr zurückbleiben. [1])

94. Friedrich Wilken an Jacob Grimm.

Heidelberg d. 22 Dec. 1811.

Recht sehr bedaure ich es, dass ich Ew. Wohlgebohren nicht die Kämpedater mittheilen kann, indem sie in hiesiger Bibliothek sich nicht finden. Ueberhaupt hatte unsre Bibliothek von nordischer und altdeutscher Litteratur nichts, ich habe erst angefangen, Kleinigkeiten, deren ich habhaft werden konnte, zu sammeln. Mit dem grössten Vergnügen würde ich Ihnen das Werk mittheilen, wenn wir es hier besässen. Auch in Manheim weiss ich nicht, wo es sich finden könnte. Es wäre von Görres leicht zu erfahren, an den ich ohnehin in diesen Tagen schreiben werde, wo es wäre, wenn es dort seyn sollte. Im Fall ich nähere Kundschaft erhalte, werde ich diese oder das Buch selbst Ihnen mittheilen. [2])

Was die andere Angelegenheit betrifft, deren Sie in Ihrem Briefe erwähnen, so thut es mir leid, dass Hr. von Arnim eine zufällige Aeusserung im Gespräche unter uns, die er selbst sogleich widerlegte, Ihnen mitgetheilt hat. Denn nicht von Fries ist etwas geäussert worden, was Ihnen nachtheilig gedeutet werden könnte, sondern von mir; aber niemals ist jener Recension von mir gegen jemanden anders gedacht worden, als gegen Hrn. v. Arnim, daher auch nur von ihm eine solche Aeusserung Ihnen mitgetheilt werden konnte. Prof. Fries hat mir ausdrücklich nach meiner Zurückkunft von Paris gesagt, dass Ihre Selbstrecension recht gut ohne irgend einen Nachtheil der Jahrbücher hätte abgedruckt werden können, und dass sie durchaus nicht selbstlobend

1) Recensionen der Brüder sind in dieser Zeit wohl durch Beischluss an andere Sendungen und ohne Begleitbriefe nach Heidelberg gesandt worden. So z. B. eine Anzeige von Heinrich von Kleists Erzählungen in der ersten Novemberwoche 1811. Wilhelm an Arnim 10. Dezember 1811: „ich hatte etwa vierzehn Tage vorher [d. h. hier vor H. v. Kleists Tode] eine Anzeige von seinen [Kleists] Erzählungen nach Heidelberg geschickt". Die Anzeige ist nicht wieder aufgetaucht; vgl. Kleists Berliner Kämpfe S. 450.

2) Vgl. Görresbriefe 8, 271. 284.

gewesen sey, was ich auch Herrn v. Arnim, soviel ich mich erinnere,
bemerkt habe, da er gegen meine Aeusserung, mehr scherzend als
eigentlich ernstlich, am wenigsten böse gemeint, mit Recht Sie in
Schutz nahm. Sie werden selbst wissen, wie man über solche Angelegenheiten wohl einmal unter vier Augen, wie dies geschah, mit Freunden spricht; Sie hätten dabey seyn können, ohne dass Sie Sich dadurch
beleidigt würden gefühlt haben. Aber anders klingt freylich die Sache,
wenn sie weitererzählt wird. Seyn Sie fest überzeugt, dass wir alle hier
durchaus nicht im mindesten irgend eine üble Meynung von Ihnen
hegen; am wenigsten Ihnen Machinationen zutrauen, wie sie die Tage-
löhner unter unsern deutschen Schriftstellern leider sich erlauben. [1]

A. W. Schlegel hat selbst Ihren Altd. Meistergesang sich ausgebeten und versprochen, sehr bald seine Recension zu liefern, was ich
Ihnen mittheile mit der Bitte, nicht weitern Gebrauch davon zu
machen. [2] Ihre Recension vom armen Heinrich steht in No. 4 des Neuen
Jahrgangs. Für die neulich überschickten Recensionen danke ich sowohl als Ihrem Herrn Bruder, sie sollen bald abgedruckt werden.

Mit der ausgezeichnetsten Hochachtung habe ich die Ehre zu seyn

Ew. Wohlgebohren

ergebenster Diener

F. Wilken.

(Nachschrift:) Die Einlage hätte ich gütigst auf die Post geben
zu lassen.

95. Achim von Arnim an Friedrich Wilken.

Berlin, 16. April 1812.

Lieber Wilken! Ich wünsche, dass der Ueberbringer Sie und Ihre
liebe Frau und Kinder in gutem Wohlseyn treffe und, dass er Ihnen
allerseits gefallen möge. Es ist ein sehr braver ausgezeichneter junger

---

1) Jacob Grimm hatte in dem Glauben, dass, was den Heidelberger Professoren, auch den Mitarbeitern an den Jahrbüchern gestattet sei (oben S. 187), eine
Selbstanzeige seiner Schrift „Ueber den altdeutschen Meistergesang" eingesandt,
wobei es ihm hauptsächlich auf die Veröffentlichung eines Nachtrages ankam. Bei
Arnims Anwesenheit in Heidelberg 1811 war davon die Rede gewesen. Arnim
fragt halbbesorgt bei den Brüdern an; beide gaben in Briefen vom 26. November
1811 dem Freunde klare Auskunft. Arnims Brief vom 6 Dezember schlägt darauf
den Text eines Schreibens an Wilken vor, auf das dieser in dem obigen Schrift-
stück erwidert. Das Nähere darüber künftig in „Arnim und die Brüder Grimm."

2) Schlegel blieb aus; die Recension des Altdeutschen Meistergesangs im Jahrgang 1813 S. 753 ist von Görres.

Mann, (H. v. Röder) und sein junger Freund, den er zum Soldaten vorbereiten soll (H. v. Humboldt) hat schon frühzeitiges Talent gezeigt,
Ihr guter Rath wird dies entwickeln helfen. [1]   Ihren Gruss an Böckh
habe ich bestellt, ich hoffe, dass er ihn wieder zum Recensieren an-
treibt, e i n e Recension von V o s s wie jene über Wolf giebt zwar der
Welt genug zu lachen, kommen aber mehrere der Art von ihm, so
fürchte ich sehr, er möchte sich wiederholen und die Leser möchten
endlich den Unterschied zwischen dünsten und ferzen (S. Seite 186)
zum Überdruss begreifen. — [2]

In aller Kürze möchte ich Ihnen doch noch versichern, dass ich
aus einer Unterredung mit Schuckmann schliesse, Sie können auf ihn,
als auf einen Freund, wenn Sie hier etwas wünschen sollten, rechnen. [3]

Ich empfehle mich Ihnen und Ihrer Frau hochachtungsvoll

Achim von Arnim.

96. Friedrich Wilken an Wilhelm Grimm.

Heidelberg d. 7. Juli 1812.

Ew. Wohlgebohren

gütiges Anerbieten wegen einer Beurtheilung von Horn's Litteratur des
18. Jahrh. nehme ich mit Vergnügen an und bitte um deren baldige
Einsendung. [4]

Ihre Klage wegen der langen Verzögerung des Abdrucks Ihrer
Recensionen im Fache der Altdeutschen Lit. finde ich nicht ganz gegründet. Wenigstens so lange ich die Redaction übernommen, habe
ich ihnen immer den Vorzug soviel als möglich eingeräumt, und ich
würde sie allerdings noch schneller haben abdrucken lassen, wenn ich

1) Vgl. Kleists Berliner Kämpfe S. 633. 634.

2) Dies bezieht sich auf Heinrich Voss' Rezension von Fr. Aug. Wolfs Übersetzung der Wolken des Aristophanes in Jahrgang 1812 S. 161; darin ist in der
That S. 186 von der Berechtigung jener beiden Wörter, ein griechisches wiederzugeben, auf eine philiströse Art die Rede. Wenngleich der junge Voss diese und andere Rezensionen schrieb, so glaubte doch jeder aus ihnen die Gesinnung des alten
Voss herauszuhören. Vgl. auch Arnim und Brentano S. 301.

3) Ich schliesse, ohne dass es unmittelbar hierher gehörte, an, dass die gänzlich anonyme Anzeige von Bürgers Ehstandsgeschichte (1812 S. 1193) Arnim zum
Verfasser hat. Die Rezension wurde von Arnim erst zur Begutachtung an Wilhelm
Grimm, von diesem dann nach Heidelberg geschickt. Über die von Grimm beeinflusste Textgestalt der Rezension spreche ich im laufenden Jahrgang der Zeitschrift
f. d. Philologie.

4) Heidelb. Jahrbücher 1812 S. 913 (Kl. Schriften 1, 266); über diese Rezension, mit der auch Arnim wieder befasst war, bringe ich Näheres im laufenden
Jahrgang der Zeitschrift f. d. Philologie.

nicht durch den Raum und die Rücksicht aufs Publikum beschränkt
wäre. Auf den Reiz der Neuheit, meine ich, müsse man in dieser Lit.
am wenigsten sehen.

Zuweilen treten Umstände eigner Art ein, welche den Abdruck
verzögern, wie diesen bey der Recension Ihres Herrn Bruders von der
Lit. der deutschen Poesie ist.[1]) Als ich jene Recension erhielt, hatte
A. W. Schlegel schon die Beurtheilung übernommen und in den ersten
Wochen zu liefern versprochen. Ich dachte beide Beurtheilungen zu
geben; allein bis jezt erwarte ich sie vergebens. Nun habe ich endlich
die Recension Ihres Herrn Bruders in die Druckerey gegeben.

Die Edda von Rühs wollte ich Ihnen zur Recension schon anbieten.
Um desto lieber ist es mir, dass Sie mit Ihrem gütigen Anerbieten mir
zuvorgekommen sind.[2])

Hochachtungsvoll habe ich die Ehre zu seyn

Ew. Wohlgebohren

ergebenster

F. Wilken.

97. Achim von Arnim an Friedrich Wilken.

Berlin 3 Jan. 1813.

Sehr geehrter Freund!

Ich hätte mein Versprechen die Recension des Alfieri zu liefern
längst erfüllt, wenn nicht durch einen unangenehmen Zufall mir der
zweite Theil entwendet worden wäre. Jezt habe ich Lust bis zur Erscheinung der beyden letzten Bände von Goethes Leben zu warten, die
Zusammenstellung wird, ohne einen von beyden zu verletzen nur in-
teressanter[3]), auch erwarte ich Schillers Leben in der neuen Ausgabe
seiner Werke. Einliegend sende ich Ihnen die Anzeige eines Buchs,
das bis jezt noch nirgends beurtheilt worden, und doch eine eigenthümliche Seite hat, auch gab es Gelegenheit ein Paar kuriose Hochzeit-
lieder, die bei mir einliefen, der Welt bekannt zu machen.[4]) — Das

1) 1812 S. 849 (Kl. Schriften 6, 74) über v. d. Hagen und Büschings Literarischen Grundriss der deutschen Poesie.

2) 1819 S. 961 (Kl. Schriften 2, 80).

3) Arnim an Jacob Grimm, 22. Oktober 1812 (ungedruckt: „Ich kann nicht
mehr recht zum Recensieren kommen, ich wollte den Alfieri recensieren für die
Heidelberger, es ward mir aber lächerlich als ich mich dabeisetzte und des Mannes
Geist und Fleiss recht beschaute.“

4) Es ist die ganz anonyme und bisher als Arnim'sches Eigentum unbekannte Rezension von Bornemanns Plattdeutschen Gedichten im Jahrg. 1813 S. 305;
nächstens davon in Boltes Zeitschrift des Vereins für Volkskunde in Berlin 1902.

Vösslein ist ja bey den Acharnern noch mehr acharné, was wird aus
dem Männlein noch werden, wenn es so fort fährt Griechenland in der
einen, England in der andern Hand zur Verwunderung der Welt zu
tragen, seine Kräfte werden sich zuletzt so steigern, dass er sich wird
wie der Riese in Ketten legen müssen, um nicht alles zu zermalmen.[1]
— Eine Neuigkeit, die man sich hier nur in die Ohren sagt, erzählt,
dass der grösste Theil des Macdonaldischen Corps, worunter auch unser
Hülfskorps, bey dem von Napoleon mit Wahnsinn bis zum 20 ten ver-
späteten Rückzuge, grösstenteils gefangen und aufgerieben ist, dies ganz
unversehrte Corps hätte allein schon seinen Rückzug decken können,
wenn er es zur rechten Zeit zu sich berufen, aber so von Gott ge-
blendet war noch nie ein verruchtes Haupt. In Metz und Mailand ist
Aufruhr, in Spanien hat Wellington gesiegt und Birnams Wald rückt
schon auf Dunsinan heran. Viel herzliche Grüsse an Frau und Kind
und alle Bekannte. Zimmer sagen Sie gefälligst, dass ich über das
Hungesche Manuskript[2] an des Verstorbenen Bruder geschrieben.

Hochachtungsvoll ergebenst

Achim Arnim.

98. Achim von Arnim an Friedrich Wilken.

Berlin d. 29 ten Nov. 1813.

Adr: Bey H. P. v. Savigny, Ludwigstr. Nr. 3.

Geehrter Freund! Wie es uns ergangen, wäre weitläuftig zu beschreiben, genug ich war Landsturmhauptmann und zuletzt sogar Vice-
bataillonschef, meine Frau gebar mir einen zweiten Sohn, wir haben uns
hier nicht fortbewegt, ungeachtet Berlin so leer geflüchtet war, wie ein
Dorf. Gegenwärtig pfusche ich in Ihr Fach, oder vielmehr ich will
Ihren künftigen Nachfolgern in der Geschichte die Mühe soviel meine
Kräfte und die Censur gestatten, erleichtern, ich schreibe eine Zeitung,
genannt der Preussische Korrespondent seit dem Anfange Oktobers,
Niebuhr hat ihn angefangen, Schleiermacher fortgesetzt, wie lange ich
dabey aushalte, das hängt von den Umständen ab.[3] Können Sie mir

1) Dies bezieht sich darauf, dass unser Aristophanes auch Shakespeare von
den „Vossen" in den Heidelb. Jahrbüchern in Beschlag genommen war; eine Anzeige von dem von Heinrich und Abraham Voss übersetzten Coriolan und Winter-
märchen war sofort im Jahrgang 1812 S. 677 erschienen.

2) Die beiden plattdeutschen Märchen vom Mahandelboom und Fischer betreffend.

3) Arnim hielt vier Monate, vom 1. Oktober 1813 bis 31. Jan. 1814 dabei aus.

einige Materialien liefern, so werde ich dankbar seyn, nicht Neuigkeiten aus der Ferne, denn das kommt meist auf anderen Wegen schneller, sondern aus der Gegend, Kriegsvorfälle, innere Angelegenheiten, Anekdoten. Ich habe einen Band Schaubühne in der Realschulbuchhandlung herausgegeben, ich sende ihn nächstens, da er in der Zeit der gänzlichen Abtrennung vom übrigen Deutschlande erschien, so wäre mir eine baldige Anzeige in den Jahrbüchern sehr viel werth, sie wurden auf meine Kosten in der Absicht gedruckt meinem Landsturmbataillon Kanonen zu schaffen. —

Viele herzliche Grüsse allen Bekannten, Ihrer lieben Frau vor allen, sie wird bey dem Unglück in Leipzig alles näher mitgefühlt haben [1]), als unser einer, der den Ort nur wegen der Lerchen, die in diesem Jahre die Menschen aufspeisen, heimgesucht hat.

Hochachtungsvoll

Achim Arnim.

90. Friedrich Wilken an Wilhelm Grimm.

Heidelberg d. 5. Februar 1814.

Ew. Wohlgebohren

nehme ich mir die Freyheit unsre Jahrbücher wieder in gütige Erinnerung zu bringen.

Wenn Sie glauben, sich von aller Persönlichkeit fern halten zu können, so würde ich Sie bitten, die neuste Schrift des Herrn Rühs zu beurtheilen, über den Ursprung der isländischen Poesie u. s. w. Ich habe freylich dieses opus noch nicht gesehen, und weiss daher nicht, inwiefern es persönlich gegen Sie gerichtet ist. Sie werden am besten beurtheilen können, in wiefern Sie die Sache untersuchen können, ohne in Conflict mit etwaigen Pommeranismen des Verf. zu kommen. [2])

1) Frau Karoline Wilken war die Tochter des Akademiedirektors und Portraitmalers Fr. A. Tischbein in Leipzig: Adolf Stoll, Der Geschichtschreiber Friedrich Wilken, 1896 S. 27.

2) Die Rezension erschien 1814 S. 209 (Kl. Schriften 2, 137); Wilhelm Grimm hatte sie in der Handschrift vorher an Savigny nach Berlin zur Begutachtung geschickt, in dessen Namen und Vertretung Arnim (März 1814) seine Meinung zurückschrieb; Arnims Erinnerungen sind fast alle von Wilhelm Grimm berücksichtigt worden. Darüber künftig in „Arnim und die Brüder Grimm".

Horns Deutsche Litteratur 2. Th. habe ich auf des Verf. Verlangen einem andern Rec. zutheilen müssen. [1])

Dagegen möchte ich Ihnen vorschlagen den Theil von Bouterweks Geschichte der Poesie, welcher die altdeutsche umfasst, ausführlicher zu beurtheilen, und die frühern Bände nur kurz anzuzeigen. [2])

Hochachtungsvoll habe ich die Ehre zu seyn

Ew. Wohlgebohren

ergebenster

Fr. Wilken.

100.   Friedrich Wilken an Jacob Grimm.

Heidelberg d. 12. Febr. 1816.

Ew. Wohlgebohren

haben schon durch meinen Collegen Conradi vernommen, welch' herrlicher Beweis der päpstlichen Grossmuth uns in diesen Tagen angekündigt worden. Dass wir so schnell und so sicher zum Ziele gelangen würden, wer hätte solches zu hoffen gewagt? 847 Bände MSS sollen ausser den 38 zu Paris restituirten Handschriften uns zurückgegeben werden. In acht oder zehn Tagen, wahrscheinlich am Mittwoch über acht Tagen werde ich von hier abreisen, um den Hort zu hohlen. Sie wünschen mir sicher allen möglichen Seegen zu dieser Reise.

Sie werden nun auch Ihr Versprechen nicht unerfüllt lassen, hieher zu kommen und aus dieser Quelle Ihren Durst zu laben. Denn bis es möglich seyn wird, davon in die Fremde auszusenden — das würde Ihnen gewiss zu lange dauern. Im Junius hoffe ich übrigens, soll dieser Schatz in Heidelberg angekommen seyn, und dann soll sogleich Anstalt zu einer ordentlichen Catalogisirung gemacht werden.

Das responsum von Creuzer lege ich bey, und um die baldgefällige Bestellung der Einlage durch die Post wage ich ergebenst zu bitten.

Die Acquisition des Sachsenspiegels von dem Herrn Oberlin werde ich sehr gern für die hiesige Bibliothek machen, und bitte Sie Ihre

---

1) Die Anzeige des zweiten Teils erschien im Jahrgang 1814 S. 497, gezeichnet mit ***. Sie lautet aber im Grunde nicht anders, als die Wilhelm Grimms; sie beginnt: „Über den ersten Teil dieses Werks hat bereits ein Sachkundiger in diesen Jahrbüchern (oben S. 279) sich ausgesprochen; auch der Verf. der gegenwärtigen Anzeige stimmt dem ihm unbekannten Beurteiler darin bei, dass" etc.

2) Wilh. Grimm an Jacob 12. 2. 1814 (aus der Jugendzeit S. 251): „Wilken trägt den Bouterwek an, was ich aber ablehnen will, das Buch verdient nicht die Mühe, es ordentlich zu recensiren, und das müsste doch hier geschehen"

Verwendung dafür eintreten zu lassen. 30 Franken werden wir gern daran wenden, und ich werde auch dafür sorgen, dass, wenn auch noch während meiner Abwesenheit der Handel richtig werden sollte, die Zahlung doch unverzüglich erfolge. Uebrigens gebührt nicht mir die Ehre der Recension von Eichhorn. [1]

Recht sehr werden Sie mich verbinden, wenn Sie im Fach der altdeutschen und nordischen Litteratur Sich unsrer Jahrbücher annehmen wollen. Was Sie in meiner Abwesenheit einzuschicken die Güte haben wollen, bitte ich mit den Worten: „für die Heidelb. Jahrbücher der Litteratur" auf der Addresse zu bezeichnen.

Genehmigen Sie gütigst die Versicherung der ausgezeichnetsten Achtung, womit ich stets bin

Ew. Wohlgebohren

ergebenster Diener

Fr. Wilken.

P. S.

Sie thun gewiss sehr recht, gegen A. W. Schlegel nicht eigentlich aufzutreten. [2] Den Unkundigen wird nur durch einen solchen Streit die Zeit gekürzt, und der Kundige weiss ohnehin, wie weit Schlegel Recht oder Unrecht hat.

---

1) Eichhorns Schrift Ueber das geschichtliche Studium des deutschen Rechts ist anonym im Jahrgang 1816 angezeigt.

2) A. W. Schlegel hatte den ersten Band der Altdeutschen Wälder im Jahrgang 1815 S. 721 (Sämmtliche Werke 12, 383) rezensiert. Wilhelm Grimm machte im dritten Bande der Altdeutschen Wälder jedoch S. 231 und S. 273 (Kleinere Schriften 2, 156) seine Gegenausführungen.

IV.

Briefe und Manuskriptsendungen sind an Professor Dr. Wille in Heidelberg (Sinnsenstrasse 9), dagegen alle Sendungen den Tauschverkehr betr. an die Universitäts-Bibliothek in Heidelberg zu richten.

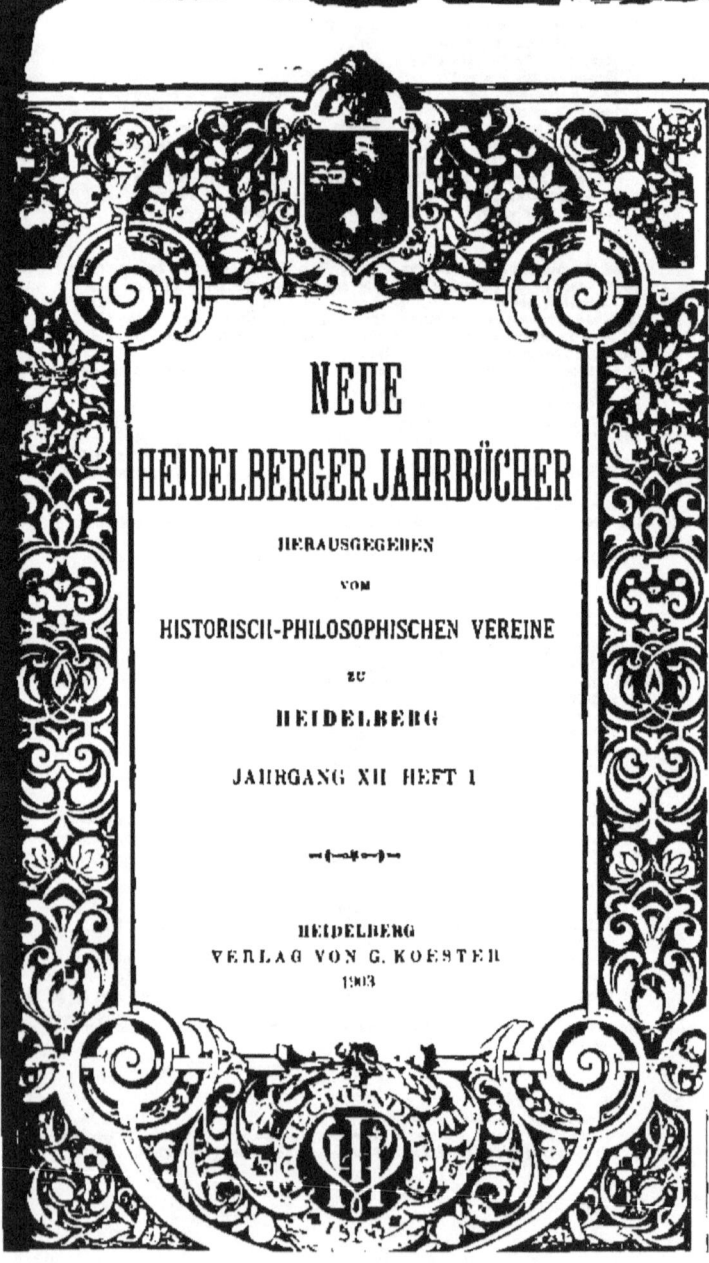

NEUE
HEIDELBERGER JAHRBÜCHER

HERAUSGEGEBEN

VOM

HISTORISCH-PHILOSOPHISCHEN VEREINE

ZU

HEIDELBERG

JAHRGANG XII HEFT 1

HEIDELBERG
VERLAG VON G. KOESTER
1903

Inhalt der erschienenen Bände.

NEUE
HEIDELBERGER JAHRBÜCHER

HERAUSGEGEBEN

VON

HISTORISCH-PHILOSOPHISCHEN VEREINE

ZU

HEIDELBERG

JAHRGANG XII

INHALT.

August Reichensperger und der Kirchenbau der Renaissance.

Von

Otto Hensell.

———

Zu derselben Zeit, da bei uns die bildende Kunst aus einem unmittelbaren Zurückgehen auf die Schöpfungen der Antike neue Kraft und neue Vorbilder zu gewinnen strebte, und der Klassizismus im Norden wie im Süden, in Berlin, Dresden und München durch glänzende Leistungen seinen Sieg zu verkünden suchte, bildete sich im Stillen eine Richtung aus, die ganz von dieser Strömung abgekehrt, dem Mittelalter sich zuwandte. Sie war hervorgegangen aus der führenden Kunst, der Dichtung. Die Romantiker versenkten sich mit schwärmerischer Hingabe in den Geist, in die Thaten und Empfindungen der mittelalterlichen Helden; rüstig arbeitete die Sprachwissenschaft an der Erkenntnis der Sprache und der nationalen Epen und Volkslieder jener Zeit. Die Brüder Boisserée sammelten Bilder der Kölner Meister und suchten die verachteten gotischen Bauwerke auf; man hörte wieder die stille Mahnung des Kölner Doms und arbeitete an Plänen für die Vollendung des herrlichen Werkes. Die Thätigkeit englischer Künstler und Forscher regte auch auf dem Festland zur Beschäftigung mit der älteren Baukunst an. — In dieser Zeit, Anfang der fünfziger Jahre, begann August Reichensperger seine schriftstellerische Thätigkeit, seine Arbeit um die Wiederbelebung der Gotik, seinen Streit wider die Renaissance und den Klassizismus. [1]

1) Von seinen Schriften sind hier benutzt und kommen für die kirchliche Architektur in Betracht:
Die christlich-germanische Baukunst und ihr Verhältnis zur Gegenwart. 3. Aufl.
Fingerzeige auf dem Gebiet der kirchlichen Kunst.
Vermischte Schriften über christliche Kunst.
Allerlei aus dem Kunstgebiet.

I.

Reichensperger stellt sein Programm auf, indem er die gotische Baukunst als die christlich-germanische bezeichnet.

Mit glühender Begeisterung steht er vor ihren Werken, voll innigster Bewunderung preist er sie. Manchmal geschieht es freilich, dass er darüber zu sehr das Sachliche vernachlässigt, Bestimmtheit vermissen lässt und überhaupt zu viel Gedanken hineinlegt, die das Gebilde unmittelbar nicht giebt. — Die mittelalterliche Kunst erscheint ihm ein Wunder aller Zeiten in Grösse, Schönheit und Tiefsinn, vorbildlich für alle gleichzeitige Kunstübung. In ihren Werken sieht er die vollkommenste Annäherung an das Ideal eines Bauwerks: zweckmässige Einrichtung, dauerhafte Ausführung, bedeutungsvolle Anordnung und Klarheit, Einfachheit und Reichtum und lebensvoller Wechsel, Folgerichtigkeit und Freiheit so vereinigt, dass eine harmonische Gesamtwirkung entsteht; das Einzelne ordnet sich dem Ganzen unter, und das Ganze offenbart unzweideutig seine Bestimmung, seine höhere Idee. Kein Glied tritt auf, das nicht durch die Gesamtkonstruktion bedingt ist und darin seinen bestimmten Zweck zu erfüllen hat. Nichts ist willkürliche Zuthat, angeflogene Verzierung. Er begründet dies mannigfach, an den konstruktiven Elementen wie den vorwiegend schmückenden Teilen.[1]) Als vollendete Kunst gilt ihm die Gotik deshalb, weil in ihr in rechtem Masse Zweckmässigkeit und Schönheit, Freiheit und Notwendigkeit vereint und durchdrungen sind. Dies setzt voraus, dass sie nirgends fertige Formen an die Hand giebt, sondern nur allgemeine Gesetze und einfache Konstruktionsprinzipien. Daher auch ihr Reichtum, ihre Fügsamkeit, daher die unendliche Reihe von Individualitäten, die sie gewährt, und eine Fortbildung ins Unendliche. Dass jedes Gebilde auf eine innere Notwendigkeit hinweist und zugleich dem Kunstschönen angehört, hängt ferner zusammen mit einer richtigen Anwendung des Materials. Alles ist auch, was es scheint; und das nämliche gilt für Bauten jeder Gattung, jedes Zwecks, es ist eben eine wahre Kunst. „Die Gesetze," sagt er, „welche der Schöpfer in jede Menschenbrust gelegt hat, sind hier mit klarem Verständnis erfasst und mit künstlerischer Hand in schlichter anspruchsloser Weise zur Darstellung gebracht; das ist es, was ich ihre Wahrhaftigkeit nenne."

---

[1]) Besonders in einem Aufsatz „Über das Bildungsgesetz der gotischen Kunst" in den „Vermischten Schriften", wo auch der beliebte aber verführerische Vergleich mit der Musik nicht fehlt.

Die äussere Erscheinung des gotischen Bauwerks reflektiert das innere Bildungsgesetz, aber noch viel mehr. Wenn er überzeugt ist, dass das kirchliche Leben in der kirchlichen Kunst seinen vollkommensten und vielseitigsten Ausdruck findet, so ist ihm auch in dieser Beziehung die Gotik der Höhepunkt derselben. Wie keine andere redet sie die Sprache, verkündet sie den Geist des Christentums. Das Christentum, erklärt er, hat auch die Baukunst frei gemacht von den Banden, mit denen das Heidentum sie an die Erde gefesselt hielt; es hat der Materie Flügel verliehen, auf denen sie sich himmelwärts schwingt. Der lebendigste Ausdruck für diese Thatsache ist das System der vertikalen Gliederung und Höhenrichtung der gotischen Kirche. Auf kirchlichem Boden, dem sie entsprossen, fand diese Kunst auch vorzugsweise Leben und Gedeihen. Und dieser enge Zusammenhang, das Bestreben, die höchste Verklärung der Religion und Verherrlichung der Kirche zu sein, das, meint Reichensperger, bewirkt ihren Ruhm und Wert. Mitten aus dem Volk herausgewachsen und von ihm getragen, war die Gotik aber auch eine wirklich nationale Kunst. (Etwas kühn ist zwar behauptet: der germanischen Race sei vorzugsweise das architektonische Genie zu Teil gefallen, der aus ihr erwachsene Stil sei zugleich der schönste und fügsamste.) Ihre hinreissende Kraft und innere Wahrheit machte sie fähig, weithin vorbildlich zu werden. Auch in Italien, so wird konstatiert, habe sie festen Fuss gefasst, und wenn sie dort auch einiges eingebüsst, so habe sie dafür doch wieder manche Schönheiten gewonnen und jedenfalls den glänzendsten Beweis ihrer enormen Bildungsfähigkeit geliefert.

Und diese jugendfrische heilige Kunst, die im Begriffe stand, dem germanischen Geist die Welt zu erobern, die angestammte, glorreiche, echt nationale und christliche Kunst ward überwuchert durch die Renaissance, durch das zu einer Art von Scheinleben wiedererweckte Heidentum besudelt, zerstört. — Es ist notwendig, darauf hinzuweisen, wie er über die vorchristliche Kunst denkt: die Seele der Antike war die Religion, ihr Mark das Nationalgefühl. Ihre grossen Meister waren darauf bedacht, das heilige Feuer des Ideals zu hüten, das im religiösen Glauben und in der Kultur wurzelte. Allein so grosse Werke sie auch hervorgebracht, ihr Schaffen und Leben lief doch immer der Erde parallel und blieb in Natur und Sinnentum befangen.

Dass man in Italien zuerst auf die Antike geriet, glaubt Reichensperger noch einigermassen erklären und — entschuldigen zu können,

1*

wenn man die Geschichte und natürlichen Verhältnisse dieses Landes, die Lebensweise seiner Bewohner und die grossartigen alten Denkmäler in Betracht zieht, die sich den Blicken der Künstler stetig boten. Die Antike war hier im Grund genommen nie gänzlich verdrängt, sondern nur allmählich dem Geist des Christentums angepasst worden. Darum ist er auch geneigt, der italienischen Renaissance immer noch eine gewisse Wahrheit, Gesundheit und Naturwüchsigkeit zuzuerkennen. Dass aber die im Süden auflebende Antike auch im Norden sich ausbreitete und siegreich eindrang, war eine masslose Verblendung, und noch mehr: eine Verirrung nicht nur in künstlerischer Hinsicht, sondern (was Reichensperger noch viel mehr am Herzen liegt) in Sachen des Glaubens und der Kirche. Renaissance und Abfall vom Christentum bedeuten ihm dasselbe; sie ist schlechthin Heidentum, und so bezeichnet er sie fast ausnahmslos. Ja er geht so weit zu erklären, die grosse Bewegung des rinascimento sei wesentlich nichts anderes gewesen als eine grosse Neuerungssucht in Kunst und Wissenschaft. Ihr begegnete von Norden her die Reformation, die Neuerungssucht im Glauben, und in dem eisigen Wirbelwind, der sich darüber erhob, ging die bildende Kunst in Erstarrung über. Dass der Norden die fremde Kunst mit offenen Armen aufnahm, die angestammte Art vergass und überwuchern liess, das erscheint ihm der grosse Irrtum der vergangenen drei Jahrhunderte; für die germanische Kunst bedeutet sie die Verschüttung der nationalen Kraft, der volkstümlichen Kunstübung, des alten Glaubens, die Unterbrechung und Hemmung der gesunden Entwicklung. Nicht von innen ist sie gekommen, ist vielmehr von aussen angeflogen und ihrem Wesen nach unsern Bedürfnissen und Sitten durchaus fremd geblieben. Bald wurde sie gelehrt, kritisch, vornehm, blieb dem Leben der Nation ferne und ohne schöpferische Kraft. Dem entsprechen ihr Gesamtcharakter und ihre einzelnen Elemente: das Säulensystem mit seinem horizontalen Gebälk passte nicht zu den neuen Verhältnissen und Anforderungen; es waren ja die aus dem Altertum überkommenen Muster fast alle nach einem streng abgeschlossenen System konstruierte Tempel; sie dienten nun allem Möglichen als Vorbild, alles ward denn auch gleich gebaut: Kirche und Theater, Börse und Kasino, Paläste und Privathäuser.

Die gesamte folgende Entwicklung der Kunst erscheint Reichensperger als notwendige Folge jener ungesunden, unnatürlichen Wandlung, die Ausartung in Hohlheit und Leblosigkeit als Vergeltung für das Verlassen der eigenen Weise und des eigenen Wesens. Selbst rei-

fere Schöpfungen der Renaissance sind doch nur taube Blüten geworden,
ohne Frucht und Samen zu spenden. Es war nur konsequent, wenn die
Kunst sich vom Leben zurückzog, aus dem sie nicht erwachsen war,
das sie nicht trug; sie ward ein Opfer der Hofarchitekten und Stuben-
gelehrten, wollte den gewöhnlichen Zwecken des Daseins nicht mehr
dienen und arbeitete nur für Paläste, Ruhmeshallen und Museen. Gänzlich verschwunden und begraben war alles, was die mittelalterlichen
Meister und ihr Schaffen so gross gemacht hatte: eine lebendige Tradition, die strenge Gesetzmässigkeit, die vor Willkür, der feine Sinn für
Verhältnisse und Massenverteilung im Grossen, der vor Starrheit be-
wahrte; die sichere Empfindung für das Gepräge und den Ausdruck
ihres Werkes, die Einheit von Können und Wissen, von Handwerk und
Kunst, die enge Beziehung derselben zum Leben in allen seinen Äus-
serungen. Dahin alles, was ein lebensfrisches organisches Ganzes hätte
schaffen können. Bezeichnend wird der Mangel einer künstlerischen
Vollendung im Grossen wie im Kleinen, alltäglich Gebrauchten und
Geschauten. An die Stelle des Schaffens tritt das Machen, statt der
Vollendung in Einseitigkeit macht sich Vielseitigkeit breit, ohne Mittel-
und Schwerpunkt. Wo die Antike nicht mehr vorhält, arbeitet man auf
Bestellung in allen Stilen zu gleicher Zeit oder gar an demselben Werk.
Das schlimmste Produkt sieht Reichensperger in dem Eklektizismus,
der in erhabener Unparteilichkeit Jedem das seine nimmt, ohne doch
jemals zu etwas Eigenem zu gelangen, ebenso verwerflich wie das Ge-
lehrtthum, das Schaffen von Kunst ohne Leben aus totem Wissen und
blinder Nachahmung heraus. Verderblich und ertötend wirkt ein immer
nach denselben Mustern gerichtetes Schaffen, das Symmetrische, Steife
und Trockene in endloser Wiederholung. Dazu kommt noch die äussere
Unwahrheit, die Täuschung mit allerlei Renaissance-Zierwerk, das wegen
Kostspieligkeit und Mangel an echtem Material aus Cement, Steinpappe
und Zink hergestellt wird, wo Mörtel und Farbe aus Holzschäften
schimmernde, fettglänzende Marmorsäulen hervorzaubern, aus Tannen-
wänden Steininkrustationen schaffen, aus Thon Bronce machen. Voll
gerechten Zorns eifert er gegen die „Gusseisen-Cellini und sonstigen
Surrogatenjäger der Gegenwart, die ihre Dutzendware unter der Flagge
des Genies der Renaissance zu decken sich unterfangen". Aufs heftigste
bekämpft er diese Unwahrhaftigkeit, die er nur befördert sieht durch
das Eindringen der Industrie und Maschine in die Kunst. Hierbei ist
zu bedenken, dass zu dieser Zeit in Frankreich unter anderm auch der
Vorschlag gemacht wurde, das Modelliersystem auf den Häuserbau an-

zuwenden: die meisten Kunstprodukte unseres Bedarfs könnten auf diese
Weise modelliert werden; mit einem Dutzend Modellen für jeden der
verschiedenen Gegenstände, die zur Aufführung eines Hauses gehören,
je nach der Grösse des Gebäudes und dem Vermögen des Hausherrn,
wären alle vernünftigen Bedürfnisse zu befriedigen und so liesse sich
die Fabrikation von diesen Stücken in Grossmanufakturform ausführen!

Mit leidenschaftlicher Heftigkeit, mit einem geradezu fanatischen
Eifer stellt sich Reichensperger in den Streit wider die herrschende
Bauweise, die ihm nicht mehr eine Kunst, sondern ein Bild völliger
Anarchie und Auflösung ist.   Allein er bleibt dabei nicht stehen; er
will etwas bieten, wo er verdammt.   Das ist die Erneuerung der gotischen Kunst.   Wenn die gleichzeitige Wissenschaft sich wohl mit ihr
befasst und für ihre Kenntnis, nicht aber für die Erhaltung oder Vollendung ihre Monumente arbeitet, so ist damit nicht genug gethan.
Sie ist nicht ein zurückliegendes Durchgangsstadium, ein abgeschlossenes
Ganzes, sondern aus der Beschäftigung mit ihr soll neue Kraft erwachsen,
sie wieder ins Leben zurückzuführen.   Den Vorwurf, solches Beginnen
sei Rückschritt, weist Reichensperger entschieden zurück; „zur mittelalterlichen Bauweise zurückkehren, heisst vorwärtsschreiten, vom Heidentum zum Christentum, vom Römertum zum Deutschtum, von anarchisch
allerwärts umhertappender Verirrung zu höchster Einheit und Gesetzmässigkeit".   Oder mit anderen Worten: es bedeutet die Wiederaufnahme der Arbeit der Vorfahren, die Anknüpfung an die Kunst der
eigenen alten Meister, welche durch eine unheilvolle Entwicklung verlassen, verdrängt und vergessen wurde.

Und der Schriftsteller lässt es nicht an praktischen Ratschlägen
fehlen, um seine Absichten verwirklichen zu helfen. — Die Grundlage
für jedes Weiterarbeiten im Geist der alten Kunst ist das eingehendste
Studium des gotischen Bauwesens, seiner Gesetze und Organismen, verbunden mit dem Bestreben, sich in diese Schöpfungen hinein zu denken
und zu arbeiten und ihr inneres Leben zu erkennen.   Unentbehrlich
dafür genaue Aufnahmen und Messungen mit Schnitten und Massangabe.
Sehr Günstiges hofft er von der Aufnahme der Kunsttradition der mittelalterlichen Bauhütten; einen Anfang dazu, die Bauhütte am Kölner Dom,
empfiehlt er zur Nachahmung.   Gerade die tägliche Anschauung der
besten Vorbilder, die Beschäftigung mit ihnen gilt ihm als ein wichtiges
Mittel, die Baumeister heranzubilden.   In der Thätigkeit der Bauschulen
soll die Tendenz aufs Können und Schaffen im Vordergrund stehen;
hier sei bis jetzt alles nur gelernt und gewusst, stilisiert, nichts geschaut.

Er stellt einmal das Wesen dieser Erziehung recht drastisch dar: „was früher Lehrlinge und Gesellen hiessen, sind heute alles Herren geworden; diese Herren wissen dann eine Unzahl griechischer und lateinischer Wörter, können die feinsten Gefühlslinien, Licht- und Schattenstriche machen, Schattenkonstruktionen ausführen, verstehen mehr oder weniger Physik, Chemie, Mineralogie, Mechanik, Perspektive, Infinitesimalrechnung und Trigonometrie, kurz alles, alles — nur nicht die Kunst des Bauens". — Von seiten der Kunst- und Altertumsvereine wünscht er eine rege Mitwirkung und von der Regierung die nötige Beihilfe, die den ersten Impuls zu der allgemeinen Bewegung geben und durch materielle Mittel sie unterstützen soll.

Er ist sich wohl bewusst, dass die Arbeit keine leichte ist. Denn nur eine eingehende Beschäftigung mit den Werken und ihren Gesetzen und langdauernde, konsequente Übung ermöglichen das Verständnis der Gotik und ihre Anwendung. Oberflächliches Hantieren mit ihr ist gefährlich, da ihre Schwierigkeiten nur der theoretisch und praktisch mit ihr vollkommen Vertraute bewältigen kann. Jedenfalls wird sie, falls nur die zugrundeliegenden Prinzipien gehörig verstanden und beherrscht werden, jedem heutigen baulichen Bedürfnis zu entsprechen vermögen.

Die Wiederbelebung der mittelalterlichen Kunst hält nun Reichensperger allein für möglich bei der Wiederherstellung des Bodens, aus dem sie erwachsen ist. Die Renaissance und in ihrem Gefolge der rationalistische und materialistische Geist haben (und davon ist er stark überzeugt) in die neuere Entwicklung gefährlich viel antike Ideen und Anschauungen getragen, Ideen, die er wieder schlechtweg als heidnische bezeichnet. Sie haben auch in die Entwicklung der Kunst Verwirrung und Verderben gebracht. „Die Renaissancekünstler, sagt er einmal, kannten nicht die Falschheit und Tragweite des Prinzips, dem sie dienten", und an anderer Stelle: „man vergass damals, dass den Formen Ideen entsprechen, dass das Erlösungswerk auch die Kunst freigemacht hat und ihr die Bahn gewiesen, auf welcher der Geist die Wiederherstellung seiner ursprünglichen Beziehungen zum Schöpfer . . . anzustreben hat". Jetzt wird ersichtlich, welche Modifikation die Erneuerung in seiner Anschauung erfährt: es ist der Wiederaufbau der mittelalterlichen Kunst auf christlich-nationaler Basis, wie er es selbst bezeichnet; wir sagen aber eher in seinem Sinn: auf kirchlicher Basis.

Von hier aus gewinnen die Persönlichkeit und die Kunstauffassung unseres Schriftstellers ein ganz verändertes Aussehen. Das Ziel, welches er erreichen helfen will, ist die Wiederbelebung der Gotik. Das ist ihm

aber nicht die Hauptsache, sondern im letzten Grund oft nur ein Mittel.
Die Kunst ist ja die Dienerin der höchsten Wahrheit und ihrer Ver-
künderin, nämlich der Kirche. Daher soll mit der alten Kunst auch
wieder der alte Glaube emporsteigen und herrschen. Sie aber soll wieder
erblühen unter dem Schutz der Kirche. Denn unter ihre Obhut ist nicht
blos die Wahrheit, sondern auch die Schönheit gestellt; sie soll dem
Chaos entgegentreten, ihre Wächter sollen mit ganzer Kraft für diese
Arbeit wirken als ihre natürlichen Hüter und Beschützer. [1] Mit Stolz
und Siegesbewusstsein schaut er auf seine Kirche. Mag es befremdend
erscheinen, dass er dabei immer mit Nachdruck von der Gotik als einer
nationalen Kunst spricht, so erklärt dies seine Ansicht, dass seine Kirche
eben darin ihre echte Grösse zeige, dass sie auf die verschiedenen
Nationalitäten einging, ohne diese zu schmälern und sich zu entkräften.
Gewähre sie doch jedem Einzelnen die Freiheit, die zu seiner eigenartigen Entwicklung notwendig sei, aber so, dass sein Thun doch einer
hohen und allgemeinen Absicht diene: Freiheit und Notwendigkeit ver-
einige auch sie in sich [2]), und hier liegt der Zusammenhang mit der
Gotik, welche ihm wegen der Vereinigung und Durchdringung der
beiden Gegensätze in ihren Bildungen als das vollkommenste Kunstwerk
gilt, eben als der vollkommenste Ausdruck seiner Kirche. — Reichensperger behauptet überall seinen exklusiv konfessionellen, sagen wir bestimmter: ultramontanen Standpunkt; er ist Katholik durchaus und
stolz darauf, unleugbar ein Mann von Überzeugung und Konsequenz.
Selten führt ihn sein Eifer zu feindseliger Gehässigkeit. [3]

Die Erwähnung dieser Thatsachen ist in diesem Zusammenhang
nötig; einmal offenbaren sie die tiefere und intimere Grundlage seiner
Bestrebungen und seiner Anschauung über die Kunst, dann aber beleuchten sie den eigentümlichen Fall, wie die Arbeit für die Wiederbelebung der Kunst durch Aufnahme und Fortsetzung der mittelalterlichen Weise selbst von streng kirchlichem Standpunkt aus als höchst
wertvoll, als Pflicht erscheint, — ein Standpunkt, der ebenso einseitig
als ungenügend ist für die Betrachtung der Kunst.

Unter den zahlreichen Angriffen, die Reichensperger erfuhr, waren
diejenigen Anton Springers die schwerwiegendsten, der ihm vorwarf, von

1) Interessant ist, wie er für die jungen Priester Kenntnis der Kunst und
eifrige Beschäftigung mit ihr verlangt, nicht nur zu ihrer allgemeinen Bildung des
Geistes, zur Erholung, sondern geradezu als Pflicht.

2) Diese Erörterungen haben den Aufsatz: Über den Humor in der Kunst (in
den Vermischten Schriften) völlig verdorben.

3) Am häufigsten in seinen „Fingerzeigen".

der ganzen Entwicklung der Kunst seit Raffael und Michelangelo habe
er keine Ahnung und erkläre alles inzwischen Geschaffene für Teufels-
werk; worauf Reichensperger die Erklärung folgen liess, dass er jene
Meister hoch in Ehren halte und, wo er ihren Grundanschauungen nicht
beipflichten könne, doch ihrem Genie, der soliden Pracht und vollendeten Technik ihrer Werke aufrichtige Bewunderung entgegenbringe.
Unermüdlich ist er darin, seine Überzeugungen offen auszusprechen,
damit die Wahrheit, die er vertritt, wirke und verwirklicht werde.
Erwähnenswert ist seine Thätigkeit für die Förderung des Kölner Dombaus, dessen Vollendung er noch erlebte.[1]) Ueber seine Kunstschrift-
stellerei äussert er sich selber einmal: „ihre Tendenz geht nicht dahin,
die Kunstgelehrten noch gelehrter zu machen, (wohl etwas praktischer),
vielmehr habe ich mir die Aufgabe gestellt, das Wesen der christlichen
Kunst zu möglichst allgemeinem Verständnis bringen zu helfen, besonders
aber die opferwillige Hingabe an dieselbe zu beleben, sowie dem Eindringen modernen Schwindels in die Massen entgegenzuarbeiten." Später
beschäftigte er sich eingehender auch mit der gotischen Profankunst
und war bis in die neunziger Jahre thätig durch Arbeiten im Repertorium und in der Zeitschrift für christliche Kunst. — In hervorragendem
Masse gewährte ihm seine Stellung als ultramontaner Abgeordneter in
der Volksvertretung, der er die längste Zeit seines Lebens angehörte[2]),
Gelegenheit, für seine Sache öffentlich zu wirken, und er war trotz des
extremen Standpunktes immer noch eine Persönlichkeit, die, auf gewisse
Sachkenntnis gestützt, für die Pflege der Kunst wenigstens Verständnis
und praktisches Urteil besass.

II.

Unverkennbar zeigt Reichenspergers Auftreten eine bedeutende Einseitigkeit in der Betonung des Ideengehalts der Baukunst und ihrer Abhängigkeit vom kirchlichen Leben. In seinen Schriften und seiner öffentlichen
Thätigkeit das Wertvolle herauszulösen, ist notwendig, um seine Persönlichkeit richtig zu würdigen. Gegenüber der Willkür und Gesetzlosig-
keit in der Baukunst weist er hin auf die strenge Gesetzmässigkeit,
das Mathematische, im Kunstgebilde als eine seiner wichtigen Grundlagen; einer unverständigen Konstruktion und sinnlosen Dekoration stellt

---

1) Hierzu zahlreiche Aufsätze in den Vermischten Schriften und seine Abhandlung: Zur neueren Geschichte des Dombaus in Köln. (Köln 1880.)

2) Seit 1848 bis 1881, vom Frankfurter Parlament bis zum Reichstag, bewegte
er sich mit wenigen Unterbrechungen in verschiedenen gesetzgebenden Körperschaften;
er wurde 1852 der Gründer der katholischen Fraktion, die sich 1861 Zentrum nannte.

er die innere Wahrheit der älteren Kunst in Darstellung und Material
entgegen; in der Zeit, da in Baiern die Schlösser des einsamen Königs
leer standen, mahnte er, die Kunst könne nur lebensfähig werden als
Gemeingut des Volkes, das sie tragen müsse; während die Städte und
Dörfer sich bevölkerten durch tote symmetrische, jedem ästhetischen und
praktischen Bedürfnis Hohn sprechende Steinmassen, erinnerte er daran,
dass die Kunst wieder wie ehemals das Leben durchdringen müsse, dass
das innere Leben auch nach einer entsprechenden Bildung seiner Umgebung verlangt, dass alles, das ganze Haus wie jeder einfache Ge-
brauchsgegenstand, einer künstlerischen Behandlung wert und würdig ist.

Allein sein Eifer führt ihn zu weit. Für jene Richtung, die in
der Baukunst den gotischen Stil für den einzig kirchlichen hielt,
war er einer der entschiedensten Verfechter dieser Überzeugung, dieses Glaubens. Denn bei ihm ist es wirklich ein Glauben; eine gewisse
Voreingenommenheit, allerlei Erinnerungen an die Epoche seiner Blüte
leiten ihn dabei und er verfällt beinahe in den nämlichen Fehler, den
er an seinen Gegnern rügt. Was seinem Urteil vorangeht, ist nicht ein
Schauen, selbst nicht einmal immer bei der Gotik, (in der er sich noch
am besten auskennt,) sondern blos ein Denken, nicht aber ein Nach-
denken, sondern ein Hineindenken, Hineinlegen von bestimmten Absichten
und Zwecken, Gedanken. Mag seine politische Stellung ihn immer verleiten, in der Kunst mehr als billig nach grossen Zusammenhängen mit
dem gesamten Leben eines Volkes zu suchen: sobald er als Kunstschrift-
steller auftritt, bildet dieser Umstand keine Entschuldigung für seine
Einseitigkeit und den Mangel an genauer Kenntnis dessen, was er be-
dingungslos verdammt.

Zwischen allen Stilen der Kunst nach der Renaissance, besonders
in Deutschland, giebt es für Reichensperger ganz und gar keine Unterschiede. Man darf sagen, er schlägt alles über einen Leisten; man gewinnt die Überzeugung, dass er mit einem gewissen Schauder von der
Renaissance und der Kunstarbeit der nächsten Jahrhunderte spricht und
den Abschen gerne los wird, indem er schnell über jene Periode hinweg-
geht und sie als ein grosses Verderben hinstellt! Sie ist ja für ihn
nichts anderes als die Zeit des Streites wider die alte Kirche, des
Rationalismus und des Unglaubens; daher die gleichzeitige Kunst der
Ausdruck derselben, die Offenbarung einer ganz unkirchlichen Gesinnung.
Die baukünstlerische Thätigkeit der Jesuiten, Barock, Rokoko, Klassizismus, alles gilt ihm gleich und schlechthin verwerflich. Kaum an-
merkend will er dem Rokoko noch in der Ausstattung eine gewisse solide

Technik zuerkennen; aber wie äussert er sich sonst darüber, wie schreckt er zurück wie vor einem Gebilde des Wahnsinns! „Jedes Prinzips und jeder Grundlage baar, taumelte die emanzipierte Kunst im Delirium des Rokoko umher, die Gaffer mit ihren Kaprizen ergötzend. Wer kennt nicht den buntscheckigen Wirrwarr dieses Stils mit seinen Auswüchsen, Verkröpfungen, Schnecken und Genien, pomphaft aufgestellten Triumphbögen, Altären, durcheinander gestikulierenden Statuen und Pfropfziehersäulen etc." Mag man immerhin bedenken, dass die allgemeinere Anerkennung der Barockkunst und des Rokoko noch sehr jung ist, so zeigt sich hier am deutlichsten, wie alles nur gedacht ist und wie verderblich es wirken kann, überall nur Absichten und Zwecke (wenn auch sehr hohe) in die Formen und Gebilde der Kunst hineinzulegen und darnach ihren Wert, ihre Bedeutung zu bestimmen. Ein so konsequentes Kunst-Denken muss jede aufrichtige, natürliche Empfindung schon von ferne ertöten.

Ebenso einseitig, nur weniger beschränkt, zeigt sich seine Anschauung über den romanischen Stil. Es mag nicht unrecht sein, ihn als ein Entwicklungsstadium zu bezeichnen, ihm keine volle Reife zuzuerkennen; aber diese Beurteilung gründet sich keineswegs auf die Kenntnis seiner Entwicklung und künstlerischen Formen. Der Geist, heisst es da, ringt noch mit der Materie um die Herrschaft, die Teile führen noch ein gesondertes Leben, enthalten noch unbewältigte, nicht gehörig gegeneinander abgewogene Massen. Vor allem aber offenbare der Stil noch zu viel „vorchristliche Reminiscenzen". Daher kann Reichensperger auch nicht den Ideengehalt in ihm finden (oder in ihn hineinlegen), der ihm nun einmal die folgende Periode so verklärt erscheinen lässt.

Wenn er von mittelalterlicher Kunst spricht, so ist das stets und ausschliesslich die Gotik. Er geht dabei aus von ihrer Universalität, welche sie fähig gemacht habe, vorbildlich zu werden für den ganzen Occident. — Ich möchte hier auf zwei seiner Äusserungen zurückkommen: die eine betrifft die Ausdehnung der Gotik, die andere die Grenzen ihrer Bildungsfähigkeit. Die christlich-nationale Bauweise (auf die Frage, ob Deutschland oder Frankreich die erste Ausbildung dieses Stils sein eigen nennen dürfe, lässt er sich nicht ein) hat auch in Italien festen Fuss gefasst, hat dort gegen manche Einbusse andere Schönheiten gewonnen und damit jedenfalls gezeigt, dass sie im höchsten Grad, ja ins Unbegrenzte weitergebildet werden kann. Weniger die Ausprüche späterer Kunsthistoriker als vielmehr die Monumente jener

Zeit beweisen, dass die Gotik in Italien nie recht heimisch ward. Gerade
die wesentlichen, charakteristischen Elemente des nordischen Stiles sind
bei ihr vernachlässigt oder ausgeschieden. Bedeutend geschwächt ist
die Höhenrichtung, das System der Strebepfeiler und -bogen oft aufgegeben, es fehlt die Gliederung der Pfeiler und die Ausbildung der
Rippen, sogar zuweilen das Gewölbe, an dessen Statt ein offener Dach-
stuhl tritt. Endlich aber das höchste Ergebnis der nordischen Kunstarbeit, das Hineinbeziehen der Türme in den Gesamtorganismus, wurde
in der Regel nicht übernommen: die Dome zu Orvieto, Siena, Florenz
haben ihre Campanili wie die früheren Kirchen gesondert steben; wo
sie mit der Kirche vereinigt sind, erscheinen sie in unbedeutenden
Höhenverhältnissen und verlieren den Charakter des Turmes, wie der
Aufbau über der Vierung der Mailänder Katbedrale. Es besteht zwischen
der italienischen Gotik und der nordischen ein ähnliches Verhältnis wie
zwischen der deutschen Renaissance im Anfang und der italienischen;
sie übernahm von ihr wesentlich die Ausschmückung, nicht die Konstruktionsprinzipien. Was sie Wunderbares hervorgebracht hat, verdankt
sie weniger speziell dem Stil der Gotik, als dem ihren Baumeistern angeboren sicheren Gefühl für Raumbildung und -disposition. Wenn
übrigens auch nachweislich deutsche Meister im Süden arbeiteten (in
Mailand und Orvieto wie in Burgos), so mussten sie sich in vielem
dem herrschenden Bedürfnisse fügen.

Die Universalität des gotischen Stils findet Reichensperger darin
begründet, dass sie nicht fertige Formen, sondern nur einfache Gesetze
und feste Konstruktionsprinzipien giebt und dadurch eine Fortbildung
ins Unendliche zulässt. Er ist aber geneigt, mit jedem derartigen Gesetz eine höhere Bedeutung, nicht ein einzelnes Symbol, sondern einen
religiösen Inhalt zu verknüpfen. Keineswegs ist jedoch anzunehmen,
dass die schaffenden Meister die Absicht oder das Bewusstsein gehabt
hätten, dies oder jenes Gesetz und Prinzip zu einem bestimmten Inhalt
anzuwenden oder auszubilden; an die Verkörperung gewisser symbolischer
Verhältnisse und Zeichen ist hier zunächst nur insofern zu denken, als
überhaupt das ganze mittelalterliche Leben die Symbolik und Mystik
aus angeborenem, durch Religion, Legende und Altertum genährten
Hang reichlich pflegte. Hier kommt aber ferner die ganze von der
heutigen so grundverschiedene Kunstübung in Betracht, die Zunft mit
ihrem bis in die Hochgotik erhaltenen kirchlichen Charakter, mit ihren
Gesetzen und Verboten, mit ihrer lebendigen, sorgfältig bewahrten Tradition. Nicht für Papier oder eine Modelliermasse, sondern unmittelbar

und lediglich für Stein dachten und arbeiteten die Baukünstler bei ihren Kirchen; daraus erwuchs die Notwendigkeit jedes Gebildes und der Gliederung und die Einfachheit, und mit Naturgewalt musste so das Gesetz hinter der Bildung durch langdauernde Übung gefunden werden. Etwas Künstlerisches hätte nicht entstehen können, wenn, wie Reichensperger annimmt, ein unmittelbarer Einfluss religiöser Vorstellungen auf die Bildung der Gesetze und ein mehr immanentes als bewusstes Einwirken solcher Prinzipien auf das ausübende Schaffen bestanden hätten. Daran ist hier nicht zu denken. Denn als einmal die höchste Sicherheit in der Bewältigung der Massen erreicht war, überwucherten die schmückenden Formen die Konstruktion, aus architektonischen Gebilden wurden dekorative, deren Ausbildung und Überwiegen die späte Gotik kennzeichnen. Die nordische Kunst war, als die Bewegung der Renaissance über die Alpen kam, keineswegs so jugendfrisch, wie Reichensperger erklärt, sie war vielmehr schon gealtert und hatte von ihrer ursprünglichen Kraft viel eingebüsst.

In seiner Anschauung liegt die Grösse der gotischen Kunst darin beschlossen, dass sie der adäquate Ausdruck kirchlichen Lebens und kirchlicher Gemeinschaft ist und zugleich des nationalen Lebens, (insofern nämlich jenes in Deutschland zur herrlichsten Blüte sich entwickelt haben sollte). Es mag aber überhaupt mit Fug als gefährlich erscheinen, in Sachen der bildenden Kunst so häufig mit den Begriffen des Nationalen und Christlichen zu operieren. Schon dass es abstrakte Begriffe sind, möchte eine Warnung enthalten; denn muss ihnen auch wirkendes Leben entsprechen, so steht dies nicht in so unmittelbar erkennbarem Zusammenhang mit seinen verschiedenen Äusserungsformen, auch nicht mit der bildenden Kunst.

Im Kunstschönen, sagt uns Reichensperger, findet die Religion ihren reinsten, erhabensten und wirksamsten Ausdruck. Und was ist der Zweck, was die Aufgabe der Kunst? Sie ist nicht Lebensgenuss, sondern sie steht im Dienst der höchsten, der christlichen Wahrheit. Wer dem ersten zustimmt, kann dem letzteren entschieden entgegentreten. Und braucht noch lange nicht die Kunst als Selbstzweck zu verherrlichen. Es ist hier zu unterscheiden: für den Schaffenden muss sie in vielen Fällen, in den Momenten des Schaffens wohl notwendig Selbstzweck sein, damit er nicht wisse, dass er etwas künstlerisches hervorbringt; hier aber handelt es sich und auch im Folgenden um das fertige Werk, um die künstlerische Stimmung, die es erzeugt, um das höhere Leben, das es in sich bannt, das den Menschen in seinen Bann

zieht. — Etwas wesentlich Verschiedenes ist es aber, wenn wir sagen:
die Kunst ist der reinste Ausdruck, die höchste Verklärung religiösen
Lebens, oder: sie dient der religiösen Wahrheit, ist ihr unterthan, ist
nur für sie da und gilt ohne engen Zusammenhang mit ihr nichts? Die
letzte Konsequenz ist bei Reichensperger, wenn nicht ausgesprochen,
doch deutlich genug gezogen. Verdammt er doch die Kunst der Renaissance deshalb, weil sie der Kirche nicht mehr ausschliesslich dient, antike Vorbilder und Ideen aufnimmt, eine Erneuerung des „Heidentums"
heraufführt.

In diesem Streit steht in erster Linie die Frage nach der Bedeutung der Renaissance im Kirchenbau. Reichensperger spricht ihr, damals wie heute, jede Berechtigung darin schlechtweg ab; ihre Kirchen,
St. Peter oben an, sind ihm Wahrzeichen der traurigsten Verirrung.

Seine Anschauung wird hier zum Beispiel des einen Extrems.

Versuchen wir einmal, an der Hand seiner Ausführungen den Standpunkt zu formulieren, welchen die Gegner der Renaissance im Kirchenbau einnehmen, so ergiebt sich im allgemeinen folgendes. Die Renaissance trug in das moderne Leben antike Ideen, in die Kunst antike
Vorbilder herein. Diese verlässt die früheren Bahnen, stellt sich nicht
mehr ausschliesslich in den Dienst der Kirche, ist nicht mehr religiös,
sondern weltlich. Wie die Antike, wurzelt sie im „Sinnentum" und
haftet an der Erde. Aus ihren Bauten vertreibt sie das religiöse Leben,
statt es darin zu hüten, zu pflegen, zu verklären. Mögen Paläste und
Profanbauten überhaupt ihre Verwendung rechtfertigen: dem Gotteshaus
soll sie ferne bleiben; ihre Harmonie, ihre Pracht und ihr Glanz lassen
den Andächtigen völlig kalt. Die Renaissance hat überhaupt keinen
„sakralen Stil" ausgebildet oder geschaffen.

Die Frage gewinnt also eine ungeheure Tragweite. Am besten werden die Verhältnisse in Italien Aufschluss geben. Zunächst wird es geboten sein, die Entwicklung der Renaissancekirche in Italien und in den
wichtigsten nordischen Ländern kurz zusammenzufassen; darauf soll versucht werden, den Zusammenhang von Kunst und Kirche der Renaissance
deutlich zu machen und ihren Einfluss auf die Kunstübung des Nordens nach Wert und Folgen begründend darzustellen. Dann erst wird
sich ergeben, in welcher Art ein Urteil über die Bedeutung der Renaissance im Kirchenbau möglich ist.

III.

Um für die Frage nach dem Wesen der Renaissancekirche eine feste Grundlage zu gewinnen, möge hier eine kurze Übersicht ihrer Geschichte Platz finden. Sie soll die formale Entwicklung in ihren wichtigsten Punkten zusammenstellen. Maassgebend ist die Gesamterscheinung, sind die Elemente ihres Aufbaues und daneben der Grundplan, der die Idee des Bauwerks in knappster Form darstellt.

Die Renaissance-Architektur Italiens erstarkte im Kampfe gegen die Gotik, im Bund mit dem Humanismus. Im Verhalten gegen den vorausgegangenen Stil hatte bereits das sichere eigene Kunstvermögen seine Stärke gezeigt: das Hauptgewicht lag nicht auf der vertikalen Gliederung und Entwicklung, sondern auf der Schönheit der Räume, der harmonischen Disposition von Flächen und Massen. Schnell wurde engerer Zusammenhang mit der Antike gewonnen, mit Stolz die eigentlich nie verdrängte Kunst wieder aufgenommen, als die einheimische, echte, grosse dokumentiert. Man empfand das Neue als Bruch mit der Vergangenheit, dem Altertum (soweit es bekannt war) nachzueifern wurden alle Kräfte eingesetzt. Es begann aber zuerst nur mit einzelnen Formen, nicht mit umfangreichen Resten und grossen Denkmälern einzuwirken. Nicht blinde Nachahmung, sondern eigene Arbeit führten die Grösse der Renaissance-Architektur herauf. Schon das innerlich treibende Gesetz aller ihrer Schöpfungen, das auch ihren künstlerischen Gehalt letzthin bestimmt: das der „geometrischen und kubischen Verhältnisse" ist wesentlich ihre eigene Errungenschaft. Wohl verarbeitet sie ältere Formen, schafft aber daraus etwas Neues, einen Raumstil, wie ihn selbst die Römer nicht gekannt hatten.

Er kommt im Kirchenbau zur herrlichsten Erscheinung, vorzüglich im Centralbau, der seit Anfang das höchste Ziel ist und die vollkommenste Leistung auf dem Gebiet der religiösen Renaissancebaukunst wird. Hinsichtlich der Gestaltung einzelner Teile tritt im allgemeinen in der Hochrenaissance gegenüber einer zaghaften Plastik, der Bevorzugung von Ornament und farbenfreudiger Dekoration und der Konzentrierung des Schmucks auf einzelne Teile das Bestreben nach Vereinfachung in dieser Richtung hervor, nach Verstärkung des architektonischen Elements (Nischen, Umrahmungen, Giebel, Halbsäule, später dorische Säule besonders und Pilasterordnungen) und nach Vermehrung der Kontraste (in der ganzen Disposition und im Einzelnen, Abwechselung von Fenster, Nischen, umrahmten Feldern, von Halbsäulen mit Pilastern).

Die ganze Entwicklung der italienischen Renaissancekirche kann aufgefasst werden als Kampf zweier Haupttypen: Langhaus und Centralbau. Beide treten gleich anfangs auf und kommen gegenseitig modifiziert vor; in der höchsten Blüte herrscht der Centralbau, am Ende siegt die Longitudinalanlage unter Beibehaltung von Motiven, die jenem angehören.

Das Centrum der Frührenaissance ist Florenz. Ihre erste Grossthat die Vollendung von Arnolfos Dom durch Brunellescos gewaltige Spitzkuppel, an Dimension und Grossartigkeit denen der Hochrenaissance ebenbürtig. Unter dem Einfluss desselben Meisters entstehen S. Spirito und S. Lorenzo, Säulenbauten mit Bogen, bereits herrliche Räume, voll Helle und Klarheit, wesentlich verschieden vom Charakter mittelalterlicher Kirchen. Der hiermit zur Geltung gebrachte Typus der Basilika wird neben der Säulenkirche, zum Teil mit Tonnen gewölbt, zum Teil von niederen Kuppeln überhöht, vorbildlich für zahlreiche Kirchen Oberitaliens, Bolognas, Ferraras (S. Francesco), Piacenzas (S. Sisto). Das Äussere ist meist schlicht gehalten, anderwärts wieder sorgfältiger behandelt durch Ausbildung einer Façade. All diese Kirchen bilden innerlich den Gegensatz zum Typus des Centralbaus, sind auch nicht vorzugsweise auf die Wirkung schöner Räume hin gebildet.

Leon B. Albertis Kirchen scheinen fast der Entwicklung vorauszugreifen. Seine Façaden, prächtige Vorbauten, zeigen eine oder zwei Ordnungen mit Halbsäulen oder Pilastern, zuweilen den Giebel. (S. Francesco in Rimini; S. Andrea in Mantua, mit bedeutendem Portal zwischen vier Pilastern; S. Maria novella in Florenz, das erste Beispiel von Steinvoluten, die aber hier mit Inkrustation geschmückt sind.) — Nicht mit derselben Sicherheit behandelt wie die Bauten des grossen Theoretikers sind zahlreiche Kirchen Ober- und Mittelitaliens der Frühzeit. Man wendet antike Formen an, ohne sie noch in eigentümlicher Art verwenden zu können. So die Kirchen Baccio Pintellis (S. Maria del popolo, S. Agostino) in Rom, welches überhaupt zu Anfang im Kirchenbau nur Unbedeutendes hervorbringt. Die hier zuweilen auftretenden Vorhallen an Kirchen tragen ein durchaus profanes Element in sie hinein (Façaden von S. Pietro in Vincoli, SS. Apostoli, S. Marco); später auch an S. Maria in Navicella). — In Abhängigkeit vom Material leisten einige Bauten Oberitaliens und Nordtoskanas Eigenartiges: so der Backsteinbau der Madonna di Galliera in Bologna, die Misericordia in Arezzo und andere, die an kleinen Façaden allen Schmuck in einem Prachtportal konzentrieren. — Ganz isoliert steht die Façadé der Certosa bei Pavia, ohne spätere Analogie, aber von wichtigstem Einfluss auf die Formenwelt des Nordens; mit völliger Auflösung der Pfeiler in Nischen mit Statuen, im Aufbau völlig unabhängig von den antiken Ordnungen (Burckhardt). Ebenso vereinzelt ist der Dom von Pienza, eine lichte dreischiffige Hallenkirche, als Erinnerung an die Wirkung nordischer Kirchen von ihrem Gründer gedacht.

Das höchste Problem auch für die Langkirchen ist die Raumgestaltung, die Innenwirkung. Von den wichtigsten Möglichkeiten ihrer Bildung: als ein- oder mehr-(drei)-schiffige, flachgedeckte oder gewölbte Räume findet schon der einfachste bedeutende Ausbildung. Als einschiffig flachgedeckt charakterisieren sich längere Zeit die Ordenskirchen; sie erhalten Kapellen an der Langseite, auf deren Anschluss an das Schiff alles ankommt (die Eingänge bald triumphbogenartig, bald einfach von Pilastern flankiert). Hierher gehören Giul. da Sangallos S. Maria Maddalena de'Pazzi, Antonio da Sangallos (d. J.) S. Spirito in Rom, ferner Kirchen Neapels. — Reichste Variationsfähigkeit bietet die dreischiffige Gewölbekirche; eine Grundform, die vereinzelt immer wieder auftritt, wertvoll durch die Fähigkeit, Motive des Centralbaus sich zu verbinden. Der unter Nikolaus V. ausgebildete Plan für St. Peter sollte diese Richtung einschlagen. S. Giovanni in Padua hat noch polygonale Kapellen am Langbaus. Von guter Innenwirkung ist die Annunziata Arezzos, mit einer Fenstermauer zwischen Pfeiler und Gewölbe, und mit niedrig gehaltener Kuppel. Ein weiterer Schritt ist die Gliederung des Langhauses in Abschnitte, entsprechend der Auflösung des Gewölbes in einzelne Kuppeln. Dies Prinzip ward massgebend für den Dom zu Pavia, vorzüglich für S. Giustina in Padua, das im Mittelschiff drei Flachkuppeln trägt, an den Seitenschiffen Kapellenreihen führt, die Abschlüsse von Querhaus und Chor sind durchweg rund; diese Elemente sichern eine günstige Lichtführung und schaffen schöne Räume. — Ähnlichen Charakter besitzen Kirchen Venedigs (S. Salvatore und S. Giorgio maggiore; in Padua der Dom Righettos).

Diese Entwicklung begleitet die Ausbildung des Centralbaus. Er erfüllt schon lange die Phantasie der Künstler, zeigt sich auf Werken der Kleinkunst, im Hintergrund von Gemälden. Mittelalter und Altertum boten auch fortwährend Anregung: das Baptisterium in Florenz, in Ravenna, S. Lorenzo in Mailand, in Rom Minerva medica und das Pantheon (letzteres späterhin überhaupt das Vorbild der grossen Verhältnisse und Masse). Am reinsten verwirklicht diese Kunstform die Ideale der Zeit: „absolute Einheit und Symmetrie, vollendet schöne

Gliederung und Steigerung des Raums, harmonische Durchbildung des
Äussern und Innern ohne müssige Façade, herrliche Anordnung des
Lichts.* Dominierend und centralisierend erhebt sich der Mittelbau über
die Umgebung; seine charakteristische Form ist, als Abschluss eines
Raums, kein turmartiges Gebilde, sondern nur die Kuppel; ihrer Wölbung
entspricht auch der runde Abschluss der Bauteile im Grundplan. Die
Überführung der Kuppel vom polygonalen Unterbau durch den Cylinder,
wesentlich eine That Bramantes, und die Calottenform sind erst spätere
Resultate. Was der nordischen Architektur der Turm, ist der italienischen
Renaissance die Kuppel; sie verträgt keine Türme neben sich in ihrer
höchsten Bedeutung, bedarf auch keiner Façade, die sie doch auf jeden
Fall beherrschen müsste; sie verträgt auch nicht störende Einbauten im
Innern (Grabmäler, Altäre), der Hauptaltar findet im hinteren Kreuzarm
seinen Platz; endlich verlangt sie Unterordnung der Plastik und Malerei.
Im Centralbau kommt das Gesetz der schönen Verhältnisse am schwierigsten, aber auch am besten zu reinem Ausdruck, gelangt die raum-
bildende Kunst zur herrlichsten Entfaltung, findet jene, den Baukünstlern
der italienischen Renaissance so eigene, absolute architektonische Kraft
ihre vollkommenste Auswirkung.

Bereits Brunellesco arbeitet in dieser Richtung; selbständig zuerst
an dem (nicht ausgeführten) Polygon „bei den Angeli" in Florenz, das
ein achtseitiger Kuppelraum mit acht Oberlichtfenstern und Kapellen
werden sollte mit Nischen in der Mauerdicke; vollendet wurde erst die
Pazzikapelle, deren Kuppel bereits über zwei Bogen schwebt. Zunehmende
Sicherheit in der Beherrschung der Raumwirkung offenbaren die folgenden: die Madonna degli Carceri zu Prato (von Giul. da Sangallo) mit
niedrem Cylinder und geraden Kreuzabschlüssen, und Madonna di San
Biagio in Montepulciano (von Antonio da Sangallo), welche ihre Kuppel
mit Cylinder auf vier gut gegliederten Pfeilern trägt (merkwürdigerweise
mit — getrennt stehenden — Türmen, wovon einer ausgeführt; neben
ihm nennenswert nur der Turm an S. Spirito in Rom mit günstiger
Behandlung der Pilaster, die zwei Stockwerke zusammenfassen). Nicht
selten zeigen kleinere Kirchen (z. B. in Venedig S. Giovanni Crisostomo)
quadratische Anlage mit Kuppel über vier mittleren Pfeilern.

Die Ausbildung des Centralbaus zu seiner höchsten Vollendung ist
die Lebensaufgabe Bramantes; das Resultat: die Durchführung des
griechischen Kreuzes mit halbrunden Abschlüssen, und die sichere
Lösung der Überführung des Polygons zur Kuppel durch den Cylinder.
— Gegenüber andern Versuchen: Canepanova in Pavia hat noch Vor-

halle und Chor vereinigt mit dem Mittelbau; freier schon die Kapelle
an S. Satiro in Mailand (darüber Octogon mit Nischen, Fries, Umgang
und gutes Oberlicht), S. Maria delle Grazie zeigt schon den Meister
vor der Vollendung: vorzügliche Raumwirkung, Harmonie der Verhältnisse, vornehme Einfachheit der Anordnung und feine Ausbildung der
Einzelglieder. Hier ist auch die aussere Erscheinung der Kuppel harmonisch durchgebildet. — Unter seinem Einfluss entsteht auch die Conso-
lazione zu Todi: ihre Kuppel ist von vier grossen Bogen getragen, die
Kreuzarme sind polygonal abgeschlossen und mit Halbkuppeln bedeckt.

Bramante in Rom: das bezeichnet den Höhepunkt der künstlerischen
Leistungen der Renaissance, den Höhepunkt ihrer kirchlichen Architektur
im besondern. Zunächst ein kleines vollendetes Werk: der dorische
Rundtempel bei S. Pietro in Montorio. Das Schaffen der grössten Meister
konzentriert sich am Neubau von S. Peter, der von Julius II. mit der
eigenen Wucht aller seiner Unternehmungen begonnen wird. Das ganze
Vermögen der Renaissance und Bramantes zeigt sein Plan: die Kuppel
übern griechischen Kreuz, in den Ecken gewaltige Kapellen und Turm-
bauten; indessen war die Gestaltung des Äussern wie die Form der
Kuppel noch schwankend. An ihren Dimensionen müssen alle folgenden
Architekten festhalten. Raffael plant in merkwürdigem Gegensatz zum
herrschenden Ideal ein vorgelegtes Langhaus; Ant. da Sangallo und Fra
Giocondo häufen die Nebenräume; Peruzzi bildet die Eckräume bedeutend
aus. Die Durchführung der Anlage mit lauter Rundformen als Abschlüssen,
die leichtere Wirkung der Kuppel durch eine Säulenstellung innen und
aussen sind die nächsten Veränderungen. Hieran arbeitet Michelangelo
weiter; sein eigenstes Werk die herrliche, ganz „undefinierbare" Linie
der Kuppel mit ihrer energischen Gliederung durch Gurten und Pfeiler,
bezw. Säulenpaare (von Geymüller als eine Wiederaufnahme des gotischen
Prinzips der vertikalen Zusammengehörigkeit bezeichnet); seine That
vor allem, dass er die Riesenkuppel überhaupt zur Vollendung führt
und den Centralbau zum Schluss noch einmal zum Sieg bringt.

Zahlreich sind die Centralbauten von reinerer oder schwächerer
Ausbildung in der Mitte der Renaissance und in der Spätzeit. Bramantes Ideen werden weithin getragen, bis in die Alpen (nach Riva
und Cannobbio). Daneben entstehen auch mehr selbständige Werke;
beachtenswert Sanmichelis Rundkapelle S. Bernardino in Verona mit
sphärischer Kuppel; von Sansovino kommen S. Martino in Venedig
in Betracht und sein Plan zu S. Giovanni dei Fiorentini in Rom, der
eine Mittelkuppel zeigt umgeben von vier Neben- (oder Halb-)Kuppeln.

Bereits unter bestimmtem Einfluss von S. Peter (und darum von hoher
Raumschönheit) steht Alessis S. Maria di Carignano in Genua. — Wie
eifrig sich übrigens die Phantasie mit dieser Kunstform beschäftigt hat,
geht auch daraus hervor, dass in Sansovinos Plänen zahlreiche, in Serlios
Entwürfen 11 Centralbauten vorkommen.

Dramantes Werk bedeutet die höchste Vollendung des Centralbaues,
aber auch das Ende desselben. Die Steigerung der kirchlichen Bauthätigkeit, wie sie gegen die Mitte des 16. Jahrhunderts eintritt, die
Notwendigkeit vieler und prächtiger Neubauten, die Vertiefung und
Versinnlichung des Kults: all das kann sich nicht vereinigen mit einer
so hohen und reinen Kunstform, wie der Centralbau geworden war.
Das Langhaus, als Prozessionskirche, umgeben von Kapellen und andern
An- und Einbauten, wird der mächtigere Typus, der noch in Kuppel
und Chor Motive des Centralbaues übernimmt. Die Kuppel verliert
ihre centralisierende Wirkung; neben ihr wird die Façade oft einseitig
ausgebildet. Sie ist nicht mehr auf Harmonie hin mit dem Ganzen
gestaltet; zuweilen ohne Rücksicht auf den Durchschnitt der Kirche,
erhält sie ein oder zwei Ordnungen und bildet besonders das Portal
prunkhaft aus. Infolge dieser Behandlung wird sie „ein Hauptgegenstand
der verstärkten, wirksam gemachten Formensprache". Im übrigen wird
das Äussere geringer ausgebildet: Gliederung durch Pilaster, Fenster
und Nischen und Felder; Fries und Architrav treten zurück. Verloren geht die Wirksamkeit des Gesetzes der schönen Verhältnisse, die
Gebilde nehmen zu an Grossartigkeit und Regelmässigkeit, die Formen
werden zu sehr ausgeglichen, allgemein, indifferent.

An drei Künstler vor allem knüpft die folgende Entwicklung an:
Michelangelo, Vignola und Palladio. — Schon des ersteren Plan zur
Façade von S. Lorenzo in Florenz bedeutet einen Schritt in einer neuen
Richtung: sie zeigt zum ersten Mal frei vortretende Säulen und eine
bisher ungekannte Mitwirkung der Skulptur, was die Façade zum wichtigsten Teil der Kirche macht und ausserdem mit ihrer architektonischen Erscheinung in Konkurrenz tritt. — Unter den verschiedenen
Bildungsweisen des Langhausraumes gewinnt ein Typus dominierende
Geltung, der bald vorbildlich wird weit über Italien hinaus: die einschiffige gewölbte Kirche. Auch ihn hatte Alberti vorausgreifend verkörpert in S. Andrea in Mantua. Ein anderes Beispiel aus der Mitte
ist S. Maurizio in Mailand (Nischen im Erdgeschoss, darüber ein Gang,
nach aussen durch Fenster, nach innen durch eine Säulenstellung abgeschlossen; eingedeckt mit oblongen Kreuzgewölben. Normal wird später

die Wölbung durch Tonnen, in welche die Fenster einschneiden; diese
Bildung ladet von selbst die Stukkatur zur Mitwirkung ein. Der Wert
der Raumbildung ist abhängig von der Gestaltung der Wölbung und
von der Lichtführung. — Diese Typen repräsentieren Vignolas Il Gesù
in Rom und Palladios Il Redentore in Venedig. Der Nachdruck liegt
auf dem breiten hohen Schiff mit Seitenkapellen; das Querschiff tritt
wenig vor, darüber „zum Chor vermittelnd" die Kuppel. Die Façade
ist charakterisiert: dort als Doppelgeschoss mit Gliederung durch Pilaster und Nischen, durch den Giebel und die Voluten als Überführung
vom erhöhten Mittelbau zum Unterbau; Palladio gestaltet in strengen
Formen die Front seiner Nischen nach Analogie der antiken Tempel-
front (so ausserdem an S. Giorgio maggiore, S. Francesco della Vigna,
immer mit besonderer Ausbildung des Portalmotifs).

Diese Richtung gelangt zum Sieg auch an S. Peter; ihr Werk ist
die Veränderung der ursprünglichen Centralanlage und die Verminderung der Gewalt der Kuppel durch die Dimensionen der Façade Berninis.
Der Kirchenbau schmiegt sich enger an die Bedürfnisse des Gottesdienstes der neu gefestigten Kirche, die durch eifrige Kunstpflege ihre
Macht erweitern will; auf die Wirkung starker elementarer Eindrücke
ist die kirchliche Kunst gerichtet, auf die Entfaltung reichen Prunks,
besonders mit Hilfe der dekorativen Künste. Dies ist das Vermächtnis
der Renaissance an den italienischen Barock.

In Frankreich traten der Renaissance im Kirchenbau Hindernisse entgegen teils architektonischer, teils persönlicher und nationaler
Natur.[1] — Vieles was die Gotik geschaffen hatte, besass einen unver-
gänglichen Wert und behielt seine Geltung; und doch war eine weitere
Entwicklung in der bisherigen Richtung nur schwer möglich. Durch die
Kirchenbauten seit dem 13. Jahrhundert waren unendlich viele künstlerischen und materiellen Kräfte verbraucht worden; Kirchen aller Art
waren zahlreich vorhanden oder doch begonnen, so dass ein reges Bedürfnis nach Neubauten nicht vorhanden war. Leise oder bestimmt empfand man auch den ausländischen Charakter der Renaissance, ihre
Formen offenbarten ein ganz anderes Leben, ganz andere Kraft, die im
Vergleich mit der Gotik oft geringer, weniger energisch schienen. Bezeichnend ist das zähe Festhalten des Volks und der Geistlichkeit an
der alten Kunst. Noch 1536 wird die Notre Dame zu Bron, 1601 die
Kathedrale von Orléans gotisch gebaut bezw. vollendet. Im 17. Jahr-

1) Hierzu und zum Folgenden: Geymüller, Die Baukunst der Renaissance in
Frankreich, im „Handbuch der Architektur". II (Stuttgart 1901) Kap. 25. Art. 913 ff.

hundert endlich sucht die nach den Religionskriegen neu gestärkte
Kirche auch äusserlich ihren Zusammenhang mit Rom zu zeigen durch
Festhalten an den Prinzipien Vignolas.

Grundriss und Aufbau (drei- oder fünfschiffige Anlage mit poly-
gonalem Chor samt Umgang oder Kapellenkranz) ändern sich lange
Zeit überhaupt nicht; an dem Strebesystem und der vertikalen Gliederung wird festgehalten; gotisch bleiben dann auch die Kreuzgewölbe,
bleiben überhaupt die Innenräume. Dem alten System werden nur im
Detail oder in einzelnen Gliederungen Renaissanceformen zugeführt, am
meisten beherrscht die neue Kunst die Façade. Erst die Aufnahme der
Kuppel bringt auch im Aufbau Veränderungen.

Drei Gruppen unterscheidet Geymüller: 1. die Kirchen des 16. Jahrhunderts, die in den Schiffen die gotischen Höhenverhältnisse annähernd
festhalten; 2. die Bauten seit dem zweiten Drittel des 17. Jahrhunderts,
welche weniger schlanke Innenverhältnisse und Vignolas Schule zeigen,
die Ausbildung der Façade mit Türmen einleiten; 3. die Kuppelbauten.

Die erste Periode weist teilweise, insbesondere an Einzelbildungen
der Façaden, eine Vollkommenheit und Formschönheit auf wie die italienische Frührenaissance; in kleinen Kompositionen werden Verhältnisse
und Detail phantasievoll und mit ausserordentlichem Geschmack behandelt. Die Aufnahme des Rundbogens, die Veränderung der Strebepfeiler
in Pilaster oder Dreiviertelsäulen, zuweilen ein Zurückschieben derselben
als Glieder der Mauer, die Bildung der Giebel als abgestufte Attika,
die Verstärkung des horizontalen Elements: diese Erscheinungen bezeichnen den stillen Anfang der neuen Kunst. Das Portal der Kirche
zu Montrésor, mit ihren romanischen Lisenen, schlichtem Gebälk und
Rundbogenfenster, steht am Anfang (1519). Die spielende Verwendung
der neuen Formen zeigen die Kapellen am Chor von St.-Pierre zu Caen.
An der Notre Dame zu Tonnerre, von reicher Komposition und reiz-
vollem Detail, ist das Portalmotiv bedeutend ausgebildet (ein Doppel-
thor unter dem Tympanon eines grossen Rundbogenportals.) Bei
St.-Michel in Dijon erhält der Mittelbau zwischen den beiden Türmen
eine eigenartige Gliederung: hinter einem Tempietto als Bekrönung des
Portals die grosse Fläche mit zwei Rundbogenfenstern, daran eine Loggia, letztere ein sehr beliebtes und bedeutungsvolles Motiv. Die Ausbildung der Façade als Kathedralfront mit zwei Türmen tritt noch bedeutender in die Erscheinung an dem Entwurf Du Cerceaus für Saint-
Eustache in Paris (in Anlehnung an die Certosa). Überall ist die Pi-
lasterarchitektur mit Arkaden durchgeführt, trefflich die innere Höhe

dargestellt durch die gewaltige Arkade des Mittelschiffs. Auch hier tritt
die Tribüne auf. Von hoher Bedeutung ist das Innere dieser fünf-
schiffigen Kathedrale: die allgemeine Disposition wird beibehalten, Änderungen betreffen allein die Pfeilerbildung, wobei Strebesystem, Verhältnisse und Gliederung, im Kern gotisch, in Frührenaissance übersetzt sind. — Eine kurze Übergangszeit (Geymüllers „Style Marguerite
de Valois") bringt kleine, aber herrliche Werke hervor. Bereits treten
Façaden mit drei und zwei Geschossen auf (Vetheuil und Delloy); von
feinem künstlerischem Aufbau ist die Kapelle St.-Romain zu Rouen
(vielleicht von Jean Goujon) in zwei Ordnungen mit weiten Arkaden
dazwischen, von einem Tempietto bekrönt. Hierher gehört auch der
Klosterhof der Célestins in Paris, mit einer seltenen Harmonie von
Stützen und Gebälke, und die Gruppe der Kirchen von Troyes, die die
Thüren in eine Komposition von zwei Ordnungen einbeziehen und jene
mit einem Fenster zum Gesamtmotiv vereinigen.

Die Hochrenaissance zeigt ein eingehenderes Studium italienischer
Vorbilder und eine emsige selbständige Arbeit. Am besten giebt ihren
Charakter wieder die Grabkapelle zu Anet (von De l'Orme oder Bul-
lant); die Einzelglieder werden beschränkt, aber feiner ausgeführt, der
Maasstab der Pilasterordnung vergrössert sich. Bereits kommt die Pi-
lasterfront der klassischen Hochrenaissance zur Anwendung (Mesnil-
Aubry), ferner die Façade mit drei Ordnungen (an St.-Florentin, Kreuz-
schiff; St.-Pierre in Auxerre). Eine konsequente Übertragung der gotischen Komposition in die neuen Formen ist die nördliche Kreuzschiff-
façade von St.-Clothilde im Grand-Andelys, besonders im vollendeten
Erdgeschoss mit seinen die Strebepfeiler ersetzenden gekuppelten Säulen.
Fast die ganze Entwicklung verdeutlicht die Kirche zu Gisors mit
einer energisch gegliederten zweitürmigen Façade und ihrer zwischen
den mittleren Strebepfeilern frei vortretenden, triumphbogenartigen
Loggia.

Zum letzten Mal beherrscht die Gotik die Renaissance in der
Façade von St.-Etienne-du-Mont in Paris. Auf das Erdgeschoss mit
einer Vorhalle von vier Kompositasäulen und strengem Giebel folgt im
nächsten ein grosses Radfenster unter gebrochenem Segmentgiebel, darüber
die steile gotische Giebelmauer. Die Antwort darauf ist die Façade
von St.-Gervais zu Paris (1616—1621), von Salomon de Brosse, dem
grossen Hugenottenmeister, dem Schöpfer des „Grand Style". Die Anwendung grosser Säulenordnungen von bedeutendem Relief schafft ruhige
Klarheit, Einheit und Grösse. Es ist die erste entschieden klassische

Schöpfung im französischen Kirchenbau — als Abschluss einer gotischen
Kirche. Die Hauptwirkung geht aus von der langen Linie der mittleren,
kannelierten Säulen; lebendiges Detail fehlt, statt dessen wirken im
Mittelbau die drei gleichgrossen Arkaden, in den Seitenfeldern Nischen
mit Statuen. Horizontal und vertikal herrscht die Dreiteilung; die
Harmonie der Verhältnisse ist aber auch erreicht durch den Massstab
des Werks und besonders durch die ernste Bildung der Säulenordnungen.

Die zweite Periode bedeutet ein allmähliches Sinken der selbständigen architektonischen Kraft. Das dekorative Element tritt wieder
mehr hervor; reich und effektvoll, aber oft seelenöde sind die folgenden
Werke. Die Wirkung der Innenräume wird geschwächt durch Tonnen-
gewölbe, welche die Kreuzgewölbe ersetzen, aber noch durch die Stich-
kappen angeschnitten werden. Noch an St.-Gervais angelehnt und bedeutend ist St.-Paul et St.-Louis (Maison Professe) in Paris von Derand
(1627—41), die erste wichtige Kirche der Jesuiten in Frankreich; hier
beginnt die Vertikalgliederung erst über dem als kräftiger Unterbau
gebildeten Erdgeschoss. Immer enger wird der Anschluss an Italien;
die Durchführung der römischen Halbsäulen- und Pilasterfaçade bildet
die Hauptarbeit (neben dem Kuppelbau). Ohne Einheit ist diejenige
des Langhauses der Sorbonne; an St.-Roch zu Paris ist die scharfe
Durchdringung des horizontalen und vertikalen Elements auf kleinen
Massstab bei kalter Formbehandlung übertragen. Hervorragend ist
wieder die Schlosskapelle zu Versailles (Hof- und Chorseite) mit fünf
vornehmen Arkaden zwischen schlanken Pilastern auf schlichtem Unterbau, „fast an antik-römische Grossartigkeit grenzend". — Die folgende
Entwicklung der Kirchenfassade wird am besten repräsentiert durch die
Entwürfe zu St.-Sulpice und St.-Eustache. Aus der Kathedralfront Du
Cerceaus ist um 1750 in dem Entwurf von Patte eine klassizistische,
stilistisch reine, aber ebenso kühle Bildung geworden. J. Mansard dagegen umgiebt die Massenverhältnisse der gotischen Turmfaçade nur
mit streng italienischen Formen. Nichts ist entgegengesetzter als die
Entwürfe zur alten gotischen Kirche St.-Sulpice von Meissonnier und
Servandoni, und doch liegen sie nur sechs Jahre auseinander (1726;
1732); erstere „die barockste bauliche Gestaltung in Frankreich" [1]), mit
völliger Auflösung in Kurven; dieser von streng antiker Bildung mit
einer dekorativ ohne Zusammenhang vorgelegten, offenen toskanischen

---

1) C. Gurlitt, Geschichte des Barockstils, des Rokoko und Klassizismus in
Frankreich etc. (Stuttgart 1888.) S. 236.

Halle mit zwei Türmen: die Fortbildung des alten Gedankens der zwei-
geschossigen Kirchenfront zum Säulentempelbau.   Das Unkirchliche
dieser Anlage ward schon damals empfunden.

Einheitliche Anlage und Ausbildung des Innern ist bei den wenigsten
Kirchen zu finden.   Aus der Zeit der Hochrenaissance ist überhaupt gar
kein grosser Innenraum erhalten; die sonst bedeutenden Kapellen an der
Kathedrale zu Toul, die eine mit wagrechter Quadersteindecke, die andere
mit einer Kuppel bedeckt, gewähren nur geringe Entschädigung.

Gleichmässigere Ausbildung des Innern und Äussern macht der
Kuppelbau nötig; er wird erst nach dem Beginn des 17. Jahrhunderts
übernommen, und wichtig ist, wie dies geschieht.   Kleinere Bauten
zeigen die Kuppel zuerst und am vollkommensten: die Chapelle de la
Toussaint, wo sie überm Achteck, die Schlosskapelle zu Anet, wo sie
in Verbindung mit dem griechischen Kreuz gebildet ist.   In grösserem
Massstab trug sie die ehemalige Grabkapelle der Valois zu St. Denis,
wie die vorhergehende vielleicht nach Ideen zu St. Peter in Rom gebaut.
Die grossen Kuppeln Frankreichs entbehren einer gewissen Monumentalität, des Ernstes: die Disharmonie zwischen der inneren und äusseren
Höhe ist zu auffallend.   Die äussere Schale ist aus Holz, als Schutz-
dach gebaut, in ihrer Basis liegt ungefähr der Scheitel der inneren
Wölbung.   Die erste grosse Kuppelanlage ist die der Sorbonne über
einem Mittelding von Lang- und Centralbau.   Ganz von Michelangelos
Bau abhängig ist die bedeutende Kuppel der Klosterkirche Val-de-Grâce;
charakteristisch ist für sie die niedere Umrisslinie, die ruhig abrundende
Form hinter der edel gebildeten Façade.   Der Invalidendom beschliesst
die Reihe mit dem eleganten Schwung seiner Kuppel und Laterne.
Nüchtern und kalt ist durch alle Feinheit die Architektur geworden;
fremder als andere Formen ist die Kuppel geblieben, die gotische Kathedrale vermochten solche Bildungen am wenigsten zu ersetzen. — Was
unter mittelbarem Einfluss der Renaissanceformen der Klassizismus hervorgebracht, soll hier nicht berücksichtigt werden. S. Geneviève und
Madelainekirche gehören nicht hierher.

Einen merkwürdigen Kampf kämpft die Renaissance mit der Gotik
S p a n i e n s.   Noch deutlicher als in Frankreich bleibt lange die Struktur
fast bis zur Haut gotisch, und eine zuweilen entzückende Übertragung
von Renaissanceelementen in die Funktionen der alten Gebilde bringt
in den Werken eine eigene warme Empfindung hervor.

Die Kirche Santa Engracia in Saragossa hat eine hochbedeutende
Façade (Backsteinbau), wie spielend sind drei Ordnungen Pilaster über-

einander aufgebaut; unter einem mächtigen Rundbogen, dessen Scheitel
über das unterste Gebälk hinaufgeht und dessen Aufbiegung veranlasst,
ist das Rundbogenportal, im Tympanon ein halb altar-, halb attikaartiger
Aufbau mit reichem Schmuck. Auch die grossen Dome von Toledo,
Segovia und Salamanca werden schon „al romano" gebaut (Anfang des
16. Jahrhunderts). Prachtvoll und reich ist oft die Dekoration der
Portale und des Innern, besonders am Chorgestühl und Orgelaufbau.
An der Kirche San Juan de Letran zu Valladolid sind die Strebe-
pfeilerabschnitte ersetzt durch barock ausgebauchte Säulen. Eins der
grössten Bauwerke überhaupt ist die Kathedrale von Granada, 1529
begonnen und von Diego de Siloe zu Ende geführt, um eine alte Kapelle
gebaut und mit eigenartiger Disposition von Chor und Altar. Die
Innenwirkung mag bedeutend sein, der Raum scheint ganz gotisch und
ist er doch kaum mehr, so wie die Rundbogen wirken, welche über den
die Pfeiler mit ihren Diensten ersetzenden, hohen schlanken Säulen-
bündeln auf schönen Kapitälern mit kämpferartigem Aufsatz ausgespannt
sind. — Reinere Renaissancebildung weist die alte Karthause zu Evora
(Portugal) auf, ein abgestufter Giebelbau in drei Ordnungen von sehr
guten Verhältnissen.

Die Entwicklung der kirchlichen Renaissance in England ist für
unsere Übersicht ebenso nur von untergeordnetem Wert. Nach einer
formalen Frührenaissance wird dort ihre entwickelte Gestalt wie mit
einem Schlag zur Geltung gebracht durch Inigo Jones, und bald entsteht ein befremdender Klassizismus. Die ganze Bewegung war auch
viel ruhiger als auf dem Festland und besonders auf den Kirchenbau
von geringerem Einfluss; die scharfen Gegensätze von Reformation und
Katholizismus, von Renaissance und Gotik konnten sich nicht zu der
Heftigkeit und zu den Folgen entwickeln wie dort.

Das grösste Werk der englischen Renaissance im Kirchenbau ist
Wren's St.-Paul-Kathedrale in London. Aus den vom Parlament ausgegebenen Anweisungen ist bekannt[1]), dass ernste Beratungen stattfanden
über die Bildung der Kirche, die ausdrücklich eine Predigtkirche werden
sollte. Der erste Entwurf, als Centralbau charakterisiert, wurde abgelöst durch den andern, der das Langhaus mit der Kuppel brachte.
Die Strebebögen des alten Vierungsturmes, die seine Last auf die
Mauern der Seitenschiffe übertrugen, machten eigene Pfeiler für die
neue Kuppel unnötig, daher steigt sie, in voller Breite des dreischiffigen

1) Gurlitt, a. a. O. S. 335 ff.

Hauses, fast selbständig und getrennt von dem Langbau auf. Das ganze
ist uns scharfer Berechnung hervorgegangen; im Äusseren ist der Aufbau dem Tempietto Bramantes nachgebildet. Die Fremdheit der Bildung
wird vermehrt durch die rein dekorativ als Verblendung ohne rück-
liegende architektonische Räume ausgeführten Mauern des zweiten Ge-
schosses, die um drei Seiten umlaufen. Die Trennung von Langbaus
und Kuppel enthält einen speziell nordischen Gedanken und birgt eine
eigene Empfindung, doch scheint sie den Charakter der Renaissance zu
vernichten.

Hervorragende Bedeutung für unsere Betrachtung gewinnt die Frage,
wie Deutschland die Renaissance in seinen Kirchenbau aufnahm. Hier
begegnete ihr die Reformation, sie war ohne unmittelbare Beziehung zur
bildenden Kunst, war auch der Baukunst nicht förderlich, mehr als
andere Einflüsse löste sie die Abhängigkeit der Kunst von der Kirche.
— Langsam und auf Umwegen kam die Renaissance ins Land, und in
einer Zeit vorwiegend religiöser Interessen, fanatischer Konfessionsstreitig-
keiten und vernichtender Religionskriege fand sie keinen Raum sich auszubreiten. Vielleicht empfand man gerade im Kirchenbau an den neuen
Kunstformen etwas Fremdes. Gewiss ist richtig, dass infolge der enormen
kirchlichen Bauthätigkeit der Gotischen Zeit, auch infolge des Frei-
werdens von Klosterkirchen neue Bedürfnisse sich kaum geltend machten.
Allein es waren tiefere Gründe, welche die Aufnahme der Renaissance
im Kirchenbau beschränkten. So wie sie in Italien geworden war, konnte
sie überhaupt im Norden keinen Fuss fassen; ihre geistige Grundlage
und künstlerische Gestaltung waren zu verschieden geartet. Sie wird
hier nicht die Raumeskunst wie im Süden; auf schöne Verhältnisse,
harmonische Erscheinung legt man wenig Wert, die Rücksicht auf formale
Gesetzmässigkeit tritt zurück. Das künstlerische Grundprinzip ist das
malerische, es beherrscht die Komposition, die Gruppierung der Massen
und ihre Ausschmückung. Hatte schon in der späten Gotik das Ornament
über die Konstruktion die Oberhand gewonnen, so wurde nun eine Menge
neuer Zierformen hinzugefügt, welche die deutsche Kunst mit Freuden
aufnahm und anwandte; und das erschien ihr nicht als ein Bruch mit
der Gotik, sondern als eine Fortführung. Man hat die deutsche Renaissance geradezu als Dekorationskunst bezeichnet, und als solche hat
sie eine immerhin charakteristische Bildung erlangt. — Was die wenig
zahlreichen Kirchenbauten bieten, reicht nicht entfernt an die Leistungen
auf ihrem eigentümlichen Felde, im Profanbau, heran. Aber noch ein

anderes, rein persönliches Motiv ist hier zu beachten. Seitdem die Türme
der stolzen Dome aufragten und die Gotik in ihrer Ausbildung das
Höchste geleistet hatte, war dem deutschen Bürger der Kirchturm mit
den Glocken, dem Wächter und Wetterhahn so vertraut, ein Stolz seiner
Stadt, ein Stück seines Daseins geworden, dass er ihn nicht missen wollte.
Die Renaissance hat es aber nicht vermocht, im Turmbau ein recht
organisches Gebilde zu schaffen: entweder schichtet sie Stockwerke über-
einander auf, oder setzt auf Strebepfeiler, die ohne Verjüngung aus-
laufen, eine kleine Kuppel mit Laterne, also dass der Charakter des
Turmes verloren geht. [1])

Den konstruktiven Hintergrund bildet noch lange die Gotik; vor
allem werden die Gewölbeformen beibehalten, was stets die beliebte
malerische Wirkung sichert. Zuweilen rein äusserlich werden Renaissanceformen verwendet im Detail, zur Dekoration. — Im katholischen Kirchenbau findet zunächst keine prinzipielle Änderung der Anlage statt: die
Hallenkirche mit Chorumgang oder Chornische im Osten bleibt die ver-
breitetste Form für die grösseren Bauten. Mit dem Eindringen italienischer Grundrisse kommt es zu einer Vereinigung von Langhaus und
Centralbau, welche weniger abstrakt und dem nordischen Kunstempfinden
entsprechender, ausserdem ästhetisch bedeutend und sehr modifikations-
fähig, den Anforderungen des Kultus Genüge leistet. Besonders der
kreuzförmige Langbau mit Vierungskuppel ist die wichtigste Form auch
für einfachere Kirchen und später die Grundlage der Rokokobauten, die
sich aber teilweise wieder dem Centralbau nähern. — Der protestantische
Kirchenbau tritt in seinen künstlerischen Leistungen zurück. Versuche,
die Form aus den Anforderungen des Gottesdienstes zu entwickeln,
Altardienst und Predigt gleichmässig zu berücksichtigen, führen zum
Teil zum Centralbau (besonders in Holland bei den reformierten Kirchen);
günstige Erfolge hat die Aufnahme von Emporen, als Galerien oder
Balkone gebildet oder als Obergeschosse der Seitenschiffe mit Arkaden-
öffnungen gegen die Mitte. Wesentlich ihrer praktischen Vorteile wegen
verbreitet ist die einschiffige rechteckige Saalkirche mit Emporen. Dem
Protestantismus fehlte zuerst eine künstlerisch bildende Kraft; seine
Schöpfungen boten dem Empfinden keinen Ersatz für die zum Teil
grundsätzlich aufgegebenen alten Formen. — Zu allgemeiner Geltung
und hoher Bedeutung kommt die Renaissance im Kirchenbau durch die
Jesuiten, deren Thätigkeit eine ganz neue Entwicklung einleitet.

---

1) Die beste Bildung hierin weist auch nicht Deutschland auf, sondern in den
Niederlanden die Jesuitenkirche in Antwerpen.

Unter den Hallenkirchen der Renaissancezeit ist eine der frühesten die Marienkirche in Halle (1530—41); charakteristisch für die Anlage die Ungebundenheit in der Verteilung der Emporenstützen, „behagliche Weiträumigkeit". [1]) Die Wallfahrtskirche zu Dettelbach, die Franziskanerkirche in Innsbruck zeigen an den Façaden bereits barocke Gliederung. Gute Verhältnisse weist die Marienkirche zu Wolffenbüttel auf, ein Werk des Paul Francke, mit reichem massvoll verteiltem Schmuck; bedeutende Raumgestaltung die Stadtkirche von Bückeburg, die Façade („exemplum religionis, non structurae") ist schon reich barock. Fast überall tritt dieser Widerspruch zwischen dem Innern und Äussern hervor; selten gehören sie eng zusammen oder sind gleich bedeutend ausgebildet. Ein Beispiel für das konservative Beharren in der Konstruktion und den Formen der Gotik ist die Katharinenkirche in Frankfurt a. M., eine jener Saalkirchen aus der Spätzeit des 17. Jahrhunderts. — Erst gegen 1600 kommt reinere Renaissance an den Kirchen vor. St. Michael in München (1583—97), die erste grosse einschiffige Kirche, ist eine freie Nachbildung des Gesù, nur fehlt die Vierungskuppel, ist der Chor verlängert; die guten Verhältnisse, eine bedeutende Lichtführung bringen Klarheit und Grösse in das Werk, ohne an ihm eine tiefe Empfindung zu offenbaren; auch hier ist das Äussere mit der dürftigen Gliederung der Façade unbedeutend. Ganz von italienischem Geist erfüllt und von Italienern gebaut (von Solari nach Plänen Scamozzis) ist der Dom von Salzburg. Die Wirkung des Chors und der Vierung, begünstigt durch gute Beleuchtung, wird gedrückt durch das schwere tonnengewölbte Langhaus mit seinen theatralischen Balkonen; die Formen nehmen hier die Richtung nach dem italienischen Barock. — Bei den Kirchen mit Emporen beruht die Wirkung auf der Art der Einfügung dieses Bauteils; häufig erscheinen sie über den Seitenschiffen, in ein System von mehreren Ordnungen eingebaut (an der Universitätskirche Würzburgs mit römischem Bogenmotiv und vorgelegten Halbsäulen). Störend ist das Abbrechen der Emporen, wenn die Anordnung von Altar und Kanzel es bedingt.

Der genannte Typus gewinnt besondere Bedeutung im protestantischen Kirchenbau und hat vielleicht in der Schlosskapelle seinen Ursprung. [2]) Trotz kleiner Verhältnisse in der ganzen Entwicklung ein wichtiger Bau ist das älteste protestantische Gotteshaus, die Schloss-

---

1) v. Bezold, Die Baukunst der Renaissance in Deutschland, Holland etc. „Handbuch der Architektur". II, 7. (Stuttgart 1900) Kap. 11. Art. 91.

2) v. Bezold, a. a. O, Art. 93.

kapelle zu Torgau (1544 von Luther selbst geweiht): „Mit voller Erkenntnis der geschichtlichen Bedeutung des Bauwerks war dasselbe aufgeführt als protestantische Kirche im Gegensatz zu allen übrigen Gottes-
häusern der Christenheit." [1]) Dies Bewusstsein findet Ausdruck in der
Anordnung. Der gesonderte Chor fällt weg, der Altar ist nach Westen
verlegt, die Kanzel an die Langseite, auf der Empore ein Sängerchor,
an Stelle der Kapellen werden seitliche Sitzplätze angeordnet. Praktische
Gestaltung, zugleich freundliche und ernste Bildung des Predigtsaales
sind auch bei vielen andern Kirchen ähnlichen Charakters angestrebt.
Überhaupt zeigen die Kirchenbauten im protestantischen Sachsen ein
dem entsprechendes Gepräge; es sind meist Hallenanlagen mit offenen,
einheitlichen weiten Innenräumen, schlanken Stützen und Rippengewölben.
Dasselbe Bedürfnis nach praktischer und künstlerischer Ausgestaltung
des Predigtsaales führt in Holland zu eigenartigen Versuchen und Lö-
sungen (H. de Keyzers Bauten in Amsterdam mit ihren fast mathe-
matisch abstrakten Grundrissen); Altar und Kanzel treten zuweilen beide
vor die Mitte der Langseite, und die Anlage drängt nach Verbindung
von Langhausbau mit centralem Motiv (Neue Kirche im Haag, Marekerk
zu Leyden). Wichtig ist der Versuch Faidherbe's einer Verbindung
von Langhaus mit Kuppel an der Notre-Dame d'Hanswyk im Mecheln.
    In Deutschland steht als Beispiel einer ähnlichen Richtung die Wall-
fahrtskirche Maria Dirnbaum (Oberbayern) fast ganz vereinzelt da.
    Nicht eine Fortführung der Entwicklung, sondern den Bruch mit
der deutschen Renaissance bedeutet die an Umfang so bedeutende Thätigkeit der Jesuitenbaumeister, die zuerst eine gründliche stilistische Vertiefung herbeiführt. Bedeutend ist ihr erstes Hauptwerk auf deutschem
Boden, St. Michael in München, hervorragend zahlreiche Bauten in
Österreich, Bayern, Böhmen und am Rhein. Aber es war ein Verhängnis,
dass ihre Kunst auftrat im Gefolge des Kampfs gegen den Protestantismus, gegen den Bürgerstand, gegen die volkstümliche Kunstübung.
Das Festhalten an der Gotik war für die deutsche Renaissance ein Segen
gewesen; den Jesuiten erschien diese Kunst weltlich, ketzerisch. [*]) Mittelalterliche Anlagen werden so viel als möglich verändert, besonders seit
der Mitte des 17. Jahrhunderts tritt die Absicht hervor, durch rück-
haltlose Umgestaltung eine neue, der antiken sich nähernde Bauweise
zu schaffen. Ihren Typus verkörpert die Ignazkirche zu Linz: Fehlen

    1) Gurlitt, Geschichte des Barockstils und des Rokoko in Deutschland. (Stutt-
gart 1889.) S. 45 ff.
    2) Hierzu Gurlitt a. a. O. S. 3, 4, 24 ff.

des Querschiffs, schmaler Chor, Seitenkapellen von geringer Tiefe, Tonnen über Langhaus und Chor, reiche Ausbildung des Gesimses, korinthische Pilaster; Gliederung der Façade durch Vorhalle und zwei Türme: dies sind die Merkmale. Die Farbe wird weiss; geistige Leerheit haftet an diesem formell der Hochrenaissance verwandten Klassizismus der Jesuiten. Man mag hier eine Analogie finden mit der Thatsache, dass sie sich auch nirgends auf das religiöse Empfinden, auf das Volk, sondern auf Rom stützten. Alsbald beherrschen sie die bauliche Entwicklung in Bayern und Österreich, aber am Rhein und in den Niederlanden zeigen sie dieselbe Haltung. Von dem im Profanbau eine Zeit lang bemerklichen Streben nach strengerer Komposition und reiner abgewogener Gliederung der Façade wurde der Kirchenbau nicht beeinflusst. Die Jesuiten waren es hauptsächlich, die den Norden in „die internationale Periode des Barocks und des Rokoko, wo alle regionalen Unterschiede . . . verschwinden", einführten.[1] Dieser „Weltstil" entsteht aus dem italienischen Barock; seine Meister werden neben den Architekten der Spätrenaissance Vorbilder weithin. Das künstlerische Empfinden der nordischen Baumeister bleibt geteilt zwischen eigener und fremder Art; es spricht sich in allgemeinen Formen aus. Ihren Schöpfungen fehlt die Harmonie der italienischen Renaissance und die Dekorationsfreude der deutschen; aber sie offenbaren eine ganz eigene Stimmung, die frühere Werke nicht kannten. Was uns heute oft kalt und leer erscheint, ist im Grunde wohl erst ein sekundärer Eindruck: Denn aus vielen redet, still oder mächtig, eine tiefe Bewegung, in ihnen zittert innere seelische Erregung nach, nicht aber offenbaren sie einen tief innerlichen Drang des Herzens, sondern eine Hast der Empfindung, des Suchens, eine leidenschaftliche Hingabe an eine mehr gewollte als erlebte Religion.[2] Dem entspricht es ganz, dass zur Erregung und Steigerung jener Stimmung gehäufte Dekoration auftritt, ein Prunk, der berückt und die Sinne verwirrt. Dieser Charakter tritt besonders in Süddeutschland hervor; seine Baumeister kennen „kein Gesetz der Schönheit als das sinnliche Empfinden". In künstlerischer Hinsicht sind darunter bedeutende Werke; viele dürfen auch durch ihre erhöhte Innerlichkeit den Anspruch

---

1) v. Bezold, a. a. O. Art. 81. Daselbst auch über den italienischen Barock, seinen Ursprung als kirchlicher Stil, seine Bedeutung als Kunst der Gegenreformation, zum Folgenden.

2) Man braucht gar nicht an die politische Entwicklung zu denken, an den angstrebenden Abschluss der religiösen Kämpfe oder ihre erbitterte Fortsetzung; näher liegende Thatsachen, die ungewöhnlich rasche Verbreitung, das Aufschiessen der Kirchen, die Hast und Unfertigkeit im Bauen weisen auf jene Grundlage hin.

erheben, religiös zu wirken. Und ein weiter Weg ist noch bis zu Fischer
von Erlachs St. Borromäus in Wien, mit den Durchfahrten und Trajan-
säulen an der Front, mit ihrer bereits eklektischen Bildung. Dazwischen
liegt viel ernste Arbeit, die Thätigkeit geschlossener Generationen, der
Carloni, die wesentlich in Anlehnung an Borromini die alte Kunst weiter-
bilden als Stukkatoren und Architekten, die Schöpfungen der Dientzen-
hofer in Österreich und Böhmen, liegen die Dome von Kempten, Passau
und Prandauers Klosterkirche von Melk.[1] Auf eigenes Schaffen kann
besonders Sachsen hinweisen, dort erreicht der protestantische Kirchenbau seine höchste Blüte. Auf der einen Seite der Theoretiker Sturm,
im Glauben reformiert, in der Kunst bereits klassizistisch, der über den
einfachsten Grundformen, Quadrat, Dreieck, Kreis, Winkel, seine Central-
bauprojekte errichtet, dem Grundsatz getreu: „der Protestantismus sieht
mehr auf Reinlichkeit als auf Pracht und will nicht prunkvolle Kirchenbauten". Gleich einem der mittelalterlichen Meister wendet Georg Bähr,
eine schlichte gewaltige Persönlichkeit, seine ganze Lebenskraft dem
Kirchenbau zu, dessen grösste Leistung die Frauenkirche zu Dresden,
„die am meisten protestantische Kirche der Welt"[2] wird.

Eine genauere Übersicht über die Bildung und den Gehalt der
Barockkirchen ist hier nicht notwendig. Zwischen Barock und Renaissance besteht, zumal in Deutschland, ein entschiedener Gegensatz nicht;
doch ist eine Sonderung geboten, da es sich hier um die Bedeutung der
kirchlichen Renaissance handelt. Schon wegen der grundverschiedenen
Stimmung scheint die Trennung am Platz zu sein; dann aber noch aus
rein künstlerischen Gründen. Wohl arbeitet der Barock mit den Formen der
alten Kunst, er schafft keine neue Formensprache; gelangt er aber dazu,
die früher architektonischen Elemente und konstruktiven Glieder mehr
oder weniger in dekorativem Sinn zu verwenden, so trägt diese Veränderung in die Kunst einen neuen Charakter hinein und giebt ihr eine
selbständige Bedeutung. Schon in Italien geschah sie mit den antiken
Ordnungen, mit der Kuppel. Aus der früheren Kunstform geht eine
neue hervor, welche ganz veränderten Wert, ganz andere Wirkung inne-
hat. — Infolge des Mangels einer scharfen Grenze mussten die Richtung
und der Übergang der Renaissance nach dem Barock kurz dargestellt
werden.

---

[1] Gurlitt, a. a. O. Über ihre Bedeutung S. 245 fg.
[2] S. 83.

IV.

Die Übersicht über die historische Entwicklung der Renaissancekirche gewährt Einblick in die künstlerische, rein formale Ausgestaltung. Sie weist schon auf Wichtiges hin, was ihren Gehalt betrifft:
auf die Anforderungen, die an sie gestellt, die von ihr befriedigt werden, Grundriss und Aufbau verdeutlichen die Gliederung, die Einzelbildungen den Wert und die Bedeutung der Teile. Hier aber ist bestimmt zu fragen: wie gestaltet sich die Erscheinung, nicht die des
Bauwerks, sondern vielmehr die der Kirche, besitzt sie „Mittel, um
religiös zu wirken", welches ist ihr Gehalt? — In hohem Grad verlangt die Antwort hierauf die Teilnahme der innersten tiefsten Empfindung: jeder muss sie selber suchen.

Wie stand es denn überhaupt mit dem religiösen Bedürfnis, welches
etwa die Kunst verlangte und trug?

Die Stellung des Volks zu Kirche und Religion war vor der Renaissance eine ganz andre gewesen. Sowie das gesamte Dasein, das
geistige Leben, im Bann der Kirche lagen, war auch die Kunst an sie
gebunden, und dieser Zusammenhang sicherte ihr einen gewissen Wert
und Ernst; gerade in der Baukunst hatten sich die Konstruktion und
die Formen lediglich an der Kirche entwickelt. Ein grosser Teil der
mittelalterlichen Dome war durch die Liebestätigkeit und Opferwillig-
keit des Volks zustande gekommen; die Lehre von den guten Werken,
ihrer Wohlgefälligkeit und Notwendigkeit, sowie die Erteilung von Ab-
lässen taten das übrige. Vor dem Eindringen der Laienschaft ins
Handwerk stellten die Bauhütten eine von idealen und tiefreligiösen
Absichten getragene Organisation dar[1]. „Gott zum Lob und redlicher
Aufrichtung und Beständigkeit des Handwerks" arbeiteten sie, aber
das Gott zum Lob war das erste. — Mit der Renaissance veränderte
sich dies Verhältnis von Grund aus. Nicht scharf genug kann der
folgenschwere scharfe Gegensatz hervorgehoben werden, der zwischen
Religion und Kirche sich heranbildete. Zuvor deckten sich diese Gebiete, Quelle und Anhalt des Gottesbewusstseins waren im Christentum
und seiner äusseren Machtgestalt, der Kirche, gegeben. Jetzt war die
Religion nicht mehr etwas objektiv Gegebenes, sondern wurde lediglich
das Produkt des einzelnen Menschen. Denn zwischen dem Prinzip des
Glaubens und seiner Darstellung riss eine Kluft seit der Entartung der
Kirche. Erklärt schon Machiavelli, dass die Italiener vorzugsweise irr-
religiös und böse sind, so erkennt er selber als Ursache: das üble Bei-

---

1) Hierzu Kraus, Geschichte der christlichen Kunst. II.

spiel, das die Kirche in ihren Vertretern giebt. Die Schuld der Kirche.
die politischen Verhältnisse, „die Entdeckung der Welt und des Menschen",
die übrigen Ursachen für die Loslösung des Menschen von der Kirche,
das Verblassen der christlichen Ideale, ihr Ersatz durch das Ideal der
historischen Grösse und des Ruhmes, der Einfluss der Antike, die
äusserliche, unklare Stellung zur Kirche, die Stimmung der Gebildeten
gegen dieselbe: über alle diese Verhältnisse giebt uns bekanntlich
Burckhardt den besten Aufschluss[1]). Ihre Einsicht ist durchaus unentbehrlich für die Erkenntnis der Grundlage der religiösen Kunst;
man muss diesen ungelösten Widerspruch in der Tiefe der Entwicklung
begreifen, muss erkennen, wie über ihn das glänzende Leben hinzog.
Daseinsgenuss und Wirklichkeitsdrang, freie Entwicklung der persönlichen Kraft und eine rein ästhetische Weltanschauung wirkten zusammen und schufen eine äusserliche Harmonie des Lebens, das die
bildende Kunst brauchte, in ihr seinen höchsten Ausdruck suchte und
fand. Aber die Renaissance war in ihren Grundlagen keineswegs eine
so ungetrübte Einheit, wie sie sich zuerst darstellt. Das Gleichgewicht
wurde zerstört durch die schweren politischen und religiösen Umwälz-
ungen. Und im Gefolge der Gegenreformation ward die innere Indifferenz verdrängt durch eine neue Vertiefung des Glaubens, eine weit-
greifende, religiöse, ja geradezu reformatorische Bewegung bis in die
höchsten Prälatenkreise Roms. Mit elementarer Wucht drängten die
lange unterdrückten Regungen des Innern hervor; mit leidenschaftlicher
Hast suchte der Einzelne wieder nach einem beruhigenden sichern Halt,
nach einem neuen befriedigenden Ziel seines Daseins. Aber ebenso hastig
und erregt, wie man sich zuvor über den Widerspruch hinwegzusetzen
vermocht, wollte man jetzt auch diesen Halt gewonnen haben. Gerade
die Energie dieser Bewegung könnte darauf hinweisen, dass hinter aller
Indifferenz und äusseren Glaubenslosigkeit bei den Menschen der Renaissance, die so sicher auf der Erde stehen wollten und mussten, ein
tiefes religiöses Gefühl oft genug verborgen lag.[2])

In ihrem Verhältnis zur Kirche ist aber anzuerkennen, dass neben
einem tiefem Widerwillen gegen dieselbe in den weitesten Kreisen „das
Gefühl der Abhängigkeit von den Segnungen, Sakramenten und Weihen

---

1) Es muss unmittelbar auf ihn verwiesen werden, da jede Citierung seiner
feinen Urteile wie eine Verstümmelung aussieht. Hierzu besonders der 6. Abschnitt
in seiner Kultur d. R. in J.: „Sitte und Religion."

2) Vgl. hierzu eine Stelle aus Eugène Müntz, Léonard de Vinci (Paris 1899)
L. II Chap. 3 S. 277: Les Italiens du XVI. siècle tombaient ... dans l'hérésie qui
est elle-même une manifestation si puissante du sentiment religieux et nullement
une manifestation de la libre pensée.

der Kirche* ein wenigstens äusserliches Festhalten an ihr verlangte. Auch sorgte eine lange Tradition, die Nähe des Papsttums und eine festliche, die Sinne gefangen nehmende Pracht des Kultus und der kirchlichen Feste dafür, dass der Zusammenhang weniger gelockert ward, als es die inneren Verhältnisse erwarten liessen.

Am glänzendsten — und verzweifeltsten ist unter solchen Verhältnissen die Stellung des Künstlers, wenigstens desjenigen, dessen Können im Dienst der „Kirche" steht. Was sollen auch Kirchenbauten unter Menschen, die zum Teil die Kirche hassten, ihr innerlich nichts mehr zu verdanken haben wollten, oder die nur äusserlich an ihr hafteten? — Aber lag es denn in der Absicht, in der Richtung der Baukünstler, etwas Religiöses zu schaffen? Geradezu widersinnig wäre diese Frage für die Zeit der Gotik. Im Grunde genommen, wissen wir hier wie dort über diesen Punkt ebensowenig bestimmtes. Und doch ist sie hier durchaus berechtigt, schon deshalb, weil aus der Menge, die die Kunst trägt, der einzelne Künstler mit seiner besonderen, mit Stolz betonten Persönlichkeit heranstritt. In der Frührenaissance war wohl auch in diesen Kreisen der Zusammenhang mit der Kirche noch nicht erschüttert, nur insofern schwächer, als er es seit jeher in Italien gewesen war. Noch Brunellesco vertraut in naivem Glauben beim Bau des Florentiner Doms, die Kirche (Sta. Maria del fiore) sei Gott und der heiligen Jungfrau geweiht, und diese werde bei einem Werk zu ihrer Ehre es nicht unterlassen, das Wissen zu erweitern, wo es fehle, und Geist, Kraft und Kenntnisse derer zu stärken, die es errichteten [1]). Aber schon Battista Alberti stellt Überlegungen an, welchen Göttern Tempel zu bauen seien. Jedoch verlangt er von der Kirche eine ernste tiefe Wirkung auf die Empfindung. „In den Tempeln steigt das Göttliche (superiori) nieder, um unsere Opfer und Gebete in Empfang zu nehmen. Sollte aber das Göttliche sich um der Menschen hinfälliges Bauwesen nicht kümmern, so trägt es doch viel zur Frömmigkeit bei, dass die Tempel etwas an sich haben, was das Gemüt erfreut und durch Bewunderung fesselt. Der Eintretende soll von Erstaunen und Schauder hingerissen sein, dass er laut ausrufen möchte: dieser Ort ist Gottes würdig!" Unter den kleinen und mittleren Künstlern mögen noch lange die gewohnten und überkommenen religiösen Vorstellungen äusserlich ihre Geltung behalten oder mit den neuen Anschauungen eine bizarre Vermischung erfahren haben. Über diese Zusammenhänge sind wir wenig unterrichtet, auch nicht bei den grossen

1) Vasari XI.I.

Meistern, deren Leben am schwersten in Konflikt geraten konnte mit
den Verhältnissen. Ihre Werke müssen reden, nur weniges von ihren
Worten giebt Aufschluss in dieser Richtung. Bramantes tiefe Innerlichkeit mag an seinen Entwürfen zu St. Peter sich genügend offenbaren.
Ganz rein sind die Ideale der Zeit ausgesprochen, wenn Raffael bei
Übernahme der Bauleitung schreibt: Welcher Ort auf Erden wäre auch
würdiger als Rom, und welches Unternehmen edler als der Petersdom,
denn er ist der erste Tempel der Welt und der grösste Bau, den man
jemals gesehen hat [1]). Heisst doch selbst in dem Breve Leos X., das
die offizielle Ernennung enthielt, die Kirche: der Tempel des Apostelfürsten [1]). Dieser Bau hat überhaupt das ganze Leben der Renaissance
mitgelebt. Und ebenso haben sich in Michelangelo, dem grössten seiner
Meister nach Bramante, verschiedene Strömungen vereinigt. Voll Begeisterung für die Aufgabe, die Kirche von S. Lorenzo in seiner Heimat-
stadt zu vollenden, will er die Façade so herstellen, „dass sie als der
Spiegel der Baukunst und der Skulptur von ganz Italien erscheine" [2]).
Die rein künstlerische Bedeutung, die formale Ausgestaltung sind so
hervorragend, dass es unzulässig ist, einen anderen „Gehalt" als den
durch sie gegebenen in dem Werk finden zu wollen, von ihm zu verlangen. Ausserdem aber spielt in jede Thätigkeit hinein verhängnisvoll
das antike Motiv des Ruhms. Wie ganz anders wird dies im späteren
Leben Michelangelos, besonders seitdem er als „archimaestro" die Bauleitung für St. Peter in Händen hat. Die harten politischen und religiösen Schicksale haben ihn persönlich berührt; ein langes Leben rastlosen Schaffens, die fast abstrakte Gedankenwelt, welche zu gewaltiger
Erscheinung drängt, der Umgang mit dem Kreis der Vittoria Colonna
machen ihn empfänglich für die Bestrebungen nach Verinnerlichung des
Menschen; ja sie erwecken wieder das Verlangen nach einem positiven
Inhalt des Glaubens, der ihm durch eigene Schuld entschwunden sei:

> Mein Herz erfüllt nicht Meisseln mehr und Malen,
> Dass es sich nur zur Gottesliebe wende,
> Die ausgespannt am Kreuz die Hand uns reicht.

Nur der Bau von St. Peter beschäftigt noch seine Phantasie und die
plastische Kraft. Das bringt seinem Verlangen Ruhe, die Thätigkeit
ist für ihn ein „gottgefälliges" Werk. Nur seine Frömmigkeit und
Liebe zu Gott und dem Apostelfürsten, heisst es einmal, hätten ihn

---

1) Bei Springer, Raffael und Michelangelo II. S. 102, 103.
2) S. 199.

bewogen, das Amt des Baumeisters in seinem hohen Alter zu übernehmen; auf irdischen Lohn verzichtet er [1]). Den Bau kann er nicht
im Stiche lassen, solches erschiene ihm eine Schande für die ganze
christliche Welt und eine schwere Sünde.   Hier offenbart sich ein Ineinanderleben von Mensch und Werk, von Seele und Schöpfung, wie es,
nur natürlicher und gemilderter, in der gotischen Zeit uns entgegentritt.

Es handelt sich hier nicht darum, die These zu halten, dass zu
allen Zeiten und in allen Stilen die Kunst ihre höchsten und vollkommensten Leistungen auf dem Gebiet der religiösen Aufgabe vollbracht habe.   Auch kann es nicht wertvoll sein, abstrakte Zusammenhänge zwischen Kunst und Religion im allgemeinen zu suchen (oder zu
konstruieren) und davon auf die Renaissance Anwendung zu machen.
Bei der kirchlichen Baukunst bleibt immer zu bedenken, dass sie aus
künstlerischen, praktischen und religiösen Bedürfnissen gleichmässig hervorgeht, deren eigenartiges Verhältnis den Wert der Schöpfung enthält. —
Es ist aber vielmehr zu fragen: was haben jene Meister erreicht?   In
der Zeit des jugendkräftigen Aufschwungs nicht minder als später in
der Hochrenaissance bewundern wir die rastlose kirchliche Bauthätigkeit, ein gewaltiges Schaffen, aber auch einen leidenschaftlichen Eifer,
der sich ebenso im Fertigen offenbart als im Mangel an Vollendung,
in dem Missverhältnis, in dem zuweilen die äussere und innere Erscheinung bleibt.   Die rein ästhetische Lebensanschauung der Zeit, die
sich auf alle Verhältnisse auszudehnen versuchte, hatte zur Folge, dass
in der Kirche der religiöse Gehalt, der bei den früheren Bauwerken so
natürlich, fast unbewusst zum Ausdruck kam, mehr und mehr einem
rein künstlerischen, rein formalen weichen musste.   Aber freilich: die
Kunst hatte ein allmächtiges Ideal, und die höchste Kraft war eingesetzt, es zu verwirklichen; eigene Arbeit und die Einwirkung der Antike
hatten es geschaffen, und es galt am allermeisten für den Kirchenbau.
Es war die vollkommenste Ausgestaltung der lebendigen Form, die
höchste Darstellung der harmonischen Erscheinung, die vollendete Ausprägung eines rein künstlerischen Stils.   Praktische Bedürfnisse finden
kaum Berücksichtigung; mit einem ausgebildeten, komplizierten Kult
vertragen sich seine Kirchen nicht.   Die schöne Erscheinung beherrscht
alles andere. Man hat über die italienische Renaissance, teils mit Rücksicht auf ihr Verhältnis zum Altertum, teils wegen des Eindrucks ihrer
Werke, geurteilt, sie habe keinen sakralen Stil entwickelt, habe keine

1) S. 378.

eigentlich „heiligen Formen" ausgebildet. Allerdings, wenn man dabei
ausgeht von einer einseitigen Auffassung der Formenwelt des Mittelalters als einziger Norm. Es hat aber wie kaum ein anderer Stil die
Renaissance die architektonische Erscheinung ausgebildet, am herrlichsten und zum höchsten in ihrer Kirche. Die Wertung derselben ist im
geschichtlichen Überblick bereits versucht worden; indess sei hier noch
einmal betont, dass wir festhalten an einer scharfen Trennung der Entwicklung, an deren Ende als vollkommene Schöpfung der Centralbau
steht, von derjenigen, die später über die Bauten Vignolas und Palladios
zu einer neuen Phase führen.

Für die bedeutende Ausbildung des Kirchenbaus in der italienischen
Renaissance dürfen einige Motive recht profaner Art nicht unberücksichtigt bleiben; auf Seiten der Gründer und der Baumeister. Weltliche
Fürsten finden durch den Bau von Kirchen Gelegenheit, ihre (oft auf
unsicherem Boden stehende) Herrschaft zu befestigen, die Unterthanen
zu gewinnen, gewaltigen Ruhm zu verbreiten und ein längeres Andenken
sich zu sichern. Einigermassen modifiziert, sind die nämlichen Beweggründe auch für einige Päpste massgebend gewesen. Unvergängliche
monumentale Kirchen vermehren Ehre und Glanz, steigern die Bewunderung, die „Devotion" der ganzen Christenheit, stärken den Glauben
der Menge, die nur durch Grösse der Schöpfungen hingerissen wird
(so notorisch bei Nikolaus V.). Für die Baumeister selber brachte es
ebenfalls grossen Ruhm und auch innere Befriedigung, eine Kirche zu
bauen, womöglich schwierige Konstruktionsprobleme damit zu lösen und
ihr prachtvolle Formen zu geben, wohl gar damit einen der alten Bauten,
Tempel oder Basiliken, zu übertreffen. Solche Motive sind in Zeiten
blühender Entwicklung, der höchsten Anspannung menschlicher Kräfte, bei
politisch klugen Mäzenen wie bei Künstlern ganz natürlich, um so mehr
bei der ganzen Anlage des Italieners der Renaissance mit der gewaltigen Phantasie und dem ungemessenen Ehrgeiz. — Damit ist aber eine
tiefere Grundlage nicht ausgeschlossen. Es ist schon gesagt worden,
dass die Renaissance die rein architektonische Erscheinung zur schönsten Vollendung ausgebildet hat. Und dies nirgends mehr als an der
Kirche; kein Bauwerk verträgt sich mehr mit diesem idealen Organismus wie ihr Centralbau. Dass es dem Gottesdienst gewidmet, dass es
geweihte Stätte ist, ist erst ein sekundärer Eindruck. Während sie die
Wirkung des Bauwerks reinigend steigert und die künstlerische Form
auf die oberste Stufe der Ausbildung hebt, übt sie schon allein eine
der tiefsten Wirkungen aus auf die Empfindung (wenigstens der Men-

schen der Renaissance). Das bedeuten die erwähnten Worte Albertis; mit einigem Vorbehalt kann man auch einen Ausspruch Michelangelos anführen, der zwar äusserlich nur die Malerei betrifft: „die wahre Malerei ist edel und fromm von selbst, denn schon das Ringen nach Vollkommenheit erhebt die Seele zur Andacht, indem es sich Gott nähert und vereinigt". Burckhardt sagt: „Im Süden ist alles Grosse und Schöne von selbst heilig."

Wenn es gerechtfertigt ist, mit Vorsicht den Wert und Gehalt eines Bauwerks in Beziehung zu setzen mit den gleichzeitigen Ideen der Menschen, so ist es nötig, auf die Bedeutung des Centralbaus, speziell der Kuppel hinzuweisen. Jeder Vergleich mit der gotischen Kathedrale, mit ihrem hochaufstrebenden Raum voll angenehmen Düsters oder spielender Farben, muss zurückgedrängt werden. Hier herrscht eine „abstrakte Raumschönheit". In den herrlichen Räumen der Kuppel sucht und findet auch die religiöse Empfindung neue Kraft und Begeisterung. Nicht mehr im Jenseits liegt das Ziel, es ist auf Erden ausgebreitet, es ist die schöne Wirklichkeit, die dem Menschen gehört, die er ergänzt durch die Schöpfungen seiner Phantasie, sie ist als sichtbare Offenbarung des Himmels ein Gegenstand der Verehrung und Andacht. Der Gedanke ist nicht abzuweisen, dass in dieser Gestaltung leise Ideen anklingen, welche im Kreise des Lorenzo Magnifico, an der Florentiner Akademie heimisch waren. Bereits hinter dem ganzen Leben und der Kunst der Renaissance liegen Elemente der vor andern bevorzugten platonischen Lehre und seiner Welt der Ideen, deren jede einzelne nicht bloss ethisch, sondern — und das ist das entscheidende —, zugleich ästhetische Vollkommenheit besitzt, und deren höchste (das ἀγαθόν) vom Stifter offenbar mit der obersten Gottheit identifiziert wird. Daher die enge Verbindung des Schönen und Religiösen. Die Männer jenes edeln Kreises gingen aber weiter, ihre Anschauung lief hinaus auf den Theismus, wie er damals in Italien ganz einzeln dastand; ihre Überzeugung von dem Verhältnis des Menschen zu Gott fasst Burckhardt in die Worte[1]): „die Seele der Einzelnen kann durch Erkennen Gottes ihn in ihre Schranken ziehen, aber auch durch Liebe zu ihm sich ins Unendliche ausdehnen; dies ist dann die Seeligkeit auf Erden." Und diese Begegnung des Hinaufstrebens und des Herabschwebens vermag die Kuppel der Renaissance zur Erscheinung, zur Empfindung zu bringen[2]).

1) Kultur der Renaissance in Italien, S. 783 fg.
2) Hierzu die Auffassung (die sich allerdings nicht ganz mit der letzteren

Gewiss sind derartige suhtile Zusammenhänge nicht notwendig, um den Wert der Renaissancekirche zu erkennen.

Wer aber von der Betrachtung des Mittelalters herkommt oder aus seinen eigenen Gedanken schöpft, wird in ihr vergehlich nach dem Ausdruck einer religiösen Empfindung suchen, eine Teilnahme des religiösen Lebens an der Schöpfung erkennen wollen. Er erinnert sich vielleicht an die Stellung weiter Kreise jener Zeit zur Kirche (wie es zuvor kurz dargestellt wurde), an einen gewissen Widerspruch in diesem Verhältnis. Sollten wir dann annehmen, dass die Kunst sich zu ihrer schönsten Blüte entwickelt habe über einer Kluft, dass man in ihr Ersatz gesucht habe für ein tieferes religiöses Leben, das jene Verhältnisse, wenigstens in allgemeinerer Ausdehnung, unmöglich machten? Nichts verkehrter. Hätte sie als Ersatz dienen sollen, und selbst für das Höchste, wäre sie nicht die grosse Kunst geworden, deren Werke noch heute herrlich wie am ersten Tag blühen.

Schliesslich aber, ist es denn überhaupt gerechtfertigt, wenn manch einer heute (wie auch früher in der Zeit nach der Renaissance) in dieser Kunst die Wirksamkeit religiöser Motive sucht, und nach ihrem Vorhandensein oder Nichtvorhandensein den Wert derselben bemisst? Ist es überhaupt zulässig, in der Baukunst zu reden von „Mitteln, um religiös zu wirken", in sie einen religiösen Gehalt zu legen?

Gern erhebt eine kunstarme Zeit einem grossen Künstler gegenüber den Vorwurf, er habe über der Ausbildung der Erscheinung den „Gehalt" vergessen. Aber immer aufs neue werden solche Bedenken überwunden durch die wiederkehrende Thatsache, dass die reine Freude am Gestalten, das Bewusstsein des lang geübten Könnens, der Bewältigung des Stoffs eine — nicht die einzige — Voraussetzung sind für die künstlerische Offenbarung, und die wichtigste Grundlage für die Vollendung eines Kunstwerks. Es macht hier Geymüller als der erste den schwierigen Versuch, auch für die Renaissancekunst „die Mittel, um religiös zu wirken", aufzusuchen. Er greift einzelne Elemente heraus, sucht ihre Bedeutung, ihren Wert, die Wirkung auf das Empfinden zu erkennen; er weist hin auf den Rundbogen, auf die Verbindung mit den Schwesterkünsten, auf die Behandlung des Lichts und die Kuppel.

deckt, aber uns etwas von der Wirkung der Kuppel auf das religiöse Gefühl offenbart) in einem Sonett des G. B. Strozzi für den Florentiner Dom [bei Vasari XLI]:

> Tal sopra sasso sasso
> Di giro in giro eternamente io strussi,
> Che così passo passo
> Alto girando al ciel mi ricondussi.

In der That vermögen diese Teile den Weg zu weisen zu einer bestimmteren Auffassung. Man ist geneigt, auch an die Bedeutung der schönen Verhältnisse, vor allem der Raumgestaltung zu denken; sie bergen nicht bloss rein ästhetische Werte. Der französische Gelehrte sieht aber ferner eine weitgehende Übereinstimmung zwischen einem Teil der antiken Ästhetik mit ihrem Ideal der objektiven Vollkommenheit (welches auch für die Renaissance massgebend wurde) und derjenigen des Christentums. — Es ist hier nicht nötig, einen grossen psychologischen Apparat zu bewegen und zu zeigen, wie bestimmte Formen und ihre Beziehungen ganz bestimmte Wirkungen ausüben auf das Empfindungsleben. Für die religiöse Empfindung handelt es sich doch immer um ein ausgeprägt persönliches Verhältnis zum Überirdischen; und die Regungen in dieser Hinsicht sind viel elementarer, als dass jene Werte sie wohl bestimmen könnten.

Tausend Dinge und Erscheinungen sind, die, scheinbar zusammenhangslos, uns erinnern können an eine Beziehung zu einer Gewalt, die ausserhalb der Grenzen des Menschendaseins liegt; gleichviel wie nun ein jeder sie empfindet oder denkt. Von einer so realen, materiellen Kunst, wie die Architektur ist, wird man im Ernst nicht verlangen können, dass sie ein religiöses Gefühl zum Ausdruck bringe, weder ein bestimmtes noch ein allgemeines; dass in ihr ein religiöses Bewusstsein sich verkörpere oder auch nur die eine solche stützende Grundempfindung. Sie wirkt ebenso mit dem Einzelnen, den Teilen, wie mit dem Ganzen, der Fläche, der Masse, dem Raum vor allem. Sicher gehen von diesen Elementen bestimmte Wirkungen aus; diese bestehen aber nicht in der Übermittlung einer Empfindung, sondern bedeuten eine Reinigung, eine Befreiung der mitgebrachten Empfindung des Beschauers von diesen oder jenen Einflüssen, ein stilles Lenken, ein Vorbereiten auf etwas, das unter jenem Gewöhnlichen verborgen liegt und entweder keine Kraft, Gelegenheit oder Neigung hat, rein hervorzutreten. Und gerade in dieser Richtung vermögen allerdings die wohlbeherrschte Masse, der Raum und die architektonischen Formen mit einer elementaren Wucht zu wirken. — In einem ganz übertragenen Sinn darf dann allerdings der Baukunst eine religiöse Wirkung zuerkannt werden, kann man von einem religiösen Gehalt selbst beim Centralbau der Renaissance sprechen.

V.

Bramantes letztes Werk bezeichnet ungefähr die Grenze für die beiden Entwicklungen der Renaissancekirche, an deren Trennung wir

festhalten, so lange wir sie werten und beurteilen wollen. Natürlich
hat im Verlauf die eine auf der anderen sich aufgebaut, hat den älteren
Typus des Langhauses mit Tonnen und Seitenkapellen weitergebildet und
von den Formen des Centralbaus wesentliche übernommen und verändert. Allein die absolute architektonische Kraft, welche jene Kunstform ausgestaltet und beherrscht und alte Elemente zu einer ganz neuen
Erscheinung und Wirkung verwertet hatte, war im Schwinden. Die
folgende Zeit verarbeitete das Übernommene in ihrem Sinn. „Es kommt
alles auf den Geist an, der sich der Formen bediente", sagt Burckhardt;
und dieser Geist war ein ganz anderer geworden.

Rom mit seiner grossen Vergangenheit begann bedeutenden Einfluss
auszuüben auf die Aufgaben, wie auf die Formgebung und die Phantasie der Künstler. An diesem Punkte ward es verhängnisvoll, dass
die Antike nicht mehr bloss vorzugsweise nachgeahmt, sondern ausschliesslich massgebend, absolut vorbildlich wurde, und nach der Antike
wenige gewaltige Persönlichkeiten und Künstler, Bramante und Michelangelo, sogar weit über Italien hinaus. Ganz anders als bei den Kirchen
der Frührenaissance wurde jetzt das Hauptgewicht gelegt auf den Rhythmus der Verhältnisse, die feine Abstufung der Glieder, das Gleichgewicht
der Teile; von der Harmonie der Masse, der Symmetrie, endlich von
schönen Kontrasten sollten wesentliche Wirkungen ausgehen. Diese
Elemente, die früher die Raumgestaltung bedingten, drängen jetzt zur
Herrschaft in der Bildung des Äussern, der Fläche und der Façade.
Sie sind auf dem Weg, imposant, konventionell, gleichgültig zu werden.

In der religiösen Baukunst bedeutete nicht die strengere Ausbildung
ihrer Formen und Anlagen an sich, sondern die Konstellation, in der
es geschah, die Veränderung ihres Werts, die Verminderung ihrer
Einheit. Darf es als eine Thatsache betrachtet werden, dass in der
mittleren Epoche einer Stilentwicklung der befriedigende Einklang
zwischen der Bedeutung, dem Gehalt des Lebens und ihrer künstlerischen Erscheinung nach Möglichkeit erreicht ist, im weiteren Verlauf aber immer mehr eine Entfernung, ein Zwiespalt eintritt, so ist
dieser von erschreckender Tiefe für die Entwicklung der Renaissancekirche Italiens. Es wurde bereits angedeutet, dass die unerwarteten
politischen und religiösen Schicksale das Leben immer mehr mit einem
neuen Gehalt erfüllten, der seine äussere Darstellung durch die Bewegung der Gegenreformation fand. Sie darf als mitursächlich in
Beziehung gesetzt werden mit der veränderten Richtung der Baukunst.
Sie erzeugte ein stärkeres Bedürfnis nach Kultbauten, machte überdies

notwendig, neue Kirchen zu bauen und schnell grossartige prachtvolle
Werke hinzustellen.   Die Formen waren da, wurden durch strengere
Auffassung der Antike weiter, ins Grosse und Ernste, gebildet, und sie
mussten weiter entwickelt werden. Aber das Leben, das einst in ihnen
gewohnt, ward der entschiedene Gegensatz zu dem jetzigen, welches sie
auch fernerhin umkleiden sollten bis zur abschliessenden Vollendung
der künstlerischen Form. Man rede nicht von der Freiheit, mit der
der Künstler derselben gegenübersteht; sie gilt nicht grenzenlos in der
Baukunst, ist noch beschränkter inmitten einer einheitlichen ge-
schlossenen Stilentwicklung, auf eine fortlaufende Reihe intensiv ar-
beitender Kräfte gestützt, wie es auch die Renaissance in ihrer Mitte
war.   Es liegt dann eine elementare Macht in diesen Formengebilden,
wenn sie einmal zur Höhe gebracht sind; sie müssen weiter entwickelt
werden, es koste was es wolle. Und diese Entwicklung findet ihren
Abschluss erst im Barock; ihrem neuen Leben entsprechen hier auch
kräftig veränderte Formen. — So wurde die Stärke und Sicherheit der
künstlerischen Entwicklung sich selber im Kirchenbau zum Verhängnis.
Von dieser Zeit an offenbart sich leise oder deutlich darin etwas, das
als ein tragisches Schicksal bezeichnet werden könnte. Es regt sich in
den Schöpfungen einzelner Bauten, in dem Leben einzelner Meister; an
St. Peter vor allen. Bramante hatte mit der ihm eigenen Schnelligkeit
und Sicherheit die ersten Pläne gemacht. Die Energie Julius II. strebte
nach ihrer Verwirklichung. Seit Leo X. kam die sittliche und politische
Krise zum Ausbruch, das Werk blieb liegen, schon das Geld fehlte.
Viele aber, die in Bramantes Entwürfe Einsicht haben, erklären, dass
in ihnen das beste der Renaissance liegen geblieben sei. Schon der
Grundriss eine herrliche Harmonie: das griechische Kreuz mit der
weiten Kuppel und mächtigen Eckräumen; das Äussere mit merkwürdiger
Verbindung von Türmen mit Kuppel und Nebenkuppeln, mit der unter-
schiedenen Gliederung der Traveen; das erscheint, noch geschlossen, als
die schönste Blüte der kirchlichen Renaissance. Und kam nicht zur
Entfaltung. Fast alle berühmten Architekten des Jahrhunderts arbeiteten
für diesen Bau. Michelangelo hält sich selber für den esecutore der
Pläne Bramantes, allein er ist es nicht, er hebt die eigenartige, unter-
schiedene Gliederung der Traveen auf, die Kuppel und die Steigerung
des ganzen Aufbaus von der Vorhalle bis zum Tambour, das ist sein
Werk. Die Harmonie, der Einklang der ersten Idee mit ihrer Form
ist gesprengt. Wie in seiner Plastik auch hier das Hinarbeiten auf ein
eintiges grosses Ziel: ein transcendentes Element lebt unter seinen zum

Teil nüchternen Formen, sie thun ihren Dienst nicht, genügen kaum mehr. Die weitere Entwicklung, der Langbau Madernas, die Façade des Bernini und seine projektierten Türme, ein fortgesetztes Herabdrücken der Kuppelwirkung, ein stetiges Verändern, sagen das Übrige. Freilich, auch gotische Dome hatten mit ihrer Vollendung zu kämpfen, das Fehlen finanzieller Mittel kommt auf beiden Seiten in Betracht, bei diesen war aber durch einen Meister oder die in seinem Geist arbeitenden Nachfolger ein umfassender Plan gegeben; bei St. Peter hatte aber nicht die Ausführung eines Planes Schwierigkeiten, vielmehr die Ausgestaltung des Planes, der ganzen Erscheinung. — Man kann einen Beweis für die Grösse und den Ernst der kirchlichen Renaissance in der Spätzeit darin sehen, dass sie trotz des Zwiespalts, in dem sie sich bewegte, nicht stockte oder entartete, sondern eifrig weiter arbeitete. Der künstlerische und der religiöse Mensch rangen beide. Jener versuchte immer wieder mit den Formen seiner Kunst, die doch ein neues Leben als das ihnen ursprüngliche umklammerte. Aber sie gaben nur langsam nach. Ihren Höhepunkt findet diese Richtung in Palladio, einem der letzten, allergrössten der Zeit. Er besass die gründlichste Kenntnis des Alten; und er war einer der ersten, der wieder für einen reineren Kultus, in einer strengeren Art herrliche Kirchen baute. Die Seitenkapellen erscheinen wieder, das Äussere wird ernst und würdig gestaltet, dem Innern entsprechend. Schon verschwindet die Farbe. Aber er beherrscht noch straff die Formen der Alten, die für jeden verhängnisvoll werden, der sie nicht meistert, die unter seiner Hand ein ganz neues Wesen gewinnen. Palladios That ist es, in der Zeit einer ernsteren Religion, eines vertieften Glaubens die Mittel geschaffen zu haben zu einer neuen Gestaltung der Kirche. Er bestimmte die eine der Hauptrichtungen, in denen der Barock weiter arbeitete.

Erkennen wir die kirchliche Baukunst der italienischen Renaissance an als eine, im Bezug auf das Volk als Individuum, höchst subjektive, worin dieselbe mit Hülfe ihrer speziellen, selbst durchgearbeiteten Mittel ihre Ideale zu verkörpern sucht und einen eigenen Gehalt aufweist, so erscheint es schwer denkbar, wie die Übertragung einer so abgeschlossenen Kunst auf fremde Länder möglich ist; und dennoch ist sie geschehen. Denn es ist ihr Äusseres, ihre Gestalt und Erscheinung, so bedeutend ausgebildet, dass man sich zunächst über ihr Wesen, ihre inneren Werte hinwegsetzt und bloss jenes übernimmt. Weiterhin ist wahrscheinlich, dass in der Zeit der späten Gotik und des Flamboyant eine Entwicklung in den alten Bahnen zu keinem rechten Ergebnis mehr

geführt haben würde, dass eine Stilwandlung nötig war, der Norden
aber und besonders Deutschland neben den tiefgreifenden politischen
und religiösen Kämpfen nicht genügend Kraft und Raum besessen hätte,
aus sich heraus eine wertvolle Umwandlung der Formen durchzuführen.
Mit Vorsicht kann zur Erklärung auch der Gedanke berücksichtigt
werden, dass die einzelnen Völker nicht so abgetrennt und abgeschlossen,
auch ihre Kräfte nicht gleich und auf dasselbe Ziel hin gerichtet sind,
so dass ungefähr gleichzeitig alle ihren „nationalen Stil" haben könnten.

Der Vorwurf, die nationale Kraft getötet zu haben, ist der Renais-
sancearchitektur gegenüber nicht nur in Deutschland erhoben worden;
in Frankreich kam er bereits von Viollet-le-Duc. Geymüller hat versucht, die Notwendigkeit der Stilwandlung und der Aufnahme der
Renaissance in Frankreich um 1500 nachzuweisen [1]). Zwischen der Anerkennung der Thatsache, dass sie ein „Aufblühen nationaler Elemente"
nicht gebracht habe, und dem Recht hieraus der Renaissance einen
Vorwurf zu machen, liege aber eine weite Kluft. Indessen müsste man
an einen Stillstand der Entwicklung glauben, wollte man ihm darin zu-
stimmen, dass ein nationaler Stil nach der Gotik nicht mehr möglich
war, weil alle nationalen Elemente in der Gotik ihren vollkommenen
Ausdruck gefunden hatten. — Der andere, hiermit zusammenhängende
Vorwurf ist der, sie vermöge nur in geringem Mass, oder überhaupt
nicht, „christlich zu wirken". Er ist es, der uns hier hauptsächlich
beschäftigt. Mit der neuen Bildung der Renaissance, die aus Italien
über die Alpen vordrang, kam allerdings keine neue Quelle religiösen
Lebens, und dies verzögerte von vorn herein ihre Aufnahme im Kirchenbau, liess Geistlichkeit und Volk beharrlich an der Gotik festhalten.
Um so ausgedehnter verwandte sie die kirchliche Kunst an kleinen
Werken, Altären, Grabmälern, kirchlichen Geräten. In ihrer Architektur
aber entstanden Schöpfungen von ganz eigenartiger, speziell französischer
Durchbildung der alten Formen und der Renaissance. In dieser Richtung bewegt sich das Streben bis in die Zeit Ludwigs XIII. hinein; hier
tritt die Änderung ein. Immer enger wird der Anschluss an Italien,
immer unmittelbarer die Nachbahmung. In hohem Grade mögen politische und konfessionelle Rücksichten die Anlehnung an römische Vorbilder zur Folge gehabt haben, deren Typen doch nur in den grossen
Verhältnissen des Südens ihre wahre Schönheit entfalten konnten. Vielfach machte auch kluge Berechnung der geistlichen Fürsten und des

---

1) Baukunst der R. in Fr. Kap. 2. 3a.

unter ihrem Einfluss stehenden Hofes das Streben nach italienischer
Pracht und Grösse wünschenswert. Auf Kosten der religiösen Stimmung
wurde formale Vollendung gesucht, und endlich gegen Ende des 17. Jahrhunderts war man an demselben Ziel angelangt, wie in Italien etwa ein
Jahrhundert zuvor [1]). Wie dort durch Palladios und Vignolas Thätigkeit eine geschlossenere Gestaltung der Formensprache der Antike erreicht war, die formalen Bestrebungen zurücktraten und eine freiere
Verwendung der Glieder ermöglicht wurde, so bewegte sich nun auch
hier die Arbeit in der Richtung, „den Ton der Architektur zu verstärken",
den Gebilden eine erhöhte Bedeutung und Grösse zu geben. Nirgends
tritt die einer solchen Übertragung anhaftende Unwahrheit deutlicher
hervor als am Kuppelbau [2]). Diese höchste Kunstform der Renaissance
war für Frankreich „nicht das Erzeugnis langer Arbeit, nicht geworden
in zahlreichen grossen künstlerischen Thaten . . ., sondern als fertige
Ware überliefert. (Es) hatte sich nicht an der Durchbildung der Idee
beteiligt und empfand daher nicht ihre Grösse". In allen den drei grossen
Kuppelkirchen, die unter direktem Einfluss der Renaissance stehen: an
der Sorbonne, an Val-de-Grâce und dem Invalidendom hat die Form
eine unwürdige Bildung erhalten. Das Missverhältnis des Äussern und
Innern zerstört ihren Wert; die Basis der äusseren stets aus Holz ge-
bauten Schale liegt in Höhe (bei Val-de-Grâce noch oberhalb) des
Scheitels der inneren; daher auch die gestreckten Verhältnisse des Tam-
bours, die Disharmonie zwischen der Höhe der inneren und äusseren
Fensteröffnung, welche den ruhigen Eindruck trüben. Auffallend ist an
der Kuppel von Val-de-Grâce der allzu ruhige, runde Kontur; an der
des Invalidendoms die Eleganz. Mit ihrer Feinheit der Formen und
Vornehmheit der Verhältnisse ist sie auch eher ein Denkmal des Ruhms,
voll festlicher Stimmung. — Den verständigen, kühlen, nüchternen Charakter der späteren Renaissancekirche Frankreichs muss selbst ein begeisterter Verehrer wie Geymüller zugeben.

Der letzte Versuch, die Gotik und Renaissance für Konstruktion
und Formen unversöhnt nebeneinander zu gebrauchen, war St.-Etienne-
du-Mont. In der Façade von St.-Eustache erscheint der Höhepunkt
der französischen Kirchenrenaissance [3]): die aufstrebende Symmetrie der

---

1) Gurlitt, Geschichte d. Barocks und d. Rococo . . in Frankreich etc. S. 244.
2) S. 65.
3) Sie wird schon damals in Vergleich gestellt mit den alten und gleichzeitigen
Bauten: „la plus parfaicte et accomplye ouvrage qui se trouve entre les antiques
et modernes, tant en France qu'en Itallye", heisst sie in einem Inventaire v. 1621;
bei Geymüller, a. a. O. Anm. 1047.

gotischen Kathedralfront ist verändert in eine Harmonie von horizontaler und vertikaler Dreiteilung, mit Energie und Klarheit gegliedert. Nichts bezeichnender für die Höhe der künstlerischen Entwicklung als die Thatsache, dass der erste grosse Bau der Jesuiten der Kirche des Hugenottenmeisters unmittelbar nachgebildet ist.

Im Zusammenhang hiermit sei in Kürze die Auffassung Geymüllers über den Wert der kirchlichen Renaissance dargestellt, weil er dieselbe wesentlich im Anschluss an die französische Renaissance gebildet hat, und ausserdem weil es reizt, sie der Anschauung eines Reichensperger gegenüber zu stellen. Die beiden bedeuten die Extreme, zwischen denen sich die andern Meinungen bewegen können. Freilich führen Geymüller nicht minder die Liebe zur französischen Kunst als das umfangreichste Wissen und tiefes architektonisches Empfinden zu seiner Überzeugung. Vorraussetzung ist für ihn der Beginn der Renaissance in Italien mit dem Dom von Florenz 1296, wobei sich dem antiken Raumgefühl entsprungene Innenräume in ein reduziertes gotisches Detail hüllen. Zwei Strömungen begegnen einander: dort der Versuch, antike Weiträumigkeit, Raummajestät, Harmonie und Kuppel in die gotische Formen- und Ideenwelt einzubürgern; hier das Streben, die Prinzipien der vertikalen Komposition, die Zusammengehörigkeit der Formen, den Bündelpfeiler der antiken Formenwelt zuzuführen. Die Aufgabe der Vereinigung fällt der Renaissance zu. Sie ist auf den Stil der Sehnsucht die Antwort der Schönheit von Gottes Gnaden; sie ist die vollkommenste religiöse Baukunst und enthüllt die christliche Ästhetik durch ihr Ideal der objektiven Vollkommenheit. Mehr noch als die Gotik verlangt sie grosse künstlerische Vortrefflichkeit aller Ausführenden, Begeisterung für das heilig Schöne und den höchsten christlichen Glauben aller Mitwirkenden. In ihr kommt zur Erscheinung die Freiheit des Individuums auf Grund der Harmonie mit den Gesetzen Gottes; ein höheres architektonisches Prinzip als dieses ist nicht denkbar. Sie hat alle Mittel für den vollkommensten Kirchenstil der Christenheit vereint und fertig hingestellt. — Die Geschichte scheint ihm Recht zu geben, trotzdem sie äusserlich auf das Gegenteil hinweist; die historischen Schicksale des Stils in Frankreich machten es unmöglich, seine Ideale klar zum Ausdruck zu bringen. Er muss zugestehen, dass die Übertragungen der italienischen Kunst schliesslich kalt und korrekt geworden sind, die Innengruppierung unbedeutend, und dass die französische Architektur die Mittel, um religiös zu wirken, lediglich durch Beibehaltung gotischer Elemente gewonnen hat. Aber aus Fragmenten, Altarwerken, kleineren Schöpfungen, die

ihm wie Modelle für grössere Motive, als Reflexe nicht ausgeführter
Entwürfe erscheinen, stellt er eine fortlaufende Reihe von Typen auf,
die ein Bild der virtuellen Entwicklung geben, die Möglichkeit ihrer
Entfaltung, die Ziele ihres Strebens darstellen.

Im Gegensatz zu den Verhältnissen im Westen standen in Deutschland der kirchlichen Renaissance zu Anfang der Bewegung nur wenig
künstlerische Kräfte zur Verfügung. Viel früher und auch viel tiefer
als dort griffen hier die religiösen Kämpfe in das innere und äussere
Leben jedes ernsteren Menschen. Fand die Renaissance im Profanbau
neue Aufgaben und ein überreiches Feld, so bedeutete sie für den Kirchenbau um so weniger, gewann in ihm keine Bethätigung. Dass er noch
lange an der Gotik festhielt, ist für ihn nur von Vorteil gewesen; ja
es mag als ein Beweis der Stärke gelten, dass er die neue Formenwelt
nicht sogleich ansuchte und übernahm, sondern ohne ihr grossen Einfluss zu gewähren auf Konstruktion und Struktur, sie zuerst nur als
dekoratives Element verwendete, um damit den Schmuck zu veredeln
und die freundliche Erscheinung des Werkes zu erhöhen. So war die
deutsche Renaissance keineswegs ein Bruch mit der Vergangenheit,
sondern eine Fortführung, eine Ablösung, eine langsame Veränderung.
Aber gegen Ende des 16. Jahrhunderts geschah, was doch einmal geschehen musste, dass ihre Gleichmässigkeit gestört ward, dass nicht
mehr die mit der Kleinkunst zusammenhängenden, in ihrer Art schaffenden Meister bauten, sondern Bau-Meister, die wieder ernster und architektonischer dachten und arbeiteten. Die italienische Spätrenaissance
wurde zum Vorbild genommen; zahlreiche Architekten aus ihrer Schule
kamen über die Alpen, vor allem brachten die Jesuiten die Lehren ihrer
Theoretiker und die Formen ihrer Künstler herüber. Unter diesen Einflüssen entstand eine Steigerung der Kräfte und Fähigkeiten, erhöhte
sich die Bedeutung ihrer Leistungen, bis in die Zeit vor dem grossen
Krieg. Das Erlernen der fremden Kunst, die sich als so mächtig erwies,
die Beherrschung der italienischen Formen waren die nächsten Aufgaben
und Ziele; aber dahinter regte sich die eigene Arbeit. Die innere Kraft
und Phantasie, welche einst die Gotik ausgebildet, hatten ihre Richtung
behalten und suchten, befruchtet und gestärkt durch die Kunst des
Südens, sich zu bethätigen, um mit ihr aus sich heraus nach eigener
Weise etwas rechtes zu schaffen [1]).

---

1) Vorzüglich schildert Gurlitt (Gesch. d. Barocks etc. in Deutschland, S. 33 fg.)
diese aufsteigende Bewegung, das Bestreben, sich aus den Banden der Kleinkunst
zu befreien, die Bildung fester Schulen, das Auftreten kräftiger Künstlererschei-

Da zerriss der Krieg die künstlerische Überlieferung; das neue
Geschlecht verlor den engen geistigen Zusammenhang, „ihm musste die
Baukunst als vor ihm abgeschlossen erscheinen". Auf dem Gebiet des
Kirchenbaus macht sich dieser Riss dadurch fühlbar, dass künftighin
überwiegend italienische Formen übernommen und angewendet werden,
bis diese Richtung ihre Befriedigung findet im Barock, in dem Stil der
westeuropäischen Welt. Die Kunst in Süddeutschland mit ihrer rein
sinnlichen Schönheit, die Arbeit im (protestantischen) Mittel- und Nord-
deutschland mit ernsteren Bildungen haben beide noch hohe Leistungen
aufzuweisen. Bei der ersteren regt sich unter ihrer Pracht und Festes-
stimmung oft eine leidenschaftliche Erregung der Seele, welche im
äusseren Leben sich zuweilen zu einer fast mittelalterlichen Bussfertig-
keit steigerte. Indessen eine abgeklärte, tief religiöse Empfindung offenbart sich nur in vereinzelten Erscheinungen. Nicht unbegründet ist die
Annahme, dass die Kräfte und Formen, die dem religiösen Bewusstsein
einen würdigen künstlerischen Ausdruck schaffen sollten, in der Entwicklung begriffen waren, allein durch gewaltsame Bewegungen, äussere
Schicksale verhindert wurden, in gemässer Weise sich auszubilden. Aber
gerade die Notwendigkeit einer blossen Annahme bedeutet die Schwierigkeit in dieser wichtigen Frage. Denn eine umfassende Würdigung der
Leistungen der kirchlichen Renaissance in Deutschland liegt nicht vor;
fehlen doch schon genauere Aufnahmen und Publikationen. Es sei gestattet zu erwähnen, wie Gurlitt auf die Bedeutung des gleichzeitigen
Profanbaus hinweist und die beginnende Durchbildung eines wirklich
eigenartigen Darstellungsvermögens unter anderem in den Schöpfungen
des Elias Holl und am Nürnberger Rathaus deutlich voranserkennen
will. Indessen wird eine Analogie im Kirchenbau schwer zu finden sein.

VI.

Die italienische Renaissance hat in ihrer Blüte im Centralbau die
ihrer geistigen Grundlage angemessenste architektonische Kunstform zu
hoher Vollendung entwickelt und damit zugleich eine ihrem Leben entsprechende, ihres Geistes würdige Kirche geschaffen. Die folgende Zeit
hatte dies Vermächtnis zu verwerten, allein unter ganz veränderten Bedingungen, was angesehen werden darf als notwendige Folge des neuen
Lebens, welches ihr Volk vor anderen Völkern zuerst durchlebte. Für

neuogen, die Anfänge einer ins Grosse strebenden monumentalen Kunst. Was er dort
mehr von Profanbau sagt, lässt auch für die Entwicklung der Kirche vieles und
wichtiges erkennen.

die Länder des Nordens und Westens aber, die die Renaissance über-
nahmen, ergiebt sich, dass auf dem Gebiet des Kirchenhaus ihre Baumeister jene eigentümliche Formenwelt der Italiener nicht zu meistern
verstanden, sie in charakteristischer Weise zu verwerten keine Anlage
und Fähigkeit besassen und, abgesehen von seltenen Ausnahmen und
vereinzelten hohen Leistungen, aus dem Derivat eines Derivats Eigen-
wertvolles nichts hervorbringen konnten. Reden wir allein von der
zweiten Periode der Renaissance, die die Resultate der Spätrenaissance
Italiens und derjenigen des Auslandes zusammenfasst, so ist zu sagen,
dass es ihr nicht vergönnt war, ein Gotteshaus zu schaffen.

Ihre Kultur bot auch nicht die Grundlage dafür; sie, von unserem
ganzen Leben unzertrennlich, hat es mit sich gebracht, dass die Renais-
sance im Kirchenbau eine Unmöglichkeit zu lösen unternahm. An ein
Unvermögen des künstlerischen Stils an sich ist alsdann erst in zweiter
Linie zu denken. Es war der Kirchenbau für die Renaissance, und ganz
besonders für die deutsche, das schwierigste Problem, die schwierigste
Leistung. Nicht nach den Ergebnissen allein darf sich hier das Urteil
richten, sondern auch nach der Aufgabe, nach dem Verhältnis ihres
Inhalts zu ihrer Lösbarkeit und zu der angewendeten künstlerischen
Arbeit. Nach heutigem Massstab darf die Kritik ihre Schöpfungen
nicht messen, es sei denn, dass ihre praktische Verwendung für eine
neue Anlage in Frage steht.

Bei dieser Auffassung ist die Berechtigung eines Vorwurfs, die
Renaissance habe ein Kultgebäude, eine Kirche nicht schaffen können,
ganz ausgeschlossen. Der arbeitende Künstler wird ihn immer wieder
erheben, der es an sich spürt, dass die Formen sich seinen Ideen nicht
fügen, die sich doch so lange fügen mussten und oft nichts Ernstes und
Wahres bedeuteten; der gelehrte Forscher mag ihn aussprechen, dem
ebenfalls die künftige Entwicklung am Herzen liegt. Geradezu wertlos
aber und nichtig wird der Vorwurf, ausgedehnt auf die Baukunst Italiens.
Sie ist wie das Leben, das sie begleitete, so natürlich, so konsequent
und notwendig erwachsen aus dem Boden, worauf sie stand, und aus
seinen Menschen. Endlich aber — das ist der Kern der Anschauung
Reichenspergers — der Renaissance entgegenhalten, sie habe in der Sorge
um die Wiederbelebung der Antike die Ideen der mittelalterlichen Kirche,
die doch wahrlich nicht dieselbe Eine bleiben sollte, samt ihren Dogmen
und Offenbarungen, Hoffnungen und Verheissungen nicht mehr wie die
Gotik „zum Ausdruck gebracht", dass heisst die Gotik schier um die
Hälfte ihres Werts herabsetzen und die Kultur von vier Jahrhunderten

für nichtig erklären. Nicht die Kunst allein und nicht das Leben,
nicht dies oder jenes allein trifft überhaupt ein Vorwurf. Ferner aber,
eine Anklage der Art, die Renaissance habe keine „heiligen Formen",
keinen sakralen Stil ausgebildet, verliert überhaupt jeden Boden. Denn
es heisst, einen so fertigen Begriff des Heiligen mitbringen, wie es doch
weder in zwei Religionssystemen noch in zwei Empfindungen gleich
vorhanden ist; und darnach ein Kunstwerk oder gar eine ganze Kunstgattung allein beurteilen, bedeutet: einen Massstab an sie anlegen, dem
sie sich völlig entzieht.

Es ist mit Schärfe hervorgehoben worden, dass Reichensperger eine
erfolgreiche Erneuerung der Gotik basieren will auf die Wiederherstellung
ihrer mittelalterlichen religiösen Grundlage; „die Kirche" von heute
steht aber und bleibt auf einem anderen Boden als früher. Nicht ein
Schluss aus diesem Satze ist die Behauptung, dass die Zukunft mit der
Gotik ihre Kirchen nicht wird bauen können. Man hat es seither immer
wieder mit ihr versucht. Die deutsche Renaissance hielt an ihr fest,
und das lieferte vielfach gute Ergebnisse. In der Zeit, in der Reichensperger wirkte, hielt man den gotischen Stil für den einzig kirchlichen
und verwandte ihn darum zu Kirchen vorzugsweise. Davor liegt noch
eine merkwürdige Strömung der Romantik, der Wahn Schinkels, die
Gotik, „der ergreifendste Stil deutscher Bauart", sei im Mittelalter
nicht zu „völliger Vollendung" gelangt und diese sei durch eine Wiedergeburt aus dem griechischen Geist heraus zu bewirken. Die Frucht
der ernsteren Bestrebungen seit der Mitte des vorigen Jahrhunderts war
wenigstens der Beginn der genaueren Erkenntnis, wie die alten Meister
die Kirchen gebaut haben. Dass man die daraus gewonnene Kraft in
Nachahmungen erprobte und vermehrte, war natürlich; dass es schöne
Versuche blieben, ebenso. Von jener Erkenntnis aus aber werden neue
Versuche im Kirchenbau ausgehen.

Es stehen hier auch ganz andere Schwierigkeiten im Wege als
zuvor. Die gewaltige Formensymbolik, durch welche die mittelalterliche Kirche so enge verwachsen war mit der Darstellung der Religion,
belebt das katholische Kultgebäude nicht mehr wie einst; von der protestantischen Kunst wurde sie aus dogmatischen Gründen bereits im
Anfang vollständig aufgegeben (Schlosskapelle in Torgau). Die Kirche
war ehedem das „Haus Gottes", die irdische Stätte der Hostie, das
Behältnis des höchsten Wunders. Luthers Religion verändert ihren
Wert: sie ist ein Haus der Vereinigung religiös empfindender Menschen,
die Stätte der Vertiefung in die Worte der Schrift, der Ort der Er-

hebung in dem Gefühl der Gemeinschaft und der Nähe ihres hohen
Stifters. Von allen diesen Elementen hätte wohl am ehesten das letzte
befruchtend auf die Kunst wirken können (und hat es zum Teil auch,
besonders in der Umgebung des Pietismus um die Wende des 17. und
18. Jahrhunderts); es birgt zunächst eine tiefe Empfindung der Seele,
enthält aber einen Wert, dem auf der anderen Seite ein künstlerischer,
gerade ein architektonischer, entsprechen könnte; es erweckt ein schwe-
bendes Gefühl des Raumes und der Höhe, das sich in keine der früheren
Formen kleiden möchte.

Eine der gotischen Hoheit und Geschlossenheit entsprechende kirchliche Baukunst wird erst wieder in die Erscheinung treten können, wenn
ein neues, ebenso hohes Gottesbewusstsein sich entwickelt hat. So lange
bleiben alle Bildungen ein Zurückversetzen, ein Stillstehen. Inzwischen
werden auch die Vorwürfe weiter dauern. So lange aber auf dem Gebiet der Profanmonumentalkunst die Renaissance nicht überwunden ist
und man mit äusserstem Hass oder äusserster Liebe zu ihr steht, haben
wir auch noch kein objektives Verhältnis zu ihr gewonnen, zum Geist
der Renaissance ebenso wenig wie zur Persönlichkeit Luthers.

Ein bestimmt entwickeltes religiöses Bedürfnis einer grösseren All-
gemeinheit: das ist die Voraussetzung für die Blüte der kirchlichen
Baukunst. Ohne diese findet sie sich immer in einem Zwiespalt und ist
sich selbst ein Widerspruch. Damit sind aber grosse Einzelleistungen
nicht ausgeschlossen. Mehr als anderwärts erhebt sie sich über der
zusammenhängenden inneren Arbeit vieler. Die Baukunst haftet an der
Erde und ihren Stoffen wie keine andere, nur langsam verändert sie
eine Form; und gerade bei der kirchlichen Architektur wird erst hinter
der subjektiven Vollendung die objektive Gestaltung möglich, sie erscheint nicht im Augenblick der inneren Vollendung. — In dieser Hinsicht mag der Kirchenbau als ein Problem gelten, dessen Lösung dem
innersten Bedürfnis des Menschen am nächsten steht.

Oder er müsste aufhören, einen Sinn zu haben, aufhören zu sein.

Es bedarf zum Ende noch einer Fixierung, die erst jetzt ihre Berechtigung erhalten hat. Bei der vorliegenden Frage lässt sich nicht
umgehen, für die Beziehungen des religiösen Lebens zum künstlerischen
Schaffen bestimmte Bezeichnungen zu gebrauchen: es war die Rede von
Formensymbolik, von der Verkörperung einer Empfindung, von dem entsprechenden Ausdruck einer religiösen Bewegung im Kunstwerk.
Nichts liegt mir ferner, als zu meinen, diese Bezeichnungen sollten
irgend etwas mehr als andeuten, abkürzen. Diese Ausdrücke benennen

nur zwei Enden, sie schlagen Brücken von einer Höhe zur anderen. Was in der Tiefe liegt, was sie verbindet, wir wissen es nicht; allein es widerstrebt uns zu glauben, dass es ein Nichts sei, man müsste sonst am Ende leugnen, dass ein Zusammenhang bestände zwischen Kunst und Leben. Jene Worte lassen aber diesen zu gewaltsam erscheinen, zu bestimmt, zu unmittelbar. Zwischen der Absicht, einer religiösen Empfindung Gestalt zu verleihen, und dem bestimmten Drang, diese Gestalt aus Licht, in die Wirklichkeit, in die Erscheinung zu führen, liegt jene Tiefe, wo sich durch die Menschenseele hindurch vereinigt, was der Glaube erschaut und ersehnt, und was die Kunst sieht und will.

Stift Neuburg.

Von

Ernst Traumann.

Das Auge des Wanderers, der auf der Landstrasse von Heidelberg
aus gegen Osten schreitet, wird schon aus der Ferne von einem hellen,
stattlichen Gebäude angezogen, das, zwischen dem Harlass und Ziegelhausen etwa dem Königstuhl gegenüberliegend, aus langer Fenster-
flucht von einem Hügel des rechten Neckarufers in das Thal herniedder-
schaut. An das rechtwinkelige Haus — mit der einen Front nach
Süden, mit der anderen nach Westen gerichtet — schliesst sich, mit
Dach und Turm es überragend und mässig vorspringend, ein epheu-
bewachsenes Kirchlein an, das dem Ganzen sein freundlich-ernstes Gepräge giebt. Ein Bild des Friedens, ebenso reizvoll am frühen Morgen,
wenn die ersten Strahlen der Sonne über dem Flusse zittern, wie am
Abend, wenn sich die Schatten der Berge in das Thal senken. Es ist
das Stift Neuburg. Auf ihm hatte das Auge Goethe's geruht, als er
auf der Reise in die Schweiz im Jahre 1797 von Sinsheim aus am
27. August schrieb: „Aus Heidelberg um sechs Uhr, an einem kühlen
und heiteren Morgen. Der Weg geht am linken Ufer des Neckars
hinauf zwischen Granitfelsen und Nussbäumen. Drüben liegt ein Stift
und Spital sehr anmutig." Der Dichter ahnte damals nicht, dass dieser
Ort einmal durch nahe Freunde, die hier seinen Geist und sein Andenken pflegten, zu einer Wallfahrtsstätte für spätere Generationen
werden sollte.

Eine Gründung des Klosters Lorsch aus dem 12. Jahrhundert,
später ein Stift für adelige Fräulein, im 18. Jahrhundert zuerst im
Besitze der Jesuiten, dann der Lazaristen — erwarb es im Jahre 1825
der „Rath" Fritz Schlosser aus Frankfurt. Er war, 1780 geboren, der
ältere Sohn jenes Hieronymus Peter, den Goethe ebenso wie dessen
Bruder Johann Georg — der spätere Schwager des Dichters — im

12. Buch von „Wahrheit und Dichtung" so freundschaftlich erwähnt.
Wie der Vater und Oheim, so wandte sich auch Fritz der Rechts-
wissenschaft zu, wurde zuerst Advokat in seiner Vaterstadt, dann in
der primatischen Zeit Stadt- und Landgerichtsrat daselbst, späterhin
Oberschul- und Studienrat, zuletzt Direktor des neugebildeten Frankfurter Lyceums — eine Laufbahn, die er seiner hohen, umfassenden
Bildung verdankte. Auch ihm „streckten die Musen willig die Rosen-
bände von den Aktenstöcken", wie Goethe von seinem Vater sang. Die
Liebe zur Litteratur und zu den schönen Künsten blieb in dieser Familie
heimisch. Als er im Jahre 1816 seine öffentliche Thätigkeit beschlossen --
er hatte noch am Wiener Kongress die Interessen seiner Vaterstadt
einige Zeit vertreten — widmete er sich völlig seinen Neigungen.
Ungewöhnlich sprachkundig — er lieferte z. B. eine Übersetzung von
„Freudvoll und leidvoll" in 12 Sprachen — bethätigte er sich besonders
in Übertragungen neugriechischer, italienischer und lateinischer Dichtungen. Von seinen Arbeiten verdienen vornehmlich „die Lieder des
heiligen Franciscus von Assisi" (1842) und „die Kirche in ihren Liedern
durch alle Jahrhunderte" (1852) erwähnt zu werden. Seit 1809 mit
Sophie Dufay in glücklichster, wenngleich kinderloser Ehe vereinigt,
war er mit seiner ernsten, ihm durchaus gleichgesinnten Lebensgefährtin
im Jahre 1814 zum Katholizismus übergetreten — ein Ereignis, das
Julius Frese in der biographischen Einleitung zu seiner trefflichen
Publikation der „Goethe-Briefe aus Fritz Schlosser's Nachlass", abgesehen von dessen eigener Geistesrichtung, teils aus Einflüssen Christian
Schlosser's, des schwärmerisch angelegten jüngeren Bruders, vielleicht
auch Clemens Brentano's, teils aus dem romantischen, der Vergangenheit zugekehrten Zuge jener Zeit erklärt. In seiner Denkweise änderte
dieser Schritt nichts. Sein Ausspruch: „der Gläubigste ist auch der
Duldsamste" charakterisiert ihn in seiner ganzen Milde und Weitherzig-
keit. Nirgends aber tritt uns seine Güte, seine Gewissenhaftigkeit, seine
Freundestreue und Hilfsbereitschaft so leuchtend entgegen als in seinem
Verhältnis zu Goethe. Zu ihm blickte er zeitlebens auf: „Von unserer
Kindheit an", so schrieb er nach des Dichters Tode an Sulpiz Boisserée, „hatte Goethe's Gestirn mit immer gleichem Glanze über uns
gestrahlt; Generationen waren neben ihm aufgeblüht und dahin gewelkt,
manches schön aufstrebende Talent, manches reiche Gemüt hatte sich
wenigstens in Perioden der Entwicklung an ihn gerankt und seine Ein-
wirkungen aufgenommen -- und wie manche der uns Teuersten unter
diesen deckt längst das Grab, während wir uns gewöhnt hatten, dem

alten Heros gewissermassen eine Art physischer Unsterblichkeit bei-
zulegen. In ihm und dem im verflossenen Jahre geschiedenen Minister
v. Stein starben die beiden kräftigsten Heldennaturen, die mir im Leben
begegnet." Die von den Eltern überkommene Freundschaft hatte durch
Goethe's Weggang nach Weimar (1775) keine Änderung erfahren. Im
Jahre 1707 ward sie, als Goethe mit Christiane und August in Frankfurt weilte, erneuert. Der Dichter hat es seinen dortigen Freunden
niemals vergessen und stets mit rührender Dankbarkeit vermerkt, dass
sie sowohl damals als späterhin seiner Frau (1807 und 1808) und seinem
Sohne (1805) die gastlichste und ehrenvollste Aufnahme bereiteten. Drei
Frankfurter Familien vornehmlich sind es, in deren Freundschaft wir
das Band erkennen, das Goethe in seinen späteren Jahren mit seiner
Vaterstadt verknüpfte: Schlosser, Willemer und Brentano. Sie bildeten
den festen Stamm der kleinen Gemeinde, die Frankfurts grössten Sohn
schon zu Lebzeiten voll zu würdigen wusste. Mit dem Tode der Frau
Rat, 1808, wurden die Beziehungen des Dichters zu Fritz Schlosser
noch enger und stetiger. Goethe trachtete sein Erbteil, das lediglich
aus Immobilien bestand, wenig eintrug, dagegen in den Kriegsjahren
mit schweren Abgaben belastet war, an sich zu ziehen und des Frankfurter Bürgerrechts, das ihm nur materielle Nachteile brachte, entbunden
zu werden. In den Verhandlungen mit den Behörden, die sich bis zum
Jahre 1817 hinzogen, war Schlosser der Sachwalter Goethe's. Seine
ausführliche Denkschrift über diese Angelegenheit, die bekanntlich keinen
Ruhmestitel für die Stadt Frankfurt bedeutet, ist uns erhalten. Ausser
den geschäftlichen Beziehungen - Schlosser besorgte für Goethe nicht
nur die Verwaltung des in Frankfurt liegenden Vermögens, sondern
auch den Einkauf von Waren und Kunstgegenständen, so dass wir ihn
in ständiger Verrechnung mit dem Dichter finden — verbanden die
beiden Männer die regsten geistigen Interessen. Schlosser liefert dem
Dichter das gewünschte Material zu „Dichtung und Wahrheit": Die
Frankofurtensien seines Vaters, die ersten Jahrgänge der „Frankfurter
Gelehrten Anzeigen", eine Übersetzung des Jordanus Brunus, ja sogar
Becher und Stäbchen, wie sie dem Schultheiss beim Pfeifergericht über-
geben wurden; für die Farbenlehre verschafft er ihm den Telesius.
Goethe übersendet die fertigen Bände seiner Selbstbiographie, später die
„Rhein- und Mainhefte" u. A. m. Die künstlerischen Bestrebungen der
Zeit, insbesondere die der deutschen Kolonie in Rom, werden eifrigst
besprochen. Den Höhepunkt bilden die Jahre 1814 und 1815: Goethe
besucht nach 17jähriger Abwesenheit seine Heimat wieder. Vom 25. bis

29. Juli wohnt er in Schlosser's Hause, desgleichen — nach dem Aufenthalt in Wiesbaden und am Rhein — vom 10. bis 24. September. An diesem Tag begleitet ihn Christian Schlosser nach Heidelberg. Das nächste Jahr sieht den Dichter wieder in der Vaterstadt. Nach der Kur in Wiesbaden und der teilweise in Begleitung des Freiherrn v. Stein und E. M. Arndt's unternommenen Rheinreise trifft er mit S. Boisserée am 12. August in Frankfurt ein. Aber sein jetziger Aufenthalt steht im Zeichen Suleika-Mariannens. Nur vorübergehend besucht er das Schlosser'sche Haus. Er wohnt auf der Gerbermühle bis 8. September, dann eine Woche im „Roten Männchen" in der alten Mainzergasse, dem Stadthause Willemer's, um nochmals für vier Tage auf die Gerbermühle zurückzukehren. Es war Goethe's letzter Aufenthalt in Frankfurt. Im Oktober 1820 besucht das Schlosser'sche Ehepaar den Dichter in Weimar, der in den Annalen bemerkt: „Die lieben Verwandten, Rat Schlosser und Gattin, hielten sich einige Tage bei uns auf und das vieljährig thätige freundschaftliche Verhältnis konnte sich durch persönliche Gegenwart nur zu höherem Vertrauen steigern." Der Briefwechsel mit Schlosser dauert nahezu bis zum Tode des Dichters. Er zeigt uns diesen in seinen liebenswürdigsten Eigenschaften, dankbar für jeden Dienst, voll Interesse für die Angelegenheiten und das Schicksal seiner Freunde. Lebhaft beschäftigt ihn auch die politische Weiterentwickelung seiner Vaterstadt. Wie innig spricht sich oft die Sehnsucht nach dem Frankfurter Kreise aus (z. B. am 29. Oktober 1817), wie tief empfunden sind die Worte des Dichters beim Tod der alten Frau Schlosser (1819)! Nicht minder edel tritt uns das Bild Schlosser's aus diesen Briefen entgegen. Den getreuen Mann und dessen Verhältnis zu Goethe kennzeichnen am besten die Eingangsworte des Briefes vom 10. April 1818: „Wäre Ihnen, mein Teuerster, nicht gleich bei der Geburt die entschiedenste Geschäftsthätigkeit und Festigkeit von guten Geistern beigelegt worden und hätten sich nicht durch Anstrengung und Fleiss daraus nach und nach alle Tugenden Ihres ewig verehrten Vaters entwickelt, so dass Sie mehr für Andere als für sich im Leben zu handeln geneigt, ja genötigt sind; ich wäre bei jeder neuen Sendung betroffen und beschämt, welche Mühe bis ins Einzelne, Kleinste meine, obgleich nicht höchst wichtigen Geschäfte Ihnen verursachen. Bleiben Sie überzeugt meiner treuesten Dankbarkeit und fahren fort, bis sich dann doch zuletzt dieser Faden nach und nach abspinnt."

Der letzte Brief Goethe's an Schlosser (vom 28. Mai 1830) enthält den Dank des greisen Dichters für die Sendung einer Abbildung

von Stift Neuburg, „der ernst-heiteren Wohnung und der unschätzbaren
Gegend". Hier verflossen dem Übrigen — Schlosser starb 1852, seine
Gattin 1865 — die Jahre teils in stiller Gelehrten- und Sammlerarbeit,
teils in angeregtester Geselligkeit. Ausser dem ausgedehnten Frankfurter Verwandtenkreise verkehrten auf dem Stift die Häupter der
katholischen Partei ebenso freundschaftlich wie die grossen Protestanten
Stein, W. von Humboldt u. A. m. Auch Goethe's Enkel wohnten oft-
mals auf dem Stift. Nach ihnen ist das „Goethezimmer" des Hauses
benannt. Das Äussere des ehemaligen Klosters liess Schlosser unverändert, dagegen schuf er aus den früheren Zellen wohnliche Zimmer;
das einstige Refektorium wurde zu einem grossen Saal umgewandelt,
die Kirche von dem Karlsruher Hübsch im gotischen Stile derart
restauriert, dass sie, mit dem oberen Geschoss auf gleichen Boden gebracht, im Chor die Kapelle, im Schiff den grossen Raum enthielt, der
Schlosser's Kunstschätze barg. Von dem damaligen Leben auf dem
Stift hat uns eine Augenzeugin, Emilie Kellner, geb. Andreae (Goethe
und das Urbild seiner Suleika, Leipzig 1876), eine anmutige Schilderung
entworfen: Wie früh morgens 7 Uhr die Glocke in die Hauskapelle
zur heiligen Messe rief, die der Geistliche vom nahen Ziegelhausen las;
wie die würdige Frau Rat Schlosser in einfachem Morgenüberrock und
dickgarniertem Tüllhäubchen den Kaffee bereitete und ihre Gäste bediente; wie man sich in den Nachmittagsstunden in der herrlichen
Umgebung, sei es nach der Brunnenstube zu, sei es drüben nach
dem Wolfsbrunnen und Schloss, erging und des abends zu geistvoller
Unterhaltung um den Theetisch im grossen Wohnzimmer wieder versammelte.

In der Gestalt, worin Schlosser das Stift seinen Erben hinterliess,
erblicken wir es auch heute noch. Wieder treten wir zunächst in den
weiten Hof mit seinen herrlichen alten Bäumen. Noch schliessen sich an
das Herrenhaus die ehemaligen Ökonomiegebäude. Wir treten ein und
die alten Korridore und Treppenwände umfangen uns. Wir steigen
empor. Wohl sind die hängenden Schlingpflanzen und die Glaskästen
mit den ausgestopften Tieren verschwunden, aber Gypsfiguren schauen —
neben neueren Stichen und Photographien — ebenso ernst von den
Wänden wie zu Zeiten des Herrn Rat. Ein grosses Wohnzimmer nimmt
uns auf, ein langgestreckter Raum. Durch das Balkonfenster blicken
die ehrwürdigen Bäume des Parkes, der Springbrunnen murmelt. Wir
sehen uns staunend in dem dicht bestellten, behaglich-reichen Gemache
um. Wohin, in welche Zeit sind wir geraten? Hier grüsst uns die

grosse Zeichnung Krelings, Faust im Studierzimmer, dort ein Steinle,
Overbeck's und Cornelius' Selbstporträts auf Einem Blatt; Alfred Rethel,
Schrandolph, Jos. Anton Koch, Kaulbach mit der prächtigen Zeichnung:
„Unter der Linden-Tandaradei" schliessen sich an. Über der Thüre ein
grosser Schwind. Uns umwittert der Geist jener Zeit, der die Brüder
Christian und Fritz in seinen zauberischen Bann zog. Nazarener und
Romantiker blicken uns aus tiefen Schwärmerungen an. Daneben das
schmale Bibliothekzimmer. An langen Wänden die Bücherreihen. Am
Ende des Zimmers ein gotischer Erker; durch gemalte Scheiben schim-
mert der grüne Park. Vor dem Seitenfenster eine Staffelei: Goethe's
Bildnis, von Gerhard von Kügelgen gemalt, das Kleinod des Hauses.
Der Dichter hatte es im Jahre 1810 nebst dem geschnitzten Rahmen
eigens für Fritz Schlosser anfertigen lassen, um ihm „für so viel Liebe
und Treue auch endlich einmal etwas Erfreuliches zu zeigen". Darüber
das Konterfei Goethe's aus der ersten Weimarer Zeit von Melchior
Krauss: der Dichter (im Profil) den Schattenriss der Frau von Stein
betrachtend. Ist es die Scene in Pyrmont, als er ihr Porträt zum
ersten Male erblickte und darunter die ahnungsvollen Worte schrieb?
„Es wäre ein herrliches Schauspiel zu sehen, wie die Welt sich in
dieser Seele spiegelt. Sie sieht die Welt wie sie ist, und doch durchs
Medium der Liebe." — Und siehe! hier in der Fensternische das kleine
Bild einer freundlichen Greisin. Unter der Spitzenhaube quellen Löck-
chen hervor, helle Augen blicken uns sinnend an, anmutig lächelt der
Mund und unter dem immer noch rundlichen Kinn schliesst sich die
breite Bandschleife. Wahrlich, sie ist's: Suleika-Marianne! Wir denken
ihrer Besuche in Heidelberg. Zuerst jener hochbewegten Septembertage
des Jahres 1815, da durch die Liebe des Dichters ihr tiefstes Wesen
aufgeschlossen war und die Neigung zu ihm sie selbst unsterbliche Töne
finden liess. Das holde Geheimnis des Divans! Gemeinsam erblicken
wir sie vor dem Baum der Gingko biloba, dem Sinnbild ihres Doppel-
lebens; sie stehen „an des lust'gen Brunnens Rand" und der Dichter
zeichnet die Chiffre der Geliebten in den Boden; sie verabreden, in der
nächsten Vollmondnacht, wenn auch räumlich getrennt, so doch im
Geiste sich nahe zu sein. Dann das Jahr 1824, als sie im August
Heidelberg wiedersah, der Tiefbewegten die heiligen Erinnerungen
heraufstiegen und sie dem Dichter schrieb: „Gedenken Sie meiner, und
in Liebe; dass ich Ihrer gedenke, möge Nachstehendes beweisen, so wie
dass die schönste Gegend immer eine fremde bleibt, wenn nicht durch
Liebe und Freundschaft sie heimisch geworden; wo fände sich für mich

eine schönere als Heidelberg!" Beigelegt war ein Landschaftsbildchen
mit einem Motiv aus der Umgebung des Schlosses und jener Hymnus
mit dem Datum des Geburtstags Goethe's:

„Euch grüss' ich weite, lichtumfloss'ne Räume" — worin sie, in
die Betrachtung der teuren Erinnerungsstätten versunken und umklungen
von den Tönen des Divans, Vergangenheit und Gegenwart in wehmuts-
voll süssem Traume verschmilzt. Oft und gerne hat Marianne auf dem
Stift Neuburg geweilt. Dreimal, so viel wir aus Creizenach's rühmlich
bekanntem Werke ersehen, schrieb sie darüber an Goethe. Am
2. September 1826: „Auf dem Schlosse in Heidelberg habe ich wieder
guter Zeiten gedacht, und ich muss es mit zu den Ereignissen meines
Lebens zählen, dass ich so oft und immer wieder dahin komme, wo ich
zu so verschiedener Zeit und Gemütsstimmung war. Bei Schlosser, wo
wir uns einen Tag aufhielten, sah ich Tieck." 1829, wiederum in den
Septembertagen — waren diese ihrer lieben Erinnerungen wegen absichtlich als Besuchszeit von ihr gewählt? — berichtet sie: „Den
30. (August) kamen wir nach Heidelberg und blieben bis zum 3. September; nur den ersten Tag war es möglich, einen Fuss vor die
Thüre zu setzen, die übrigen verstrichen so gut es gehen wollte, doch
ist es auch im Regen schön auf dem reizenden Stift; das Schloss habe
ich diesmal nicht besucht, an dem Hause, wo Boisserée wohnte, gingen
wir vorüber, ich konnte mir nicht versagen, die Thüre zu öffnen und
hinein zu sehen." Unterm 17. Dezember 1831: „Nur so viel, dass ich
mit Professor Creuzer bei Schlosser's auf dem Stift Neuburg, wo ich
wohnte, viel von Ihnen sprach, und dass Ihrer herzlich und liebevoll
gedacht wurde." Augenzeugen haben über diese Besuche berichtet. Am
Eingehendsten Emilie Kellner. Vom 21. Juli 1857 zeichnet Johannes
Jansson (Creizenach S. 939) auf: „Stift Neuburg. Grossmütterchen
allerliebst. Ich lese ihr „eine Übersetzung eines kleinen Gedichts aus
dem Spanischen vor; — ihre schelmischen Neckereien. Wir sassen
wohl zwei Stunden am Brunnenstübchen und ihr Herz ging voll auf
im Andenken an Goethe. Auf dem Rückwego erzählte sie mir, dass
das Gedicht „Ach, um Deine feuchten Schwingen" von ihr sei und
dass sie davon noch das Original besitze mit den Verbesserungen und
Veränderungen Goethe's." Sinnig, wie ihr ganzes Wesen war, und
rührend ist ihr letzter Abschied von Stift Neuburg und Heidelberg.
Schon ist sie unterwegs, da fällt ihr ein, dass sie ein Häubchen vergessen habe. Sie lässt den Kutscher umkehren, doch sie besinnt sich
anders: das Vermisste soll als Pfand zurückbleiben, dass ihr die Rück-

kehr gesichert sei. Es sollte nicht sein, am 6. Dezember desselben
Jahres, 1860, ist sie, sechsundsiebzigjährig, entschlafen. Der Geist des
„Grossmütterchens" aber umschwebt, ein freundlicher Genius, heute
noch die gastlichen Räume des ihr einst so teuren Hauses. . . . Wir
überschreiten den Korridor und treten in die Kapelle ein. Sie ist auch
jetzt noch geweiht und wie ehemals liest der Geistliche von Ziegelhausen von Zeit zu Zeit hier die Messe. Durch die hohen Bogenfenster
nicken die alten Bäume des Parks. Auch ist das Schiff der Kirche
wieder zum Museum bestimmt. Hier hat der Vater des jetzigen Besitzers die Schätze untergebracht, die er auf seinen Reisen erwarb,
reichgeschnitzte Renaissanceschränke, antike Töpfereien, Waffen u. dergl.
Die Wände schmücken u. A. Gemälde alter Frankfurter und Heidelberger Meister, darunter ein Fries und Fohr. Hier steht auch der
schwarze Kasten mit der silbernen Aufschrift: Goetheana. Der Besitzer
öffnet ihn. Mit ehrfurchtsvoller Scheu erkennen wir die Handschrift
des Dichters, der Frau Rat. Wir halten einen Brief in der Hand, den
Fräulein von Klettenberg (1773) zur Vermählung der Cornelia Goethe
mit Joh. Georg Schlosser schrieb. Julius Frese hat den ganzen Brief-
schatz veröffentlicht: Ausser den besprochenen Briefen Goethe's an Fritz
Schlosser das herrliche Schreiben des Dichters an seine Mutter aus
Italien, Briefe Goethe's an Schlosser's Eltern, der Eltern Goethe's an
Hieron. Schlosser, Briefe August's von Goethe und des Kanzlers
von Müller an Fritz Schlosser und schliesslich die stattliche Anzahl
der Briefe des jungen Goethe an Sophie von Laroche (1772—75) —
Alles in sauberen Umschlägen von der pietätvollen Hand des Herrn
Rat wohl geordnet. Keine würdigere Stätte hätten diese Reliquien
finden können als diesen hellen, weiten Kirchenraum. Ein hohes Fenster
öffnet sich gegen Westen. Vor uns steigt über Felder und Obstbäume
hinweg der waldige Heiligenberg auf, unten fliesst der grüne Neckar,
die Stadt verbirgt sich hinter dem jenseitigen Hügel, völlig abgeschieden
von der Welt erscheint hier das Stift.

„Wenn man so in sein Museum gebannt ist" — mag man wohl
gerne die Trennung von der lauten Welt ertragen und sich wunschlos
dieser Einsamkeit erfreuen. Noch durchwandeln wir die Wohnräume
des Besitzers mit ihren ehrwürdigen Familienbildern — darunter auch
das Schlosser'sche Ehepaar — dann gehen wir durch Hof und Garten
nach der hinteren Pforte. Freudig danken wir unserem liebenswürdigen
Wirte, der uns bis hierher geleitet, für die herzerhebende Stunde und
nun treten wir ins Freie. Vom Rehhügel, über den unser Weg nach

dem Walde zu führt, schauen wir nochmals auf das Stift zurück. Wie
still es zwischen Fluss und Waldthal unter seinen Bäumen ruht! Wie
durch Kunst und Natur dazu geschaffen, teure Erinnerungen an den
zu bewahren, der Beide mit gleicher Liebe umfing. Eine geweihte
Stätte. Denn, ob gleich sie der Dichter selbst nie betreten, klingt hier
nicht überall

   sein Wort und seine That dem Enkel wieder?

Nochmals die Reiseeindrücke vom Grossen St. Bernhard.

Von

Alexander Cartellieri.

—

Mein Hinweis auf die Schilderung (vorgl. Jahrgang XI S. 177 ff.), die ein englischer Mönch im Jahre 1188 von seinen Erlebnissen auf dem Grossen St. Bernhard entworfen hat, ist zu einer Zeit, da tagtäglich jemand in den Alpen abstürzte, freundlicher Beachtung gewürdigt worden und hat sogar seinen Weg in die Zeitungen gefunden. Den Lesern der „Jahrbücher" möchte ich nicht vorenthalten, was mir darüber am 17. 9. 1902 Herr W. A. B. Coolidge, Mitglied der Sektion Wien des Deutschen und Österreichischen Alpenvereins, geschrieben hat. Er bemerkt, dass W. Stubbs, der Herausgeber der von mir angezogenen Quelle, in seinem am 11. Juni 1878 gehaltenen Vortrage: Learning and Literature at the Court of Henry II, abgedruckt in den Seventeen Lectures on the study of medieval and modern history (in der mir vorliegenden Ausgabe, Oxford 1887, S. 147), jenen Stossseufzer Johanns von Bremble englisch wiedergegeben hat. An dieser Stelle war die Notiz dem deutschen Forscher übrigens nur schwer zugänglich. Ausserdem nennt Stubbs dort seine lateinische Quelle nicht. Herr Coolidge hat jene Übersetzung im Alpine-Journal, Mai 1887, vol. XIII, p. 271, und den lateinischen Text teilweise in seinem Buche: Swiss travel and Swiss Guide-books, London 1889, p. 8, 160, abgedruckt und gedenkt den Urtext mit französischer Übersetzung in seinem in Grenoble unter der Presse befindlichen Werke: Les origines de l'Alpinisme zu veröffentlichen.

Ich darf hier vielleicht noch den Wunsch anschliessen, dass alle diejenigen, denen zerstreute Stellen zur Geschichte der Reisen bekannt sind, solche doch der Vergessenheit entreissen möchten. So ergäben sich für die älteren Zeiten wertvolle Ergänzungen zu Jacob Burckhards Viertem Abschnitt in der Kultur der Renaissance.

Über das Hagestolzenrecht in Kurpfalz.

Von

Karl Brunner.

Der Sinn des Wortes „Hagestolz" (ahd. hagnstalt, hagnstalt) ist
nicht mit voller Sicherheit aufgeklärt. Die Ergebnisse der mannigfach
unternommenen Deutungsversuche sind, wie das Grimmsche Wörterbuch
(IV. 2, Sp. 154) zutreffend bemerkt, „nur die Schattierungen einer nach
und nach verdunkelten Hauptbedeutung, die tief das altdeutsche Rechts-
leben berührt". Die vorwiegendste Bedeutung, die das Wort namentlich späterhin in der Rechtsgeschichte gewonnen hat, ist ohne Zweifel
caelebs, ehelos. Das Hagestolzenrecht beschäftigt sich mit der
Hinterlassenschaft des ehelos Verstorbenen, die wie erbenloses Gut dem
Heimfallsrecht unterliegen soll.

Einen sehr dankenswerten Beitrag „Zur Geschichte des Hagestolzen-
rechts" hat unlängst Professor W. v. Brünneck (Halle) in der Zeitschrift der Savignystiftung für Rechtsgeschichte, Band XXII, Germa-
nistische Abteilung, S. 1—48, veröffentlicht. Hier ist näher auf die
Entwicklung des Rechtes eingegangen, namentlich auch die Litteratur
umfassend herangezogen. Der Hinweis auf die vortreffliche Untersuchung
überhebt mich aller weiteren Angaben in dieser Richtung.

Der Verfasser hat auch eine interessante handschriftliche Quelle be-
nützt, auf die ich ihn noch während seiner Arbeit aufmerksam machen
konnte. Die Urkunde, die speziell kurpfälzische Verhältnisse betrifft,
findet sich im Karlsruher G.-L.-Archiv in einer wohl ziemlich gleichzeitigen Abschrift (Kopialbuch Nr. 857, fol. 295—299). Als authentische
Interpretation eines im Gebrauch mit der Zeit schwankend und unsicher
gewordenen Rechtes erscheint sie wertvoll genug im ganzen Wortlaut
mitgeteilt zu werden, wie auch die angeführten praktischen Beispiele
die Rechtsübung in gewissen schwierigeren Fällen, für deren Entschei-

dung die höchste Instanz angerufen wurde, anschaulich darthun. Die
von W. v. Brünneck mitgeteilten Citate aus der Urkunde enthalten zudem einige störende Lesefehler, besonders von Ortsnamen, die ihm eben zu
ferne lagen.

Der Hauptinstruktion von 1609 stelle ich eine andere ebenfalls bemerkenswerte Weisung in der gleichen Rechtsfrage vom Jahr 1584 voran
(Karlsruhe, G.-L.-Archiv, Kopialbuch Nr. 855, fol. 31). [1]

1584.

Hagenstoltz.

Amptleuth zu Heidelberg berichten, was ein hagenstoltz
in ehesachen seie.

Mit Bezug auf einen 1583 zu Heiligkreuzsteinach vorgekommenen Fall heisst es:

So viel dann diesen vnnd dergleichen possessorios actus etc. belangt,
ist es im Ottenwalt vnnd sunsten dieser sauthei Heidelberg also beschaffen
vnnd vblichen herbracht, das, wo mann vnnd weib ehelich zusammen khommen vnnd kheine kinder mit einander gewinnen oder aber hetten vnnd
die kinder bei lebzeitten jrer der eltern mit todt verführen vnnd der
mann für den weib ohne testament oder vbergab verstürb, so tregt er
das recht eines hagenstoltzs, aber die hinderlassene wittib bleibt bei der
narung vnnd hatt den beysitz jr lebenlang. Do sie aber auch todts verführe, thut man alsdann die verlassenschafft der herrschafft einziehen
vnnd den fall oder casum einen Gottsfall nennen. Was aber doch in
solcher erb- oder verlassenschafft vonn wiederfelligen güetern verfangen,
lässt man den nechsten agnaten vnnd erben vnuerhinderlich volgen, das
vbrig alles fellet der herrschafft durchaus heimb, es möge dann hierinnen
vff verbitten vnnd supplicirn ein gnade widerfahren, wie dann verschiennen 82. jars zu Waldt Michelbach [2] sich begeben, das Lorentz Fanth
für etlichen jahren todts verfahren, seine haussfraw bei dem gute jr lebtag sitzen blieben, so baldt sie aber auch tödtlich abgangen, seindt nach
ausrichtung der verfangenen wiederfelligen guetter, auch zahlung der
schulden biss in die 400 fl. vberrestirendt plieben, darvon 300 fl. inn die
landtschreiberei ingezogen, auch verrechnet, die vberigen 100 fl. der freundt-

---

1) Die Schreibweise der Vorlagen wurde durchweg beibehalten, nur habe ich
mit Ausnahme von Eigennamen und Satzanfängen, überall kleine Anfangsbuchstaben
gesetzt.

2) Waldmichelbach in Hessen, Kr Heppenheim.

schafft laut beuelchs aus besondern gnaden vf vielfeltiges anhalten ge-
schenckht worden. Innglelchem hatt sich mit Wendell Degen im stifft
Speier zue Malsch¹) ein ebenmessiger aber bastarts fall zugetragen, so
fur etlichen jharen verstorben, sein hinderlassene wittib aber zeit ihres
lebens bei der verlassenschafft sitzen blieben, nach ihrem absterben der
fall ererst eingezogen, der wittiben freundtschafft jr wiederfelliges oder
zubrachtes rund ein drittigs theil der errungenschafft eingeraumbt worden,
das vbrig guett aber der herrschafft geblieben. Vnnd scheinen diese fäll
gleich wol etwas frembdt, dieweil sie sich seltten zutragen, vnnd nachdem dann die ein gleicher casus, soll dem beuelch vnnd hiebevor aus-
gangenem decret gehorsamblich nachgesetzt werden.

Signatum Heidelberg, den 26. Julij anno etc. 84.

Ambtleuth daselbsten etc.

1609.

Beuelch der hagenstoltz wegen ergangen.

Friderich etc.

Liebe getrewen! Alss jr hiebevor etliche vnderschiedliche fell vnd
strittige fragen, betreffendt die hagenstoltzerei etc. zu vnserer cantzlei
berichtet, rnd was eigentlich ein hagenstoltz sei, sampt was vor ein
vnderscheidt rnder denselben freunden vnd geschwisterten, verheurateten
vnd lediges standts etc. zu halten, rmb resolution vnd ausschlag rnder-
thenigst angehalten rnd gebetten, haben wir, was dieser sachen wegen
vor alte bericht vnd handlungen bei vnserer cantzlei vorhanden, znsamen
suchen, mit vleiss ersehen, rnd was eigentlich ein hagenstoltz sei, was
wir vnd die churf. Pfaltz vf denselben hergebracht, wie fern sich solche
gerechtigkeit erstrecke, was dan auch derentwegen rnnd vf etliche newere
sonderbare berichte fragen zu decidiren sein wolle, reifflich bedencken
vnd erwegen lassen rnd darauf vns nach einkommener relation eines
gewissen entschlossen, wie wir es ins künfftige darmit sowol in eurem
anbeuohlenen ampt Starckenburg als auch dem ampt Heidelberg, ratione
der kellerei Lindenfels, gehalten haben wollen, vnd warnach jr euch vf
zutragende fäll jederzeit habet zugerichten.

Geben diesem nach euch gnediglichen zuerkennen, dass die hagenstoltzerei anders nichts ist als eine sonderbare gerechtigkeit, so wir vnd
vnsere geliebte vorfordern, Pfaltzgraven Churfürsten etc. christmilter ge-

¹) Malsch in Baden, B.-A. Wiesloch.

deebtnus, als landtsfursten vor vnuerdencklichen jahren im ampt Starckenburg vnd nicht allein in denen dartzu gehörigen vnd jm Odenwaldt gelegenen sechs, sondern auch in denen vf der ebene gelegenen dreien
dörffern, die Rieddorffer genant, als Lorsch,[1] Biblis[2] vnd Birstatt,[3]
dessgleichen auch in deren zum ampt Heidelberg gehörigen vnd im
Odenwaldt gelegenen kellerei Lindenfels vnd dartzu gehörigen dreien
zeutten vf den leibsangehörigen vnderthanen also herbracht vnd ersessen
haben, das wir befugt sindt Jn gewissen fellen doroselben verlassenschafft
gantz oder zum theil nach vnserm belieben als verfallen mit ausschliessung der negsten beiderseits linien freundtschafft, welche sonsten ab
intestato negste erben weren, einzuziehen vnd zuhanden zunemmen.

Jedoch jst diese successions gerechtigkeit nicht simpliciter vnd ohne
vnderscheidt vf alle, sonder vf etliche gewisse fell zuuerstehn vnd hat
in nachuolgenden sechs vnderschiedlichen fellen keine statt:

[1.] Alss zum ersten jst sie vngültig in den stetten, da keine leibeigene sindt oder borbracht worden, als zu Heppenheim, Beossheim etc., wie
auch gegen die jenigen, so ausserhalb der stett dess Odenwaldts geboru,
aber darein getzogen vnd durch erbschafft oder fursichtige haussbaltung
etwas an narung fur sich gebracht haben, es were dan das sie ein zeitlang ausserhalb der statt vf dem landt gewohnet vnnd als wildtfenge[4]
(darauf dan fleissige auffacht gegeben sein will) zu leibeigen gemacht
vnd vfgenommen worden weren.

[2.] Zum andern hat sie auch keine statt bei den jenigen, die sich
vorheuratet vnd in die ehe begeben haben, ausserhalb eines fals, wan
nemblich eheleutt ohne erzielung kinder von einander versterben, da das
letztlebendt ehegemecht den beisitz bei der gantzen narung vnd verlassenschafft sein lebenlang gleichbwol behelt, aber nach seinem todt,
vnnd da es auch ohne leibserben abstirbt, die verlassenschafft als dan
der herrschafft als ein hagenstoltz fall allein heimfelt, welches gemeinig-
lich ein gottsfall, wie auch ein hagenstoltzerei in ehesachen genant
würdt.

[3.] Vor das dritte hat diese gerechtsame auch bei denen dieser
orten gesessenen leibeigenen vnderthanen keine statt, welche eintweder
eheliche kinder oder enckel etc. oder auch vatter, mutter, altmutter oder

1) Lorsch in Hessen, Kr. Bensheim.
2) Biblis, ebenda.
3) Birstadt, ebenda.
4) Über das kurpfälzische Wildfangrecht vgl. Schmiders Rechtsgeschichte, S. 790
und besonders S. 825, Anm. 1, wo auf meine einschlägigen Arbeiten verwiesen ist.

altmutter etc. verlassen, dan solche eheliche kinder jre vätter, mutter
vnnd andere freundt in vfsteigender linien, wie auch die ältern jre Kinder
vnd andere nachuolgende enckel in absteigender linien vermög gemeiner
rechten vnd vnserer landtsordnung erben vnd die herrschafft ausschliessen.

[4.] Zum vierten ist solche gerechtigkeit auch in diesem full nicht
zu exerciren, wan eintweder ein bestendig testament vfgerichtet worden
oder sonst ein ordenliche vff- vnd vbergab der narung ist beschehen,
welche einem letzsten willen gleich gehalten wurdt, jedoch auch darbei
jhre sonderbare requisita hat, so diss orts erfordert werden, vnd ohne
welche sie sonsten nicht bestehen kan, alss, dass die jenige person, so
jre nahrung zunbergeben vorhabens vnd vber 15 oder 16 jar alt ist,
selbst personlich, guter vernunfft in beisein deren curatoren, mit vor-
wissen jedes orts seienden kellers oder zinssmeisters, vor einem gantzen
gericht oder, da es keinen verzug leiden wolte, vor einem schultheissen
vnd vier gerichtspersonen, auswendig einigen gebewes, ledig vnd vnder
freiem himmel (es were dan, das die person, so die vbergab thun will,
leibsvnuermöglichkeit halben nicht webern köndte) sein gemüth erclere
vnd die vfgab thue, da dan der schultheis das erb von dem vbergebenden
theil nimbt vnd es dem erben reicht, gleich wie in kauffen vnd ver-
kauffen beschieht.

[5.] Zum funfften hat diese gerechtigkeit ferner nicht statt, wan
der verstorbene schon weder vatter, mutter oder kinder, jedoch eines
oder mehr ledige vnd noch vnuertheilte geschwisterten, erben den verstorbenen ledigen vnuertheilten bruder oder schwester vermög gemeiner
vnd vnsers landts rechten vnd schliessen die herrschafft auss.

[6.] Zum sechsten begibt sichs offt, das etwan theils verheurate,
theils vnuerheurate geschwisterten von beiden banden in leben vber-
bleiben, vf welchen fall es also herkommen, dass, woferr nur eines
oder auch mehr solcher geschwisterten noch vnuerheuratet vorhanden
ist, dasselbige alle andere geschwisterten, so albereit verheuratet vnd
vertheilt sindt vnd sonsten nichts zuerben hetten, bei der verlassenschafft
mit erhelt, also das sie semptlichen bei des verlassenschafft gelassen
vnd diss orts abermals die hagenstoltzerei gerechtigkeit nicht exercirt
kan werden.

Auss welchem allem nunmehr erscheint vnnd klar zu sehen ist, das
in allen vbrigen ausserhalb negst vorgesetzter puncten sich zutragenden
fallen, vnd sonderlich wa des verstorbenen hinderlassene geschwisterten
verheuratet vnd vertheilet sindt, sie seien gleich von einem oder beiden
banden, mann oder weibspersonen, jung oder alt, zuuerheuraten taug-

lich oder nit, vber oder vnnder jren funff vnd zwantzig jaren, wie auch
ins gemein bei allen fernern gradibus ohne vnderscheid keine successio
oder erbschafft vnder verwandten statt hat, sonder aller solcher personen erbschafften als hagenstoltzer vnns vnd churf. Pfaltz frey vnnd
ledig heimfallen, auch von vnsern vorfordern von vnuerdencklichen jaren
hero eingezogen, ohne was etwan vf der freundt vnd verwandten vnder-
thonigs beschehen ansuchen vnd nach gelegenheit der sachen vmbstendlt
ans gnaden gegeben vnd geuolgt worden.

Darumben jr nun ins kunfftig vf zutragende fell euch ohne zweiffel
wol nach dieser vnserer erclerung werdet richten vnd die sachen decidiren vnd schlichten können, oder da je eins oder andern halben mehrer
zweiffel vorfallen solte, es jedertzeit an vns zum ausschlag vmbstend-
lich gelangen lassen.

Vnnd ob wol auch jr der anfangs vermeldten vnderschiedlichen
fragen wegen, so jr zu vnserer cantzlei gelangen lassen, den ausschlag
auss obiger deduction leichtlich selbst finden möchtet, haben wir doch
vmb mehrer gewissheit willen euch vnsere resolution vnd meinung da-
ruber auch zugleich gnedigst eröffnen wollen.

Vnnd souiel anfenglichs belangt den fall mit Wolff Dollen zu Bürstatt, ob wol er Doll sich zuuerheuraten in willens gewesen, dasselbig
aber nicht ad effectum kommen, jst er, wofern er weder kinder, altern
noch ledige ohnuerteilte eines oder mehr geschwisterten hinderlassen,
auch von dem seinigen nichts disponirt oder vbergeben hat, vor einen
hagenstoltz zuhalten.

Ferners vnd zum andern betreffend Laux Dollen gewessenen forst-
knecht zu Bürstatt, jst dahin zusehen, ob ermelter Doll sein weib vnd
kinder vor leibeigene zuhalten oder nicht etc. Dessenwegen nun ercleren
wir vns dahin, jm fall er, sein weib vnd kinder, ehe er zu diesem
dienst kommen, vnns vnd churfürstl. Pfaltz mit der leibeigenschafft
albereit vnderworffen, sie durch diesen dienst derselben nicht befreiet
worden, da sie aber zuuor vns mit keiner leibeigenschafft verfangen gewesen, sie auch, so lange dieser dienst geweret, darmit nicht zube-
schweren gewesen seien, solten aber nach geendetem dienst, er forst-
knecht, sein weib oder kinder jar vnd tag an orten, da wir die gerechtigkeit hergebracht, gesessen sein oder noch daselbsten sich heuss-
lichen vrhalten, werden sie billich als wildtfenge eingetzogen vnd andern
mit der leibsbeeth gleich gehalten.

Wie es zum dritten mit stieff- auch rechten geschwisterten, wan
die verheuratet oder ledigs standts sinndt, dan auch zum vierten, wan

die ältern mit den kindern abgetheilt haben, jtem zum funfften, wan
einer ein altuatter, altmutter etc. verläst, desgleichen zum sechsten, was
für ein vnderschiedt vnder freunden vnd brüedern zuhalten etc.: dass
alles ist auss demjenigen, so oben aussgefürt worden, aller notturfft
nach zuerlernen, das nemlich descendentes et ascendentes den verstorbenen erben ohne allen vnderscheidt, ob sie miteinander abgetheilt gewesen oder nicht, vnder den collateral freunden vnd geschwisterten aber
ein vnderscheidt obangedeutermassen zumerken seie.

So ist auch eurer siebenden frage halben albereit oben decidirt,
das die jenigen, so ausserhalb deren orten vnd enden, da diese hagenstoltzerei gerechtigkeit gültig ist, geboren vnd daselbsten etwas für sich
bringen, hierunder nicht begriffen seien, es were dan, das einer her-
nacher sich an solche ortt begeben, da man, wie vorgemelt, dieser gerechtigkeit befugt, ein zeit lang alda sesshafftig gewesen were vnd also
hierdurch mit der leibeigenschafft sich verfangen gemacht hette.

Ferner zum achten vnd letzten anlangent Hannsen Böllen zu
Biblis verlassenschafft, deren sich schultheis vnd gericht daselbsten pro
suo interesse anzumassen vnderstehen, weil wir souiel versthen, das er
ausserhalb dem ampt vnder dem ertzstifft Meintz geboren, auch im
ambt sich nicht auffgehalten noch jemals vor einen leibeigenen auff-
vnd angenommen, zu deme auch albereit vor etlichen jaren seine verlassenschafft durch zusehender zeit gewesenen beampten vertheilet worden, als lassen wir es nochmals auch darbei bewenden, das wegen
dieser verlassenschafft mit fernerer anforderung gegen die erben jnge-
standen, hinfuro aber vf dergleichen fell vnd frembd ankommende personen desto bessere vfsicht gegeben werde. Alss jr auch vnder dato
den 29. Augusti anno 1607 zwen andere strittige fell zu vnserer
cantzlei berichtet, jst bei dem ersten, den schaffknecht zu Bibliss
Hannss Heblich belangendt, kein zweifel, dass er nicht solte vor einen
hagenstoltz gehalten werden, in ansehen er ledig vnd ohne letzsten
willen vnnd vffgab verstorben, dahero vns seine verlassenschafft verfallen, dieweil wir aber dabeneben berichtet worden, das sein hinder-
lassener schwester sohn (der sonsten der negste erb were) ein armer
presthaffter mensch seie vnd sich bei seinen freunden in der Wetteraw
vfhalten soll, also seindt wir gnedigst zufriden, thun euch auch hiemit
beuelhen, jhme zu seiner vnderhaltung vf gebüerlich quitung vnd jederzeit glaubwurdige bescheinung, das er noch jm leben sei, jarlichs zehen
oder zwantzig gulden zum höchsten volgen zulassen, das vberige aber
vns einzuziehen vnd gebürlich zuuerrechnen.

Den andern fall Georg Helfferichs zu Biblis sohn, so von 16 jahren gewesen vnd lediges standts gestorben, betreffennt, ist es zwar an deme, das schultheiss vnd gericht der orts sich solcher fäll anzumassen vnderstheo vnd vermeinen wollen, wan einer vnder seinen 25 jaren verstorbe, dass desselben negste erben die herrschafft ausschliessen, deswegen sie sich dan auch vf etliche actus referiren.

Was nun gleichwol hierinnen von vorigen amptleutten etwas mehr vfsicht vnd vleiss gebraucht worden sein solte, wir aber diss orts weniger nicht als zu Lorsch vnd Dürstatt der succession vf den hagenstolzen berechtigt, als wissen wir auch disfals vns voserer gerechtigkeit nicht zu begeben, jedoch lassen wir vns gleichwol anjetzt nicht zuwidor sein, weil es strittig vnd biss dahero etwas vngleich obseruirt vnd gehalten worden sein mag, das mit dem angemassten des verstorbenen negsten erben Hannssen Geuders hausfrawen gütlich gehandlet vnd nützliche vergleichung vf voser ratification getroffen, jns künfftig aber voserer obgesetzten erclerung allenthalben nachgegangen werden. jnmassen wir ein solches auch euch hiemit beuelhen.

Welches alles wir euch zu voserer resolution vnnd ewerer gewissen nachrichtung zuerkennen geben wollen, mit nachmaligem anbeuelhen, demselben vf zutragende fell also nachzusetzen.

Datum Heidelberg, den 16. May anno etc. 1600.

Ans ampt Starckenburg.

Derselbe Befehl erging mit einem kurzen Begleiterlass am gleichen Tag auch an das Amt Heidelberg.

Das Priamel.

Beiträge zur Volkspoesie.

Von

Karl Euling.

I.

Jede bestimmt ausgebildete eigenartige Poesie ist um so mehr, je natürlicher und spontaner sie entsteht, Produkt und Eigentum nicht einer Rasse, einer Völker- oder Sprachenfamilie, sondern einer nationalen Individualität und einer Sprache.
Comparetti.

Trotz aller romantischen und spekulativen Schwärmerei hat das deutsche Volk immer zugleich die Richtung auf das Praktische bewahrt. Ein Lessing war aller Romantik und Mystik abhold, und Herder sah den poetischen Charakter der Deutschen wesentlich in Biedersinn und Hausverstand, in treuherziger Lehrhaftigkeit. Wenn nun auch das Zeitalter der Aufklärung, wie sich wieder in diesem Urteil zeigt, der Tiefe und Idealität deutschen Wesens nicht gerecht zu werden scheint, so beweist doch die Entwicklung der germanischen Litteratur von den Dichtern der Havamal bis Goethe eine so unverkennbar glänzende Begabung unsres Volkes für die Gnomik, wie sie, das indische vielleicht ausgenommen, kaum ein andres besessen hat.

Es ist mit Recht beklagt, dass in der litterarhistorischen Forschung die Gnomik, das wichtigste Kapitel einer nationalen Ethik, bisher verhältnismässig vernachlässigt wurde. Allerdings wandte schon Wilhelm Grimm seine liebevolle Sorgfalt der Spruchdichtung Freidanks zu, und Hermann Paul hat an Wilhelm Grimm wieder angeknüpft. Uhland gab in seiner bewunderungswürdigen Abhandlung über die deutschen Volkslieder manchen lehrreichen Einblick in die Stoffgeschichte der germanischen Gnomik, Müllenhoff behandelte mit charaktervoller Gründlichkeit

das Meisterwerk altnordischer Didaktik. Aber die Geschichte der Ge-
samtentwicklung dieses Litteraturzweiges ist bis heute noch ungeschrieben und wird es vielleicht noch lange bleiben.

Über die Bedeutung der Gnomik für die Geschichte der Litteratur
täuschte man sich nicht. Schon der gelehrte Benediktiner Sarmiento
hat die Theorie aufgestellt, alle poetischen Formen seien aus gnomischer
Poesie herzuleiten [1]); sicher eine Übertreibung, in der aber Spaniens
erster Litterarhistoriker den gesunden Kern nicht hätte übersehen sollen.
In Deutschland war es wieder Herder, der früh auf die Bedeutung gnomischer Dichtung für Poetik und Litteraturgeschichte hinwies. „Wollen
wir je,“ sagt er im Anschluss an das Epigramm,[2]) „eine philosophische
Poetik oder eine Geschichte der Dichtkunst erhalten: so müssen wir
über einzelne Gedichtarten vorarbeiten und jede derselben bis auf ihren
Ursprung verfolgen.“ Unter philosophischer Poetik verstand er dabei
nicht die begriffsfrohe und thatsachenscheue graue Scholastik unsrer
grossen und kleinen Kompendien, sondern ein wirklich entwickelndes
Verfahren.[3])

Nun sind ja in unsren Tagen Versuche genug gemacht worden, die
Poetik entwicklungsgeschichtlich (evolutionistisch, wie man zu sagen
pflegt,) und psychologisch zu behandeln. Aber die Schwierigkeit scheint
eben darin zu bestehen, die Entwicklung von innen heraus zu verfolgen,
ohne allgemeine, vorher gefasste Ideen äusserlich an die Objekte heran-
zutragen. Man müsste die Thatsachen mehr zu Worte kommen lassen,
die Dinge selbst Rede zu stehen zwingen und im Sinne Goethischer
Ästhetik[4]) das Allgemeine im Besonderen suchen, nicht umgekehrt.
Meistens ist jene sogenannte evolutionistische Poetik, ohne es zu wollen, nur eine andre Auflage der ästhetisch-philosophischen Litteraturgeschichte; vor dieser zu warnen ist ja heute üblich[5]); weniger leicht
dürfte es sein, ihre Fehler zu meiden. Es bedarf zunächst wohl der
abwartenden Ruhe des experimentierenden Physikers, der leidenschafts-
losen Objektivität des historischen Forschers. Dabei gilt es, den prägnanten Punkt zu finden, aus dem sich möglichst Vieles ableiten lässt
„oder vielmehr, der vieles freiwillig aus sich hervorbringt.“ In diesem

1) Eberts Jahrbuch für romanische und englische Litteratur 2, 46. 71.
2) Suphan 15, 395.
3) In der ersten Auflage und in der Handschrift lautete die Stelle: „Wollen
wir je eine philosophische Poetik oder eine wahre Geschichte der Dichtkunst erhalten“ u. s. w.
4) Anzeiger für deutsches Altertum 16, 314.
5) Vgl. z. B. R. M. Meyer, Goethe. Berlin 1895, S. 608.

Sinne wiegt Karl Büchers epochemachendes Buch über Arbeit und Rhythmus eine ganze Bibliothek von Poetiken. Es charakterisiert die Unzulänglichkeit der landläufigen Litteraturbetrachtung, dass ihr gelehrter Fachwerkbau für ein Gebilde, wie den Vierzeiler, keinen Platz hat. Vielleicht weist gerade dieses elementare Verschen einen Weg, um über die Kluft zu gelangen, die ein geistvoller Beurteiler Büchers zwischen der Arbeits- und Spielpoesie einerseits, und der höheren Kunstpoesie auf der andren Seite treten lässt.[1]) Richard Gosche scheint dieser Weg in ahnenden Gedanken vorgeschwebt zu haben, wenn er einmal aussprach: „Die Betrachtung der einzelnen Litteraturformen in ihrer geschichtlichen Entwicklung ist durch die Herrschaft einer einseitig formulierten Ästhetik, welche allgemeine Begriffe, das heisst hier Bezeichnungen von gleichmässig ausgebildeten, grossen Gattungen an die Spitze ihrer Untersuchungen stellte, in falsche Bahnen gelenkt worden. Die geschichtliche Forschung hat hier wie bei allen praktischen Reihenfolgen das Elementare aufzusuchen, und die Litteraturgeschichte wird dies bei sorgfältiger und unbefangener Untersuchung in jener Form der rednerischen Darstellung[2]) finden, welche wir einfach als Spruch im weiteren Sinne bezeichnen können. Dieser Spruch, welcher weder ganz Poesie noch ganz Prosa, weder episch noch lyrisch noch dramatisch ist, wird in der Litteraturgeschichte dieselbe Stelle einzunehmen berechtigt sein, welche die Wissenschaft von der organischen Natur der Zelle angewiesen hat."[3]) Wenn es gilt, in vergleichendem Verfahren, wie Dilthey[4]) anregt, gleichsam zu Urzellen, zu primären und einfachen Lebensformen der Poesie aufzusteigen, kann vielleicht der einfache Volksspruch eine Rolle spielen; und wenn gar der epigrammatische Spruch das konzentrierteste Produkt der Poesie überhaupt sein soll, wie Borinski[5]) will, so müsste doch vielerlei an ihm zu lernen sein; er müsste fast in die Mitte der allgemeinen Poetik rücken.

Besondre Beachtung hat bisher nur die kunstmässige Spruchdichtung gefunden. Meister der deutschen Philologie gaben dem Studium der Spruchdichtung Walthers Grundlage und Richtung, Koethe verfolgte die Spruchdichtung bis in den Meistergesang hinein mit ein-

---

1) Ulrich von Wilamowitz-Moellendorff, Deutsche Litteraturzeitung 21, 92.
2) Das würde im Sinne späterer Darlegung über Poesie und Musik zu berichtigen sein.
3) Archiv für Litteraturgeschichte 2, 277.
4) Dilthey, Die Einbildungskraft des Dichters S. 340.
5) Borinski, Deutsche Poetik § 66.

dringendem Scharfsinn; Inhalt und Kunstform. Entstehung und Ausbildung der poetischen Formen in der Didaktik waren bis dahin nur
stiefmütterlich behandelt, obwohl Versuche derartiger Betrachtung vorlagen; Hexameter, Sonett und Madrigal in Deutschland fanden ihre
Historiker. Den Zusammenhang jener Kunstdichtung mit der Volkspoesie hat man heute noch nicht erledigt; es werden immer neue Filia-
tionen sichtbar.

Zufall ist es nicht, dass Lessing und Goethe wieder auf die Gnomik des Mittelalters zurückgreifen, wie sie im 16. Jahrhundert für
Deutschland, wie für die übrigen Kulturländer des Westens, in grossen
Sammlungen kodifiziert war, den Nationalstolz aller sammelnden Völker
mit leichtbegreiflichen Übertreibungen weckend. Verhält sich Lessing
mehr aufnehmend der alten Gnomik gegenüber, deren veraltendes Gewand zu erneuern er sich begnügte, so läutert und durchdringt sie
Goethe mit höchster Freiheit und Kultur und gibt ihr die durchgei-
stigtste Form. So wird auch am Ende einer Geschichte der deutschen
Gnomik Goethe stehen, als der grösste Lehrer deutscher Lebensweisheit.

Der besondren Begabung unsres Volkes für die Gnomik verdankt
eine ihm eigene selbständige Kunstgattung ihre Ausbildung, das Priamel; [1] als klassisches Epigramm des 15. Jahrhunderts ein Erzeugnis
Nürnberger Kleinkunst; keineswegs bloss acumina, pointes, maximes;
nicht nur blitzendes Aperçu, schemenhafte Aufschrift, pointiertes con-
cetto: sondern voll und reich aus- und durchgebildet zu einer, trotz
seiner engen Grenzen, fast universalen Kunstform; in seinen Grundlagen
von lebenskräftig unverwüstlichem Dasein, in seiner Vollendung so eigen-
urtig in dem Nährboden bestimmter, national-gebundener Kunst-, Denk-
und Vorstellungsart wurzelnd, dass jeder Vergleich mit verwandten Erscheinungen unzulänglich erscheint.

Seit dem bekannten Brief, [2] den Lessing am 10. Januar 1770 über
die geplante Herausgabe deutscher Volksgedichte an Herder schrieb,
spricht man in Deutschland wieder von dem Priamel. Die altberühmte
Wolfenbütteler Bibliothek beherbergt ausser kleineren, freilich wert-
volleren Priamelhandschriften eine grosse Sammelhandschrift (2. 4. Aug.
fol.) der späteren Nürnberger Schule und eine überaus reiche Folge
alter Lautenbücher, deren Wert für die Musikwissenschaft täglich

1) Das seit Lessing übliche Femininum hält, wie sich später ergibt, den Thatsachen historischer Bezeugung gegenüber für das 15. Jahrhundert nicht stand.
2) Redlich 20, 1, 775.

steigt. Eschenborg betont ausdrücklich, dass er das Wort Priamel sehr
oft in den Überschriften alter poetischer und musikalischer Stücke
finde.[1]) Dass Lessing die Hainhoferschen Sammlungen, die Lautenbücher
der Gerle, Newsiedler, Ochsenkuhn und wie sie alle heissen,[2]) entgangen
wären, ist kaum möglich; er spricht aber nicht davon.[3]) Das war Lessings Material, als er das Priamel wieder entdeckte. Es ist zu bedauern,
dass Lessing wie Eschenburg sich fast durchweg mit der bequemen
grössten Sammelhandschrift begnügten, die allerdings den Namen am
häufigsten enthält, und dass sie das alte musikalische Priamel nur aus
späteren Tabulaturen kannten. Die älteren fehlen in Wolfenbüttel. So
kam es, dass Lessing und Eschenburg das echte Priamel in seiner ursprünglichen Gestalt nur streiften, und meist dem Wust sehr fragwürdiger
Produkte der späten Nürnberger Schule die Ehre widerfuhr, eines Lessing
Aufmerksamkeit zu erregen und die erste Veröffentlichung zu erleben.
Es war Echtes und Unechtes, Altes und Neues, viel Schutt, weniger
edles Gestein, alles bunt durcheinander gewürfelt, und hat bis heute
das Urteil verwirrt. So kam es aber auch, dass sich in der Bezeichnung
der Gattung das neuere Femininum „Die Priamel" einstellte. Mit dem
Modewort wusste Niemand recht, wohin. Noch Daechtold und Comparetti scheinen es nur auf dem Umweg durchs Französische oder etwa
das Niederländische kennen gelernt zu haben. Handschriftlich bezeugt
ist im 15. Jahrhundert nur das Neutrum,[4]) das 16. Jahrhundert kennt
auch das Masculinum,[5]) das Französische, und zwar schon im Mittelalter, und deutsche Mundart entwickelten das Femininum. Veröffentlicht hat Lessing selbt vom Priamel nichts, Eschenburg fixierte den
für die Blütezeit der Gattung unhistorischen Gebrauch des Femininums.
Der grosse Kritiker, der immer erst während des Druckes die Arbeit
abschloss, hätte wahrscheinlich doch den Fehler gesehen. Die Priamel-
form der volkstümlichen Dichtung wirkt noch in seiner epigrammatischen
Poesie nach, ohne dass er davon weiss;[6]) so fesselten jene entdeckten
kleinen poetischen Gebilde ihn lebhaft.

1) Zur Geschichte und Litteratur 5. 188.
2) Der vorläufigen Orientierung dient Vogels Katalog.
3) Auch Muncker ist es nicht gelungen, eine Spur der „längst verschollenen"
handschriftlichen Papiere Lessings zu finden. Es ist also nicht festzustellen, wofür
Lessing, wofür Eschenburg allein verantwortlich gemacht werden muss.
4) Schon Wendeler hat das festgestellt: De praeambulis S. 21 Anm. 2.
5) Siehe Kapitel III.
6) Auf einiges derart hat Köster zu Schönaichs Neologischem Wörterbuch
S. 564 hingewiesen.

Herder empfahl und erläuterte den Fund; aber er war doch besser in der griechischen Anthologie als in der Kleinkunst des 15. Jahrhunderts zu Hause. Er rechnete die Priameldichtung zum Meistergesang; in den deutschen Zünften sollte diese Form ausgebildet sein, und zwar zum Handwerkeleisten.[1] Kein Wunder, dass Goethe fast vergass, für ein ihm übersandtes Priamelmanuskript zu danken, und in den angeblichen Meistersprüchen nur ein Spiel mit den platten Lebens- und Handwerksbegriffen sah. Aber das, worauf es ankam, hatte Herder doch erkannt, freilich nicht mit Priameldichtung in Verbindung gebracht. Er hatte gewünscht, dass wir von mehreren sinnlichen Völkern, statt Beschreibungen über den Geist derselben, Proben ihres kindlichen Witzes, ihres sich übenden Scharfsinns in Sprichwörtern, Scherzen und Rätseln hätten, wir hätten damit die eigensten Gänge ihres Geistes — gerade diese Dinge gehören zum Heiligtum einer Sprache. Seitdem dann Jakob Grimm im Jahre 1812 mit einem kräftig gesunden Protest[2]) gegen den unechten Namen „der Priamel". von der Gattung gerühmt hatte, die ältesten und erhabensten Priameln habe Odin selbst in dem göttlichen Havamal gesungen, hat das Priamel nicht aufgehört Forschung und Liebhaberei zu beschäftigen.

Den Vorsprung gewann, wie jedesmal, die edle Liebhaberei. Das umfassende Programm des Wunderhorns schloss auch die Spruchpoesie

— · · ·

1) Suphan 16, 278. 226 (Andenken an einige ältere Deutsche Dichter 6): „Warum ich von den Meistersängern noch nicht gesprochen? Weil sie mir oft herzliche Langeweile gemacht haben". 227: „Da ist auch kein Seelenerhebender Ton, keine Gegenwart der Dinge, kein plötzlicher begeisternder Augenblick (denn wie konnte der in ihre Zünfte gelangen?) merklich". — „Erlauben Sie also, dass ich vom grossen Uebel mir das kleinste wähle, mithin auf die geistlichen und weltlichen Schwänke der mehreren Meistersänger Verzicht thue und mich an ihre Grösse und Sprache halte. Sie wissen, die Meister sagen einander vor der Lade den Gruss; der Geselle hat seinen Spruch. Solche Grüsse und Sprüche hat auch die Meistersängerzunft fleissig gehandhabet". In der Anmerkung: „Eine Sammlung derselben war diesem Briefe beigelegt; sie mag indem auf einen andern Ort warten". Am 21. August 1788 bittet er Karoline: „Das Manuskript, das ich an Goethe eingesiegelt habe, lass Dir von ihm geben und bewahre es auf. Es sind alte deutsche Sprüche und Priameln". Goethe an Herder, September 88: „Fast hätte ich vergessen, Dir für die Meistersängersprüche zu danken. Es ist sehr artig zu sehen, wie sie mit den platten Lebens- und Handwerksbegriffen gespielt haben." Suphan S. 629. Goethes Briefe, Weimarer Ausgabe, 9, 19. Aus Ernst Jennys Ausführungen (Goethes altdeutsche Lektüre, Basel 1900, S. 40 ist nicht zu entnehmen, dass es sich um Priamel handelt.

2) Auch gegen die französische Form Bergmanns La priamide protestiert Gaston Paris in der Revue critique 1868. Nr. 39. S. 193: „La forme française adoptée par M. B. ne me paraît pas excellente".

ein. „Was der Reichtum unsres ganzen Volkes, was seine eigene, innere
lebende Kunst gebildet, das Gewebe langer Zeit und mächtiger Kräfte,
den Glauben und das Wissen des Volkes, was sie begleitet in Lust und
Tod, Lieder, Sagen, Kunden, Sprüche, Geschichten, Prophezeihungen
und Melodien, wir wollen Allen Alles wiedergeben, was im vieljährigen
Fortrollen seine Demantfestigkeit bewährt, nicht abgestumpft, nur farbe-
spielend geglättet, alle Fugen und Ausschnitte hat zu dem allgemeinen
Denkmale des grössten neueren Volkes, der Deutschen.“ [1]) Vieles wurde
allmählich durch den Druck zugänglicher gemacht, wenn auch meist
ebenso unkritisch als ungeniessbar, manches auch schon übersetzt und
weitesten Kreisen zu vermitteln gesucht. Mit heller Freude wurde in
den reichen Schätzen unsrer Vorzeit gekramt, und die Liebhaber eines
triftigen Sinnes in ungekünstelten Worten machten vielgekaufte Blüten-
lesen für diejenigen, „welche die Wege und Stege zu den im köstlichsten
Feldblumenschmuck prangenden Gemeindetriften deutschen Witzes und
deutschen Gemütes nicht verschmähten und an frisch und kräftig her-
vortretender Eigenart der Sprach- und Denkweise unsrer Altvordern
Lust und Erquickung fanden“. Das Publikum bekam wieder Urväter
Hausrat in die Hände, und nicht ohne Grund konnte man hoffen, dass
dessen sinn- und gemütvolle Bedeutung verständnisvoll von allen gewürdigt werde, die „mit Liebe und Lust den Spuren unsrer in der Geschichte so energisch sich entwickelnden Nationalität nachzugehen wissen“.
Es schien sich bereits zu verwirklichen, was Herder prophezeit hatte:
„Mich dünkt, ich sehe eine Zeit kommen, da wir zu unsrer Sprache, zu
den Verdiensten, Grundsätzen und Endzwecken unsrer Väter ernster zurückkehren, mithin auch unser altes Gold schätzen lernen.“ [2]) Bald
war aus Lessings Plane, „Altdeutschen Witz und Verstand“ herauszugeben, eine kleine Bibliothek herausgewachsen. An den Witz und Verstand reihten sich Weisheit und Witz, Altdeutsches Herz und Gemüt,
Altdeutscher Schwank und Scherz, Kabinettstücke in Liebhaberausgaben,
Sammlungen von feinem Geschmack und geradem Urteil. Wie treffend
spricht Sandvoss von der Form! „Es sind Reimsprüche“, sagt er von
seiner Sammlung, „deren meist kunstlose Form aber doch reine i n n e r e
Form ist, gewachsene Rinde gleichsam, statt der bloss hart gewordenen
Borke der in eine feste Matritze gekneteten Paprika-Käschen moderner
Witzbolde“. [3]) Riehl und v. Radowitz gaben dem Volksepigramm seinen

1) Des Knaben Wunderhorn I, 463 der ersten Originalausgabe.
2) Suphan 16, 133.
3) Xanthippus, Gute alte deutsche Sprüche. Berlin 1897, S. VIII.

Platz an der Seite des Volksliedes, und der grosse Kulturhistoriker meint,
der Hausschatz deutscher Sprachverse sei in seiner Art nicht minder
reich an lauterem Gold wie das eigentliche Volkslied.[1] Die naive grund-
satzreiche Unbeholfenheit[2] dürfte nicht abschrecken. Die simple Spruchweisheit, die in der Lieder- und Bücherflut unsrer Tage ganz von selber
ersäuft, fand Freunde wie Otto Sutermeister, der dem Hausspruch die
unübertroffene Charakteristik widmet.[3] „Auch er zählt mit als Ausfluss
einer im Ganzen gesunden, gescheiten und frommen Denkweise; auch
er ist in der Geschichte des deutschen Hauses ein Moment voll sittlichen
Gehalts, ist über Thür und Bank, auf Hauswand und Dachbalken, an
Ofen, Bett und Kasten, und wo er sich sonst noch niedergelassen, ein
redender Zeuge sittigender Macht der Poesie in vielfach verlassensten
Menschenkreisen."

Dagegen war die wissenschaftliche Priamel-Forschung entschieden
im Rückstand. Sie tastete zwischen den fingierten Polen der sogenannten
Volksdichtung und Kunstpoesie hin und her, um schliesslich in Verwirrung auszulaufen.[4] Selten trat Jemand gegen die unhistorische Richtung
misslungener Erneuerungen auf, wie ihrer Zeit die Grimms sich gegen
die Verfasser des Wunderhorns gewandt hatten, die Altes nicht als Altes
wollten stehen lassen, ein Verfahren, das als Notwendigkeit für die Zeit
ein Irrtum, und für das Studium der Poesie ein Ärger.[5] Man bemühte
sich mit Einfällen, Scharfsinn und Gelehrsamkeit aus dem Namen des
Priamels sein Wesen zu erraten, wandte sich Aufschluss suchend an die
indische, hebräische, lateinische Litteratur, an die Geschichte der Universitäten, an die Fechtkunst, an die Predigt, und versäumte nur eins:
seine wirkliche Geschichte — eine einigermassen vollständige Sammlung

---

1) Über Hausinschriften. W. H. Riehl, Die Familie, 9. Aufl. Stuttgart 1882.
S. 198 ff. „Zeigt uns das Volkslied zumeist die Poesie der Ruhe, des Genlessens
und Geniegens, so führt uns Sitte, Sage und Spruch auf hundert versteckten Pfaden
zur Erkenntnis der Arbeitslust und Arbeitsehre, die unserm Volke nicht minder
ins innerste Leben gewachsen ist." Riehl, Die deutsche Arbeit * S. 149.

2) R. Falck, Deutsche Inschriften an Haus und Geräth. Zur epigrammatischen
Volkspoesie. Berlin 1865. S. V.

3) Otto Sutermeister, Schweizerische Haussprüche. Ein Beitrag zur epigrammatischen Volkspoesie aus der Landschaft Zürich. Z. 1860. S. VII, IX.

4) Freilich ist mir Niemand bekannt, der den Ergebnissen Uhls zugestimmt
hätte.

5) Briefwechsel zwischen Jakob und Wilhelm Grimm aus der Jugendzeit hg.
von Herman Grimm und Gustav Hinrichs. Weimar 1881. S. 98. Philipp Strauch
in der Deutschen Litteraturzeitung 1893, 366.

des Materials,[1]) eine treue Analyse und historisch zusammenhängende
Behandlung. Nur so erklärt es sich, dass noch heute auf diesem Gebiete der Forschung die schroffsten Gegensätze unvermittelt gegen einander stehen. Hier spricht und handelt man ausführlich von ‚Priameln‘
in der Weltlitteratur,[2]) dort wird in den gründlichsten Darstellungen
deutscher Litteraturgeschichte das Priamel entweder mit der grössten
Zurückhaltung erwähnt oder als Rührmichnichtan behandelt.[3]) Hier
wird das Priamel zu eng[4]) definiert, dort[5]) zu weit; hier lässt man nur
eine Hauptform des klassischen Priamels gelten,[6]) dort soll jeder Witz
schon ‚eine Priamel‘ sein.[7]) Hier wird es mit vielen alten Gattungen
zusammengeworfen,[7]) dort, unfruchtbar isoliert,[8]) ganz für sich betrachtet.
Hier wird es für eine Gattung urgermanischer Spruchweisheit gehalten,[9])
und man glaubt sogar ‚eine urgermanische Priamel‘ nachgewiesen zu
haben,[10]) dort leugnet man jede Spur ‚der Priamel‘ auch in der altdeutschen Dichtung bis gegen das 12. Jahrhundert.[11]) Bei solcher Verwirrung kann nur eine vorurteilslose, aber auf wirklicher Kenntnis des
Materials beruhende geschichtliche Betrachtungsweise Forschung und
Urteil auf die richtige Grundlage stellen. Erhebt man wirklich im
Sinne Herders die Frage nach dem Ursprung dieser poetischen Form,

1) Eine mit Unterstützung unserer höchsten Unterrichtsbehörde unternommene
Studienreise, auf systematische Durchforschung der wichtigsten süddeutschen und
österreichischen Bibliotheken gerichtet, lieferte manche Ergänzung.

2) Zum Beispiel: Bergmann, La priamèle dans les différentes littératures an-
ciennes et modernes. Strasbourg et Colmar 1868, S. 9 ff. Separatabdruck. Goedeke,
Archiv für Litteraturgeschichte 2, 230; aber er verklausuliert seine Zustimmung. Uhl,
Die deutsche Priamel. Leipzig 1897, S. 120 ff. ohne Einschränkung.

3) Z. B. Gervinus 11⁵ 126, Scherer, Litteraturgeschichte S. 254, Deutsche Studien I 315 ff. Ettmüller, Handbuch S. 263.

4) Z. B. Wackernagel, Litteraturgeschichte 1⁴, 368. Golther, Geschichte der
deutschen Litteratur 1, 304.

5) Z. B. Kluge, Etymologisches Wörterbuch,⁶ 303. Marc Monnier, Litteraturgeschichte d. Renaissance (Deutsche autorisierte Ausgabe. Nördlingen 1888), S. 200.
Werner, Lyrik und Lyriker S. 515 f.

6) Z. B. Herder, Suphan 15, 121 ff. Ehrismann, Anzeiger für deutsches Altertum 23, 165 ff.

7) Schild, D'r Grossätte us'em Leberberg 3⁵, 46. Uhl, Die deutsche Priamel 117.

8) Vilmar, Geschichte der deutschen Nationallitteratur, 14. Auflage, S. 268. —
Goedeke, Grundriss 1⁴, 304. Grasaberger, Die Naturgesch. des Schnaderhüpfels 54.

9) J. Grimm, Kleinere Schriften 6, 103.

10) R. M. Meyer, Die altgermanische Poesie 434. Man spricht unbedenklich
von ‚der Priamel‘ als poetischer Gattung in altgermanischer Litteratur: W. Grimm,
Freidank CXXII; Uhland, Schriften 2, 526; Mullenhoff, DAK. 5, 277; Scherer und
seine Schule; Kelle, Geschichte der deutschen Litteratur 1, 188.

11) Koegel, Geschichte der deutschen Litteratur I⁴, 182.

so erweitert sich das Problem zu einem fast ins unbegrenzte verlaufenden und gewinnt ein beträchtliches entwicklungsgeschichtliches Interesse.

Dabei scheint zunächst auch hier der richtige Weg, über das, was
das Leben seinen Bedürfnissen gemäss geschaffen hat, das Leben selbst
zu befragen und auch das Eingehen auf poetische Formen der sogenannten
Natur- und Halbkultur-Völker nicht zu scheuen.[1]) Was die Erzeugnisse primitiver Volksdichtung an poetischem Wert entbehren, ersetzen
sie durch ihren wissenschaftlichen, welcher der älteren Geschichte unsrer
Volksdichtung und der Entwicklungsgeschichte zu Gute kommt. Auch
auf den Inhalt kommt es dabei oft nicht an. Gewiss, nach lauem Wasser
kann kein Mund je wässern, und nach A. W. Schlegels Wort mit Gustav
Meyer im Dreck der Menschheit zu patschen, ist kein Vergnügen; aber
bisweilen sind solche Erzeugnisse uralter Tradition für die Geschichte
der Form am lehrreichsten. Nichts liegt uns ferner als damit dem
Leser, was sich Goethe energisch verbat, glorios zu Leibe zu rücken.

Das Phantom eines in mystischer Unfassbarkeit dichtenden Volks-
geistes[2]) wird unsern Weg nicht kreuzen, obwohl sich gerade beim Priamel
so recht ein Hauptcharakterzug der Volksdichtung wirksam erweist: die
Beteiligung und (der Überlieferung gegenüber) autoritative Bethätigung
Aller. Die gelehrte Forschung bedarf ihres Korrektivs durch das Leben,
schon deshalb ist die Volkskunde nicht zu entbehren. Aber sie kann
vielleicht noch mehr leisten, wenn es gelingt, Volkskunde und Litteraturgeschichte in engere fruchtbarere Verbindung zu setzen, aus jener diese
zu erläutern, dadurch die Grenzen der Litteraturgeschichte zu erweitern,
ihr Gebiet zu bereichern. Erst aus dieser Vereinigung wird eine wirkliche Geschichte der deutschen Geisteskultur hervorgehen.[3])

Freilich bleibt auf dem Gebiete einer zum Teil ungeschriebenen
Litteratur vieles, besonders das Chronologische, problematisch, und wie wenig
zwingend manche Schlüsse hier sind, weiss derjenige, der ihr Zustandekommen mit einiger Aufmerksamkeit beobachtet hat. Aber das bringt,

1) Zur Methode: M. Buch in den Sitzungsberichten der gelehrten estnischen
Gesellschaft in Dorpat 1883 S. 133 und die glänzenden Ausführungen Scherers im
Anzeiger 1, 180. Dagegen z B. Eugen Wolff, Poetik S. 27 f. Borinski, Deutsche
Poetik S. 19 f.: durch Büchers Erfolg widerlegt. Grosse, Die Anfänge der Kunst
S. 222 ff. Bücher, Arbeit und Rhythmus[4] S. 343.

2) Die Realität der Volksseele rettet Wundt, Völkerpsychologie I 1, 9 ff. —
Vierkandt, Naturvölker und Kulturvölker S. 86.

3) Beachtenswert sind die Bemerkungen Vogts im Vorwort zu den Schlesischen
Weihnachtspielen S. IX. Unsere obigen Sätze sind schon vor vielen Jahren geschrieben.

wie bei aller Volksdichtung, die Natur des Gegenstandes mit sich; man wird deshalb nicht auf Berücksichtigung unlitterarischer Poesie verzichten können.

Ebenso bedenklich, aber auch ebenso lohnend ist die Heranziehung fremder Litteraturen. Alle Volksdichtung hat etwas zeitlich und räumlich Konstantes, ebenso sehr dem sich selbst treuen Geiste eines grossen Volkes als der geistigen Einheit verwandter Völkerfamilien entsprechend. Daraus ergibt sich ein Überwiegen des Zuständlichen über das Individuelle und für die Forschung eine wenigstens theoretische Möglichkeit internationaler Zusammenhänge. In der That ist es unumgänglich nötig, das Eigne durch Fremdes, soweit es verwandt, zu erläutern, und frühere Litterarhistoriker haben die fragmentarischen und leicht gezimmerten Gerüste ihrer Konstruktionen bis tief in die Litteraturen des Ostens hineingebaut. Im Gegensatz zu dieser Richtung wurde hier bei der Vergleichung zunächst das Erkennen des Besonderen angestrebt, und lieber das Beispiel eines Grimm, Mommsen, Comparetti befolgt als die heute beliebte etwas skrupellose Methode, ohne rechte Ergebnisse Alles mit Allem zu vergleichen.

Man wird vielleicht den Nutzen problematisch finden, den litteraturgeschichtliche Betrachtungsweise gelegentlich aus den Ergebnissen Goetheschen Denkens zu ziehen gesucht hat. Es ist wahr: historisch im Sinne der historischen Einzelforschung hat Goethe selten gedacht. Seine Kenntnisse von altdeutscher und altgermanischer Litteratur kann heut jeder Student korrigieren. Aber es gibt eine höhere Art historischer Auffassung, die aus dem Geiste unsers grössten Dichters spricht, wenn sie auf Grund einer in der Art nie wieder erreichten weltumfassenden und harmonischen Bildung intuitiv die Anfänge aller Poesie mit den höchsten Errungenschaften des poetischen Genius verknüpft. Dem Tiefsten und Verborgensten, was bloss gelehrter Forschung meist unerklärt entgehen muss, ist niemand so nahe gekommen, wie er. Wir sind ihm um so lieber nachgegangen, als er uns von der Last befreit, die Jahrhunderte gelehrt dogmatischer Aesthetik auf die Gegenwart gehäuft haben.[1]

Eine Geschichte des Priamels kann, abgesehen von allen individuellen Momenten, auch im allgemeinen Goethes Forderungen noch nicht erfüllen, wenn er die Maxime aufstellt: „Die Pflicht des Historikers ist zwiefach: erst gegen sich selbst, dann gegen den Leser. Bei sich selbst muss er genau prüfen, was wohl geschehen sein könnte, und um des

[1] Vergl. Scherer, Poetik 289.

Lesers willen muss er festsetzen, was geschehen sei. Wie er mit sich
selbst handelt, mag er mit seinen Kollegen ausmachen; das Publikum
muss aber nicht ins Geheimnis hineinsehen, wie wenig in der Geschichte
als ausgemacht kann angesprochen werden." Vielmehr ist bei dem
heutigen Stande der Forschung eine solche, glatte Darstellung unmöglich; auch in diesem Falle kann nur die Verbindung von Untersuchung
und Darstellung zum Ziele führen.

Hoffentlich gereicht es der Untersuchung nicht zum Nachteil, dass
die Beispiele so reichlich gegeben sind. Zunächst sind sie zur Begründung der aus ihnen gezogenen Schlüsse nicht zu entbehren, besonders
wenn es sich darum handelt, die Struktur dieser Gebilde der Volkspoesie zu beurteilen; [1] dann war aber auch bei der ungeheueren Ver-
zettelung des Materials für die eine oder andre Periode des engeren Ge-
bietes annähernde Vollständigkeit der Belege erwünscht. Jakob Grimm
meint einmal: „Es wäre eine schwere, aber würdige Arbeit, alle Kraft
altdeutscher Sprüche in einem Band zusammenzufassen." [2] Mehr als
irgend eine andre ist die Priamellitteratur das Fragment der Fragmente;
aber wer in romantischer Trauer um das Verlorene die Vergangenheit
um ihren Reichtum beneidet, verschliesst Aug und Ohr für die Gegenwart. Es trifft nicht zu, dass während der Reformation auch dieser
Nibelungenhort des volkstümlichen Spruchschatzes in den Rhein sank.
zur Zeit, als die Bauern Psalmen sangen, selbst wenn sie betrunken waren. [3]
Sondern auch heute noch strömt der Quell deutscher Volkspoesie voll
und reich, wie je; nach den jüngsten Erfolgen einer gründlichen Erforschung bedürfen die gewöhnlichen Vorstellungen über das viel beklagte
Verschwinden volkstümlicher Überlieferungen einer vollständigen Umgestaltung.

Der deutsche Volksspruch im eminentesten Sinne, das Priamel, über-
dauert alle Formen der volkstümlichen Spruchdichtung und besteht bald
die Probe eines Jahrtausends, während der Parzival, der Tristan, das
Entzücken einer ausgesuchten hochstehenden kleinen Gesellschaft in der
kurzen Blütezeit höfischer Kunst nach wenigen Generationen um ihre
Wirkung gekommen waren.

---

1) Vergl. Bücher, Arbeit und Rhythmus S. VII f.
2) Kleinere Schriften 6, 103.
3) Baslerische Kinder- und Volksreime aus der mündlichen Überlieferung gesammelt. Basel 1857. S. IV.

Bettine von Arnim

und ihr Briefwechsel mit Paulino Steinhäuser.

Ludwig Geiger[1]) hat unlängst die vielseitigen, trotz alles Gegensätzlichen im Grunde doch auf innerster Wesensverwandtschaft beruhenden Beziehungen Bettinens von Arnim zu König Friedrich Wilhelm IV in anziehender Weise gewürdigt und sich ein Anrecht auf den Dank aller gebildeten Kreise erworben, indem er ihre bedeutsamen und inhaltreichen Briefe an den König erstmals veröffentlicht hat, — Briefe, die uns einen tiefen Einblick in die Eigenart einer der geistvollsten deutschen Frauen gewähren und von einer hohen, idealen, menschenfreundlichen Gesinnung nicht minder, wie von einem seltenen Freimut in beredter Sprache zeugen. Es wird darin auch der gemeinsamen Bestrebungen, die Bettine mit dem Bildhauer Karl Steinhäuser verbanden, vorübergehend gedacht. Ein günstiger Zufall hat es gefügt, dass mir in eben den Tagen, da das Buch erschien, mit dem handschriftlichen Nachlasse des Künstlers[2]) eine Anzahl von Briefen in die Hände fiel, die Bettine an ihn und seine Gattin gerichtet. Wenn gleich auch hier, wie in der Geiger'schen Publikation manches verloren, manche Lücke zu beklagen ist, so genügt das Vorhandene doch, um das freundschaftliche Verhältnis, das zwischen briden Teilen lange Jahre hindurch bestand, und ihr eifriges Zusammenwirken in einer wichtigen, weite Kreise des Volkes bewegenden künstlerischen Angelegenheit genauer er-

1) L. Geiger: Bettine von Arnim und Friedrich Wilhelm IV. Frankfurt a. M., Litterar. Anstalt, 1902, 220 S, 8°.

2) Im Besitze des Herrn Prof. Dr. M Rosenberg in Karlsruhe, dem ich für die freundliche Überlassung der Briefe auch an dieser Stelle meinen verbindlichsten Dank auszusprechen habe.

kennen und verfolgen zu lassen, manches Gehässige und Unwahre aber,
was darüber verbreitet worden ist, zu widerlegen. Hermann Grimm hat
einmal von Bettinens Schriften gerühmt, dass sie zum Schönsten gehören, was je in deutscher Sprache geschrieben worden sei. Das ist
wohl etwas zu viel gesagt. Aber dass die seltene Frau, der ein Goethe
einst bekannt, dass er ihr nichts zu geben vermöge, da sie sich selbst
alles schaffe oder nehme, in ihren Briefen ihr Bestes geboten, das werden auch die vorliegenden Schriftstücke erweisen, in denen sich, wie in
allem, was ihrer Feder entstammt, der volle Reichtum ihres Geistes und
Gemüts offenbart, und ihre Mitteilung dürfte daher auch als ein bescheidener Beitrag für eine künftige Biographie Bettinens willkommen sein.

Die Beziehungen der Steinhäusern zu dem Hause Arnim reichen
zurück in den Anfang der dreissiger Jahre. Als Karl Steinhäuser[1])
nach Berlin kam, stand er noch im jugendlichen Alter. Er war geboren zu Bremen am 3. Juli 1814.[2]) Sein Vater, ein tüchtiger Bild-
schnitzer, hatte frühe die fränkische Heimat verlassen, war zur Ausbildung in seinem Berufe weit in der Welt herumgewandert und hatte
dann in der Hansestadt sein Heim gegründet. In Kopenhagen, wo er
die Eltern Bertel Thorwaldsens kennen gelernt, war er einst Zeuge gewesen der tiefen Rührung, mit der die schlichten Leute die Nachricht
von dem ersten grossen Erfolge ihres Sohnes vernommen. Mit freudigem Stolz hatte auch er in dem eigenen Knaben, dem er in seiner
Werkstätte die erste Anleitung erteilt, vielversprechende künstlerische
Anlagen entdeckt und nach Kräften zu fördern gesucht. Die ersten
Modellierungsversuche Karls fanden ermunternden Beifall; er erhielt vom
Senate den Auftrag, die Büste des Astronomen Olbers nach dem Leben
zu modellieren, und Christian Rauch war von dem Modelle so befriedigt,
dass er darnach die Ausführung in Marmor übernahm und den talent-
vollen jungen Künstler einlud, als Schüler in sein Atelier einzutreten.
So erfolgte 1831 Steinhäusers Übersiedelung nach Berlin, wo er sich
unter Rauchs Leitung eifrig an den Arbeiten für die Kelheimer Wal-
halla zu beteiligen begann. Sein erstes selbständiges Werk, die Marmor-

---

1) Über Steinhäuser vergl. v. Weech, Bad. Biographien, 3, 181; Allg.
Deutsche Biographie, 35, 716; Nagler, Künstlerlexikon, 17, 390; Singer,
Künstlerlexikon, 4, 335. Die in diesen Werken enthaltenen Angaben sind übrigens
vielfach dürftig und unrichtig; ich folge hier im wesentlichen der Lebensskizze, die
der Architekt H. Müller bei der Trauerfeier für Steinhäuser im Bremer Künstler-
verein gegeben hat (Bremer Courier vom 25. Dez. 1879).

2) Nicht 1813, wie meist irrig angegeben wird. Auszug aus dem Totenbuch
der St. Stefanspfarrei zu Karlsruhe.

statue des „Krebsfängers", die in der Gefälligkeit der Komposition und
der sichern Behandlung der Formen schon die Vorzüge seiner späteren
Schöpfungen verriet, erregte Aufsehen und fand rasch einen Käufer.
Sein Name wurde genannt, seine Erfolge verschafften ihm Zutritt zu
allen kunstsinnigen Kreisen. So kam er auch in das Haus Bettinens,
in deren Salons sich damals alles versammelte, was auf Geist und Bildung Anspruch machte, und der Umgang mit der in künstlerischen
Dingen wohl bewanderten und feinfühlenden Frau, die seit ihren Mädchenjahren selbst gerne zeichnete, malte und modellierte, wirkte, wie berichtet wird, vielfach anregend und befruchtend auf die Seele des jungen
Bildhauers. Für die künftige Gestaltung seines Lebens aber wurde der
Verkehr in dem gastfreundlichen und kunstliebenden Hause vor allem
dadurch von Bedeutung, dass er an der Seite Bettinens eine junge
Malerin kennen lernte, Pauline Franke,[1]) und die tiefe Herzensneigung,
durch die sich beide einander verbunden fühlten, schon 1834 zur Verlobung führte. Die Tochter eines meklenburgischen Superintendenten,
aufgewachsen in den streng kirchlichen Anschauungen und Überlieferungen des Elternhauses, war sie nach Berlin gezogen, erfüllt von dem
glühenden Wunsche, ein unverkennbares Talent zur Reife zu bringen
und sich zur Künstlerin auszubilden. Die ihr später als der Gattin
Steinhäusers begegnet, rühmen an ihr reiche Gaben des Geistes und
Gemütes; „eine edle und hohe Seele, voll tiefer Frömmigkeit, voll Begeisterung für alles Erhabene, Echte und Schöne", — urteilt Wilhelm
Lübke.[2]) Diese Grundzüge ihres Wesens treten schon in ihrem Briefwechsel aus der Brautstandszeit hervor, vor allem der frommgläubige
Sinn, dem Religion und Liebe in eines verschmelzen, der in der Religion
das hohe Ideal erblickt, dem alle Kunst dienen müsse. Nach ihrer Gesinnung und ihrem künstlerischen Glaubensbekenntnisse steht sie wohl
ihrer hochverehrten Lehrerin Luise Seidler und Marie Ellenrieder am
nächsten,[3]) und ihrem Einflusse ist es zweifellos wesentlich zuzu-

---

1) Über Pauline Steinhäuser-Franke (geb. zu Güstrow 26. Dez. 1810, gest. zu
Karlsruhe 21. Juni 1866, Auszug aus dem Totenbuch der St. Stefanspfarrei) vergl.
Nagler, Künstlerlexikon, 27, 700; Singer, Künstlerlexikon, 4, 316; J. von Kopf.
Lebenserinnerungen eines Bildhauers, 54.

2) Wilh. Lübke an Paulinens Tochter, Frau M. Bellardi, 29. Juni 1866. Nachlass St.

3) Vergl. Uhde, Erinnerungen und Leben der Malerin Luise Seidler, 446, und
die dort mitgeteilte Stelle aus einem Briefe Paulinens. — In einem hübschen Aufsatze, dessen Konzept sich im Nachlass Steinhäusers befindet, hat sie ihre Anschauungen über die verschiedenen Kunstrichtungen ihrer Zeit niedergelegt. Die eigentliche
Bestimmung der Kunst erblickt sie hier in der „Heiligung und Verklärung der sinn-

schreiben, dass Karl Steinhäuser in den beiden letzten Jahrzehnten seines
Lebens sich vorwiegend der christlich-kirchlichen Kunstrichtung zuge-
wandt hat. Vertraut mit der Ideenwelt der Romantiker, hatte sie sich,
als sie nach Berlin kam, an Bettine angeschlossen; trotz dem Unterschied der Jahre begegneten beide sich in ihren Sympathien, und Bettine nahm sich der jungen Kunstnovize mit wahrhaft mütterlicher
Freundschaft an. Diese Beziehungen bestanden auch ungetrübt fort,
als Pauline Franke sich im Herbst 1834 durch häusliche Verhältnisse
gezwungen sah, ihren Berliner Studien schweren Herzens vorläufig zu
entsagen und in die Heimat zurückzukehren. Bald nach ihrer Abreise
hat Bettine der Freundin, deren Umgang sie schmerzlich vermisste, geschrieben: es ist der erste der vorliegenden Briefe, die mit einer Ausnahme sämtlich an Paulinens Adresse gerichtet sind. Er trägt das
Datum „am 15ten“ und fällt, wie die Ankündigung ihres Buches —
„Goethes Briefwechsel mit einem Kinde“ — lehrt, in einen der beiden
letzten Monate des J 1834. Die Klage um den Tod Schleiermachers,
dem die vielfach verkannte Frau vertraute und der sie verstand, klingt
in ihm noch nach. Durch ermunternden Zuspruch sucht sie die Freundin an ihren künstlerischen Idealen festzuhalten.

1.

Am 15ten [Nov. oder Dez. 1834].

*War wegen Paulinens kranker Schwester Auguste[1]) bei Dr. Stüler
und hat seinen Rat wegen Behandlung der Patientin eingeholt.*

Ich vermisse Sie sehr. Wären Sie hier, ich wäre schon zwanzig
mal bei Ihnen gewesen, obschon ich kaum zu mir selbst komme vor
vielen Besorgungen. Max[2]) und Armgard[3]) sind jetzt hier, und so
sind die Sieben Kinder an einem Tisch und hauen tüchtig in die Brocken
ein. Das ist ihre beste Kunst und dabei machen sie einen fürchterlichen Lärm, dass einem Hören und Sehen vergeht, wenn sie alle Sieben
lachen, dann möcht ich weinen; ich komme mir vor wie die gefangene

lichen Natur"; die christliche Kunst, die ihr höher steht und älter ist, als die übrigen
Richtungen, darf darum nicht auf sinnliche Wahrheit und technische Vollendung verzichten.

1) Auguste Franke, später vermählt mit dem Leiter des deutschen archäologischen
Instituts in Rom, Prof. Dr. Wilhelm Henzen (1816—1887).

2) Maximiliane von Arnim, die älteste Tochter Bettinens (1818—1894), später
Gemahlin des kgl. preuss. Generalleutnants Grafen Eduard Oriola.

3) Armgard von Arnim (1822—1880), später vermählt mit dem kgl. preuss. Gesandten am Karlsruher Hofe, Albert Grafen von Flemming.

Psyche. Keiner weiss, was ich will, was ich denke, was ich bedarf.
Die Leute leben ihr Leben, und weil das meine nicht zu dem Ihren
passt, so hält man mich gradezu für unsinnig und verkehrt. An meinen
Schleiermacher [1]) denke ich oft, dem könnte ichs sagen und mir dadurch deutlich machen, was ich alles in mir gewahr werde und was
alles auf den Ursprung und das psychische des Geistes geht, dem würde
ichs aussprechen; mir zu lieb kann ichs nicht. Alles lässt sich ver-
einfachen und hierdurch der Wahrheit näher rücken und erst die aller-
jüngste Einfachheit ist Wahrheit und giebt der Seele den Begriff, der
ihr unmittelbare Nahrung wird, wie ich glaube, dass die unmittelbare
Wahrheit gleich sich in die Sele verwandelt, und wenn das wäre, dann
wäre alles gut und die Erlösung hätte sich ins ganze menschliche Dasein aufgelöst und wär keine Geschichte mehr, die ausser mir läge und
die wir nie begreifen, so viel Mühe wir uns auch geben. Ich meine:
wenn der Geist für alles strebt, was die Sele bedarf, das wär das rechte
Leben, und wenn die Sele nie ihrem innern Willen ungetreu würde, so
dass sie noch im lezten Augenblick den Instinkt der frühsten Regungen
habe, dann sey das beste, was wir hier nicht erwerben konnten, für die
Zukunft erworben. Das sag ich, weil ich so dran denk, wie Sie gerne
malen möchten und welche Schwierigkeiten sich Ihnen entgegenstellen
und wie auch mir sich Schwierigkeiten entgegenstellen bei allem, was
mir lieb ist; ich habe aber bemerkt, diese innere Treue ist der lern-
samste Weg und kein andrer ist besser. So mancher hat grosse Fortschritte gemacht blos aus Sehnsucht und Liebe zur Sache, während er
bei angestrengster Übung nichts lernte. Das behalten Sie mir ja im
Herzen, dass nichts verloren ist, sobald wir nichts verloren geben. Es
ist eine gar gewaltige Sache, wenn wir uns mit Leidenschaft an etwas
hängen, was scheinbar nur eine Sache ist (wie die Kunst); dann können
wir sicher sein, dass unsere Seele geneigt ist mit Geistern zu leben und
dass sie es durch Treue auch durchsetzen wird, dass der Geist mit ihr
in der Liebe lebt; ja alle Versuche in der Kunst sind Liebschaften mit
den Geistern, denen wir das bessere abgewinnen, indem wir uns ihr aufs
zärtlichste einschmeicheln und Beethoven hat das meiste Glück in
dieser Liebe gehabt von allen, die ich kenne. Da können Sie aber auch
gleich sehen, wie tölpisch sich mancher dabei nimmt. Am schlimmsten
hat diesmal Hänsel [2]) um die Gunst der Geister gefreit. Sein abscheu-

---

1) Über Bettinens Beziehungen zu Schleiermacher, der ihre Söhne konfirmierte,
vergl. H. Grimm im Goethe-Jahrbuch. I, 5. Ihr Briefwechsel ist noch ungedruckt.

2) Wilhelm Hensel (1794—1861), Historien- und Bildnismaler, Professor an der
Berliner Kunstakademie. Singer, Künstlerlexikon, 2, 160.

lieb grosses Bild machte den Raum, wo es hing, zu einer unangenehmen
Gegend, die man gerne vermied; er und seine Frau hatten unterdessen
das Ausstellungs-Fieber im höchsten Grade und hofften jeden Augenblick, es würde verkauft werden, aber leider Gottes ist die gemalte
Judengesellschaft zu der ungemalten zurückgekehrt, ohne sich zu ver-
silbern; wer weiss nun, wenn Hänsel diesen Gegenstand der Verzweiflung los wird. Versäumt haben Sie nichts auf der Ausstellung auser
ein paar herrlichen Landschaften und das beste Bild, eine Frau mit
einem schlafenden Kind betend, von Maes,[1]) doppelte Beleuchtung einer
Kirchenampel und Sonnenlicht, wunderbar schön, halbdunkel, — man
wusste nicht wars Licht oder Schatten, was diese Figur hervorhob.
Wären Sie hier gewesen, so müssten Sie es kopieren, Sie hätten mehr
gelernt für eignen Bedarf wie von Tizian, ich will nicht sagen Coregio.

Adieu Bettine.

Soll ich, wenn ich eine Wohnung miethe, auf Sie rechnen, wenn es
möglich ist. Es wäre mir ganz recht wieder mit Ihnen in einem Haus
zu wohnen, man könnte sich gegenseitig erleichtern. Ich geb die Kunst
noch nicht auf; mein Buch[2]) kommt 14 Tag nach Neujahr. Grüssen
Sie Ihre Mutter und liebe Schwester.   am 15ten.

Mit einem kurzen Billet aus dem Herbst des folgenden Jahres entschuldigt Bettine, dass sie ein Schreiben Paulinens nicht ausführlicher
beantworte; „Goethes Briefwechsel", der inzwischen erschienen war,
ungeheures Aufsehen erregte und der Verfasserin mit einem male einen
Ehrenplatz in der deutschen Litteratur eroberte, soll ihr in Bälde
zugehen.

2.

3. Okt. 1835

Meine gute Frank, ich habe in dieser Zeit keine Ihnen zu antworten. Mein Buch schicke ich, wie ich von einer Reise zurückkehre,
die ich mit Savignys[3]) auf das Land mache; sie suchen Trost in der
Einsamkeit, sie haben eine Tochter in Griechenland verlohren. Der
Posten, ihr Tröster zu sein, fällt mir schwer, aber was schwer ist, ge-

---

1) Jan Baptist Maes (1794—1856), aus Gent gebürtig. Das hier besprochene
Bild ist wohl die „betende römische Bäuerin", die sich jetzt im Besitz der Münchner
Pinakothek befindet. Singer, a. a. O., III, 75.

2) „Goethes Briefwechsel mit einem Kinde", dessen Vorrede vom August 1834
datiert, dessen Ausgabe sich aber bis zum Frühjahr 1835 verzögerte.

3) Karl Friedrich von Savigny, der berühmte Rechtsgelehrte, war vermählt mit
Kunigunde Brentano und Schwager Bettinens.

lingt. Das wissen wir beide. Adieu. Wollen Sie wieder herkommen
(was ich Ihnen rathe, weil Sie mir abgehen), so finden Sie die alten
Verhältnisse in meinem Herzen

Bettine Arnim

am 3ten October
1835.

Damit bricht der Briefwechsel für einige Zeit ab; wenigstens haben
sich unter dem Steinhäuser'schen Nachlasse aus den nächsten acht Jahren
Briefe Bettinens nicht vorgefunden, wenngleich manches, was sich in
diesem Zeitraume ereignete, bei den herzlichen Beziehungen zwischen
beiden Teilen einen brieflichen Verkehr wahrscheinlich macht.

Die Hoffnung Bettinens auf eine Rückkehr der Freundin nach
Berlin sollte sich nicht erfüllen. Pauline Franke wurde zunächst in der
mecklenburgischen Heimat festgehalten, nach dem Tode der Mutter war
sie dort unentbehrlich. Karl Steinhäuser aber weilte seit dem Herbst
1835 in Rom, die Munifizenz einiger Bremer Kunstfreunde hatte ihm
die Mittel zu einem längeren Aufenthalte in dem Lande seiner Sehnsucht gewährt. Die grossen Vorbilder der Antike, in deren Studium er
sich versenkte, übten eine tiefe Wirkung auf ihn aus. Es begann für
ihn eine Zeit sorgenfreien, glücklichen Schaffens, die ihn von Erfolg zu
Erfolg trug. In rascher Folge entstand eine Anzahl seiner besten
Werke: Genrefiguren, wie das bekannte Muschelmädchen, der Angel-
fischer, der Violinspieler und der Hirte mit dem Lamm, zwei prächtige
Marmorreliefs, von denen das eine Psyche, das andere Amor darstellt,
der von einer Löwin gesäugt wird, während Venus die herandrängenden
Jungen abwehrt, — vor allem aber eine seiner herrlichsten Schöpfungen, der selbst Thorwaldsen seine offene Bewunderung nicht versagte,
die Gruppe von Hero und Leander, in der er das Hohelied seiner Liebe
in ergreifender Weise verkörperte. Die günstige Gestaltung seiner
äussern Lebenslage gestattete dem jungen Meister, nach langer Warte-
zeit seinen sehnlichsten Wunsch zu befriedigen und einen eigenen Herd
zu begründen. Im J. 1841 folgte Pauline, von ihrer Schwester Auguste
begleitet, seinem Rufe und wurde in der ewigen Stadt, die ihnen die
zweite Heimat wurde, die Seinige. Auch sie fand für ihre künstlerischen Bestrebungen auf dem klassischen Boden neue Nahrung. Mit
Eifer widmete sie sich ihren Studien; als erstes grösseres Gemälde entstand eine „Esther", die sich schmückt, um vor König Ahasverus zu
erscheinen.

Dieses Bild ist es, an das ihr Briefwechsel mit Bettinen wieder
anknüpft. Pauline Steinhäuser mochte wohl wünschen, dass der König
es sehe, wenn es zur Ausstellung nach Berlin gesandt werde; auch Anliegen anderer Art, die ihren Mann betrafen, die wir aber nicht näher
kennen, beschäftigten sie. Sie kannte die einflussreichen Beziehungen
der Frau von Arnim zu Friedrich Wilhelm IV. und ersuchte sie daher,
im Vertrauen auf die alte Freundschaft, um ihre Vermittlung. Mit
Freuden ging diese darauf ein. Geiger, der das Schreiben, welches
Bettine in dieser Angelegenheit an den König richtete, zum erstenmal
veröffentlicht hat,[1]) ist geneigt, dasselbe in das Ende der vierziger
Jahre zu verlegen, giebt aber zu, dass es wohl auch einer früheren
Zeit angehören könne. Im Zusammenhang mit dem Folgenden kann
kein Zweifel darüber bestehen, dass es in die ersten Monate des J. 1843
fällt. Bettine legte den Brief der Freundin dem Könige vor. „Er ist
geschrieben, bemerkte sie, von einer jungen Künstlerin, die in ihren
frühsten Anlagen schon weit über das gewöhnliche Talent hinausragte.
In diesem Augenblick malt sie eine Ester, die sich schmückt, um vor
dem König Ahasverus die Anliegen seines Volkes darzulegen." Ein
kurzer Bescheid Friedrich Wilhelms IV. liess Gutes hoffen, und Bettine
beeilte sich, den Freunden in Rom davon in einem Briefe Kunde zu
geben, aus dem ihre warme Verehrung für den König spricht.

3.

[2. März 1843]

   „Wegen Ihres Künstlerpaares werde ich nach Rom schreiben und
hier den Rauch befragen. Ich hoffe Ihnen bald gute Kunde geben zu
können.   Friedrich Wilhelm."

   Liebe Pauline. Am 26ten Februar schrieb mir die obigen Zeilen
der König in Bezug auf Sie beide. Ich hoffe, dass sie Ihnen neues
Lebensfeuer zuströmen werden und dass die Hoffnung auch auf dem
Gesicht Ihrer Ester blühen werde. Von dieser Ester hab ich dem
König geschrieben und habe das (was ich ja auch immer in Ihren
Kunstversuchen herausfühlte) von Ihnen gesagt. Ich weiss, wie oft
eine heilige Energie einem überkommt schon bei der Ahnung verstanden
zu werden. Mögte dies Gefühl Ihnen die bitteren Stunden abkürzen.
Alles was Sie haben mit Sorgen erleben müssen, wird auch nicht ohne
Vortheile für Sie beide sein.

1) a. a. O. 192.

Was kann ich Ihnen noch sagen? — Ich will mich eilen, den Brief abzuschicken, besseres als die lieben ersten Zeilen kann ich Ihnen ja doch nicht geben! Liebe Pauline! Da es mir nun mit so leichter Mühe, ja mit Genuss gelungen ist, kann ich Ihnen nur dafür danken, dass Sie mich ausersehen haben und keinen Andern. Wenn Sie denn doch gern mit dem lieben Gott zu thun haben, so empfehlen Sie ihm den König recht heiss und innig. Seufzer und Wünsche für das Wohl geliebter und geheiligter Personen sind so naturgemäss der Dankbarkeit und Liebe, dass sie doch zu etwas nützen müssen und so denk ich mir, dass sie allenfalls magnetisch die Luft schwängern und so sich gegenseitig verstärken, so dass zuletzt eine ganze Atmosphäre solcher Herzens steigernden Gefühle sich bilde, in der eben Fürsten nur gedeihen können. Und besonders, liebe Pauline, unser König hats vor Andern nötig gehoben und getragen zu sein von echten Gefühlen der Begeisterung, nicht von unechten, die ihn immer umgleisen und nur sich selbst auf dem Gipfel erhalten wollen, indem sie aber doch gewiss sind, dass sie weder Geist noch Glück haben.

Dass Sie in Rom sind und doch seufzen nach dem Vaterland! Und ich mein, dass zu meinem Glük nichts anders dienlich sei, als blos die unendlich blaue Himmelswiese über der heissen Erde zu beschauen, wärend die Pflanzen im Mittagschlummer ihr Haupt senken, und da so mit ihnen zu ruhen, bis der Thau wieder ihr stilles Leben erfrischt und ihre feinen schwankenden Arme badet und die Nachtluft sie wieder kühlt. So, mein Icb, möcht ich in Italien ganz befriedigt leben, und die Schleussen meiner Gedanken würden dann reichlichen Seegen zuströmen lassen.

Was man Glük der Erde nennt, wenn es einmal nicht mehr das Ziel unserer Wünsche ist, so wächst man gleich darüber hinaus; ich zum wenigsten könnte nicht wieder zu dem zurückkehren. Die Geistesflamme verzehrt die Lebens- und Glückereitze. Begeisterung für Ruhm findet keine Nahrung in mir. Nun das wär auch kaum mehr thunlich für gesunden Geist auf einer Steppe, wo keine edle Pflanze ihrer Wurzel Nahrung findet. Wie soll[¹)te da] der Lorbeer sich gefallen!

Ich grüsse Sie herzlich

Bettine Arnim.

am 2ten März
1843

        Adr: Signor Steinhäuser

             Caffè greco   Roma

¹) Riss und Lücke im Papier.

Der König hielt Wort. Als die „Esther" 1844 zur Ausstellung
nach Berlin wanderte und durch Bettine ihm vorgestellt wurde, fand
sie seinen Beifall und ging in seinen Privatbesitz über.[1]) Auch weiterhin scheint Bettine die befreundete Künstlerin nach Kräften gefördert
zu haben; in einem Schreiben an den königl. Geheimkämmerer Schöning
giebt Steinhäuser wenigstens der Hoffnung Ausdruck, dass es seiner
Frau vergönnt sein möge, „eine gelungenere Leistung, wozu Frau von
Arnim ihr gefälligst die Zeichnung entworfen hat, nämlich eine Iphi-
genie, die bald fertig sein würde, Seiner Majestät später vorlegen zu
dürfen". Das Bild ist dann in der That, und zwar zweifellos durch
Vermittlung Bettinens, vom Könige erworben worden, ebenso wie späterhin ein „Christus mit der Samariterin am Brunnen", der sich in einem
der königlichen Schlösser befinden soll. Von den Bemühungen Bettinens
wegen eines vierten Gemäldes, das den „Genius der Liebe" darstellte,
wird in dem folgenden Briefe, den wir mitteilen, die Rede sein.

Aber auch der Interessen Steinhäusers nahm sie sich mit all dem
Eifer an, den sie stets entfaltete, wenn es ein gutes Werk zu thun
galt. Ihrer Fürsprache hatte der Meister es mit zu verdanken, dass
jene Marmorstatue, die unter dem Namen des „Muschelmädchens" bekannt geworden ist, — ein junges Mädchen voll Anmut hält eine Mu-
schel ans Ohr und lauscht erstaunt ihrem Brausen — im königlichen
Museum Aufnahme fand (1843).[2]) Die Vermutung liegt nahe, dass die
hochherzige Frau auch bei späteren Erwerbungen mitgewirkt hat, so
vor allem, als es sich um den Ankauf der Gruppe von „Hero und
Leander" handelte, die heute im königl. Palais steht. Da Karl Steinhäuser im Frühjahr 1846 auf kurze Zeit nach Deutschland zurückkehrte
und im Mai in Berlin verweilte, ist es möglich, dass damals eine Ver-
einbarung darüber getroffen wurde. Jedenfalls wissen wir, dass er mit
seiner Frau Bettine besuchte und die alten herzlichen Beziehungen erneuerte. Bei diesem Anlass kam — wohl zum erstenmale — auch eine
Angelegenheit zur Sprache, die beide Teile fortan lebhaft beschäftigte
und auf die wir, da sie in allen folgenden Briefen eine bedeutsame
Rolle spielt, etwas näher eingehen müssen.

1) Nagler, 17, 201.

2) Undatiertes Konzept, aus dem J. 1844.

3) Steinhäuser hatte die Skizze nach Italien mitgenommen; 1838 war das Gipsmodell aufgebaut, 1841 die Ausführung in Marmor vollendet. Das Original gelangte
nach Bremen in den Besitz des Senators Lürmann, nach Berlin eine Wiederholung,
für die er 1500 Thaler erhielt. Nach den nachgelassenen Papieren.

Es handelt sich um den Plan eines G o e t h e d e n k m a l s, mit dessen
Schicksalen ein gut Stück Lebens- und Leidensgeschichte Bettinens verknüpft ist. Anfangs der 20er Jahre hatte sich auf Anregung von
Sulpice Boisserée ein Ausschuss in Frankfurt gebildet, der dem Dichter
ein Denkmal in seiner Vaterstadt zu errichten beschloss.[1]) Bettine
hatte den Gedanken begierig aufgegriffen; in Erinnerung an eine Begegnung mit Goethe in Böhmen war, wie sie erzählt, der Entwurf entstanden, der späterhin als Titelbild aus ihrem „Briefwechsel" allgemein
bekannt geworden ist: der Dichterfürst auf seinem Throne, mit nacktem
Oberkörper, den Mantel über die Schultern zurückgeschlagen, mit der
Leier in der Linken, vor ihm die zierliche, mädchenhafte Psyche, die
in die Leier greift. Wir kennen das Urteil Goethes über die Zeichnung,
die ihm vorgelegt wurde. „Die Skizze der Frau von Arnim — schrieb
er, im Gegensatz zu dem, was Bettine berichtet, an Staatsrat Schulz —
ist das wunderlichste Ding von der Welt; man kann ihr eine Art Beifall nicht versagen, ein gewisses Lächeln nicht unterlassen, und wenn
man das kleine, nette Schooskind des alten impassiblen Götzen aus
seinem Naturzustande mit einigen Läppchen in den schicklichen befördern wollte, und die starre, trockne Figur vielleicht mit einiger An-
muth des zierlichen Geschöpfs sich erfreuen liesse, so könnte der Einfall zu einem kleinen hübschen Modell recht neckischen Anlass geben."
Mit Hilfe eines jungen Künstlers, Wichmann, hatte Bettine dann das
Thonmodell hergestellt, das sich heute im Frankfurter Museum befindet.
Christian Rauch, der um seine Meinung befragt wurde, hatte die Skizze
anfänglich nicht ungünstig beurteilt und versichert, es könne ein „interessantes, bedeutendes Bild" daraus werden; als aber nach Jahresfrist
die Frage an ihn herantrat, ob er die Ausführung übernehmen wolle,
lehnte er ab. Das Ganze schien ihm zu malerisch gedacht; „die idyl-
lische Darstellung Goethes auf dem bilderreich verzierten Sessel", mit
dem „todten Symbol der Leier" möge wohl in einem Gemälde oder
Relief gelingen, als „eigentliche ikonische Statue, welche die charakteristische Persönlichkeit des Darzustellenden verewigen" solle, sei sie
jedoch unausführbar. Der Bildhauer ernte überdies nur Mühe, die Er-
finderin alles Lob.[2]) Man hatte in Frankfurt, wie Bettine erzählt,

---

1) Vergl. zum Folgenden: H. G r i m m, Bettina von Arnim. Goethejahrbuch
1, 5ff.; E g g e r s, Rauch und Goethe, 6, 57, 65, 97; Briefwechsel zwischen
Goethe und Staatsrat Schultz, ed. Düntzer, 312; Bettine von Arnim,
Goethes Briefwechsel mit einem Kinde. Dritte Aufl. (1881), 388ff., 542ff.

2) An Karl Ritter, 10. Febr. 1825. E g g e r s, Rauch und Goethe, S. 79.

trotzdem Neigung gezeigt, den Entwurf ausführen zu lassen, aber der Verzicht Goethes auf sein dortiges Bürgerrecht verstimmte, und die Sache blieb zunächst zu Bettinens Leidwesen liegen. Allein sie gab die Hoffnung nicht auf. Als sie 1835 den „Briefwechsel Goethes mit einem Kinde" veröffentlichte, trug das Titelblatt die schlichte Widmung: „Seinem Denkmal!" Der Ertrag des Buches sollte zur Verwirklichung des Planes dienen, der ihr immer mehr zu einer hohen Lebensaufgabe wurde. Aus der Beschreibung, die sie im dritten Teile giebt, ersieht man, wie die monumentale Apotheose des geliebten Dichters damals ihrem Geiste vorschwebte. Die Komposition ist im Vergleich zu dem ursprünglichen Entwurfe reicher geworden, die Gestalten Mignons und der in Bettine personifizierten Mänade, die früher fehlten, treten — man darf wohl sagen, nicht zum Vorteil einer einheitlichen Wirkung des Ganzen — hinzu.[1])

Durch eine Übersetzung des Buches ins Englische, die Bettine 1838 veranstaltete, dachte sie das Unternehmen weiter zu fördern: die Übersetzung wurde in Amerika nachgedruckt und in England gelang es trotz aller Bemühungen nicht, sie unter das Publikum zu bringen.[2]) Noch 1847 bereitete der Vertrieb der Auflage eine Fülle von Widerwärtigkeiten[3]) und statt des zu Gunsten ihres Denkmals erwarteten Gewinns erwuchsen der Verfasserin nur Unkosten. All dies hielt Bettine jedoch nicht ab, ihren Plan weiter zu verfolgen; „sie kann nicht darauf verzichten, — schreibt ihr litterarischer Berater Varnhagen — sie fühlt eine Verpflichtung, die sie erfüllen will".[4])

Erst 1846 kam die Angelegenheit indes in Fluss. Die Begegnung mit Karl und Pauline Steinhäuser wurde dafür entscheidend. Nichts lag näher, als dass Frau von Arnim mit dem befreundeten Künstlerpaare den Entwurf besprach und von ihren Hoffnungen und Enttäuschungen berichtete. Steinhäuser erwärmte sich für die Idee und hielt sie im Gegensatze zu Rauch auch für ausführbar; beim Abschiede bat Pauline, dass ihm gestattet werde, auf eigene Gefahr nach der Skizze das Denkmal herzustellen, und Bettine willigte ein. Ein schriftliches

1) Goethes Briefwechsel mit einem Kinde, 542. „Auf der einen Seite der Thronlehne ist Mignon als Engel gebildet mit der Überschrift: „So lasst mich scheinen, bis ich werde", jenseits Bettina, wie sie, zierliche kindliche Mänade, auf dem Köpfchen steht, mit der Inschrift: „Wende die Füsschen zum Himmel ohne Sorge. Wir strecken Arme betend empor, aber nicht schuldlos wie Du".

2) Geiger a. a. O. 192.

3) Vergl. S. 100.

4) 9. Jan. 1842. Tagebücher 2 S. 7.

Abkommen wurde nicht getroffen, aber Bettine liess — wie sie selbst wenigstens versichert — die römischen Freunde darüber nicht im Zweifel, dass sie finanziell das Unternehmen nur durch den Ertrag ihrer litterarischen Thätigkeit unterstützen könne. Steinhäuser mochte gleichwohl um so eher geneigt sein, die Arbeit zu übernehmen, als er nach den Äusserungen Bettinens mit Grund annehmen durfte, dass der König, der von ihrem Vorhaben unterrichtet war, sich dafür interessiere, und Aussicht vorhanden schien, dass er die Sache fördern werde.

Der Entwurf selbst, an dem Bettine in der Folge eifrig arbeitete, war inzwischen beträchtlich erweitert worden: die ursprüngliche Gruppe wurde in Verbindung gesetzt mit einem Monumentalbrunnen, der im Lustgarten vor dem Berliner Museum oder vor Krolls Etablissement seinen Platz finden sollte.[1]) In einem Briefe an Varnhagen vom 12. Dezember 1846 beschreibt sie das etwas phantastische Gebilde, wie es vor ihren Augen steht.[2]) Die Nische, die sich hinter der Gruppe eröffnet, ist mit einem „grossartigen Basrelief" umkleidet. „Die Gottheit der Sonne, ein Jünglingsweib, schwebt auf von der Erde; mit flammendem Haupt und gehobenen Flügeln trägt sie auf beiden starken hochhinaufragenden Händen den Tierkreis, dessen Zeichen alle in Gold ausgefüllt mit schraffierenden Linien die obere Einfassung der Nische bilden. Auf beiden Seiten dieses emporschwebenden Genius steigen zwei riesige Aloe empor, die mit der Wurzel unter den Stand der Nische greifen, das mächtige Blätterwerk aber schweift am Würfel hinab, der den Stuhl trägt, und bildet so zwei Knäufe, die in zierlichen Schlangenlinien sich verflechten; die Stachelsäume des Blattwerks sind alle von Gold. Das schneeweisse Sonnenweib hat einen weiten Mantel, der sich hinter ihr ausbreitet, in ganz einfachen Faltenlinien." Unten am Nischenrand taucht die Erdkugel auf, mit der Inschrift Germania; ein Lorbeerstamm verbreitet sich über sie „nach antikem Styl"; seine Verzweigungen tragen Nester mit Vögeln, „die alten Vögel schweben aufwärts und abwärts zwischen die Falten des Mantels." „Eine goldene Inschrift füllt zu beiden Seiten die Ecken aus, wo der Mantel schmal am Hals des Mannweibs zuläuft; ihr Inhalt: Ich schütze die Wölbung des Himmels und schütze die Sänger der Erde." Das Ganze, versichert Bettine, ist indes keineswegs überladen, vielmehr sehr einfach „und nur so belebt, um die Seele zwischen geistigem und sinnlichem Beschauen zu fesseln". Der Würfel, der die Nische trägt, ruht auf zwei Stufen. Die unterste

---

1) Varnhagen, Tagebücher (9. Mai 1847) 3, 85. — Vergl. dazu S. 108.

„ist ganz einfach eingerichtet, dass Lorbeer und Orangerie darauf zu
stehen kommen", die zweite aber besteht wiederum aus einem Marmor-
basrelief.

Es lag nicht in der Natur der unsteten Frau, das Gegebene festzuhalten. Wie der überquellende Reichtum der Phantasie und der
Mangel an geistiger Selbstzucht ihre litterarische Produktion beein-
trächtigten, so erschwerten sie auch ihr künstlerisches Schaffen. Immer
neue Ideen tauchten, wie man aus den folgenden Briefen ersieht, in
ihrem beweglichen Geiste auf; was sie heute entworfen, gab sie morgen
einem verlockenderen Einfalle preis, und man versteht es wohl, wenn
die Geduld des Künstlers, der ihr ein williges Ohr leihen sollte, unter
solchen Umständen oft auf eine harte Probe gestellt wurde.

Allein sie ging mit heller Begeisterung ans Werk. Der Maler
Ratti half ihr bei den Zeichnungen; Professor Stier versprach ihr bei
dem architektonischen Aufbau des Ganzen mit seinem Rate an die Hand
zu gehen. „Wenn Sie doch ahnen könnten, — schreibt sie mit dem
ihr eigenen naiven Selbstlobe an Pauline — wie schön ich das Monument erfunden habe! Ach, das wird das beste, was je gesehen wurde
in alter und neuer Zeit!"

Alles schien auf dem besten Wege. Friedrich Wilhelm IV, dem
sie und ihre Tochter Armgard die Sache vortrugen, stand ihrem Pro-
jekte sympathisch gegenüber und liess ihr sagen, sein liebster Wunsch
werde dadurch erfüllt; „er will — beteuert Bettine — alles, was und
wie ich will". War auch von irgend welcher bestimmten materiellen
Zusicherung allem Anscheine nach nicht die Rede, so zweifelte sie doch
nicht, dass er, wenn erst das Ganze fertig sei, seinen guten Willen bethätigen und das Monument übernehmen werde. Aber das Schicksal
fügte es anders. Vielfältiges persönliches Ungemach brach über Bettine
herein. Ein Buch, dessen Ertragnis sie dem Denkmal zuwenden wollte,
— ihr Briefwechsel mit Philipp Nathusius — wurde polizeilich be-
schlagnahmt, ein unerquicklicher Prozess mit dem Berliner Magistrat
und Rechtshändel mit dem Buchdrucker und Papierhändler brachten
mancherlei Aufregung und Sorge, die wirtschaftlichen Übelstände, die
das Jahr 1848 im Gefolge hatte, zogen auch sie empfindlich in Mit-
leidenschaft. Dazu kam ihre wohlgemeinte, aber nicht immer glückliche Einmischung in die politischen Wirren, in denen sie, wie ihre
Verwendung für Schlöffel, Mieroslawski, Kinkel und Corvin bezeugt, unbekümmert um die realen Verhältnisse, lediglich dem Zuge ihres Herzens folgend, sich eifrig der Verfolgten und Schutzbedürftigen annahm

und gegenüber der drohenden Reaktion unerschrocken und mit leidenschaftlicher Beredsamkeit bei dem Könige für freiheitliche Reformen eintrat. Ihre Beziehungen zu dem Monarchen lockerten sich, gehässige Angriffe der Gegner erweiterten geschäftig die Kluft, schliesslich kam es im Frühjahr 48 durch ihren Absagebrief vorübergehend zum förmlichen Bruch. Unter diesen Umständen war auf Unterstützung durch den König vorläufig nicht zu zählen, ganz abgesehen davon, dass zur Zeit auch die Mittel völlig fehlten. Die Lage wurde um so peinlicher, als Steinhäuser, der nach Vollendung des Gipsmodells[1] im Herbst 1847 mit der Ausführung der etwa in der Grösse des „Moses" von Michel Angelo geplanten Kolossalstatue des Dichters begonnen hatte, sich nach Garantieen für die Zukunft oder doch wenigstens nach einem Ersatze für beträchtliche Auslagen sehnte. Bettine musste ihn aufs Ungewisse vertrösten, und gelegentliche Verstimmungen konnten nicht ausbleiben, zumal da auch der Gegensatz in den politischen Anschauungen — Steinhäuser war, dem Beispiele seiner Frau folgend, unter dem Eindrucke der revolutionären Ereignisse zur katholischen Kirche übergetreten — auf die beiderseitigen Beziehungen zurückwirkte.[2]

Über all diese Dinge werden wir durch die nächsten hier mitzuteilenden Briefe, unter denen der aus dem Mai 1848 stammende wohl das meiste Interesse beanspruchen dürfte, eingehender unterrichtet.

4.

[Juli 1847][3]

Liebe Pauline! eben erhalte ich Ihren Mahnbrief vom 9ten Juli; ich entschuldige mich nicht, denn früher zu schreiben lag nicht in meinem Gebein. Dinge, die gar mit dieser Sfäre unsers Verkehrs keinen Connex haben, thürmten sich vor mir auf und versperrten mir alle Intressen dieser Art; nehmen Sie an, dass ich eine Weile Tod war und dass man meine irdischen Überbleibsel zu allerlei vernüzte, wie man einen abgehauenen Baum verwendet, wozu er auch nichts sagen kann, obschon sein Geist in die Weite schweift und Than aufsangen möchte, aber nicht kann!

---

1) Varnhagen, Tagebücher (9. Mai 1847) 3, 85. Bettine erzählt bei dieser Gelegenheit, sie wolle es dem Könige anzeigen und ihn fragen, „ob er den dann von ihr erdachten Brunnen und den Platz" herzugeben geneigt sei.

2) Vergl. S. 119.

3) Das Jahr ergiebt sich aus dem Vermerk über Freimunds Heirat; da ferner Bettine „eben" erst den Brief Paulinens vom 9. Juli empfangen hat, muss ihr Schreiben noch in den gleichen Monat fallen.

Denken Sie also, dass dies Schreiben Ihnen ein Lebenszeichen sei
von einer neuen Auferstehung, obschon ich noch nicht Bandenfrei bin,
das heisst obschon noch ein guter Theil meiner Selbst verarbeitet wird
zu allerlei Widersprüchen, zum Beispiel in einem Persönlichen Prozess
mit dem Magistrat hiesiger Stadt.[1]) Also: meine Auferstehung ist nah.

Viel hab ich indessen gethan fürs Monument! einen Sachverstän-
digen hab' ich nach London gesendet, um die dortige Auflage des Göthe-
buchs unter den trefflichsten Bedingungen oder vielmehr Auspizien verkaufen zu lassen. Dieser Mensch, versehen mit ein paar hundert Thlr.,
die ich mit grosser Aufopferung erübrigte, und mit einer Vollmacht
nach eignem Gutdünken über den englischen Verlag zu verfügen, hat
seit seiner Abreise nun schon in der 6ten Woche nichts von sich hören
lassen. Wir haben ihm Briefe und Aufträge nachgesendet, aber keine
Antworten sind erfolgt! — sollte er ermordet sein, sollte er durchge-
gangen sein mit samt dem Erlöss des Verlags? Sollte er aus Leichtsinn und Übermuth nicht antworten? — Dieses sind die Fragen, die
wir jeden Augenblick uns stellen. Seine Verwandten sind ausser sich,
ich selbst, da er mein Geschäftsführer war, bin dadurch wieder in un-
zählige Verlegenheiten und Geschäfte hineingerissen. Zugleich habe ich
in dem heisesten aller Sommer die schwierige Aufgabe eine Wohnung
zu suchen. Dann hat mein Sohn Freimund geheirathet,[2]) ich habe seine
Wohnung eingerichtet, ein demolirtes Landschloss zu einem Zauber-
pallast umgewandelt, mit eigenen Händen; ich habe von Morgens
4 Uhr bis abends in die Nacht gezimmert, gemeisselt, gemalt, geweisst,
Tapezirt, geleimt und alle Handwerker instruirt und bin beinah alle
Abend ohnmächtig vor Müdigkeit eingeschlafen und hatte vergessen zu
essen zu trinken. — Dann kam ich nach der Stadt, hab Ihr Bild[3]) angesehen, war entzükt über -- — über die glükliche Fährte, auf der
Ihr Pinsel ist, so glüklich zwar, dass ich augenbliklich sah, wie es
durch ein wenigstes, aber Wesentlichstes ein unübertrefflichstes werden
könnte. Ach, warum war ich nicht dabei! ein einzig Anregen und Sie
hätten die höchste Grazie eines Corregio darin erreicht! Ich hab gesehen mit meinen eignen Augen das Mystische der innern Schauung.
Denn — zürnen Sie nicht, sondern lachen Sie und weinen Sie, liebste

1) Wegen Heranziehung Ihres Verlags zur Gewerbesteuer Geiger, 108.

2) Freimund von Arnim hatte sich am 29. Mai 1847 mit Anna von Baumbach
vermählt.

3) Vermutlich, wie die folgende Beschreibung andeutet, das Bild: „Genius der
Liebe", das 1847 entstanden ist. Singer, Künstlerlexikon.

Pauline, zugleich wie zu einem Tag, wo die Sonne durch Regengewölk
schimmert, — wenn ich Ihnen sage, auf welche einfache Weise ich den
höchsten Effekt in Ihr Bild brachte — ich nahm die Puderschachtel
von Ratti[1]) (zum Glük besizt diese Familie ein so rares Moebel) und
bepuderte das Weinlaub mit Nebelflökchen. O, wie unendlich gewann
augenbliklich das Ganze! erstlich erschien das Bild noch einmal so
gross; es war durch das etwas zu harte Grün des Weinlaubs nicht mehr
in zwei Hälften zerschnitten, und indem ich diese Floken nach oben hin
die Figur zart umspielen und auf den höchsten Blättern tanzen liess,
drängte sich der neblige Hintergrund mehr hervor, ja er zog gleichsam
um sie her, ganz beweglich. Die Burg rechts vom Beschauer ward
auch mehr Traumartig und die Sonne, welche eine zu bescheidene Zu-
rückgezogenheit observirt, ward hierdurch etwas markanter. Erinnern
Sie sich, als ich Ihnen die zerstreuten Dampffloken der Eisenbahn zeigte
und Ihnen bedeutete, so müsse der Herbstnebel die Figur umflattern,
grade denselben Effekt erzeugte meine Puderquaste! Und wie edel!
wie magisch! ja, das war der Mühe werth, eine solche Naturmagie
durch den Pinsel festzuhalten! O Genius! verleihe Muth und Ausdauer meiner Pauline Steinhäuser! ! Feuriges Gebet, nach langer Zeit
zum erstenmal . . . .

Folgen Nachrichten über die Familien Ratti und Schirmer.

. . . Jetzt komme ich aufs Monument: ich habs auf die Lezt ver-
spart. Dem König ist durch Armgart das Nötige gesagt. Er will
alles, sagt er, was und wie ich will. Ich aber will viel, das heisst
mein ganz Monument, wie ichs erfunden habe, soll gemacht werden.
Dazu will ich die alleroekonomischste Veranschlagung, denn sonst kann
nichts draus werden. Zweitens ist noch eins nothwendig, nemlich, dass
alles geschwind oder vielmehr rasch ins Werk gerichtet werde. Denn
Zeit zu verlieren ist nicht, da ich auch dabei sein will, ja ich muss
dabei sein, sonst wird nichts draus. Also muss Steinhäuser sorgen,
dass er viele Arbeiter bekomme, die alle zugleich daran arbeiten. Jeder
übernimmt ein Basrelief: rechnet also auf ein Dutzend Basreliefarbeiter,
denn ein Dutzend sind zu vollenden. Mehr sag ich diesmal nicht. Der
König hat bestellt, wenn er von seiner Reise nach Bresslau zurükkehrt,
will er die Rebengeländerentsprossne[2]) ansehen. Dann wird

---

1) Eduard Ratti, geb. 1819 zu Berlin, Historienmaler, Schüler Hensels. Singer,
Künstlerlexikon, IV, 18.

2) Als die „Rebengeländer-Entsprosser, Sonnengetaufte“ hatte König Friedrich
Wilhelm IV. in einem Briefe aus dem J. 1843 Bettine bezeichnet (Varnhagen, Tage-

vom Andern auch das Nähere zur Sprache kommen. Aber, wie gesagt, Steinhäuser muss tüchtige Leute in den Basreliefs haben. Wenn
ich kann, so komme ich; ich werde alles versuchen, um es möglich zu
machen. Warum muss denn der grosse Marmorblock transportirt werden? Warum nicht lieber ihn am Ort, wo er gebrochen wird, bearbeiten? Ein halbes Jahr! Das ist ein gewaltiger Fetzen Zeit. Den
erlaube ich nicht dazu. Den Marmor samt Basreliefs, samt noch anderem
Nothwendigen wollen wir lieber am Ort des Bruchs machen. Wie sollten wir so lange zu warten von Gott erbitten können? bei der Ungeduld in unsern Eingeweiden! — Und wenn ich dort bin, so malen
Wir beide einen Theatervorhang zu gleicher Zeit! — Pauline, denken
Sie, wie jung Sie noch sind, und dass der Jugendrausch eine erlaubte
Sache ist, oder vielmehr eine Bedingung unserer ganzen Existenz! Gott
mag keinen Poepel, der vor Nüchternheit krepirt ist. Schreiben Sie
mir, geben Sie mir die sichersten Nachrichten über die dortige Existenz, wie man am wolfeilsten da lebt und doch anständig, und wie man
am billigsten reist, welche Wege die besten sind. Sowie ich meine
Monumentzeichnung von allen Seiten fertig habe, werde ich meine Anschläge machen.

Lachen Sie nicht über allen sanguinischen Unternehmungsgeist!
Alles ist so leicht, wie das Tägliche Verspeisen des Täglichen Brodes!

Sowie der König Ihr Bild haben wird, werde ich Ihnen darüber
schreiben.

Wenn Sie doch ahnen könnten, wie schön ich das Monument erfunden habe! Ach, das wird das beste, was je gesehen wurde in alter
und neuer Zeit!

Aber malen müssen Sie, aber nicht à la Overbeck!¹) Sondern Rein,
Sonnig, Mark der Natur, Traumdurchwebt, denn alles Gemalte ist ge-
träumtes Leben, und alle Heiligen müssen davor zurükstehen und müssen
der göttlichen Phantasie den Vorrang lassen.

Aber der König verlangt, dass niemand davon wissen solle, drum
seien Sie so vorsichtig als möglich, damit keine Pralereien über die
deutsche Bergkette herübertönt (sic!). Denn sonst ist alles ein Spiel
des Teufels.

Adieu! Bettine.

bücher, 2, 209); hier bezieht sich der Ausdruck zweifellos auf Paulinens obenerwähn-
tes Gemälde: „Genius der Liebe".

1) Vergl. oben S. 87. Paulinens Verehrung für Overbeck spricht sich schon in
ihrem Briefwechsel aus der Brautstandszeit aus. „Lass die alten frommen Bilder zu
Dir reden und Overbeck!" rät sie dem Geliebten. 21. Juni 1836.

5.

[Mai 1848] [1]

— — die Herausgabe meiner Werke erwarb. Auf das, was meine Kinder von ihrem Vater ererbten, habe ich keine Ansprüche, es ist wenig; sie haben es immer selbst verbraucht.

Nach allem diesem müssen Sie einsehen, dass es mir nie einfallen konnte, anders als durch eigne Anstrengung so viel zu erwerben, um diese mir ausbedungene Vorhand bethätigen zu können. Dieser Anstrengungen war ich fähig, denn ich habe sie gemacht; dass sie nicht gefruchtet haben, ist weder die Schuld meiner Intelligenz, noch meiner Berechnungen, sondern der allgemeine Verrat an der Menschheit, der in der vor den Kopf geschlagenen Staatsweisheit Posto gefasst hatte und unter dem sie selbst zu Mist geworden. Selbst wenn es mich persönlich betroffen hätte, dass die Behörden: Magistrat, Kammergericht, Ministerien, Polizei und Potsdamer Regierungs-Präsident nebst der Obercensurbehörde [2] einverstanden waren, mir einen Abgrund zu graben, in dem sowohl meine Ehre, als auch meine Erwerbsquelle zertrümmert werden mussten, so würde es dennoch durch die Auflösung aller bürgerlichen Verhältnisse und gegenseitigen Verpflichtungen, die vermöge jener über ganz Deutschland verbreiteten falschen Politik ausgebrochen sind, dennoch denselben Erfolg gehabt haben. Der Buchhandel ist untergraben. Die diesjährige Messe hat erklärt, nicht zahlen zu können, da von verschiedenen Staaten, namentlich von Oesterreich und Oestreich ist, Geld auszuführen. Also die Werke, die mir ohne die geringste Befugniss mutwillig durch Polizei und Regierung — (die Bücher, von denen ich hoffte etwas für das Monument zu erübrigen) · sind confiscirt worden,[3] würden auch dann nichts eingetragen haben, wenn dies nicht geschehen wäre, da die Buchhändler Bankerott gemacht haben für dieses Jahr.

Als ich nun die Hoffnung für dieses Kunstwerk (für das ich schon so viele Opfer gebracht) zu wirken, aufgeben musste, habe ich so un-

---

1) Der folgende undatierte Brief, dessen Anfang leider fehlt, fällt in den Mai 1848. Die Schreiberin, die wiederholt bei der Arbeit unterbrochen worden ist, hat ihn am 20. Mai beendet und nach Rom abgesandt. Mit Ausnahme der Schlusszeilen liegt er fast durchweg in Abschrift bezw. Diktat vor.

2) Die Stelle bezieht sich auf ihre verschiedenen Prozesse. Vergl. Geiger, 108.

3) Das im Mai 1844 erschienene Buch: „Clemens Brentanos Frühlingskranz" war von der Polizei anfänglich mit Beschlag belegt, später aber auf Befehl des Königs freigegeben worden. Im November 1847 war dann Ihre Schrift „Ilius Pamphilius und die Ambrosia", Ihr Briefwechsel mit Philipp Nathusius, erschienen und gleichfalls konfisziert worden, ohne dass später eine Freigebung erfolgte. Vergl. Geiger, 55 ff., 113 ff.

gern und blos aus herzlichem Interesse für Sie mich an den König gewendet; er nahm es mit Freuden auf und fügte hinzu, dass es ganz
so werden solle, wie ich es ausgedacht, ich war eben damit beschäftigt,
eine vollständige Zeichnung davon zu machen. Ratti war so herzlich
theilnehmend dafür, dass er gleich sich erbot, meine Erfindung nach-
zuarbeiten, allein mein Mangel an architektonischem Verstand machte
es nothwendig, mich mit einem Architekten zu berathen. Stier[1] wollte
sich dessen annehmen; nachdem er die Skizze in sein Haus genommen
und ich ihm alle einzelnen Theile meiner Erfindung dazu und die genaue Eintheilung gegeben, habe ich ihn nicht mehr dazu bringen können,
sein Versprechen zu erfüllen.

Als der König noch der war, der er heute nicht mehr ist, und als
ich noch nicht bei ihm verläumdet war, konnte ich freilich jenen Schritt
thun und Ihnen auf seine Zusage hin die besten Hoffnungen machen;
jetzt aber, wo alles mich bei ihm verrathen hat, blos um zu hindern,
dass er durch mich die Wahrheit, die ihm noch Heil bringen konnte,
erfahre; jetzt wo er auch glaubt, dass ich mit an seinem Sturz gearbeitet, jetzt wo man auf eine falsche, verrätherische Politik bin daran
arbeitet, ihn wieder emporzubringen, jetzt wo man ihn durch die
schauderhafte Katastrophe des grausamen Verraths am eignen Volk
selbst in den Abgrund gestürzt hat, aus dem man vergebens ihn heraus-
zuarbeiten sucht durch neuen Verrath und durch die unlogischten, takt-
losesten Gewaltmassregeln; jetzt wo ich ihn zum letztenmale angeredet,
gewarnt und endlich mein Vertrauen zu ihm gezwungen zurücknahm,[2]
— jetzt ist es mir weder möglich, an sein Versprechen zu mahnen,
noch dürfte er es wagen, etwas in dieser ganz detruirten Zeit zu thun.
Das Volk würde ihn steinigen. Als das neue Ministerium in Folge der
18ten Märznacht eingesetzt war, ergab es sich, dass der ganze Staats-
schatz von 80 Millionen auf 8 geschwunden war; auch diese letzten
Gelder sind jetzt für Kriegsrüstungen drauf gegangen. 60000 Arbeiter
sind hier in der Hauptstadt als ein Boden von Zunder; der geringste
Funke erzeugt eine Feuersbrunst, die durch ganz Deutschland Stoß

---

1) Wilhelm Stier (1799—1856), Architekt und Lehrer an der Bauakademie zu
Berlin. A. D. B., 36, 207.

2) In einem, wie es scheint, verloren gegangenen Briefe aus dem „Beginn" des
J. 1848, wohl demselben, auf den in Varnhagens Tagebüchern, 9, 96 angespielt wurde
„er (der König) rückte ihr auch ihren Absagebrief vor". Vergl. Bettinens Schreiben
vom (10. Sept. 1818) bei Geiger, 126. Geigers Meinung, dass Bettine damit das
Schreiben vom 26. Dez. 1847 (ibidem 96 ff.) im Sinne habe, kann ich nicht teilen, da
von einer Aufkündigung des Vertrauens dort nicht die Rede ist.

findet. Der König sitzt als eine Null in Potsdam, der Prinz von Preussen, vom Volk verjagt, in England. Die Reaction, um ihn wieder herzubringen, wirkt jetzt noch verderblicher, als wenn man sich still verhielte. Wenn nun auch der König Privatvermögen hat, so ist doch das ganze Land brot- und mittellos. 40000 Seelen sind vom Hunger und von Krankheiten, die aus schlechter Nahrung zur Pest geworden, durch den Tod erlöst. Dies ist in Schlesien der Fall, und noch immer verbreitet sich die Pest weiter. Allein kein Mensch denkt daran, ihnen in dieser allgemeinen Verwirrung zu helfen. Wie könnte der König jetzt an ein Monument denken? jetzt wo die brotlosen Arbeiter umherstreifen und zu ganzen Horden einem ins Haus fallen und sich das Brot, was sie finden, fortschleppen!

Folgen Mitteilungen über die durch die allgemeine Krisis ungünstig beeinflusste Gestaltung der eigenen Vermögensverhältnisse.

. . . . Was ist dies Alles gegen den scheusslichen politischen Verrath, der an den Polen verübt wird! Niemals sind in den barbarischen Kämpfen des Mittelalters solche Grausamkeiten geschehen, wie dort, von den Preussen an Polen; ein Blutbad über das andere! Ja, das hat die Regierung schrecklich ergrimmt, als sie durch das Volk gezwungen ward, die gefangenen Polen frei zu geben, ihnen die Wiederherstellung ihres Reiches zu gewähren. Nun lässt man diese Polen, die man früher gezwungen losgeben musste, durch heimliche Späher banditenmässig überfallen und morden. Ein armer junger Pole, für dessen Mutter ich selbst die Bittschrift für Begnadigung ihres Sohnes gemacht, wird im Angesicht dieser Mutter von einer wilden Bande preussischer Soldaten im Bett massakrirt.[1]) Ganze Lazarethe mit Verwundeten, sammt den Ärzten, die ihre Wunden verbanden, verbrannt. Der preussische General Willisen, der als Komissar hingeschickt war und diesen schrecklichen Unthaten Einhalt thun wollte, kam kaum mit dem Leben davon. Er wurde des Hochverraths angeklagt; während er sein Leben dran wagte, diesen Metzeleien zu steuern, hat man ihn mit Koth und Steinwürfen beinahe getödtet.[2]) Hier aber sind die Blätter gedrängt voll der boshaften Lügen gegen ihn und, obschon er dem König den Verrath an

---

1) Von der Bittschrift ist weiter nichts bekannt. Über Bettinens Haltung in der Polenfrage, die hier in ihrer vollen Einseitigkeit hervortritt, vergl. Geiger, 93—107.

2) Über die Sendung des Generalleutnants Karl Wilhelm von Willisen nach Posen, die bekanntlich in Folge seines schwächlichen Auftretens kläglich scheiterte, vergl. v. Willisen, Akten und Bemerkungen über meine Sendung nach dem Grossherzogtum Posen im Frühjahr 1848.

der guten Sache und ebenso sein strenges Verhalten nach dem königlichen Befehl nachgewiesen, so hat doch der König weder die Macht, noch auch den Willen, ihn gegen so harte Verläumdungen zu schützen, denn leider lag es in der sehr falschen Politik der Reaktion, dass die Polen, zur Verzweiflung getrieben, den Russen in die Arme laufen sollten um diese zu ihrem Schutz gegen uns aufzurufen, wo denn Russland sich als feindlich sammt den Polen gegen uns wenden sollte und dann als unüberwindliche Macht zum Beschluss die neue Staatsverfassung organisirte, — wo denn das Volk auf russische Art geknechtet würde. 110 000 Russen stehen an der Grenze, fraternisiren mit den preussischen Offizieren, um sammt diesen 20 000 Polen zu knechten und ihres verwüsteten Vaterlandes zu berauben und sie zu unsern und ihren Sklaven zu machen. Endlich hat Lamartine den Polen den Beistand der Franzosen zugesagt, schon werden sie in diesem Augenblick im Marsch gegen Oesterreich begriffen sein. Also Russen und Franzosen werden die deutschen Gauen zu ihrem Kriegsschauplatz machen. Das deutsche Volk ist getheilt in seinem Interesse: Aristokratie und Bürger wollen die Polen verderben mit Hülfe der Russen und mit diesen auch das gemeine Volk bändigen, das ihrem Gelderwerb mit seinem Communism und Socialism gewaltiges Verderben droht. Dieses aber ist geneigt, lieber mit den Franzosen für Polen gegen Russland zu kämpfen. Das Unheil aber, dem wir zu entgehen nicht hoffen können, sind die Ströme brodloser Arbeiter, entweder sie müssen in den Krieg oder alles Eigenthum der höheren Stände wird ihre Beute; schon sind Anschläge gemacht, wie die grossen Güter unter sie vertheilt werden sollen.

13. Mai. Liebe Pauline, ich bin vielfältig in diesem Schreiben unterbrochen worden; Mord und Brandereignisse sind vorgefallen auf dem Land, wo die Bauern den Adligen die Schlösser abbrannten. Die dicke republikanische Revolution, die in Süddeutschland immer geschlagen wird und sich immer wieder verstärkt auf den Feind wirft, fängt an jetzt mehr Gewicht zu haben; man fürchtet, dass sie sich an die französischen Truppen anschliesst, sobald diese uns feindlich angreifen werden, und dies kann keine 14 Tage mehr dauern. So steht es hier und rund umher und nah und fern!

Heute, da ich meinen Brief zu schliessen gedachte, erhielt ich den Ihrigen von 26. April; er beginnt damit, dass Sie mich fragen, was ich oder ob ich noch etwas für das Monument zu thun gedenke. Sie sagen mir ferner, dass man Ihnen vorgeworfen habe, keinen Contract mit mir gemacht zu haben.

Sie klagen, dass ich Steinhäuser und Sie keiner Begeisterung fähig halte, dass Ihr Aufenthalt in Rom sehr schwer noch lange anzuhalten sei, dass ich Ihnen Geld schicken solle. Auf all Dies antworte ich Ihnen aufrichtig. Erstens einen Contract mit Ihnen zu machen, würde von meiner Seite ein Verbrechen gewesen sein. Ich konnte auch nicht im entferntesten daran denken; ich habe bei der Hingabe meiner Skizze an Steinhäuser eine Wehmut gefühlt, diese Idee aufgeben zu sollen an einen anderen. Ich habe daher in einer Hoffnung, mir noch dies Werk einer lebenslangen Begeisterung zu bewahren, einen Vorbehalt ausgemacht, den ich durch Fleiss und Anstrengung aller Art zu realisieren hoffte. Ich habe ein Buch herausgeben wollen, von dem ich zum wenigsten 2000 Thaler des Ertrags an das Monument zu wenden hoffte. Das Buch ist mir von der Regierung wider alles Recht confiscirt worden,[1] es hat mich in eine Schuld an die Druckerei und Papierhandlung verwickelt, die mich hindert, an der Herausgabe dieser Werke fortzuarbeiten, bis diese Schuld bezahlt sein wird. Ich habe das Geld, das zu dieser Masse einkommen musste, meinen Gläubigern zugewiesen; es wird aber leider nichts einkommen, weil die Staatsverbote, Geld aus dem Lande zu bringen, die Buchhändler zwingen, nicht zu zahlen. Dass ich dies all gethan habe, muss sie überzeugen von dem Eifer für die Sache; dass ich aber nie im Sinn haben konnte, mehr zu thun als dies oder auf eine andere Weise daran theilzunehmen, kann ich Ihnen durch Ihre eigenen Briefe beweisen, die ich von Ihnen auf Ihrer Rückreise nach Rom erhielt, in denen sie theilnehmend mir mehrere Vorschläge und mehrere Demarchen mittheilten, die Sie selbst zu Gunsten dieser mir seit so langen Jahren theuern Angelegenheit haben unternommen. Die Vorschläge habe ich nicht unbenützt gelassen, aber es waren unnütze Opfer, die jetzt nicht wenig auf meiner beschränkten Lage lasten, denn 300 Thlr, die ich aus eigenem Mittel zu diesen erfolglosen Reisen hergab, nebst den Nachtheilen, die mir aus leichtsinnigen Verfahren entstanden, haben mit die Folgen gehabt, dass ich keinen Pfennig in diesem Augenblick zur Fortsetzung der Herausgabe meiner Schriften verwenden kann.

Nach Ihrer Ankunft in Rom kam mir ein zweites Schreiben von Ihnen, dessen Inhalt beweisvoller ist, dass meine Beziehungen zu diesem Unternehmen ganz dieselben sind, wie ich sie hier Ihnen darlege, und dass es, wo nicht eine Unmöglichkeit, doch eine Raserei gewesen sein

---

1) „Ilius Pamphilius". Vergl. oben S. 105.

würde, auch nur einen Fingerbreit weiter zu gehen, als jene Anstrengungen, die ich machte, um nicht ganz eine mir so heilige Sache, für
die ich schon so grosse Opfer gebracht, aufgeben zu müssen.

Noch einmal will ich Sie erinnern, wie Sie selbst wenig Tage vor
Ihrer Abreise mit bescheidener Bitte sich an mich wendeten, dem Steinhäuser zu erlauben, auf eigenes Risico nach meiner Skizze diese Aufgabe zu übernehmen; ich bewilligte es, um nicht der glorreichen Hoffnung für dieses Werk in den Weg zu treten, ich sagte Ihnen aber aufrichtig, dass ich nur durch eigne Anstrengung den Versuch machen
könne, mich daran zu betheiligen. Wie diese Versuche mir sind vereitelt worden, habe ich Ihnen hier mitgetheilt: ein schwerer Prozess,
der mit Indignation selbst gegen nahe Verwandten mich erfüllen musste,
hat alle meine Bemühungen vereitelt und meine Kräfte paralisirt. Aber
während mein Geist sich aufrieb im Streit wider diese Intriguen, hab
ich nichts versäumt was Ihrem Unternehmen zu gut kommen konnte.
Damals forderte ich den König auf, der auf alles einging und alles bewilligte, mit dem Bemerken, dass sein liebster Wunsch realisirt werde.
Jetzt war ich gleich darauf bedacht, immer in Fürsorge für Ihr Interesse, diesem Unternehmen eine festere Basis zu geben; ich konnte
dies nur werkstellig machen, wenn ich dem König von allen Seiten den
Aufriss des Monumentes vorzeigte. Stier unternahm es, die architektonischen Verhältnisse zu ordnen, in dieser Zwischenzeit drängten sich
ungeheure Kalamitäten auch in Bezug auf meine Familie, denen ich
kaum gewachsen war, und die Versprechungen des Stier sind indess
trotz meiner häufigen Bitten bis jetzt nicht erfüllt worden. Indess war
mir schon die Wahl des Platzes erlaubt, wir bestimmten anfangs das
Bassin im Lustgarten dazu, zwischen Schloss und Museum, aber weil
der neue Dom beinah bis auf diesen Fleck vorgerückt werden sollte, so
fanden wir einen noch beinah schöneren Platz im grossen, neu angelegten Garten vor Krolls Lokal auf dem Exerzierplatze. Während dem
erreichten die sich kreuzenden Verfolgungen gegen mich in öffentlichen
Blättern ihren Höhepunkt, die mich dem Gerede des Volks preisgaben,
mir aber durch obligate polizeiliche Zensur den Weg zur Widerlegung
abschnitten. Nun wurde der König immer mehr gegen mich eingenommen, und meine Verhandlungen mit dem König wurden dadurch
unmöglich; davon wurde ich um so mehr überzeugt, da der Kammer-
gerichtspräsident von Strampff mir sagte (als sei es im Auftrag), er
könne mir versichern, der König habe als bestimmend geäussert, er
wünsche mit nichts in Berührung gebracht zu sein, was meine An-

gelegenheiten berühre! Wie konnte ich glauben, dass dies eine Lüge
sei? Dennoch hatte ich Vertrauen, ich könnte durch Vorzeigung dieser
Aufrisse es noch zu Wege bringen, Ihnen eine festere Basis für dieses
Unternehmen zu erwirken. Denn trotz aller erkünstelter Verläumdung,
die einen so weiten Kreis durchströmte, als deutsche Zeitungen reichten,
drängte mich ein letztes Zucken der Begeisterung für den König, an
den ich, und ich allein unter so vielen, die heilige Mahnung an der
Vernunft schon so oft gerichtet hatte.

Ich wollte diesen Zwiespalt aufzuheben versuchen durch die Fürsprache für eine gerechte Sache, für die grösste Angelegenheit der
heutigen Schiksale, und dadurch eine reinere, versöhnende Vorbereitung
einleiten, ich habe während drei Wochen Tag und Nacht alle Kräfte
einer feurigen Inspiration daran gewendet, um den Vortheil seiner eignen
Zukunft, der Zukunft von ganz Deutschland und seines eignen Bestehens
ihm darzulegen. Einst werden diese Documente an den Tag kommen
und zeugen für einen prophetischen Geist, der mich zuweilen anfliegt. —
Es war ein grosses Wagniss einem diplomatischen Wahnsinn entgegen,
einem gefassten Entschluss des Ministeriums, in den der König sich
wie in einen Fuchsbau verrammelt hatte, durch eine herzhafte, aber auch
lockende Sprache für sein Heil, für seinen Ruhm ihn wieder zu entreissen, und gewiss ich hatte ihn wankend gemacht; sein besserer Dä-
mon pflichtete mir bei, — aber ich siegte dennoch nicht. Auf ein
Schreiben, wie es noch nie an einen Monarchen war gerichtet worden,
erhielt ich keine Antwort; indess ich verzagte nicht, ich schrieb ein
zweites mal, entschiedener, anklagender diejenigen, die ein schwindeln-
des Verderben über ihn ausbreiteten. — Nun ja! ich erhielt jetzt eine
Antwort vom König, worin er statt meinen Mahnungen Gehör zu
schenken, mir mit harten Worten entgegnete, die mir bewiesen, dass
ich bei ihm sei angeklagt worden, doch lag etwas versöhnendes darin,
dass er selbst mir schrieb, eine lange Epistel, worin er mich schliesslich
fragte, warum ich böse gegen ihn sei?[1]) Ich fühlte darin, dass er
tiefer von mir überzeugt sei, als von seiner eignen Meinung und nur in
ein politisches Netz verstrickt, welches ihn hindere, die Wahrheit anders

---

1) Die beiden Schreiben Bettinens an den König, dessen Antwort und Bettinens
drittes Schreiben fallen, wie sich aus dem Zusammenhang ergiebt, in die Zeit vor dem
Ausbruch der Pariser Februarrevolution und sind allem Anschein nach noch unbekannt.
Die von Geiger S. 94—106 mitgetheilten Briefe aus den J. 1846/47 können nicht wohl
gemeint sein, da sie sich lediglich auf die Angelegenheit Mieroslawski beziehen und
ihr Inhalt dem hier angedeuteten wenig entspricht.

als feindlich zu behandeln, und daher auch sie in mir zurückweisen
müsse, die wie ein Geist weder sich von ihm beschwören, noch leugnen
liess. So viel ich darunter gelitten habe, hoffte ich dennoch auf einen
günstigeren Zeitpunkt und beantwortete in dieser Erwartung des Königs
Handschreiben entsagend, aber mit gehobenem Muth, der sich von seinen
Stachelreden nicht bändigen liess. Da gleitet plötzlich der mächtigste
Thron Europas in den Staub! Eine Erschütterung für Deutschlands
Throne! Noch konnte unser König durch ein entsprechendes Verfahren
das Volksvertrauen erhalten; aber das eiserne Terroristen-System der
Minister liess dies nicht zu. — Da kam das Blutbad vom 18. März!
Politische Verwirrung, wahnsinniger Hochmuth ohne Mass, Volksrache
beschworen das Verderben herauf. Das Volksvertrauen auf die feierlichen Versprechen des Königs ward hart erprobt, bald lernte es kennen,
wie man es mit List in die Netze der Reaction verstrickte, wie die
Polizei ihre Fangeisen aufstellte, um es en canaille wieder dem Absolutismus zu verpfänden. Von diesem Augenblick hab ich nicht mehr
einer anderen Sache gedacht, als nur der Sache der verrathenen Menschheit, der Polen nämlich, die man sich nicht scheute durch die heiligsten
Versprechungen zu entwaffnen, um sie dann der russischen Übergewalt
ins Netz zu treiben. Ach, diesem Verbrechen wird kein Gott mehr das
Mittel zur Sühnung gewähren. Wir müssen durch diesen blutigen Nebel,
dessen erschütterndes Geschrei: „Es lebe die Republik!" nächstens an
den Ohren eines früher allgeliebten Königs anschlagen wird! Eben als
ich dies schreibe, taumeln 60 000 Menschen an unserer Wohnung vorüber in die Stadt, um das neue Ministerium zu stürzen, weil es ohne
Zustimmung des Volks den Prinz von Preussen zurückberufen hat.[1]
Was wird sein von heut bis in 8 Tagen? Wie rasch braust die Geschichte daher! Oh, seien Sie unbesorgt um Ihren Aufenthalt in Rom!
Während wir mitten in den Flammen stehen zwischen racheglühenden
Polen, preussischem Verrath, österreichischer Mordgier und russischer
Tyrannenwuth und vielleicht als letzte Rettung vor der Revolution
einer brodlosen Volksmasse die einrückenden Franzosen begrüssen werden!

16. März [sic! Mai!]. Der Strom politischer Ereignisse, der wie
ein Pfeil unter meinen Augen dahinschiesst, lässt mich nicht mehr zu
Wort kommen über das, was sie in Frage stellen. Aber doch werden
Sie einsehen, dass, wo Trümmer auf Trümmer stürzen und alle heiligsten

---

[1] Über die Volksversammlung bei den Zelten und die Demonstrationen vom
14. Mai vergl. Varnhagen, Tagebücher, 5, 20.

Interessen ihre Anforderungen geltend machten, nichts in seinen Fugen bleibt, Gelobungen nnd Verbindlichkeiten mit und ohne Contract sich auflösen! Bedauern Sie doch ja nicht, keinen Contract gemacht zu haben. Als die Titanen Jupiters Welt zerschlagen wollten, um eine nene zu bauen, kamen sie durch den eignen Sturz erst zur Erkenntniss, dass sie sich wahrscheinlich in den Mitteln vergriffen hatten. Sie suchten seitdem noch lange nach den echten Mitteln. Auch jetzt geht es so! Ich bedaure Sie während dieser fugenlosen Zeit nicht, keinen Contract gemacht zu haben; sie würde ihn dennoch auflösen.

Auf Ihre Frage, was ich noch für das Monument zn thun gedenke, kann ich nur dasselbe antworten, was ich bisher zu thun mich bestrebte, aber leider mit weit wenigeren Chancen des Gelingens. Bücher werden in dieser Zeit einer epileptisch gewordenen Tagesgeschichte nicht gekauft. Mein letztes Buch liegt schon längere Zeit zum Versenden bereit, allein es ist nicht der Mühe werth. Kein Mensch wird hente lesen Anderes, als was auf den heutigen Tag sich bezieht, nämlich die Zeitung. Alle Buchhändler sprechen von Bankrutt! Der König kann und darf nichts thun, als alles dem verhungernden Volke zuwenden. Wollte er aber auch, er kann nicht, denn alles Geld, aller Besitzthum ist geschwunden. Wohin? Ich weiss es nicht. Keiner weiss es. Gegen die Zwangsanleihe bewaffnet sich Bürger und Volk. Gegen freiwillige Beiträge sind Alle taub, so sehr man von oben schreit: „Das Vaterland ist in Gefahr, der Feind ist vor der Thür! Die Russen kommen! Die Franzosen von der anderen Seite!" Die Masse antwortet: „Lasst sie kommen, es geht uns dann nicht schlimmer als jetzt! wenn sie erst bei uns sind, so können wir sie bequem bekämpfen, wir brauchen ihnen nicht entgegen zu laufen."

Ich hoffe nnn, Sie sehen es ein, liebe Pauline, dass nichts von mir abhängt, was ich nicht anwendete, um Ihr Unternehmen gelingen zu machen, und dass wahrscheinlich von jenen Freunden (von denen Sie mir schrieben), die Ihnen Vorwürfe gemacht haben, dass Sie sich nicht sicher gestellt haben durch einen Contract, keiner gewesen wäre, der sich so Vielem unterworfen haben würde ohne Contract, und dass, wenn Sie sagen, es gebe eine moralische Sicherheit, die stärker sei und vertrauenbegründender als Contracte, Sie doch eingestehen müssen, dass durch meine Schuld dies Vertrauen nie konnte gefährdet werden. Und dass es endlich Schicksale gibt, die alle Contracte vernichten, aber niemals den guten reinen Willen, der gern alles Elend abwenden möchte, alle Bedrängnisse, allen Kummer erleichtern, sich selbst aber nie hoch anschlägt und die eigenen Interessen in nichts geltender findet, als sie für andere geltend zu machen.[1]) — Im Vertrauen auf Ihre Freundschaft unterzeichne ich herzlich

Bettine Arnim.

Nachschrift.

Die Ausstellung, die andere Jahre so gedrängt voll war, ist dieses Jahr so leer, dass man die Leute mit der Lorgnette in dem grossen Saloon auffinden muss.

Man hat keine Hoffnung zu verkaufen, so will man's mit dem Verlosen versuchen. Auch das wird schwerlich gelingen. Der „Geiger" ist dort aufgestellt, das einzige edle Werk, das mir gefällt, bis auf den Kopf, den ich entschieden individueller gewünscht hätte.[2]) Allein diesen gerade nimmt die Gisel[3]) in Schutz, und ich traue ihr mehr feinen Sinn für die Kunst zu, als mir, und bescheide mich daher. Friedrich II. ist nun in Bronze gegossen und ausgestellt in einem aparten Local,[4]) ich habe nie ein infameres Ungeheuer gesehen, als das, womit Rauch wahrscheinlich seine Künstlerlaufbahn beschliessen wird! Sieht von Antlitz wie eine auf dem Maskenball im Faustkampf plattgedrückte Maske [aus]. Der Gaul ist mit einem Netz von Adern überzogen, dessen weitgeöffnete Maschen einem auf die Idee bringen, als sei dies Rennthier in einem Fischhamen gefangen worden! . . . .

Noch ein letztes Wort übers Monument. Bleibt der König und fügt sich in die Wickelbande der Constitution, so wird die Zeit kommen, wo wir sein gegebenes Wort in Anspruch nehmen dürfen; ich will's hoffen. Wird durch die Gewalt der convulsiven Bewegungen eine Umwälzung alles Bestehenden [erfolgen], was leider zu befürchten steht, weil ungeheure Krankheitssymptome uns beherrschen, so werden vielleicht die Werke der Kunst, auch sammt den so hoch, so festgebauten Vorrechten des Bestehenden zusammenstürzen! Wir liegen nicht ausserhalb des Laufes drohender Geschicke!

---

1) Unterschrift eigenhändig; das Folgende wieder Abschrift bezw. Diktat.

2) Wohl Steinhäusers „Violinspieler", der 1848 vollendet wurde, eines seiner trefflichsten Bildwerke, „von wahrhaft klassischer Schönheit"; eine Wiederholung findet sich im Berliner Museum.

3) Gisela von Arnim (1827—1889), Bettinens jüngste Tochter, später vermählt mit Hermann Grimm.

4) Das schroffe Urteil über Rauchs bekannte Reiterstatue erklärt sich wohl teilweise aus seinen abfälligen Äusserungen über Bettinens Denkmalentwurf. Vergl. unten.

Ich würde mehr noch wagen und Ihnen versprechen mit demselben Eifer, so wenig er mir auch Früchte brachte, mich dem Gelingen zu widmen, wie bisher. Allein wenn Sie nicht auch nach allen Beweisen, die ich unzweideutig Ihnen bisher gegeben (und die noch stärker ins Licht treten würden, wenn Sie genauer von allen auf mich gehäuften Bedrängnissen unterrichtet wären) schon von selbst den Glauben in mich haben, so kann meine Betheuerung Sie nur beschämen! Kommt der König in die Lage, dass es nicht unverschämt sein würde, an frühere Verheissungen (die er in diesem Augenblick gezwungen ist, unberücksichtigt zu lassen) zu mahnen, so werde ich Sie darüber unterrichten und Ihnen Vorschläge machen zu einem direkten Schreiben an ihn, auf das er gewiss Rücksicht nehmen soll, wenn es in der Möglichkeit steht, darauf einzugehen.

Ich habe nun schon Vorkehrungen getroffen, die Zeichnungen der Ansichten ausführen zu lassen; sowie ich damit im Stande bin, werde ich Ihnen eine Durchzeichnung zukommen lassen. Allein gedrängt darf ich nicht werden, weil ich nirgend wieder drängen kann, und weil ich durch andere Verpflichtungen, die viel absoluter auftreten, in jeder Willensmeinung gehemmt bin!

Ein allgemeines bouleversement steht bevor, und (sic!) in Folge dessen der Herr Generaldirektor der Königl. Museen leicht auch als überflüssige Staatsbelastung dürfte gestrichen werden, und viele werden bald ohne Gehalt und ohne Carrière sein, die schon ihr ganzes Leben darauf berechnet hatten. Dies Schicksal wird mich auch betreffen in meinem Sohn, der jetzt den Gesandtschaftsposten in dem aufrührerischen Baden bekleidet [1]), weil der ordentliche Gesandte der Lebensgefahr halber sich zurückzog. — Der Melicher, der mitzuwirken hat bei dem Monument des Hahnemann, ist auch von mir angegangen worden [2]), den Steinhäuser zu berücksichtigen, ich habe ihm dieserhalb einen alten Schinken von Portrait in Aussicht gestellt. Sie werden sich der Magdeburger Bürgermeisterfrau noch erinnern, die Sie bei mir gesehen haben! Die soll er haben, wenn er Euch diese Aufgabe zukommen lässt. Aber Steinhäuser muss sich auch nicht wehren, den gebändigten Höllenhund zu Füssen des Doktorfürsten zu machen! Was hat er dagegen? Ich finde die Idee trefflich!

1) Sigmund von Arnim, preussischer Gesandtschaftssekretär in Karlsruhe. Nach freundlicher Mitteilung des Herrn Geh. Archivrats Dr. Bailleu.

2) Steinhäuser erhielt infolge dessen den Auftrag, ein Standbild des bekannten Arztes und Begründers der Homöopathie, Samuel Hahnemann, für Leipzig herzustellen, das im August 1851 enthüllt wurde. Ein Brief F. H. Melicher's, über dessen Persönlichkeit ich nichts ermitteln konnte, befindet sich im Nachlass Steinhäusers.

Ich [1]) habe die paar Seiten abschreiben lassen, weil ich zu unleser-
lich geschrieben hatte. Heute am 20ten Mai schicke ich diese Zeilen
an Sie; möchten Sie daraus ersehen, dass Ihre Vorwürfe in Ihrem letzten
Schreiben vom 20ten April ungerecht sind. Ich bedaure, dass ich für
ernste und warme Theilnahme an diesem Unternehmen, da ich weit mehr
auf mich nahm, als ich mir zugetraut haben würde, nichts geerndtet
habe als den Tadel Ihrer Freunde, dass Sie gewagt hatten, eine solche
Aufgabe ohne Contrakt zu unternehmen. Bei einem allgemeinen Erd-
beben hat keiner Zeit dem Nachbar Vorwürfe zu machen, warum die
Mauer seines Hauses auf ihn fällt, denn in demselben Augenblick fällt
auf jenen auch die Mauer des eigenen Hauses.

Unsre eben umlaufenden Nachrichten aus Paris sind den Anstre-
bungen des Königs vorläufig sehr entsprechend. Die Reaktion hofft bald
kräftiger auftreten zu können und vielleicht ist es dann eher möglich,
den König über das Monument zu sondiren. Ich werde nicht versäumen
Ihnen das Nötige darüber zu berichten und genau die Schritte anzu-
geben, die Sie dann werden thun können, wenn Sie noch soviel Glauben
in meine Verheissungen haben werden.

Vielleicht aber kommt es auch ganz anders, als wie man da oben
hofft und unten zu verhüten trachtet! Dann wird der Saamen der Er-
bitterung mehr schiessen und seine Früchte werden dem scheusslichsten
Egoismus zu gut kommen; dann wird man sich blutiger Erbschaften
erfreuen und die rächenden Geister der geschändeten Menschheit werden
lauernd der Vergeltung harren, und dies letzte ist mir mehr als wahrscheinlich, da man der Russen harrt, um der verlorenen Anmassungen
gegen Freiheit und Recht sich wieder zu bemächtigen, und jetzt schon
sich nicht scheut, im Gefolge von Lüge und Wuth die schauderndste
Verletzungen der Menschlichkeit als Patriotismus und Justiz zu üben.

Indem ich hoffe, dass die Wahrheit alles dessen, was ich hier mittheilte, Ihnen einleuchten möge, und mit Wünschen für Ihr besseres
Glück   Bettine.

6.

28. Oktober [1848]

Liebe Pauline! Ihr lieber kalter Brief, der hintenan mit etwas
bitzelndem Rauch von glimmendem Zorn ausgeht, ist schon von ihrer
lieben Schwester an mich bevorwortet worden und ich habe, wie natürlich, alles, was sie mir sagte, mit Freude vernommen. Es ist heute

---

1) Das Folgende wieder eigenhändig.

der fünfte Tag, dass ichs erfahren habe. Wir machten miteinander aus, dass Ratti eine Durchzeichnung von der Rücklehne des Stuhles machen solle. Leider ist dabei das Nothwendige die ganzen (sic!) Stuhlumfassung, auf welche die Rückseite des Stuhls berechnet ist. Sie ist eine architektonische Nothwendigkeit. Ich werde sie in so kurzer Zeit nicht fertig bringen nebst der ganzen Brunnenumgebung, auf den (sic!) die Statüe zu stehen kommen sollte und hier auf den Exerzierplatz berechnet war. Sie bestehen aus sieben Basrelief, von denen drei schon fertig sind. O wie schade! — Dem König habe ich vor kurzem noch Briefe über seine politische Lage geschrieben, Dinge, die von mir allein gefasst waren. Ich bin aber bei ihm für einen politischen Phantasten gehalten! . . .

Folgen Mitteilungen aus dem Familienkreise: Erkrankung ihres Sohnes Friedmund an Typhus, Niederkunft ihrer Schwiegertochter[1] u. a.

. . . Alles, was ich durch Bücher sonst erworben habe und worauf ich angewiesen war, um Papier und Druck zu zahlen, ist Kriegs- und Revolutions-halber nicht gezahlt worden. Der Buchdrucker hat mich verklagt, der Papierhändler hat mich verklagt und noch ein zweiter Papierhändler. Dafür hat das Kammergericht alle Betrüger und Diebe meines Eigenthums mit der grössten Unverschämtheit unterstützt, ja ich muss glauben, dass polizeilich Gauner aufgetrieben werden, um mich mit falschen Anforderungen zu behelligen. Das ist, was mir zu schaffen macht. . . .

Ausserdem hat man zu Gunsten der reichen Bauern alle ihre Verpflichtungen gegen die Gutsherrn ohne Entschädigung aufgehoben, wodurch alle armen Leute, welche von dem Gutsherrn ihr Brod hatten, jetzt ganz verdorben sind. Noch ist eine Grundsteuer im Werk, wo jeder Gutsherr den ganzen Werth seines Gutes versteuern muss; da aber kein Gut ist, wo nicht grosse Kapitale drauf stehen und zwar so, dass der Gutsherr oft nur 10000, ja weniger dran hat bei einem Kapital von 100000, von denen er die Zinsen ins Ausland zu zahlen hat, so ist der Bankrot unvermeidlich. Alles ist schon darauf gefasst von diesem wahnsinnigen und ganz von der Unwissenheit durchdrungenen Treiben, welches die Armuth aufs höchste steigern muss, zerschmettert zu werden! Das viele Zerschlagen und Demoliren der Eisenbahnen und andre Kriegsgräuel haben die Actien heruntergedrückt, dass sie beinah auf Null stehen und ausserdem dies Jahr nicht gezahlt haben; die Feld-

---

1) Achim von Arnim, geb. 24. März 1848, gest. 8. Febr. 1891.

arbeiter haben die doppelte Lohnerhöhung gefordert: mein Sohn hat
also den Kindern ihren kleinen Antheil nicht zahlen können. Wir sind
eben dabei unsre Kräfte anzustrengen, um selbst unser Brodt zu verdienen. Das ist also, was andre Menschen Unglück nennen, was mich
aber nicht affizirt und zum Glük auch nicht meine Kinder . . .

Adieu, liebe Pauline! rechnen Sie mir meine Fehler nicht zu hoch
an, es ist keine Versäumniss Ihrer, sie haben mir immer am Herzen
gelegen und werden es immer. Es ist Mangel, alles zu umfassen, was
wie ein grosser Strom mich überschwemmt, unter dem ich dennoch,
wie gebannt an gewisse heilige Menschheitsintresse angestrengt arbeite.
O, nicht die Hälfte, was meine Seele und Geist noch zu bekämpfen
haben, ist hier angedeutet. Adieu, Adieu! Ratti soll Ihnen bald alles,
was ich jetzt zum ganzen beitragen kann, übersenden.

ihre herzliche Freundin

28ten October. Bettine.

Man darf nach dem letzten Briefe wohl vermuten, dass die Ver-
stimmung nicht von langer Dauer war. Bettine, die sich wieder eifrig
mit den Zeichnungen für die Basreliefs beschäftigte, die Sockel und
Stufen des Denkmals umkleiden sollten, bot all' ihre liebenswürdige
Beredsamkeit auf, um den Künstler zu beruhigen und ihm neuen Mut
einzuflössen. Wenn der König das Monument nicht nehme, müsse London oder Paris, wie sie meinte, dasselbe erwerben; durch eine Ausstellung der Entwürfe in den beiden Städten hoffte sie zum mindesten dem
Denkmalfonds eine Summe zuwenden zu können. Auch Steinhäuser schien
wieder Hoffnung gefasst zu haben und machte sich rüstig ans Werk.
„Meine grosse Goethestatue   schrieb er am 6. April 1849 dem Vater
— geht jetzt vorwärts, es wird fortwährend daran gearbeitet", und
nach Jahresfrist wieder: „Der Goethe geht immer vorwärts, es ist eine
ganz ungeheuere Arbeit daran." Er hatte dabei jedoch nur die ursprünglich geplante Gruppe im Auge; um den Monumentalbrunnen und die
Reliefs, für die Bettine fortwährend neue Vorschläge unterbreitete, küm-
merte er sich bei der Ausführung vorläufig nicht, in der richtigen Erwägung, dass die Statue wohl sicher einen Käufer finden werde, die
Herstellung des Monumentalbrunnens ohne besonderen Auftrag aber ein
Ding der Unmöglichkeit sei. Er hoffte hierbei immer noch auf Friedrich
Wilhelm IV, der, wie Bettine versicherte, sich wiederholt darnach er-
kundigt hatte. Frau von Arnim gab ihm den Rat, er möge sich direkt
an den König wenden, doch dürfe er sich nicht darauf berufen, dass

dieser ihrer Tochter Armgard versprochen habe, das Denkmal zu erwerben. „Steinhäuser möge sagen, — so liess sie ihm durch eine seiner Nichten schreiben   die Arnim habe ihm die Freude gemacht, ihm die Ausführung des Monuments zu übertragen, doch sehe er jetzt, dass die Sache zu grossartig werde, als dass er mit seinen eigenen Kräften es allein ausführen könne, desbalb wende er sich mit der Bitte an den König, ob derselbe ihn nicht dabei unterstützen wolle. Dann möge Steinhäuser dabei erwähnen, dass Frau von Arnim noch Reliefs dazu entwerfe — diese könne Steinhäuser dann loben, soviel er wolle, schaltete sie hierbei ein — besonders aber möge Steinhäuser erwähnen, dass die Reliefs einen Springbrunnen bildeten, da der König diese ganz besonders liebe und ihn das besonders interessieren werde." [1]

Der Meister scheint den Rat befolgt zu haben, freilich ohne sein Ziel zu erreichen; Varnhagen, dessen Tagebücher für die folgenden Jahre zahlreiche Nachrichten über die Angelegenheit enthalten, will wenigstens wissen, der König habe Steinhäuser auf seine Anfrage im Dezember 1850 durch den Generaldirektor der Museen, Olfers, eröffnen lassen, dass er „in diesen Zeitumständen" nichts thun könne.[2]) Gleichwohl gab der Künstler seine Sache noch nicht verloren. Offenbar in der Absicht, sich an Ort und Stelle klaren Aufschluss über die Lage der Dinge zu verschaffen, erschien er im Juni 1851, in Begleitung seiner Frau, in Berlin. Unter den Augen Bettinens stellte er dort die Idee des Ganzen vorläufig fest und baute das Gipsmodell für den Monumentalbrunnen auf. Sein Wunsch, den König zu sprechen und mit ihm womöglich ein Abkommen zu treffen, sollte sich aber nicht erfüllen; als er im August die Hauptstadt wieder verliess, war er seinem Ziele nicht viel näher gerückt, das Schicksal des Denkmals immer noch ungewiss.[3]) Äusserungen Humboldts, mit dem Bettine sich darüber unterhielt, lauteten keineswegs ermutigend; Rauch und Olfers, ohne deren Rat der König eine Entscheidung voraussichtlich nicht traf, waren allem Anschein nach dem Plane wenig gewogen; der erstgenannte, dessen Beziehungen zu dem früheren Schüler sich längst abgekühlt hatten, hielt mit seinem abfälligen Urteile über die Arnim'sche Komposition nicht zurück. Bettine klagte offen über Ränke, mit denen man sie und ihren Schützling verfolge.

---

1) Marianne Dussler an Pauline Steinhäuser. 4. Jan. 1850.

2) Tagebücher. 6, 211.

3) Varnhagen, Tagebücher (1851 Juni 11, 13, Aug. 10, 11) 8, 208, 211, 291, 295.

und verzweifelte zeitweise selbst an der Hoffnung, dass der König seinem Versprechen gemäss das Gipsmodell besichtigen werde.[1])

Aus diesen wechselnden Verhältnissen und Stimmungen sind die drei nächstfolgenden Briefe entstanden.

7.

[16. Aug. 1849.]

Liebe Pauline! Die Figur mit den beiden Kindern soll Ihr lieber mit mir so nachsichtiger Steinhäuser ja nicht machen, ich werde ihm auf beide Seiten viel originellere Kindergruppen schicken; auch ist diese Figur nicht von mir! — Wenn Sie sich aus der kleinen Krupelscitze vernehmen können, welche hier beiliegt, so werden Sie sehen, dass bas-relief des Piedestal läuft von einer Seite um den vordern Theil herum bis zur andern Seite, es ist ein Bachanal, von dem sie schon Theile gesehen haben und welches mit prächtigem Weinlaub durchrankt ist, und wird den Würfel zu einem grossartigen Kunstgebilde schaffen, wie bisher noch keins gesehen worden: in der Mitte grade der Bachus, wie er die Psyche aus dem gährenden Weinduft rettet, Tieger, die ihn umheulen! - trunkne Bachantinnen im Schlaf und Taumel versunken! — Das Basrelief verliert sich von beiden Seiten bis nahe an die Wasser spauzenden Medusen und lässt ganz nachlässig und unbekümmert den übrigen Platz leer. Dies denke ich mir besonders schön, dass es unbekümmert um den leeren Platz, wie ein echtes Kunstwerk nur für sich selbst redet. — Die weissen Marmorbasreliefs, welche den Wassertrog bilden, gehen (wie der Würfel von vorne nach hinten) von hinten nach vorne, wo sie von der breiten Marmortreppe von sieben Stufen abgekantet sind und zu dem Würfel hinaufführen, den weisse Marmorplatten umgeben, welche einen Umgang um das basrelief des Würfels bilden bis an das Ende desselben und weiter oder vielmehr ganz herum, wenn man das Nasswerden nicht scheut, denn die Medusen speien ihr Wasser so weit vor, dass man dahinter weggehen kann. — Die Bäume auf der Höhe der basreliefs vom Trog sollen lebendige Lorbeer, Myrten und Granaten seien in schönen Bronzekübeln, aber ganz einfach von der edelsten antiken Form. Diese basreliefs von weissem Marmor haben eine bronze Einfassung, die breit genug ist, um diese Vasen zu tragen; es ist auch unten mit Bronze eingefasst (vielleicht oder vielleicht auch nicht). Dann steht der Trog auch auf zwei Stufen. Das basrelief, das den Trog umgiebt, hat das eigenthümliche, dass es aus zwei Lagen be-

---

1) Varnhagen, Tagebücher (1851 Sept. 21), 8, 343.

steht. Alles noch im Mutterleib der Erfindung, aber kein Mondkalb, sondern eine Kunstwirklichkeit.

Sie tadeln meine politische Richtung! ich habe nie etwas unternommen, was nicht ein Muss in mir gewesen wäre, und bin zum wenigsten nicht unfruchtbar für die Menschheit gewesen, denn viele haben ihre Köpfe noch auf dem Rumpf sitzen, denen sie gewiss verloren waren, wenn ich nicht mit beinah übernatürlicher Anstrengung dagegen gekämpft hätte! — Auf die Zeichnungen müssen Sie wenigstens ein ¼ Jahr warten, aber wenn mich Gott leben lässt, nicht länger. Die Zeichnungen sollen in Paris und London ausgestellt werden; viele sehr bedeutende Personen interessiren sich dafür. Es soll etwas eintragen, und wenn es meine Reise nach Rom deckt, so komme ich zu Euch — sonst kann ich nicht, denn ich bin ganz arm. — Geht es dem König gut, dann wird er es gewiss nehmen; er hat schon mehrmals danach gefragt. Gehts ihm aber schlecht, so muss das brittische oder pariser Museum es kaufen. Noch viel hätte ich Ihnen zu sagen, aber ich kann nicht mehr. Es wird sich alles ausweisen. Das basrelief über dem Haupt der aufsteigenden Figur, die Steinhäuser ja nicht zu klein machen muss, soll auch gemacht werden. Das Rabenvieh, was Steinhäuser **Frankfurter Adler** nennt,[1]) kann und darf nicht vornehin, da mein Basrelief das ganze Werk emporhebt und davorne bleiben muss, weil sonst das Individuelle ganz darin verloren geht. Ich begreife auch nicht, wie diese so schaale Idee Gnade vor ihm findet. Was würde auch die Welt sagen, wenn sie einmal ausgestellt wären und man fände, dass der Künstler den Adler dem Bachanal vorgezogen hätte! Das wär ihm ein ewiger Vorwurf! — Adieu, und alle Kinder Adieu und die göttlich schöne Madona soll gelingen, und die kleine Paulline Adieu und Vivat die grosse Nation, die Ungern, die so vielen vom Erschiessen helfen, denn man hat hier schon Angst vor ihnen!

Die Eure von Herzen

16ten August 1849. Bettine

8.

[6. Sept. 1851]

Liebe Pauline. Ich befinde mich immer noch hier auf dem Lande und werde auch vor 4 Wochen noch nicht fort kommen; als ich hier

---

1) Wohl der Adler, der auch nach dem ursprünglichen Entwurfe Bettinens auf der Stirnseite des Sockels angebracht ist. Vergl. das Titelbild zu „Goethes Briefwechsel".

ankam, fand ich die Gesundheit von Freimund so sehr geschwächt und
so bedenkliche Anzeichen, dass ich ihn schnell nach der Stadt schiken
musste, um dort ärztliche Hülfe zu suchen, was er nicht anders thun
wollte, bis ich ihm versprach, so lange hier zu bleiben; nun ist er seit
14 Tagen dort und Ich sitze hier in einem grossen Haus ganz allein,
sogar ohne Bedienung, denn diese wohnt in einem andern Gebäude.
Jeden Abend um 8 Uhr wird das grosse Haus zugeschlossen. — Und
nun kommt es darauf an, dass mich die Spitzbuben nicht ermorden, die
in unserer Gegend häufig einbrechen: sonst ists uns Monument geschehen. Wir haben zwar hier 6 tüchtige Hunde, die bei dem geringsten Argwohn um die Wette ein höllisches Gebell verführen, aber kein
Mensch hört nach ihnen, nur ich, und wie manche Nacht spring ich
aus dem Bett, reiss das Fenster auf, ruf hinaus: „Johann! Kunz!
Peter! Friederich! — seid ihr alle wach?" — nur damit die Diebe
davon laufen sollen aus Furcht vor dieser grossen Volletaille, die im
tiefsten Schlaf jenseit des grossen weitläufigen Hofes liegt. — Wie seltsam wechseln doch meine Geschäfte! — hier bin ich Zimmermann,
Tischler, Drechsler, Glaser und Schlosser, — in Berlin hatte ich die
Ehre von Euch unter die Künstler gezählt zu werden. — Nach 3 Wochen
werde ich wieder nach Berlin gehen. Dann wird Freimund wieder hier
sein und hoffentlich mit besserer Gesundheit. Ich wollte erst mit Gisel
in ein Bad gehen, um mich wieder ein bischen zu erholen, allein ich
habs aufgegeben, um meine Zeit möglichst zusammen zu halten, bis ich
mein Versprechen gegen Sie werde gelöst haben.

Der König ist immer noch nicht in Berlin. Hat Ihnen vielleicht
Ratti geschrieben, dass ich noch am Tag vor meiner Abreise, — denselben, an dem ich von Ihnen Abschied nahm — den Humbold gesprochen habe und dass er selbst mir von der Scitze sprach und mich
fragte, ob Steinhäuser vielleicht denke, dass es vom König werde bestellt werden, so irre er sich sehr, den[n] das Ministerium habe keinen
Heller dazu zu verausgaben. Ich gab ihm zur Antwort, dass ich nicht
glaube, dass Steinhäuser im Sinn habe, diese Bitte zu äussern. „Nun,"
fragte er, „was will er denn damit?" — ich sagte, es sei ihm eine
angenehme Arbeit und er mache sie aus Liebhaberei. Er fragte, was
die Arbeit denn allenfalls kosten werde. — ich sagte, dass ich vermuthe,
die colossale Statue, welche bereits schon fertig sei, werde den Preiss
von 10 000 Thl. nicht übersteigen. „Auch 10 000 Thl. können nicht ver-
ausgabt werden, denn es ist keine Möglichkeit, dass auch nur ein Heller
gezahlt werden (sic!)." — „„Ja, daran denken wir auch nicht, die Statue

wird, wenn Steinhäuser sie verkaufen will, augenblicklich verkauft sein.“
— „Wohin?“ fragte er. — „Überall, in Paris, Frankfurt, Weimar,
aber am schnellsten noch in Amerika.“ — „O, man wird wohl auch
noch in Europa einen Ort finden!“ — „Nein,“ sagte ich, „Amerika
ist der einzige Ort, der passend sein wird, da der König von Preussen,
der sie früher immer gewünscht hat, sie jezt natürlich nicht mehr be-
rüksichtigt, da so viele andre grosse Momemente in Arbeit sind. Auch
denke ich gar nicht daran, auf ihre Anfertigung einen Werth zu legen,
denn jezt bin ich geborgen, dass sie zum wenigsten nicht in Lieblose
Hände kömmt, denn Steinhäuser allein hat die Scitze gemacht und sie
ganz nach meinem Sinn angefertigt.“ — Ob sie denn nicht ganz nach
der Scitze sei, welche vor meinem Driefwechsel in Kupfer sei? — ich
sagte: „ja, und noch ein bischen dazu,“ und hier fing Giesel an, ihren
Enthusiasmus auch auszusprechen. Hier frug er, ob ich wisse, dass
Herr von Olfers mit dem König nach Hohenzollern gereist sei? Ich
erwiederte, dass mich dies wenig interessire, da ich Herrn von Olfers
sehr wenig kenne. — Er sah mich verwundert an und ärgerte sich
etwas. Wir nahmen den herzlichsten und ehrfurchtsvollsten Abschied
von ihm und gingen fort. — Vorgestern kam nun ein höchst steifer
und diplomatischer Brief von dem Oberbaurath Stüler an mich, worin
er mir meldet, dass er bei seiner Rükkehr von seiner Reise mit dem
König einen Brief des Herrn Steinhäuser vorgefunden habe, begleitet
von einem Schreiben meiner Hand betreffend die unglükliche Kassen-
differenz der an den König verkauften Statuen.[1] Steinhäuser sei abgereist, ohne diese erledigt zu haben und ohne auch nur die ihm anver-
traute Auseinandersetzungen der Hofmarschallamtskasse zurükzugeben
etc. etc., dass er sich daher an mich wenden müsse, weil er nach meinem Schreiben schliessen müsse, dass ich im Besitz von Papieren sei,
welche der Oberrechnungskammer gegenüber den Beweis führen, dass
Steinhäuser nur die accordirte Summe erhalten habe, was die Kammer
aus Mangel an hinreichendem Beweis nicht anerkennen wolle; ich solle
daher so gütig sein, irgend ein offizielles Schreiben vorzuweissen, aus

---

1) Es handelte sich um die Statuen des „Muschelmädchens“, — die erste war
beim Abladen zerbrochen und durch eine zweite ersetzt worden. Steinhäuser hatte
(vergl. oben S. 94) i. J. 1843 unter Vermittlung Bettinens 1500 Thl. dafür erhalten,
wogegen die Oberrechnungskammer nach 8 Jahren mit der Behauptung auftrat, es
seien nur 1000 Thl. bewilligt worden, und von dem Künstler Rückzahlung oder Nachweis für den rechtmässigen Bezug des Mehrbetrags verlangte. Der Briefwechsel Bettinens mit Karl Steinhäuser und dem Oberbaurat Stüler über diese Angelegenheit, der
sich bei den Akten befindet, bietet kein weiteres Interesse.

welchem die von sr. M. dem König bewilligten Preise für beide Statuen und die nachbewilligten Emballagekosten ersichtlich seien, wäre dies aber nicht möglich, so wird und muss instructionsmässig die Ober-Rechnungskammer auf eine Indemnitätsbill Sr. M. des Königs bestehen etc. etc. Nachträglich bittet er inständigst, dieser widerwärtigen Verhandlung durch gütige Übersendung der über die Preisse sprechenden Papiere oder durch Auswirkung einer nachträglichen Allerhöchsten Genehmigung dieser gezahlten Summen ein Ende zu machen. Die wohlverdiente Gunst, welche ich Steinhäuser zuwende, werde mir vielleicht diese Zumuthung weniger unangenehm machen. Ich habe hierauf eine Antwort gegeben, welche mir das grösste Vergnügen macht — noch ist sie nicht ganz fertig — und sie wird wohl zwei grosse Bogen anfüllen. Bei Gelegenheit werde ich sie ihnen nach Rom senden, es wird dies mir eine gute Unterstützung sein bei dem König, wenn ich ihm die Scitze zeigen werde, denn er muss sie lesen, sie enthält zu viel Schmeichelhaftes für ihn und ironisiert mit der grössten Feinheit die Oberrechnungskammer. Sie werden aus diesen Mittheilungen erkennen, dass ich bis jezt noch nicht müde geworden bin, alles, was und wie ich es für Ihr Interesse verwenden kann, sofort zu benützen. Werden Sie nicht aengstlich, wenn es ein wenig laenger dauert, aber sein Sie auch überzeugt, dass ich fort und fort mit Eifer dafür wirke. Reisen Sie glüklich und denken meiner im Guten.

Ihre herzlich ergebene

Bettine Arnim.

am 8ten September 1851
   Wiepersdorf bei Jüterbog
   über Nonnendorf.

Adr.: An Fr. Pauline Steinhäuser

Bremen.

9.

[9. Januar 1852]

Mitteilung eines Schreibens Stülers vom 17. Dez. und der Antwort Bettinens vom 26. Dez.

Über diese Geschichte kümmert Euch nicht! Gebt um Gotteswillen kein Geld! ich werde, sowie ich zum König komme, alles ihm vorlegen als Aktenstük, den Grund belegend, warum die Zahlung, wenn er das Monument machen lasst, durch andere Hände als diese an Euch muss gelangen. Ich werde heute noch an den König schreiben, um ihn vorläufig zu benachrichtigen.

Liebe Pauline, auf der andern Seite Kopie von Stülers und meiner Correspondenz. Steinhäuser soll ihm schreiben, er habe sie bei mir getroffen zu haben geglaubt, ich könne sie aber nicht finden. Dies ist auch wahr, denn bei meiner Abreise nach Wiepersdorf und Transport vieler Papiere können sie leicht drunter gekommen sein. Wenn ich sie habe, so werde ich sie zu rechter Zeit schon finden, denn dann werd ich sie nötig haben. Wenn es wahr ist, was sie von Reumont gehört haben, so sagen [Sie] Steinhäuser, dass er ohne meinen Consenz nicht über die Statue disponiren könnt. Das wird mich um so schneller zum Ziel führen. Seit Ihr fort seid, hat Niemand das Modell gesehen. Wir haben auch nicht davon gesprochen. Es sind tolle Intriguen im Gang gegen dies Kunstwerk, beinah ärger wie in der Weltgeschichte jezt, ich aber habe alles vorbereitet, diesen Intriguen einen tüchtigen Nakenschlag zu versetzen. Ich habe ohne Rast vom Morgen bis zum Abend daran gearbeitet. In der Zeit, wo Sie dies Schreiben erhalten haben werden, würde ich auch bei dem König angefragt haben, wenn ich nicht jezt erst warten müsste, ob die Nachricht mit dem Ankauf sich bestätige. Ich bitte, versäumt nicht, zu thun, wie ich euch sage, dass Ihr nemlich mich erst fragen müsstet. Dies giebt die beste Gelegenheit dem König das Monument vorzuzeigen und ihn zu fragen, ob er die Basreliefs nicht auch will machen lassen. Es wird hier Monument auf Monument gehäuft. Die Menschen werden nächstens zusammen rüken müssen, um ihnen Platz zu machen.

Liebe Pauline, glauben Sie, viel muss ich an Sie denken bei allem, was Ihnen weh thut. Sie werden sich aber selbst sagen, dass Schmerzen auch von Gott geschaffen sind und dass sie in Bitterkeit einem vor manchem bewahren, was man sonst mitgelebt haben würde. Aber Heiterkeit ist die wahre Sprache des Göttlichen. Ich hoffe gewiss, dass wir uns sehen werden, vielleicht in diesem Jahre.

Ihre treue Freundin Bettine

Berlin am 0ten Januar: 51

Hoffnungen und Enttäuschungen lösten einander auch in der Folge ab. Auf eine Anfrage der Frau von Arnim erklärte der König sich bereit, das Gipsmodell in Augenschein zu nehmen, und ordnete (Febr. 1852) an, dass es zu dem Zwecke nach Schloss Bellevue verbracht werde. Eine persöliche Begegnung mit Bettine wünschte er aber nicht; „früher, als sie eine Macht gewesen, habe ihre Annäherung ihm geschmeichelt, aber seit 1848! — " [1]) Ihr Versuch, ihn dennoch zu sprechen missglückte. Nach einiger Zeit kam der Bescheid, der König habe die Skizze besichtigt und bitte, sie wieder abholen zu lassen. Kein Wort weiter! Bettine legte dieses Schweigen zu ihren Ungunsten aus und war daher nur so freudiger überrascht, als sie mittelbar durch den General von Willisen erfuhr, der König sei von dem Modell ganz entzückt und finde es „herrlich, prächtig, ohne jedes Aber." [2]) Allzu vertrauensselig freilich blickte sie nicht in die Zukunft, denn sie wusste auch, dass der König verschiedene Künstler und Kunstverständige um ihre Meinung befragt habe, die den Entwurf nach Kräften herabsetzten. Sie nahm sich vor, einiges daran zu ändern, und dachte den Herrscher zu bestimmen, dass er das Modell noch einmal sehe; zugleich wollte sie ihm mitteilen, dass eine allgemeine Subskription zu Gunsten des Denkmals eröffnet werde, und ihn ersuchen, seinen Namen als erster auf die Liste zu setzen. Vielleicht, meinte sie, entschliesse er sich dann doch zum Kaufe; andernfalls setze sie ihre Hoffnung auf den Grossherzog von Weimar oder König Ludwig von Baiern. Wenn sie letzterem — fügte sie scherzend hinzu, — ihr Bachanalrelief als Oktoberfest demonstriere, werde er sicherlich Feuer und Flamme sein.

Unterdessen harrte das römische Künstlerpaar sehnlichst auf die Entscheidung. Die Goethestatue mit der Psyche stand nahezu fertig in des Meisters Atelier; ein gewaltiges Bildwerk, das schon allein durch seine Grössenverhältnisse [3]) wirkte, voll Harmonie und Formenschönheit. Der erste Entwurf Bettineus war, von geringfügigen Änderungen abgesehen, pietätvoll festgehalten worden. „Feierliche Stille" schwebt nach der Schilderung einer berufenen Interpretin über dem Ganzen. „Goethe in der Majestät des Dichterkönigs. Über den tiefen wunderbaren Augen leuchtet herrlich die erhabene Stirne, ein Hauch der Begeisterung umspielt die riesig grossen Züge. Die Falten des Mantels, wie von der Morgenluft einer höheren Welt geschwebt, scheinen sich melodisch zu bewegen, während die kindliche Psyche das Geheimnis der Dichterseele durch die Leier ausspricht: ihre Unschuld und Schönheit sind das Gewand, das sie den Blicken der Gemeinheit verhüllt." [4])

1) Varnhagen, Tagebücher (1852 März 21), 9. 95.
2) Varnhagen, Tagebücher (1852 April 3) 9. 148; ebenda 9. 150, 155.
3) Höhe der Goethestatue: 8 Fuss 2' 7'", der Psyche: 4' 10½'".
4) Undatierter Aufsatz von Pauline Steinhäuser, wohl aus d. J. 1852. Konzept.

Aber es steckte die Arbeit von vier Jahren in dem Werke, die
Auslagen, die dem Künstler erwachsen, waren beträchtlich und beliefen
sich nach seiner Berechnung auf 4000 Scudi: die nervöse Ungeduld,
die sich seiner allmählich bemächtigte, war daher begreiflich. Wenn
Bettine in ihrem naiven Optimismus die Sache einst so leicht geschildert hatte „wie das Verspeisen des täglichen Brods", so bewiesen die
Erfahrungen der letzten Zeit nur zu sehr das Gegenteil. Als monatelang aus Berlin keine Nachricht eintraf, konnte Pauline Steinhäuser sich
nicht enthalten, in vorwurfsvollem Tone der Gönnerin und Freundin zu
schreiben.[1]) Die Antwort Bettinens enthält der Brief vom 26. Mai, dessen
Inhalt ich oben kurz skizziert habe. Er vermochte den Meister nicht
zu beruhigen, um so weniger, als dieser bald darauf durch Bettinens
Tochter Maximiliane, die zu Besuch in Rom erschien, die niederschmet-
ternde Kunde erhielt, dass in Berlin keine Aussicht mehr bestehe. Worauf
sich diese Mitteilung stützte, entzieht sich unserer Kenntnis. „Sei es,
dass die Gegenwirkung sehr einflussreicher Männer meine nicht unbe-
gründeten Hoffnungen vereitelte, sei es, dass der König, durch die politischen Tendenzen der Frau von Arnim beleidigt, ihr und ihrer Unternehmung seine Neigung ganz entzogen hat, ich weiss es nicht," — klagte
Steinhäuser.[2]) Er war entschlossen, die Statue nunmehr gegen Ersetzung
der Auslagen seiner Vaterstadt Bremen anzubieten und schrieb in diesem Sinne an seinen alten Gönner, den Senator Klugkist, während seine
Frau Bettine davon benachrichtigte. So schlimm, wie er meinte, stand
indes anscheinend die Sache in Berlin doch noch nicht; Maximilianens
Mitteilungen erwiesen sich mindestens als verfrüht. Ende Juni erfuhr
er, dass Friedrich Wilhelm IV. durch seinen Privatsekretär von Niebuhr
bei Frau von Arnim nach dem Kostenanschlage des ganzen Monumentes
habe erkundigen lassen,[3]) — ein Schritt, der immerhin zeigte, dass der

---

1) Die Darstellung, die Varnhagen (Briefe von Stägeman u.s.w., 270) von den Beziehungen Bettinens zu Steinhäuser giebt, muss, wie zur Ehre beider Teile festzustellen ist, fast in jedem Satze als tendenziös und unzuverlässig bezeichnet werden.
Es ist, wie wir sehen, nicht richtig, dass Bettine dem Bildhauer vorspiegelte, „der
König habe das Ganze gebilligt und übernommen", während er thatsächlich nichts
davon gewusst habe, und es beruht ebenso auf böswilligem Klatsch, wenn behauptet
wird, der Künstler habe, als er sich getäuscht gesehen, Bettinen mit einer Forderung
von 20000 Thl. (!) gedroht und sie und ihre Familie in peinlichste Sorge versetzt.
Der Brief Paulinens, in dem sie Frau von Arnim versichert, dass sie ihren Kummer
ebenso schmerzlich empfinde, wie den eigenen, spricht für ihre vornehme Denkweise
und bürgt dafür, dass die Auseinandersetzung eine ruhige und würdige war.

2) An Senator Klugkist, Undatiertes Konzept aus dem Juni 1852.

3) An Senator Klugkist, 13. Juli 1852. Konzept.

König sich mit dem Gegenstande noch beschäftigte, und den Künstler
bestimmte, von Verhandlungen mit Bremen vorläufig abzusehen. Bettine
ihrerseits suchte die günstige Stimmung zu nützen. - „Meine Begriffe
von Eurer Majestät eingebornen Grossmuth, schrieb sie am 3. August
dem Herrscher, waren wankend geworden als mir vor einiger Zeit die
Meldung ward: Der Scitze von Goethes Denkmal könne der Platz in
Bellevue nicht länger gestattet werden; ich glaubte, ein unverschuldeter
Unwille habe diese kalten Worte an mich gelangen lassen; später kam
mir die bessre Einsicht, dass etwa ein Missfallen an der Scitze selbst
dies veranlasst habe, und jetzt nachdem ich viel Fehlerhaftes darin verbesserte, fühle ich um so mehr, wie sehr mein Enthusiasmus über sein
Verdienst hinausgriff, aber doch hoffe ich, das Mangelhafte, was mit
prüfender Geduld in der Scitze nicht überwunden ist, wird im Grossen
sich von selbst fügen; ich kann trotz vieler hartneckiger Gegner die
Schmach nicht auf mich nehmen, jetzt wo ich vielleicht der Vollendung
am nächsten stehe, es fallen zu lassen; da besonders ein Kostenplan
vom Bildhauer aufgestellt ist, der unschwer durch Suscription erreicht
werden kann; dieser besteht in einem Vorschuss von etwa 6000 Thlr.
während fünf Jahren; im sechsten Jahr, wo seine Vollendung bedingt
ist, erhält der Künstler noch so viel, dass mit dem Vorschuss der früheren Jahre 50000 Thlr. voll werden. Ich hatte früher die Hoffnung,
dass es in Sans Souci aufgestellt werde, jetzt da es ein allgemeines deutsches Denkmal werden soll, darf ich diesen Wunsch nicht mehr aussprechen." [1]

Es war ein letzter Versuch: falls er mislingen sollte, war Bettine,
wie wir aus dem Briefe an Pauline Steinhäuser vom 5. August ersehen,
gewillt, auf dem Wege einer allgemeinen Subskription die Mittel zur
Verwirklichung ihrer hochfliegenden Pläne flüssig zu machen. Und er
mislang; der König, bei dem offenbar gegenteilige Einflüsse die Oberhand gewannen, beantwortete ihr Schreiben nicht und liess auch sonst
nichts weiter von sich hören. Ende September machte sie sich daher,
wie dem letzten der hier folgenden Briefe zu entnehmen ist, auf den
Weg, um auf einer Reise durch Deutschland für ihr Denkmal zu werben.
Die Stimmung in Frankfurt schien günstig. Ein Zentralausschuss wollte
dort die Sache in die Hand nehmen, in allen grösseren Städten sollten
Zweigkomités gebildet werden. In Weimar, das sie als Heimstätte für
die Monumentalanlage ausersehen hatte, erklärte Liszt sich bereit, zu

1) Geiger, a. a. O. 190 ff.

Gunsten des Unternehmens Konzerte zu veranstalten. Die Prinzessin von Preussen, die spätere Kaiserin, stand dem Plane sympathisch gegenüber; ihren Bruder, den Erbgrossherzog, hoffte Bettine nach seiner Rückkehr aus Italien dafür zu gewinnen. Von Berlin aus wollte sie dann ungesäumt einen öffentlichen Aufruf erlassen.

10.

(26. Mai 1852.)

Liebe Pauline. Ihren Brief erhielt ich im Augenblick, da ich nothgedrungen nach Leipzig reisen musste und konnte dort durchaus keinen Augenblick finden, ihn zu erwiedern. Seit gestern zurück ist es mein erstes Geschäft.

Sie befinden es unrecht von mir, dass ich nicht schreibe? Wenn ich Ihnen etwas definitives oder interessantes mitzutheilen hätte, so würden beflügelte Briefe zu Ihnen gelangen. Wenn Sie fürchten, dass ich Ihre Interessen vernachlässigen könne, so ists Ihre Schuld, denn was während unsrer langen Bekanntschaft Ihnen beweisen konnte, dass ich nichts der Art versäume, müssen Sie hinlänglich erfahren haben, und auch jezt würden Sie dies alles doppelt bewährt erkennen müssen und Sie würden sich schämen müssen, solche Äusserungen des Misswollens gegen mich gemacht zu haben, wenn Sie Augenzeugen wären von Allem, was ich gethan habe. An Allem, was Steinhäusers Ungeduld mit dem Monument beginnt oder vorhat, werde ich ihn nicht hindern; wenn er es verkauft, werde ich nicht dagegen sprechen, denn ich kann keine Gewissheit geben, dass es gemacht werde, — es wird mich auch nicht hindern das mögliche noch dafür zu thun, allein ich werde dann auch nicht mehr dafür wirken können, dass Er es mache. Denn nur dies ists, worauf ich mich stützen könnte, um es ihm machen zu lassen. — Dem König hatte ich geschrieben um die Erlaubniss, die Scitze ihm selbst zu zeigen, ich habe ihn zugleich gebeten, dass er es ein Geheimniss zwischen Ihm und mir bleibe (sic!); er hat es auf diese Bedingnisse bis nach Bellevue kommen lassen; hat mir eine bestimmte Zeit brieflich angegeben, wann er glaube dort sein zu können; ich war dort, habe ohne Essen und Trinken den ganzen Tag dort gewartet: er kam nicht. Es vergingen 14 Tage, dann erhielt ich durch den Kastellan Nachricht, der König habe die Scitze schon lange gesehen und, da er jezt in diesem seinem Schlafzimmer in Bellevue, wohin es auf seinen Befehl gestellt ward, damit es nach meinen Wünschen niemand anders sehen möge, Ministerrath halten werde, so wäre es nothwendig, dass

ichs wieder abholen lasse. Dies hab ich sofort gethan. Kein einziges
Wort verlautete weiter, kein Mensch sagte ein Wort, auch der König
nicht. Nach 6 Wochen kamen indirekte Anfragen, was damit geschehen
sei. General Willisen sagte, der König habe ihn aufgefordert, das
Monument in Bellevue zu betrachten, und als er hingekommen sei, habe
er es nicht mehr gefunden. Dies habe er dem König gesagt, worüber
dieser schrecklich böse geworden sei. Dies erzählte Willisen dem Varnhagen und sagte ihm, — dass der König das Monument schöner gefunden habe, als ihm je was anders vorgekommen. Darauf kann man
aber nicht bauen, denn ebenso soll er viele Menschen, unter andern die
sieben weisen Meister hinzitirt haben, die es ihm schlecht gemacht haben: man könne es gar nicht machen, es sei schlecht als
Scitze behandelt. Es werde eine Summe, die unerschwinglich sei, kosten
etc. Noch mancher andere Tadel ist ihm geworden. Namentlich die
Pinienäpfel missfielen. Ich habe nun alles, was man schlecht fand, noch
mehr hervorgehoben und werde möglichst veranlassen, dass der König
es noch einmal sehe. Ich werde ihm den Preiss schreiben, für welchen
es gemacht kann werden, ich werde hinzufügen, dass jährliche Zah-
lungen von vielleicht 6000 Thl., während es gemacht wird, dem Künstler
vorgeschossen werden müssen, daher die Summe gar nicht zu berücksichtigen sei, weil sie in mässigen langsam aufeinander folgenden Zeit-
räumen ausgezahlt werden würde. Ich werde ihm zugleich sagen, dass
eine öffentliche Suscription dafür solle in Umlauf gesetzt werden, und
ihn auffordern, der erste zu sein. Vielleicht entschliesst er sich dann,
es dennoch machen zu lassen. Wo dies nicht gelingt, werde ich den
Grossherzog von Weimar und das ganze Land von Sachsen dazu auffordern. Wenn ich den König von Baiern persönlich darüber spreche,
so ist noch nicht gesagt, dass er es nicht machen werde lassen, ja ich
möchte beinah dafür stehen, dass er dazu erbötig sein werde, sobald
ich ihm das untere Basrelief als Octoberheft demonstrire. Ferner kann
ebenso gut in Frankfurt eine Suscription eröffnet werden, und es ist die
Frage, ob dies nicht am ersten gelingen werde. Mitten in der Stadt
sowohl als auch an der nahen Grenze sind herrliche Plätze dazu. Dies
ist was ich Ihnen sagen kann, und Sie hätten es sich selbst sagen
können nach dem, was Sie schon von mir erfahren haben.

Der Trog rund ums Monument ist nun auch ausgeführt, dank sei
es dem Fleise Ratti's und seiner liebenswürdigen Schwägerin Elise, die
beide mir Treu bis auf den heutigen Tag beistehen und alles mir so
ausführten, wie es meiner Einsicht und Wünschen entsprechend ist.

Durch den Wassertrog hat das Monument unendlich gewonnen und hierdurch erst einen edlen Abschluss erhalten. Den Goethe haben wir nach meinem Gefühl etwas höher gesezt, der Stuhl musste nach oben breiter werden. Dies haben wir dadurch bewerkstelligt, dass der Stuhl in der Mitte um ein gutes Stük weiter gemacht ist. Dadurch ist die hintere Figur flöten gegangen, aber sie ist sehr gut ersezt. Dieselbe ist nun grösser und weit bedeutender geworden, so dass sie ein Monument für sich darstellt. Die Schwäne sind vorgerükt, dies wirkt trefflich. Auch noch die Wasserstrahlen werden gemacht werden in Glas und um den Trog selbst werden an jedem Pfeiler W a s s e r s p e i e n d e T h i e r k ö p f e angebracht, die zwar ganz unbedeutend scheinen, dennoch zum vollständigen Abschluss des Ganzen der wesentlichste Beitrag seiner Vollendung sind. Rund um den Trog gehen Marmorplatten bis nach vorne hin. Ausserdem hängen Kränze aller Art an den Pinien. Dies thut mit dem Basrelief hinreissende Wirkung. — Es kann auch noch ausgestellt werden, wo eine Sammlung veranstaltet wird. Dies alles ist zu überlegen und kann nicht so geschwind geschehen, aber es ist bisher noch immer das höchste Interese meines Lebens.

Adieu! möge Ihnen die Zeit nicht zu lang werden, bis es zur Wirklichkeit gedeihe. Dann werde ich auch Sie ins Auge behalten können, denn ich bin nicht Treulos, wenn ich nicht dazu gezwungen werde durch die, welche sich von selbst von dieser Treue losmachen.

Bettine.

am 26ten Mai 1852

11.

Pauline Steinhäuser an Bettine von Arnim.

[Juni 1852]

Steinhäuser trägt mir auf, einige Zeilen an Sie zu schreiben, um Ihnen seine Ansichten und Wünsche über das Goethedenkmal mitzutheilen. Sie können sich denken, dass die Nachricht, dass unsre Hoffnung in Berlin gescheitert sei, ihn sehr schmerzlich berührt hat; es ist nun vorüber, er hat Charakter genug, um auch Schwereres zu tragen, und hat es soweit überwunden, dass er heiter und ungestört an seinen übrigen Arbeiten fortfährt. Ich kann Sie versichern, dass der Kummer, den Sie nothwendig dabei gehabt haben, uns ebenso schmerzlich füllt, wie unser eigner. Beugen wir uns dem Schicksal und bleiben treu und liebend verbunden.

Um nun diese Sache zum Abschluss zu bringen, die Steinhäusern
mehr Opfer gekostet hat, als der gewöhnliche Massstab der Pflicht für
erlaubt halten könnte, um wenigstens so bald und ungestört wie möglich
zu seinen übrigen Arbeiten zurückzukehren, hat er sich entschlossen,
den Goethe den Bremern für die Auslagen anzubieten. Wir wollten
Ihnen indessen dies mittheilen, wenn Sie noch einen anderen Ausweg
wüssten, etwa, wie Fräulein Max meinte, durch den Erbprinzen von
Weimar ihn denen in Weimar anzubieten, die ja ein Goethemonument
haben wollen, auch unter den möglichst mässigen Bedingungen, d. h.
eine Sammlung durch ganz Deutschland zu machen, um das Ganze für
Weimar auszuführen. Das ist ja ein Gedanke, der sehr nahe liegt und
dessen Gelingen Fräulein Max für sehr wahrscheinlich hielt. Ich weiss
nicht, wie Sie darüber denken, muss aber das bemerken, dass Steinhäuser
in jeder Hinsicht ungeeignet ist, diese Sammlung zu betreiben.

Der König von Baiern, der alte Ludwig, ist gewiss der letzte, dies
Monument zu begünstigen, da er, eifersüchtig auf Schwanthalers Machwerk, gegen Steinhäuser keine Silbe über seinen Goethe erwähnte, den
er doch hier gesehen hat und da von Goethemonumenten zwischen dem
König, dem jungen Goethe und Steinhäuser an des Königs Tafel die
Rede war. Meinen Sie aber vielleicht den jetzt regierenden König, so
haben wir darüber gar kein Urtheil. — — — —

Konzept.

12.

[5. August 1852]

Liebe Pauline, hier haben Sie die Abschrift des Briefes an den
König, den [ich] vorgestern an ihn gesendet habe; er ist jetzt in Danzig,
von da nach Putbus. Wenn keine entscheidende Antwort darauf erfolgt,
so sind schon alle Vorbereitungen zu einer allgemeinen Suscription getroffen; sie wird in allen bedeutenden Städten Deutschlands sein und
bei den Listen zugleich Photographien der Hauptansichten des
Monumentes.

Liebe Pauline, ich bitte dass Sie durchaus vorsichtig sind und niemand etwas davon mittheilen, auch ja nicht von dem Brief an den König,
denn wenn er auch die grösste Lust dazu hätte, so wird er es nimmermehr machen lassen können, wenn es erst bekannt wird, dass er daran
dächte. — Ich bin während 4 Wochen lahm gewesen an der rechten
Hand in Folge vielen Schreibens und erst seit einigen Tagen geht's
besser. Ich muss deswegen in ein Bad gehen, um mich ganz herzustellen . . . .

(Nachrichten über Rattis Familie, in der Krankheit herrscht.)

Max ist hier sehr unwohl angekommen und ist nun nach Norderney ins Seebad; wenn sie gestärkt zurückkommt, so wird sie mir beistehen, die Suscriptionen in Deutschland zu eröffnen. Wir haben schon bedeutende Leute dafür angeworben. Adieu, liebe Pauline! Vertrauen Sie! mehr als je bin ich überzeugt, dass es gelingen werde. — Rauch hat gesagt, das sei eine Composition einer phantastischen Frau, aber unmöglich sei es, sie ins Leben zu rufen, ausserdem sei die Figur der Psyche ganz obscön und es würde ein Scandal sein, sie öffentlich zu sehen.[1]) Ich habe unterdessen mit Hülfe der Elise Hüfner[2]) die Psyche nach meiner Zeichnung hervorgebracht. Ausserdem an jeden Pinienapfel, die ich vergrössert habe, einen Kranz gehängt. Der Sarkophag ist um ein 6tel verlängert, die Treppe verbreitert. Das äussere Basrelief um ein ganzes Feld vergrössert, so dass die Treppe sich weit vorstreckt, unter jedem Pilaster ein Elephantenkopf — wunderschön — der mit seinem Rüssel im ablaufenden Wasser spielt, das in der Marmorrinne weiterfliesst rund ums Monument. Ich habe den Sarcophag verlängert, bei Gelegenheit schicke ich Ihnen ein Daguerotyp davon. Meine schwache Hand will nicht fort, ich kann noch nicht wieder mit voller Kraft schreiben. Adieu.

Bettine Arnim.

Noch einmal reden Sie zu Niemanden von dem Monument und nicht von dem Brief an den König, nur um Discretion bitte ich.

13.

[Weimar, 28. November 1852][3])

Liebe Pauline! Nun bin ich bereits 2 Monate auf Reisen, um für das Monument zu werben und habe bereits die besten Aussichten. In Frankfurt am Main hat sich ein grosses Komitee gebildet aus den ersten Häusern, man will grosse Konzerte und Theater geben, um die Summe von 60000 Thlrn. zusammen zu bringen. - Der Vorschlag ist, dass es nach Weimar kommen soll. Damit ist jeder, der mit bei dem Komitee ist, zufrieden. Von diesem Komitee, welches das Centrum bildet, gehen noch in allen Hauptstädten Deutschlands welche aus, zum Beispiel in

1) Auch aus späterer Zeit werden abfällige Bemerkungen Rauchs über Statue und Denkmal verzeichnet; er nannte die Psyche einen „greulichen Nachtisch" und fand Steinhäusers Arbeit „schlecht, mürrisch und kalt". Varnhagen, Tagebücher, 13, 117.

2) Rattis Schwägerin.

3) Das Tagesdatum ergiebt sich aus dem Poststempel, das Jahr aus dem Inhalt des Briefes.

Hamburg, Bremen etc. Auch in England hofft man dafür werben zu können. Ich selbst habe einige Werke zum Besten des Monuments zum Kauf gestellt. In Frankfurt selbst haben sich meine Verwandte sowohl wie auch Freunde erboten beizutragen. Ein Programm, an dem ich eben schreibe und an welches sich ein anderes anhängt, welches den praktischen Theil ausmacht, wird mit meiner Ankunft in Berlin gedrukt werden. Dies leztere hat der Herr Bernus aus Frankfurt übernommen, welcher nebst seinen Freunden Mum[m], Guaita, Brentano das ganze in Gang bringen werden. (sic!) Ich habe also die beste Hoffnung, dass wir noch die Basreliefs machen werden können. Eine allgemeine Stimme ist, dass es nach Weimar müsse; also verzagen Sie nicht und hoffen Sie mit mir, dass wir noch alle in Rom uns dieses Werkes freuen werden. Der Erbgrossherzog wird hier in Weimar erwartet. Deswegen bin ich nur noch hier, um mit ihm darüber zu sprechen. Einen Platz habe ich schon ausgesucht, grade Goethes Gartenhaus gegenüber.[1]) Sonst wäre ich schon wieder in Berlin, wo ich gleich am Programm werde druken lassen. Denken Si   meiner Abreise von Berlin habe ich noch einmal an den König geschrieben[2]) und ihm dargelegt, wie sein Schweigen mir geschienen, als ob das Monument Fehler habe und durch weiteres Überlegen seien diese nun beseitigt.[3]) Das ist jezt grade ein 4tel Jahr her, allein ich habe bis jezt noch kein Wörtchen von ihm darüber vernommen. — Liszt hat sich auch schon anheischig gemacht Conzerte dafür zu geben. Kurz, lassen Sie uns die beste Hoffnung hegen und freuen Sie sich mit mir daran. Die Prinzess von Preussen hat auch mit mir davon gesprochen als von einer Sache, die gewiss gelingen werde.

Leben Sie wohl, liebe Pauline, und grüssen Sie den Steinhäuser recht herzlich von mir. Sowie mein Program fertig ist, werde ichs Ihnen schicken.

Adresse: Al illustrissima Signora
la Signora Paolina Steinhäuser
pittrice
Piazza Barharina No. 12
Roma.

Poststempel: Weimar. $\frac{28}{11}$ *10—11 N.*

---

1) Auch Hermann Grimm hat den Wiesenplan, dem Gartenhause Goethes gegenüber, mit den aufragenden Baumparthien an der Ihm als fernem Hintergrunde, noch 1889 zur Aufstellung von Steinhäusers Goethedenkmal warm empfohlen, freilich ohne Erfolg. Vergl. „Bettinas Goethestatue in Weimar". Deutsche Rundschau, 1889. Bd. 60, S. 469 ff.

2) Geiger, 3. Aug. 52, S. 190.

3) In dem oben erwähnten Briefe vom 3. August 1852.

Inzwischen war aber eine entscheidende Wendung eingetreten. Schon im Juli hatte Steinhäuser dem Senator Klugkist in Bremen mitgeteilt, eine wohlwollende Gönnerin in Weimar habe den Erbgrossherzog mit der Lage der Dinge bekannt gemacht; dieser habe sich sehr dafür interessiert und geäussert, er gebe, wenngleich viele ungünstige Umstände vorhanden seien, die Sache für Weimar nicht auf und gedenke die Goethestatue bei seinem Aufenthalt in Rom zu besichtigen.[1]) Der junge Fürst hielt Wort. Am 12. August benachrichtigte August von Goethe den Künstler, der Erbgrossherzog wolle im Laufe des Tages das Denkmal seines Grossvaters in Augenschein nehmen.[2]) Zwei Monate später aber konnte Pauline Steinhäuser an ihre einstige Lehrerin Luise Seidler, in der wir jene „wohlwollende Gönnerin" vermuten dürfen, dankerfüllt schreiben: „Mit innigstem Glücke theile ich Dir die Nachricht mit, dass Dein lieber Erbgrossherzog Karl Alexander die Goethestatue wirklich gekauft hat. Er ist fest geblieben. Seine edle Gemahlin hat ihn unterstützt und die Sache zur Entscheidung gebracht. Ich kann Dir nicht sagen . . . edel und liebenswürdig sie sich benommen haben, und wie mein guter Steinhäuser dadurch erfreut ist. Auch der Frau von Goethe und ihrem Sohn sind wir vielen Dank schuldig; ihre Gegenwart war ein grosses Glück. Die Hauptsache ist, dass die Statue nun doch nach Deutschland und nach Weimar kommt. Wie gern verdanke ich Dir, liebe Luise, dieses für uns so überaus freudige Ereigniss; ja, es ist kein leeres Wort, wenn ich sage, dass es meine Freude erhöht, zu denken, ich danke sie Dir."[3])

Der Kaufpreis war ein mässiger, er betrug 4000 Scudi, rund 6000 Thaler, die ratenweise zur Anweisung gelangten. Die Marmorgruppe selbst, deren Beförderung auf dem Seewege erfolgte, wurde nach Jahresfrist, am 16. Dez. 1853, im sog. Tempelherrenhause im Weimarer Parke aufgestellt[4]) und verblieb dort, bis sie im Oktober 1865 ihren Platz in dem neuerbauten Museum fand, — leider, was wiederholt lebhaft beklagt wurde, unter höchst ungünstigen Licht- und Raumverhältnissen,

1) An Senator Klugkist, 13. Juli 1852. Konzept.

2) Billet im Nachlass Steinhäusers.

3) Uhde, Erinnerungen und Leben der Malerin Luise Seidler, 443. — Wenn freilich Varnhagen (Tagebücher, 10, 20; 14, 339) erzählt, die Erbgrossherzogin habe Anstoss an der Gestalt der Psyche genommen und habe diese am liebsten wegmeisseln lassen, so stimmt dies wenig zu obiger Darstellung, die dem Einflusse der fürstlichen Frau wesentlich den Erfolg zuschreibt.

4) Nach gefl. Mitteilung des Herrn Geh. Hofrat Dr. Ruland in Weimar.

die dem Beschauer den Genuss des herrlichen Bildwerks verkümmern und eine volle Würdigung nicht verstatten.[1]

So hatte Steinhäuser wenigstens das nächste Ziel seiner Wünsche erreicht. Von der Ausführung des grossen Denkmalentwurfes, wie er Bettinen und ihm vorgeschwebt, war freilich bei den Verhandlungen mit Weimar nicht die Rede. Nach den Erfahrungen der letzten Jahre war er offenbar nicht gesonnen, ohne besonderen Auftrag eine Arbeit zu übernehmen, deren finanzielle Lasten die eigenen Schultern nicht tragen konnten, und in dieser Hinsicht mochten ihm auch die jüngsten Eröffnungen Bettinens eine beruhigende Bürgschaft nicht bieten, so lange das Ergebnis der Subskription nicht feststand. Wie schwer ihm aber der Verzicht fiel und welch' hohe Vorstellung er von dem künstlerischen Wert des von seiner Gönnerin ersonnenen Entwurfes hatte, das zeigen die Worte, die er damals einem Bremer Freunde schrieb: „Unsre Zeit hat kein Werk hervorgebracht, das an Grossartigkeit der Conzeption, an tiefpoetischer Bedeutung, an Originalität und Harmonie aller Theile diesem gleichkommen würde. Alles, was ich durch langes Studium mir erworben, alles was mir die Natur gegeben hat, würde ich mit Freuden an die Vollendung des Ganzen wenden, wie ich es an die jetzt fertige Kolossalstatue gewendet habe.“

Mit dem Schreiben vom 29. November bricht der vorliegende Briefwechsel Bettinens mit der Gattin des Meisters ab; es kann kein Zweifel darüber bestehen, dass zwischen beiden Teilen eine Entfremdung eintrat. Mochte Frau von Arnim sich durch den Verkauf der als krönende Spitze ihres Denkmals ausersehenen Statue verletzt fühlen, da er ihre eigenen Zirkel störte, — mochte sie die vorsichtige, kühle Zurückhaltung des Künstlers gegenüber ihren weiteren Plänen als Kränkung empfinden: wir sind darüber nicht näher unterrichtet. Jedenfalls steht fest, dass sie gründlich verbittert war und ihrem Ärger in abfälligen Urteilen über Steinhäuser offen Luft machte. „Er hat — klagte sie bei Varnhagen — den Goethe verdorben; die Gestalt ist zu kurz und gedrückt, darf nicht von unten gesehen werden; sie muss mit dem Betrachter auf gleichem Boden stehen.“[2]

Die Stimmung schlug freilich, wie es bei der launischen Frau nicht selten begegnete, nach einiger Zeit wieder ins Gegenteil um. Als der

1) Vergl. Herm. Grimms Bemerkungen in der Deutschen Rundschau 1889, Bd. 60, S. 471.

2) Tagebücher (1858 Jan. 10) 10, 20. Die Äusserung befremdet um so mehr, als Bettine damals die Originalstatue noch gar nicht kannte.

Künstler im Oktober 1854 zu Besuch nach Berlin kam, schien alles
vergessen. Dass er ihren Entwurf rühmte und seine Ausführung dem
König, falls Olfers es nicht vereitelte, dringend zu empfehlen versprach,
erfüllte sie mit freudiger Genugthuung und belebte ihre Hoffnungen
aufs neue. „Steinhäuser, der noch vor wenig Tagen nur ein Techniker,
ein Behauer des Marmors sein sollte, ist plötzlich wieder ein begeisterter
Künstler, seine Madonna ein Meisterwerk." [1]) Ob er Gelegenheit gefunden, die Sache dem König vorzutragen, ist nicht bekannt; man wird
es kaum annehmen dürfen, sonst wäre Varnhagen wohl davon unterrichtet. Jedenfalls ist es das letztemal, dass wir von Bettinens Beziehungen zu dem Meister etwas hören. Ihre Wege gingen auseinander,
es fehlte fortan an der Gemeinsamkeit der Interessen, die früher beide
Teile trotz räumlicher Entfernung in enger Verbindung erhalten hatte.
Steinhäuser ist nie mehr auf die Denkmalsangelegenheit zurückgekommen.
Andre Aufgaben lockten ihn, andre Werke entstanden, über denen
er der alten Pläne vergass. Es ist hier nicht der Ort, der weiteren
Lebensläufte des Künstlers zu gedenken, der als einer der begabtesten
und tüchtigsten Vertreter der Plastik seiner Zeit sich in der Künstler-
geschichte dauernd einen ehrenvollen Platz gesichert hat. In Karlsruhe, wohin er 1863 durch die Gnade des Grossherzogs als Lehrer an
die Kunstakademie berufen wurde, hat der Zufall ihn nach Jahren
wieder mit einer Tochter seiner einstigen Gönnerin, der Gemahlin des
preussischen Gesandten Grafen Flemming, zusammengeführt; dort ist er
bekanntlich am 9. Dezember 1870 verstorben, nachdem die Gattin ihm
schon am 21. Juni 1866 im Tode vorausgegangen war.

Es sei gestattet, mit ein paar Worten noch die weiteren Wandlungen und Schicksale der Denkmalsfrage zu berühren. Auch nach der
Trennung von Steinhäuser mochte Bettine ihrem Lieblingsplane nicht
entsagen; die Sorge um ihn begleitete sie bis an ihr Grab. Immer
wieder sann sie auf neue Wege, um die Mittel zu seiner Verwirklichung
zu beschaffen. Bald wollte sie zum Besten des Fonds die Schriften
ihres Mannes herausgeben, bald sollte der Ertrag ihres Goethebuches
in Amerika oder der französischen Übersetzung eines andern Buches dafür verwendet werden. Wie früher auf Liszt, so setzte sie später ihre
Hoffnung auf Joachim und die Ristori, die ihr Talent in den Dienst
der guten Sache stellen und im Konzert und auf der Bühne dafür wirken

---

1) Varnhagen, Tagebücher, 11, 277, 282.
2) Vergl. zum Folgenden Varnhagen, Tagebücher, 10, 29: 11, 87: 13, 4, 10,
113, 138, 201, 247.

sollten. Auch der Gedanke an eine allgemeine Subskription beschäftigte
sie unausgesetzt; wiederholt verhandelte sie mit dem Berliner Bankier
Magnus und anderen darüber. Alles freilich am Ende ohne Erfolg. Es
fehlte ihr der praktische Blick und die Fähigkeit, das einmal Begonnene
konsequent durchzuführen. Wenn Varnhagen ihr mit Recht vorhielt,
dass, ehe die Subskription eröffnet werden könne, die endgiltige Gestalt
des Denkmals, die Wahl des Künstlers und der Aufstellungsort fest-
stehen müssten, so meinte sie in ihrem unverwüstlichen Optimismus
bezeichnenderweise, das alles werde sich finden, wenn das Geld eingegangen sei.

An dem Entwurfe selbst arbeitete und änderte sie fortwährend. Vor
allem erhielt die Rückwand des Modells ein neues Aussehen. Wie früher
Steinhäuser, zog sie in den letzten Lebensjahren die Bildhauer Albert
Wolff und Ferd. Aug. Fischer zur Mitwirkung heran.[1] Wolff modell-
lierte u. A. die Gruppe des jungen Hirten mit der Königstochter in den
Armen, eine Verherrlichung der alle Standesunterschiede aufhebenden
Dichtung. Auch von der Komposition eines Genius der Pressfreiheit,
von dessen künstlerischer Wirkung sie sich viel versprach, war gelegentlich die Rede.[2] Noch 1858 trug sie sich mit dem Gedanken einer
tiefeingreifenden Umgestaltung: an die Stelle des im reifen Mannesalter
dargestellten Dichterfürsten sollte, nach dem Vorbilde der bekannten
Büste von Trippel, der jugendliche Goethe treten.[3] Kein Wunder, wenn
unter den Umständen der König, der längst die Lust an der Sache verloren, es ablehnte, das Modell nochmals zu sehen, da es doch stets wieder abgeändert werde. „Käme es zur Ausführung, bemerkt Varnhagen,
die Verwirrung würde grenzenlos sein."[4]

In einem blieb Bettine sich immer gleich: in der begeisterten, rück-
haltlosen Aufopferung für ihre Idee, in der sie keinerlei Enttäuschung
und bittere Erfahrung wankend zu machen vermochte. Es liegt ein Zug
ergreifender Tragik in dieser Hingabe, in der ihr Leben ausklingt. „Nichts
hörte Bettine lieber in den allerletzten Zeiten — so erzählt einer, der
ihrem Herzen nahe stand — als wenn ich ihr ausmalte, wie wir alle
nach Rom reisen und die Ausführung des Monuments überwachen wollten.
Schwach und nicht mehr recht im Stande zu gehen, liess sie sich manch-

1) Varnhagen, Tagebücher, 13, 241. 252; H. Grimm im „Katalog der Berliner Goetheausstellung vom Mai 1861". S. 4 ff
2) Varnhagen, Tagebücher, 13, 201.
3) Ebenda. 11, 220.
4) Varnhagen, Tagebücher, 13, 110, 235.

mal zu der Arbeit führen, hielt sich mit den Händen an dem Gerüste, auf dem das Modell aufgebaut war, und betrachtete es, langsam herumgehend, von allen Seiten." [1] Und als die ruhelose Frau zur letzten Ruhe einging, stand neben dem Monumente noch ihr Sarg, bevor er in die Familiengruft nach Wiepersdorf übergeführt wurde, und des Dichters Statue hielt bei ihr Totenwacht.

Modell und Entwürfe, die auf der Berliner Goetheausstellung von 1861 zu sehen waren, sind heute fast verschollen; von der Familie von Arnim mit dem übrigen Nachlasse sorgsam gehütet, sind sie nur Wenigen zugänglich geworden. Eine selbständige Würdigung ist heute darum nicht leicht möglich: wir sind auf das Urteil von Bettinens Zeitgenossen angewiesen, und dieses lautete verschieden. Der abfälligen Kritik Rauchs ist oben gedacht worden; sie verdient, wenngleich unverkennbar persönliche Momente dabei eine Rolle spielen, unstreitig Beachtung. Allein auch das Zeugnis eines Künstlers wie Steinhäuser fällt schwer ins Gewicht; wir wissen, wie hoch dieser die künstlerische Bedeutung der Kompositionen eingeschätzt und wie glänzend er durch die That Rauchs Ansicht von der Unausführbarkeit der Arnim'schen Goetheskizze widerlegt hat. Und ihm zur Seite steht ein Mann von so ausgeprägt feinem Verständnis in künstlerischen Dingen, wie Hermann Grimm. Wie diesem „unter so vielem, was zu Goethes monumentaler Verherrlichung versucht worden ist", Bettinens Entwurf der Statue allein die Verkörperung dessen zu enthalten schien, „was Goethe in der zweiten Hälfte seines Lebens seiner Zeit war", so war er auch entzückt von der Gesamtwirkung des grossen Monumentalentwurfes und den Detailzeichnungen für die Basreliefs, die er aus eigener Anschauung kannte. „Die Ausführung des Werkes in die rechten Hände gelegt, -- meinte er, — würde ein Denkmal entstehen lassen, wie es für Goethe nicht würdiger, schöner und grossartiger erdacht werden könnte." [2]

Man wird es mit ihm darum wohl beklagen dürfen, dass es Bettinen versagt geblieben ist, ihren sehnlichsten Wunsch erfüllt zu sehen. Sie nahm ihre Hoffnungen mit ins Grab. „Um Goethes Monument hab ich ein Märtyrthum erlitten, und hätte wohl verdient, dass eine Hand aus den Wolken mir die Palme dafür reiche": — in diesen Worten, die sie einst an den König richtete, spiegelt sich all ihr Verlangen und Entsagen, die ganze Leidensgeschichte ihres inhaltreichen Lebens, soweit sie mit jener Frage zusammenhängt, in beweglicher Weise wieder.

1) H. Grimm, Goethejahrbuch 1, 15.
2) Katalog der Berliner Goetheausstellung, S. 5.

Der Schauplatz der Ruprecht'schen Fragen.

Von

Richard Schröder.

Eine der wichtigsten Femrechtsquellen sind die sogenannten Ruprecht'schen Fragen vom 20. Mai 1408 (abgedruckt u. a. bei Lindner, Die Veme, 1888, S. 212 ff.). Die Einleitung besagt: „Anno domini 1408, feria quarta post Urbani. Nota. Unser herre der künig hat besant dise nachgeschriben freigreven, mit namen Gobeln von Werdinchusen, freingreven zu Volmestede (d. i. Volmarstein), Clausen von Wilkenbracht, freingreven von Walberth (d. i. Valbert), Stencken, freingreven zum Hamme (d. i. Hamm) und Bernharten Mosthart, freingreven der stüle zu Wilshorst, und hat die dise nachgeschriben frage und stuck luo fragen."

Der Schluss lautet: „Nota. Item dicz obgeschriben aller hahen die ohgenanten etc. geschriben gahen mir Johannes Chirchain, hofschreiber des romischen kunigs. dapei ist gewessen Johannes von Laudemburg, zolschreiber zu Bacherach, unde geschah zu Heidelberg in Rebenstockhaus, anno et die ut supra."

Man darf annehmen, dass die Verhandlungen an demselben Orte stattgefunden haben, an welchem die auf König Ruprechts Geheiss nach Heidelberg berufenen Freigrafen dem Hofschreiber (Hofgerichtsschreiber?) Johann Kirchheim das darüber aufgenommene Protokoll übergaben.

Einer der besten Kenner der Heidelberger Ortsgeschichte, Herr Landgerichtsrat Huffschmid in Konstanz, teilte in dankenswerter Weise über die in Frage kommende Örtlichkeit Folgendes mit: „Bei Zusammenstellung meiner Notizen finde ich, dass 1428 das Haus „zum Ochsen" das Orthaus an der Knebelgasse war und am Markt nahe dem Heil. Geiste lag. Zweifellos war es das westliche Eckhaus der Fischergasse. Unten daran lag das der Ennel Kebelöckin gehörende Haus, das dem heutigen Hause Fischergasse Nr. 16 entspricht. Schon 1376 wird in der Knebelgasse ein Haus angeführt „unten an Rebstock stossend." Da die Familien „zum Ochsen" und „Rebstock" zu den wohlhabendsten Heidelberger Familien des 15. Jahrhunderts zählten, so ist es nicht zu verwundern, dass 1436 Bischof Friedrich von Worms bei Johanns zum Ochsen und 1408 die Femrichter bei Rebstock absteigen. Über die Identität der Knebel- und Fischergasse kann kein Zweifel sein. „Knebel" wird mit der Familie der Knebel von Katzenelnbogen zusammenhängen."

Am 29. Mai 1908 wird seit der Aufzeichnung der Ruprecht'schen Fragen im Rebenstockhaus ein halbes Jahrtausend vergangen sein. Hoffentlich wird die Heidelberger Stadtverwaltung die Erinnerung an dies denkwürdige Ereignis durch Anbringung einer Gedächtnistafel an dem Hause Fischergasse 16 ehren.

Briefe und Manuskriptsendungen sind an Professor Dr. Wille in Heidelberg (Hunsenstrasse 9), dagegen alle Sendungen den Tauschverkehr betr. an die Universitäts-Bibliothek in Heidelberg zu richten.

NEUE
HEIDELBERGER JAHRBÜCHER

HERAUSGEGEBEN

VOM

HISTORISCH-PHILOSOPHISCHEN VEREINE

ZU

HEIDELBERG

JAHRGANG XII HEFT 2

HEIDELBERG
VERLAG VON G. KOESTER
1903

Inhalt der erschienenen Bände.

Ein neuer juristischer Papyrus der Heidelberger Universitätsbibliothek.

Mit Faksimile.

Von

G. A. Gerhard und O. Gradenwitz.

I. Edition (mit Exkursen) von Gerhard.

Von den lateinischen Stücken unserer Sammlung wurde eines, das Fragment aus einem Digestenkodex (P. 1272) kürzlich publiziert.[1]) Gleichfalls litterarisch-juristischen Inhalt — merkwürdigerweise wieder aus dem Erbrecht — bietet der P. 1000, den ich in Begleitung einer Lichtdrucktafel im Folgenden mitteile. Bei der Lesung und Verarbeitung des Textes berieten mich in liebenswürdiger Weise die Herren Professoren Otto Gradenwitz und Franz Rühl in Königsberg. Ferner muss ich Herrn Professor Deissmann hier und Herrn Dr. Crönert in Bonn für gütige Durchsicht der Bogen und nützliche Winke Dank sagen. Herr Prof. Gradenwitz hat auch diesmal die Freundlichkeit, der Edition eine sachliche Erläuterung beizufügen (S. 170 ff.). In letzterer Beziehung macht sich nun freilich der geringe Umfang und die schlechte Erhaltung des Blättchens leider besonders schmerzlich fühlbar. Handgreiflich ist dagegen sein Wert für das antike Buchwesen und für die Paläographie.

Bis jetzt hatte man auch in den ältesten neuerdings ans Licht getretenen juristischen Handschriften mit einer eigens zu erklärenden Ausnahme[2]) Kodizes[3]) erkannt. Unser 3 cm hoher und 7,4 cm breiter Papyrus, links ganz aussen Spuren einer Klebung zeigend und nur auf dem Rekto der feinen Charta in der Richtung der Horizontalfasern beschrieben, erweist sich als ein mit dem Hand erhaltenes unteres Kolumnenende aus einer Rolle.

Der derzeitige Stand der Frage 'Rolle und Kodex' lässt eine gedrängte Orientierung über den Ursprung der zweiten Buchform als wünschenswert erscheinen.

Nicht neu ist die These, entsprechend seinem römischen Namen sei der Buchkodex eine römische Erfindung und tauche bald nach Beginn unserer Zeitrechnung auf. [1]) Man kann aber seinen Werdegang noch schärfer verfolgen als seither geschah. Einen sicheren Ausgangspunkt fürs erste Jahrhundert liefern ein paar Epigramme Martials. [2]) Als äquivalente Abart des den mannigfachen Zwecken des täglichen Lebens dienenden Wachstafelkomplexes, der *(codicilli)* *pugillares* erscheint unter den *Apophoreta* (XIV 7) dessen darnach betitelte Nachahmung aus Pergament, das (selbstverständlich ein Ganzes bildende) Pergamentheft, die *pugillares membranei*. Damit identisch, bloss durch die Dicke davon verschieden ist nun auch der litterarische Pergamentkodex, aus dessen bekannten Exempeln, dem Homer, Virgil, Cicero, Livius und Ovid im vierzehnten Buch (164. 186. 188. 190. 192) im Verein mit einer vom Dichter selbst (I 2) angepriesenen analogen Edition eigener Epigramme sicher hervorgeht, dass solche handlichen und dabei sehr viel fassenden Bände damals nur erst als rare und begehrte, darum aber auch recht teure [3]) Extraausgaben vorkamen. Das erste Beispiel (184) trägt die Überschrift: *Homerus in pugillaribus membraneis.* [4]) Genau wie der spätere (s. u.) dokumentiert also schon dieser frühe gleich dem Notizheft als *pugillares membranei* bezeichnete Pergamentkodex deutlich seine Abhängigkeit von den römischen Holztafeln. Statt jener umständlichen Benennung genügte meist die einfache nach dem Material. Der Virgil (186) heisst *Vergilius in membranis* und ebenso die folgenden klar als Pergamentkodizes gekennzeichneten Klassiker. Die Kodexform war also hinreichend charakterisiert durch das Wort *membranae*. Neben dem Plural begegnet uns im Text der Epigramme (I 2. 3; XIV 186. 188) gleichwertig der Singular *membrana*. Das Verhältnis beider Formen ist etwa vergleichbar dem von *codex* und *codicilli*. Die zum Diptychon, Triptychon etc. verbundenen *tabulae* nennt man *codex*, wenn man den durch sie gebildeten Holzblock betrachtet, aus dem sie durch Zerschneiden entstunden, *codicilli* dagegen mit Rücksicht auf ihren Charakter als Teile. Ähnlich ist's mit dem Pergamentkodex. *Membrana* nimmt ihn als Ganzes, *membranae* deutet an, dass er aus Blättern besteht. Das scheint selbstverständlich, doch ich musste es konstatieren, weil sich K. Dziatzko in seinen lehrreichen 'Untersuchungen über ausgewählte Kapitel des antiken Buchwesens' unter *membranae* meist lose und unverbundene Einzelblätter denkt, die nach seiner das moderne Zettelsystem aufs Altertum anwendenden Ansicht ebenso wie ihr vermeintliches Korrelat aus Papyrus, die χάρται *(chartae)* sogar fortlaufende litterarische Texte getragen haben sollen.[1] Unsere Erklärung können wir gleich an einer Quintilianstelle[2] erproben. Die *membranae* dienen da neben den *cerae* dem litterarischen Entwurf, dem Mittelglied zwischen Schreibtafel und Buch. Wenn nun dem Studenten empfohlen wird, in den *membranae* wie in den *cerae* jeweils die Seite gegenüber für nachträgliche Zusätze frei zu lassen, so paßt das klärlich nur auf ein festes Pergamentheft. Dieses werden wir somit auch bereits da vorauszusetzen berechtigt sein, wo wie bei Horaz[10] noch im ersten Jahrhundert v. Chr. von *membranae* als Schriftstellerkonzepten die Rede ist. Doch zurück zum Pergamentkodex mit dem fertigen Werk! Daß auch er vereinzelt mindestens zum Anfang unserer Ära heraufreicht, lehrt uns eine Äusserung des der ersten Hälfte des ersten Jahrhunderts angehörigen Juristen C. Cassius Longinus, die zitiert wird von Ulpian. Als der Normen für Büchervermächtnisse aufstellt, sieht er sich vor der Frage, ob unter den strenggenommen nur Rollen bezeichnenden Titel *libri* auch die Kodizes fallen. Wie Paulus[11] bejaht er sie, mit Berufung auf den Bescheid eines älteren Juristen über *membranae*. Unter ihnen richtige litterarische Pergamentkodizes zu verstehen wäre man schon hier dem allgemeinen Gebrauche wie der Logik des Zusammenhangs schuldig. Jeden Zweifel daran entkräften Ulpians eigene Worte in § 5, wo er sich anders als in der einleitenden Definition der *codices* für sie selber jenes damals noch keineswegs abgekommenen[12] zwangloseren Namens bedient und den *libri* im engeren Sinn, den zwar zu Ende geschriebenen, aber noch nicht zusammengesetzten und ausgestatteten Papyrusrollen die noch nicht gehefteten Pergamentkodizes zur Seite setzt.[13] Die gewonnene Einsicht in das Verhältnis der Begriffe *libri* und *membranae* als Termini des litterarischen Buchwesens befähigt uns nun auch zu einem Urteil über jenen vielbesprochenen Vers des zweiten Timotheusbriefes, in welchem die Theologie ein Stück aus einem echten Schreiben des Apostels zu erblicken geneigt ist.[14] Wenn man dort (4. 13) liest: Τὸν φελόνην, ὃν ἀπέλιπον ἐν Τρωάδι παρὰ Κάρπῳ, ἐρχόμενος φέρε καὶ τὰ βιβλία, μάλιστα [δὲ] τὰς μεμβράνας, so zerfallen die βιβλία (= *libri*) genannten Schriftwerke augenscheinlich wieder in Papyrusrollen und Pergamentkodizes.[15] Dieses früheste Zeugnis über den schon hier höher taxierten christlichen Kodex aus dem ersten Jahrhundert ist um so wertvoller,

als es ihn durch den römischen Namen unverkennbar als Folgeerscheinung
des römischen Vorgangs erweist.

Auch im zweiten Jahrhundert fehlt es dem Pergamentkodex nicht
an Belegen. Nichtlitterarisch fungieren beispielsweise in den Sattel-
taschen untergebrachte *membranulae* als geschäftliche Journale beim
Juristen Q. Cervidius Scaevola,[16] und bei Gaius[17] hat fürs Haupt-
buch des Bankiers der *codex* als ebenbürtige Stellvertretung neben sich
die *membranae*. Bloss die den Einzelfall berührende Partie, so heisst es,
braucht der *argentarius* vorzulegen, nicht *totum codicem rationum totasque
membranas*. In diesem letzteren Ausdruck treten uns die *membranae*
wieder deutlich als geschlossene Einheit entgegen. Mehr interessiert
uns das wirkliche Buch. Gaius[18] bestimmt, dass das Eigentumsrecht
an einer Skriptur bedingt ist durch das am beschriebenen Stoff. Für
den kennt er die zwei gleichgeltenden Möglichkeiten der *chartae (char-
tulae)* oder *libri* und der *membranae*, d. h. der Papyrusrollen und der
Pergamentkodizes. Zugleich giebt er einen schätzbaren Vermerk über
deren etwaigen Inhalt, indem er die eventuell sogar in Goldschrift gedachten Texte als 'Dichter oder Historiker oder Redner' exemplifiziert.
Gerade solch einen Rednerpergamentkodex aus dem zweiten Jahrhundert
hat uns nun Ägyptens Boden schon thatsächlich wiedergeschenkt.
F. G. Kenyon setzt ein Doppelblatt des Britischen Museums mit einem
Stück von Demosthenes περὶ παραπρεσβείας in jene Zeit.[19] Wenn also
selbst griechische Klassiker so zeitig als Pergamentkodizes auftreten,
so darf man ein Gleiches füglich um so eher erwarten von den Handschriften römischer Jurisprudenz, für welche nach der landläufigen Ansicht jene bequeme Buchform mit am frühesten zur Verwendung gelangte. Die erst seit ca. 294 mit dem *Codex Gregorianus* und seinen
Nachfolgern ins helle Licht rückenden Publikationen dieser Art (s. u.)
haben zweifelsohne auch mehr als einen Vorläufer gehabt. Für des
Papirius Justus Konstitutionensammlung vom Ende des zweiten
Jahrhunderts bleibt die Zugehörigkeit dazu trotz mangelnder Beweise
mindestens wahrscheinlich,[20] evident aber ist sie für die sieben Bücher
Entscheidungen von Trajans Zeitgenossen Neratius Priscus mit dem
charakteristischen Titel *membranae*.[21] Ein Jahrhundert später hätte sich
das Werk *codex* genannt so gut wie die bekannten Rechtsbücher der
byzantinischen Epoche.

Im dritten Jahrhundert, in das wir damit vorschauen, ist der Pergamentkodex naturgemäss immer weiter gedrungen. Dem ursprünglichen
Holzkodex macht er jetzt so starke Konkurrenz, dass schon bei Ulpian

und Paulus (A. 11) das alte Wort für den Klotz die spezielle Materialbedoutung völlig abgestreift und den allgemeinen Sinn der Kodexbuchform angenommen hat.   Reichlicher strömen nun die Quellen Ägyptens.   Von den nachher besonders zu besprechenden — profanen wie
christlichen — Papyruskodizes des dritten Jahrhunderts sehen wir vorläufig ab. Der gleichzeitige Pergamentkodex ist wenigstens bereits vertreten durch Proben der Dreizahl *carmen historia oratio.*   Es sind ein
Stück Odyssee (s. III IV Amh. II 23), ein Fragment von einem lateinischen Historiker (s. III Oxy. I 30) und ein Blättchen aus des Demosthenes zweiter Philippika (s. III ²⁰) Amh. II 24). Die litterarischen Zeugnisse ergeben ein Überhandnehmen der Kodexform vorerst nur für die
christlichen ²¹) (seit 249) und für die juristischen ²²) Werke (seit 294 s. o.).
Über diese zwei Gebiete haben wir sorgfältige Untersuchungen von Fachmännern, und auch die übrige Geschichte des Kodex vom vierten Jahrhundert an kann als genügend erforscht gelten. ²³)

Wir müssen aber noch einmal zurückkehren zum Problem seiner
Entstehung. Die Terminologie hatte uns, wie ich meine, untrüglich
gelehrt, dass der Pergamentkodex etwa mit dem Beginn der Kaiserzeit
auf römischem Boden aus dem Prinzip der Wachstafeln hervorwuchs.
Dieses Resultat ist noch weit entfernt von allgemeiner Anerkennung.
Die Mehrzahl der einschlägigen Litteratur hält jene Buchform für nichtrömisch und für bedeutend älter. Eine vereinzelte ganz unbeweisbare
Hypothese, welche sie gar in den alten Orient hinaufschiebt und von
da allmählich zu den Hellenen dringen, durchs Christentum nachher
einen erneuten Vorstoss machen lässt, können wir ohne Schaden übergehen.²⁴) Beachtung heischt dagegen die weitverbreitete Meinung, der
Kodex stamme von den Griechen. Zugrunde liegt ihr die Rücksicht
auf eine von Plinius aus Varro ²⁵) zitierte, durch spätere Zeugnisse ²⁶)
ergänzte antike Tradition, die Rivalität zwischen den zwei grossen
hellenistischen Bibliotheken habe in der ersten Hälfte des zweiten Jahrhunderts zur 'Erfindung der Membrane' in Pergamon geführt. Mit Recht
denkt man dabei an das Aufkommen einer feineren Technik, die den
längst bekannten Schreibstoff des Leders, die διφθέρα zum wirklichen
'Pergament' machte. Das Wesen der Verbesserung findet man neben
der Glätte vor allem in der Möglichkeit der Opisthographie. Sie musste
auf jeden Fall ausgenutzt werden. Für die Rolle ging das nicht an.
Ihr Beschreiben auf beiden Seiten war wegen der praktischen Unbequemlichkeit stets nur eine seltene Ausnahme. ²⁷) So bot sich als einziger Ausweg die Vermutung, das neue Material sei schon damals ge-

faltet worden zum Kodex. Der erste, dessen Gedankenfolge diese Richtung
einschlug, war der alte Isaak Vossius in seinen Bemerkungen zum
Catull. [49]) Noch Géraud (S. 126) bezeichnete das Ergebnis mit Recht
als *une conjecture ingénieuse qui ne s'appuie sur aucune preuve solide.*
Anders die Neueren, bei denen es als zweifelsfreie Thatsache auftritt,
so in J. Marquardt's Privataltertümern, [31]) im Blass schen Abriss
des Buchwesens bei Iwan Müller, [58]) in Wattenbachs 'Schriftwesen
des Mittelalters' ([3] S. 113f.). Kein Wunder also, dass auch andere
Gelehrte bei gelegentlicher Berührung der Frage den litterarischen Kodex
ohne weiteres der vorchristlich-alexandrinischen Zeit zuschreiben, so
ausser Landwehr [53]) auch Rohde in seiner berühmten Rezension von
Birts Buchwesen [54]) und C. Haeberlin. [55]) Der gleichen Meinung huldigt
C. Wachsmuth, dessen Satz, Pentaden seien nur als Pergamentkodizes
denkbar, noch des Beweises bedarf, [56]) und in einer Andeutung U. von
Wilamowitz-Möllendorff. [57]) Selbst Dziatzko (s. A. 8) bekennt
sich im Widerspruch mit dem eigenen Standpunkt zur frühen Ansetzung
der Kodexform. Die wäre ja durch seine 'von Pergamon aus ein-
gedrungenen' gleichmässig beschnittenen und opisthograph-kontinuier-
lichen einzelnen Pergamentblätter notwendig bereits involviert. Doch
vergessen wir nicht die Argumente, welche E. Rohde für seine Ansicht geltend machte. Kodizes sollen erstlich schon für die Zeit
300 Jahre vor ihm bezeugt werden von Galen. [58]) In Wahrheit spricht
jedoch die auch nach der Cobetschen Emendation noch verderbte und
missverstandene Stelle, wie ich hier nicht weiter ausführen kann, lediglich von Rollen. Als Rollen erweisen sich ferner bei genauer Prüfung
die zum Beweis herangezogenen τεύχη des Aristeasbriefs, [59]) und ebensowenig ist dann natürlich mit dem Vorkommen jenes bisher nicht
plausibel erklärten Wortes [40]) bei dem unter Augustus lebenden Antho-
logiedichter Krinagoras von Mytilene [41]) anzufangen. Also der Annahme mangelt jegliche Stütze. Gegen sie erheben sich gewichtige
Gründe. Schon Birt (S. 53) wies treffend darauf hin, dass eine so
epochemachende Neuerung, wie sie der Pergamentkodex bedeutete, unbedingt wenigstens in einem neugeprägten Terminus ihre Spur hinterlassen haben müsste. Auch hätte es der praktische Sinn der Römer,
denen der Überlieferung zufolge thatsächlich Proben des pergamenischen
Fabrikats präsentiert wurden, [42]) gewiss schon damals nicht versäumt,
sich die später bei Martial ob ihrer Vorzüge bewunderte Erfindung an-
zueignen. Wir sehen, der aus der Pergamonanekdote abgeleitete Schluss
führt *ad absurdum.* Falsch war also wohl die Prämisse von der Opistho-

graphie. Was uns über die neuartige Präparierung des Stoffes berichtet
wird,[42]) widerstreitet keineswegs der Deutung, dass die Bücher des
Attalos als Rollen dem fundamentalen Prinzip des alexandrinischen Buchwesens treu blieben, und dass man sie entsprechend dem Rekto der
Papyrusvolumina nur auf der feiner behandelten belleren Fleischseite
beschrieb. Dass solche teuern Exemplare die Römer wenig zur Nachahmung reizten, begreift sich leicht. Die übliche und weit wohlfeilere
charta stand ihnen reichlich zur Verfügung. So geriet die Membran-
rolle aus Pergamon, von vereinzeltem Weiterleben abgesehen, schnell
wieder in Vergessenheit. Das Schicksal der Sache spiegelt sich auch
diesmal im Namen. In den Handbüchern[44]) liest man, das Wort *per-
gamena* für *membrana* komme zuerst in einem Diokletinnedikt von 301
vor, das nächste Mal bei Hieronymus. Dieser sowohl als Joh. Laurentius
Lydus und das aus ihm schöpfende Boissonadesche Anekdoton versichern
über nun, dass die Bezeichnung seit jener denkwürdigen Zeit, der sie
entsprungen, ununterbrochen[45]) fortbestand. Bis ins zweite Jahrhundert
vermögen wir ihrer Spur auch noch wirklich zu folgen. Denn nach
R. Wünsch's Vermutung[46]) war des Lydus Gewährsmann für diese Buch-
fragen Sueton. Archaisierende Neigung ist es wohl gewesen, die den
selten gewordenen Ausdruck wieder zu Ehren brachte und — ohne den
ihm von Hause aus anhaftenden Rollenbegriff — auf die Nachwelt verpflanzte.

Bisher verstanden wir unter Kodex immer ausschliesslich den P e r -
g a m e n t kodex. Mit Fug und Recht. Zeigte sich doch die Kodexform
in den Anfangsstadien ihrer Entwicklung so unzertrennlich gerade mit
jenem Materiale verknüpft, dass *membranae* zunächst für jedermann den
Kodex aus Pergament bedeutete so gut wie *charta* die Rolle aus Papyrus. Dem P a p y r u s kodex, auf den wir nun unser Augenmerk richten, ist damit bereits sein Platz bestimmt. Er muss notwendig jünger
sein als der Pergamentkodex und ganz von ihm abhängig. Alle neuerdings dagegen geäusserten Zweifel[47]) könnten wir schon jetzt mit gutem
Grunde zurückweisen, auch ohne die triftigen Erwägungen, welche
unsre Position des weiteren verstärken. Zum Unterschied von der die
Opisthographie bequem ermöglichenden und darum zum Gebrauche im
Kodex auffordernden Membrane wurde von der *charta* bekanntermassen
nur die sogenannte Rektoseite fürs Schreiben hergerichtet, während man
das Verso höchstens im Notfall benutzte.[48]) In einem der ältesten Beispiele des Papyruskodex aus dem dritten Jahrhundert steht der Ilias-
text in der That bloss auf einer Seite jedes Blattes. Erst nachträglich

hat ein Teil der frei gebliebenen Seiten noch zur Aufnahme eines gram-
matischen Tryphontraktates gedient. [49]) Die Faltung des Doppelblattes
ferner, auf der der Kodex beruht und zu der sich das Pergament eben
hervorragend qualifizierte, vertrug der Papyrus schlecht. Fast überall
in den aus Ägypten kommenden Kodizes dieses Stoffes sind die Bruch-
falten gerissen, so dass beispielsweise unter den 27 Blättern der Heidelberger Septuaginta [50]) und den 40 Blättern der koptischen Paulusakten [51])
nur je zweimal ein Bogen mehr oder minder zusammenhielt. Hier liegt
die einfache Erklärung für die vielen Werke auf 'Einzelblättern', welche
Dziatzkos bedauerlichem Irrtum Nahrung gegeben hatten. [52]) Noch ärger
als die Faltung that dem zarten Gewebe die nähende Heftung weh. Sie
zu bewerkstelligen, nahm man — bezeichnend genug — als Unterlage
wieder Fälze von Pergament. [53]) Noch in späterer Zeit wurden ja auch bisweilen geradezu unter die Papyrusdoppelblätter etwa zu äusserst und zu
innerst in der Lage im Interesse festerer Dauer solche aus Pergament
gemischt. [54]) Der surrogative Charakter des Papyruskodex könnte sich
nicht deutlicher manifestieren. Die gleiche Sprache reden Fälle wie der,
dass die Kopten des fünften Jahrhunderts Papyrusurkunden aus fern
zurückliegender Zeit mit den vollgeschriebenen Rektoseiten aufeinander-
klebten, um Blätter zu gewinnen für einen Bibelkodex. [55]) Um sich die
Vorteile des kostspieligen Pergamentkodex zunutze zu machen, hat man
ihn also offenbar, wie sich das noch durch manche technische Einzel-
heit, z. B. das jeweilige Gegenüberstellen von Rekto und Rekto, Verso
und Verso entsprechend dem bekannten Verhältnis der Fleisch- und der
Haarseiten illustrieren lässt, [56]) so gut es ging, in dem billigeren, wenn
auch minder haltbaren Chartamateriale nachgeahmt. Eigentlich selbstverständlich ist dies seit dem fünften Jahrhundert, wo die Buchrolle
ausser Gebrauch kam und man sich doch auch für litterarische Werke
noch immer zum guten Teil auf Papyrus angewiesen sah. Aber auch
für viel frühere Zeit wäre es keinesfalls wunderbar, am wenigsten im
Papyruslande Ägypten. Allein die Rücksicht auf Ulpian (A. 11), der
uns ja sicher für den Anfang des dritten und vielleicht sogar schon
fürs Ende des zweiten Jahrhunderts als ausnahmsweise Substitute der
regelrechten Papyrusrollen (chartae) und Pergamentkodizes (membranae)
neben den Pergamentrollen auch die Papyruskodizes bezeugt, hätte verhüten sollen, dass man die Bedeutung der neuerdings zahlreich einlau-
fenden besonders christlichen codices chartacei des dritten Jahrhunderts
so stark überschätzte und sich einbildete, 'die Frage über Rollen- und
Kodexformat' werde dadurch 'auf eine neue Basis gestellt'. [57]) Wohl-

begreiflich erscheint es wie gesagt, dass gerade Ägypten den Papyruskodex frühe ausgiebiger als andre Provinzen des Imperiums verwandte.
Von christlichen Exempeln des dritten Jahrhunderts wie den *λόγια Ἰησοῦ*
(Oxy. I 1), einem Matthäus (Oxy. I 2), einem Johannes (Oxy. II 208) und
einem unbestimmbaren theologischen Werke (Oxy. II 210) abgesehen ist
in dieser Zeit auch schon die klassische Litteratur vertreten. Ausser
dem bereits erwähnten Londoner Homer (A. 49) gehören dahin eine
Pariser Homerparaphrase,[58]) ein andrer Epiker (Oxy. II 214) und ein
Platonischer Gorgias aus Wien.[59]) Ein beachtenswertes Kontingent stellt
der Papyruskodex auch zu den unten (S. 154 f.) aufgeführten, aus späteren
Jahrhunderten stammenden juristischen Stücken. Verhältnismässig der
grösste Prozentsatz an Papyrus entfällt im Ganzen auf die Bücher der
Christen. Ich will aus den relativen Zahlen einer beschränkten Auslese
beileibe keine sicheren Schlüsse ziehen. Aber wenn die 'litterarischen'
Kodizes, über die W. Crönert seit den letzten Jahren im Archiv zu
berichten hatte, neben 11 Pergamenten 9 Papyri zeigten, unter C. Schmidt's
gleichzeitigen 'christlichen Texten' hingegen diese etwa um das Fünf-
fache überwogen (26 : 5), so ist das vielleicht doch mehr als ein blosser
Zufall. Das christliche Publikum war zumal in der Spätzeit zahlreicher,
aber weniger wohlhabend als der mehr und mehr zusammenschmelzende
Leserkreis der 'profanen' Autoren. Der Pergamentkodex blieb natürlich
auch für die Christen des Wunsches Ziel, das sich am ehesten in der
Bibliothek der Gemeinde erreichen liess. Das vielzitierte Dorfkirchen-
inventar aus dem fünften oder sechsten Jahrhundert[60]) weist 21 *βιβλία
δερμάτινα*, aber nur drei *χαρτία* auf. Bei der wichtigen Rolle, die der
Papyruskodex vor unsern Augen in Ägypten spielt, erhebt sich die Frage,
ob denn solche Exemplare wirklich immer bloss geringe und unsorg-
fältige Privatabschriften waren und nicht unter Umständen auch neben
dem überlegenen Vorbild aus Membrane in den Handel gelangten. Ich
möchte die letztere Möglichkeit, die für junge Fälle wie den glossierten
Heidelberger Digestenkodex (A. 1) zur Wahrscheinlichkeit wird, in Erwartung weiterer Funde und Untersuchungen selbst für die frühere Zeit
mindestens nicht vorschnell verneinen.[61])

Über die Entstehung des Kodex wären wir uns im allgemeinen
leidlich klar. Eine lohnende Aufgabe bleibt es nun noch, seine Entwicklung im Anschluss an die Wachstafeln des näheren zu studieren.
Die Mittel dazu bieten neben den gar nicht so spärlichen Schriftsteller-
zeugnissen auf der einen Seite die erhaltenen litterarischen wie nicht-
litterarischen *tabulae ceratae*[62]) und auf der andern — je älter, je wert-

voller — die gewiss noch mancher Bereicherung entgegensehenden Per-
gament- und Papyruskodizes, deren unglückselige Scheidung nach dem
Material von den Verfassern der referierenden Kataloge erst neuerdings
glücklich überwunden ist.[63] Unerlässlich ist eine treue und zuverlässig
eingehende Beschreibung der meistens ja leider fragmentarischen Stücke
durch die Herausgeber, dringend erwünscht die jeweilige Beigabe einer
Photographie. Auf ein paar Hauptpunkte darf ich vielleicht schon jetzt
in Kürze hindeuten. Von Interesse ist zunächst das Format und sein
allmählicher Wandel von der Pugillargrösse bei Martial zum stattlichen
Folianten des Mittelalters. Damit hängt zusammen die Richtung
und Anordnung der Schrift. In den römischen Diptycha und Triptycha
läuft sie der Falzlinie parallel über die ganze aufgeschlagene Fläche.
Beim litterarischen Kodex trägt nach dem Prinzip der Buchrolle jede
Seite ihre senkrechte Kolumne oder deren mehrere. Daten und Aufschlüsse über diese scheinbar nebensächlichen Dinge versprächen Hilfe
bei der chronologischen Fixierung. Sodann die Lagen oder Hefte.
Unsre sichere Kenntnis einer bestimmten Kodexeinteilung gewöhnlich
in Quaternionen beginnt erst mit dem vierten Jahrhundert.[64] Der vor-
anfliegende Zustand harrt noch der Erforschung, wenn auch schon ein
Beispiel Martials wie sein dicker Sammelband mit beiden Epen Homers[65]
Zusammensetzung aus einer Mehrzahl von Faszikeln vermuten lässt.
Vereinzelt steht jedenfalls ein merkwürdiger Papyruskodex des Hesiod
(n. IV) in Unionen da, d. h. Doppelblatt neben Doppelblatt gelegt.[66]
Sonst scheint es gerade umgekehrt vielmehr eine beliebte Sitte vielleicht
aus der Frühzeit gewesen zu sein, möglichst viele Bogen in eine einzige
Lage zu stopfen und in ihr wenn thunlich das ganze Werk oder Werkchen unterzubringen. Noch aus dem fünften Jahrhundert hat man ein
monströses Exempel dieser Art in den über vierzig ineinandergelegt zu
denkenden Doppelblättern unserer hiesigen Acta Pauli (s. A. 51), wo ein
wirkliches Zusammenklappen des unmässig starken Heftes kaum noch
angehen konnte. Ins dritte Jahrhundert gehört das mit ungefähr 25
Bogen gleichfalls bloss Faszikel bildende Johannesevangelium aus
Oxyrhynchos (II 208). Solch ein Evangelium in einem τεῦχος, das übrigens
litterarischen[67] und bildlicher[68] Analogien nicht entbehrt, mag einem
die für die Geschichte des Kanons nützliche Lehre geben, dass das Bestehen der Kodexform in einer bestimmten Zeit noch nicht gleich notwendig die Vereinigung mehrerer Schriften zu einem Kollektivbande zu
bedingen braucht.[69] Weiter käme in Frage der Einband, über den
wir auch noch herzlich wenig wissen.[70] Der Klärung bedürfen ausser-

dem die bis heute recht verworrenen Vorstellungen vom Titel- und
Schmutzblatt und von der Paginierung. [71])

Wir wenden die vorausgeschickten Erörterungen auf unsere juristische Papyrusrolle an. Nach dieser ihrer Form muss sie spätestens ins
dritte Jahrhundert fallen. Ein gleiches Ergebnis liefert nun ferner die
Schrift.

Gerade von den Rechtsbüchern zeigten sonst schon die frühesten
Manuskripte durchweg die Unziale. [72]) jene durch ihre allgemeine
Tendenz zur Rundung und die direkte Aufnahme einzelner kursiver
Elemente gekennzeichnete Majuskelart, deren merkwürdig plötzliches und
fertiges Auftreten [73]) seit dem vierten Jahrhundert man mit dem gleichzeitigen Umsichgreifen des sie begünstigenden Pergaments als Schreibstoff zusammenbringen zu dürfen scheint. [74]) Voraus liegt dieser Epoche
der P. 1000 mit der in seinem Gebiete einzigen rustiken Kapitale.
In voller Blüte treffen wir die so genannte zwanglosere Gestaltung des
quadratischen Typus bereits in den Rollen aus Herkulaneum. Für die
Folgezeit geben uns die ägyptischen Funde neben einem äusserst interessanten Buchbeispiel begonnener Unzialisierung [75]) bisher nur spär-
liche Proben von nichtlitterarischem Charakter. [76]) Ihr echter Gebrauch
war um 300 zu Ende und durch die aus ihr entwickelte Unziale verdrängt. Nur für wertvolle Klassikerhandschriften, vor allem Virgils
verwandte sie die Schreibertradition noch ein paar Jahrhunderte lang
weiter. Die Datierung solcher Zeugen des künstlichen Nachlebens ist
darum begreiflicherweise unsicher und vielumstritten. [77]) Schon etwas
plump und bequem, aber noch völlig rein erscheint die Schrift unseres
Fragmentes mit seinen mangels einer Liniierung entsprechend den Fasern
des Papyrus ziemlich ungleichmässig und ungerade verlaufenden, durch-
schnittlich ca. 3¼ mm von einander abstehenden neun Zeilen und den
in der Höhe von ungefähr 4½ mm wie auch in der Form am ehesten
an die *Schedae Vaticanae* des Virgil [78]) erinnernden Buchstaben. Wort-
trennung haben wir nicht, von Satzzeichen ausser dem Punkt in der
Mitte nach den Abkürzungen (die unten besprochen werden) viermal
(Z. 2. 6. 8. 9) den Punkt nach oben, an einer Stelle (Z. 6) unverständlich. Die der rustiken Kapitale eigene Scheidung von Haar- und Grund-
strichen ist insofern nur unvollkommen befolgt, als feiner bloss die
schräg aufwärts gehenden Linien von a m n r z aussehen. die Senk-
rechten dagegen durch ungebörige Stärke auffallen. Als weiteres Charak-
teristikum kennt man die Kürze der Horizontalen. Sehr klein ist das
über der Mitte angebrachte Mittelstrichlein des e und f (Z. 5). Den

zirkumflektierten, mitunter absetzenden Deckstrich oben haben bloss *c*
und *t*. Bei *i* und dem von ihm kaum verschiedenen *l*, wie es scheint,
auch bei *f* ist lediglich der Kopf verdickt. Den unteren Abschluss
bildet für *a m* etc. der auf eine Ecke gestellte quadratische Punkt an
der inneren Seite des Anfangsstrichs, *e i l p t* biegen einfach ihre hasta
unten nach rechts ein wenig um. Winzig und offen wie üblich ist der
obere Bogen von *b p r*. Auch der untere steht ganz frei beim *b*. Einmal (Z. 0 Abbreviatur) möchte man die Schleife von *p* für geschlossen
halten. Das *r* gleicht beinahe dem *a*. Der Bogen wird zur schwachen
Verdickung in dem gerade herunterführenden schrägen Abstrich. Wenn
wir noch bemerken, dass beim *a* (ähnlich *m n r*) der zweite Balken
den ersten nur unbedeutend überragt, *f* nach dem einen Exempel (Z. 5)
zu schliessen etwas unter die Zeile geht, von *m* der zweite und vierte
Strich parallel sind und der letztere vom dritten unter der Mitte getroffen wird, die Mittellinie von *n* gekrümmt läuft und sein Endstrich
wie der des *u* sich gern zu einer abwärts reichenden Spitze verjüngt,
das regelmässige *q* (über dessen abweichende Form in der Abkürzung
s. u.) einen fast wagrechten Querstrich als Schluss hat, der Endpunkt
des seitlich schmal zusammengedrückten *s* zum isolierenden Absetzen
neigt, und das *u* nicht mehr die spitze *v*-Gestalt bietet, so ist die Schrift
des Bruchstücks, in welchem die Buchstaben *g h k y z* nicht vorkommen,
wohl genügend geschildert.

Ein Rätsel bleibt uns aber noch zu lösen. Was bedeutet das am
Ende von Z. 4 zweimal hintereinander jeweils mit einem (mittleren)
Punkte darnach, im zweiten Falle überdies mit einem schrägen Striche
aufwärts durch den Rumpf gebrauchte Zeichen, das ans unziale *a* erinnert? Es ist augenscheinlich ein *q*, nicht das sonst im Texte ange-
wandte kapitale, sondern das der altrömischen Kursive, kenntlich an
dem von der Spitze des ovalen Körpers kräftig und tief nach rechts
meist bis unter die Zeile geführten schiefen Schlussbalken, der später
seit dem zweiten Jahrhundert dank dem allgemeinen Wandel des kursiven Duktus allmählich vielmehr eine nach links rückwärts gekehrte
oder mindestens vertikale Richtung annahm.[19]) In letzterer Gestalt ist
ja dann der Buchstabe nachmals in die Unziale übergegangen und aus
ihr in die noch heute übliche Minuskel. Was soll nun jene vereinzelte
Kursivform mitten in einem sonst konsequenten kapitalen Alphabet?
Sie giebt sich, was man nicht übersehen darf, als Abkürzung, deren
Deutung uns weiter unten beschäftigen wird. Schon jetzt aber vermuten wir in ihr den Repräsentanten eines alten und stereotypen juristi-

schen Notensystems, welches auch noch der Schreiber unserer Rolle im
Widerspruch mit seinem eigentlichen Typus befolgt zu haben scheint.
Über die diesem System zugrunde liegende Hand lässt sich vorsichtiger-
weise soviel sagen: sie war nicht streng kapital und hatte wenigstens
in gewissen Charakteren wie dem *q* Anleihen von der Kursive. Wenn
wir hinzunehmen, dass die wie schon erwähnt (A. 3) aus der ersten
Hälfte des dritten Jahrhunderts erhaltene juristische Rolle mit einem
Trajanmandat thatsächlich in vollkommen durchgeführter korrekter Kursive geschrieben ist, so ergiebt sich für das vordiokletianische Rechts-
buch ein seltsames Nebeneinander von Kapitale, Kursive und vielleicht
einer aus beiden gebildeten Mischung. Ergänzt und illustriert wird dies
Resultat durch die lateinischen Rollenfunde aus Herkulaneum. Ihre
Zahl ist ja nur gering und eine Bestimmung des Inhalts der Fragmente
fast immer unmöglich. Aber in den davon hergestellten Reproduktions-
proben, besonders bei Sir Humphrey Davy, [30]) so mangelhaft sie sind,
finden wir was wir suchen. Sie bieten wirklich in mannigfacher Abstufung die oben postulierten Übergangsformen von der Kapitale zur
Kursive. Man kann die Davyschen und die von Zangemeister-Watten-
bach mitgeteilten Beispiele zu einer förmlichen Skala ordnen, die von
der mehr oder minder scharf ausgeprägten rustiken Kapitale durch eine
kursive Elemente wie *b d e q r s* aufnehmende 'Semikursive' zur fertigen
Kursive herabführt. [31]) Wir sehen, die juristische Schrift der drei ersten
Jahrhunderte ist nur ein Sonderexempel für die gemeinlitterarische Ge-
wohnheit. Doch darf es im Hinblick auf die Frage der Abkürzungen
(s. o.) immerhin als eine Eigentümlichkeit gerade jener Gattung bezeichnet werden, dass sie in der Regel dem unteren Ende der Reihe
näherstand und entsprechend ihrem praktischen Zweck von Natur zur
kursiven Beeinflussung neigte, so dass Rechtsbücher in echter Kapitale
wie unser Papyrus zu den Ausnahmen gehören mochten. Das über die
frühe juristische Schrift gefällte Urteil gewinnt an Wahrscheinlichkeit,
da wir den gleichen Zug in ihrer späteren Entwicklung wiederkehren
sehen. Der allzufreien, mitunter zügellosen Kursivierung der römischen
Buchhände gegenüber trat eine Reaktion ein mit dem Beginn der byzantinischen Epoche. Je weniger produktiv sie selbst noch war, um so
lebhafter empfand sie für die sichtende und zusammenfassende Weiter-
überlieferung der alten Werke das Bedürfnis nach einer streng kalli-
graphischen Regelung der Schrift. Gewahrt wird der Charakter der
bloss etwas rundlicher geschliffenen Majuskel. Die kursiven Einflüsse
werden abgedämmt und endgiltig beschränkt auf wenige bestimmte

Zeichen, vor allem *d m q*. So entsteht der Typus, den wir Unziale
nennen. Wie verhalten sich zu dieser Norm die juristischen Manuskripte?
Die herkömmliche Behauptung, sie seien von Anfang an eine ausschliess-
liche Domäne der Unziale, hat zumal für die frühesten Beispiele aus
Ägypten eine sorgfältige Prüfung vonnöten. Da findet man denn eine
wirklich reine Unziale in vorjustinianischer Zeit bisher nur zweimal:

I. s. IV/V Pergamentkodex. Papinians Responsa in Berlin und
Paris. Text mit Litteratur jetzt in der Krüger-Mommsen-Studemund-
schen *Collectio librorum iuris anteiustinianei* III (1890) S. 285—296.
Faksimile bei R. Dareste in der Nouvelle revue historique de droit
français et étranger VII (1883) pl. 1. II (am Schluss) zu S. 361 ff.

II. s. V Papyruskodex. *Scholia Sinaitica* ad Ulpiani libros
ad Sabinum. Text mit Litteratur in der *Collectio* S. 267—282. Schrift-
probe (Latein ins Griechische gemischt) nach einer Gardthausenschen
Zeichnung bei O. Lenel, Savigny-Zeitschr. II (1881) R. A. (am Schluss)
zu S. 233 ff.

Sonst macht sich besonders in dem einschleifigen *b* mit senkrecht
anfragender Hasta,[37] dem ähnlich emporgerichteten *d*,[38] dem *m* mit
geraderen und parallelen Schenkeln, oft auch dem bekannten stumpf-
winklig gebrochenen *s* gleich im vierten Jahrhundert eine erneute
Wirkung der Kursive geltend und erzeugt zusammen mit dem schon
etwas minuskelhaften Duktus eine frühe Art der gewöhnlich erst vom
fünften Jahrhundert an gerechneten[39] Halbunziale. Zwei Typen lassen
sich dann wieder scheiden. Den ersten aufrechten, meist kräftigen, der
uns beispielsweise auch in einem neuerdings gefundenen Papyruskodex
von Virgils Äneis[40] sowie in der zwölften Hand der Florentiner Pan-
dekten[41] entgegentritt, repräsentieren:

III. s. V/VI Papyrusrolle (s. A. 2). 'Juristisch-litterarische Sammlung von Reskripten und vielleicht Juristenexzerpten' (Gradenwitz).
Anh. II 27. [Vgl. Seymour de Ricci, Revue des ét. gr. XV 1902 S. 441.
445 f., dazu O. Gradenwitz, Rescripte auf Papyrus I. Sav.-Z. XXIII
1902 R. A. S. 356—379.] Faksimile plate VI.

IV. s. V/VI Papyruskodex. Scholien beim Text eines unbekannten
Juristen. Wessely Taf. X Nr. 24.

V. s. VI Pergamentkodex. *Incerti auctoris de iudiciis fragmenta
Berolinensia.* Text *Collectio* III S. 298 f. Faksimile in der *ed. princ.* bei
Mommsen, Monatsber. d. Berl. Ak. 1879 zu S. 503 l. 11. Darnach Probe
bei Wess. Taf. XIX Nr. 43.

Leichter und liegend ist der Charakter der zweiten Gruppe, mit der die englischen Papyrologen treffend die Schrift des Oxforder Dodlejanischen Hieronymus[1]) vergleichen.   Hierhin gehören:

VI. s. IV Pergamentkodex. Wiener Fragment *de formula Fabiana*. Text *Coll.* III S. 299—301. Faksimile in der *ed. princ.* von L. Pfaff und F. Hofmann Taf. I. II am Schluss von Band IV der Mitteilungen P. Rainer (1888) zu S. 1 ff.   Darnach Wessely Taf. XIX Nr. 43.

VII. s. IV/V Papyruskodex. Unbekannter Jurist. Amh. II 28 mit Faksimile pl. VI. Den Text nebst dem von Nr. III (Amh. II 27) wiederholte Mommsen, Sav.-Z. XXII 1901 R. A. S. 195 ff.

VIII. s. V Pergamentkodex. Paulus *ad edictum* Buch 32 (Dig. XVII 2. 65 § 16 und 67 § 1).   Grenf. II 107 S. 156 f. Nachträglich bestimmt von V. Scialoja und P. Krüger. Vgl. die Litteraturangaben bei Seymour de Ricci, Revue des ét. gr. XV (1902) S. 432.   Faksimile bei P. Krüger, Sav.-Zeitschr. XVIII (1897) R. A. zu S. 224.

Wenn man nach dem zur Zeit vorliegenden Materiale schliessen darf, überlässt sich also auch unter der Herrschaft der Unziale die Schrift der Rechtsbücher mit am ersten ihrer Hinneigung zur geläufigen Kursive. Dass daneben die strenge Norm nicht unbefolgt blieb, davon zeugen ausser den schon angeführten Beispielen fast alle erhaltenen Exemplare vorjustinianischer Jurisprudenz, obenan Gaius, Fragmenta Vaticana und Codex Theodosianus.[2]) Mit verstärktem Eifer drang man auf Einhaltung der korrekten Buchunziale seit der definitiven Kodifikation des Justinian. Als Beweis dienen nicht allein die Digesten aus Florenz, sondern auch ihre beiden Zeitgenossen:

IX. s. VI/VII Papyruskodex. Digesten in Pommersfelden. Revidierter Text in Mommsens grosser Digestenausgabe I Additam. 2 S. 11*—16* mit Nachträgen praef. S. LXXXXII f. Faksimile Taf. 5—10 hinten in Band II und

X. s. VI/VII Papyruskodex. Digesten in Heidelberg s. oben A. 1.

Aber selbst diese Musterkodizes sind von Lizenzen nicht ganz frei. Was das Florentiner Manuskript betrifft, so wurde die laxe Hand seines zwölften Schreibers bereits erwähnt. *r* und namentlich *s* zeigen zumal am Zeilenschluss wie z. T. im Veroneser Gaius[88]) so auch hier beispielsweise in der ersten[90]) und fünften[91]) Hand öfter die kursiven Formen. Das Gleiche gilt vom Heidelberger Papyrus,[92]) und sogar in der grossen schönen Unziale der Pommersfeldener Fragmente fand sich einmal (3'. 19) jene abweichende Gestalt des *s*.[93])

*   *   *

Es wird endlich Zeit, das Bruchstück selbst zu geben. Auf eine Seite setze ich die getreue Kopie des Vorhandenen in Kapitale, rechts gegenüber den Versuch einer geniessbareren modernen Umschrift (S. 158 f.). Genauere Nachweise über Lesung und Ergänzung bieten die angefügten Noten. Vorausbemerken muss ich, dass der Anfang der Kolumne unten noch nahezu komplett vorliegt und für das Fehlende an ihrem Schluss die mit Wahrscheinlichkeit supplierten Zeilen 5 f. *nepot/i rel | pr/onepoti* und 6 f. *ar/i rel | p/roari* genügenden Anhalt schaffen. Die Zeile belief sich darnach durchschnittlich auf ca. 22 Buchstaben. [54])

———

Z. 1—4. Der erste Abschnitt des Textes gilt der Garantierung der Pflichtteilsquart für den Sohn. So klar dieser Gesamtsinn, so verwickelt ist die Interpretation des Einzelnen. Einen Einschnitt bildet das Kolon, das man in Z. 2 vor *si minus* wahrzunehmen meint. Von der vorausgegangenen positiven Hauptentscheidung bleiben uns in der Mitte der Z. 1 und dem konjunktivisch anschauenden Anfang von Z. 2 (*niaden — set*) anscheinend nur Reste eines schliessenden Nebensatzes. Wie der etwa lauten mochte, kann man ungefähr schon aus der von Gradenwitz (S. 182) zitierten Digestenstelle V 2. 8 § 6 (Ulpian) schliessen: *Si quis mortis causa filio donaverit quartam partem eius quod ad eum esset perventurum, si intestatus pater familias decessisset, puto secure eum tradari.* Indem ich *ni* vor *ad eu/m/* mit Berufung auf Dig. XII 6. 61 (Scaevola) *Tutores pupilli quibusdam creditoribus patris ex patrimonio paterno solverunt* als */patrimo- | nii pater/ni* deute, wobei dann allerdings der erwünschte Gedanke der Intestatportion [55]) nicht mehr gut unterzubringen ist, und mich fürs Übrige an Parallelen wie Dig. XXXVI 1. 30 (Celsus) *Rebellianus si curerit coloniae Philippensium, si sine liberis morietur, quantacumque pecunia ex hereditate dere bonis mein ad eum perveuit, eam pecuniam omnem ad coloniam Philippensium perventuram* erinnere, schreibe ich unsere Partie ohne Anspruch auf Sicherheit probeweise so: */filius accipiet quartam, | quantacumque pars patrimo- nii pater/ni ad eu/m perventu-/ra fuis/set.* — Z. 2—4. 'Hat er weniger als die gesetzliche Quart bekommen', so wird vervollständigend beigefügt, 'dann ist sie ihm aufzufüllen'. Die Herstellung der Prodosis wäre leidlich zuverlässig. Den Anfang *si minus qua/rta]* belegen die Worte des Paulus, welche Gradenwitz (S. 181) beibringt: Sent. IV 5. 7 *Filius iudicio patris si minus quarta portione consecutus sit, ut quarta sibi a coheredibus citra inofficiosi querellam impleatur,* *iure desiderat.* Die Gruppe *ssit*[24]) (Z. 3) vermag ich nur als *[ce]ssit* 'zuteil wurde' zu verstehen. Schwierigkeit macht der Nachsatz von *supplend* . . . (Z. 3) bis *quartam* (Z. 4). Wie es eben bei Paulus hiess *quarta impletur*, so entsprechend gewöhnlich *quarta suppletur* vgl. z. B. Dig. XXXVIII 2. 44 § 1 *legato ei servo, per quem suppleretur debita ei portio*, Dig. XXXVII 14. 21 § 1 *id quod deest ad supplendam debitam portionem* . . . *quaeri potest*, Dig. XXXV 2. 94 *respondit* . . . *(filiam) ea quae ei data sunt acceptaram, si modo ea quartam suppleant* etc. Die analoge Auffassung unserer Papyrusverse erweist sich, da wir keinesfalls eine oblique Rede haben, durch den sichern Akkusativ *quartam* in Z. 4 als ausgeschlossen. Er nötigt vielmehr zu der, soweit ich sehe, sonst nicht nachweisbaren Verbindung: *supplere in quartam*. So dachte Prof. Gradenwitz früher an *supplend[a] sun[t | in] quartam*. Aber weder dies noch sein zweiter Vorschlag *supplend[o] succ[edit | in] quartam* will zu den überlieferten Spuren passen. Die letzten Buchstaben in Z. 3 scheinen *rid* zu sein, wodurch man auf die merkwürdige Wendung geführt würde: *supplend[u]s rid[etur | in] quartam*. Von dem *u* zwischen *d* und *s* im ersten Wort sollte man trotz des hier klaffenden Loches Reste zu finden erwarten.

Z. 4—9. Die äusserlich ohne Interpunktion folgende zweite Hälfte des Bruchstücks enthält die Bestimmung, ins Recht auf die Quart rücke statt des nicht mehr lebenden Sohnes Enkel oder Urenkel ein. Zu diesem, wie die Ausführungen von Prof. Gradenwitz lehren, keineswegs selbstverständlichen und bedeutungslosen Satz sähe man demgemäss auch gern einen logisch scharf absetzenden Übergang, vielleicht ein *si vero*[27]) oder ein *quod si.*[28]) Die Anknüpfung geschieht aber einfach mit *sive:* 'oder wenn der Sohn tot ist etc.'[29]) Zum Überblick über den ganzen Passus müssen wir vor allem das Gerüst seines Baues festlegen. Ich finde bloss eine Möglichkeit. Nach der vorausgeschickten konditionalen Angabe (*sive* Z. 4 f.) kommt der Hauptsatz mit *cedet* (Z. 5), 'wird zuteil, fällt zu' (vgl. Z. 3) als *verbum finitum* und *quarta* (Z. 7) als nachgestelltem Subjekt. Appositionell schliesst sich daran *danda* (Z. 7), um mit seinem Adverbialausdruck *pro portione* (Z. 8) und dessen relativem Anhängsel *quam — tenet* (Z. 8 f.) die Übertragung der Quart auf die Nachkommen genauer zu regulieren. Nun zum Einzelnen. Genug zu denken giebt uns gleich der einleitende Bedingungssatz von *sive* (Z. 4) bis *filios* (Z. 5), dessen Inhalt sein muss: 'wenn der Sohn nicht mehr lebt'. Wie hatte das der Jurist ausgedrückt? Das nach dem Früheren durch seine Mehrzahl befremdende Akkusativobjekt *filios* (Z. 5) gestattet

P. Heid. 1000.

1	NIADEU
2	SET·SIMINUSQUA
3	SSITSUPPLENDI·ISUID
4	QUARTAMSIVEQ·Q·A
5	TFILIOSCEDETNI·IPOT
6	ONEPOTI·EXBONISAU
7	ROAUIQUARTADANDA
8	IPROPORTI·IONE·QUAMA
9	SUCCESSIOP·TI·INET·ISLIB

P. Heid. 1000.

1 [. . . . .]ni ad eu[m perventu-]

2 [ra fuis]set. Si minus qua[rta]

3 [ei ce]ssit, supplend[u]s vid[etur?]

4 [in?]quartam. Sive q(uis?) a[mise-]

5 [ri]t filios, cedet n[e]pot[i vel]

6 [pr]onepoti ex bonis av[i vel]

7 [p]roavi quarta, danda [

8]i pro port[i]one, quam a[vita?]

9 successio p(atris?) t[e]net. Is lib[

einen Rückschluss aufs Zeitwort, von dem wir heute bloss noch spär-
liche Überbleibsel des *t* der Endung erblicken (vor *filios*). Es verbieten
sich dadurch naheliegende Konjekturen wie *si . . . [decessi]t filius* (Gr.).
Man braucht ein Transitivum. Unter Berücksichtigung der Buchstaben-
spur zu hinterst in Z. 4, die zu *n* oder *r*, aber auch zu *a* stimmt, vermute ich *sire a[mise-]ri]t filios*. Vergleichen lässt sich z. B. Dig. V
1. 36 pr. *humanum est propter fortuitos casus dilationem accipi, veluti
quod pater litigator filium vel filiam vel uxor virum vel filius parentem
amiserit* eqs. Nun fehlt noch das Subjekt. Es steckt in jenen beiden
vom Abkürzungspunkt gefolgten kursiven *q* (Z. 4), deren letztes schief
nach oben durchstrichen ist. Diese Proben einer altverschollenen Siglen-
art erregen unser Interesse und fordern auf zur Konfrontierung mit den
späteren, bisher einzig bekannten Systemen der Unziale. W. Studemund [100]) machte einst die feine Bemerkung, manche Abbreviaturen
der vorjustinianischen Rechtsbücher schienen bloss auf die Unziale berechnet und ihr geradezu auf den Leib geschnitten. Zum Beweis nannte
er die Durchkreuzung der vertikal unter die Linie reichenden Endschäfte,
wie sie bei *p* und *q* den unzialen Formen und nur diesen eignen. Wir
können jetzt thatsächlich Zeichen einer früheren z. T. kursiven Schrift-
stufe auf solche Kriterien hin prüfen. Die uns da gebotenen Buchstaben
sind zufällig auch wieder gerade *p* (Z. 9) und *q*. Dass die altertüm-
lichere Kürzungsweise selbst beim Gebrauch der gleichen Mittel wie
des Punkts hinten oder des Strichs oben öfters doch nach andern me-
thodischen Grundsätzen als die nachmalige Übung verfahren sein muss,
ist unten zu zeigen. In einem Falle aber glaubt man überdies entsprechend dem verschiedenen Charakter auch eine verschiedene graphische
Notierung verwendet zu sehen. Während beim unzialen *q* der abbre-
viierende Strich die abwärts ragende hasta trifft (s. o.), durchschneidet
er von der zweiten kapital-kursiven Vertretung unseres Papyrus den
Rumpf, eine Erscheinung, die für ähnlich gebaute Buchstaben (vgl. z. B.
b d i l u r s t in Studemunds Gaius S. 258 ff.) auch in der Unziale
die Regel bildet. Freilich tritt einer derartigen Auffassung des zweiten
q in Z. 4 ein schweres Bedenken entgegen. Bei der Deutung der zwei
das Subjekt des Satzes repräsentierenden und notwendig als Pronominal-
formen aufzulösenden *q* kommt, da ein *quisquam* gegen die Syntax ver-
stiesse, wirklich bloss *quis* in Frage: *sire quis amiserit filios*. Wir
hätten demnach das doppelte *q* als Dittographie des Schreibers und die
Auszeichnung des zweiten als Durchstreichung d. h. Tilgung zu betrachten. Das erste *q* wäre also = *quis*. Das stimmt nun allerdings

schlecht zu den bekannten *notae*. Sie geben *quis*, wo sie es überhaupt abkürzen (der Veroneser Gaius z. B. vermeidet's), gar nicht durch den einfachen Anfangsbuchstaben, sondern entweder als $q \cdot s \cdot$[101]) oder als $\dot{q}^s$[102]). Nur einmal[103]) finde ich in diesem Sinn blosses q mit senkrechtem Strichlein über sich: $\dot{q}$, das gewöhnliche Zeichen für *qui*.[104]) Das in unserem Papyrus für *quis* zu nehmende q mit folgendem Punkt ist sonst regelmässig = *que*[105]) (vgl. bes. Gaius S. 290). Kommt noch ein Strich darüber hinzu q., so entsteht *quae*[106]) (Gaius S. 290). Unterstrichenes q endlich, um die Liste voll zu machen, fungiert von Ausnahmen abgesehen als *quam*[107]) (Gaius S. 291) und, wenn der Strich gehakt ist, als *quod* (Gaius S. 294). — Z. 5. Für die Gruppe nach *filios*, wo an erster Stelle nur noch ein Punkt vom Kopfe übrig ist, ziehe ich der an sich möglichen, aber zum Beginn des Nachsatzes unbrauchbaren konjunktionalen Erklärung [s]*ed et* das erforderte Verb *cedet* vor. Die von ihm regierten, der Fortsetzung (Z. 6 f.) *ex bonis* av[i] rel|p|*roti quarta* gegenüber scheinbar durch eine unbegreifliche Interpunktion abgegrenzten Dative n[e|po]t[i rel | pr]onepoti (Z. 5 f.) zeigen anders als vorhin *filios* (Z. 5) wieder den Singular. In *nepoti* (Z. 5) ist das *e* kaum mehr sichtbar, vom *r* in [p]*roti* (Z. 7) nur noch das alleräusserste Ende. Eine ungewöhnliche Gestalt (verdickte Wendung nach rechts) hat der vorhandene Gipfel des *i*. *Quarta danda* (Z. 7) verstehe ich, wie bereits bemerkt, nicht als *quarta danda est*, sondern nehme die beiden Wörter getrennt. — Ungewiss ist dann wieder wie das ganze Verständnis so die Einzelrestitution der Bestimmungen zu *danda*. Dessen verlorenes Objekt zunächst wird am Schluss von Z. 7 und am Anfang von Z. 8 zu suchen sein, wo eine erhaltene Spur vielleicht auf *i* weist. Statt *ei* entspräche *eis* besser der freilich auch ihrerseits rätselhaften Verbindung *pro portione* (Z. 8). Am liebsten dächte man ja bei diesem 'Verhältnis' an eine Mehrheit der Enkel oder Urenkel, auf deren Köpfe sich jene dem Vater oder Grossvater aus dem Nachlass des Grossvaters oder Urgrossvaters gebührende Quart verteilt — nach Art von Stellen wie Dig. XXXVI 1. 80 § 1 *fidei . . heredum meorum committo, uti omnis substantia mea sit pro deposito sine usuris apud Gaium Seium et Lucium Titium, quos etiam, si licuisset, curatores substantiae meae dedissem remotis aliis, ut hi restituant nepotibus meis, prout quis eorum ad annos viginti quinque pervenerit, pro portione, rel si unus, ei omnem*. Doch damit verträgt sich weder die vorherige Einzahl des *nepos* und *pronepos* noch auch der angeschlossene Relativsatz zu *pro portione*. Die paar einigermassen sicheren Stücke in seinen Trümmern

legen es vielmehr nahe, unter der *portio quam* . . */succeſſio* . . *tenet*
(Z. 8 f.), dem Anteil, den das (für die Übertragung auf die Deszendenten
in Betracht kommende) Erbe (sc. von der gesammten Hinterlassenschaft
des Testators?) ausmacht, die Quart selber zu verstehen, so einfältig
hier auch eine derartige Selbstverständlichkeit klingt. Das durch den
kleinen Horizontalstrich überm Kopf und den folgenden Punkt trotz
seiner minder guten Erhaltung genügend als Abkürzung gekennzeichnete
p̄. (Z. 9) nach *succeſſio* mit 1*f ·]net* zu *p(er)t[i]net* zusammenzunehmen
und an die zudem nicht ganz klare Stelle Dig. V 4. 6 pr. (Ulpian)
Sorori quam coheredem fratribus quattuor in bonis patris eſſe placuit.
quinta portio pro portionibus (portione? Mommsen) *quae ad eas*
pertinuit cedet, ita ut singuli in quarta, quam antehac habere credebantur,
non amplius ei quintam conferant zu erinnern, müsste uns schon das
dabei unerklärliche *quam* abhalten. Wie lösen wir aber die Abbreviatur
auf? Keinesfalls wohl als Präposition, wofür auch der Punkt ungewöhnlich wäre. In dem uns geläufigen System bedeutet *p* mit Oberstrich
prae (Gaius S. 285), *per* wird durch den Unterstrich bezeichnet (S. 284).
Die Umschau nach einer anderweitigen Auskunft führt leicht auf *succeſſio*
p(atris). Nicht unbedenklich wäre freilich auch daran der *casus obliquus*
und das Einzelstehen. Sonst kennt man höchstens Gruppen wie *pf*
= *p(ater) f(amilias)* (vgl. z. D. Gaius S. 283). Diesem *p(atris)* entsprechend fiel mir dann auch für den Rest eines *a* am Ende der Zeile 8
die Ergänzung *a/rita/* ein. Den Ausdruck *avita succeſſio* liest man
z. B. C. XI 59. 7 pr. *Quicunque defectum fundum patrimonialem exer-*
cuerit fertilem .., . . defendat velut domesticum et avita succeſſione
quaesitum eqs. Strenggenommen hätte man allerdings *avita vel proavita*
succeſſio zu erwarten, wie Prof. Gradenwitz mit Recht bemerkt. Ich
verweise dafür auf C. VI 52. 1 *Per hanc iubemus sanctionem . . filios*
etc. . . . *in liberos suos . . . hereditariam portionem posse transmittere*
. . .: *si quidem perindignum est fortuitas ob causas vel casus humanos*
nepotes aut neptes, pronepotes aut proneptes avita vel proavita suc-
cessione fraudari etc. Analog sollte es ja dann auch *avita vel proavita*
succeſſio patris vel avi beissen. — Über den weiteren Verlauf des Textes
nach dem Kolon in Z. 9 lässt sich natürlich gar nichts ausmachen, nicht
einmal über die Vervollständigung der nach meiner Lesung vorhandenen
Buchstaben *is lib[· ·]. In lib[erorum?]* G., *is leg[atorum?]* Gr.

Anmerkungen.

—

1) O. Gradenwitz, Glossirte Papinareste im Zuge der Digesten, Savigny-Zeitschrift XXIII (1902) R. A. S. 458 f. Die gleichnamige Hauptpublikation mit Faksimile von G. A. Gerhard u. O. Gradenwitz, Philol. LXII (N. F. XVI) 1903 S. 95—124.

2) P. Amh. II 27 (s. V/VI) mit pl. VI vgl. oben S. 154. Weil da der Text vertikal an den Rektofasern einkolonnig *transversa charta* verlief, so haben wir nicht ein Beispiel der litterarischen, sondern vielmehr der noch im Mittelalter befolgten urkundlichen Rollenpraxis. Vgl. K. Dziatzko, Unters. über ausgew. Kap. des antiken Buchw. (1900) S. 124 f., W. Wattenbach, Das Schriftwesen im Mittelalter ³ 1896 S. 162 f., F. G. Kenyon, Palaeogr. etc. 1899 S. 20 f.

3) Einer Rolle (am linken Rand meint man auch noch Spuren einer vorausgegangenen Schriftkolumne zu gewahren) entstammt augenscheinlich das singuläre Stück in Buchkursive P. Fay. X S. 99 f. mit Faksimile auf pl. V s. oben S. 153, welches O. Plasberg, Wochenschr. f. kl. Ph. 18 (1901) Sp. 141 f. und C. Ferrini, Rendic. d. R. I. Lombardo 34 (1901) S. 1087 f. nach dem Ulpianschen (l. 45 *ad edictum*) Zitat in den Digesten (XXIX 1. 1 pr.) als ein Mandatum des Kaisers Trajan bestimmt haben. Zur Rollenform passt hier das Alter. Das Verso zeigt griechische Kursive etwa aus der Mitte des dritten Jahrhunderts. Höchstens bis in dessen erste Hälfte, die Zeit Ulpians, darf man also mit der Vorderseite geben.

4) Ausdrücklich vertritt diese Ansicht Dziatzko, R(eal)-E(ncyklopädie) u. d. W. *Buch* III (1897) Sp. 948 u. Unters. S. 130 f. Minder bestimmt Mommsen, Sav.-Zeitschrift X (1889) S. 349. Kenyon, Palaeogr. of greek Papyri (1899) S. 24. 112 f. und Facs. of bibl. mss. in the Brit. Mus. (Lond. 1900), Text zu Taf. I. Der englische Gelehrte setzt das erste Aufkommen des Buchkodex ins zweite Jahrhundert, also mindestens ein Säkulum zu spät.

5) Ihre erste richtige Erklärung und Verwertung für die Geschichte des Kodex verdankt man H. Géraud's noch immer nicht veraltetem *Essai sur les livres dans l'antiquité, particulièrement chez les Romains* (Paris 1840) S. 132 f. 134. Vgl. auch Dziatzko, R. E. III Sp. 948, Unters. S. 133 ff.

6) Th. Birt's (Das antike Buchwesen etc. 1882 S. 70 ff.) paradoxe Behauptung, Pergament sei billiger gewesen als Papyrus, halte ich für überwunden. Vgl. bes. E. Rohde, Gött. gel. Anz. 1882 S. 1550, H. Landwehr, Phil. Anzeiger XIV (1884) S. 367 f., P. Krüger, Sav.-Zeitschr. VIII (1887) R. A. S. 76 A. 2 (mit Berufung auf Friedländer), Th. Zahn, Gesch. d. neutestam. Kanons I (1888) S. 71 f. m. A. 2 (Verweis auf Birckers Gallus), W. Wattenbach, Schriftw. ³ S. 100 m. A. 1 (nach L. Fr. Lit. Centralbl. 1882 Sp. 1113 f.), K. Dziatzko, R. E. III Sp. 944 und Unters. S. 70 f. 130 f., R. Wünsch, R. E. III (1899) s. v. *charta* Sp. 2191 f. — Auf der Seite von Birt (vgl. C(entralbl. f.) B(ibliotheksw.) 17 (1900) S. 561 f.) stehen F. Blass, Lw. Müllers Handbuch I ² (1892) S. 337, C. Haeberlin, C. B. 14 (1897) S. 6, F. G. Kenyon, Palaeogr. (1899) S. 113.

7) Mit Recht verlangt Birt S. 85 auch hier diesen Ausdruck (vgl. Dziatzko, Unters. S. 185) statt der unbrauchbaren Vulgärlesart *in pugillaribus membranis*.

8) Über die 'einzelnen' *membranae*, litterarisch wie nichtlitterarisch, s. S. 129 ff. 135 ff. Ob sie irgendwie äußerlich zusammenhängend zu denken sind, wird fast immer unklar gelassen. Noch viel verhängnisvoller wirkt Dziatzkos falsche Definition von *charta* (χάρτης), die man bisher merkwürdigerweise allgemein ruhig hinnahm. Als scheinbar positiveres Resultat des dritten Abschnitts *Βύβλος. Πάπυρος. Χάρτης*

tritt in Kapitel V 'Buchrolle und Chartablatt. Das Aufkommen des Pergamentkodex'
die aus ein paar missverstandenen Zeugnissen, besonders einem solchen des Galen
(s. A. 38) abgeleitete und ihrerseits einer Reihe von Stellen (deren Behandlung ich
mir vorbehalte) das Verständnis verschliessende Lehre auf, χάρτης (charta) sei
zum Unterschied von βίβλος, der fertigen, beschriebenen oder nahbeschriebenen
Papyrusrolle nur das einzelne Papyrusblatt oder -doppelblatt und habe neben jener
bereits erwähnten litterarischen Funktion für die fliegende Blättersammlung schon
früh vorwiegend Zweck und Bedeutung der Urkunde. Um mit der letzten Annahme
zu beginnen, so bietet sich, soweit ich sehe, ein wirklicher Anhalt für sie erst seit
der Zeit Justinians (vgl. z. B. Nov. 44. 2). Noch weniger hält die fürs Verhältnis
von χάρτης und βίβλος im Buchwesen statuierte Regel Stich. Um das Einzelblatt
nach seiner technischen Seite statt nach dem Inhalt zu bezeichnen, brauchte man
Namen wie plagula (vgl. Plin. n. h. XIII 77, Birt S. 232, Dziatzko selbst S. 87 f.)
oder scheda (vgl. Birt S. 229 A. 2). Das Wort χάρτης oder charta zeigt, wo es
nicht ganz allgemein dem Papyrus als Schreibmaterial gilt, seit alters durchweg den
von Dziatzko erst den 'späten Römern' (S. 44 f.) zugeschriebenen Sinn der Papyrusrolle, für den einem Belege auf Schritt und Tritt begegnen. Es ist ein höchst dan-
kenswertes, leider noch wenig gewürdigtes Ergebnis von Dziatzko (Unters. Kap. III),
dass nach der bloss etwas zu scharf gefassten, in ihrer prinzipiellen Richtigkeit
aber durch die Geschichte des Terminus χάρτης vollkommen bestätigten Angabe
Varros (Plin. n. h. XIII 69) das berühmte Fabrikat aus dem Mark des ägyptischen
Papyrus, von vereinzelten früheren Annahmen abgesehen, thatsächlich erst seit dem
vierten Jahrhundert bei den Griechen eindrang. So behielt denn der junge Ausdruck
noch lange ungeschwächt seine frische konkrete Beziehung auf jenen importierten
Stoff. Χάρτης (charta) war und blieb die Rolle aus Papyrus und im Zweifelsfalle
bei pedantischer Scheidung eventuell die leere (vgl. Ulpian, Dig. XXXII 52 § 4).
Wie steht's aber nun mit der βίβλος, deren Sphäre Dziatzko natürlich ebenfalls unrichtig umgrenzt hat? Der Gedanke an ihr wahrscheinlich wie beim liber ursprünglich aus Baumbast gebildetes Material verschwand völlig, seit dieses selber durch
die neue charta verdrängt war. Was an βίβλος noch weiterhin bis ins erste Jahrhundert unserer Zeitrechnung von Äusserlichem haftete, beschränkte sich auf den
Rollenbegriff. Βίβλος bloss generaliter die Buchrolle, mit charta, der Papyrusrolle
(ähnlich wie liber) nur insofern identisch, als diese eben immer das Hauptkontingent
zu ihr stellte, keineswegs aber notwendig daran geb inden, sondern mit gleichem
Recht auf andere Stoffe, pflanzliche oder tierische wie Leder und Pergament
(διφθέραι) anwendbar. Je mehr so das Wort vom stofflichen Moment abstrahierte,
desto nachdrücklicher betonte es andererseits den Inhalt. Das fertige Beschrieben-
sein ist beim liber im Gegensatz zur charta unerlässliche Bedingung (vgl. Ulpian
a. a. O. § 4 f.). Βίβλος (liber), βιβλίον nennt sich das litterarische 'Buch'. Unwillkürlich stellte man sich darunter eine Rolle vor, solange die alleinherrschte.
Aber die ausschlaggebende Idee des Schriftwerks war in dem Namen stark genug,
um schliesslich auch noch die Rücksicht auf die spezielle Buchform fallen zu lassen.
Er gewährt dem der Rolle später aufkommenden Kodex (a. d. Text) von Anfang an willig Aufnahme in seinen Bereich und geht der thatsächlichen Entwicklung entsprechend am Ende ganz auf ihn über (s. o. A. 15). Χάρτης hingegen hat
nicht allein seine Materialbedeutung bis tief in die byzantinische Epoche bewahrt,
sondern auch die Verknüpfung mit der Rollenform. Vgl. Gloss. Labb. (1606) S. 116
'Ιστέον ὅτι τὸ μὲν ἐν σχήματι τετράδος, ἐξ ἡμισυ κιστε συντεθειμένον

καὶ ἀσχόμενον τὴν διαθήκην ταβελλίδα λέγεται, τὰ δὲ ἐξειλήματα χάρτων αὐτὸ ταῦτα χάρτη, καλεῖται κτλ. — S. 108 Σακόνδωμι κυύρτας ἡ ἐκ χαρτῶν. ἤγουν τῆς ἐν εἰλητταρίῳ διαθήκης διακατοχή.

9) Quint. I. O. X 3. 31 f. *Illa quoque minora (sed nihil in studiis parvum est) non sunt transeunda: scribi optime ceris, in quibus facillima est ratio delendi, nisi forte visus infirmior membranarum potius usum exigit, quae ut iuvant aciem, ita crebra relatione, quoad intinguntur calami, morantur manum et cogitationis impetum frangunt, relinquendae autem in utrolibet genere contra erunt vacuae tabellae, in quibus libera adiciendo sit excursio.*

10) Die Stellen findet man bei Dziatzko, Unters. S. 131 f. Auch Cicero (ad Att. XIII 24) bekannte διφθέραι gehören vermutlich hierher.

11) Ulpian Dig. XXXII 52 § 1 *Librorum appellatione continentur omnia volumina sive in charta sive in membrana sint sive in quavis alia materia: sed et si in philyra aut in tilia (ut nonnulli conficiunt) aut in quo alio corio, idem erit dicendum, quod si in codicibus sint membraneis vel chartaceis vel etiam eboreis vel alterius materiae vel in ceratis codicillis, an debeantur, videamus. et Gaius Cassius scribit deberi et membranas libris legatis: consequenter igitur cetera quoque debuntur, si non adversetur voluntas testatoris.*

Paul. sent. III 6 § 87 *Libris legatis tam chartae columina vel membranae et philyrae continentur:*

codices quoque debentur: librorum enim appellatione non columina chartarum, sed scripturae modus qui certo fine conduditur aestimatur.

Übereinstimmend lauten also die Konsequenzen, welche die zwei grossen zeitgenössischen Juristen aus dem fürs Buchwesen schon lange üblichen Sprachgebrauch ziehen. Dass ein Legat von 'Büchern' (libri) auf jeden Fall sämtliche Rollen, gleichgültig aus welchem Stoffe, umfassen muss, ist ihnen von vornherein klar. Aber auch auf die Kodizes dehnen sie den Titel aus, jeder in seiner Weise. Ulpian verfährt praktisch und beruhigt sich bei der Autorität eines frühen Gewährsmannes. Paulus möchte seinen Ausspruch theoretisch formulieren und durch eine logisch überzeugende Definition erhärten. So erklärt er denn liber als innerlich ein geschlossenes Ganzes bildenden Schriftkomplex, der nicht abhänge von den seiner gewöhnlichsten Gestalt, der Rolle aus Papyrus eigenen Besonderheiten des Materials und der Form. Wir könnten uns keine schönere Bestimmung des Begriffes 'Buch' denken (s. A. 8). Wie gross ein solches in einem Band enthaltenes 'Buch' sei, ob und wieviele bekanntlich ja ebenfalls libri oder 'Bücher' genannte Unterabteilungen es zähle, das bildet eine Frage für sich, die in unserm Zusammenhang nicht nur ganz unwesentlich, sondern geradezu unpassend erscheint. Jenes Urteil gilt so gut von einer Rolle oder einem Kodex mit einem einzigen Gesang aus Homer (vgl. Ulpian a. a. O. § 2) als von einer Rolle oder einem Kodex mit allen 48 Büchern beider Epen, wie ihn Ulpian (§ 1) ausdrücklich als einen liber rechnet. Man wundert sich, wie Birt (Buchw. S. 100) und mit ihm Krüger (Sav.-Zeitschr. VIII (1887) S. 81 m. A. 4 f.) gegen die letztere Aufstellung Ulpians aus den eben erläuterten einfachen Worten eine Polemik herauslesen konnten. Anscheinend scheint mir ihre Meinung. Paulus habe bei den 'Büchern' eines Testaments bloss an liber als Teilungsprinzip gedacht und demgemäss etwa jenes volumen Homeri als 48 libri notiert. — Ebenfalls unzutreffend, wie ich meine, wird neuerdings Ulpians Zitat aus C. Cassius behandelt: et Gaius Cassius scribit deberi et membranas libris legatis. Obschon in der ganzen lex überhaupt nur von eigentlichen Schriftwerken die Rede ist, und nach der gerade darauf als Pointe abhebenden Argumentation Ulpians in diesen membranae notwendig der Begriff der Kodexform steckt, sucht man ihrer einzig möglichen, nach

Salmasius bereits von Giraud (S. 132), späterhin wieder von Rohde (S. 1548) vertretenen Deutung als litterarische Pergamentkodizes um jeden Preis zu entgehen. H. Landwehr (Abs. S. 372; Arch. S. 435 f.) will bei Cassius den die Buchform betreffenden Gegensatz zwischen *libri* und *membranae* ohne die geringste Berechtigung auf einen solchen des Stoffes (Papyrus und Pergament) hinausspieken. Birt (S. 98) spricht unsern *membranae* den Charakter von 'Büchern' ab und billigt jetzt (C. B. 17, 1900 S. 562) die im Wortlaut nicht begründete Dziatzkoesche (Unters. S. 133 f.) Auffassung als 'litterarische Entwürfe'.

12) Noch im vierten Jahrhundert belastet es z. B. von der vielbesprochenen Umschrift der Pamphileischen Bibliothek in Pergamentkodizes Hier. ep. 34 (22 Sp. 446 Migne) *Beatus Pamphilus Martyr . . . vel maxime Origenis libros impensius prosecutus Caesariensi Ecclesiae dedicavit: quam ex parte corruptam Acacius dehinc et Euzoius eiusdem Ecclesiae sacerdotes in membranis instaurare conati sunt.* Ein griechischer Vermerk in einer Wiener Handschrift des Philon (vgl. C. Haeberlin, C. B. VII 1890 S. 286) sagt vom gleichen Vorgang: Ἐυζίους ἐπίσκοπος ἐν σωματίοις (= in codicibus) ἀνενεώσατο.

13) Dig. XXXII 52 § 5. *Unde non male quae-*	Bas. XLIV 3, 50 § 5 (IV
ritur, si libri legati sint, an contineantur nondum	S. 382 Heimbach) Καὶ τίνα
perscripti, et non puto contineri, non magis quam	πὸ περιέχονται τῆς ἀγγυ-
vestis appellatione nondum detexta continetur. sed	ρης τῶν βιβλίων. ὡς
perscripti libri nondum malleati vel ornati contine-	τὰ μὴ τελαίως γραφέντα.
buntur: proinde et nondum conglutinati vel emen-	εἰ δὲ ἐγράφη μὲν. ἀπε-
dati continebuntur: sed et membranae nondum	ρυφα δὲ τέως εἰσὶν ἢ
consutae continebuntur.	ἀναμεμλασται.περιέχον-
	ται. καὶ ἐστίγ τὸς γὰρ ἀγ-
	γατευρμένης, τὰ μὴ πω ᾽ν
	γωθίντα πὸ περιέχονται.

Instruktiv ist wieder die Redeweise des Römers. Zunächst scheinen für ihn bei der Frage nach der Technik der *libri legati* einzig Rollen in Betracht zu kommen und zwar nur solche aus Papyrus. Er sprach da eben a potiori. Sogleich aber wird er seine Ungenauigkeit gewahr. Es giebt ja noch eine andre Art von *libri*, der er selber volle Gleichberechtigung einräumen musste. So nimmt er denn nachträglich auch auf die Kodizes, die *membranae* die gebührende Rücksicht. Aus diesem Ergänzungsverhältnis zwischen *libri* und *membranae* einen Kontrast von 'Buch' und 'Nicht-Buch' zu machen (Birt S. 98) ist darum schwerlich angängig. Für den Basilikenschreiber, den ich dem Ulpian gegenüberstelle, war jene Zweiteilung nicht mehr nötig. In seiner Zeit hatte man bloss noch Kodizes. Somit liessen sich unter äusserlich in ihrer Herstellung nicht vollendeten Büchern oder Bänden nur βιβλία ohne Heftung (ἄραφα) oder ohne Einbanddecke (ἀναμεμλασται) verstehen. Dass entsprechend auch Ulpians *membranae nondum consutae* als noch ungeheftete Pergamentkodizes zu erklären sind, hat sonst kein Gelehrter, der sich auf die Worte einliess, verkannt. Wattenbach (Schriftw.³ S. 175 f.) allein dachte aus 'Zusammennähen von Membranen zu einer Rolle'.

14) Vgl. Encyclopaedia Biblica III (1902) Sp. 3596 u. d. W. *Parchment.*

15) Man findet hier eine ganz ähnliche Erscheinung wie vorhin (A. 13) bei Ulpian. Der Apostel verlangt seine Bücher zurück. Er braucht den in seiner höheren inhaltlichen Bedeutung von Stoff und Form absehenden allgemeinen Ausdruck (τὰ βιβλία). Plötzlich tritt ihm aber nun die dem Worte doch anhaftende Zweideutigkeit ins Bewusstsein. Gemeinhin dachte man, wo von 'Büchern' die Rede

war, anschließlich an Rollen, in der Regel aus Papyrus. Für ihn selber hätte
eine derartige Auffassung seines Auftrags darum die unangenehmsten Folgen gehabt,
weil es ihm ja gerade auf den ungewöhnlich gestalteten Teil der Bücher, auf die
Kodizes in erster Linie ankam. So fügt er denn, um jedes Mißverständnis zu verhüten, weislich hinzu: μάλιστα [δὲ] τὰς μεμβράνας. Die von den meisten Handschriften gebotene Partikel δέ, an die sich die Gegner unserer Interpretation (Zahn,
Dziatzko u. a.) als vermeintliche Stütze anklammern, kann uns nur willkommen sein.
Wie in der Ulpianstelle (libri — sed et membranae) verstärkt sie den vom Sinn
erforderten Nachdruck der korrigierenden Anknüpfung. Wir sehen, die richtige Erklärung des Paulinischen Passus ist nur möglich auf Grund der Buchterminologie der
römischen Zeit. Eben darum gingen die späteren Kommentatoren wie Theodor von Mop-
suestia und Theodoret (vgl. Zahn II S. 940 f.) so sehr in die Irre. Das Verhältnis
von Rolle und Kodex war für sie umgedreht. Mit dem Titel 'Buch' verband man wie
noch heutzutage notwendig den Begriff der Klappform. Βιβλίον bedeutete 'Pergamentkodex'. Wenn also der Pastoralbrief von βιβλία, offenbar als besondere Buchform, noch μεμβράναι unterschied, so blieb für sie bloß die natürlich verkehrte
Deutung als Rollen. Kaum zusagender finde ich die Ergebnisse der Neuzeit. Während
schon der alte Christian Gottlieb Schwarz (De ornamentis librorum et curia rei
librariae veterum superficile dissertationum antiquariorum hexas, ed. J. Chr.
Leuschner, Leipzig 1756) mit vorurteilsfreier Logik des Rechts gefunden (IV 3
S. 129 ff.), plädieren die modernen Autoritäten des Buchwesens (Birt S. 88 f. C.
II. 17, 1900 S. 563; Dziatzko, Unters. S. 136 ff.) eifrig für die m. E. entbehr-
liche Hypothese, der Apostels membranae seien keine 'Bücher', sondern nicht-
litterarischen Charakters, etwa 'geschäftliche Aufzeichnungen'. Man verbaut sich damit das Verständnis des neben den βιβλία eindringlich genug redenden (s. den
Text) lateinischen Lehnworts. Vgl. Dziatzkos Verlegenheit S. 136 A. 1; Thompson,
Palaeogr.[1] S. 36. Eine Trennung des Paulus von seinen 'Notizheften' läßt sich
schwer glaubhaft machen. Daß er unter anderen Texten, deren Inhalt zu ermitteln uns versagt ist, ein paar teure Kodizes zeitweise zur Lektüre und Abschrift
an Mitchristen verlieh, erscheint in hohem Grade plausibel. Zum gleichen Resultat wie Birt und Dziatzko gelangte auch Theodor Zahn's gelehrte und umsichtige
Untersuchung in einem Exkurs seiner 'Geschichte des neutestamentlichen Kanons'
II (1890) S. 938—942. Für ihn hat darum nichts andres herauskommen dürfen,
weil ihm die vorgefasste Meinung beherrscht, vor 220 habe der (neutestamentliche
Buchkodex nicht existiert (I S. 60 ff. bes. S. 76). Früher kann er ihn deshalb nicht
brauchen, weil jener Anfangszeit noch der Kanon fehlte, dieser aber aus dem Sam-
melprinzip der Kodexform, wie er wähnt, sofort mit zwingender Naturnotwendigkeit
hervorgehen musste. Die Wahrheit dieser Folgerung hatte ihm andeutungsweise
bereits A. Harnack (Das neue Testament um das Jahr 200, Freib. 1889, S. 33 A.)
bestritten. Die vermeintliche Abhängigkeit des Kanons vom Kodex besteht nicht.
Erst als das Gefühl der Zusammengehörigkeit einer Schriftengruppe reif war, kam
für sie die äussere Vereinigung im Kodex in Frage. Bestehen konnte der lange vorher und er hat lange vorher bestanden. Das glauben wir durch unsre Darlegung an
erwiesen. Die hochentwickelte Technik der Kollektivbände bei Martial spottet jeder
Anweisung. Beachtung verdient dabei u. a. der Titelkupfer mit dem Porträt des Virgil
(XIV 186). Und jene Beispiele ragen nicht etwa vereinzelt. Hindurch durch die zwei
ersten Jahrhunderte verfolgen wir ohne Unterbrechung das Leben des Kodex. Geradezu
zu postulieren wäre schon für diese Epoche neben dem klassischen sein christlicher
wie juristischer (s. S. 144) Gebrauch. Um so weniger also sollte man dem die erwünschte Bestätigung bringenden klaren Zeugnis der Paulusstelle gegenüber die

Angen verschliessen. — Eine eigenartige Parallele zu ihr finde ich nachträglich in den apokryphen Barnabasakten, welche nach der Untersuchung von R. A. Lipsius, Die apokr. Apostelgeschichten etc. II 2, Braunschw. 1884 S. 294 ff. (vgl. auch A. Harnack, Gesch. der altchr. Litt. I 1, 1893 S. 139) ein Cyprier bald nach 485 verfasst hat. Bei der Erzählung von dem bekannten παροξυσμός zwischen Paulus und Barnabas in Antiochia (Act. XV 39) berichtet der verkappte Autor ('Johannes Markos'), wie unversöhnlich dort der Apostel aus Tarsos ihm selber grollte, weil er die Mehrzahl der *membranae* in Pamphylien behalten. Act. apost. apocr. ed. Lipsius et Bonnet II 2 (Bonnet) 1903 S. 294, 14 f.: ἡ δὲ πολλὴ λύπη, αὐτοῦ ἦν πρός με διὰ τὸ ἔχειν με τὰς πλείους μεμφράνας ἐν Παμφυλίᾳ (Bonnets Zusatz καταλιπόντα oder κατασχηκότα ist unnötig). Unser späteres Machwerk zeigt also in diesem von der Hauptgruppe der Handschriften (Σ bei Bonnet, vgl. praef. S. XXVII) unterdrückten (s. Lipsius a. a. O. S. 276 f. m. A. 1) und auch vom Parisinus 1470 (vgl. Act. apost. apocr. ed. Tischendorf 1851 S. 66 f.) durch eine Randglosse entschuldigten Abschnitt (§ 6 f.) wiederum Pergamentkodizes (Lipsius S. 291: Pergamentrollen) in intimer Verknüpfung mit Paulus. Der Zug erinnert an die Worte des Timotheusbriefs, erscheint aber in seinem Zusammenhang doch so selbständig und bezeichnend, dass man an Benutzung einer eigenen Tradition glauben könnte. Eine andre Frage ist es, was sich der Pseudonymus unter den hier aneinanderstehenden *membranae* dachte. Vermutlich Kodizes. Das wundermächtige Matthäusevangelium von Barnabas Hand (Act. Barn. § 15, 22, 24), dessen angeblichen Fund die cyprische Kirche gerade damals gegen Antiochien ausspielte, und das nachher der Kaiser bekam (Lipsius S. 291 ff.), hat mit seinen Holztäfelchen (ἔχων ἐκ θείνων ξύλων τὰ πυχία, vgl. Lipsius S. 293 f. n. A. A.) sicher diese Buchform gehabt.

16) Dig. XXXII 102 pr. *Idem libro septimo decimo digestorum. His verbis legavit: 'uxori meae lateralia mea viatoria et quidquid in his conditum erit, quae membranulis mea manu scriptis continebuntur nec ea sint exacta cum moriar, licet in rationes meas translata sint et cautiones ad actorem meum transtulerim'* etc. Vgl. Dulatzko, Unters. S. 131.

17) Dig. II 13. 10 pr. *Gaius libro primo ad edictum provinciale. Argentarius rationes edere iubetur . . . § 1 Edi autem ratio ita intellegitur, si a capite edatur, nam ratio nisi a capite inspiciatur, intellegi non potest: scilicet ut non totam cuique codicem rationum totasque membranas inspiciendi describendique potestas fiat, sed ut ea sola pars rationum, quae ad instruendum aliquem pertineat, inspiciatur et describatur.*

18) Dig. XLI 1, 9 *Gaius libro secundo rerum cottidianarum sive aureorum.* — *§ 1 Litterae quoque licet aureae sint, perinde* **chartis membranisque** *cedunt, ac solo cedere solent ea quae aedificantur aut seruntur. ideoque si in* **chartis membranieis** *tuis carmen vel historiam vel orationem scripsero, huius corporis non ego, sed tu dominus esse intellegeris. sed si a me petas tuos libros tuasve* **membranas** *nec impensas scripturae solvere velis, potero me defendere per exceptionem doli mali, utique si bona fide eorum possessionem nanctus sim. § 2 Sed non uti litterae* **chartis membranisve** *cedunt, ita solent picturae tabulis cedere* etc.

Gai. Inst. II § 77.

Eadem ratione probatum est, quod in **chartulis** *sive* **membranis** *meis aliquis scripserit, licet aureis litteris, meum esse, quia litterae* **chartulis** *sive* **membranis** *cedunt.*

Itaque si ego eos libros easve **membranas** *petam nec impensam scripturae solvam, per exceptionem doli mali summoveri potero. § 78 Sed si in tabula mea aliquis pinxerit veluti imaginem, contra probatur eq.*

19) Add. MS. 34473. In der *editio princeps*, The Journal of philology XXII (1894) S. 248 urteilte er über das Buch weit günstiger: *The writing and spelling are careful and the text good, so that it was probably a copy intended for commercial circulation.* Neuerdings (Palaeogr. 1899 S. 113 f.) stempelt er es zur minderwertigen Privatabschrift: *It is plainly not an elaborately written copy. There is nothing of the appearance of an 'édition de luxe' ... It may well have been regarded as an inferior class of book to the best papyrus MSS. of the period.* Zu diesem Urteil Kenyons vgl. auch A. 6.

20) Dass bisher die Entscheidung über diese Frage durchweg negativ ausfiel, darf nicht wundernehmen, vgl. Birt, Buchw. S. 104 f., Mommsen, Sav.-Zeitschr. X 1889 R. A. S. 345.

21) Zweifelsohne anerkannt wird die Thatsache von P. Krüger, Sav.-Ztschr. VIII 1887 R. A. S. 76 u. A. 2. Die mantik modernisierende inhaltliche Auslegung des Titels membranae als intime, anspruchslose 'Notizen' (Birt S. 93 f.) oder 'lose Entwürfe' (Dziatzko, Unters. S. 133 A. 3 a. E.) findet, wie ich glaube, auch an den *codicilli* (nach den Erklärern = Testament) genannten Schmähschriften des Fabricius Vejento (Tac. Ann. XIV 50 zitiert von Birt, C. B. 17, 1900 S. 563 *Haud dispari crimine Fabricius Veiento conflictatus est, quod multa et probrosa in patres et sacerdotes composuisset iis libris quibus nomen codicillorum dederat*) keine Stütze. Das Wort *membranae* hat im litterarischen Buchwesen seine festbestimmte Bedeutung.

22) Dem dritten Jahrhundert weist W. Crönert, Archiv II (1903) S. 361 das Bruchstück zu, die Herausgeber selber (S. 24) dem vierten.

23) Vgl. bes. Birt, Buchw. S. 105 ff., Zahn, Gesch. d. neut. K. I (1888) S. 69 ff., Dziatzko, Unters. S. 140 f. V. Schultze, Rolle und Kodex. Ein archäologischer Beitrag zur Geschichte des Neuen Testamentes. Greifswalder Studien — Herm. Cremer dargebracht, 1895 (vgl. Beer und Weinberger in Bursians Jahresb. 98 (1898) S. 194) ist mir nicht zugänglich, s. auch Birt S. 122 m. A. 1.

24) S. Birt S. 104, Dziatzko, R. E. III Sp. 948, Unters. S. 200 f. Dazu kommen zwei schon öfter angeführte juristische Arbeiten. P. Krüger, Über die Verwendung von Papyrus und Pergament für die juristische Litteratur der Römer, Sav.-Zeitschr. VIII (1887) S. 76 — 65, bes. S. 81 f., der den Wechsel der Buchform unter allgemeinen Gesichtspunkten betrachtet, und Th. Mommsen, Die Benennungen der Constitutionensammlungen, Sav.-Zeitschr. X (1889) R. A. S. 345—351, der in Anknüpfung an einen früheren Aufsatz über die Holztafel im Archivwesen der Römer (Sardinischer Decret: Herm. II (1867) S. 102—127, bes. S. 115 ff.) den Kodex auf die *tabulae publicae* zurückführt. Die Eingliederung in die von uns skizzierte Gesamtentstehungsgeschichte der Kodexform muss diese isolierten Spezialergebnisse im Einzelnen selbstverständlich ergänzend modifizieren.

25) Vgl. bes. Birt S. 113 ff., Dziatzko, R. E. III Sp. 949, Unters. S. 141.

26) Landwehr, Pap. Berol. Nr. 163 etc. (Gotha 1883) S. 8, Phil. Anz. XIV 1884 S. 373, Arch. f. Lexikogr. VI 1889 S. 422 f. 432. Dagegen schon Dziatzko, R. E. III Sp. 946 f.

27) Plin. n. h. XIII 70 *max aemulatione circa bybliothecas regum Ptolemaei et Eumenis, supprimente chartas Ptolemaeo, idem Varro membranas Pergami tradit repertas. postea promiscue repaluit usus rei qua constat immortalitas hominum.* — Für 'viel älter als Eumenes' erklärt das 'Pergament' C. R. Gregory, Textkr. des N. T. I 1900 S. 8.

28) Lyd. de mens. ed. R. Waensch
(1898) S. 14, 11—20 χρόνῳ δὲ ὕστε-
ρον ὁ Πτολεμαίος συμβουλεύοντος
αὐτῷ Ἀριστάρχου τοῦ γραμματικοῦ
τὴν Ῥωμαίων ἀπείσασθαι προστα-
σίαν πρώτως χάρτην ἀποστείλας τὴν
Ῥώμην ἐξίνασεν. ἀντευδοκιμεῖται δὲ
ὅπως παρὰ τοῦ Περγαμηνοῦ Ἀττάλου, Κράτητος τοῦ γραμματικοῦ
ἐγγυωμένου τῆς σπουδῆς πρὸς ἔριν
Ἀρίσταρχον τοῦ ἀντιτέχνου αὐτοῦ.
δέρματα γὰρ τὰ ἐκ προβάτων ἀποξέσας εἰς λεπτὸν ἔστειλε τῆς Ῥω-
μαίης τὰ λεγόμενα παρ' αὐτοῖς
μέμβρανα· εἰς μνήμην δὲ τοῦ
ἀποστείλαντος ἔτι καὶ νῦν Ῥωμαῖοι
τὰ μέμβρανα Περγαμηνὰ κα-
λοῦσιν.

Boisson. Anecd. Gr. 1 S. 420

ὁ δὲ Πτολεμαῖος ἔχων Ἀρίσταρχον γραμματικὸν συμβουλευσάμενον
αὐτῷ
ἀπέστειλε πρῶτος χάρτην εἰς
Ῥώμην καὶ ἐξίνασεν αὐτοὺς· ψθονή-
σας δὲ τῷ Ἀριστάρχῳ Κράτης ὁ γραμ-
ματικὸς ὑπάρχων μετὰ Ἀττάλου τοῦ
Περγαμηνοῦ

ἐκ δερμάτων ἔκαμε μεμβρά-
νας καὶ ἐπώχησε τὸν Ἀττάλου ἀπο-
στείλαι αὐτὰς εἰς Ῥώμην
ὅθεν εἰς μνήμην τοῦ ἀποστείλαντος μέχρι τοῦ νῦν περγαμη-
νὰς τὰς μεμβράνας καλοῦσιν.

29) Vgl. Wattenbach, Schriftw. ³ S. 161f. Zufrieden giebt sich mit der Annahme opisthographer Pergamentrollen Dziatzko, R. E. III Sp. 947.

30) *Catullus et in eum Isaaci Vossii observationes.* Lond. 1684 S. 51 *Primus
qui libros quadratos sive codices membraneos facere instituit, is ut puto fuit Attalus
rex, cuius demum aetate innotuit facilior ratio emundandi pelles ab utraque parte,
cum antea non nisi ab una parte conscriberentur, quemadmodum fit in voluminibus.*
Dass er selber die schwache Fundamentierung seiner These doch noch empfand,
zeigen seine späteren Worte: *Caeterum quamvis codicum membranorum, id est
librorum quadratorum usus ab Attalo demum incceperit, non tamen cessavit prior
ratio, quin potius non tantum Catulli et Ciceronis seculo, sed et aliquamdiu postea
totae, ut diximus, bibliothecae e talis componebantur voluminibus, nulla facta membranorum codicum mentione.*

31) In der ersten Bearbeitung des Werkes (Becker-Marquardt V 2 [1867]
S. 398 f.) waren die Konsequenzen der Theorie für den Kodex als Sammelband noch
schärfer gezogen als jetzt in der neuen (Marquardt-Mommsen VII 2 ³ [Mau] 1886
S. 819 f.).

32) Den bezeichnenden Zusatz hat erst die zweite Auflage I ³ (1892) S. 336 f.,
vgl. I ¹ (1885) S. 3101.

33) Seine zwei teilweise genau übereinstimmenden, teilweise aber auch unvermerkt kontrastierenden Aufsätze, die Rezension von Birts Buchwesen, Philol. Anzeiger
XIV 1884 S. 357—377 (hierhergehörig S. 374 f.) und die 'Studien über die antike
Dichterminologie', Abschnitt VI 'Der Übergang von der Rolle zum Codex', Arch. f.
lat. Lexikogr. etc. VI 1889 S. 419—433 (bez. S. 429) scheinen mir nicht durchweg
einwandfrei.

34) Götl. gel. Anz. 1882 S. 1557—1563, jetzt in den 'Kleinen Schriften' II
(1901) S. 428—448, vgl. bes. S. 1546 (bezw. 435). Rohde spricht da von 'Pergamentrollen oder Pergamentcodices' der 'grossen Bibliotheken (vornehmlich der pergamenischen)' allerwenigstens zu Varros Zeit.

35) C. Haeberlin, Beiträge zur Kenntnis des antiken Bibliothek- und Buchwesens III Zur griechischen Buchterminologie, C. B. VII 1890 S. 271—302. — Anhänger der Rohdeschen Anschauung vom 'ziemlich frühen Vorkommen von Membranhandschriften für Litteraturwerke' (S. 283), obgleich uns aus der 'vorchristlichen Zeit und den ersten beiden Jahrhunderten unserer Zeitrechnung so wenig Material zu Gebote steht' (S. 283), bescheidet er sich zu den wenig sagenden Vermutungen, die unterste Schrift (Sallusts Historien?) des Kärntner doppelten Pliniuspalimpsestes reiche bis etwa ins dritte Jahrhundert (S. 281—283) und die 'Kodifizierung' der griechischen Anthologie sei im zweiten oder dritten Jahrhundert erfolgt (S. 287 f.).

36) C. Wachsmuth, Pentadenbände der Handschriften klassischer Schriftsteller, Rh. M. 46 (1891) S. 329—331. Vgl. dazu Boer und Weinberger in Burians Jahresb. 98 (1898 III) S. 194 f.

37) Gött. gel. Anz. 1900 S. 30: Rezension des zweiten Bande der Oxyrhynchospapyri. — Herrschend scheint die Ansicht von der koinsidenten Einführung des Pergaments und der Kodexform auch bei den Theologen. Vgl. z. B. C. R. Gregory, Textkr. des N. T. I 1900 S. 10 (vorsichtig) und Encycl. Bibl. 1902 Spr. 3566 (s. v. Parchment); anders Deissmann ebenda Sp. 3557 (s. v. Papyri).

38) Galen, Comm. I zu *Ἱπποκράτους κατ' ἰητρεῖον βιβλίον* XVIII 2 S. 630 Kühn. *τινὲς μὲν γὰρ καὶ πάνυ παλαιῶν βιβλίων* [*παλαιὰ βιβλία* Cobet] *ἀνευρεῖν ἐσπούδασαν πρὸ τριακοσίων ἐτῶν γεγραμμένα, τὰ μὲν ἔχοντες* [*ἐόντα* Rohde] *ἐν ταῖς βιβλίοις, τὰ δὲ ἐν ταῖς χάρταις, τὰ δὲ ἐν διαφόροις φιλύραις, ὥσπερ τὰ παρ' ἡμῖν ἐν Περγάμῳ*. Einen Schaden fand man meist bloss in der schwierigen Gruppe *ἐν διαφόροις φιλύραις* und brauchte zu seiner Heilung unbedenklich die Cobetsche (Mnemosyne VIII 1859 S. 436) Radikalkur: *τὰ δὲ ἐν διφθέραις*, welche jenen ungewöhnlichen Ausdruck in die ganz gewöhnliche Verbindung von *χάρτα* und *διφθέραι*, d. h. Papyrus- und Pergamentrollen verwandelt. Die handschriftliche Verwechslung von *διφθέραι* und *διαφόροι* hat der Holländer später (Mnemosyne N.S. III 1875 S. 233 f.) In der That durch ein weiteres Galensches Beispiel (XVII 1 S. 912) belegt, und einen dritten aus Dittographie zu erklärenden Fall kann ich aus dem Aristoteles anführen. § 176 heisst es hier: *παρελθόντων δὲ σὺν ταῖς ἀπεσκαμμένης δώρης καὶ ταῖς διαφόροις διφθέραι ... ἐπηρώτα (ὁ βασιλεὺς) περὶ τῶν βιβλίων*, und jenes seltsame Adjektiv klammert Mendelssohn ein. Allein das Übel ist doch nur weitergeschoben. Die raren *φιλύραι* dürfen wir nicht als von einem *sciolus* eingeschmuggelt über Bord werfen. Wir müssen suchen sie zu verstehen. Ich kann jetzt nur kurz andeuten, dass man in diesen *φιλύραι* die Nachfolger der alten *βύβλοι*, d. h. Bastrollen vor sich hat. Die starken eben auch nach dem Eindringen der *charta* nicht völlig aus. Fürs dritte Jahrhundert bezeugt uns ihren vereinzelten Gebrauch Ulpian (Λ. 11) und Martianus Capella (II 136) gar noch fürs fünfte. Die herrschende Ansicht freilich, welche *βύβλος* und Papyrus von Anfang an identifiziert (vgl. A. 8), weiss mit den *philyra* nichts Rechtes anzufangen. Sie wegzuschaffen, scheint man nicht einmal das Experiment, an der Stelle des Juristen Ulpian 'die Beweiskraft zu nehmen' (vgl. Landwehr, Arch. f. Lex. VI 1889 S. 224 f.). Die so deutlich redenden 'Bastreifen' (*philyrae*) beim Plinius (XIII 74) werden hinauskonjiciert (Birt, Buchw. S. 230. 243). Auch Dziatzko (Unters. S. 77) bringt eine Änderung in Vorschlag. Von *βιβλία ἐν φιλύραις ὥσπερ τὰ παρ' ἡμῖν ἐν Περγάμῳ* spricht nun Galen. Also in Pergamon kannte man

ebenfalls noch im zweiten Jahrhundert n. Chr. die Rollen aus Bast. Die Nachricht von der Verwendung dieses weiteren Surrogats wird uns nach den attalidischen Antezedenzien (Pergament) gerade dort am wenigsten befremden. Sie macht uns auch mißtrauisch gegen das Bestreben der Gelehrten, die lehrreiche Überlieferung zu dem selbstverständlichen Hinweis auf die pergamenische Provenienz der Membranrollen umzubiegen. Abzuwehren wäre also, um von Marquardt (II² S. 810 A. 8) unwahrscheinlichem Einfall ἐν διφθέρωσις φιλύραις zu schweigen, außer der Cobetschen Änderung noch Dziatzkos (Unters. S. 44 A. 4) umstellender Kompromiß τὰ δὲ ἐν φιλύραις καὶ διφθέραις. Jener gleichen Versuchung war vielleicht schon irgend ein antiker Leser erlegen, der bei dem Wortlaut τὰ δὲ ἐν χάρταις (zu dieser ungewöhnlichen Form vgl. Dziatzko, Unters. S. 44 A. 3) τὰ δὲ ἐν φιλύραις, ὥσπερ τὰ παρ' ἡμῖν ἐν Περγάμῳ stutzend neben dem χάρται statt der ihm unklaren φιλύραι wie sonst die διφθέραι erwartete und das Schaltwort auch hinschrieb. Nachher in den Text gedrungen, hätte sich διφθέραις vor φιλύραις ähnlich wie bei Aristeas (s. o.) vor διφθέραις zu dem wenigstens äußerlich befriedigenderen διαφόραις umgeformt. Vorhanden ist natürlich auch die Möglichkeit, daß man nachträglich verstümmelte Partie ursprünglich etwa lautete: τὰ δὲ ἐν ταῖς χάρταις, τὰ δὲ ἐν διφθέραις, ⟨τὰ δὲ ἐν⟩ φιλύραις. Die Folge wäre dann die gleiche wie oben (A. 11) beim Juristen Paulus (und ähnlich bei Ulpian): sine chartae columna vel membranae et philyrae. — Es bleibt uns noch immer der wahre Hauptfehler der Stelle in den Worten: τὰ μὲν ἔχοντες ἐν ταῖς βιβλίοις, τὰ δὲ ἐν ταῖς χάρταις, τὰ δὲ ἐν φιλύραις etc. Also drei Sorten der παλαιὰ βιβλία zählt uns der Autor auf: 1. βιβλία, 2. χάρται (Papyrusrollen) und 3. φιλύραι (Bastrollen). Der unerträgliche Widersinn der vordersten Glieder der Reihe springt sofort in die Augen. Für βιβλίον (noch mehr als βίβλος) ist uns der alle besonderen Möglichkeiten wie Papyrusrollen (χάρται), Bastrollen (φιλύραι), Pergamentrollen (διφθέραι) umfassende allgemeine Oberbegriff der Buchrolle mit litterarischem Inhalt nicht nur sonst einmal in der Kaiserzeit vorzüglich vertraut (vgl. A. 8), er erscheint folgerichtig auch in den παλαιὰ βιβλία des Arztes selbst. Τὰ μὲν (sc. βιβλία s. o. Cobets Lesung) ἔχοντες ἐν ταῖς βιβλίοις: in einem Atem soll er neben χάρται und φιλύραι als erste Unterart der βιβλία wiederum βιβλία nennen! Das ist undenkbar. Kein Wunder, daß die Hinnahme, in Ausbeutung eines derart verwirrten Passus durch fast alle Interpreten verhängnisvoll gewirkt hat. Kopfzerbrechen machte der Kontrast zwischen βιβλία und χάρται. Faßte man die letzteren richtig als Papyrusrollen auf, so geriet man ins Gedränge mit den ersten. Die mußten sich denn wohl gar zu codices cerati stempeln lassen (Marquardt). Wer umgekehrt die Papyrusrollen in den βιβλία suchte, für den wurden die χάρται Papyruskodizes (Rohde S. 1517) oder einzelne Papyrusblätter (Birt, Buchw. S. 503 f., Dziatzko, Unters. S. 44. 92. 183 A. 4. 136 A. 1). An Dziatzkos unplausibler Vorstellung von den 'Einzelblättern' aus Papyrus (χάρται) oder Pergament (διφθέραι) trägt dieser illusorische Beleg mit die Hauptschuld (vgl. A. 8). Wie kam aber jene fatale Korruptel zustande und wie ist sie zu heben? Die von Landwehr (Anz. S. 374 f. A. 7), dem einzigen, der den wunden Punkt erkannte, vorgeschlagene Einrenkung des Satzes durch Voranstellung der βιβλία und Redaktion der Antithese auf χάρται und φιλύραι (ἔχοντες ἐν ταῖς βιβλίοις τὰ μὲν ἐν τοῖς χάρταις, τὰ δὲ ἐν διφθέραισι; φιλύραις sic) wäre kühn und pleonastisch zugleich. Raisamer dünkt es mir, nach dem eigentlichen Ausdruck für die erste Form der 'Bücher' zu fahnden, der heute durch die einst dem Verfasser oder einem ausgebenden Schreiber vor vorher im Sinne gebliebenen und versehentlich nochmals in die Feder geflossenen βιβλία verdrängt ist. Zwei Parallelstellen, die Cobet (Mnemos. 1875 u. o.) aus Galen zitiert, bieten in verwandtem Zusammenhang als Eventualitäten von Texteleiderschriften jeweils χάρται, διφθέραι und δέλτοι. Analog könnten in unserem Falle die παλαιὰ βιβλία enthalten sein τὰ μὲν — ἐν ταῖς δέλτοις, τὰ δὲ ἐν τοῖς χάρταις, τὰ δὲ ἐν [διφθέραις] φιλύραις oder τὰ δὲ ἐν διφθέραις, ⟨τὰ δὲ ἐν⟩ φιλύραις κτλ.

39) Rohde S. 1549 f., schon vorher Birt S. 107 m. A. 4, nachher Landwehr, Anz. S. 373, Arch. S. 428. Man benutzte aus der Epistel für τεῦχος = codex nur den einen bei Josephus (XII § 108—110) nicht genau wiedergegebenen Satz von der fertigen griechischen Übertragung der νομοθεσία § 310 καθὼς δὲ ἀνεγνώσθη, τὰ τεύχη, στάντες οἱ ἱερεῖς . . . εἶπον. An Rollenform zu denken hätte schon hier der damalige Usus des griechischen wie des jüdischen Schriftwesens verlangt. Rein unmöglich aber war jeder Zweifel, wenn man die frühere (§ 176 f.) Beschreibung der von den Delegierten mitgebrachten hebräischen Originalmanuskripte vergleicht. Nachdem diese des Aufrollens (ἀνελίσσειν) bedürfenden διφθέραι (vgl. A. 38) mit ihren Futteralen (ἀνειλήματα), ihrem feinen, unsichtbar zusammengefügten Pergament (ὑμήν) und ihren Goldbuchstaben (χρυσογραφία) aufs unzweideutigste charakterisiert sind, nicht zum Schluss auch von ihnen jener fragliche Terminus τεῦχος. Der sonst fast wörtlich mit der Vorlage übereinstimmende Josephus (XII § 90 f.) nimmt statt dessen die weniger rare Bezeichnung βιβλίον:

Aristeasbr. § 179 κελεύσας δὲ εἰς τάξιν ἀποδοῦναι τὰ τεύχη, τὸ τηνικαῦτα ἀσπασάμενος τοὺς ἄνδρας εἶπε.

Jos. XII § 91 κελεύσας δὲ τὰ βιβλία δοῦναι τοῖς ἐπὶ τῆς τάξεως, τότε τοὺς ἄνδρας ἠσπάσατο.

Zu den beiden Aristeasstellen vgl. übrigens auch die zutreffende Bemerkung von Zahn, Gesch. d. n. K. I S. 66 f.

40) Birt (S. 90 ff.) hat für τεῦχος = codex eine ähnliche Grundbedeutung angenommen, wie sie bei den mittelalterlichen Sammelkodexnamen pandectes und bibliotheca (vgl. Wattenbach² S. 152 ff. 156 f.) thatsächlich feststeht: capsa oder Rollenbehälter. Blass (Handb. I² S. 338 u. A. 3) und Thompson (Palaeogr.² S. 55) pflichten ihm bei trotz Rohdes (S. 1549 m. A.) Einwurf, dass 'für τεῦχος als capsa jedes Zeugnis fehle'. Von der Birtschen Deutung sind auch die Vorschläge Landwehrs (Arch. S. 429 'grössere Raumeinheit' — trotz S. 428) und Dziatzkos (Unters. S. 134 A. 2 'Hülle, Band') nur scheinbar verschieden. Hüten muss man sich vor allem, dem Worte einen Kollektivbegriff zu vindizieren. Dass es im Gegenteil ursprünglich eher einem kleinen Faszikel mit einer Einzelschrift gilt (vgl. u. a. Παντάτευχος und dazu Zahn S. 66), tritt gerade in den ersten christlichen Jahrhunderten deutlich hervor (s. auch A. 69). Nehme ich hinzu, dass τεῦχος von Hause aus 'ein allgemeiner Ausdruck für Buch' (vgl. Wattenbach S. 152) ohne Ansehen der Form war, so wird mir ein vernagelter Übergang von dem allgemeinen Sinn 'Schreibzeug, Schreibmaterialien' zu dem spezielleren 'Schreibstoff, Schreibmaterial'

wahrscheinlich, zumal ich Spuren einer analogen Entwicklung bei γραμματεῖον
zu finden meine. Zahns (S. 67 A. 1) Auffassung von τεῦχος (vgl. σκεῦος) als 'Gerät, Werkzeug' (vgl. paratura, instrumentum = 'Litteratur') krankt m. E. an allzu
ungreifbarer 'Weitschichtigkeit'.

41) Anthol. Pal. IX 239, Nr. XXIX S. 85 Rubensohn, v. 11. *Μέβλων ἢ γλυ-
κερή, λυρικῶν διὰ τεύχει τῶνδε] πεντὰς ἀμμήκτων ἔργα φέρει χαρίτων.
Auch die Interpretation dieser Verse stand im Bann des Irrtums, τεῦχος bezeichne
notwendig den Kodex. Für einen Pergamentkodex entschied sich in unserem Fall
Rohde (S. 1518 f.), Landwehr sagt der Papyruskodex besser zu (Anz. S. 372 f.,
Arch. S. 428). Eben um jenem vermeintlichen Zwang zu entgehen, hatte Birt (S. 89 ff.)
seine Zuflucht zur Rollenschachtel genommen. Freier blickt erst Zahn (S. 67 A. 1)
mit der Erkenntnis, die fünf Anakreonbücher 'in einem Bande' könnten 'eine sier-
lich geschriebene Papyrusrolle' gewesen sein.

42) Vgl. A. 28. δέρματα γὰρ τὰ ἐκ προβάτων ἀποξέσας εἰς λεπτὸν
ἔστειλα τοῖς ᾿Ρωμαίοις τὰ λεγόμενα παρ᾽ αὐτοῖς μεμβράνα (Lydus) –
ἐκ δερμάτων ἔπαμε μεμβράνας καὶ ἐπώξας τὸν ᾿Ατταλον ἀπαατείλαι
αὐτὰς εἰς ᾿Ρώμην (An. Bolss.).

43) δέρματα τὰ ἐκ προβάτων ἀποξέσας εἰς λεπτὸν vgl. A. 28. 42.

44) Birt, Buchw. S. 52, Marquardt * S. 819 A. 2, Blass 1 * S. 336, Thompson *
S. 36, Wattenbach * S. 113 f. m. A. 2. Seit dem Ende der Republik brauchte man
den damals doch bereits mit dem Begriff der Kodexform verknüpften Namen membranae daneben meist auch noch von jenen alten Pergamentrollen. Membranas
Pergami repertas hörten wir ja z. B. Plinius aus Varro ahleeren (A. 27). Die Kun-
digen wussten Bescheid. Einer ganz korrekten Bezeichnung wie volumina in membrana bedurfte höchstens die Definition des Juristen (A. 11). Umgekehrt wurde das
ursprünglich nur den Lederrollen gebührende Wort διφθέραι unbedenklich nicht
allein auf die Pergamentrollen (vgl. z. B. Galen A. 38; Thompson S. 35 f.), sondern
selbst auf die Pergamentkodizes übertragen. Ein vermutliches Beispiel aus Cicero
wurde oben (A. 10) angeführt. Ein andres aus Libanios giebt Birt, Buchw. S. 503.

45) Vgl. ausser den griechischen Stellen (A. 28) Hier. ep. VII (22 Sp. 339 Migne)
Chartam defuisse non puto, Aegypto ministrante commercia. Et si alicubi Ptolo-
maeus maria clausisset, tamen rex Attalus membranas a Pergamo miserat, ut
penuria chartae pellibus pensaretur. Unde et Pergamenarum nomen ad hunc
usque diem, tradente sibi invicem posteritate, servatum est.

46) Berl. phil. Wochenschr. XXI (1901) Sp. 646 (Rezension von Dziatzkos
Unters.).

47) Besonders eifrig focht für die Gleichberechtigung des Papyruskodex Landwehr, Anz. S. 868, Arch. S. 420, derselbe, der sich anderwärts im direkten Gegensatz
dazu veranlasst sieht, 'die Membrane' als 'die Brücke' zu betrachten, 'über welche
das Kodexformat sich Eingang verschaffte'. Neuerdings geben U. v. Wilamowitz-
Möllendorff (Gött. gel. Anz. 1900 S. 30) und R. Wünsch (Sp. 680 u. A. 46) dem Gedanken an den codex chartaceus Selbständigkeit Raum.

48) Vgl. Schwarz a. a. O. S. 140 (IV 7). N. Allanelli, Dei libri presso i Romani, Cenni storici, Vortrag. Napoli 1866 S. 7. W. Crönert, Denkschr. betr. eine
deutsche Papyrusgrabung, Bonn 1902 S. 4. S. auch Kenyon, Paläogr. S. 19 f.,
Wilcken, Archiv I S. 366.

49) P. Brit. Mus. 126 in Kenyons Classical Texts 1891 S. 81 ff. mit pl. VI,
vgl. dens. Verf. Paläeogr. S. 25, 105 f. 116. S. auch Birt, Buchw. S. 120 A. 8.

50) Vgl. meine Bemerkungen zu der im Druck befindlichen Ausgabe von Deissmann (Heidelberg C. Winter) S. 3.

51) S. die eben erscheinende Publikation von C. Schmidt.

52) Kodizes anzunehmen traute er sich nur bei 'sicherer Faltung' (Unters. S. 143 f.). Alle übrigen opisthographen Papyrusfragmente litterarischen Inhalts (einseitig beschrieben ist bloss die Achmimer Homerparaphrase S. 216 Nr. 32 Haeberl.), für welche die Herausgeber mit gutem Grund die gleiche Diagnose gestellt, zählte er lieber seinen Blätterbänfen zu (S. 128 f.). Durch ein Versehen erscheint darunter sogar die nachher (S. 145 ff.) von ihm ausdrücklich als Chartakodex anerkannte Berliner 'Αθηναίων Πολιτεία (S. 346 Nr. 102 Haeberl.). Bezüglich des Genfer Menander (S. 127 f.) hat Dziatzko seinen Zweifel an der Kodexform im Nachtrag (S. 206) noch selber eingeschränkt.

53) Proben bieten die Ascensio Iesaiae der Sammlung Amherst (I 1 S. 2 mit pl. III—IX) s. V/VI und die Heidelberger Septuaginta (A. 50) vgl. S. 3f. u. Taf. 55 f.

54) Vgl. Schwarz S. 152 f. (IV 11); Wattenbuch S. 105. 149 (Papier).

55) Vgl. U. Wilcken, Die Achmim-Papyri in der Bibliothèque Nationale zu Paris, Sitzungsb. d. Berl. Ak. 1887 II S. 807.

56) Vgl. die Ascensio Iesaiae (A. 53) S. 2. Einen Stoss erfährt also das vermeintliche Sondergesetz des Papyruskodex (Abwechslung von Rekto und Verso). Vergl. ausser meinen Notizen zur Heidelberger LXX—Ausg. S. 3 m. A. 5 W. Weinberger, Burslans. Jahresb. 106 (1900 III) S. 184. S. auch Dziatzko, Unters. S. 144 A. 1.

57) W. Weinberger, Zeitschr. f. öst. G. 52 (1901) S. 41. Gründlich widerlegt haben die Funde jedenfalls die schon in Dziatzkos Unters. (S. 143) vermiedene Ansicht (Kenyon, Palaeogr. S. 24 f., W. Crönert, Denkschr. S. 4) von des Papyruskodex später Entstehung und geringer Verbreitung. Vgl. Grenfell and Hunt, P. Oxy. II S. 2 f.

58) s. III/IV Hrsg. von U. Wilcken u. s. O. (A. 55. 52) S. 816 ff. vgl. 809.

59) Hrsg. von K. Wessely, Mitt. P. R. II/III (1887) S. 76 ff., bei Haeberlin S. 274 Nr. 71.

60) Grenf. II (1897) 111 S. 161 Z. 27 f. βιβλία δερμάτι(να) και | ηρωϊ(ως) χαρτία γ. Vgl. Haeberlin, C. B. 14 (1897) S. 475 f, Nr. 175, Dziatzko, Unters. S. 137 A. 1, Deissmann, Heidelb. LXX S. 7 A. 3.

61) Es zeigt dazu Dziatzko, Unters. S. 128. 143. 153, der sich (S. 128) auch über die technische Zusammensetzung der Papyrusdoppelblätter und die dadurch ermöglichten Buchformate nicht klar ist. Vgl. meine Bemerkungen (A. 50) S. 4 f. Über Follohandschriften auf Papyrus s. W. Crönert, Beil. z. Allg. Ztg. 1903 Nr. 44 (24. Febr.) S. 351 f. — Für die allgemeine Frage nach den Schreibmaterialien dürften unsere Notizen zum Chartakodex genugsam erwiesen haben, dass Kenyons (Palaegr. Kap. VI the transition to vellum, vgl. dazu U. Wilcken, Archiv I S. 370) Vorstellung, seit dem vierten Jahrhundert sei für litterarische Zwecke der Papyrus fast ausnahmslos und mit einem Schlag dem Pergamente gewichen, etwas zu weit ging. Diesem Urteil mangelt m. E. eine richtige Schätzung des Wertverhältnisses beider Stoffe (vgl. A. 6. 19). Was Kenyon (S. 25. 119) bloss den Kopten einräumen wollte, gilt in Wahrheit nicht allein von allen christlichen Werken, sondern in entsprechendem Maasstab auch von der klassischen Litteratur — in andern Gegenden (vgl. Birt, Buchw. S. 121 ff.) sowohl als besonders in Ägypten.

62) Vgl. K. Zangemeister's Bearbeitung der Wachstafeln aus Siebenbürgen (CIL III 2) und Pompeji (IV Suppl. 1). Für griechische Holztafeln aller Art s. die Angaben von W. Weinberger, Burs. Jahresb. 96 (1898 III) S. 191 und 106 (1900 III) S. 182.

63) Vgl. W. Crönert's und C. Schmidt's regelmässige Berichte im Archiv für Papyrusf. C. Haeberlin's 'Griechische Papyri', C. B. 14 (1897) S. 6 und M. Ihm's 'Lateinische Papyri', C. B. 16 (1899) S. 341—357 (vgl. z. B. S. 348 A. 3) haben die Pergamente leider noch beiseite gelassen.

64) Vgl. Schwarz S. 155 ff. (IV 13), Wattenbach ³ S. 176 ff.

65) Ungegründet ist hier (XIV 184) Haeberlins Annahme von der Verteilung des Homer auf zwei Bände; C. B. VI (1889) S. 482 m. A. 3.

66) Hsg. von C. Wessely, *Hesiodi carminum fragmenta antiquissima*, Stud. z. Palaeogr. u. Papyrusk. 1 (1901) S. 111 ff. W. Crönert, Archiv f. Papyrusf. II (1903) S. 347 spricht irrtümlich von einem Pergamentbuch.

67) Vgl. Birt, Buchw. S. 117 m. A. 6, Zahn, Gesch d. n. K. I S. 62 f. m. A 1.

68) S. Birt S. 122 f. A. 1, Zahn 1 S. 75 A. 2.

69) Zahn a. a. O. wird dem Kodex als biblischem Einzelbuch nicht gerecht, vgl. oben A. 40. Die zu seiner Anerkennung nötigenden Zeugnisse schwächt er ab. So meint er z. B. bezüglich des vor 750 von den heiligen Handschriften üblichen Terminus ἀντίγραφα S. 69 A. 2: 'Es hat nichts zu bedeuten, wenn der Ausdruck oft so lautet, als ob die 'Abschriften' nur je ein biblisches Buch umfassten' etc. — Wer vom Äusseren der frühen altchristlichen Bücher ein Bild gewinnen will, muss in Zukunft auch mit der Kodexform rechnen als wichtigem Faktor neben den Fragen des Stoffes und der Schrift. Der letzteren Bedeutung für die Textgeschichte hat bereits Kenyon gelegentlich (Palaeogr. S. 92 f.) gewürdigt. Seine neueste interressante Arbeit über den Gegenstand (Handbook to the textual criticism of the New Testament 1901, vgl. S. de Ricci, Revue des ét. gr. XV 1902 S. 427) ist mir leider nicht erreichbar. — Erwähnung verdiente noch ein naheliegendes Problem. Welche Stellung nahm das altchristliche Buchwesen zum jüdischen ein? Eine überraschende Antwort darauf giebt Ludwig Blau in seinen anregenden 'Studien z. althebr. Buchwesen und zur bibl. Litteraturgeschichte' (25. Jahresb. der Landesrabbinerschule in Budapest, 1902). Wie er selbst auf klassischem Gebiet die Scheidung der Gruppen 'Rolle—Papyrus' und 'Kodex—Pergament' beanstandet (S. 38 f. 43) und den griechisch-römischen Gebrauch des letzteren Stoffes auf orientalisches Muster zurückführen möchte (S. 32 f.), so behauptet er solchen Einfluss besonders nachdrücklich für die Volumina der Christen (S. 43 ff.). Aus Pergament und jüdisch, nicht, wie man glaubt, aus Papyrus und griechisch sollen die Rollen sein, die sich auf christlichen Darstellungen finden. Schon unsere Nachweise über den unjüdischen christlichen Kodex hätten die Hypothese widerlegt. Man kann sich aber auch durch allgemeine Erwägungen von ihrer Unhaltbarkeit überzeugen. Der Charakter des hebräischen und der des urchristlichen Schrifttums ist grundverschieden. Dort haben wir einen in konservativer Heiligung erstarrten Kanon mit übertriebener Betonung des formellen Moments und peinlich minutiöser Regelung von Buchtechnik und Schrift, hier aus der Fülle intensiven innerlich religiösen Lebens quellende und zunächst nur für praktische Bedürfnis der Gegenwart berechnete, zwang- und anspruchslose Aufzeichnungen, die aufs Äussere keinen Wert legen und sich mit dem bescheidensten Gewande begnügen. Für sie erschienen einzig passend die billigen und bequemen Bücher der hellenistisch-römischen Welt, in deren Mitte der neue Glaube emporwuchs. Zu einer Nachahmung des schwerfälligen mosaischen Lederrollensystems bestand in den Anfängen des Christentums so wenig ein Anlass wie später, wo das 'neue Testament' selber der Kanonisierung verfiel. Griechisch sind also die *chartae* der christlichen Bilder und übernommen von griechischer Kunst. Die Rolle ward darin sicher auch dann noch geraume Zeit beibehalten, als daneben die Faltform thatsächlich bereits festen Boden gewonnen hatte.

70) Vgl. Schwarz S. 160 ff. (IV 17), Gérand S. 138 f., Wattenbach S. 386 ff. 62, s. auch Dziatzko, Unters. S. 109 A. 2.

71) Vgl. Schwarz S. 155 (IV 12), Gérand S. 141 f. S. auch z. B. Dziatzko, Unters. S. 127 f. 129 A. 1, Birt, C. B. 17 (1900) S. 561 A. 1.

72) Bemerkt und durch Sammlung der Beispiele aufgezeigt von W. Studemund, Ausg. von Seneca, Quomodo amicitia continuenda sit und De vita patris vor O. Rossbach, De Senecae philos. libr. rec. et em., Bresl. phil. Abh. II 3 (1888) S. VI ff. A. Vgl. Blass, Handb. I² S. 325 und Dziatzko, Unters. S. 200 f.

73) Vergl. W. Wattenbach, Über die Hamiltonsche Evangelienhandschrift, Sitzungsb. d. Berl. Ak. 1889 I S. 143—156 bes. S. 146.

74) Dziatzko, Unters. S. 200; ähnlich schon Wattenbach (A. 73) S. 146.

75 s. III Oxy. I 30 (Historischer Pergamentkodex, s. oben S. 145) mit pl. VIII, darnach Wess. Taf. XX Nr. 48. Vgl. Dziatzko, Unters. S. 200.

76) s. I Die Genfer Archives militaires (1900), ca. 113 Wess. Taf. V Nr. 9 (Wiener Soldatenmatrikel), s. 156 Wess. Taf. III Nr. 6 (Berliner Soldatenmatrikel), s. III Wess. Taf. XVI Nr. 33 (vgl. A. 77).

77) Als terminus ante quem galt meist das Jahr 491 nach der subscriptio des Codex Mediceus (Laur. 39, 1), Faksimile: Zangemeister u.) W(attenbach), Exempla T. 10, Palaeographical Society I 86, darnach Wess. Taf. XVII Nr. 38, vgl. Thompson, Palaeogr. S. 188 f. Besonders lehrreich für die Schwierigkeit der chronologischen Fixierung ist ein anderer der alten Kapitalvirgile, der sogenannte Codex Romanus (Vatic. 3867). Faksimile: Z.-W. 11, Pal. Soc. I 113, darnach Wess. Taf. XV Nr. 34, jetzt: Codices e Vaticanis selecti phototypice expr. inssu Leonis PP. XIII, Vol. II Picturae ornamenta complura scripturae specimina codicis Vat. 3867 etc. phototypice expr. consilio et opera curatorum biblioth. Vatic. Rom 1902. Nach den schwankenden Urteilen der Früheren (vgl. Dziatzko, Unters. S. 181 f. 189 A. 5) hatte ihn C. Wessely noch 1901 ('Über das Alter der lateinischen Kapitalschr. i. d. Fragm. Nr. 23 der Schrifttaf.' etc.: Stud. z. Palaeogr. und Papyrusk. I S. 1 f.) auf Grund jener mit griechischer Kursive vom Ende des dritten Jahrhunderts zusammenstehenden Papyruskapitale (Tafel XVI Nr. 23 vgl. A. 76) unter 'Lösung der Streitfrage um das Alter der eckigen Majuskelschrift' früh (s. III —IV) ansetzen zu dürfen geglaubt. Inzwischen aber wurde er von L. Traube, Das Alter des Codex Romanus des Virgil (Strena Helbigiana 1900 S. 307—314) wegen gewisser Abkürzungen (Kontraktionen) fürs sechste Jahrhundert in Anspruch genommen. Die römischen Herausgeber der phototypischen Reproduktion (s. o., praef. S. 111 f.) gingen wieder gerne um ein Jahrhundert weiter zurück.

78) Cod. Vatic. 3225 s. IV V. Faksimile: Z.-W. 13, Pal. Soc. I 116 f., darnach Wess. Taf. XVI Nr. 86. Neue vollständige Faksimilierung: vol. I (Rom 1899) der eben (A. 77) erwähnten päpstlichen Serie.

79) Vollzogen ist der Wandel schon in dem Brieffragment vom J. 167 bei Grenfell II 108 S. 157 f. m. pl. V (darnach Wess. Taf. V Nr. 10). Vereinzelt erscheint die neue Form auch in dem Soldatenbrief des zweiten Jahrhunderts Oxy. I 32 S. 61 f. mit pl. VIII (darnach Wess. Taf. XX Nr. 50), durchweg s. 293 Grenf. II 110 S. 159 f. (Quittung) mit pl. V. Über ihr Vorkommen auf den Wachstafeln vgl. Zangemeister, CIL III 1 S. 965. Im Kampfe liegen beide Charaktere noch in dem inschriftlichen Diokletiansedikt vom J. 301 (Psl. Soc. II 127, darnach Wess. Taf. VI Nr. 13). Den älteren bieten im dritten Jahrhundert auch die bereits ritierten Stücke Oxy. I 30 (Historiker, Kapitale mit unzialen (kursiven) Elementen, s. A. 75) und Fay. X [mandatum Traiani, Kursive, s. A. 3].

80) Some observations and experiments on the papyri found in the ruins of Herculaneum. Philosophical Transactions 1821 S. 191—208 mit pl. XIII. XVI. XVII.

XVIIIa — pl. III. VI. VII. VIIIa bei Edward Edwards, Memoirs of libraries I (Lond. 1859) zu S. 72. Vgl. Zangemeister, *enarratio* zu Taf. III der Exempla S. 1, Wattenbach a. a. O. (A. 73) S. 146.

81) Rustike Kapitale: Davy XVI, Z.-W. 1. 2a, 3 (*Bellum Actiacum*, vgl. jetzt die nach Hayters Stichen gefertigten besseren Tafeln A—II bei W. Scott, Fragm. Herculanensia, Oxf. 1885) — Semikursive: Davy XIII. XVIIa, Z.-W. 2b, Davy XVIIc — Kursive: Davy XVIIIa. XVIIb, Fay. X.

82) Diesen zeigt beispielsweise auch der Turiner *Codex Theodosianus* Nr. X bei Studemund (A. 72).

83) Begegnend auch in den oben (Nr. II) erwähnten *Fragmenta Sinaitica*.

84) Vgl. Thompson, Palaeogr. S. 199 f.

85) a. V Oxy. I 31. Faksimile: pl. VIII, darnach Wessely Taf. XX Nr. 49.

86) Z.-W. Suppl. 54.   Vgl. Thompson, Palaeogr. S. 199, Mommsen, grosse Digestenausgabe I praef. S. XXVII.

87) Faks.: Pal. Soc. II 130, darnach Probe bei Wess. Taf. XX Nr. 40 (durch ein Versehen mit 45 bezeichnet).

88) Erschöpfende Aufzählung bei Studemund (A. 72).

89) Z.-W. 24, bei Wessely Taf. XIX Nr. 40.

90) Taf. I in Band II der Mommsenschen Dig. — Bis Buch XIII (1. 7) reicht bereits die neue italienische Lichtdruckausgabe der Handschrift: *Iustiniani Augusti Digestorum seu Pandectarum cod. Flor. olim Pisanus photolypice expr.* Vol. I fasc. I. II.   *A cura della commissione ministeriale per la riproduzione delle Pandette.*   Roma 1902.

91) Pal. Soc. II 108, darnach Wessely Taf. XVIII Nr. 39.

92) Als kursive *s* fasse ich jetzt lieber die Buchstabenreste am Ende von Z. 27 und 28 der Vorderseite.

93) Vgl. Mommsen, Dig. I praef. S. LXXXXII.

94) Über die Zeilenlinge in juristischen Handschriften vergl. P. Krüger's Zusammenstellungen, Sav.-Z. VIII 1887 R. A. S. 83 f.

95) Vgl. die Ulpianstelle oben. *(ex bonis patris intestati mortui?* Gradenwitz.

96) Auch vom zweiten *s* ist der untere Schlusspunkt erkennbar.

97) Vgl. z. B. Dig. XIX 1. 13 pr. (Ulpian) *ait enim (Iulianus), qui pecus morbosam aut lignum vitiosum vendidit, si quidem ignorans fecit, id tantum .. praestaturum* etc., *si vero sciens reliquit et emptorem decepit, omnia detrimenta ... praestaturum ei.*

98) Vgl. z. B. Dig. XXXVI 1. 59 § 1 (Papinianus) *fidei filiorum meorum committo, ut, si quis eorum sine liberis prior diem suum obierit, partem suam superstiti fratri restituat, quod si uterque sine liberis diem suum obierit, omnem hereditatem ad neptem meam Claudiam pervenire volo.*

99) Vgl. etwa Dig. XXXI 77 § 32 (Papinianus) *A te peto, marite, si quid liberorum habueris, illis praedia relinquas, vel, si non habueris, tuis sive meis propinquis aut etiam libertis nostris.*

100) A. a. O. (A. 72) S. VIII A. g. E.

101) Notae Papianae et Einsidlenses in Th. Mommsen's Notarum Interculi, Keils *Grammatici Lat.* IV (1864) S. 327 q 48 — q̄s: Notae Magnonianae S. 298 q 11.

102) Notae Vaticanae S. 312 q 5.

103) Notae Lindenbrogianae S. 298 q 10.

104) Notae Lugdunenses S. 290 q 1, Notae Vaticanae S. 312 q 33, Studemunds Gaius (1874) S. 292, Mommsen: *Fragmenta Vaticana* (Abh. Berl. Ak. 1859) S. 357.

105) Gleich qui nur Notae Einsidlenses S. 377 q 47.

106) q̄ · = qui allein Notae Magnonianae S. 298 q 14.

107) Als qui nur im Berl. Papinian (s. o. S. 154), Monatsb. Berl. Ak. 1879 S. 515.

II. Juristische Bemerkungen von Gradenwitz.

Das vorstehend entzifferte und behandelte Fragment spricht von einer *quarta*. Das Viertel spielt im römischen Erbrecht eine Rolle in mehrfacher Hinsicht, es ist ein Bruchteil, welcher der freien Verfügung des Testators entzogen und einem Berechtigten reserviert ist:

1. Als *quarta Falcidia:* Der Erblasser, dem mehrere Personen teuer sind, kann nicht nur mehrere Erben auf Bruchteile einsetzen; er kann auch einen auswählen, der Vollerbe sein und den Anderen, dem Testator nahestehenden, als Vermächtnisnehmern, Wertobjekte aus der Erbschaft ausfolgen soll. Dann ist mit den Vermächtnissen der Erbe beschwert, der Vermächtnisnehmer bedacht. Wird die Erbschaft durch die Vermächtnisse ganz ausgeschöpft, so dass für den Erben nichts bleibt, so ist das ein Missbrauch, der zur Folge haben wird, dass der eingesetzte Erbe die Erbschaft ausschlägt, und es tritt dann der nächstberufene, eventuell der Intestaterbe an dessen Stelle. Dabei kann das Recht verschieden reagieren: unser B.G.B. fasst die Vermächtnisse als eine dem Erben als solchem obliegende Last und verpflichtet jeden (auch den Intestat- oder, wie es ihn nennt, gesetzlichen Erben) die Vermächtnisse zu tragen. Das römische Recht fasst die Vermächtnisse als nur zu Lasten des Eingesetzten bestehend auf (*a scripto herede =* von ihm weg, *legatur*), und lässt in Folge dessen die Vermächtnisse ausfallen, wenn der eingesetzte Erbe ausschlägt und das Testament zum *testamentum destitutum* wird. Es entsteht daher für das römische Recht eine Schwierigkeit, die dem heutigen fremd ist: wenn der Erbe schier die ganze Erbschaft an Vermächtnisnehmer weitergeben soll und also auf die Rolle eines Testamentsvollstreckers herabgedrückt wird, so wird er in den meisten Fällen die Erbschaft ablehnen: dann aber fallen nach römischem Recht auch die Legate fort, und die übergrosse Sorge für die Vermächtnisnehmer schafft das Gegenteil des Erstrebten. Gegen diese Gefahr hat das römische Recht nach zwei, uns von Gaius II 224 ff. überlieferten Anläufen eine Sicherung darin gefunden, dass die *lex Falcidia* (tit. D. 35, 2, vgl. Z. 4 d. Textes) dem Erben das Recht gab, unter allen Umständen ein Viertel seines Erbteils für sich zu behalten, und also die Legate nötigenfalls verhältnismässig zu kürzen. Wenn der Testator 1000 im Vermögen hatte und 950 (etwa 570 + 380) an Vermächtnisnehmer vergab, so behielt der Erbe 250 für sich und zahlte nur 750 (450 + 300) aus.

Diese Bestimmung der *Lex Falcidia*[1]) vom Jahre 40 vor Christus, in der Durchführung eine der schwierigsten des Privatrechtes, war noch im gemeinen Recht in Geltung. Das B. G. B. hat einen solchen Satz nicht, denn es braucht ihn nicht, weil es, wie oben angeführt, die Vermächtnisse als im Zweifel jedem Erben, auch dem gesetzlichen, auferlegt ansieht.[2])

2. Die Quart blieb den Römern als geeignete Belastungsgrenze im Sinne: Kaiser Antoninus Pius gestattete es, auch Unmündige zu adrogieren, was bis dahin wegen der Gefahr für des *adrogandus* Person und Vermögen nicht zugelassen wurde. Da umgab er diese *adrogatio* mit Sicherungen, und zu diesen gehörte, dass der *adrogandus* einen unentziehbaren Anspruch auf den vierten Teil des Vermögens des *adrogator* haben solle, wenn dieser stürbe, bevor der *adrogatus* das Alter der Mündigkeit erreicht habe: *quarta divi Pii*: die *quarta* ist die Grenze, bis zu der die freie Verfügung des *adrogator* reicht.

3. Als die Centumvirn ein Testament für lieblos und anfechtbar erklärten, das den Nächsten nicht einen Teil des Vermögens liess, wählten sie als Teil die *quarta*, und erst Justinian hat diese *quarta* erhöht auf ³/₈ bezw. ¹/₃.

Für unsern Papyrus scheint auf den ersten Blick die *quarta Falcidia* in Betracht zu kommen, deren Ergänzung Aufgabe des Richters ist: allein schon das könnte nur durch die Einzelheiten eines Rechtsfalles erklärt werden, dass gerade der Sohn es ist, der, wenn er *minus quarta* erhalten, zur Quart aufzubessern sein soll, und es zeigt auch die Übertragung auf die Enkel und Urenkel, dass hier ein besonderes Familienerbrecht, nicht aber das allgemeine Recht eines *heres* in Frage kommt. Die *quarta divi Pii* ist aber nicht nur dadurch hier unwahrscheinlich, dass von Enkeln die Rede, da doch der *adrogatus*, um die *quarta* zu beanspruchen, vor der Geschlechtsreife den *pater adrogator* verloren haben muss, sondern es würde auch wohl vom *adrogatus*, nicht lediglich vom *filius*, *nepos* u. s. f. die Rede sein, wenn dieser Fall in Frage käme.

Somit bleibt für unsern Papyrus nur die Annahme, dass er ein Bruchstück aus einer Erörterung über die *quarta* des Inoffiziösen Te-

---

1) Abwandlungen der *quarta Falcidia* bei Universalfideikommissen bietet Paul. IV 2. 3.

2) § 2161: Ein Vermächtnis bleibt, sofern nicht ein anderer Wille des Erblassers anzunehmen ist, wirksam, wenn der Beschwerte nicht Erbe oder Vermächtnisnehmer wird. Beschwert ist in diesem Falle derjenige, welchem der Wegfall des zunächst Beschwerten unmittelbar zu statten kommt.

stamenls bietet, und es mag hervorgehoben werden, dass die beiden Heidelberger Stücke, die Paulusreste (P. Heid. 1272) und unser Fragment, von demselben Rechtsinstitut handeln.

Der kleine Ausschnitt zerfällt sachlich in zwei Teile, deren erster sich mit der Frage beschäftigt, wie es zu halten sei, wenn der Sohn zu wenig bekommen hat, der zweite überträgt die Rechte des weggefallenen Sohnes auf den Enkel oder Urenkel nach dem Rechte der sog. *successio in stirpes*. Wie wenig auch leider die Lesung vollständig und lückenlos sein kann, so genügen doch die drei Worte *minus, suppl . . . ., filius*, um uns erkennen zu lassen, dass hier einem Sohne etwas, aber nicht genügend hinterlassen ist, und dass er einen Anspruch zu haben scheint auf Ergänzung bis zur Höhe der Quart.

Nun ist uns folgendes durch Justinian überliefert: 1. In Nov. 18 c. 1. hat er den Pflichtteil von $^1/_4$ der Intestatportion auf $^1/_3$, bezw. $^1/_2$ erhöht.[1]) Da unser Stück von einer *quarta* spricht, so muss es zeitlich früher sein, als Justinians Novelle. 2. In C. 3, 28, 30 sagt er, die Vorzeit habe auch dann auf Vernichtung des Testaments erkannt, wenn einem Pflichtteilsberechtigten wohl etwas, aber nicht der ganze Pflichtteil hinterlassen sei. Nur wer ausdrücklich in seinem Testament Ergänzungen bis zur Höhe des Pflichtteils vorschrieb, habe sich salviert. Er, Justinian, erklärt diese ausdrückliche Klausel für überflüssig, vielmehr solle allemal angenommen werden, wer etwas hinterlasse, wünsche, dass es evenl. bis zum Betrage des Pflichtteils ergänzt werde. Mit diesem Bericht Justinians wurde schwer vereinbart die Stelle Paul. sent. IV 5, 7.[2]) welche bei unbefangener Betrachtung kaum eine andere Deutung zulässt, als dass, mindestens schon zur Zeit der *Lex Romana Visigothorum*, die gleiche Regel galt; ja, die Fassung dieser Stelle und die Bezugnahme auf die Erbteilungsklage machen es wahrscheinlich, dass sie, unverfälschter Paulus, das Recht der Severischen Zeit widerspiegelt. Nun ist unser Fragment in seinem ersten Teil geradezu eine Parallelstelle zu der zitierten Paulusstelle, und man wird nicht mehr zweifeln dürfen, dass der Rechtssatz, dessen Erfindung Justinian sich zuschreibt, schon von länger her datiert. Dies muss im allgemeinen den Kredit von Justinians derartigen Äusserungen mindern. Es ist für die Kontinuität und stetige Entwickelung des Rechts eine erfreuliche

---

1) Auch im B. G. B. beträgt der Pflichtteil $^1/_2$.

2) *Filius iudicio patris si minus quarta portione consecutus sit, ut quarta sibi a coheredibus citra inofficiosi querellam impleatur, iure desiderat.*

Erscheinung, wenn die Zahl der Neuerungen, die wir noch Justinian zuschreiben, sich in etwas verringert. Zu Gute kommen muss dies im Allgemeinen der nachklassischen Praxis, Justinian wird, was sich bei den Klassikern noch nicht fand, einfach als seine That auszugeben sich für berechtigt gehalten haben. Jedenfalls ist der Sinn des ersten Teils unserer Stelle der: Wenn der Sohn weniger als den vierten Teil seiner Intestatportion bekommen hat, so ist dies zu ergänzen bis zum Betrage der *quarta*. Man kann für das Formelle vergleichen: D. 5, 2, 8, 6: *quartam partem eius quod ad eum esset perventurum, si intestato pater familias decessisset*; den Versuch wörtlicher Restitution wage ich nicht.

Die Erörterung geht sodann über auf den Fall, wo nicht Söhne, sondern Enkel oder Urenkel vorhanden sind, und das Pflichtteilsrecht nicht dem Vater, sondern dem Grossvater bezw. Urgrossvater gegenüber in Frage kommt. Es ist klar, dass in diesem Falle mehrere Enkel zusammen nur soviel beanspruchen können, wie ihr weggefallener Vater, der Sohn des Testators, für sich allein gehabt hätte, und die Worte *pro portione* der vorletzten Zeile scheinen auf dieses Verhältnis hinzudeuten, obwohl der Singular *nepoti vel pronepoti* Bedenken erregt. Man kann zum Vergleiche heranziehen D. 5, 4, 6, pr.: *Sorori, quam coheredem fratribus quattuor in bonis matris esse placuit, quinta portio pro portionibus quae ad eos pertinuit cedet, ita ut singuli in quarta, quam antehac habere credebantur, non amplius ei quintam conferant* und allgemeiner: Paul. IV 5, 6: *Quartae portionis portio liberis . . praestanda est*. Hiernach würde in der zweiten Hälfte unseres Fragments die Thatsache erläutert sein, dass Enkel und Urenkel nach dem sogen. Repräsentationsrecht in die Quart des einzigen Sohnes succedieren. So aufgefasst, ist die Äusserung klar, aber nüchtern; will man einen feineren Fall destillieren, so könnte man an den von Justinian in C. 3, 28, 34 behandelten denken: ein Vater enterbt den Sohn, übergeht dessen Sohn und setzt einen Fremden ein. Wenn nun der enterbte Sohn nach dem Vater stirbt, aber bevor der eingesetzte Fremderbe sich entschieden und dem enterbten Sohn die Möglichkeit gegeben hat, seinerseits die Quart anzustellen oder wenigstens vorzubereiten, so ist, streng genommen, der Enkel übel dran; denn das Recht auf die Quart vererbt sich nicht. Wäre der Sohn vor dem Vater gestorben, so hätte der Enkel die Quart aus eigenem Recht. Wie die Dinge in diesem Fall liegen, hat der Enkel die Klage nicht aus der Person des Vaters, denn sie vererbt sich nicht, und nicht aus eigenem Recht, denn da hatte sie der Vater. Diesem Zustand hat Justinian ein Ende gemacht, indem er die *querella* dem Enkel auch für diesen Fall gewährt, so wie sie dem Vater zustand. Es wird aber schwer sein, die vorhandenen Reste mit diesem komplizierten Thatbestande zu füllen, und es scheint, dass nichts andres enthalten war, als die Ergänzung einer allzu schmalen Portion für den Sohn zur Quart und die Feststellung der Thatsache, dass Enkel und Urenkel auch ihrerseits im Verhältnis ihrer Intestalportion an dem *beneficium* der Quart teilnehmen.

Unser Fragment ist anderweitig nicht erhalten, soweit ich habe nachforschen können. Was die Zeit der Entstehung betrifft, so würde es wohl gleichzeitig mit der Paulinischen Stelle angesetzt werden können, vorausgesetzt, dass sich *quarta danda* unterbringen lässt, und dies lässt sich bewerkstelligen, sowohl wenn man mit Herrn Dr. Gerhard *e]edet quarta danda eis* ergänzt, als auch wenn man *s]ed et quarta danda est* vorzieht.

Ulrich von Huttens Streit mit den Strassburger Karthäusern.

Von

Hans Rott.

Im Sommer 1521 rückte Franz von Sickingen auf die Aufforderung Karl V. gegen den Herzog von Bouillon, Robert von der Mark und gegen das sie unterstützende Frankreich in den Krieg. Derweilen hatte Hutten auf der Ebernburg, wo er sich bis Ende Mai aufgehalten, lange Weile bekommen, und sein unruhiger Geist suchte sich nach den ungestümen Angriffen mit der Feder jetzt gelegentlich auch mit dem Degen und in handhafter That Luft zu verschaffen. Sowohl gegen Bucer, der Hofkaplan bei dem flauen Friedrich II. von der Pfalz geworden, als auch gegen Kapito war er entrüstet, über diesen auf Grund des falschen Gerüchts, er hätte unter anderm Namen gegen die evangelische Sache gepredigt. In solcher Zeit der Thatenlosigkeit und persönlichen Unmuts kam ihm eine Beleidigung der Strassburger Karthäuser eben recht.

Euch den Prior und Convent klage ich an, so etwa lautet sein Brandbrief an die Strassburger Karthäuser, dass ihr mich einen Ketzer gescholten und infamer Weise verleumdet habt, auch in schwerem Verdacht befindet „an etlich meyner biltnus contrafedt, die ausserhalb meins bevelchs uff papier gedruckt, mir zu veracht, schmach und hon zu seuberung unreyniger ewers leibs orten gebrucht zu haben, sonder alle scham, belung und schwew“.[1] Geld konnte der arme Ritter der deutschen Nation und des jungen Evangeliums immer brauchen, und in den Klöstern war noch viel totes Kapital zu holen bei nachdrücklicher Begründung des Anspruchs. Persönlicher Stolz und angestammte Rauf- und Raublust, die Freude am kühnen Wagen und die Begierde, den Lieblingen seiner ersten

---

1) Böcking, Ulrich von Huttens Schriften II. 84.

Jugendtagen, den Mönchen, denen er recht sein führendes Leben verdankte, wieder reichlich zu vergelten, all dieses trieb ihn gern hinter den Bettelkutten her. Der Handel ist bekannt durch Straussens Buch, das sich auf die Akten aus dem Strassburger Stadtarchiv stützt, die allerdings von dem sonst so verdienstvollen Ludwig Schneegans in nachlässiger Weise abgeschrieben und in Niedners Zeitschrift für die historische Theologie und später bei Boecking zum Abdruck gelangt sind. Hierzu hat sich ergänzendes Material im Münchener Reichsarchiv unter Neuburger Akten gefunden. Wahrscheinlich ist es noch der letzte Rest aus der Sickingischen Beute, an der Ott Heinrich als Teilnehmer partizipierte,[1]) und unter welcher nachgewiesener Massen sich ebenfalls Huttenschriften befanden. Die beiliegenden Dokumente enthalten namentlich Korrespondenz Dillikans aus den 30er und 40er Jahren. Den auf den Karthäuserhandel bezüglichen Schriften liegt ein gleichzeitiges Volkslied bei, welches diesen kühnen Streit Ulrichs von Hutten verherrlicht, das deshalb schon wichtig ist, weil es Huttens: Ich habs gewagt, bereits im Reim verwendet. Der Sänger, wahrscheinlich ein Knappe aus Huttens Begleitschaft, wenigstens einer von den Gesellen, die zu einem lustigen Handstreich stets willführig waren und wohl ein paar Mönche um ihre Ohren bringen konnten, nennt sich am Schlusse selbst, Hans Breuning. Abgesehen von einem Bruder Breuning ist in den historischen Volksliedersammlungen nur ein Georg Breuning zu entdecken, der sich selbst einen Weber aus Augsburg bezeichnet. Der Hans Breuning dieses frischen Reiterliedchens hat kaum etwas mit diesem zu thun.

Am 24. Oktober 1521 hatte Hutten drei Schreiben zugleich abgesandt, an Gregorius, den Prior der Freiburger Karthäuser, der damals zugleich Visitator der rheinischen Provinz war, an die Strassburger Karthäuser und an den Rat zu Strassburg.

Die Antwort des Freiburger Priors liegt jetzt vor in einem Schreiben vom 1. November 1521. Er spricht darin sein Bedauern aus wegen des Vorfalles und verheisst eine genaue Untersuchung der darauf bezüglichen Anklage Huttens.[2])

Die Strassburger melden am 4. November, dass sie die Karthäuser bereits vernommen hätten und stellen baldige Antwort in Aussicht, da der jetzige Bote schon verritten ist.[3]) Diese erfolgte in den nächsten

1) Salzer, Beitr. zu einer Biogr. Ott Heinrichs S. 18.
2) S. das Schreiben im Anhang.
3) S. das Schreiben im Anhang.

Tagen, da Ulrich von Hutten in seinem Schreiben an den Strassburger Rat vom 13. November schon darauf Bezug nimmt. Nur ungern und aus Freundschaft zu Strassburgs Bürgerschaft will er sich auf einen Tag und eine zu vereinbarende Malstatt einlassen, weil er sich zu sehr von der Wahrheit des ihm zugefügten Unrechts überzeugt hält. Vom 20. November an will er acht Tage lang auf der Burg Wartenberg verweilen, um mit den Strassburger Gesandten über die Angelegenheit mit den Karthäusern zu verhandeln.[1])

Strauss berichtet in seiner Biographie Huttens von dem weitern Verlauf des Streites nur auf Grund des Entwurfes einer Übereinkunft und zweier Briefstellen bei Gerbel[2]) und Erasmus. Letzterer spricht in einem Brief an Luther vom 8. Mai 1524 nur de extorta a Carthusionsibus pecunia.[3])

Sowohl der Vertrag zwischen Ulrich von Hutten und den Karthäusern als auch die einseitige Ehrenerklärung, von der bei Böcking nur ein teilweiser Entwurf vorliegt, ist im Münchener Reichsarchiv vorhanden. Zwischen den Strassburger Abgesandten, Claus Kniebis und Hans Bock, und den Vertrauensmännern Huttens, Wolf von Waldeck, Konrad Kolb von Wartenberg, Reinhart von Rotenburg, Siegfried Horneck von Heppenheim und Hans vom Oberstein, war auf der Burg Wartenberg verhandelt worden. Darauf bestimmte der Rat Strassburgs, dass seine Karthäuser verpflichtet würden, eine Abbitte zu leisten und Ehrenerklärung zu thun, Hutten es ausserdem in keiner Weise entgelten zu lassen, dass er gegen sie vorgegangen war. Als Schadenersatz für die bei dem Handel aufgelaufenen Kosten wird den Karthäusern die Summe von 2000 Gulden an gutem, gewichtigem Golde auferlegt, die sie dem Steckelberger Ritter auf eigne Gefahr nach Wartenberg entrichten müssen. Darauf folgte dann die förmliche Anerkennung und Abbitte der Schuld von der Strassburger Karthause, die feierliche Anerkennung von Huttens Ehrenhaftigkeit und die Beschwörung einer Urfehde für ewige Zeiten.

---

1) Datum des Briefs ist der 21. November, nicht wie bei Böcking II. 88 der 20.

2) Huttenus Carthusianos, quia imagine sua pro anltergiis sui sunt, in duobus millibus aureorum nummum multavit Böcking II. 91.

3) Böcking II. 409.

Die Beilagen.

München Reichs-Archiv. Neuburg.
Religions- und Kirchensachen
Nr. 25 fol. 2.   1. Nov. 1521.

Dem Edlen vesten und Strengen Herrn Ulrichen von Hutten meinem
günstigen lieben Hern.

Edler vester Strenger gunstiger lieber Her mein willig dinst und
gepell euch zuvor. Ewer schreiben hab ich mit beschwertem trourigem
hertzen verlesen und ist mir solch untzymliche misshandlung und
schmehung sonder so von mines ordenspersonen solte beschehen hertz-
lichen und trulichen leidt. Darumb wil ich durch selbs auch durch das
gemein capittel unsers ordens darin handeln, damit die schuldigen ge-
strafft worden dermassen als sich gepurt und solchs und dergleichen
hinfur zu vermiden not erfordert. Darumb strenger lieber her ist mein
demütig und ernstlich bitt, wollent in der sach nit gaben, Ewers standex
und gutten leymnt und gerücht schonen und die unschuldigen der schuldigen nit lassen entgelten. Will ich mit sampt dem gantzen charthuser
orden gegen E. Strengheit in müglicher weyss zuverdienen alltzeit gut-
willig sein. Datum in der carthuss zu Friburg uff aller heilgen tag
im jar nach Christi unser lieben Hern gepurt tusent fünffhundert und
in XXI.

Bruder gregorius
prior der karthus zu Fryburg.

M. Reichs-Archiv. Neuburg.
Religions- und Kirchensachen
Nr. 25 fol. 2.   4. Nov. 1521.

Wir philips von Ramstein der meister und der Rat zu Strasburg
Embitten dem Ernvesten und hochgelerten Ulrichen von Hutten, zum
Steckelberg dem Jungern, was wir freunntschafft und guts vermogen.
Ewer schreiben Ir uns die geistlichen hern prior schaffnern und convent
der carthuser bey unser stat gelegen bervven haben (sic!), wir alles inhalts
verlesen auch ernante heren horen lassen und als ewer bot wegevertig
und der antwort nit erwarten mogen, wollen baruff fur uns des gleichen
die hern fur sich selba unser beyder antwrt bey eyner botschafft in
kurtz euch nit verhalten, sonder zuschicken, das wir euch nit bergen
wolten, das euch lieb und freunntschafft zubewisen sein wir wol geneigt.
Datum mondag post animarum anno XXI.

M. Reichs-Archiv. Neuburg.
Religions- und Kirchensachen
          Nr. 25 fol. 24.   1. Dez. 1521.

 Vortrag zwischen Ulrichen von Hutten unnd den Carthusern zu
Strasburg uffgericht.

 Zu wissen sey menigklich, nach dem als sich etzwas spänn und unwillen erhaben zwischen dem hochgelärten und Edlen hern Ulrichen vom
Hutten zum Steckelberg dem Jüngern an eynem, und den wirdigen andächtigen Prior Schaffener und Convent der Carthus bey Strasburg gelegen zum andorn, umb etzliche schmähwort, so die gedachten Prior
Schaffener und etzliche des Convents, dem vorgenanten hern Ulrichen
vom Hutten hinterwerticklich zugelegt, nämlich das sie In eynen Ketzer,
und abgesonderten von der heyligen Christlichen Kirchen geschollen, In
auch gezigen, das er Inen zwen münich Ires ordens, uss Irem Kloster
mit gewalt entfürt söll haben, weytter, das auch die selbigen Carthuser
seyn her Ulrichs vom Hutten etzliche Contrafact und bildnüs, Im zu
wider, unzimlicher weys, und mit mercklicher unzucht geschmäht, deshalb der itzgenennt her Ulrich, den Strengen Ernvesten fursichtigen und
weysen, meyster und rat zu Strasburg geschrieben, sich Inhalt der selbigen
schrifft beklagt, unnd dar uff seyn rachbegirig gemüt eroffnet. Darumb
die von Strasburg genanle Carthuser erfordern lassen, und nach dem
sie die Carthuser uff die schrifft vorhört, haben sie beyden Partheien
zu gut, als die jhenen, so unwillen und widerwertikeyt gern, so vil an
Inen vorkommen wöllen, an genanten vom Hutten das er Inen in ge-
melter sach eyner gütlichen unterhandlung vorvolgen wölle, billich ge-
sinnen, das der offtgemelt her Ulrich vom Hutten Inen den von Strasburg zu eren und wolgefallen fruntlich bewilligt, und Inen alhier gen
Wartenburg malstat zu sollicher unterhandlung ersonnt, daruff itz ge-
melt meyster und rat zu Strasburg, den Strengen und Edlen hern Hansen
Bock ritter, und hern Clawen Kniebis allstat und ammeystor Ire rats-
fründ, uff zinstag nach sanct Katherin tag abzureyten bevolhen, die
auch sollichs gethan, und uff freytag sanct Andres abent gen Wartenburg kommen, da sie dan die selbigen zeyt, uns die nachbenanten,
Wolfen marschalck von Waldeck, Chunrad Kolben von Wartenburg
Reynhart von Rotenburg, Sifrid Hornecken von Heppenheym und Hansen
vom Obornsteyn, an alles geferd funden, welche wir als uns angezeygte
sach, durch bericht beyder der geschickten von Strasburg, und auch herr
Ulrichs vorstanden. Huben uns, als die fridens und eynikeyt begirig

weytterer unterhandlung, zwischen den gemelten geschickt und dem genanten vom Hutten, In beyden zu gut, und fordernus der sach, angenommen, in der wir nach vil reden und gegenreden, auch vilflüssiger
gehaltener handlung, in guter meynung, zwischen Inen nachvolgender
massen abgeredt und bethedingt, das die obgenenten Carthuser, söllen
gemelten vom Hutten, zu ewiger seyner unschull erkäntnus, mit Iren
brifen sigeln und genugsamen wislumb, seyner angetasten Eren, gerichts,
und guten leumuts offentlich und gegen iderman entschuldigen, und alles
bezigs frey und ledig sagen und schreyben, sich auch vorter sollicher
schmähung, injurien und aller ungebür gegen Im, gentzlich und gar zu
enthalten, gereden und vorsicherung thun. Und dem nach benantem
vom Hutten, diser sach halben etzwas mercklicher Kost uffgeloufFen,
ist weytter durch uns bethedingt, das die gedachten Prior Schaffener
und Convent, Im hern Ulrichen für den selbigen Kosten und was er
des schaden oder unrat entpfangen hette, zwey tausent gulden, an gutem
wichtigem reynischem golt, uff Iren Kosten und abentewer, uff das schloss
Hohenburg im Wasgawe, bey Wegelburg gelegen, vorschaffen, und zu
nehst hin zwischen sanct Thomas des heyligen zwelfbotens tag, mit
sampt obenangezeygter schrifftlichen entschuldigung und besigeltem
wistumb, an weyttere vorhinderung, überreychen und beündigen. Doch
ist das alles und jedes, wie obgeschrieben, den gesandten von Strasburg,
hinter sich an die Carthuser zu bringen, gütlich zugelassen, der mass,
das die selbigen Carthuser, gedachten vortrag in genanter zeyt, zu oder
ab schreyben mögen. Und hat genanter her Ulrich vom Hutten uff
heut dato für sich, sollichs frey begeben und zugesagt (so anders sollichs
zu geschrieben) darbey zu bleyben. Und so sollichs also angenommen
würde, so söllen sie der und aller Spänn, irrung und unwillens gantz
vortragen und gericht seyn, deshalb keyn teyl an das ander ansprach
oder forderung nymmer mer zu haben, noch zu gedencken. Es sol auch
als dan zu erkäntnus unnd bevestigung solchs vortrags zwischen beyden
teylen, brief und sigel uffgericht und ubergeben werden. Das haben
wir obgemelten fünff vom adel, in guter meynung also abgeredt, und
des zu urkund, zwen gleychlautende brief, eynen den geschickten von
Strasburg, den andern Im hern Ulrichen vom Hutten gegeben, und die
mit unser zweyer, meyn Chunrads Kolbens von Wartenburg, und meyn
Sifrid Hornecks von Heppenheym, angebornen insigeln versigelt, das dan
wir genanten zwen also beschehen, hiemit bekannt haben wöllen. Datum
uff den ersten tag des monats December, im jar nach Christi unsers
hern geburt tausent funfhundert und im eyn und zwantzigsten.

M. Reichs-Archiv. Neuburg.
Religions- und Kirchensachen
     Nr. 25 fol. 24.   12. Dez. 1521.

Vorschreybung der Carthuser, so sie her Ulrichen über sich haben
gegeben.

Wir Martinus Prior, Burchardus Schaffener uond das gantz Convent
der Carthusen bey Strasburg gelegen, bekennen öffentlich und für ider-
mann. Nachdem der Ernvest und hochgelärt her Ulrich vom Hutten
zum Steckelberg der Jünger, uns bey eym Ersamen rat zu Strasburg
beklagt, das wir der Prior Schaffener und etzliche andere, In an seynon
Eren, ritterlichem herkommen, und gutem gerücht, angetast, gescholten,
und zu schmähen unterstanden, nämlich eyn Ketzer und der gleychen
nennendt, Im auch zu schmach und behönung seyne biltous und contrafact, ungebürlicher weys, und mit unzüchten schmälichen gehandlet,
noch mer In gezigen, als solte er uns zwey münich us unserm Kloster
mit frevelichem gewalt und gewoppeter handt entfürt haben, so haben
wir in bedenckung seyner her Ulrichs unschult, In für solche Im durch
uns angelegte schmach, iniurien, und was wir der gleychen wider In je
geredt oder gehandlet hetten, unterthäniglichen umb gots willen, uns
das alles nach zu lassen und zu vorzeyhen gebeten. Das der genannt
vom Hutten uf das selbig unser ansuchen und bit, us miltem und barm-
hertzigem gemüt, gethan und uns gutlichen und milticklich gewert,
darumb wir obgemelten Carthuser zu ewiger erkantnus seyner her Ulrichs
unschult offentlich sagen und bekennen, das wir von Im anders nit dan
eym frommen redlichen und cristlichen ritterman wissen, auch nie erkannt haben, das er anders den eym christlichen vom adel wolgepürt
und gezimpt, gehandelt oder gewandelt solt haben. Wir haben auch
eygentliche Kuntschaft, und gewisse erfarnus, das er in dem die zwen
münich von uns kommen, gantz keyn wissens gehopt, und ist die war-
heyt, das die selbigen zwen münich, an eynich seyn des vom Huttens
zuthun, hilf, rot, oder anregen, sich us unserm Kloster gethan, der
halben wir In auch solcher that, frey ledig sagen, und wöllen In also
mit disem unserm offen brief, bey iderman entschuldigt haben. Begeben
und vorzeyhen uns auch hirmit, in kraft dis briefs, aller zuspruch und
anforderung, so wir sampt oder sonder, solcher und aller anderer handlung halb, wie die durch In her Ulrichen, bis uf datum des briefs,
zwischen Im und uns sich begeben, und geübt sindt, die selbig gegen
Im her Ulrichen, und allen andern, so in disem handel vorwannt seyn,

möchten nymmer zu ewigen tagen, in oder ausserhalp rechtes, zu eyfern und anzulasten, weder durch uns selba, oder durch andere von unser wegen schaffen gethan zu werden, es sey heymlich oder öffentlich, sonder wöllen uns der selbigen gantz renuntiirt haben, und ruwig steen, alles getreulich und ungeverlich, und des auch zu weytterm gezeugnus und urkund, haben wir den Erwirdigen und geystlichen hern Gregorium Prior der Carthuser bey Friburg, und visitator der provintz Carthuser ordens am Reynstrom, gebeten, seyn und seyns convents insigel, neben unser insigel unten an dise schrift zu trücken, das ich itzgenanter Gregorius prior, von bit wegen also gethan und ist dise schrift gegeben in der Carthusen bey Strasburg gelegen, uf Donderstag nach conceptionem Marie, in dem jar nach der gepurt Christi unsers herrn tausent funfhundert eyns und zwontzig.

M. Reichs-Archiv. Neuburg.
Religions- und Kirchensachen
          Nr. 25 fol. 1.

> Frisch uff mit reychem schalle
> ir werden rotter gut,
> daran ir kriglent alle,
> und hapt eynn freyen mut.
> Ich hoff es hab nit not,
> der Hutten ist lebend worden,
> das schafft an zweyfel got.
>
> Man meynnt es wär entschloffen,
> ich sprach er ist nit weyt,
> hat noch die angen offen,
> und wartet syner zeyt,
> die wir erleben han,
> das weyss Carthuser orden,
> den hat er gegriffen an.
>
> Sie wolten in verachten,
> die kngelbuben frech,
> eynn urswisch ausem machen,
> seht ann was Inn gebrech.
> Ich meynnt sie wären gut,
> so scheynnt in diser sachen,
> dass treyben übermut.
>
> Vil trinnken und vil essen,
> darueber müssig gan,
> macht eynen offt vergessen,
> das im stund besser an.
> Der fürblitz sollichs schafft.
> Ich muss der schalkheyt leben,
> Er hat sie wol gestrafft.

Hand widerruffen müssen,
all ire böse wort,
man hat ale neben bösen,
ir sind an eynem ort.
Zwey tausent gulden gut,
hat er inn abgenommen,
ich lob das Edel blut.

Nun wöln wir vorter lassen,
Carthuser orden stan,
und lugen uff der strassen,
wo komm eyn Cartusan,
darzu das betel gesind,
das sonder allen frommen
beraubt die welt geschwind.

Got lriss den werden Hutten,
geb im die hilfe seyn,
das er die bettelkutten,
mit irem falschen scheyn,
treyb von der Cristenheyt,
die sie bis her betrogen,
verfüret weyt und breyt.

So wöln wir zu im setzen,
all unser leyb und gut,
eyn schindlin mit im netzen,
er hat eynn frischen mut,
und weys der sachen grundt,
würt er drumb angezogen,
zu reden mit dem mund.

Ich weys der orden eynen,
us diser gleysznerey,
sol noch darüber weynen,
deucht er sich noch so frey,
hab ich inn offt gesagt,
fart schon ir falsche anzagen,
Der Hutten hats gewagt.

Wem dan nit ist zu raten,
dem ist zu helfen nit,
man solt die Ketzer braten,
umb ire verkerten sit,
Es muss zu boten gan.
Hans Brenning hats genungen,
wil selbs mit händen dran.

                        f i n i s.

Die spanische Litteratur

von ihren Anfängen bis zu den katholischen Königen.

Ph. Aug. Becker.

Vorgeschichte.

In viereckiger Breite, die Südkante gegen Afrika vorgereckt, erhebt
sich die iberische Halbinsel im äussersten Südwesten Europas zwischen
dem mittelländischen Meer und dem atlantischen Ozean. Ihren Grund-
stock bildet eine ehrwürdige Scholle der paläozoischen Urfeste, deren
nordöstliche Abdachung in mächtigen Staffeln die Kreideanlagerungen
des früheren Mittelmeers trägt, während sie nach dem Ozean und dem
andalusischen Tiefland zu durch scharfe Bruchränder abgegrenzt wird.
Stark abgehobelte Faltenzüge aus der Karbonzeit, gleichaltrig mit Su-
deten und Vogesen, bedecken in flachem Bogen den Westen der Tafel,
und ein nordostwärts abschwenkender Ast derselben durchquert die breite
Fläche und zerlegt sie in zwei Plateaux; die einstmals zu mächtigen
Binnenseen aufgestauten Gewässer aus dem Innern mussten sich ihren
Weg zum Ozean in schmalen Rinnen durch das Randgebirge bahnen.
Zwei jüngere Gebirgsketten, Pyrenäen und granadinische Terrasse, Zeit-
genossen unserer Alpen, haben sich dem alten Horste angegliedert und
den Bau der Halbinsel vollendet.

So liegt Spanien, abgeschieden für sich, an der Pforte des Ozeans,
wie eine Brücke zwischen Europa und Afrika, von jenem durch steile
Bergwände, von diesem durch eine felsige Meerenge getrennt, nur von
der Meerseite dem Verkehr geöffnet und deshalb auf die Beherrschung
des Meeres hingewiesen, aber ohne bequemen Zugang nach dem inneren
Hochland, und somit durch die Bodengestalt noch mehr als durch die
geographische Lage gegen die Aussenwelt abgeschlossen.

Die Ureinwohner der pyrenäischen Halbinsel, die Iberer, sind der
indogermanischen Völkerfamilie fremd; das zeigt uns die Sprache der
Basken, wenn diese wirklich, wie man vermutet, die Abkömmlinge jenes
Stammes sind, die letzten, die sich bis jetzt der Romanisierung entzogen haben. Früh gesellten sich andere Völkergruppen zu ihnen. Wahrscheinlich vom Meere her drangen Kelten in das Land, setzten sich an
der Mündung des Tajo fest und verbreiteten sich über das zentrale
Hochland bis zum Quellgebiet der grossen Flüsse. Beide Stämme, Iberer
und Keltiberer, wie die Alten sie nannten, lebten in viele Völkerschaften vereinzelt ohne einheitlichen nationalen Zusammenschluss und setzten
fremden Eindringlingen und Eroberern keinen gemeinsamen Widerstand
entgegen. Im 12. Jahrhundert vor unserer Zeitrechnung entdeckten
phönizische Seefahrer das metallreiche 'Tarschisch' und legten längs der
Südküste Handelsplätze an. Griechische Ansiedler folgten. Zuletzt erschien Karthago auf dem Plan und versuchte nach dem unglücklichen
Ausgang des ersten punischen Krieges auch im Binnenland festen Fuss
zu fassen, um sich für den Verlust von Sardinien und Sicilien schadlos
zu halten. Hispanien wurde der Anlass und der Schauplatz des gewaltigen Entscheidungskampfes zwischen Karthago und Rom und fiel als
Preis dem Sieger zu.

Zwei Jahrhunderte fortgesetzter blutiger Kriege bedurften die Römer
zur vollständigen Unterwerfung der Halbinsel; erst unter Augustus
beugten sich die letzten Völkerschaften in den cantabrischen Bergen
ihrer Herrschaft. Dank der Empfänglichkeit der Ureinwohner und der
Mehrung der Kolonien ging aber die Romanisierung rasch vor sich.
Auch Spanien verspürte den kulturellen Aufschwung unter den ersten
Kaisern, und seine begabten Söhne warben in der Hauptstadt um Ruhm
und Erfolg. Einen Namen machten sich hier der Rhetor Porcius Latro
und der Grammatiker Hyginus; und noch heute feiern die Spanier die
beiden Seneca, Lucanus, Martialis, Quintilianus und Pomponius Mela,
den Geographen, als nationale Grössen. Mit Hadrian hörte jedoch der
Zuzug nach Lorbeer begieriger Spanier auf. Der despotische Druck der
Verwaltung ertötete auch in dieser Provinz Wohlstand und geistiges
Leben. Neue Regung brachte das Christentum, nach dessen Sieg auch
Spanien wieder Anteil nimmt an der Litteratur und selbst bahnbrechend
voranschreitet. Ihm entstammen Juvencus, der Vater der christlichen
Epik, Prudentius, der originellste und schöpferisch begabteste unter
allen christlichen Dichtern, und Orosius, der erste christliche Universal-
historiker.

Vor den Heimsuchungen der Völkerwanderung schützte der Grenzwall der Pyrenäen die iberische Halbinsel nicht. 409 brachen die ersten Schwärme ein. Nur vorübergehend hausten die Vandalen im Land; länger trieben die unstäten Sueven ihr Verheerungswerk, bis sie stark zusammengeschmolzen in der Bevölkerung Galiciens aufgingen. Bei der vollkommenen Auflösung des weströmischen Reiches fiel Spanien schliesslich den Westgoten zu. Von allen Germanen waren diese, für die einst Ulfilas die Bibel übersetzte, bereits am längsten und nachhaltigsten mit der griechisch-römischen Kultur in Berührung, und ihre dauernde Niederlassung in Gallien hatte sie dem römischen Wesen noch näher gebracht, wie ihr Volksrecht zeigt. Unter ihrer Botmässigkeit sank demgemäss die Bildung nie so tief wie beispielsweise im Reiche der Franken, zumal sie nach ihrem Übertritt vom arrianischen zum katholischen Glauben der Geistlichkeit einen übermässigen Einfluss auf die Staatsleitung einräumten. Jedes Jahrhundert hat wenigstens seinen Chronisten, und zum Schluss begegnen wir noch Isidor von Sevilla, dem fleissigen Sammler und belesenen Encyklopädisten. Dafür fehlen die kräftigen Ansätze zu frischer Entwicklung; denn durch die Barbarei führte damals der Weg zur Gesundung.

Die Schäden der römischen Wirtschaft abzustellen, verstanden die Goten nicht, noch vermochten sie einen in sich gefestigten Nationalstaat zu gründen. So genügten die zu einer Razzia ausgezogenen zwölftausend Mann Tāriks, um das wurmstichige Reich jählings zum Einsturz zu bringen. Binnen dreier Jahre war Spanien bis zu den Pyrenäen erobert, und nach den Wirren des Anfangs bildete sich unter den Omaijaden ein unabhängiges Khalifat, das an Machtentfaltung, materieller Blüte, Pflege der Kunst und Wissenschaft dem Reiche der Abassiden nicht nachstand; als Sitz der Reichtümer und der Gelehrsamkeit, des Gewerbefleisses und des Handels konnte sich Córdova stolz mit Bagdad vergleichen. Auf Jahrhunderte blieb solchermassen der grösste Teil der Halbinsel losgerissen von der romanisch christlichen Welt; arabische Sprache und arabische Bildung herrschten von den Ufern des Tajo bis an die Meerenge. Auch die alteingesessene Bevölkerung dieser Gebiete bequemte sich den Eroberern an. Das kurze Auflodern der religiösen Begeisterung, dessen Zeugen Eulogius und Álvarus wurden, und das Wiedererwachen spanischen Nationalgefühls bei Renegaten wie Christen führte im 9. Jahrhundert nach zeitweiligen Erfolgen nur zur Beschleunigung ihres Untergangs und zur Überschwemmung des Landes durch die Herberstämme Afrikas, die Almoraviden zuerst und später die Almohaden.

Die Wiederbefreiung der spanischen Erde ging vom Norden aus. Das baskische Navarra hatte sich nie völlig gebeugt. In den unwegsamen Felsenschluchten Asturiens hielt sich auch eine kleine Schar unter der Anführerschaft des Goten Pelayo. Diese feuerten ihre Landsleute an, das Joch der Fremdherrschaft abzuschütteln, und mit der Gunst der Umstände drangen die Christen bis an den Duero vor und wussten sich unter wechselnden Geschicken dort zu halten. Von der anderen Seite überschritten die Franken, nachdem sie dem Vordringen der Ungläubigen bei Tours Einhalt geboten, die Pyrenäen und gründeten die spanische Mark, die Wiege Cataloniens, mit Barcelona als Hauptstadt.

So entstanden und befestigten sich im Norden der Halbinsel christliche Staaten, die bald vereinigt, bald geteilt, bald unter sich in Zwist und zeitweilig von den Mauren in ihrer Selbständigkeit bedroht, doch mit der Zeit siegreich hervorgingen und den Grund zu bleibenden Staatengebilden legten. In dieser Zeit unaufhörlichen Ringens, täglicher Anspannung und fortwährender Unsicherheit bildete sich der spanische Nationalcharakter aus, so wie er sich im wesentlichen bis heute erhalten hat; da wurden ihm jene Züge kriegerischer Ritterlichkeit, leicht verletzbaren Ehrgefühls und leidenschaftlichen Unabhängigkeitssinnes, jener empfindliche Nationalstolz und exklusive Glaubenseifer, aber auch der auf Selbstachtung beruhende Freimut im Verkehr der verschiedenen Gesellschaftsklassen unter einander zu eigen.

Das 11. Jahrhundert ist die ruhmvolle Heldenzeit der spanischen Befreiungskriege. Die Begeisterung der Kreuzzüge belebte und steigerte den Kampfesmut der Christen und führte ihnen, besonders aus Frankreich, Scharen von Bundesgenossen zu. Damals eroberte Fernando I. Coimbra, und sein Sohn Alfonso VI, der Galicien, Asturien, Leon und Navarra mit seinem Erbteil zum 'Kaisertum' Kastilien vereinigte, setzte sich in Besitz von Toledo; das kleine Aragon stieg in die Ebene des Ebro herunter und bereitete sich zum Sturm auf Zaragoza; die Grafen von Barcelona bedrohten die Küstenstädte, und der glorreiche Cid nistete sich in Valencia ein. Auf der ganzen Linie drangen die christlichen Waffen siegreich vor. Nach langer Abgeschiedenheit trat jetzt Spanien auch wieder mit der grossen mitteleuropäischen Gemeinschaft in Berührung. Das gesunkene Klosterwesen zu heben, wendete sich Sancho der Alte an Cluni und führte dessen Reformen in den ihm gehorchenden Reichen ein. Von Rom unterstützt, griff der französische Einfluss so

rasch um sich, dass Sanchos Enkel, Alfonso VI, die ererbte Liturgie
zu Gunsten der gregorianischen abschaffen, und das Konzil von Leon
den Gebrauch der fränkischen Minuskel an Stelle der Nationalschrift
vorschreiben durfte.

Die Erhöhung der Bildung, welche die kirchlichen Reformen mit
sich brachten, zeigte ihre Früchte zunächst in der Neubelebung des
lateinischen Schrifttums. Die Chroniken mehren sich und fliessen wieder
reichhaltiger. Man verfasst Legenden, dichtet Aufschriften und Grab-
inschriften. Auch der Verherrlichung ruhmvoller Zeitereignisse, wie der
Thaten des Cid oder der Einnahme von Almería, macht sich die lateinische Verskunst dienstbar. Besondere Erwähnung verlangt eine Prosa-
schrift, die *Disciplina clericalis*, Gespräche eines Vaters mit seinem
Sohne, den er mit Sprüchen, Erzählungen und Gleichnissen über Freundschaft, Liebe, Frauentrug, Leben und Tod, Armut und Reichtum und
ewige Seligkeit belehrt. Es ist das Werk eines 1106 getauften Juden
von Huesca, Petrus Alfonsus, und deshalb von Bedeutung, weil es das
erste im Abendlande ist, das aus den Schätzen orientalischer Weisheit
schöpft und sich der später so bliebten Form der Rahmenerzählung bedient. Um dieselbe Zeit, gegen 1140, entstand in Santiago de Com-
postella die Fälschung des *liber Jacobi*, dessen viertes Buch die be-
rüchtigte 'Chronik Turpins' bildet, das älteste Zeugnis für das Hinüber-
dringen französischer Heldensage nach Spanien.

Wie die Erfahrung lehrt, musste die Neubelebung der Studien
schliesslich auch dem Volksidiom frommen. Denn, war man bislängst
für die Predigt und für Rechtsgeschäfte mit dem barbarischen Verkehrs-
latein ausgekommen, so blieb die jetzt angestrebte korrektere Latinität
dem Volke wie dem ungeschulten Adel unverständlich; das Bedürfnis
an seiner Statt die lebende Volkssprache zu gebrauchen, machte sich
unabweislich fühlbar. Das geschah in Spanien dreihundert Jahre später
als in Frankreich. Das älteste Dokument, in dem die Vulgärsprache
entschlossen zur Verwendung kommt, ist das 1155 von Alfonso VII be-
stätigte Stadtrecht von Avilés in Westasturien, dem langsam ähnliche
Urkunden folgen.

Die spanische Sprache, die uns hier zum ersten Male entgegentritt,
ist die von den Römern nach Iberien gebrachte lateinische Sprache, wie
sie sich im Volksmund lebend erhielt und im Wechsel der Zeiten fort-
bildete. Seinen ererbten Wortschatz hat das Spanische dem Gang der
Geschichte gemäss um germanische und arabische Elemente vermehrt.
In seiner lautlichen Entwicklung gleicht es dem Italienischen durch die

Reinheit der Vokalklänge und die Sonorität der Endungen, ist aber weitergeschritten in der Verschleifung unbetonter Silben und Schwächung von Konsonanten, und fällt unter den romanischen Schwestern durch seine gutturalen Reibelaute und interdentalen Sibilanten auf. Was die Aussprache betrifft, hat es die scharfe, genaue und leichtfliessende Lautung der meridionalen Idiome, es fehlt ihm aber der melodische Schmelz des Toskanischen.

Zur Zeit nun, da Spanien sich zu litterarischer Bethätigung in seiner mündig gewordenen Landessprache anschickte, besass Frankreich, dem die geistige Führung in Europa gehörte, eine in voller Blüte stehende Poesie. Entzückte die Provence durch die zierlichen Liebesweisen seiner Troubadours, so fesselte und entflammte Nordfrankreich die Gemüter mit seinen von Kriegslust und Vaterlandsliebe durchglühten Heldengesängen und versuchte durch Werke belehrenden Inhalts auch ernsteren Ansprüchen entgegenzukommen. Die altspanische Dichtkunst bildete sich nun vollkommen unter französischem Einfluss, wenn auch in ausgesprochen nationaler Richtung aus. Von Anbeginn aber vollzog sich eine eigentümliche Scheidung. Während sich in Kastilien gewissermassen aus dem Volke heraus eine nationale Epik nach französischem Muster entwickelte, erblühte in Galicien die Lyrik im Geschmack der Provenzalen und gewann solches Ansehen, dass selbst geborene Kastilier lyrische Verse lange nur galicisch oder portugiesisch schrieben, was für jene Zeit das gleiche bedeutet, da die portugiesische Sprache die Tochter der galicischen Mundart ist. So bereitete sich litterarisch die Trennung der beiden Völker vor, wie sie ethnologisch im Gegensatz von Sueven und Goten begründet war und bald durch die politische Sonderexistenz Portugals unausgleichbar werden sollte.

Die altkastilische Heldendichtung.
1150—1250.

Die erste Lebenserscheinung der spanischen Litteratur ist also die kurze, aber kräftige Blüte der volkstümlichen Heldendichtung, der zwar die üppige Entfaltung der französischen nicht beschieden war, die aber dafür ihren heroisch-patriotischen Gehalt nicht so völlig von romanhafter Erfindung überwuchert sah wie diese. Auch trennt keine so weite Spanne die Ependichtung von der verherrlichten Heldenzeit, so dass zwar nicht die historischen Einzelheiten, wohl aber das Gesamtbild getreuer bewahrt erscheint. Die spanische Heldendichtung ist im engsten

Sinne kastilisch. Ihre Schöpfungen verkörpern jene Ideale der Ritterlichkeit, der Vaterlandsliebe und des trotzigen Freiheitssinnes, die die ganze Nation im Zeitalter der Maurenkriege belebten und begeisterten. Das musste ihnen eine ebenso tiefe als nachhaltige Einwirkung auf das Volksgemüt sichern. Mochte darum auch der Gesang der *juglares* früh verstummen und die ersten, rohen und unfertigen Denkmale ihrer Muse bald wieder in Vergessenheit geraten: die Gestalten, die sie geschaffen, waren unvergänglich und lassen noch heute wie ehedem das Herz eines jeden Spaniers höher schlagen.

Im Mittelpunkt der spanischen Heldensage steht der Cid, Ruy Diaz de Bivar, in Wahrheit wie in der Dichtung ein unerschrockener Kämpe. Sprosse eines edlen kastilischen Geschlechts, war Rodrigo unter Sancho II durch seine Feldherrngaben zu hohem Ansehen emporgestiegen und behielt es auch, als Sancho vor Zamora ermordet wurde und sein Bruder Alfonso VI aus der Verbannung zurückkehrte und das Reich übernahm. Der neue König gab ihm seine Base Ximena zur Frau; als er aber festen Boden gefasst hatte, verbannte er den übermächtigen Vassallen. Von da an führte Rodrigo das Leben eines Condottiere, zuerst im Dienste des maurischen Herrschers von Zaragoza, dann auf eigene Faust, bis ihm die Eroberung von Valencia gelang, in deren Besitz er sich bis zu seinem Tode (1099) behauptete. Als seine Witwe sich genötigt sah, diesen vorgeschobenen Posten aufzugeben, nahm sie seine Gebeine mit und setzte sie in San Pedro de Cardeña vor Burgos bei, wo sie neben ihm ruht.

Man kann sich den Eindruck denken, den das Glück dieses vorwegenen und verschlagenen Söldnerfürsten auf die Volksphantasie machen musste, und wie sich seine in Wirklichkeit oft grausame und hinterlistige Persönlichkeit im Andenken der Enkel verklärte. So treu als der idealisierende Zug der Poesie es verträgt, spiegelt sich sein Bild im ehrwürdigsten und ältesten Denkmal der spanischen Heldendichtung wieder, im *Poema del Cid*, das um die Mitte des 12. Jahrhunderts entstanden sein mag und ein einzigartiges Beispiel dafür bietet, wie kaum verbliebene geschichtliche Erinnerungen unvermittelt in Heldensage umgesetzt worden.

Als Verbannten sehen wir den Helden sein Stammschloss verlassen; seufzend betrachtet er die verwüstete Stätte. Kein gastlicher Gruss empfängt ihn in Burgos, wo schon der Achtbrief des Königs eingetroffen ist. Mio Cid muss vor dem Thore im Zelte übernachten. Von allem entblösst verschafft er sich das nötige Geld durch List, indem er den

Juden Rachel und Vida zwei trüglich mit Sand gefüllte Koffer ver-
pfändet. Beim Hahnenruf klopft er an der Pforte von San Pedro an;
denn er möchte dem Abt einen Vorschuss zum Unterhalt der Seinen
hinterlassen, dass dem Kloster kein Schaden erwachse. Tief bewegt begrüsst er doña Ximena, und indem er seine beiden Töchterchen in seine
Arme schliesst, entringt sich seiner beklommenen Brust das Gebet:
„Gott gebe, dass ich euch beide noch mit eigener Hand vermählen und
eurer Mutter ihre Treue lohnen könne!" Es sollte in Erfüllung gehen.

Schon sammelt sich, Haus und Hof verlassend, eine Schar von
Getreuen, entschlossen Gefahren und Gewinn mit dem Verbannten zu
teilen. An der Spitze von 300 Lanzen überschreitet Mio Cid den Duero,
und der Erzengel Gabriel erscheint ihm im Traum und verheisst ihm
Glück zu seiner Fahrt. Gleich der erste Streifzug durch das Thal des
Henares gelingt glänzend; doch mag Ruy Diaz sich hier, in so grosser
Nähe seines ergrimmten Königs nicht festsetzen. Auch Alcocer am
Xalon, seine zweite Beute, bewährt sich nicht: durch die Mauren be-
lagert und vom Wasser abgeschnitten, rettet er sich nur dank einem
verzweifelten Ausfall, bei dem er die feindliche Übermacht auseinander
sprengt. Monatelang streift dann der Heimatlose im Berggelände umher,
nachts im Sattel, tags hinter Feldschanzen, und eine Stadt nach der
anderen bis hinunter zum Ebro muss sich zu einem Tribut verstehen.

Diese Erfolge rufen den alten Groll des Grafen Raymund Berengar
von Barcelona wieder wach; trotz aller Beschwörungen treibt er zum
Kampfe, wird geschlagen und gefangen, und es fällt dem Kämpen von
Bivar nicht leicht, den Störrischen, der im Missmut jede Speise ausschlägt, wieder versöhnlicher zu stimmen. Nun richtet der nimmermüde
Campeador sein Unternehmen gegen die Küstenstädte. Borriana und
Murviedro fallen in seine Gewalt, die Valencianer können das Feld vor
ihm nicht halten. Drei Jahre kriegt und haust er in jener Gegend
und zieht seine Kreise immer enger um die ratlose Stadt, die vergeblich nach Hilfe späht. Der König von Marocco ist fern in Krieg verwickelt. Valencia muss sich ergeben, und Ruy Diaz kann nun daran
denken, seine Frau und seine Töchter zu sich zu rufen und sie in seinen Herrschersitz einzuführen.

Mit stattlichem Geleit werden die Frauen abgeholt, und kaum hat
den Rodrigo, der Cid, sie die herrliche Lage Valencias bewundern lassen
können, so bietet sich ihm die Gelegenheit, seine Tapferkeit vor ihren
Augen zu entfalten. Yusef von Marocco ist über das Meer gekommen
und bringt den Christen neue Reichtümer, wie der Held scherzend be-

merkt. So glänzend wie der Sieg, so unermesslich ist die Beute. Bisher hatte Ruy Diaz es nicht versäumt, nach jedem errungenen Erfolg seinem Könige ein würdiges Geschenk zu übersenden. Zum Dank für diese Anerkennung seiner Lehensoberherrlichkeit hatte Alfonso zuerst das Zuströmen von Freiwilligen zu den Fahnen des Cid gestattet, dann seiner Gemahlin das Geleite bis zur Grenze geben lassen und die Acht zurückgenommen. Sein jüngster Sieg und Zuwachs an Macht veranlassen jetzt die Söhne des Grafen von Carrion um die Hand seiner Töchter anzuhalten. Auf Wunsch des Königs begegnen sich die wiederversöhnten Sieger von Toledo und Valencia, Alfonso und sein Vassall, an den Ufern des Tajo und verabreden die Verlobung, die im Palast zu Valencia nicht vom Vater, sondern vom Abgeordneten des Königs vollzogen und mit Prunk gefeiert wird.

Es war eine ungleiche Verschwägerung: denn der Mut war gerade die hervorstechendste Eigenschaft der Jungherrn von Carrion nicht. Das zeigte sich bald. Eines Tages bricht im Palast ein gefangener Löwe aus; da verkriecht sich der eine unter dem Bette, der andere hinter einer Weinkelter, während der Cid gerades Schrittes auf das Tier zugeht, es beim Genick packt und ins Netz zurückwirft. Zum Überdruss erfolgt ein neuer Einfall der Maroccaner; die Infanten müssen trotz ihres inneren Widerstrebens zum Gefecht ausreiten und sich nachher die unverdienten Lobsprüche ihres Schwiegervaters gefallen lassen, die sie wie Hohn treffen. Sie beschliessen nach Carrion zurückzukehren und erhalten beim Abschied abermals reiche Geschenke von Rodrigo, der nichts ahnt von ihrer niederträchtigen Heimtücke. Denn Gewinnsucht war ihre einzige Triebfeder. Ein Anschlag auf den Mauren Abengalvon von Molina, den treuen Klienten des Cid, der ihnen das Geleite über die Wasserscheide giebt, misslingt. Aber jenseits des Duero, im Eichwaldgrunde von Corpes bleiben sie mit ihren Frauen hinter dem Tross zurück, und nachdem sie ihnen die Kleider vom Leibe gerissen und sie mit Sporen und Sattelgurt blutig geschlagen, geben sie sie den Tieren und Vögeln des Waldes preis. Zum Glück hatte ihr Vater einen seiner Neffen mitgeschickt, um rascher Nachricht von ihrer Ankunft zu erhalten. Dieser schöpft Verdacht, kehrt unbemerkt um und findet die Unglücklichen in der Einöde verlassen und halb entseelt. Rasch ruft er sie zu sich und labt sie mit einem Trunk Wasser und bringt sie zurück nach San Esteban, wo er sie pflegt, bis ihr Vater benachrichtigt ist und sie abholen lässt.

Nicht minder als der Vater ist der König durch diese freche Ver-
lotzung der von ihm betriebenen Ehen beleidigt. Auf die Klage des
Cid ladet er die Missethäter vor seinen Hof nach Toledo. In würdigem
Aufzug erscheint der gekränkte Held, und nachdem die Richter ernannt
sind, fordert er zuerst die beiden Schwerter zurück, die er seinen Schwieger-
söhnen beim Abschied gab, dann die Dreitausend Mark Silber der Mit-
gift, und zum Schluss verlangt er Rechenschaft für den an seinen
Töchtern begangenen Schimpf. Stolze, herausfordernde Worte fallen von
beiden Seiten, bis ein dreifacher Zweikampf zwischen den Söhnen Gonzalos von Carrion und drei Getreuen des Cid vereinbart ist. Und damit die Genugthuung vollkommen sei, treten die Infanten von Navarra
und Aragon hervor und bitten für sich um die Hand der beiden ver-
lassenen Frauen. An den Ufern des Carrion findet der gerichtliche Zweikampf statt und endet mit der gerechten Sühne.

So steigert sich die Dichtung, die etwas breit und fast im Ton
einer Biographie anhebt, zum Schlusse zu einem leidenschaftlich packen-
den Drama. Für die Zeitgenossen brauchte die unverhältnissige Länge
der Einleitung eine Rechtfertigung nicht; in jenem Siegeszug des Helden
bis zur Einnahme von Valencia bejubelten sie ein Stück vaterländischer
Geschichte, einen der glorreichsten Momente ihrer nationalen Expansion.
Allein, die höhere Einheit der Handlung, wie sie die Poesie erfordert,
bringt erst die verhängnisvolle Vermählung mit ihren tragischen Folgen.
Wie uns diese Verwicklung den Helden menschlich näher rückt, so führt
sie auch die befriedigende Lösung herbei; denn von richtigem Gefühl
geleitet, hat der unbekannte Dichter die Rache des gekränkten Vaters
in würdiger Weise mit der Versöhnung zwischen König und Vassall zu
verbinden und diese geschickt vorzubereiten gewusst.

Der dichterischen Bedeutung des *Poema del Cid* thut es nun keinen
Abbruch, dass die Einzelheiten der Geschehnisse und vor allem die Haupt-
begebenheit selbst, die erste Vermählung der Töchter des Cids, nicht
geschichtlich sind. Denn der Wert eines Heldenliedes liegt ja nicht
darin, dass es uns eine Chronik ersetzen kann, sondern in der Anschau-
lichkeit und Lebhaftigkeit, mit denen es uns Leben und Sitten, Denken
und Fühlen vergangener Zeiten vor Augen führt; und wahrlich wenige
Dichtungen sind in gleichem Masse vom Zauber einer eigenartigen
Zivilisation durchwoben und geben uns so voll die Vision der Wirklichkeit wie das alte Cidpoem. Fügen wir noch die schlichte Kraft der
Sprache, die die Unfertigkeit der Verskunst etwas ungelenk überwindet,
die plastische, oft dramatisch belebte Darstellung und die sympathische

Wärme der Erzählung hinzu, so muss man bekennen, dass Spanien an dieser ersten Eingebung seiner Muse eine Perle ächter und unvergänglicher Poesie und einen wahren nationalen Schatz besitzt.

Schade ist es um den Verlust einer zweiten Ciddichtung, des *Cerco de Zamora* (Belagerung Zamoras). Sie berichtete von der Reichsteilung Fernandos I, vom Bruderkrieg unter seinen Söhnen, von der Flucht Alfonsos nach Toledo und der Belagerung der Infantin Doña Urraca in Zamora, von der meuchlerischen Ermordung Sanchos durch Vellido Dolfos, der Rückkehr Alfonsos und dem Eidschwur, mit dem ihn der Cid und die Kastilier zwingen, seine Unschuld an der Ermordung seines Bruders zu erhärten, — eine stolze Scene, die den nachhaltigen Groll Alfonsos begreiflich macht.

Ein Denkmal des raschen Verfalls der Joglarpoesie ist der *Rodrigo*, auch Crónica rimada oder Leyenda del Cid genannt, der uns mit der Jugendgeschichte des Helden von Bivar auf Grund willkürlicher Erfindung bekannt macht. Eine Privatfehde ist zwischen dem Grafen Gomez de Gormaz und Diego Lainez ausgebrochen. Jener überfällt die Hirten, dieser zur Rache die Wäscherinnen seines Gegners. In dem zum Austrag des Zwistes verabredeten Waffengang erschlägt Diegos kaum dreizehnjähriger Sohn Rodrigo den Grafen und macht seine zwei Söhne zu Gefangenen. Diese giebt der Jüngling ihren Schwestern, die in Trauerkleidern nach Bivar kommen, zurück; und bevor jetzt die Fehde von neuem losbricht, begiebt sich Ximena, die jüngste, an den Hof, um Sühne zu verlangen. Der König, Don Fernando, scheint sich den Zorn der Kastilier zu reizen; da schlägt das Mädchen resolut den rechten Ausgleich vor: man gebe ihr Rodrigo zum Manne! Dem Gebote des Königs fügt sich Rodrigo, doch gelobt er seine Gemahlin erst nach fünf siegreichen Schlachten zu sehen. Gelegenheit bieten ihm bald Einfälle der Sarazenen, eine Herausforderung des Königs von Aragon an Fernando, ein Aufruhr der kastilischen Grossen und zum Schluss die Tributforderung des Königs von Frankreichs, des Kaisers und des Papstes, die Rodrigo mit einem Einfall nach Frankreich erwiedert, wobei er den Herzog von Savoyen an der Rhône schlägt und bis vor die Thore von Paris dringt. Wie man sieht, ist der Stoff nicht ohne Interesse, allein die dichterische Ausführung ist unbeholfen, von roher Komik durchsetzt; und die Unbotmässigkeit des Helden gegen den König steht in auffallendem Widerspruch mit seiner früheren idealen Auffassung.

Dem Sagenkreis vom Cid hat die altkastilische Heldendichtung keinen zweiten von gleicher Bedeutung an die Seite zu stellen; doch haben wir noch Kunde von zwei einzelnen Liedern, in denen die ferne Erinnerung an uralten Familienzwist ihre poetische Verewigung gefunden hat. Das eine, *el Romanz del infant Garcia*, dem ein Vorfall aus dem Jahre 1020 zu Grunde liegt, erzählte die verhängnisvolle Brautfahrt des Erben von Kastilien, der die Schwester des Königs von Leon heimführen soll und vor dem Ziele dem Mörderstahl des feindlichen Geschlechts der Vela erliegt. Das zweite, *la Estoria de los siete infantes de Lara*, spielte am Ende des 10. Jahrhunderts und atmete die wildeste Leidenschaftlichkeit. Ruy Velasquez Gemahlin, Doña Lambra, hegt einen tödlichen Hass gegen den Schwager ihres Gatten, Gonzalo Gustioz, und dessen sieben Söhne. Den Anlass gab ein Lanzenstechen bei ihrem Hochzeitsfest, bei dem es von höhnischen Worten zu Thätlichkeiten kam und der jüngste der Infanten, Gonzalo Gonzalez, ihren Bruder erschlug. Man versöhnte sich zwar und vertraute zur Befestigung der Freundschaft die Infanten der Pflege ihres Oheims an. Aber bald ruft Doña Lambras Rachsucht eine neue Bluthat hervor, für die Ruy Velasquez trotz scheinbarer Versöhnung unerbittliche Rache schwört. Unter falschem Vorwand sendet er seinen Schwager an den Hof Almanzors mit einem Brief in arabischer Sprache, auf den hin Gonzalo Gustioz in den Kerker geworfen, seine Söhne in einen verabredeten Hinterhalt gelockt und nach tapferer Gegenwehr samt ihrem Erzieher getötet werden. Die acht Köpfe lässt Almanzor waschen und ihrem Vater vorlegen, der sie erkennt und in namenlosem Schmerz zu ihnen redet, als wären sie noch am Leben. Den Opfern ersteht nach Jahren ein Rächer an Mudarra, dem unehelichen Sohn Gonzalos und einer Maurin. Seiner Sühneforderung sucht Ruy Velasquez vergeblich auszuweichen; Mudarra fängt ihn beim Morgengrauen auf der Landstrasse ab und erdolcht ihn, und später, nach dem Tode des verwandten Grafen von Kastilien, lässt er auch Doña Lambra verbrennen. — Noch heute sieht man in der Kirche von Salas de Barbadillo die acht verdorrten Köpfe, an denen Sage und Dichtung haftet.

Wie nahe es auch lag, so haben die Spanier von französischen Epenstoffen doch nur wenig entlehnt, und nur solches, das der nationalen Tendenz ihrer Litteratur entsprach. So gefiel ihnen Karls des Grossen sagenhafte Jugendgeschichte, weil sie in Spanien spielt; aber die Rolandsage musste sich eine merkwürdige Umgestaltung gefallen lassen. Karls Zug über die Pyrenäen verletzte den spanischen Nationalstolz, und so wurde Roncesvalles als eine nationale Heldenthat aufgefasst und als Gegner Rolands und Rächer der bedrohten Unabhängigkeit ein Bernaldo del Carpio erfunden, von dessen romantischen Lebensschicksalen zuerst

gelehrte Geschichtsfälscher und nach ihnen auch die Volkssänger manches
zu berichten wussten.

Das sind die Erzeugnisse der volkstümlichen Heldendichtung Spaniens,
von denen wir verbürgte Kunde haben. Erhalten sind uns nur zwei Denkmale in jüngerer Niederschrift, *Poema del Cid* und *Rodrigo*. Die übrigen
kennen wir hauptsächlich durch die Chronik Alfonsos X, die mit Vorliebe den Inhalt der *cantares de gesta* wiedergiebt und so zu einer unschätzbaren Fundgrube für die späteren Romanzendichter wurde.

Die altkastilische Kunstpoesie.
1200—1250.

Anfänglich hatte die Kirche die weltlichen Sänger einen Vorsprung
nehmen lassen. Auf die Dauer war es aber undenkbar, dass die Vertreterin der Schulbildung, die Geistlichkeit, sich von der werdenden
Litteratur fernhalten sollte. Natürlich ergriff sie deren Pflege im Interesse der Kirche, zur Erbauung und Belehrung des Volkes, und entnahm
ihre Stoffe auf gut Glück dem fertigen französischen und lateinischen
Vorrat.

Die ersten Versuche verraten noch grosse Unselbständigkeit und
unsicheres Tasten. Recht linkisch ahmt ein Aragonier im Leben der
h. Maria Aegyptiaca, der reuigen Büsserin, die gepaarten Kurzzeilen
seiner französischen Vorlage nach; im gleichen Ton erzählt ein kürzeres
Gedicht die ansprechende Legende vom guten Schächer, der
schon in der Wiege die Gnade des Heilands erfährt. Kastilien stand
auch nicht abseits, wie eine Bearbeitung des Streits zwischen Leib
und Seele zeigt, jener wirkungsvollen Vision, in der sich die gepeinigte
Seele und der verwesende Leib gegenseitig für ihre Verdammnis verantwortlich machen. Das einzige einigermassen selbständige Erzeugnis dieser
Vorbereitungszeit ist ein Gedicht vom Streit zwischen Wasser
und Wein, in das der Dichter, ein weitgereister Scholar aus Aragon,
eine seltsame Schilderung seiner ersten Begegnung mit der noch unbekannten Geliebten eingewoben hat.

Auch das kirchliche Schauspiel entlehnte Spanien seinen nordöst-
lichen Nachbarn; doch hat es nur geringe Spuren hinterlassen. Eine
ungeübte Hand hat die Hälfte eines Weihnachtsspiels, *Misterio de los
reyes magos*, auf die Rückblätter einer Handschrift der Kapitelbibliothek
von Toledo aufgeschrieben. Von verschiedenen Weltgegenden kommen
die Weisen aus Morgenland zusammen, unschlüssig ob sie dem Wahr-

zeichen des Sterns glauben und folgen sollen, und begeben sich dann
vereint zu Herodes; dieser fordert sie auf nach der Anbetung des Kindes
zurückzukehren, und ruft in grosser Bestürzung die Schriftgelehrten zusammen, die sich um das Bekenntnis herumzudrücken suchen: das alles
im freieren Rythmus der lateinischen Mysterien vorgetragen. Ein Stück
aus einem Osterspiel, das Lied der Wächter am Grabe und ihr Gespräch mit den Juden in derb volkstümlichem Ton, hat Berceo in eine
seiner Dichtungen eingelegt. Weitere Spuren fehlen. Wahrscheinlich
hörten auch in Spanien die Aufführungen in der Kirche bald auf, sie
fanden aber nicht wie anderwärts eine Fortsetzung auf dem Marktplatze.

Einen frischen Zug brachte Gonzalo de Berceo und seine Schule
in die geistliche Kunstdichtung. Gonzalo wurde unweit Nájera im Dorfe
Berceo geboren und im Kloster San Millan erzogen und lebte hier zwischen
1220 und 1240 als Diakon und Priester. Zum lateinischen Stilisten
nicht geschult genug, unternahm er es in einfacher, gemeinverständ-
licher Sprache für das Volk zu schreiben. In treuherziger Einfalt und
redseliger Weitläufigkeit, anschaulich, realistisch und lebendig, doch mit
wenig Phantasie erzählt er das Leben des hl. Dominicus von Silos, des
hl. Aemilianus, der hl. Aurea, den Martertod des hl. Laurentius, die
Zeichen des jüngsten Gerichtes, Marienwunder und die Klage der Jungfrau am Kreuz nach lateinischen Quellen; selber zusammengetragen hat
er nur die kürzeren Dichtungen zum Lob der Jungfrau und vom Mess-
opfer. Religiös wie die Stoffe sind Gesinnung und Stimmung des
Dichters: seine kindliche Frömmigkeit kommt mitunter zu innigem Ausdruck, und bei der Beschreibung der übersinnlichen Welt teilt sich etwas
von seinem Entzücken seiner Darstellung mit. Nur einmal, vielleicht
in seiner Jugend hat Gonzalo einen weltlichen Vorwurf, die Alexandersage, gewählt und nach dem lateinischen Epos Gautiers von Châtillon
in der naiven Auffassung des Mittelalters behandelt. Für alle diese
Werke, zusammen mehr als 20 000 Verse, bediente sich Berceo weder
der schwankenden Langzeile der volkstümlichen Heldendichtung noch
der schlechtgemessenen Acht- und Sechssilber seiner geistlichen Vorgänger, sondern er machte sich eine bekannte Form der französischen
Didaktik, die einreimige Alexandriner-Vierzeile mit fester Silbenzahl und
reinem Reim, die *cuaderna via*, wie er sie nennt, zu eigen. Diese Reim-
weise gab auf zwei Jahrhunderte das Gewand ab, in das sich die spanische
Poesie kleidete.

Den Ruhm dieser Neuerung könnte möglicherweise der anonyme
Libro de Apolonio, eine schlichte Bearbeitung des weltberühmten Romans

vom Könige von Tyrus, für sich beanspruchen. Jedenfalls machte das Kunstepos in der neuen Gestalt sein Glück. Dem *Alexandre* folgte die bald verschollene Übersetzung der französischen Fortsetzung der Sage, 'das Pfauengelübde'. Besondere Beachtung verdient aber der Versuch, einen nationalen Gegenstand im Geschmack Berceos zu behandeln.

Diesen Versuch machte ein Mönch von San Pedro de Arlanza. In diesem Kloster ruhten die Gebeine des Grafen **Fernan Gonzalez** (932—970), dem Kastilien seine Selbständigkeit verdankte, und den die späteren Könige zu ihren Ahnen zählten. Diesem weihte der Mönch sein Gedicht, einen wahren historischen Roman, indem er seine aus Chroniken geschöpften, vagen Geschichtskenntnisse in Anlehnung an gewisse Klostertraditionen und mit Hülfe hier und dort entlehnter Erzählungsmotive frei erfindend ergänzte. Gleich dem Alexander der Sage wächst Fernan Gonzalez unbekannt auf, kämpft dann siegreich und unter sichtbarem Beistand des Himmels gegen die Ungläubigen. Mitten in seinen Erfolgen von Sancho von Navarra überfallen, besiegt er ihn, lässt sich aber von dessen Schwester, der Königin von Leon, durch die Vorspiegelung einer Ehe mit ihrer Nichte überlisten. Doch Sancha, die Nichte, erbarmt sich des Gefangenen und flieht mit ihm unter abenteuerlichen Gefahren durch unwirtliche Gebirgspfade, bis sie den Kastiliern begegnen, die sich ein Steinbild von ihrem Grafen angefertigt haben und unter Voranführung desselben zu seiner Befreiung ausgezogen sind. Nun gerät der König von Leon in Gefangenschaft, wird aber unklugerweise von Sancha freigegeben. Dann fällt wieder Fernan Gonzalez in die Hände seiner Feinde; Sancha besucht ihn in Spielmannstracht und tauscht die Kleider mit ihm. Jetzt muss der König von Leon nachgeben; Fernan Gonzalez hatte ihm früher Pferd und Sperber unter der Bedingung verkauft, dass der Kaufpreis bei jeder Zahlungsverzögerung verdoppelt würde. Da die Summe unerschwinglich geworden ist, muss der König die Unabhängigkeit Kastiliens anerkennen. — Auch diese abenteuerlich romantischen Erfindungen des Mönchs von Arlanza sind durch Vermittlung von Alfonsos Chronik in den Schatz der poetischen Nationalerinnerungen Spaniens übergegangen.

Die altkastilische Prosa.
1250—1350.

Bis zur Mitte des 13. Jahrhunderts vermochte die Prosa nicht gleichen Schritt mit der Dichtkunst zu halten. Ihre Leistungen beschränken sich auf die ziemlich dürftigen toledaner Annalen, einige

14*

magere Geschlechtstafeln und, zum Schluss, Übersetzungen der Geschichtswerke des Erzbischofs Rodrigo von Toledo und die 1241 von
Fernando III angeordnete Übertragung der lex Visigotorum, das sog.
fuero juzgo (forum judicum), als Landesgesetz für die neugewonnenen
Gebiete. Mittlerweile bildete sich indessen in der königlichen Kanzlei,
die mehr und mehr die Volkssprache an Stelle der lateinischen einführte,
eine feste Tradition aus, die dem Kastilischen die Würde der offiziellen
Verwaltungssprache verlieh und es für die grossartige Schriftsteller-
thätigkeit Alfonsos X geschmeidig machte.

Alfonso X, den die Nachwelt den Weisen oder den Gelehrten
(*el Sabio*) genannt hat, ward 1230 geboren; als Infant erwarb er Waffenruhm bei der Einnahme von Murcia, und 1252 übernahm er das Reich
von seinem Vater, Fernando III, dem Heiligen, in einer bis dahin nicht
erreichten Ausdehnung und Festigkeit; Leon endgiltig mit Kastilien
vereint; Friede mit Portugal und Aragon; Córdova, Sevilla, Xeres im
Besitz der Christen; Murcia, Granada und Niebla im Vassalenverhältnis.
Seiner engeren Sphäre entsteigend, durfte Kastilien sein Wort in der
Weltpolitik mitreden. Allein, die blendende Verlockung der deutschen
Kaiserkrone, die den Sohn der Stauferin Beatrix bestrickte, ward für
ihn wie für das Land verhängnisvoll. Sie lähmte sein Wollen und seine
Thatkraft nach beiden Seiten, verwickelte sein Leben in eine Kette von
Empörungen, hinderte ihn die der Erfüllung so nahe gerückten hohen
Aufgaben seiner Nation zu verwirklichen, und liess ihn, nachdem der
Traum des Weltimperiums zerronnen war, 1284 im Zerwürfnis mit dem
eigenen Thronfolger sterben.

Früh erwachte in dem Prinzen die Liebe zur Wissenschaft, und er
blieb ihr sein Leben lang treu. Es ist sein Verdienst, durch Anregung
und eigenen Fleiss die Schätze arabischen Wissens und Dichtens seinem
Volke und durch dessen Vermittelung dem Abendlande in höherem Masse
erschlossen zu haben. Bereits 1241 erwarb er Arbolays astrologisches
Steinbuch und liess es übertragen. Noch als Infant ordnete er die Übersetzung von *Calila und Dimna*, der arabischen Bearbeitung des Pant-
schatantra, an. Am beharrlichsten förderte er die Sternkunde. Durch
jüdische Gelehrte liess er die astronomischen Tafeln des Ptolemäus revi-
dieren und berichtigen, und lange dienten diese *tablas alfonsis* beim
höheren Unterricht als Grundlage. Auf seine Anordnung wurden die
Beobachtungs- und Messinstrumente der Alten wieder hergestellt und
verbessert und eine Reihe von Schriften über ihren Bau und Gebrauch
aus dem Arabischen übersetzt oder, wo nichts vorhanden war, angefertigt.

Dabei bestimmte der gelehrte Fürst nicht nur die Wahl des Themas, sondern verfügte über Kapiteleinteilung, verfasste Prologe, besserte sprachlich nach und liess nötigenfalls eine minder gelungene Arbeit abermals in Angriff nehmen. Den Intentionen seines Vaters folgend, bemühte sich der König um die Vereinheitlichung der Gesetzgebung, konnte aber gegen den Widerstand der kastilischen Ricoshombres nicht durchdringen. Das zuerst kodifizierte *Fuero real* (Königsrecht) wurde seit 1255 mehreren Städten verliehen; dann veranstaltete Alfonso eine Auslese des Besten unter den bestehenden Rechtsgebräuchen, den *Espejo de todos los derechos* (Spiegel aller Rechte); seine bedeutendste Leistung auf diesem Gebiete sind aber die mehr philosophierenden und stark von römischen Grundanschauungen beeinflussten *Siete Partidas*, die erst 1348 und nur teilweise zur Geltung kamen, aber nicht ohne Einfluss auf Moral und Staatslehre blieben. Durch die grossen lateinischen Geschichtswerke eines Lucas von Tuy und Rodrigo von Toledo angeregt, unternahm der Monarch eine Geschichte Spaniens *(Historia de España)*, in der er die Heimsuchungen des Landes, d. i. die römischen Verheerungen, den Adel der Goten, die arabische Eroberung und den Befreiungskampf schildern wollte, und die er in vier Büchern bis zu seinem Regierungsantritt führte: eine wichtige Quelle für den jüngsten Zeitabschnitt, unpersönlich in der Darstellung, in lebendig ausdrucksvoller Sprache, sonst wenig kritisch und daher für epische Berichte so empfänglich. Hieran schloss sich das umfänglichere, wahrscheinlich unvollendete Unternehmen einer Weltgeschichte *(Grande y general Historia)*. Von dem auf Wunsch des Vaters begonnenen *Septenario*, der Absicht nach eine Encyklopädie der freien und technischen Künste, hat sich nur der Anfang erhalten; andere Übersetzungen, die Alfonso veranlasst haben soll, sind verschollen; das unter seiner Mitwirkung verfasste Buch vom Schach-, Würfel- und Brettspiel harrt noch der Veröffentlichung. Endlich besitzen wir auch ein Liederbuch Alfonsos in galicischer Sprache, 428 Wundererzählungen und Hymnen zum Lob der Jungfrau Maria. Wahrlich Achtung gebietende Leistungen, weniger durch Originalität der Gedanken ausgezeichnet als durch Vielseitigkeit des Wissens und Bemühens, und noch heute anziehend durch die Jugendfrische der urwüchsigen, malerischen Sprache, die das beste Eigentum des Königs ist und sein sicherster Titel auf Nachruhm.

Die litterarischen Neigungen wurden auch von anderen Mitgliedern der königlichen Familie geteilt und gingen auf Söhne und Enkel als Erbteil über. Alfonsos Bruder, don F a d r i q u e , der sein unruhiges Leben

grösstenteils im Ausland verbrachte und es schliesslich als Empörer
verwirkte, liess in jungen Jahren die Apologensammlung des Sindibad
als 'Buch von der Frauen Trug und List' *(Libro de los enguños e assnya-
mientos de las mugeres)* aus dem Arabischen übertragen. Alfonsos Sohn
und Nachfolger, S a n c h o IV (1284—95), der durch seine Thatkraft
manchen Schaden der letzten Regierung wieder heilte, liess Seneca *contra
la ira e la saña* und Brunetto Latinis *Libro del Tesoro* übersetzen und
gab die Anregung zu einer umfassenden Erzählung der Kreuzfahrten,
la Gran conquista de Ultramar, in welcher die bekannte Kreuzzugs-
geschichte Wilhelms von Tyrus mit den provenzalischen und französischen
Dichtungen von Antiochia und Jerusalem nebst dem ganzen Epencyklus
vom Schwanenritter verarbeitet, und so statt einer Geschichte ein statt-
licher Roman geschaffen wurde. Er selber verfasste ein *Lucidiario* in
Form von Gesprächen zwischen Lehrer und Schüler über lauter heikle
Fragen, bei denen Theologie und natürliche Erkenntnis in Widerstreit
liegen; und 1292 vollendete er im Lager vor Tarifa Lehren und Unter-
weisungen an seinen Sohn *(Castigos y documentos que daba a su hijo)*,
Frucht grosser Belesenheit, behaglich breit, in feierlich gehobener Rede,
mit Sentenzen und Beispielen gewürzt, doch weniger persönlich als man
erwarten sollte. Dieser Sohn, Fernando IV, erreichte nur ein Alter von
22 Jahren und hinterliess die Krone einem einjährigen Kinde, A l f o n s o XI,
der nach einer wirrenreichen Minorität die Zügel der Regierung kraft-
voll ergriff, das königliche Ansehen wieder herstellte, Algeciraz bezwang
und 1350 vor Gibraltar an der Pest starb. Ihm verdanken wir ein
Buch von der Hochjagd; seinen Schreiber Nicolás Gonzalez betraute er
mit der Bearbeitung der Trojanersage nach Benoit de Sainte-More; am
meisten machte er sich aber dadurch verdient, dass er die seit Alfonso X
schlummernde Historiographie wieder weckte, indem er seinen Kanzler
F e r n a n S a n c h e z d e T o v a r beauftragte, die Geschichte seiner Vorgänger und seiner eigenen Regierung niederzuschreiben. Den begabtesten
Schriftsteller aus königlichem Geblüt werden wir aber im Infanten don
J u a n M a n u e l, einem Neffen Alfonsos X, kennen lernen.

Ihrem Wesen nach ist die Prosa dieses Zeitraums lehrhaft; beson-
derer Gunst erfreut sich dabei die Spruchlitteratur, jene sentenziöse
Verarbeitung griechischer Philosophenweisheit, welche die Araber dem
Abendlande vermittelten. Schon Alfonso X schöpft aus ihr, und unter
seiner Regierung wurden sowohl die 'Sittensprüche der Philosophen'
(L. de los buenos proverbios) des nestorianischen Arztes Honein ben
Ischak, des Vaters der Gattung, als Mobasschirs 'Aussprüche weiser

Männer', die vielbenutzten *Bocados de oro*, mit den 'Antworten des Philosophen Secundus' auf die Fragen Kaiser Hadrians' ins Spanische übersetzt, auch vom 'Geheimnis der Geheimnisse', brieflichen Ratschlägen
des Aristoteles an Alexander, ein Auszug (*Poridad de las poridades*),
sowie das metaphernsprudelnde Fragespiel der Sklavin Teweddud (*Tractor
la doncella*). Das Beispiel selbständiger Verwertung dieser Spruchweisheit gab Sancho IV mit den Lehren an seinen Sohn. Zu Lebzeiten
dieses Königs entstand vermutlich die Blütenlese der nach Begriffsfächern
geordneten und mit Sprichwörtern untermischten *Flores de filosofia* und
das 'Buch von den Fürstenräten' (*L. de los consejos y consejeros*), dessen
Verfasser maestre Pero Gomez Barroso 1345 als Kardinal in Avignon starb. Jünger und ziemlich frei ersonnen ist der angeblich am Hofe
Fernandos III zusammengestellte Fürstenspiegel der 'Zwölf Weisen' (*Doce
sabios*); und noch später fällt das 'Buch der 34 Weisen', das meist ältere
Weisheit auffrischt. Auch von einer abendländischen Fabelsammlung,
den 'Narrationes' des Cisterciensers Odo von Sherington - eigentlich
nur Linienrisse von Fabeln mit scharf satirischer Anwendung — haben
wir eine Übersetzung, das sg. 'Katzenbuch' (*L. de los gatos*). Den
steigenden Einfluss des römischen Altertums vertritt die Fürstenlehre
'de regimine principum', die Aegidius Colonna, ein Römer, für seinen
Zögling, Philipp den Schönen von Frankreich, verfasste und der Beichtvater der Königin, fray Juan Garcia de Castrojerix, für den
Pedro, den Sohn Alfonsos XI, ins Kastilische übertrug und um zahlreiche Lehren und Beispiele vermehrte. Die Eingenommenheit des Mittelalters für moralische Betrachtungen und nicht minder für symbolische
Einkleidung und bildlichen Ausdruck liess diesen Litteraturzweig kräftig
gedeihen. Die für Spanien charakteristische unmittelbare Übernahme
orientalischer Schätze überdauerte übrigens die Zeit Alfonsos X nicht,
und um die Mitte des 14. Jahrhunderts hörte die wirksame Pflege der
Sentenzen- und Apologenlitteratur überhaupt auf. Aber die Leser blieben
ihr noch lange treu, wie zahlreiche Handschriften und Wiegendrucke
bekunden; ja das eine oder andere läuft noch heute als Volksbuch um.

Auffallend geringfügig ist im Vergleich, was die geistliche Litteratur in der Volkssprache leistete. Den Psalter verdolmetschte Herman
el Aleman, und noch vor Ablauf des 13. Jahrhunderts folgten die
übrigen Bücher der Bibel. Die Wunder des hl. Dominicus, bunte Anekdoten, sammelte 1293 Pero Marin, Mönch von Silos und Priester.
Von den schlichten Traktaten, die der Bischof von Jaën, Pedro Pas-
cual, ein geborener Valencianer, während seiner Gefangenschaft in

Granada und vor seinem Martertode (1300) zur Stärkung seiner Leidens-
genossen, verfasste, fanden mehrere in spanischer Übersetzung Verbreitung und sind teilweise nur in dieser erhalten. Endlich richtete Rabbi
Abner, nach seiner Bekehrung Alfonso von Valladolid, 1349 hochbetagt
gestorben, mehrere Streitschriften gegen seine früheren Glaubensbrüder.

Freiere Schöpfungen der Phantasie wagen sich im Anfang dieses
Zeitraums noch nicht unverhüllt hervor, sondern verbergen sich hinter
ernsteren Absichten. Sowohl die Umschreibung spanischer Heldenlieder
in Alfonsos Chronik wie die Auflösung französischer Epen in der *Gran
conquista de Ultramar* sind als Geschichte gemeint. In inniger Verschmelzung des Erbaulichen mit dem Sentimental-romantischen vereinigt
eine Handschrift des 14. Jahrhunderts das Leben der hl. Maria Magdalena
und Martha, der hl. Maria Aegyptiaca, der hl. Katharina von Alexandrien
und die Eustachiuslegende — selbst nur fromme Romane — mit beliebten Varianten der spannenden Geschichte der getrennten und wieder
vereinigten Familie und des rührenden Themas der unschuldig verfolgten
Gattin: nämlich 'König Wilhelm von England' nach dem Roman Chre-
stiens von Troyes, 'Princess Florencia von Rom' und 'Königin Sevilla'
nach zwei französischen Epen der Verfallszeit und die 'keusche Kaiserin'
nach einer Versnovelle Gautiers von Coincy. Ihren feierlichen Einzug
hielt aber die höfische Ritterdichtung unter allgemeinem Beifall mit der
Übersetzung des Prosaromans von Tristan, dem 1350 die bereits erwähnte Bearbeitung der Trojasage folgte.

In diese Zeit fällt auch der erste Versuch selbständiger Erfindung,
der *Caballero Cifar*, ein seltsames Stück Unterhaltungslektüre. Der
Roman spielt in Indien (Abessinien) und erzählt uns nach den Abenteuern des Titelhelden, der sich Frau und Kindern entführen sieht und
eben die Erbin von Menton geheiratet hat, als er jene wiederfindet, auch
die seines Sohnes Roboan, der Kaiser von Tigrida wird. Wir sehen
alleinstehende Frauen von mächtigen Nachbarn bedrängt; züchtige Erb-
töchter neigen dem fahrenden Ritter ihre Huld zu und bringen ihm
Kronen heim; dazwischen wird die Lebensweisheit der 'Flores de filosofia' mit vollen Händen eingestreut. Ein versprechender Ansatz zu
populärer Komik, die Figur des Rüpels, der Cifar in den schlimmen
Tagen seines fahrenden Rittertums begleitet, wird zu früh fallen gelassen. Am anziehendsten sind zwei Abstecher ins Zauberland der Feen:
Die Episode vom Ritter, den die Seefrau in ihr feuchtes Reich lockt
und zurückhält, bis er infolge einer Untreue den schönen Spuk zerrinnen
sieht, und die Fahrt Roboans nach den Inseln des Überflusses, deren

Herrschaft er mitsamt dem dort gefundenen Liebesglück durch nimmersatte Begehrlichkeit verscherzt.

Die Reihe der Prosaschriftsteller beschliesst don Juan Manuel (1282—1348) mit ebenso viel Glanz, als sein Oheim Alfonso der Weise sie eröffnete. Mitten in einem Leben voll Unruhe und ehrgeiziger Händel, die ihm wiederholt die Waffen in die Hand drückten, und gerade in den bewegtesten Jahren zwischen 1320 und 1335 fand der feinsinnige Infant Muse zu ausgiebiger und vielfältigster schriftstellerischer Thätigkeit. Umfängliche Geschichtswerke wie die Alfonsos mutete er sich freilich nicht zu; er fertigte aber einen Auszug aus dessen Geschichte Spaniens zum eigenen Handgebrauch, machte sich Aufzeichnungen für die Folgezeit und entwarf eine Denkschrift über sein Familienwappen und andere die Geschichte seines Hauses betreffende Fragen. Seiner Liebe zu Kriegskunst und Waidwerk entsprangen das verlorene 'Buch über Kriegsmaschinen' und das 'Buch von der Jagd', worin er die Falken, ihre Arten, ihre Zucht und Pflege und Spaniens beste Reviere für Vogelbeize schildert. Verschollen ist sein Liederbuch sowie eine Anleitung zur Dichtkunst, die er schrieb. Seine übrigen Schriften huldigen der lehrhaften Richtung der Zeit. Zwei seiner ersten Versuche, ein 'Buch der Weisen' und ein 'Buch vom Rittertum' sind in Verlust geraten. In anmutige Gesprächsform kleidet sich das 'Buch vom Ritter und Knappen' (*L. del caballero y del escudero*): Auf dem Wege zum Hofe, wo er den Ritterschlag empfangen soll, trifft der Knappe einen alten, weltfremd gewordenen Ritter, der ihm schöne Lehren über Ritterpflichten mitgibt, und auf der Rückfahrt kehrt der junge Ritter abermals in der Einsiedelei des Alten ein und fragt ihn aus über Gott und Engel, Paradies und Hölle, Firmament und Gestirne, Elemente und Geschöpfe, Erde und Meer. Seltsamer ist die Einkleidung des 'Buchs der Stände' (*L. de los estados*), das zuerst als 'Buch des Infanten' zur Rechtfertigung seines Kampfes gegen den König entworfen war: Fern von der Welt erzogen, erblickt ein junger Prinz plötzlich das Leiden der Menschheit und will nun das Rätsel des Daseins und des Sterbens entschleiern und lässt sich zu dem Behuf von einem christlichen Philosophen Auskunft über die Wahrheit der Religionen und die Verfassung der christlichen Staaten, ihre weltlichen und geistlichen Stände erteilen. Auch Lehren für seinen Sohn und zwar selbst erprobte trug don Juan zusammen, und da er auch die späteren Erfahrungen seines Lebens nachzutragen gedachte, nannte er das Buch das 'unvollendete' (*L. enfinido*). Die letzte Schrift des Infanten verteidigt den Glaubenssatz vom leiblichen Verbleib

Marias im Himmel. Das vollendetste aber, was er der Nachwelt hinterlassen hat, ist das bis auf unsere Tage frisch und beliebt gebliebene
Buch vom Grafen Lucanor und seinem Rate Patronio, 51
Erzählungen mannigfaltigen Inhalts für alle Lebenslagen, Geschichte,
Fabeln, Anekdoten in losen Rahmen gefügt, mit etwas holprigen Reimsprüchen als Moral, recht ergötzlich, lebendig und frei vorgetragen, wie
das Wort im Gespräch vom Munde des Weltmannes fliesst, und so
schlicht und natürlich erzählt, dass don Jaime von Aragon es gar nicht
als gelehrte Leistung anerkennen wollte und durch seinen Tadel den
Verfasser veranlasste, 150 absichtlich verdunkelte Sprüche anzufügen,
um auch hierin seine Meisterschaft zu zeigen. Dieses bedeutsame Werk,
das die Prosalitteratur dieses Zeitraums abschliesst und krönt, behält
zwar äusserlich die lehrhafte Tendenz der Gattung bei und wahrt durchaus den Ernst im Vortrag; unbewusst bricht aber in Denkweise und
Stil die Persönlichkeit des Verfassers durch, und das verleiht eben jenen
Blättern ihre unverwelkliche Frische.

Zweite Phase der lehrhaften Kunstdichtung.
1300—1350.

Trotz der gesteigerten Regsamkeit auf dem Felde der Litteratur
blieb ihre Pflege auf enge Kreise beschränkt; daher kommt es, dass die
Entfaltung der Prosa zunächst einen Stillstand der Poesie nach sich zog.
Viel liegt aus der Zwischenzeit nicht vor: ein Leben des hl. Ildc-
fonso in der Weise Berceos aus den Jahren Fernandos IV von einem
Geistlichen, der als Pfründner von Ubeda auch eine Magdalenenlegende
reimte, und eine Strafpredigt gegen die Unbussfertigkeit der Welt, die
sich *las palabras que dixo Salomon* betitelt: beides unbedeutend.

Ein ganzer Dichter erstand an der Grenzscheide unseres Zeitraums
in Juan Ruiz, dem Erzpriester von Hita, der sein *Libro de buen amor*
1330 vollendete, dasselbe jedoch 1343 im Gefängnis des Erzbischofs von
Toledo und noch später durch Einlagen erweiterte; ein eigenartig geniales
Dichtwerk. — Um seine Mitmenschen vor den Fallstricken der thörichten
Liebe zu warnen, doch auch zu ihrer Ergötzung erzählt Juan Ruiz seinen
Lebensroman. Denn, da er ein Mensch ist wie andere Sünder auch, hat
er vielfach geliebt und Liebe erfahren: nur bittet er, die Offenherzigkeit
seiner Beichte nicht misszuverstehen; es kommt ja Alles auf die richtige
Deutung an. Zuerst verliebte sich also der Erzpriester in eine tugend-
hafte Frau, die ihm freundschaftlich wohlgesinnt war; als er ihr aber

ein Liebesgedicht zustellen lässt, bedeutet sie ihm mit einer treffenden
Fabel, dass sie ihm ebenso wenig traue wie anderen Männern; sie gestattet ihm jedoch sein Liebesleid zu besingen. So abgewiesen versucht
er sein Glück bei einer minder heiligen; der Freund, den er als Liebes-
boten verwendet, happt ihm den Blasen weg. Trotz dieser Missorfolge
kann Juan Ruiz vom Lieben nicht lassen; er muss, erklärt er, unter
dem Stern der Venus geboren sein, und da hilft kein Widerstreben;
denn die Liebe ist gar mächtig, wenn auch voll Falsch. Also verliebt
er sich abermals in eine sittsame Schöne, sendet ihr auch viele Lieder,
doch sie will seinetwegen das Paradies nicht verscherzen. Da erscheint
dem Verschmähten Gott Amor selber im Traum, und kaum giebt er
sich zu erkennen, so überhäuft ihn der Dichter mit den bittersten Vorwürfen, ihn, den Falschen, der die Männer entkräftet, der seine ver-
blendeten Diener misshandelt und alle sieben Todsünden im Gefolge
führt. Gelassen lässt Amor den Schwall der Schmähungen über sich
ergehen und antwortet, auf Ovid verweisend, mit guten Ratschlägen über
die Wahl der Geliebten und das Verhalten des Liebhabers mit gebüh-
render Betonung der Macht des Geldes, das gar in Rom allvermögend
ist. Beim Erwachen will es dem Dichter scheinen, als habe er diese
Lehren von jeher befolgt, und zwar ohne Nutzen, wie er auch nie in
seinem Leben eine Frau sah, wie Amor sie ihm schilderte. Diesmal fällt
nun seine Wahl auf eine reiche Witwe, und hier webt der Erzpriester,
Wahrheit und Dichtung vermählend, eine ergötzliche Adaptation der
mittelalterlichen Komödie von Pamphilus in seine Erzählung ein. Er
begiebt sich zu Frau Venus, seinen Kummer vor ihr auszuschütten, und
empfängt von ihr neue Belehrung voll treffender Kenntnis des weiblichen
Herzens. Er fasst also Mut, redet seine Witwe auf der Strasse an, und
zum besseren Gelingen sichert er sich die Mitwirkung der gewiegten
Trotaconventos, die ihre Zwischenträgerdienste meisterhaft verrichtet und
schliesslich die Liebenden in ihrer Wohnung zusammenführt. Das An-
stössige dieser Geschichte sucht der Dichter durch wohlgemeinte Mahn-
worte an das leicht verführbare Geschlecht gut zu machen, worauf das
Sündenregister von frischem anhebt. Schon winkt ihm mit Hülfe der
Alten ein neuer Sieg, als er die Unentbehrliche durch ein unvorsichtig
Wort beleidigt und sich veranlasst sieht, zur Warnung für andere,
41 Spottnamen aufzuzählen, die man solchen Mittelspersonen nicht einmal im Spass beilegen darf. Die schmollende Alte lässt sich zwar ver-
söhnen und renkt die gestörte Intrige wieder ein; aber der Tod kürzt
die Tage der Freude. Zur Zerstreuung unternimmt der Erzpriester in

den ersten Märztagen einen Ausflug ins Gebirge. Schnee und schlechte
Wege und unzarte Begegnungen mit derben Senninnen verderben ihm
die Laune nicht. Nachdem er sein Geld in Segovia verthan und auf
dem Heimwege seine Andacht in Santa Maria del Vado verrichtet, wird
ihm bei seiner Ankunft doña Quaresmas Fehdebrief zugestellt, worin sie
ihre Getreuen zum Kampf gegen den Carnal aufbietet, der seit einem
Jahre fast ihre Lande verwüstet. Beiderseits rüstet man zur Schlacht;
hier Hühner, Kapaune, Enten, Pfauen, Schinken und Schweinskeulen,
Lummelbraten, Wildpret, u. s. w., dort Lauch, Sardinen, Aal, Hummer,
u. s. w. In der kritischen Nacht lässt sich den Carnal, durch unmäs-
sigen Genuss von Speise und Trank betäubt, überraschen und wird gefangen gesetzt. Willig fügt er sich den auferlegten Bussübungen und
folgt am Palmsonntag seinem Beichtvater zur Messe, entweicht aber aus
der Kirche, verbirgt sich einige Tage im Judenviertel, und nachdem
seine erschrockene Feindin das Feld geräumt, sammelt er neuerdings
seinen Anhang und hält seinen siegreichen Einzug im Verein mit dem
Amor, dem alles in feierlicher Prozession entgegenzieht und um dessen
Bewirtung alle Stände sich streiten. Beim Dichter nimmt er sein Ab-
steigequartier und schlägt vor dessen Haus sein mit den Bildern der
zwölf Monate geziertes Zelt auf. Wieder beginnt Juan Ruiz sein Liebes-
werben, Trotaconventos ihre Gänge; wieder waltet der alte Unstern.
Die erste Dame ist ganz unnahbar; die zweite ist williger, reicht aber
rasch einem Andern die Hand. Da rät ihm die Alte zu einer Nonne
und verschafft ihm auch Eingang bei ihr. Hier erwartet aber den losen
Verführer statt der Sinnenlust, nach der er bisher gejagt, die reine, die
veredelnde seelische Liebe; leider löst der Tod auch dies schöne Verhältnis. Noch ein vergeblicher Versuch bei einer Maurin, dann schlägt
Trotaconventos' letzte Stunde und giebt dem Dichter Anlass zu einer
schönen Leichenrede, die im besten Zuge abbricht, um vom Lob der
kurzen Predigten zum launige Lob der kleinen Frauen überzuspringen.
Als Liebesbote verwendet Juan Ruiz fortan seinen Burschen Huron, dem
abgesehen von vierzehn Hauptfehlern nur Gutes nachzureden ist; der
Erfolg lässt sich denken. Mit einem Loblied zu Ehren der heiligen
Jungfrau enden, wie sie begannen, die Geständnisse des Erzpriesters von
Hita, die originellste Schöpfung der altkastilischen Poesie, ja eine der
genialsten des ganzen Mittelalters, ein Sittengemälde so anschaulich und
lebensvoll wie es je ein Dichter gezeichnet, von dessen Grund sich das Bild
einer ausgeprägten Individualität voll Lebenslust, voll drastischen Witzes und
schalkhaften Mutwillens abhebt, ein seltsames Gemisch frommer Gläubigkeit

und krassen Leichtsinne. Mit diesem Werke erreicht die nationale Form
der lehrhaften Rahmenerzählung ihre Vollendung durch die innige Verschmelzung der Einkleidung mit den eingestreuten Schwänken und Fabeln
zu einem einheitlichen Ganzen; noch einmal macht sich der Einfluss der
sinkenden französischen Litteratur in den meisterhaft ausgeführten Tier-
fabeln und jener grossartig entworfenen Allegorie des Kampfes zwischen
Fasten- und Fleischzeit geltend; und zum ersten Male tritt uns eine
freiere, beweglichere Lyrik in den sanglichen Hirten-, Studenten- und
Marienliedern entgegen, die der Erzpriester in seine lose Beichte eingewoben hat und die uns eine hohe Meinung von der vielseitigen Begabung dieses Mannes einflössen.

Die Übergangszeit.
1350—1400.

Die zweite Hälfte des 14. Jahrhunderts gestaltete sich minder günstig
für die Pflege der Litteratur. Die gewaltthätige Regierung Pedros des
Grausamen stürzte Kastilien in Aufruhr und Bürgerkrieg, und zog es
hinein in die englisch-französischen Wirren und hinterliess der unechten
Linie der Trastamara, die die Krone an sich riss, Verwicklungen mit
den Nachbarstaaten und Schwäche im Innern. Und dreimal verheerte
der schwarze Tod das schwergeprüfte Land. Unter diesen misslichen
Umständen geriet das geistige Leben ins Stocken, und die Litteratur
trägt, soweit sie gepflegt wird, die Merkmale des Übergangs an sich.
Sie bleibt in der Hauptsache lehrhaft, strebt aber nach neuen Formen.
Dem Könige don Pedro widmete Rabbi Santo (Sem Tob) von
Carrion seine aus jüdischer Tradition und eigener Lebenserfahrung geschöpften und in leicht fliessende kurzzeilige Reimsprüche gefassten
Proverbios morales, und setzte so an Stelle der dem Schweigen ver-
fallenen Sentenzenlitteratur eine neue Gattung, die im folgenden Jahrhundert auch Nachahmer fand. Dann erfuhr 1382 das alte Thema vom
Streit zwischen Leib und Seele erneute Behandlung, und um
die Wende des Jahrhunderts entstand die Bearbeitung eines hebräischen
Schachgedichts im Jargon der Sephardim, jener über die Küstenstädte des Mittelmeers zerstreut lebenden spanischen Juden, und das
Poema de José, das die Schicksale des Erzvaters Joseph nach dem Koran
erzählt und das älteste Denkmal jener von den hispanisierten Mauren
(*mudejares*) besonders in Aragon gepflegten und meist in arabischer
Schrift aufgezeichneten Litteratur ist.

Die hervorragendste und bezeichnendste Gestalt dieses Zeitraumes bleibt aber Pero Lopez de Ayala (1330–1407). Er entstammte der baskischen Provinz Alava, trat schon unter Pedro dem Grausamen hervor und wurde der vertrauteste Ratgeber der drei ersten Trastamara, unter denen er die höchsten Reichswürden, seit 1398 die des Großkanzlers von Kastilien bekleidete. Von schlanker Erscheinung, liebenswürdig im Umgang, gewissenhaft und gottesfürchtig, in Staatsgeschäften erfahren und ein tapferer Ritter, dabei dem Studium der Philosophie und Geschichte aus Neigung ergeben, mit einem stärkeren Hang zum schönen Geschlecht als einem so weisen Ritter geziemte: so wird er uns von seinem Schwestersohn geschildert. Als Dichter versuchte sich Ayala zuerst an Papst Gregors Betrachtungen über Hiob, und zwar in der bereits altertümlich erscheinenden *cuaderna ria* Berceos. Seine reife Lebenserfahrung legte er dann im *Rimado del palacio* nieder, der in Abständen zwischen 1376 und 1385 entstand und bis 1403 Zusätze erfuhr. Nach einer feierlichen Generalbeichte schildert er darin mit rücksichtslos energischen Pinselstrichen den Zustand der Zersetzung und Fäulnis, der in Staat und Kirche herrscht. In einer Reihe lose gefügter Skizzen, die von treffender Beobachtungsgabe, reicher Welterfahrung und freimütiger Geradheit zeugen, führt er uns die verschiedenen Stände mit ihren Gebrechen vor; allen voran das verweltlichte Papsttum, jetzt ein Raub ehrgeizigen Haders, dann die herrsch- und habgierigen Prälaten, den unwissenden, sittenlosen Klerus, die Umtriebe der jüdischen Finanzpächter, die Windbeuteleien der Kanzleute, die gewissenlosen Anwälte, die harten und bestechlichen Richter, die treulosen Magistrate, die die Einkünfte der Städte verschachern, u. s. w. Mit dramatischer Lebhaftigkeit beschreibt er besonders die bitteren Erfahrungen des gealterten Kriegsmannes bei Hofe und die Beschwerden der königlichen Stellung, die fortwährende Belästigung, die täglichen Sorgen und die Zerfahrenheit der Ratgeber. Mit dem Preis der Friedfertigkeit, der geordneten Rechtspflege und der echten Herrschertugenden tönt die Dichtung aus; den lyrischen Anhang bilden Klagen und Gebete aus Ayalas portugiesischer Gefangenschaft (1385) und wehmütige Betrachtungen über das fortdauernde Schisma. So schreiten wir an Ayalas Hand durch eine Galerie lebensvoller Originale, nicht minder reich als die des Erzpriesters von Hita, vielleicht nicht so genial gezeichnet, aber durch höheren sittlichen Ernst eingegeben und durch die markige Sprache gehoben. Auch als Prosaschriftsteller machte sich der Großkanzler verdient. Ihm verdankt Spanien unter anderem die erste Livius-Übersetzung. Die seit

Alfonso XI ruhenden Reichschroniken nahm er wieder auf, und Niemand
war zu dieser Arbeit berufener als er, der an allen Zeitereignissen seit
1350 thätig beteiligt war. Seine Chronik, die er bis 1396 führte, zeichnet
sich durch die Fülle der Einzelheiten, den durchdringenden Scharfblick,
mit der er den Charakter don Pedros und die Entwicklung seiner krank-
haften Anlage analysiert, und eine eigenartige ungetrübte Sachlichkeit
aus, die von der rauhen Leidenschaftlichkeit der handelnden Personen
und der oft erschütternden Wildheit der Sitten grell absticht. Nach
Livius' Muster webt Ayala Reden und Briefe in seiner Erzählung ein,
ein Darstellungsmittel von zweifelhaftem Werte, mit dem jedoch die
Renaissance — und Ayala ist ihr Vorbote in Spanien — die Reflexion
in die Geschichtsschreibung einführte. Sonst schrieb der Grosskanzler
noch eine fabelhafte Genealogie seines Hauses und ein Buch von der
Falkenzucht.

Neben Ayala zeichnet sich Juan Fernandez de Heredia (1310
bis 96), aus altem aragonischen Geschlecht, seit 1377 Grossmeister des
Johanniterordens, als Freund der antiken Litteratur und der Geschichte
aus. Die Prachthandschriften seiner Bibliothek, die kostbarsten Denkmäler der älteren aragonischen Mundart, enthielten neben Eutropius,
Orosius und den Lebensbeschreibungen Plutarchs eine Geschichte Spaniens
in drei Bänden, Haytons Beschreibung des Orients, Marco Polos Reisebericht, eine Auswahl von Sittensprüchen, eine Geschichte des byzantinischen Reiches, eine Chronik Moreas und 13 Lebensbilder berühmter
Eroberer, alles auf seine Veranlassung gesammelt und übersetzt. Here-
dias besonderes Interesse für den Orient brachte sein Beruf mit sich;
hatte er doch von Rhodos aus die Erwerbung Moreas für den Orden
mit allem Eifer betrieben.

Als Vertreter der Zeitgeschichte ist noch Juan de Alfaro zu
nennen, der die Regierung Juans I bis zur Niederlage von Aljubarrota
(1385) schildert. Grosse Vorliebe hatte die Zeit für handliche Geschichts-
abrisse, wir besitzen einen von Juan de Cuenca, dem Hofmarschall
der Königin Eleonora; ein anderer verdankt sein Entstehen dem Bischof
von Bayona, García de Eugui. Beachtenswert an dieser regeren
Thätigkeit ist besonders der Umstand, dass sich in diesen Jahrzehnten
Aragonier, ja Navarresen um die spanische Litteratur verdient machen.
Es ist ein Zeichen der Zeit: bald wird der Siegeszug der kastilischen
Sprache beginnen.

Das 15. Jahrhundert.
Die Poesie.

Noch vor Ablauf des 14. Jahrhunderts kam in der spanischen Litteratur die längst vorbereitete Wandlung zum Durchbruch. An die Stelle der bisher geübten gediegenen Lehrhaftigkeit trat eine zierliche, mit Form und Inhalt spielende Unterhaltungspoesie. Wie ein Fieber griff die Lust zu dichten und zu singen um sich und bemächtigte sich des Hofes und aller Schichten des Adels. Dieser war nicht mehr das würdige Rittertum der Maurenkriege, sondern hatte sich zu einer ehrgeizigen, unruhigen Feudalaristokratie umgebildet, die ihre Freude an Glanzentfaltung, Frauendienst und Turnieren hatte und sich in prunkenden Festlichkeiten überbot. Das Treiben und Sinnen dieser Gesellschaftskreise spiegelt sich in der Litteratur des 15. Jahrhunderts, insbesondere in seiner Kunstdichtung wieder.

So lange die feinere Geselligkeit eines ritterlich-galanten Hoflebens unbekannt war, fehlte Kastilien die wesentliche Vorbedingung zur Entfaltung einer eigenen Lyrik. Die Wenigen, die den Drang verspürten, ihren Gefühlen in Versen Ausdruck zu geben, begnügten sich mit der stammverwandten Mundart Galiciens, die unter der Ägide der burgundischen Dynastie zur Trägerin einer blühenden Poesie geworden war. Bekanntlich schrieb Alfonso X seine Marienlieder galicisch; auch von Alfonso XI besitzen wir ein solches Liedchen. Und so dichteten bis 1375 nicht nur Galicier wie der als Liebesmärtyrer durch Sage und Dichtung verklärte Macías im westlichen Idiom, sondern gebürtige Kastilier auch, wie der Stammvater der Mendoza, jener Pero Gonzalez, der bei Aljubarrota dem Könige sein Pferd überliess und ihn mit Preisgabe seines eigenen Lebens rettete; oder der Archidiakonus von Toro, der in einem humoristischen Testament die Teile seines Körpers seinen Bekannten vermacht, die Haare einem Kahlen, die Füsse einem Gichtbrüchigen und den Geist einem Stümper; oder Garci Fernandez de Gerena, das verkommene Genie, der aus übel beratener Habgier eine Maurin heiratete, dann Einsiedler wurde, nach Granada floh, abschwor und die Schwester seiner Frau verführte, mit einer Schaar Kinder zurückkam und im Elend verging. Auch der fruchtbarste unter den älteren Liederdichtern, der ob der spielenden Leichtigkeit, mit der er reimte, vielbewunderte Alfonso Alvarez de Villasandino schrieb zuerst portugiesische Verse auf die Maitressen Enriques III, der ihn zum Ritter der Vanda machte; aber den Tod dieses

Königs (1379) beklagt er kastilisch, und fortan behauptet seine Muttersprache den Vorrang. Formgewandt und ohne Adel der Gesinnung, wie er war, fuhr er, so lange er lebte, fort neben eigenen Anliegen auf Wunsch auch fremde Freuden und fremden Ärger zu besingen. Seine Verse waren geschätzt; Sevilla bezahlte ihm vier Preislieder zu 100 Dublonen das Stück; was er aber verdiente oder erbettelte, das verthat er wieder im Würfelspiel. Gleichzeitig treten der gelehrt prunkende Pero Ferruz, ein Freund Ayalas, Ferran Manuel de Lando mit seiner scharfen Zunge, Gomez Perez de Patiño mit seinem fröhlichen Gleichmut, und Andere hervor, von denen wir nur kastilische Verse kennen, und sie finden an der Königin-Witwe, Catalina von Lancaster, eine wohlwollende Gönnerin, und an Juan Alonso de Baena, dem getauften königlichen Schreiber, ihren ersten Sammler.

Von ihrer Vorgängerin, der portugiesischen Hofpoesie, übernahm die spanische Hoflyrik nicht nur die gangbaren Dichtungsgattungen mit den geläufigen Vers- und Strophenformen, um sie in nationalem Sinne auszugestalten, sondern den ganzen Schatz der von den Provenzalen ererbten konventionellen Empfindungen und Redensarten. Denn man erwarte von diesem höfischen Minnegesang keine spontane Äußerung des Gefühls, keinen Aufschrei des Herzens oder Ausbrüche der Leidenschaft: ihr Zweck ist gesellschaftliche Kurzweil, ihr Inhalt modische Galanterie. Was der Trovador empfindet oder zu empfinden vorgiebt, das wird ihm zum Thema für geistreiche Spitzfindigkeiten und kunstvolles Reimgepränge, und die zur Schau getragene Liebesmystik verdeckt nur oberflächlich die Verwahrlosung der Sitten. Auch das Zeitgedicht trägt durchaus höfisches Gepräge; wir hören Loblieder auf Fürsten, Freude an ihrer Wiege, Klage über ihrem Sarge; vereinzelt richtet sich die Rüge gegen die Zeitverhältnisse; aber die erschütternden Tragödien der Geschichte finden keinen Widerhall im Liede. Den Schleier des Privatlebens lüftet mitunter das Schimpflied, ein Erbstück der Portugiesen, in dem sich Bosheit, Spottsucht oder persönlicher Groll entladen. Das geistliche Lied, von jeher ein Sondergut der Kastilier, wird weiter gepflegt. Die Lieblingsunterhaltung bildet aber das poetische Frag- und Antwortspiel, bei dem es galt, das im Ernst oder Scherz aufgeworfene Thema mit den gegebenen Reimen zu behandeln; viel Witz, viel subtile Feinheit und schwerfällige Pedanterie sind daran vergeudet worden. Das Überwiegen dieser Gattung vor der zum Gesang bestimmten Lyrik und das hierin begründete Vorherrschen der Langzeile, des nationalen *verso de arte mayor* (ʊ) ‿ ʊ ʊ ⌣ ʊ (ʊ) ‿ ʊ ʊ ⌣ ʊ, verleiht der kasti-

lischen Hofdichtung den ihr eigenen Charakter als Konversationspoesie
und bedingt anfänglich ihren geringeren rythmischen Formenreichtum.

Ein neues Element brachte Italiens wachsender Einfluss. Dieses
Land hatte sich im 14. Jahrhundert zur geistigen Vormacht aufge-
schwungen. Besonders machte Dantes grosse Figur Eindruck, wenn er
gleich in der Tiefe seines Wesens unverstanden blieb. Seine Bekanntschaft vermittelte Miçer F r a n c i s c o   I m p e r i a l, Sohn eines Juweliers,
in Genua geboren und erzogen, in Sevilla ansässig. Er bürgerte Allegorie
und Vision in Spanien ein. Die Geburt Juans II (1405) feiert er z. B.,
indem er sich in den Himmel verzückt stellt, wo er die Segenswünsche der
Planeten für das neugeborene Kind vernimmt. Ein andermal lässt er sich
vom Dichter der göttlichen Komödie durch die Rosenhaine des Paradieses
führen, wo er die sieben Tugenden mit ihrem Hofstaat erblickt und
Aufschluss über ihr Wesen erhält. Und Solches wirkte! Neben dem
herrschenden Tand musste in der That der Versuch einer durchgeführten
Fiktion und das Streben nach einer feierlichen, bildergeschmückten
Sprache den Begriff der Poesie heben.

Sollten wir nun die hohen und niederen Herrn alle nennen, die zu
dieser Frist der Muse huldigend nahten, und deren Versuche in den
zeitgenössischen Sammlungen zerstreut sind: so wäre neben nichtssagenden, auch mancher klangvolle Name anzuführen. Doch wozu Namen
aufhäufen, wo selbst die Begabteren nur zu oft blasse Nebelgestalten
bleiben? Etwas mehr Relief zeigt, um die Wende des Jahrhunderts,
F e r r a n   S á n c h e z   d e   T a l a v e r a, Ordensritter von Calatrava und
Comthur von Villarubia, ein Grübler, der in das frivole Reimspiel die
Frage wirft, ob es denkbar ist, dass Gott Menschen zur ewigen Verdammnis geboren werden lasse, der das Nichts unseres Erdendaseins
und das Bangen vor der letzten Verantwortung wahrhaft empfindet und
in einem sinnigen Gespräch zwischen Ritter und Dame der irdischen
Liebe den Wert des höchsten Gutes abspricht. Jovialeres Temperament
hat der reimgewandte Franziskaner und Magister der Theologie, f r a y
D i e g o   von Valencia de Leon, der eine seltsame Vertrautheit mit den
Courtisanen an den Tag legt, und f r a y   N i c o l á s, der seinen gelehrten
Ordensbruder in Liebessachen um Rat fragt und nicht glauben will,
dass Ehebruch Sünde sei. Auf Imperials Bahnen wandelt R u y   P a e z
d e   R i b e r a, der von den vier Erzübeln der Menschheit, Alter, Krankheit, Verbannung und Armut, das letztere und schlimmste aus eigener
bitterer Erfahrung zu kennen scheint. Eindruck machen auch des Se-
villaners G o n z a l o   M a r t i n e z   d e   M e d i n a herbe Klagen über die

Not der Zeit, während uns Pero Gonzalez de Uceda durch neckischen Humor ergötzt, wenn er uns in seine bunte Traumwelt einführt
— glaubt er ja, er werde ob seines frommen Wandels auf den Stuhl
Petri berufen — oder der schwarzen Farbe den Preis vindiziert.

Am Hofe Juans II (1407—54) erlebte die Trovadorpoesie ihre goldenen Tage. Der schwache, aber kunstsinnige König reimte selber
behend, und um ihn drängte sich eine so rührige Schar, dass von 200
oder mehr namhaft bekannten Dichtern Verse erhalten sind. Ein neuer
Bereich eröffnete sich dem kastilischen Einfluss, als Fernando IV, ein
Oheim Juans II, auf Aragons Thron berufen wurde; sein Hof ward
alsbald der Sammelplatz aller Unzufriedenen. Zahlreiche kastilische
Edelleute begleiteten auch seinen Sohn, Alfonso V, bei der Eroberung
Neapels (1441) und setzten im Gefolge dieses hochherzigen Gönners der
Humanisten ihre poetischen Übungen fort. Dort war Lope de Stúñiga,
navarrischer Herkunft, einer der ausgezeichnetsten Ritter der Zeit; Juan
de Dueñas, ein einfacher Hidalgo, der die Gunst Juans II durch seinen
Freimut verscherzte und mit Schwert und Feder in den Dienst Aragons
übertrat; Diego del Castillo, der den Tod Alfonsos in einer Vision
mit schönen Versen betrauert; Juan de Tapia, der Galanterie und
Politik verquickt; Carvajales, der sich auch italienisch versucht, seine
Hirtenlieder um Siena und Rom spielen lässt, sonst der fruchtbarste und
farbloseste von allen. Sie und andere begegnen sich hier mit Aragoniern
und Catalanen, die sich auch gelegentlich der kastilischen Redo befleissen.
In diesem Kreise finden wir die zierliche und zu dauernder Beliebtheit
vorbestimmte *Cancion* mit ihrer anmutigen Refrainform und die Romanze zuerst in Übung. Beide Gattungen pflegt auch ein Dichter,
um dessen Namen sich eine Legende gebildet hat wie um den seines
Landsmannes Macías, den er so gern im Munde führt: Juan Rodríguez del Padrón, von dessen Begabung uns drei Romanzen, die in
den Volksmund übergingen, einen höheren Begriff geben als etwa seine
Strophen über die sieben Freuden der Liebe und die zehn Gebote Amors,
die er mit der Antithese seiner eigenen Enttäuschungen würzt, und selbst
als seine geschmeidigen Refrainweisen, wie sein Abschiedslied: 'Lebe
fröhlich, wenn Du kannst', oder jenes, wo er zu sterben wünscht, nur
um Macías zu sehen, aber um nach drei Tagen wiederzukommen und
zu schauen, ob seine Geliebte sich grämt oder sich freut.

Am vollkommensten verkörpert die Bestrebungen der Zeit Iñigo
Lopez de Mendoza, Markgraf von Santillana (1398—1458),
einer der glänzendsten Vertreter des Hochadels und seit dem Sturze des

15*

allmächtigen Condestable Alvaro de Luna der angesehenste Magnat
Kastiliens. Die Liebe zur Poesie war in seiner Familie heimisch; wir
nannten seinen Grossvater; auch von seinem Vater, dem früh verstorbenen Grossadmiral Diego Furtado haben wir graziöse Tanzweisen und
Pastorellen. Seine Mutter war eine Schwester Ayalas. Feingebildet,
geistreich und hochherzig veranlagt, übertraf Iñigo Lopez seine Zeitgenossen an Vielseitigkeit der Kenntnisse und Kunstinteressen. Keiner
war so vertraut mit den Alten, den Italienern, auch Franzosen und
Catalanen, sowie den früheren Erzeugnissen der heimischen Litteratur
wie er; das zeigt sein Sendschreiben an dem Pedro von Portugal, die
erste Skizze einer spanischen Litteraturgeschichte. Seine poetischen
Werke sind zumeist Gelegenheitsprodukte im Gewande der Fiktion nach
dem herrschenden Zeitgeschmack. Den Tod des Catalanen Mossen Jordi,
des sinnreichen Petrarkisten, feiert er mit dem Traumgesicht seiner
Dichterkrönung; die Niederlage der aragonischen Flotte bei Ponza diktiert ihm die *Comedieta de Ponza*, eine danteske Vision, in der die
Mutter und die Gemahlinnen der gefangenen königlichen Brüder im Ge-
spräch mit Boccaccio die Katastrophe beklagen und zum Schluss Fortuna
auftritt, um die Freilassung der Vermissten zu verkünden; nach der
Verhaftung seines Vetters, des Grafen von Alba, tröstet er ihn mit dem
Diálogo de Bias contra Fortuna, worin er in treffend behender Wechsel-
rede und stellenweise mit wahrem dichterischem Schwung der stoischen
Verachtung des Schicksals und seiner Unbilden das Wort redet; beim
Sturz des Condestable macht sich sein lang verhaltener Ingrimm im
Doctrinal de privados Luft, in Gestalt einer Selbstanklage des gefallenen
Günstlings. Das populärste Werk Santillanas wurde sein *Centiloquio*,
100 dem Thronerben gewidmete Reimsprüche in gefällig fliessenden
Achtzeilen; unter seinen kleineren Gedichten finden sich die ersten spani-
schen Sonette; alles andere übertreffen aber seine duftig schelmischen
Hirtenliedchen, darunter sein Meisterstück, *la vaquera de Finojosa*.
Leichte, harmonische Eleganz kennzeichnet seine Verse und das ganze
Wesen dieser fein organisierten Aristokratennatur.

Das bürgerliche Gegenstück zu Santillana ist J u a n d e M e n a
aus Córdova, lateinischer Sekretär des Königs (1411—56). Er hatte
in Salamanca und Rom studiert und vertritt jene Richtung der Frührenaissance, die zielbewusst auf einen poetischen Kunststil hinarbeitete.
Die Rhetorik ist seine Muse, und zum Vorbild dient ihm sein schwul-
stiger Landsmann Lucanus. In seinen höfischen Liedern schwelgt er in
Übertreibungen und Metaphern, doch mit Anmut und echten Gefühl

für rythmischen Wohlklang. Seine umfangreicheren Dichtungen umhüllt er selbstredend mit dem Schleier der allegorischen Vision. In diesem Stil schildert er Santillanas Dichterkrönung auf dem Parnass und entwirft er einen Dialog von den sieben Todsünden. Sein bleibender Dichterruhm gründet sich aber auf die '300 Strophen' seines *Labirinto*, in denen er den kühnen Versuch wagte, die ganze Anlage der göttlichen Komödie nachzubilden mit frei erfundenem Rahmen und selbst ersonnenem Detail. Zum Vorwurf wählte er die Wandlungen des Glücks. Von der Vorsehung geführt, besucht er den Palast Fortunas und sieht dort die drei Räder des Glücks, die der Vergangenheit und Zukunft ruhend, das der Gegenwart von den Parzen getrieben, und in einem jeden sieben Kreise nach dem Einfluss der Planeten; hier erscheinen ihm, Edle und Verworfene vermengt, die Berühmtheiten der Vor- und Mitzeit; die Zukunft bleibt verhüllt. Freude an gelehrter Schaustellung, aber auch ein patriotischer Gedanke leiten ihn beim Ausmahlen dieser historischen Galerie; die gediegensten Seiten sind den Heldensöhnen Spaniens und seinen keuschen Frauen gewidmet. Allzuviel Raum gönnt der devote Hofpoet den Machthabern des Tages. Die notwendig ungleiche Inspiration macht sich denn auch im Werte der Bilder fühlbar. Die Aufgabe ist für Menas Genius zu hoch. Schon infolge der verfehlten Anlage bleibt seine allegorische Welt abstrakt, ohne plastische Realität; auch der Stil leidet an Ungleichmässigkeiten und übertriebenem Latinismus. Gleichwohl hat er sein Ziel nicht ganz verfehlt. Manch anschaulicher Vergleich nach Dantes Art ist ihm gelungen; stellenweise entwickelt er wahre pathetische Kraft, und er kann sich rühmen, wie Wenige zur Ausbildung einer gehobenen, von der Prosarede verschiedenen Dichtersprache beigetragen zu haben.

Etwas abseits steht Fernan Perez de Guzman, auch ein Schwestersohn Ayalas, älter als Santillana, den er jedoch überlebte. Früh mischte er sich in den poetischen Wettstreit und sang Minnelieder. Mit den Jahren gewann aber die ernste Grundstimmung, die sich bereits in den schönen Versen auf den Tod des Grossadmirals Mendoza (1404) kundgiebt, die Oberhand; sie herrscht in den Reimsprüchen (*Proverbios*) und der langen Reihe aphoristisch gehaltener, moralisch-religiöser Dichtungen, die der Weltmüde in der Einsamkeit seiner Herrschaft Batres zur Verherrlichung der Tugend verfasste. Ein würdiges Denkmal setzte er sich im warm gefühlten Lobgedicht auf Spaniens grosse Vergangenheit, *los claros varones de España*, ein Geschichtsbild in schwungvollen Memorialversen.

Der Mitte des Jahrhunderts gehört wohl noch ein Denkmal an,
das ganz ausserhalb der Reihe fällt, eine freie Adaptation des älteren,
ursprünglich zur Aufführung bestimmten französischen Totentanzes
(*danza general de la muerte*), nicht ohne dichterischen Wert, mit einigen
spezifisch spanischen Figuren, deren Zahl durch spätere Einschaltungen
noch vermehrt wurde; jedenfalls ein rein litterarisches Denkmal; denn
bildliche Darstellungen des Todesreigens hat die pyrenäische Halbinsel
nicht hervorgebracht.

Die unglücklichen Zeiten, welche die traurige Regierung Enriques IV
(† 1474) heraufbeschwor, die wilde Anarchie, die hereinbrach, und der
Mangel eines Zusammenhalts, wie der Hof des verstorbenen Königs ihn
geboten hatte, hinderten nicht, dass Santillana und Juan de Mena Schule
machten, und dass eine Schar tüchtiger Geister ihren Fusstapfen folgte,
mit dem gleichen Luxus an allegorischen Fiktionen und gelehrten Anspielungen, mit dem nämlichen Gefühl für sanglichen Wohllaut, mit
derselben Freude an gewichtigen Moralsätzen und hin und wieder auch
mit einer wahren, ungekünstelten Empfindung. Noch fehlt aber jenes
beharrliche Streben nach einem selbstgesteckten höheren Ziele, ohne
welches Schöpfungen von dauerndem Werte dem Zufall einer glücklichen
Stunde anheimgegeben sind. Eine solche Stunde schlug den beiden
Manrique. An Adel der Geburt, vielseitiger Begabung und persönlichem
Verdienst stand ihr Geschlecht dem eng verschwägerten Hause der Mendoza kaum nach. Namhaftes leistete Gomez Manrique (1412—90),
in sentenziösen Gedichten wie den Ratschlägen an Diego Arias und der
edelgedachten Anrede an das junge Königspaar, Fernando und Isabel,
vor allem aber in seinen Klagen über das schlechte Regiment, in denen
er mit bitterem Sarkasmus die verkehrte Welt geisselt, wo man den
Blöden zum Schulzen macht, das Stroh aufspeichert und das Brot verderben lässt, die jungen Olivenbäume verbrennt und die Dornsträuche
schont. Ihn übertraf sein Neffe, Jorge Manrique, der 1479 in
voller Manneskraft fiel, mit seinen feierlich ernsten *Coplas* auf den Tod
seines Vaters, in denen er dem Gefühl der Hinfälligkeit unseres Lebens
und aller menschlichen Grösse einen durch die eigene Trauer geweihten
und durch die tröstliche Zuversicht des Glaubens gemilderten Ausdruck
giebt und sich bis zu einem für die Zeit überraschenden, fast reinen
lyrischen Erguss beschwingt. Weiche und innige Wehmut spricht aus
den Liedern Guevaras, eines Freundes der Beiden, wenn ihm der
Frühling in Erinnerung bringt, mit welch schmerzlicher Gewalt die
Liebe ihn erfasste, als er die Geliebte im Grünen sich ergehen sah, wo

dass es ihn hinuntertreibt zum Flussufer, das volle Herz auszuweinen,
oder wenn ein Besuch in den Thälern der Sierra de Guadalupe die Jugend-
erinnerungen belebt, jetzt, wo alles, alles so verändert ist. Auch sonst
fehlt es nicht an schätzbaren Talenten. Den Hintritt Santillanas feiert
nach Gebühr mit vollem Apparat sein Sekretär, Diego de Burgos,
im *Triumfo del Marqués*. Von Pero Guillen de Segovia, der fast
erblindet im erzbischöflichen Palast zu Toledo alterte, liest man eine
schöne Paraphrase der Busspsalmen. Durch Beherrschung der Form
zeichnet sich der Hofbeamte Juan Alvarez Gato aus, ein Sohn
Madrids, der die poetischen Verirrungen seiner Jugend im Alter durch
geistliche Kompositionen wett zu machen suchte und sich auch einige
wohlgezielte Seitenhiebe auf die öffentlichen Missbräuche und die Fehl-
griffe des Königs nicht versagte. Der Boden war für die politische
Satire günstig; wohlweislich verschweigen aber die meisten Verfasser
ihre Namen. Man weiss nicht, wer das kühne und oft nachgeahmte
Hirtengespräch zwischen Mingo Revulgo *(Dominicus Vulgus)* und
Gil Arribato dichtete, das vom Elend der Gegenwart einen noch
trostloseren Ausblick in die Zukunft eröffnet, — nicht zu reden von
derberen Produkten voll Anzüglichkeiten, wie sie sich kaum ein Anton
de Montoro, der getaufte Flickschneider und keckste Spötter der Zeit,
erlaubte.

Auch die Regierungszeit der katholischen Könige gehört der alten
Schule an; noch singen Trovadores jeden Rangs ihre flüchtigen Liebschaften oder auch dauernde Neigungen, nimmer müde ihre Treue und
die Unerträglichkeit ihrer Pein zu beteuern. Oft entwickeln sie ent-
schiedenes Formtalent, so Diego Lopez de Haro, ein Muster ritterlich höfischer Art, und der Vizgraf von Altamira, und Luis de
Vivero, und der nie verlegene Improvisator Alfonso de Cartagena,
ein jüngerer Verwandter des Bischofs von Burgos; auch dem Namen
einer Dichterin, Florencia Pinar, begegnen wir im Gedränge. Das
übliche Liebesgetändel mit seinen Übertreibungen und Ziererein veran-
schaulicht Puertocarrero in einem aus dem Leben gegriffenen und
überaus schlagfertig dialogierten Plauderstündchen. Frisch klingt auch
Rodrigo Cotas Gespräch zwischen einem Greis und Amor, der den
widerwilligen Alten mit süssen Reden bethört, um ihn dann machtlos
sich selbst zu überlassen. Nur von Liebeskummer weiss Garci Sánchez de Badajoz zu singen; sein steter Gedanke ist der Tod aus
Liebe; er wird sterben und ordnet seinen Nachlass und schreibt die
Liebesmesse vor, zu der er sich aus Hiobs Klagen inspiriert; oder er

träumt, dass er in einer Einöde verschieden ist, und wie Amor ihn sucht, erzählt ihm die Nachtigall den Tod des Dichters und seine Bestattung durch die Vögel, die ihm folgten; oder er besucht die Liebeshölle, wo er die berühmten Dichter der Zeit ihre Qualen mit ihren pathetischsten Versen besingen und beklagen hört. Befruchtend wirkte auf die Dichtung dieser Epoche der Aufschwung des mehrstimmigen Gesangs mit seinem Zurückgreifen auf populäre Weisen; von hier kam die Anregung zu mannigfach neuen und oft recht glücklichen und leicht beschwingten Verskombinationen. Daneben war die gelehrte Allegorie nicht vergessen: Im Jahre 1500 sandte Diego Guillen, der Sohn Peros, der Königin Isabel aus Rom seinen *Panegírico*, worin er die Grosthaten ihrer Regierung mit möglichster Treue und poetischem Glanz als Vision darzustellen versuchte. Dis über die Schwelle des neuen Jahrhunderts führt uns das 1513 gedruckte Liederbuch eines aragonischen Magnaten, Pedro Manuel de Urrea, mit Versen von zarter Anmut mitunter, die aber im Grunde weder in das Leben des Dichters noch in das Treiben der Zeit einen Einblick gewähren. Was die kastilische Hofdichtung leisten konnte, das hatte sie geleistet. Sie verklang aber nicht lautlos mit dem scheidenden Mittelalter, sondern sie blieb in der von Hernando del Castillo getroffenen Auswahl als Allgemeines Liederbuch (*Cancionero general*, 1511) dauernd im Besitz des spanischen Volkes, trotz aller Mängel ein lyrischer Liederschatz, wie ihn zur Zeit keine andere Nation besass.

Die Wende des Jahrhunderts mit den Kämpfen um Granada und der letzten Anstrengung zur Vertreibung der Mauren brachte Spanien eine Neubelebung des religiösen Empfindens, deren Spuren auch in der Poesie sichtbar werden. Mit andächtiger Innigkeit und beredter Wärme und meist auf Bitten von Damen des höchsten Adels widmet der Minorit fray Ambrosio Montesino seine leichtfliessenden Coplas dem Geheimnis der Hostie, dem Leben des Täufers, den Martern des Heilands oder dem Stifter seines Ordens, abwechselnd erzählend, betrachtend, ermahnend, lobend und anbetend. Die Kindheit Jesu und Stücke der Leidensgeschichte, auch anderes, einen Kampf der Vernunft mit der Sinnlichkeit, Tadel der schlechten Weiber und Lob der guten Frauen, reimte ein anderer Franziskaner, fray Iñigo de Mendoza, weckte aber mit seiner vertrauten Kenntnis weiblicher Schwäche lebhaften Widerspruch in den Hofkreisen. Zu höherem Flug erhebt sich Juan de Padilla, der Karthäuser, mit seinem Leben Christi in vier Gemälden, gleichsam als Altarbild für die Kirche der Christenheit entworfen, ohne

jenen heidnischen Schmuck, dem der Verfasser in seiner Jugend nachgegangen war; und noch mit 50 Jahren unternahm der ergraute Kloster-
mann in den *doce triunfos de los doce Apóstolos* (1518) eine Jenseits-
reise nach Dantes Art durch die zwölf Zeichen des Tierkreises, wo er,
von Paulus geleitet, die zwölf Apostel mit ihrem Gefolge von Heiligen
sieht und jeweils einen Blick aus der Höhe auf den vom Apostel bekehrten Weltteil und in die Abgründe der Hölle und des Fegefeuers
wirft: ein Gegenstück zu Menas Labyrinth, nicht unwürdig ihres florentinischen Vorbilds, minder gedrängt und gehaltreich, doch von freiem
Fluss der Verse und kräftiger Sprache und mit etwas wie Virgilschem
Schwung in der Rede.

Das 15. Jahrhundert gehört der höfischen Kunstdichtung an. Mit
ihrer Betrachtung ist aber das poetische Schaffen dieser Epoche nicht
erschöpft; denn neben der Kunstpoesie lebte der Volksgesang. Wie in
andern Ländern weckte die Nationallitteratur des Mittelalters die schlummernde Seele des Volks und gab ihr die Rede zurück. Während die
gebildeten Stände ein Gebiet des Wissens um das andere für sich und
die Nationalsprache errangen, liess auch das Volk seine Stimme wieder
erklingen, und leicht fand es die berufenen Wortführer. Auf der Strasse
sangen Blinde, jüdische und maurische Tänzerinnen und nächtlich strei-
fende Studenten. Für solches Volk rühmt sich der Erzpriester von
Hita mehr Lieder geschrieben zu haben, als zehn Bogen fassen könnten.
Zwar fühlte sich ein Kunstdichter wie Santillana weit erhaben über die
Verfasser jener regellosen Gesänge, an denen sich das niedere Volk und
die dienende Klasse ergötzten; doch waren die verschiedenen Kultur-
schichten der Nation sich nicht dermassen fremd, dass die Verallgemeine-
rung der Bildung im geistig regsamen, aber ungenialen 15. Jahrhundert
sich nicht auch in den breiten Massen fühlbar gemacht hätte. Die eifrige Pflege der Kunstpoesie und des Kunstgesangs wirkte auf die Volks-
lyrik; diese hob sich, und so kommt es, dass gerade im Zeitalter des
Humanismus und der Rückkehr zur Antiken die Volkspoesie sich allenthalben der Beachtung der Gebildeten aufdrängt.

Lyrische Volksweisen tauchen um diese Zeit unter der Bezeichnung
von *Villancicos* auf, kurze Liedchen, die mit der refrainartigen Wiederkehr ihres einleitenden Satzes deutlich auf ländliche Reigen als ihren
Ursprung hinweisen. Gern wahren diese ungezwungenen Gebilde den
Zug ländlicher Einfalt; viele sind Frauenlieder: Stossseufzer des verliebten Mädchens, trotzige Geständnisse seiner erwachenden Neigung,

oder wohlgemeinte Ratschläge der Mutter; zart hingehaucht atmet aus
ihnen die innige Glut des leidenschaftlich bewegten Gemüts, bald auch
kichert neckisch die Laune dahinter. Noch manches andere Thema
schlagen sie an; im allgemeinen hat sich aber in Spanien das lyrische
Volkslied nicht wie anderwärts zu bestimmten Gattungen und Gruppen
ausgestaltet, noch wird es durch eine scharfe Grenze von seinen kunst-
mässigen Nachbildungen getrennt, gleich als ob es erst jetzt, unter der
Anregung der Kunstpoesie, von den Berghalden heruntergestiegen und
zu reicherer Entfaltung gelangt wäre, um dann selbst wieder das alternde
Kunstlied mit seinem duftenden Reiz zu erfrischen.¹)

Eigenartiger ausgeprägt zeigt sich das erzählende Volkslied in der
Romanze. Diese, das schönste litterarische Sondergut der spanischen
Nation, reicht vermutlich in ihrem Ursprung auf das altkastilische Helden-
lied, wie der Juglar es vortrug, zurück. In Hinsicht der Form ist die
Verwandtschaft unverkennbar. Mit ihren trochäischen Achtsilbern und
ihrer durch das ganze Gedicht laufenden und nur die geraden Zeilen
bindenden Vokalassonanz stellt die Romanze gewissermassen eine aus
dem rezitativen Zusammenhang des Epos losgelöste Tirade dar, die, von
einer lyrischen Weise getragen, für sich weiterlebt. Auch will es scheinen, als fänden sich unter den epischen Romanzen einzelne altertümliche
Stücke, die unvermittelt aus der Spielmannstradition herstammen. Doch
sind es nur geringe Überbleibsel; denn die spanische Nationalsage hat
eben um diese Zeit ein Stadium der Verdunkelung durchlaufen; in Juan
de Menas Heldengalerie hat der Cid keinen Platz gefunden. Zu den
nationalen Erinnerungen traten wahrscheinlich früh Motive aus den immer beliebter werdenden Ritterromanen, so Lancelots Anfrage beim Einsiedel nach dem weissfüssigen Hirschen:

1) Einige Beispiele aufs Geradewohl:

1.

Steig hinab zum Thale, Mädchen!
Noch wars nicht Tag.
Mädchen mit den roten Flechten,
Steig hinab zu deinen Lämmern.
Wo sie gehn am Roggenfelde!
Noch wars nicht Tag.

2.

Wünsch dir nicht, Tochter,
Wünsch keinen Mann
Zu bleibendem Gram.

Fort ging mein Gatte
Zum Krieg an der Grenze,
Liess mich hier einsam
Zurück in der Fremde.
Wünsch dir nicht, Tochter,
Wünsch keinen Mann
Zu bleibendem Gram.

3.

In dem Schatten meiner Haare
Schlief mir der Geliebte ein.
Wecke ich ihn, oder nein? . . .

> Sage mir, Einsiedelmann,
> Der hier führt ein frommes Leben,
> Von dem Hirsch mit weissem Fusse
> Kannst du mir nicht Auskunft geben? —

Auch Zeitereignisse werden im Liede festgehalten, meist als Stimmungsausdruck der hauptbeteiligten Persönlichkeit, wie z. B. in jener Klage Juans II über sein Missgeschick vor Albuquerque (1430):

> Albuquerque, Albuquerque,
> Wahrlich hoch soll man dich halten,
> Denn du birgst in dir die Söhne
> Don Fernandos, die Infanten,
> Die ich aus dem Reich verwiesen
> Und auf Jahr und Tag verbannte.
> Stark und fest war Albuquerque,
> Wählten es zum Widerstande.
> Oh! don Alvaro de Luna,
> Wie hast du mich schlecht beraten!
> Sagtest mir, dass Albuquerque
> Offen liege in dem Flachland.
> Kam und sah die tiefen Gräben
> Und die Türme längs dem Walle,
> Drinnen Reichtum an Geschützen
> Und an Fussvolk und an Reitern.
> Und auf jenem stumpfen Turme
> Sieht man die drei Banner wallen,
> Eines für den Prinzen Heinrich,
> Für Johann dort jenes andre,
> Und das dritte für don Pedro,
> Ihren Bruder, den verbannten.
> Brach das Lager ab; denn Aussicht
> Auf Erfolg war nicht vorhanden.

Dazwischen tauchen Gestalten auf, die weder Geschichte noch Sage kennt, in deren Wonne und Pein sich das ganze leidenschaftliche Sinnen und Sehnen des Volkes poetisch verdichtet; und schliesslich wachsen allerlei Märchenelemente und allgemeine Liebesmotive hinzu, so dass die Romanze die Bedeutung des Volkslieds im weitesten Umfang gewinnt. Und wie beim echten Volkslied, das von Mund zu Munde wandert, sind auch an alten Romanzen nur wenige, besonders gedächtnisfreundliche, und diese oft fragmentarisch und ihrem Zusammenhang entfremdet erhalten; was neben dem über allen Anfängen geistigen Erzeugens schwebendem Dunkel deren geheimnisvoll romantischen Reiz noch wesentlich erhöht.

Den Reiz des Ahnungsvollen, der ihnen so eigen ist, gewinnen die Romanzen vor allem durch jenes unmittelbare Eintreten in die volle

Handlung und jenes ungekünstelte Zusammendrängen der Situation in
ein einziges breitgemaltes Bild:

> Schon verzagen die Franzosen,
> Schon beginnen sie zu fliehn.

Doch ein Wort Rolands! und sie sammeln sich wieder, und bald
sprengt Marsilius in wilder Hast von dannen, Muhamed verleugnend,
der ihn verlassen hat. Wie ein Wetterleuchten zuckt hier das Gefecht
von Roncesvalles an unseren Augen vorüber. Aber das mystische Gefühl des Halbdunkels wird noch verstärkt, wenn es sich nicht um eine
Scene aus einem grösseren Zusammenhang handelt, sondern um eine
Begebenheit für sich, die nicht als historisches Ereignis, sondern durch
ihren ergreifenden menschlichen Gehalt unser Mitgefühl erregt, die aber
gleichwohl an einen bestimmten Namen geknüpft erscheint und dem
sonst unbekannten Träger desselben eine intensivere Realität verleiht,
als ihm Leben und Geschichte geben könnten. Aus dem dunkelwogen-
den Hintergrund der Gefühle taucht leuchtend die repräsentative menschliche Gestalt hervor, in der das ahnende Wünschen und Empfinden unseres
Herzens Form und Klarheit gewinnt: hierin liegt der bestrickende Reiz
der novellistischen Romanze. — Ist Graf Claros eine Figur aus der
französischen Sage? Ist er nur der Held einer Situation, die zu späterem
Anspinnen reizte? Für den Eindruck der schönen alten Romanze:

> „Graf, ihr seht mich tiefbekümmert,
> Dass ihr also sterben müsst,
> Denn die Schuld, die ihr begangen,
> Ist so schwer nicht, wie mich dünkt,"

bleibt dies gleichgültig; denn auch wir beurteilen den Fehltritt, zu dem
ihn die Liebe getrieben, gleich nachsichtig und können es ihm lebhaft
nachempfinden: Lieber um der Frauen willen sterben, als sie immerdar
meiden! Welch spontane Sympathie zieht uns auch zu jenen drei lieblichen Schöpfungen des genialen Galiciers, Juan Rodriguez: zu Rosa
Florida, die sich von Hörensagen in Montesinos verliebt hat und ihm
nun alles hingeben möchte, ihre dreissig Schlösser am Meeresgestade,
ihre Schätze, ja ihren eigenen Leib, — oder zum Infanten Arnaldos,
der am Meeresufer jagt, da fährt eine Galeere vorbei und der Schiffer
singt und die Prinzessin am Fenster hört den Sang und ruft ihre Mutter,
sie möge dem Liede der Sirenen lauschen, nicht der Sirenen, nein, des
Infanten Arnaldos, der aus Liebe zu ihr vergeht, — oder zu jenem
Mädchen, das im einsamen Bergpass ihren zudringlichen Begleiter von
sich zu scheuchen weiss, aber am Ziel der Reise seiner Blödheit spottet!

Und wie rührt — auch ohne Namen — die Klage des Gefangenen:
Mai ist's und Alles liebt, und er in seinem dunkeln Kerker hatte nur
einen Boten, der ihm Tag und Nacht ankündete, einen Vogel, und ein
Armbrustschütze hat ihm den erschossen! Selbst das symbolische Thema
der verwittweten Turteltaube, die auf keinen grünen Zweig mehr ruhen,
kein klares Wasser mehr trinken will und die falschen Lockungen der
Nachtigall empört von sich abweist, erhält im leichten Gewand der
Romanze einen eigenen, herzgewinnenden Zauber:

> Kühle Quelle, kühle Quelle,
> Kühle Quelle, liebenklar,
> Da wohin nach lindem Troste
> Ziehn die Vöglein allzumal . . .

Auch das erzählende Volkslied lenkte um die Neige des Jahrhunderts die Aufmerksamkeit der Kunstdichter auf sich; vielfach wurden
die im Volksmund umlaufenden Romanzen überarbeitet, ergänzt und
erweitert, auch geistlich umgedichtet, oder sie dienten lyrischen Kunst-
romanzen zum Muster. Frei entfalteten sich — neben einigen glücklich getroffenen novellistischen Romanzen — vorerst nur die religiöse
und ganz besonders die zeitgeschichtliche, die während der erneuten
Maurenkämpfe manche frohe Zeitung von den Erfolgen des christlichen
Heeres ins Land trug und für den heiligen Krieg begeisterte Streiter
warb.

Die Prosa.

An der Pflege der Prosa sind im 15. Jahrhundert dieselben Gesellschaftskreise beteiligt, die wir als Heger der Kunstdichtung kennen
lernten, der Hof, der Hochadel in seinen namhaftesten Vertretern, Mitglieder des Ritterstandes und einzelne Würdenträger der Kirche. Durch
den immer regeren Verkehr mit Italien und die nähere Berührung mit
dem europäischen Geistesleben auf den Konzilien zu Konstanz und Basel
geweckt und genährt, macht sich in diesen Ständen ein wachsendes Bil-
dungsbedürfnis fühlbar und äussert sich zunächst in Übersetzungen der
klassischen Autoren. Die Tradition der Ayala und Heredia pflanzt sich
fort in Enrique de Villena (1384—1434), dem schmächtigen Sprossen des aragonischen und kastilischen Königshauses, dem aller Ehrgeiz
zu keinem dauernden Erfolg verhalf und dessen vielfältigem, aber ab-
strusem Wissen der feste Grund der Persönlichkeit fehlte; im gelehrten
und beredten Bischof von Burgos, Alfonso de Cartagena (1384
bis 1456) aus einer selten hervorragenden Konvertitenfamilie, Vertreter
Spaniens beim Baseler Konzil und Verteidiger der päpstlichen Präro-

gativen; in Fernan Perez de Guzman; vor allen aber im Mark-
grafen von Santillana, der, selber der alten Sprache nicht besonders
mächtig, den Anstoss zu einer überaus geschäftigen Übersetzungsthätig-
keit gab, um von den Alten, in Ermangelung der Form, wenigstens den
Stoff und Inhalt zu besitzen. Seine Bibliothek enthielt die wichtigsten
lateinischen Schriftsteller in kastilischer Übertragung, die Dichter allerdings in Prosa und mehr paraphrasiert als übersetzt, dazu verschiedene
Kirchenväter, auch manches Griechische unter Vermittlung der italienischen Humanisten, selbst von Dante einen Gesang, einige von Petrarcas
lateinischen Schriften, viel von Boccaccio, der an Geltung wächst, seine
gelehrten Sammelwerke vollständig, und dies und jenes von berühmten
Zeitgenossen; stark treten die Franzosen zurück, und wenn Gowers 'Con-
fessio amantis' von England nach Spanien kam, so ist es Zufall und geschah auf dem Weg über Portugal.

So wie es um die Zeit mit der Anfertigung derartiger Übersetzungen
und ihrer handschriftlichen Verbreitung noch stand, trug diese Vulgari-
sationsarbeit von vornherein den Stempel einer vornehmen Liebhaberei.
Berufsmässige Latiner, die den Gebrauch des Latein ihrer Muttersprache
vorziehen, bleiben eine Minderheit. Erst unter den katholischen Königen
wird mit der Aneignung des klassischen Altertums und der Umgestaltung des Studienplans voller Ernst gemacht. Das altehrwürdige Salamanca, die neugegründete Hochschule von Alcalá de Henares und der
Hof selber werden zu Pflanzstätten des Humanismus, um dessen siegreiche Verbreitung sich unter den Einheimischen besonders Antonio de
Nebrija (1444—1522), der Vater der spanischen Renaissance und zugleich der Verfasser der ersten spanischen Sprachlehre, verdient macht,
an Ausländern ein Lucius Marineus Siculus und Petrus Martyr
Anglerius mit seiner rastlos stöbernden Neugier. Gleichzeitig verbreiten sich, von Deutschen errichtet und gehandhabt, die Druckerpressen
über die pyrenäische Halbinsel und ziehen die Schätze, welche bisher
die Bibliotheken hochsinniger Magnaten geziert haben, aus deren Dunkel
hervor und bringen sie auf den offenen Markt. Hiemit ist der Sieg
der neuen Richtung besiegelt, wenn auch Spanien seiner Anlage nach
niemals ein Land der Gelehrten werden konnte wie Italien.

Auf dem Gebiete der Geschichtschreibung vor allem hatte
sich die spanische Sprache eine Position gesichert, die nicht mehr zu
erschüttern war. Einzelne Versuche, die Welt- und die Nationalgeschichte
lateinisch zu stilisieren, fanden selber rasch Übersetzer und sind durch
die stattliche Reihe spanischer Darstellungen reichlich aufgewogen.

Dem begreiflichen Ehrgeiz, die Ereignisse der Gegenwart für die Welt der Gebildeten in der allgemeinen Verkehrssprache aufzuzeichnen, entsprach zunächst der traurige Zustand des Reichs und das geringe Interesse des Auslandes wenig; auch hier schaffte die glorreiche Wende des Jahrhunderts erfreulichen Wandel.

Glänzend ist wiederum die Zeitgeschichte vertreten. Mit der Fortsetzung der Reichschronik wurde Álvar García de Santa María († 1460) betraut, der sich redlich bemühte, den Fussstapfen Ayalas zu folgen, aber nur bis 1420 das Amt versah. Er war ein Bruder jenes Pablo de Santa María, der mit seinen drei Söhnen vom Judentum übertrat, Bischof von Cartagena, Burgos und Grosskanzler wurde, der selber zwei Abrisse der Weltgeschichte verfasste, einen in Versen und einen in Prosa, und dem sein Zweitgeborener Alfonso auf dem Bischofsitz von Burgos folgte. Wahrscheinlich sah sich Alvar García durch die Spannung zwischen seiner Familie und dem Condestable zum Rücktritt vom Amte gezwungen. Seine Arbeit wurde bis zum Jahre 1435 von einem nicht unwürdigen Nachfolger, dessen Name unbekannt geblieben ist, fortgesetzt, selbstredend im Geiste des thatsächlichen Leiters der Politik, des Condestable. Für die Folgezeit kam es nur zu kargen Aufzeichnungen vom Grossfalkenmeister Pero Carillo de Albornoz, denen der Erzieher des Kronprinzen, fray Lope de Barrientos, Bischof von Cuenca und Beichtvater des Königs, einiges beifügte. In diesem Zustand kam die Chronik Fernan Perez de Guzman in die Hände; er ordnete, kürzte und überarbeitete sie seinem eigenen politischen Standpunkt gemäss und gab ihr im wesentlichen die Gestalt, in der sie uns heute vorliegt, noch gern gelesen wegen ihrer klaren, ruhigen, frischen und wahrheitsbeflissenen Darstellung, das bunte Spiegelbild einer zerfahrenen, vielbewegten Zeit voller Ränken und Fehden, aufrührerischer Umtriebe, politischer Ziellosigkeit und Zerrissenheit neben kühner Ritterlichkeit und glänzendem Festprunk. — Die wertvollste Ergänzung dieser offiziellen Annalen lieferte Fernan Perez de Guzman selber in seinen 'Geschlechtsfolgen und Bildnissen' (*Generaciones y semblanzas*), einer Reihe von 34 Charakterbildern, zu denen ihm Guido Colonnas trojanische Geschichte die Idee gab, nicht regelrechte Lebensläufe, sondern Porträts mit dem individuellen Relief der Persönlichkeit, wie sie im Leben vor dem durchdringenden Beobachterblick des Verfassers erschien, äussere Erscheinung, Temperament, geistige und moralische Anlagen bald in knapper Skizze zusammengedrängt, bald behaglich ausgeführt und von Betrachtungen begleitet, in denen ein lauterer, welterfahrener und durch

Enttäuschungen geadelter Geist in stiller Resignation das Facit dieses
sturmdurchwühlten Zeitraums zieht: allesamt Kleinodien der spanischen
Prosa.

Nicht der König, nicht der jeder Energie entwöhnte Juan II war
es, der die königliche Gewalt ausübte und die Geschichte des Staates
lenkte, sondern sein schrankenlos allmächtiger Günstling Álvaro de
Luna, der Condestable, ein Bastard ohne Anhang, der als Page an den
Hof kam und die Gunst des Herrschers nur seiner überlegenen Persönlichkeit und staatsmännischen Begabung verdankte, der allein — Jahrzehnte hindurch — dem entfesselten Ehrgeiz der Feudalstände die Stirn
zu bieten vermochte, bis der König, schwach wie immer, ihn dem Groll
seiner Gegner preisgab (1453). Dem tragisch Gefallenen erstand in
einem unbekannten Anhänger ein Verteidiger, der uns vom Wesen und
Wirken und vom standhaften Ende dieses merkwürdigen Mannes ein
meisterhaft anschauliches Gemälde entwirft, mit einer sympathischen
Wärme, die seine wort- und sentenzenreiche Erzählung belebt und ihre
ergreifende Wirkung nicht verfehlt. — Schon einmal, im Jahr 1439,
war es den Grossen gelungen, die zeitweise Entfernung des Condestable
durchzusetzen; damals kam es zwischen dem König und den Missver-
gnügten zu einem förmlichen schiedsrichterlichen Vergleich, bei dem
die Entscheidung in die Hände des Grafen von Haro, Pedro Fernandez
de Velasco, gelegt wurde; dieser hat dann selber in Seguro de
Tordesillas jene denkwürdigen und für die Zustände im Reich so
bezeichnenden Verhandlungen schmucklos und wahrheitsgetreu wieder-
erzählt. — Eigenartig anziehend und ein wertvolles Stück Sittenge-
schichte ist das Lebensbild, das Gutierre Diaz Gamez im *Victorial*
von seinem Herrn, dem nie bezwungenen Petro Niño, späteren Grafen
von Buelna (1375—1454), entworfen hat; jung und für Ritterthaten
begeistert trat Gutierre in Niños Dienst, begleitete ihn als Fahnenträger
und beschreibt als Augenzeuge seine thatenfrohe Laufbahn, die lustige
Jagd auf Corsaren bis in den Hafen von Tunis, die kühnen Freibeuter-
züge nach England und Jersey, das Liebesabenteuer mit der jungen
Frau des Admirals von Frankreich im Winterquartier von Sérifontaine,
und dann in der Heimat die verwegene und schliesslich glückliche Werbung um die Infantin Beatrix von Portugal, mit deren Tod (1446) die
Erzählung endet, abenteuerlich wie ein Roman und vom Verfasser als
ein Lehrbuch echten Rittersinns mit allerhand Legenden und gelehrtem
Beiwerk verbrämt. — Nicht minder lehrreich für die Kenntnis der Zeit
und ihrer Sitten ist der *Paso honroso*, der von einem eigens hinzuge-

zogenen Notarius aufgesetzte Bericht über den Waffengang, den Suero de Quiñones im Jahre 1434 mit acht Gefährten unternahm, indem er sich anheischig machte, seiner Dame zu Ehren 30 Tage hindurch die Brücke von Orbigo bei Leon gegen Jeden zu verteidigen, bis 300 Lanzen gebrochen wären.

Die Regierungsgeschichte Enriques IV schrieb von Amts wegen Diego Enriquez del Castillo, Hofkaplan und Mitglied des königlichen Rats; und beinahe hätte er es mit dem Leben gebüsst, als die Grossen, welche den Infanten Alfonso, des Königs Bruder, auf den Thron erhoben hatten, sich Segovias bemächtigten (1464) und er mit seiner Chronik in ihre Hände fiel. Alle seine Aufzeichnungen wurden ihm abgenommen, so dass er sie aus dem Gedächtnis ersetzen musste. Zum Zeugen elender Zeiten berufen, rettet er sich durch eine gewisse zurückhaltende und emphatische Würde, durch das Bewusstsein seiner Verantwortung vor der Nachwelt und durch das Streben die inneren Zusammenhänge der Geschehnisse zu erfassen. — Zu ihrem Historiographen bestellte die Partei des kurzlebigen Infanten den lateinischen Sekretär des Königs, Alfonso Fernandez de Palencia (1423—1492), der im bischöflichen Palast zu Burgos aufgewachsen war und seine Bildung in Italien, im Kreis der byzantinischen Flüchtlinge erworben hatte; dieser hinterliess die Geschichte der Zeit in drei lateinisch geschriebenen Dekaden, denen man ungewöhnlichen Freimut, ätzende Schärfe und lebensvolle Porträts nachrühmt. Sein Alter verbrachte Palencia im Hause des Herzogs von Medinasidonia in Sevilla mit der Fortsetzung seiner Jahrbücher und mit gelehrten Arbeiten, einer Synonymensammlung, einem spanisch-lateinischen Wörterbuch, einer Gesamtdarstellung der spanischen Geschichte, und dergl. — Ohne offiziellen Auftrag schrieb Diego de Valera (1412—1486). In jüngeren Jahren hatte dieser seine Ritterkraft an fremden Höfen zur Schau getragen und darauf gestützt auch zu Hause Einfluss erlangt; mehrmals liess er in offenen Briefen an die Herrscher ein kräftiges Wort vernehmen, verfasste auch Moraltraktate, Abhandlungen über Wappenkunde, Hofämter, u. s. w.; der Geschichte wendete er sich erst spät zu und schrieb zuerst die Spaniens im Abriss (1481), die erste ihrer Art, die gedruckt wurde, und vermutlich als Fortsetzung dazu das *Memorial de diversas hazañas* über Enriques Regierung mit etwas weiterem Horizont, im wesentlichen nach Palencia. — Derselben Regierung gedenkt Pedro de Escávias, Statthalter von Andújar, in einer ähnlichen Gesamtgeschichte. Als Quellen von Wert setzen um diese Zeit noch einige Lokalchroniken ein.

Auch der neue Condestable Miguel Lucas de Iranzo, ein Mann
von niederster Geburt, der aber die Gunst Enriques nicht für sich aus-
beutete, sondern seine Thatkraft dem Grenzkrieg wider die Mauren zu-
wendete, fand in Juan de Olid einen Biographen, dem kein Detail
zu kleinlich ist. — Endlich gab Fernando del Pulgar in seinen
Claros varones de Castilla nach Guzmans Muster, ohne dessen spontane
Intuitionsgabe, doch mit gutem psychologischem Verständnis und sorgsam gefeiltem Ausdruck 24 mehr biographische Charakterbilder älterer
Zeitgenossen.

Fernando del Pulgar hatte schon ein reich erfülltes Leben hinter
sich, als ihn die Königin Isabel zu ihrem Historiographen berief (1482);
er ist der letzte Chronist alten Stils und schon nicht mehr ganz; mehr
als auf Fülle der Einzelheiten zeigt er sich nach dem Vorbild der Alten
auf kunstgerechte Gruppierung des Stoffs und Würde des Stils bedacht;
ein ausgesprochener Zug zum Rhetorischen bekundet sich im Übermass
der eingestreuten Reden und kennzeichnet auch seine Briefsammlung.
Pulgar führte sein Werk bis 1490; nach der Einnahme Granadas schrieb
er aber noch eine kurze Geschichte der maurischen Herrscher, sein letztes
Lebenszeichen. — Verschollen scheint das Werk seiner drei Nachfolger
im Amte. Hingegen besitzen wir von Andrés Bernaldez, Pfarrer
von los Palacios und Kaplan des Erzbischofs von Sevilla, eine reichhaltige, gut informierte, schlicht erzählende Chronik, die von 1488 bis
1513 reicht und an malerischer Fülle der Ereignisse und an umständlichen Eingaben auf die Einzelheiten nichts zu wünschen übrig lässt. —
Ihre Herrscherlaufbahn begannen die katholischen Majestäten mit einem
Sieg über die Portugiesen bei Toro (1476), der als Vergeltung für die
Niederlage von Aljubarrota empfunden wurde; als solche wird er vom
Baccalaureus Palma in seiner *Divina retribucion* verherrlicht. Noch
manche Chronik liegt ungedruckt oder in seltenen Ausgaben in Bibliotheken verborgen, andere sind verloren gegangen. Dass uns die Mehrzahl der Königschroniken zugänglich ist, verdanken wir der Sammlung,
die der Kämmerer Lorenzo Galindez de Carvajal 1517 veranstaltete und für die sein Name die Erwähnung verdient.

Das rege Nationalgefühl der Spanier labte sich an den geschichtlichen Erinnerungen und liess eine Reihe von Gesamtdarstellungen der
spanischen Geschichte entstehen. Zu wahren Volksbüchern, als welche
sie noch fortleben, wurden die 'Chronik von Fernan Gonzalez und den
Infanten von Lara', die 'Thaten des Cid', und andere Auszüge aus
Alfonsos des Weisen Geschichte Spaniens, zu denen auch die 'Chronik

König Roderichs' (eigentlich *Crónica sarracina*) gehört, jenes Lügen-
buch eines sonst unbekannten Pedro de Corral, das die Geschichte
ganz zur Ritterdichtung travestiert, aber damit die Nationalsage um
ein neues Kapitel bereicherte, den Untergang des Gotenreiches. — Auch
die Nebenländer besinnen sich auf ihre Vergangenheit; eine Chronik der
Könige von Aragon gab der Cistercienser fray Gualberto Fabricio
de Vagad; die Geschichte Navarras schrieb der unglückliche Prinz
Cárlos de Viana (1421—1461), dem dieses Reich als mütterliches
Erbe zukam, der aber im Konflikt mit seinem Vater, Juan II von Aragon, unterlag und starb. — Grosse Anziehungskraft übt endlich das
Beispiel- und Anekdotenmaterial der Geschichte als Substrat für moralische Betrachtung; mit wechselndem Programm wird es verarbeitet
als 'Warte der Chroniken' vom Erzpriester von Talavera, als 'Meer
der Geschichten' von Guzman, als 'Spiegel der Geschichten' von Alfonso de Toledo, als 'Allgemeines Handbuch der römischen Geschichten' von Alfonso de Ávila. Grossen Erfolg erntete Diego
Rodríguez de Almela mit seinem nach Sittenbegriffen geordneten
Valerio de las historias, der mehrere Auflagen kurz nach einander erlebte und lange als Muster der Sprache galt.

Fast ein Zufall scheint es, wenn Ausgangs des 15. Jahrhunderts
aus den Spaniern ein Volk von überseeischen Entdeckern und Welt-
eroberern wurde; denn bislängst waren sie aus ihrer natürlichen Abgeschiedenheit kaum herausgetreten. Nicht etwa, dass ihnen der nötige
Wagemut fehlte: kastilische Ritter traf man überall im Ausland, auf
Turnierplätzen wie in Feldlagern. Kastilische Weltreisende sind eine
Seltenheit; und wenn sich einer findet und er seine Erlebnisse erzählt, so
geschieht es ganz im schlichten Ton der Chronik, meist mit nüchternem
Sinn und mit einer starken Beigabe kastilischen Selbstbewusstseins. —
Eine sonderbare Regung fürstlicher Eitelkeit bestimmte Enrique III
eine Gesandtschaft an den Eroberer Asiens, Timur-leng, zu schicken,
als er eben die Türkenmacht bei Angora zu Boden warf; da dieser die
Höflichkeit erwiderte, ging eine zweite Gesandtschaft ab, die den Gewaltigen in seiner Hauptstadt Samarkand aufsuchte und ihn dort in
seiner ganzen tatarischen Pracht bewundern durfte. Über diese Gesandtschaft, die von 1403—1406 unterwegs war, hat uns ihr Führer Ruy
Gonzalez de Clavijo oder dessen Begleiter fray Alonso Paez de
Santa María einen Bericht hinterlassen, der nicht blos kulturgeschichtlich von Wert ist, sondern an sich, trotz der eintönigen Tagebuchform
fesselt mit der arglosen Beschreibung des der Zersetzung entgegengehen-

16*

den byzantinischen Reichs, des beschwerdevollen Ritts durch die endlosen Hochflächen Innerasiens mit ihren buntbevölkerten Städten, der ununterbrochenen Festlichkeiten in Samarkand und der durch das nahende Ende Timurs beschleunigten Rückkehr. — Im Jahre 1437 war es abermals das Morgenland, das den Aragonier P e r o T a f u r anzog; allerdings wehrte ihm die Ungunst der Zeiten den Eintritt ins Binnenland, er sah aber Genua, Venedig, Konstantinopel, die heiligen Stätten des Gelobten Landes und, mit einem Auftrag des Königs von Cypern, Cairo und den Berg Sinai mit offenem Blick, als ein Mann von Welt; und der ungesucht natürliche Ton, in dem er seine Erlebnisse erzählt, verleiht seiner an interessanten Beobachtungen reichen Schilderung von Land und Sitten einen sympathisch persönlichen Anstrich. — Auf die richtige Fährte, auf das westliche Weltmeer wurde die spanische Nation erst durch ihren unsterblichen Adoptivsohn, C r i s t ó v a l C o l o n, den Entdecker des neuen Weltteils, (1446—1506) hingelenkt. Aus den Berichten und Briefen dieses heldenmütigen Bahnbrechers spricht in schlichter Einfachheit der klare, überlegene Geist und der ungebeugte Wille, die ihn führten, sein offener Blick für Welt und Natur und nicht minder der tiefe, fast mystische Glauben an die göttliche Sendung, aus dem sein Geist den Schwung und die Ausdauer in Mühsal und Widerwärtigkeit schöpfte. Leider hat Columbus keine zusammenhängende Darstellung seines Lebens und seiner Entdeckungsfahrten gegeben, und seine wichtigsten Eingaben sind nicht einmal im vollständigen Wortlaut erhalten: so sorglos hat Spanien seine Schätze bewahrt!

Auch auf dem Felde der d i d a k t i s c h e n P r o s a regt sich vielgestaltiges, wenn auch oft nur erst dämmerndes Leben. Noch einmal finden wir den alten Stoff lehrhafter Unterhaltung, den Apolog, in neuer Fassung im Exempelbuch des Archidiakonus von Valderas, C l e m e n t e S á n c h e z d e B e r c i a l, (Exemplos por a b c) das die Fabeln zum Gebrauch für den Prediger nach lateinischen Schlagworten ordnet und mit kurzen Reimsprüchen einführt; und neue Übersetzungen von 'Calila und Dimna', vom 'Laienspiegel' des Engländers J o b a n n e s v o n H o v e d o n bezeugen die andauernde Beliebtheit der Gattung. Neu und eigen in seiner Art, ein Ausbund schwerfälliger Gelehrsamkeit ist E n r i q u e d e V i l l e n a s allegorisch-mythologischer Roman, 'die Zwölf Arbeiten des Herkules', katalanisch abgefasst, aber von ihm selber spanisch umgeschrieben: ein Sittenspiegel für alle Ritter, worin die alte Sage nicht nur umständlich erzählt, sondern Stück für Stück allegorisch gedeutet, dann historisch rationalisiert und schliesslich auf einen der zwölf

Stände der Welt, vom König bis hinab zu den Frauen, angewendet wird. Nicht minder typisch vertritt die geistige Richtung des Jahrhunderts die *Vision deleitable* des Baccalaureus Alfonso de la Torre vom Collegium San Bartolomé in Salamanca. Es ist ein gedrängter Lehrgang der freien Künste und Moralphilosophie im Rahmen einer allegorischen Vision: wir folgen dem Verstand in seinem Entwicklungsgang durch die Behausungen der sieben Künste, bis ihn die Vernunft zur Wohnung der Wahrheit führt, wo ihm durch den Hinweis auf die göttliche Weltordnung der Sinn des Welträtsels offenbart und die sieben Tugenden vorgeführt werden. Das Buch wurde für den Prinzen von Viana auf Wunsch seines Erziehers geschrieben und zeichnet sich stellenweise durch poetisch beflügelten Schwung der Gedanken und Sprache aus; es verschaffte dem Verfasser einen hervorragenden Platz in der Schätzung seiner Zeitgenossen und erlebte mehrere Auflagen, ward in fremde Sprachen übersetzt, ja 1623 brachte es ein Unberufener fertig, dasselbe aus dem Italienischen ins Spanische zurückzuübertragen. Eine allegorische Hülle gab auch Alonso de Palencia seinem Schriftchen von der 'Vollkommenheit des militärischen Triumphes': im Grunde eine Stilübung wie die episch angehauchte 'Feldschlacht der Wölfe und Hunde', mit der sich der zukünftige Historiograph nach seiner Rückkehr aus Italien zu empfehlen trachtete. Er lässt Exercicio, einen Spanier, Discrecion in Italien, ihrer Heimat, aufsuchen, um von ihr bei Triumfo eingeführt zu werden. Es vermählt sich darin das Selbstgefühl des Spaniers mit der Bewunderung für die italienische Bildung und für die noch im Verfallen so gewaltigen Überreste des Altertums, und nicht übel lesen sich — unter dem gelehrt rhetorischen Apparat — einige Skizzen vergleichender Völkerpsychologie. Das grösste Lob verdiente vielleicht unter allen Werken der schönen Prosa Juan de Lucenas Dialog *Vita beata*, wenn er nicht eine einfache Übersetzung aus dem Italienischen wäre; denn originell ist nur, dass der Verfasser das Gespräch drei berühmten Landsleuten, Santillana, Cartagena und Juan de Mena, in den Mund legt.

Eine fruchtbare Anregung kam von Boccaccio. Nicht mehr ganz jung hatte dieser für eine verschmähte Liebeswerbung im 'Corbaccio' brutale Rache genommen. Diese Schrift brachte die nachfolgenden Geschlechter lange in Aufruhr; zahllose Schriftsteller, Meister und Stümper, hielten es für ihre Ehrenpflicht, eine Lanze für das beleidigte schöne Geschlecht einzulegen, während andere noch Tadel auf Tadel häuften. In Kastilien war es die Königin Maria selbst († 1445), welche die Ver-

leidiger der Frauenehre aufrief und anfeuerte. In ihrem Auftrag schrieb
Alfonso de Cartagena ein Buch über berühmte Frauen, das in
Verlust geraten ist. Als Sühne für irgend einen Verstoss, der ihn vom
Hofe gebannt hatte, verfasste Rodríguez del Padrón seinen 'Triumph
der Frauen', worin er deren Überlegenheit mit 50 fein sophistischen
Gründen darthut, im Gewand einer anmutigen Verwandlungsfabel: durch
den Mund der Nymphe Cordiama, die als Quell zu den Füssen ihres
zur Erle gewandelten Aliso murmelt. Etwas später kam Álvaro de
Luna mit seinen 'berühmten und tugendhaften Frauen', biblische, heidnische und christliche Beispiele auf drei Bücher verteilt und mit einer
gefälligen Leichtigkeit erzählt, die der Feder des Condestable Ehre macht.
Für die Erziehung der Infantin Isabel schrieb der Augustinermönch
Martín Alonso de Córdova einen 'Garten edler Jungfrauen', und
lange noch zieht sich der Streit in den Büchern dahin.

    Alle Scheingründe und schönen Exempel verfingen aber nicht bei
Alfonso Martínez de Toledo, Erzpriester von Talavera, dem sati-
rischen Menschenkenner, dem kein ritterlich mystisches Gefühl den klaren
Scharfblick trübt. Er war Kaplan Juans II und hat verschiedenes ge-
schrieben; allein das 'Buch gegen die thörichte Liebe', das er 1438 im
40. Lebensjahr vollendete, der *Corbacho* ist unstreitig das originellste
Erzeugnis der Epoche. Wie der Erzpriester von Hita, gleich aufrichtig,
gleich drastisch, doch nicht so locker, predigt er die Verwerflichkeit der
irdischen Liebe. Als Schreckbild malt er die Laster der schlechten
Frauen mit einer kaustischen Verve, die ihresgleichen sucht; die alten
Beispiele von Frauenlist und Frauentrug kehren wieder in verjüngter
Frische und untermengt mit Beobachtungen und Schilderungen aus dem
Leben, sprudelnd von Natürlichkeit, dramatisch insceniert und von einer
Schalkhaftigkeit und Echtheit, die höchst ergötzlich sind; da erfahren
wir alle Geheimnisse der weiblichen Toilette, da sehen wir der Frauen
Eigennutz und Eigensinn, da hören wir ihr endloses Jammern um jede
Kleinigkeit, u. s. w. Auch der Männer wird gedacht und ihres Verhaltens
zur Liebe je nach ihrem Temperament, und da die Irregehenden sich
immer auf ihr Verhängnis berufen, so wird noch der blinde Zauber- und
Schicksalsglaube herb mitgenommen. So bunt der Inhalt, so leicht und
lebhaft ist die Darstellung. Mit seiner geisselnden Derbheit und wür-
zigen Unmittelbarkeit, seinem Realismus und seiner bodenwüchsigen
Sprache vertritt der Erzpriester von Talavera inmitten der gleissenden,
geistreich tändelnden Hofgesellschaft jene echt spanische, humoristisch
ironische Ader, die noch in diesem selben und vollends im folgenden

Zeitraum ihre reifen Früchte zeitigen sollte. — Nicht geringere Menschenkenntnis vereinigt mit mehr sittlichem Pathos Fernando de Talavera (1428—1507), der erste Erzbischof und Apostel von Granada, in den Traktaten 'über die tägliche Beschäftigung der Frauen' und 'über Kleidung, Schuhwerk und Nahrung', die er noch als Prior von Santa Maria schrieb und von denen das letztere ein lebhaftes und kulturgeschichtlich recht lehrreiches Bild der weltlichen Frivolität entwirft.

Bei aller schriftstellerischen Regsamkeit war für eine wissenschaftliche Litteratur im eigentlichen Sinn Spaniens geistiger Horizont noch zu eng. Nur wenige Fragen erwecken wirklich Interesse. Der hohen Vorschneidekunst widmet Villena seine succulente Arte cisoria, eine Mine des Genusses und der Belehrung für Tafelfreunde. Für Rechte und Vorrechte des Rittertums erwärmen sich Alfonso de Cartagena und Juan Rodríguez del Padron. Schicksalsglauben, Traumdeutungen und die anderen Formen der Wahrsagerkunst behandelt Lope de Barrientos in drei Traktaten als Direktive für den König bei richterlichen Entscheidungen. Eine andere Zierde der salmantiner Hochschule, Alfonso de Madrigal, El Tostado, von der Artistenfakultät, ein Universaltalent, der über alles schrieb, liess auch spanisch ein Buch Paradoxe, ein mythologisches Handbüchlein und einige Abhandlungen ('dass alle Menschen lieben müssen', 'von Liebe und Freundschaft') u. dergl. zurück. Ein fruchtbarer Schriftsteller war gleichfalls Ruy Sánchez de Arévalo (1404—1470), Dekan von Sevilla und Bischof von Zamora, der für Enrique IV einen 'Lustgarten der Prinzen' und eine 'Summe der Politik, wie Städte errichtet und erbaut werden sollen', schrieb. Zahlreiche Handschriften zeugen endlich von der Beliebtheit des Invencionario de todas las cosas del mundo des Baccalaureus Alfonso de Toledo (1474), ein dickleibiges, encyklopädisches Repertorium aller Dinge, die das Irdische sowohl als das ewige Leben betreffen.

Besonderer Originalität erfreut sich die religiöse Litteratur noch immer nicht; doch verspürt man nach langer Ebbe wieder steigende Flut. Voran ging Pedro Gomez Barroso, von 1380—1390 Verweser des Erzbistums Sevilla, mit Betrachtungen über die zehn Gebote, den Glauben, die Sakramente, u. s. w., aus denen tiefer sittlicher Ernst spricht. Unter Juan II mehren sich die Versuche: da begegnet uns wieder unter anderen bekannten und unbekannten Namen Alfonso de Cartagena, der für Perez Guzman eine Anleitung zum andächtigen Gebet schreibt. Enrique dem IV. widmet der Dominikaner fray Alonso -

de San Critóval seinen *Vegerio spiritual*, eine Übersetzung des 'de
re militari' mit Ausdeutung auf den geistlichen Kampf. Auch eine
Frau ist zu nennen, Teresa de Cartagena, die zum eigenen Trost
in ihrer Taubheit die allegorische *Arboleda de los enfermos* schrieb,
indem sie sich vom Sturm der Leidenschaft auf die Insel der Erniedrigung verschlagen stellt, wo sie in einem schattigen Obstbaumgehölz
Schutz und Erholung findet; dieselbe verfasste auch für Gomez Manriques Gemahlin, doña Juana de Mendoza, eine Betrachtung über die
Wunder der Werke Gottes. Unter den katholischen Königen erschienen
dann auch einige Erbauungsschriften im Druck; die Frucht der wiedererwachenden Studien war aber auf diesem Gebiet eine auffallende Abkehr vom Gebrauch der Volkssprache; die Theologie und die religiöse
Litteratur griffen zuerst wieder energisch zur lateinischen Sprache zurück.

Die Unterhaltungslitteratur, der wir uns zuletzt zuwenden,
vollendet in diesem Zeitraum ihren Klärungsprozess; sie entwächst allmälig dem lehrhaften Scheinwesen und ringt sich langsam zu freier,
bewusster Gestaltungskraft durch. Zwei Richtungen gehen dabei neben
einander, verwandt im Geiste, aber ohne sich gegenseitig zu durchdringen: die eine ritterlich-phantastisch, begnügt sich vorerst noch mit
französischem Import; die andere, modern-sentimental, lehnt sich an
Italien an und macht schwache Versuche, Eigenes zu schaffen.

Einen unscheinbaren, aber zukunftbergenden Anfang machte Juan
Rodriguez del Padrón mit seiner Novelle *El siervo libre de amor*,
die trotz aller Formlosigkeit, Rhetorik und Allegorie etwas poetisch anziehendes hat. Frei geworden von einer anfangs glücklichen, bald aber
nicht mehr erwiderten Liebe, verliert sich der Dichter in seinen trüben
Gedanken und wünscht den Tod herbei; da kommt ihm die schlicht
ergreifende Geschichte in den Sinn, wie der Königssohn Ardanlier sich
in Liessa verliebt, ihr zu Ehren an vielen Höfen in Turnieren glänzt,
wie er für sie ein Schloss in einen Felsen hauen lässt und hier mit ihr
lebt, bis sein Vater sie entdeckt und die junge Frau töten lässt, und
er ihr in den Tod folgt. Es ist eine einfache Herzensgeschichte wie
Boccaccios 'Fiammetta', sentimental und etwas deklamatorisch wie diese;
verschleiert deutet sie eigene Erlebnisse des Dichters an und will auch
mit der eingelegten Erzählung nur seiner Gemütsverfassung zum Ausdruck verhelfen; sie knüpft dabei an heimatliche Erinnerungen und
webt ihren Glanz um das Stück galicischer Erde, wo des Verfassers
Wiege stand. — Dieses Werkchen war es, das einige Jahrzehnte später
Diego de San Pedro für sein berühmtes *Cárcel de Amor* zum

Muster diente. Gefesselt und gemartert muss Leriano als Gefangener des Liebesgottes seufzen, bis die Königstochter Laureola sich erweichen lässt und ihn durch ihre Gegenliebe erlöst; die beiden Liebenden werden beim König verleumdet, Leriano wird verbannt, Laureola zum Tode verurteilt, doch von ihrem Geliebten befreit und heldenmütig verteidigt, bis ihre Unschuld kund wird; jetzt aber weigert sie sich schamhaft, ihm weiter Gehör zu schenken, und er lässt sich vor Verzweiflung Hungers sterben. Dieses seltsame Amalgam von Allegorie und phantastischer Realität führt uns der Verfasser vor, als wäre er selber Zeuge aller Vorfälle und teilnehmender Vermittler zwischen den Liebenden gewesen; und wenn er selber auch später die Schrift als eine Jugendverirrung bereute: mit ihrer glühenden Liebesrhetorik fand sie Anklang bis weit über die Grenzen des Landes hinaus und fuhr lange fort fühlende Herzen zu bestricken. Sie machte auch Schule und rief mit einer zweiten Novelle von ihm, dem *Tratado de amores de Arnalte y Lucenda*, eine Reihe von Nachahmungen hervor: von **Luis de Lucena** die *Repeticion de amores*, Liebesbriefe mit einer Parodie der Schuldisputationen in einem Kommentar über Verse des katalanischen Dichters Torrellas; von **Juan de Flores** den *Tratado de Grisel y Mirabella*, der die Frage: wer dem anderen mehr Anlass zum Fehlen gibt, der Mann der Frau oder die Frau dem Manne, zu Ungunsten der Frau entscheidet und in schadenfrohem Übermut demselben Torrellas, der schlimm von den Frauen gesprochen hatte, einen entsetzlichen Tod durch schöne Hände andichtet; von **Juan de Segura** den *Proceso de cartas de amores* und die *Queja de Lucindaro contra Amor y su dama*, zwei späte Nachzügler der Gattung. Mehr kulturgeschichtliches als sentimentales Interesse erweckt die *Cuestión de Amor*, ein Schriftchen von etwas verschiedener Art, das uns nach Neapel führt und um die Frage, wer am meisten leide: der die Geliebte verliert oder der hoffnungslos liebt, eine eingehende Schilderung der Feste und kriegerischen Rüstungen gruppiert, die der Schlacht bei Ravenna (1512) vorausgingen; die Gesellschaft, in die uns der Erzähler einführt, ist jener eigenartige spanisch-italienische Hofhalt, mit dem sich die verwitweten, entthronten oder verstossenen Königinnen und Herzoginnen, Witwe, Töchter und Enkelinnen Fernandos I von Sicilien umgaben, und den zahlreiche Bande der Verwandtschaft und Denkungsweise an das Haus der Borja knüpfte.

Als der wahre Ausdruck der Sinnesart der spanischen Nation können unter den Schöpfungen der Phantasie im 15. Jahrhundert die Ritterbücher gelten. Allerdings haben diese ihren heimischen Boden nicht

in Spanien, doch schlugen sie hier sehr bald tiefe Wurzeln. Ihr Ur-
sprungsland ist Frankreich: von dessen höfischer Dichtung sind sie die
Ausläufer. Als erster kam, um 1350, der Tristan herüber, jene
glühende Verherrlichung der unwiderstehlichen, alle Schranken der Pflicht
und Treue durchbrechenden Liebe. Fast gleichzeitig erschien der Roman
von Troja mit seiner feinen Analyse weiblicher Wandelbarkeit. Nicht
lange, so las man auch Lancelot vom See, die Graalsuche,
Merlin und Joseph von Arimathia, diese wechselreichen, spannenden und von Wunderbarem gesättigten Musterproben fahrenden Rittertums. Wie in keinem anderen Lande verkörperten sie das Ideal der
Zeit und ersetzten daher ohne Mühe die nationalen Erinnerungen in der
Gunst der höfischen Leser. Das beginnende 15. Jahrhundert fügte noch
einiges hinzu, die Geschichte von Tablante und Jofré, den einzigen provenzalischen Arturroman, den es gibt, die jüngere katalanische
Erfindung von Paris und Viana und den nur spanisch erhaltenen
Enrique fi de Oliva, der erzählt, wie Pipins Schwester Oliva infolge der
Ränke des Grafen Tomillas, des Vaters des Erzverräters Ganelon, ver-
stossen wird und wie später ihr Sohn Enrique Jerusalem erobert, die
Erbin von Konstantinopel heiratet und seine Mutter rächt, — und anderes der Art. Mit der Verbreitung des Buchdrucks und der Aussicht auf
grössere Leserkreise gewann dann dieser Zweig der Übersetzungslitteratur
einen mächtigen Aufschwung; in buntem Gewirr übernahm man, was
das Nachbarland an neuen Drucken lieferte, Stücke der Karlssage wie
die Geschichte von Fierabras dem Riesen, alte Abenteuerromane und
Novellenbücher wie die sieben Weisen von Rom, Partonopeus
von Blois, Pontus und Sidonia, Melusina, Robert der
Teufel, jüngere Volkserzählungen wie die schöne Maguelona; den
Katalanen wird der vielgelesene Tirant lo blanch entlehnt, und um
die Wende des Jahrhunderts beginnt auch Italien seine reichhaltige
Volkslitteratur nach Spanien abzusetzen. Bereits hatte aber der spanische Erfindungsgeist seine eigenen Wege gefunden.

Seit geraumer Zeit besass nämlich Spanien im *Amadis de Gaula*
seinen eigenen, selbsterdachten Erzählungsstoff. Schon Ayala kennt ihn
und wirft sich vor, seine Zeit damit vergeudet zu haben; öfter spielen
die älteren Hofdichter auf ihn an. Erst später geschieht einer portugiesischen Fassung Erwähnung als Werk Vasco Lobeiras, von dem
wir wissen, dass er 1385 am Vorabend von Aljubarrota zum Ritter geschlagen wurde. Beide Fassungen sind verloren, die ältere kastilische
wie die portugiesische; zum Druck kam der Roman in der Bearbeitung

des Ritters Garci-Ordoñez de Montalvo, Gemeinderat von Medina del Campo, der um 1492 die drei schon vorhandenen Bücher stilistisch überbesserte, den Schluss zu einem vierten erweiterte und als fünftes die Thaten Esplandians hinzufügte. In dieser Gestalt gelangte der *Amadis* zu seiner weltgeschichtlichen Bedeutung, aber nicht durch Montalvos Verdienst, sondern dank dem Talent jenes Unbekannten, der die Erzählung ersann.

Dieser Roman, der zum Urvater aller modernen Romane werden sollte, schliesst unmittelbar an die mittelalterliche Ritterdichtung an. Der Schauplatz ist noch der klassische Boden des fahrenden Rittertums: Bretagne, Wales, Schottland und England. Sein Verfasser hat sich aber von dem für neue Erfindung zu eng gewordenen Rahmen des Arturhofes und der Tafelrunde frei gemacht, indem er die Handlung um Jahrhunderte zurückverlegte; sie spielt kurz nach Christi Geburt auf der alten sagenfreundlichen Erde, aber in neuer Umgebung, unter ganz verschiedenen Voraussetzungen. — Frucht geheimer Liebe und bei der Geburt dem Meere anvertraut, wird Amadís in Schottland als Doncel del mar erzogen. Am Hofe erregt seine Anmut und sein Anstand allgemein Gefallen, und er wird der kleinen englischen Königstochter Oriana zum Pagen gegeben. Ihre freundliche Aufnahme und ausserordentliche Schönheit entzünden im Herzen des zwölfjährigen Knaben eine Liebe, die nichts mehr im Leben verdrängen wird. Auch Oriana ist ihm hold und erwirkt ihm den Ritterschlag von König Perion von Gaula, der um Hilfe gekommen ist. Amadís eilt nach Gaula; sein Schwert entscheidet den Sieg, und im geretteten Königspaare findet der Jüngling seine Eltern. Die jugendliche Thatenlust lässt ihn aber nicht ruhen; sie führt ihn in die Nähe Orianas, an den Hof Lisuartes von England. Doch auch hier bleibt er nicht müssig: kaum hat er mit seinem wiedergefundenen Bruder Galaor den König und Oriana aus tötlicher Gefahr befreit, so sucht er mit ihrem Urlaub neue Abenteuer, gewinnt der enterbten Briolanja ihr Reich zurück, besteht die Proben der Insola firme im Garten der treuen Liebhaber; aber der eifersüchtige Verdacht Orianas, die ihm ihre Nähe verbietet, stürzt ihn in Verzweiflung. Schwert und Rüstung wegwerfend, lebt er büssend in der Felsenklause der Peña pobre; doch bald hört er, dass Oriana ihr Unrecht einsieht, dass neue Gefahren drohen; unter dem Namen Beltenebrós, den ihm der alte Klausner beigelegt hat, übertrifft er seine früheren Thaten, verlebt mit Oriana auf ihrem Landschlösschen Miraflores Tage der Wonne und ungetrübten Glückes, wendet abermals die Gefahr von

Lisuartes Haupt, wird aber jetzt durch böse Neider im Unfrieden vom
Könige geschieden. Während Oriana in aller Heimlichkeit einem Knaben,
Esplandian, das Leben gibt, den ein Löwe raubt und ein frommer Einsiedel aufnimmt und erzieht; besucht Amadis als Caballero de la
verde espada Deutschland, Böhmen, Rumänien und Konstantinopel,
vollendet das höchste, das ein Einzelner leisten kann, und kehrt nach
Jahren zurück, um zu erfahren, dass Lisuarte seine Tochter Oriana, die
Erbin des Reichs, gegen alles Recht mit dem Kaiser von Rom vermählen will. Er überfällt die Boten, entreisst ihnen die Geliebte und
steht nun in offener Fehde mit Lisuarte und seinen römischen Verbün-
deten; aber er hat sich so viel Freunde in Nah und Fern erworben,
dass er die zweitägige Feldschlacht siegreich besteht. Schon hat der
Einsiedel Nasciano, Esplandians Erzieher, begonnen die Gegner zu ver-
söhnen, als über Lisuarte ein alter Todfeind bricht, der ihn zu vernichten hofft. In der äussersten Bedrängnis erscheint ihm Amadis noch
einmal als der Retter, und bald schwindet auch der letzte Groll. Auf
der Insola firme ist allgemeine Hochzeitsfreude, und hier besteht
jetzt auch Oriana die Schönheitsprobe der 'Verbotenen Kammer', womit aller Zauberspuk sein Ende findet.

   So ungefähr verläuft der Herzensroman, der den Kern des *Amadis*
bildet, die Geschichte einer Liebe so heimlich und verborgen, dass bis
zuletzt kein Mensch etwas von ihr ahnt, und so standhaft und treu, dass
kein anderer Gedanke den Sinn des Helden erfüllen, keine fremde Versuchung ihn bethören kann. Neu ist eben die Schilderung dieser keusch
sehnenden Liebe; in einigen Scenen erhebt sie sich zu weicher, packen-
der Poesie und gewinnt noch an Relief durch den Gegensatz des stürmischen Jugenddrangs, mit dem Galaor die Gunst jeder Gelegenheit im
Fluge erhascht. Doch fast noch mächtiger als die Stimme der Liebe
und der Sinne spricht im Herzen der jungen Ritter die Sucht nach Ehre,
der Trieb nach hohen Thaten, der sie von einer Gefahr zur anderen
treibt, wo nur ein Bedrängter Hilfe verlangt, wo ein Unrecht der Sühne
harrt, oder wo Trotz und Kampfgier den Fehdehandschuh hielten. Und
oft mag es scheinen, als verfolge die Erzählung keinen anderen Zweck,
als den Leser von Fährlichkeit zu Fährlichkeit, von Erstaunen zu Erstaunen zu hetzen: so unermüdlich ist der Verfasser im Ersinnen stets
neuer Kombinationen. Mit seiner kurzweiligen Darstellungsweise führt er
uns in angenehmer Spannung durch den rastlosen Wechsel der Geschieh-
nisse, reiht Figur an Figur, und lässt uns keine Zeit, uns Gedanken zu
machen über diese seltsame Welt, wo Landstrassen und Waldpfade von

hilfesuchenden, botschaftbringenden, verfolgten, leidtragenden und Ränke ausheckenden Frauen und Fräulein wimmeln, wo jeder Thalgrund, jeder Schlosshof lauernde Ritter birgt, wo Menschenleben nichts gelten, wo Niemand sich um die Leichen kümmert, die der Zweikampf auf Wegs und Anger hinstreckt; wo das Recht, die öffentliche Sicherheit, ja das königliche Ansehen nur auf dem Schwert des fahrenden Ritters ruhn, der jeder Gefahr die Stirn bietet, aber auch stets durch das Mass der Rede dem stolzen Prahler gegenüber sich den Vorteil der guten Sache sichert. Vielfach spielen Zauber, bedeutungsvolle Voraussagen, geheimnisvolle Hilfe und Rettung in die Handlung hinein, doch geben sie den schliesslichen Ausschlag nicht, sondern allein das gute Schwert und das gute Recht des einen auserlesenen Ritters.

Von den glänzenden Erzählergaben seines ungenannten Vorgängers hat Montalvo wenig geerbt; gleich fremd ist ihm der impulsive Reckengeist wie die warme Sinnlichkeit des ersten *Amadis*, dessen Schluss er verwässert hat. In den *Sergas de Esplandian* verlegt er den Schauplatz nach dem Orient und sucht das Vollkommenheitsideal seines Vorbilds zu übertrumpfen. Die Feder führt er nicht schlecht; aber zum Romandichter fehlt ihm die anschauliche Eingebung und der Glaube an die eigenen Schöpfungen. Ziel- und zusammenhangslos schleppt sich die Handlung dem längst durchblickten Abschluss zu; selbst Carmela, die in still verzichtender Liebe dienend dem Helden folgt, ist ein guter Einfall, mehr nicht. Unverdient geniesst Montalvo den Ruhm eines anderen.

Das Drama.

Die Wende des 15. Jahrhunderts sollte endlich auch die spanische Bühne neu erstehen sehen. Von dem aus der Liturgie hervorgegangenen religiösen Schauspiel des Mittelalters war Spanien seiner Zeit nicht unberührt geblieben; es war aber eine ephemere Erscheinung. Seitdem war es wieder still geworden; von dramatischen Aufführungen verlautet auf dem spanischen Sprachgebiet die ganze Zeit nichts mehr. Wohl fuhren die Kirchen fort, erbauliche Darstellungen aus der Erlösungsgeschichte als blosse Geberdenspiele oder lebende Bilder zu pflegen, und nicht minder liebte man es, Krönungstage, Einzüge von Fürstlichkeiten und andere festliche Anlässe weltlicher Art durch öffentliche Schaustellungen und vermummte Umzüge zu feiern. Hier konnte und sollte die Entwicklung einsetzen: ein Drama gab es nicht, es lag aber jederzeit nahe, diese stummen Bilder durch einen Spruch, einen Dialog, einen Schein von Handlung zu beseelen. In der That schrieb Gomez

Manrique für die Nonnen des Klosters Calabazanos, dem seine Schwester vorstand, Verse für eine Weihnachtsvorstellung ganz primitiver Art, mit kaum einem Ansatz von Handlung: Ein Engel zerstreut Josephs Zweifel über die Herkunft des von Maria erwarteten Kindes, dann verkündet die Engelschaar die Geburt des Heilands, Hirten und Engel eilen das Kindlein anzubeten, mit ihnen huldigen ihm auch die Martern, die seiner harren, und mit einem Schlummerlied tröstet der Chor den weinenden Säugling. Und noch einfacher sind die Sprüche für einen vermummten Neujahrsglückwunsch, die sich gleichfalls unter Manriques Werken finden.

Eine lebens- und entwicklungsfähige Gestaltung verlieh diesen rudimentären Festvorstellungen Juan del Encina (1469—1534), eine der bezeichnendsten litterarischen Gestalten dieser Zeit, gleich gewandt und produktiv als Musiker wie als Dichter, ein geweckter Geist, dem die anmutige Gefälligkeit der Verse, die sangliche Schmiegsamkeit der Lieder, die Treffsicherheit des Dialogs, ein harmloser Humor und ein echt volksmässiger Ton Naturgabe waren. Er war bei Salamanca zu Hause, studierte hier, fand dann sein Fortkommen beim Herzog von Alba, wirkte später in der päpstlichen Kapelle und kehrte nach einer Reise nach Jerusalem in seine Heimat zurück, um seine Pfründen in Ruhe zu geniessen. Seine ersten dramatischen Eklogen, die in der Hauskapelle von Alba de Tormes aufgeführt wurden, haben vom Drama nur die lebhafte, einer Situation angepasste Wechselrede, noch nicht die geschlossene Handlung: Gespräche sinds von Hirten vor der Anbetung der Krippe, eine Unterhaltung zweier Einsiedler mit Veronica über den Tod des Herrn, oder die Begegnung Josephs, Magdalenas und der Jünger von Emaus am offenen Grabe; desgleichen für Faschings Ende fröhliche Gelage schmausender Hirten, eine Prügelscene zwischen Studenten und Bauern, oder die Werbung eines Knappen um eine Dorfschöne und umgekehrt die Hirten, die einmal das Herrenleben kosten möchten. Encina spielte selber mit und führt sich gern selber ein, liebt auch sonst zeitgemässe Anspielungen, die nicht immer zur heiligen Geschichte reimen, und versteht es überhaupt, die geschichtliche Bedeutung und die moderne Beziehung des Spiels in sinnige Verbindung zu bringen. In Rom, fern vom heimischen Boden, lösten sich seine dramatischen Versuche noch mehr von ihrer ursprünglichen festlichen Bestimmung; die vornehm korrupte Gesellschaft, die sich in den Gemächern eines Kardinals zusammenfinden mochte, suchte er durch pathetische Situationen im Geschmack der sentimentalen Novelle oder durch derberen

Realismus zu unterhalten, und sein geschmeidiges Talent erfasste, wie früher den idyllischen, so jetzt den leidenschaftlicheren Ausdruck mit sicherer Meisterschaft; einen Fortschritt der scenischen Fügung bedeuten aber auch diese Stücke kaum.

Obwohl Encinas Versuche nicht aus dem engen Rahmen der Paläste vor die grosse Öffentlichkeit gelangten, verbreiteten sie sich rasch durch den Druck und regten zur Nachahmung an. Zu jedem grösseren Hofball gehörten ständige Musikkapellen, und diese wurden die Heimstätte der neuen Kunst. Überall entpuppten sich dramatische Talente, ein Francisco de Madrid, ein Martin de Herrera, ein Lúcas Fernández aus Salamanca, der besonders die derb naive Komik des Hirtenlebens hervorkehrt, und Andere, und die meisten wendeten sich auch an den Verleger. Nach Portugal verpflanzte der geniale Gil Vicente die junge dramatische Kunst: 1502, bei der Geburt des Thronerben, trat er als Hirte verkleidet vor das Wochenbett der Königin, einer spanischen Infantin, und trug ihr seine Huldigung in einem Monolog vor; der Versuch gefiel, man forderte mehr, und so fuhr Gil Vicente 34 Jahre lang fort, den Hof mit Festspielen zu unterhalten, teils in portugiesischer, teils wie beim ersten Anlass in kastilischer Sprache. Lyrischer Schwung und launige Phantasie waren ihm eigen und verleihen seinen sorglos naturwüchsigen Schöpfungen eine besondere Anmut. Vervollkommnet hat er den unfertigen Bau der Bühnenspiele eigentlich nicht, aber er hat ihren Bereich nicht unbedeutend erweitert: bald lässt er das Hirtenspiel ganz in Symbolik aufgehen, bald führt er moralische Allegorien ein, wie sie Frankreich liebte und pflegte, bald greift er nach neuen Stoffen aus der biblischen und Heiligengeschichte, der Mythologie und der Rittererzählung; vor allem aber bewährt er seine komische Kraft an einer bunten Reihe lebensvoller Figuren, dem Modepfäfflein, dem Hausgeistlichen des bettelarmen Edelmanns, dem epikuräischen Einsiedel, dem grotesken Richter, dem schmachtenden Galan, dem verführten und betrogenen Mädchen, der verliebten Alten, dem jüdischen Heiratsvermittler, allerlei Zauberer-, Kuppler-, Zigeuner- und Negervolk, deren Ton und Redeweise er in allen Färbungen und Abstufungen ausdrucksvoll und malerisch wiedergibt.

In Rom selbst fand Encina einen Schüler und in mancher Hinsicht überlegenen Rivalen an Bartolomé de Torres Naharro, einem Priester aus Estremadura, der durch Loskauf aus maurischer Gefangenschaft nach Rom kam und hier zwischen 1513 und 1517 im Gefolge des Kardinals Carvajal lebte und dichtete. Für das Schauspiel besass

Torres Naharro mehr als nur ein instinktives Gefühl; das rege gewordene Interesse am antiken Lustspiel und die verschiedenen Versuche der Italiener eröffneten ihm das Verständnis für die Führung der Handlung und der Bühnenwirkung, wie sie ihm auch die Einführung des Prologs (meist eines Bauerntölpels), die Einteilung der Stücke in fünf Akte oder *jornadas* und die Verwendung der Diener und Zofen als scherzhaftes Gegenspiel ihrer Herrschaften nahe legten. Gross ist Naharros Repertorium nicht, aber es ist selbständig, sei es, dass er sich an realistischen Sittenschilderungen in losen Scenen (aus dem Soldaten- und Werherleben der Zeit oder aus dem Treiben des Gesindes und Küchenpersonals eines römischen Kardinals) verweilt, sei es, dass er eine richtige Intrige zu flechten versucht, wie die vom leichtsinnigen Jüngling, der eine doppelte Ehe eingeht und nun eine der beiden Frauen beseitigen müsste, wenn ihm nicht ein jüngerer Bruder die überzählige abnähme, oder die phantasievolle Liebeswerbung der *Comedia Himenea* mit dem nächtlichen Stelldichein und dem über die Reinheit der Familienehre so eifersüchtig wachenden Bruder, welche uns zum erstenmal ein Lieblingsmotiv der späteren Comedia, hier noch mit versöhnlichem Ausgang vorführt. Diese Stücke, die die spätere Entfaltung der spanischen Bühne vorahnen lassen, sicherten Torres Naharro neben Encina einen massgebenden Einfluss auf die Schauspieldichtung der Folgezeit; er lenkte sie zuerst in die Fährten des Intrigenspiels.

Schon bei diesen ersten zagen Schritten des spanischen Dramas macht sich aber bereits die Wirkung jenes einzigartigen Werks fühlbar, das an Originalität und Bedeutung alles vorangehende und nächstfolgende gewaltig überragt, jener *Comedia de Calisto y Melibea* oder der *Celestina*, wie man sie prägnanter benennt, die eigentlich kein Drama ist und auch nie zur Aufführung bestimmt war, die aber, was dramatischen Geist, Ergründen und Entwickeln der Charaktere, naturwahre Sittenschilderung und Trefflichkeit der Sprache anbelangt, eine Epoche in der spanischen Litteratur bezeichnet. Wem wir diese geniale Schöpfung verdanken, wissen wir nicht: denn der Anteil des Baccalaureus Fernando de Rojas, der das unvollendete und von keinem Verfasser unterfertigte Werk in Salamanca gefunden und während der Gerichtsferien in vierzehn Tagen zu Ende geführt haben will, ist unklarer und problematischer denn je. Den Inhalt bildet ein leichtfertiger Liebeshandel mit tragischem Ausgang. Seinem verflogenen Falken in einen fremden Garten folgend, steht Calisto plötzlich vor Melibea und gesteht ihr unumwunden den überwältigenden Eindruck, den ihre Schönheit auf ihn macht; sie weist den Vermessenen entrüstet zurück. Der junge Mann lässt sich nun von seinem Diener hereden, die Angelegenheit einer dienstfertigen Alten, der stadtbekannten Gelegenheitsmacherin Celestina anzubefehlen; diese findet in der That Mittel und Wege in das Haus Melibeas zu kommen, ihr auf Umwegen die Botschaft zuzustellen und ihr das Geheimnis ihrer Gegenliebe abzulocken. Auf ein Stelldichein an der Hausthüre folgt eine nächtliche Begegnung im Garten; beim Fortgehen strauchelt Calisto, stürzt von der Leiter und bleibt mit zerschmettertem Schädel liegen; Melibea wirft sich in ihrer Verzweiflung vom Turm ihres Hauses hinunter. Selben Tags war Celestina mit Calistos Dienern über die Teilung des Zuhringerlohns in Streit geraten und von ihnen erstochen worden, und das Gericht hatte die Sühne ungesäumt vollzogen. Dies die Handlung, deren Mittelpunkt und Seele unstreitig die Figur der alten Kupplerin ist. Iu diesem verschlagenen und verworfenen Geschöpf, das die menschliche Schwäche bis in ihre verborgensten Winkel durchspäht und skrupellos ausbeutet, lebt der Geist der Erzpriester von Hita und Talavera mit dämonischer Kraft wieder auf. Wie ehrbar weiss doch die Alte überall aus- und einzugeben, wie kann sie so erfahren und lebensklug reden, wie überlegen betreibt sie ihr vielgestaltiges Geschäft, und wie unheimlich versteht sie jeden Vorteil zu ergreifen, jeder Gefahr zu steuern und einen jeden in den Bannkreis ihrer Schlechtigkeit zu ziehen; wie satanisch umgarnt sie das junge Mädchen, indem sie selbst ihre besten Regungen zu Hebeln ihres Falles macht, und wie muss ihr auch alles zu statten kommen, die gutmütige Arglosigkeit der Mutter so gut wie ihre strengeren Mahnungen zur Vorsicht. Mit so grellem Realismus und solcher psychologischer Tiefe war noch kein Charakter entwickelt, noch kein Sittenbild entworfen worden. Ein Drama ist die *Celestina* nicht. Oft stockt nach dem glänzenden Anfang der Gang der Handlung und geht episch und redselig in die Breite. Auch der Ausgang, jener jähe Umschlag vom höchsten Jubel der Liebe zum tiefsten Jammer, kann nur insofern als tragische Schuldsühne gelten, als die beiden jungen Leute, in denen sich ja Jugend, Schönheit, Geburt und Reichtum ebenmässig vereinigten, um ein dauerndes Glück zu sichern, an sich erfahren mussten, wie nichtig die Seligkeit ist, die nur auf der berauschenden Wonne des irdischen Besitzes ruht. — Eine unbekannte Hand hat schon in den ältesten Ausgaben unsere dialogisierte Prosanovelle um einige Scenen erweitert, welche die Nebenfiguren schärfer hervorheben und einige glückliche Einfälle enthalten, aber zugleich das Unverhüllte nackter hervortreten lassen. Den Erfolg des Buches hemmte dies nicht; soviel Ausgaben hat keines aus dieser Zeit erlebt, und auch das Ausland zollte ihm seinen Beifall.

Kaiser Heinrich VII.[1]

Von

Alexander Cartellieri.

Betrachtet man die politische Lage, in die Heinrich von Lützelburg als deutscher König und römischer Kaiser eintrat, so ist das Übergewicht Frankreichs in den allgemeinen Verhältnissen der Christenheit entscheidend. Woher stammt dieses Übergewicht? Naturgemäss nur daher, dass Frankreich die Stelle eingenommen hat, die das sinkende deutsche Reich frei zu lassen genötigt wurde. Die Kapetinger haben die Erbschaft der Staufer übernommen. Denken wir an Philipp II. August, dem in seinen jungen Jahren die gewaltige Persönlichkeit Karls des Grossen vor der Seele stand, an die folgenreiche Niederlage des deutschen Reichsheeres bei Bouvines, an die umfassende Wirksamkeit Karls von Anjou. Der Untergang der letzten Staufer in Apulien schuf Raum für eine andere vorherrschende Dynastie und die innere Zerrissenheit Deutschlands schuf Raum für ein anderes vorherrschendes Land. Deutschland, der Zwietracht der Stände ausgeliefert, kam als Gesamtpersönlichkeit in der auswärtigen Politik nicht mehr in Frage. Noch wagte man nicht, es unmittelbar anzugreifen, aber es besass selbst keine Angriffskraft mehr nach aussen. Es gab fortan keine deutsche Reichspolitik, sondern nur Politik der einzelnen Erzbischöfe, Bischöfe und Fürsten.

Die leitende Persönlichkeit am Ende des 13. und Anfang des 14. Jahrhunderts ist zweifellos König Philipp IV. von Frankreich, genannt der Schöne. Kann es gelingen, uns diesen Mann, der Jahre lang im Vorder-

---

1) Für den folgenden Versuch habe ich die neueren Schriften über Heinrich VII. und seine Zeit (Assmann-Viereck, Felsberg, Funck-Brentano, Gregorovius, Holtzmann, Höfler, Israel, Kraussold, Lindner, Loserth, Masslow, Pöhlmann, Sommerfeldt) nach Möglichkeit benutzt und geprüft. Einer tieferen politischen Auffassung haben vor allem Fournier, Langlois und Wenck vorgearbeitet.

grunde der Weltbühne stand, lebendig zu vergegenwärtigen? Es scheint
nicht so. Der beste französische Kenner der Zeit meint, man vermöge
nicht zu sagen, ob er ein grosser Mann war oder ob er alles nur geschehen liess. Die Zeitgenossen heben seine auffallende Schönheit hervor, hielten uns aber keine Gelegenheit, in sein Inneres zu blicken. Die
Ansicht des Volkes ging dahin, dass er von Natur schwach und lenk-
sam war und daher seinen Vertrauten allen Spielraum gewährte.

Wie dem auch sei, gab Philipp nur den königlichen Namen für
das her, was damals von Paris aus geschah, er bleibt doch im Mittelpunkte. Nie wird man im einzelnen feststellen können, wie weit im
einzelnen der Anteil seiner vertrauten Räte reicht. Es waren Männer
geringer Herkunft, dem Königtum noch mehr ergeben wie der Person
des Königs, Männer, deren Bibel das römische Recht, deren Ideal der
Absolutismus war, die in ihren Massnahmen kein Mittel scheuten und
an die Allgewalt dreister Lüge und geschickten Betruges glaubten.

Die Macht des französischen Staates hatte sich besonders deutlich
darin gezeigt, dass der französische König es hatte wagen dürfen, das
Papsttum in der Person Bonifaz' VIII. so tief zu demütigen, wie nie
zuvor geschehen war. Neben dem Ereignis von Anagni verblasst die
Gefangennahme Paschalis II. in St. Peter durch Heinrich V. Vergeblich hatte Bonifaz einmal die weitgehenden theoretischen Ansprüche der
Franzosen derb abgewiesen: sie fühlten sich doch als das herrschende
Volk der Welt. Der gehorsame Papst, das uneinige, durch jahrhunderte-
lange Kämpfe erschöpfte deutsche Reich konnten ihnen nichts anhaben.
Wohin liefen die feinen, meist vergoldeten Fäden der französischen Politik
nicht? Ein Enkel Karls von Anjou regierte in Neapel, ein anderer
gewann Ungarn. Die Königin von Frankreich vereinigte Navarra mit
der Krone. Frankreich und England waren seit Anfang des Jahres 1308
durch Heirat verbunden und gönnten sich in ihrem endlosen Streite eine
Pause. Deutsche Reichsfürsten am Rhein, desgleichen andere in Savoyen
und der Dauphiné bezogen regelmässige Jahrgelder vom Könige. Der
gefährliche Kampf der Krone gegen die reichen flandrischen Städte war
durch den Frieden von Athis vorläufig beigelegt. Kurz, Philipp nahm
damals durchaus die Stellung eines Oberherrn des Abendlandes ein und
ihm fehlte nur der kaiserliche Name, um das allgemein kund zu thun.

Papst war Klemens V., der als Kardinal nie hervorgetreten war, ein
Gaskogner, der seine Erhebung allein dem Willen Frankreichs verdankte.
Ihm gegenüber besass Philipp zwei starke Druckmittel, von denen er ganz
nach Belieben Gebrauch machte: den Prozess gegen das Andenken des

17*

Bonifaz und den gegen die Templer. Man kann kaum sagon, welcher
für das Papsttum gefährlicher war. In dem einen Falle handelte es
sich darum, vor der Öffentlichkeit die Wahrheit der fürchterlichen Be-
schuldigungen darzuthun, die gegen die Sitten und die Orthodoxie des
verstorbenen Bonifaz vorgebracht worden waren. Die andere Sache war
die der Templer, die als Grosskapitalisten sich glühenden Hass zugezogen
hatten, die durch ihre Reichtümer die Begehrlichkeit der Leute des Königs
erweckten, die endlich durch ihre Geheimnisthuerei und ihr hochfahren-
des Wesen zu vielem bösen Gerede Anlass boten. Aber nach der ganzen
Anschauung der Zeit, nach den Verdiensten, die sich die Templer um
das heilige Land erworben hatten, durfte kein Statthalter Christi sich das
Gericht über den Orden aus den Händen winden lassen, wollte er nicht
seine klägliche Schwäche aller Welt offenbar werden lassen.

Betrachten wir die Persönlichkeit Klemens', so sehen wir freilich
bald, dass er nicht der Mann war, mit den Ministern Philipps des
Schönen fertig zu werden. Immer kränklich, ängstlich darauf bedacht,
dass das Klima einer Residenz ihm bekomme, litt er dauernd an Ent-
schlusslosigkeit, aus der er sich nur gelegentlich aufraffte, um gleich
wieder zu erschlaffen. Seine, wie man zugeben wird, schwere und beim
Einfluss Nogarets im Rate Philipps nicht ungefährliche Aufgabe ging
dahin, sich der Übermacht Frankreichs zu erwehren und durch eine Politik
der kleinen Mittel, besonders Familienbündnisse, ein Gleichgewicht der
grossen Staaten herzustellen. Fortwährend regt er zu Verhandlungen an,
lässt sie fallen, wenn die Schwierigkeiten zu gross werden, greift abermals darauf zurück, wenn sich eine Möglichkeit eröffnet. Bonifaz stürmte
leidenschaftlich auf sein Ziel los: Klemens schleicht sich zaghaft heran.

England hat unter Eduard II., dem herzlich unbedeutenden Sohne
eines hochbedeutenden Vaters, nachweislich nicht in die Geschicke Heinrichs VII. eingegriffen. Wir richten deshalb gleich den Blick auf Unter-
italien, auf die Landschaften, die seit den Tagen der normannischen
Eroberung den allernachhaltigsten Einfluss auf die Gestaltung der allgemeinen Politik gehabt haben. Am Anfang des 14. Jahrhunderts dauerte
noch die durch die sizilianische Vesper geschaffene Lage an. Sizilien
und Neapel blieben getrennt und einander feindlich, jedes Land stets
bereit, das andere zu bekämpfen. In Sizilien regierte Friedrich, durch
seine Mutter ein Enkel Manfreds; in Neapel seit Mai 1309 Robert, ein
Enkel Karls von Anjou, ein Fürst, dessen Geist und Gaben von den
Mitlebenden gepriesen wurden.

Das waren die leitenden Persönlichkeiten, in dem Augenblicke, da Heinrich Graf von Lützelburg deutscher König wurde und als solcher seinen Blick auf das höchste weltliche Amt in der katholischen Christenheit richtete.

Am 1. Mai 1308 war König Albrecht von ruchloser Mörderhand gefallen. Philipp der Schöne ergriff sofort die günstige Gelegenheit, auch das Kaisertum seinem Willen zu unterwerfen. Seinem Bruder Karl von Valois, den man Karl ohne Land nannte, weil es ihm bei all seinen weitschweifenden Plänen und Kriegsthaten in der Ferne nicht gelungen war, ein Reich zu gewinnen, gedachte er die deutsche Krone zuzuwenden. Das konnte aber nicht auch die Absicht Klemens' sein. Frankreich besass, wie man zu sagen pflegte, von altersher das Studium, beherrschte neuerdings das Sacerdotium. Durfte man ihm noch das Imperium überlassen? Dann hätte sich niemand mehr der französischen Übermacht erwehren können. Klemens unterstüzte daher die Bewerbung Karls nur lau und das französische Gold allein, das Philipp spendete, genügte auch nicht, die deutschen Kurfürsten zu gewinnen. Balduin von Lützelburg, seit kurzem Erzbischof von Trier, stellte seinen Bruder Heinrich auf und es gelang ihm, den Mainzer Peter von Aspelt durch grosse Versprechungen zu sich herüberzuziehen. Heinrich erschien vor allem ganz ungefährlich, nicht, wie König Albrecht, imstande, durch bedeutende Hausmacht die Fürsten unter seinen Willen zu zwingen. Seine engen Beziehungen zu Philipp konnten ihn nach Lage der Dinge nur empfehlen. So wurde er am 27. November 1308 gewählt und am 6. Januar 1309 gekrönt. Seine Erhebung erscheint als Gegenwirkung gegen eine straffe Herrschergewalt, die etwa bei einem Habsburger zu fürchten gewesen wäre.

Die Grafschaft Lützelburg gehörte nicht nur in Deutschland, sondern auch in den lothringischen Gebieten zu den minder bedeutenden. Niemals hatten sich die Grafen in allgemeinen Angelegenheiten hervorgethan. Der neue König wurde wirklich aus dem Winkel geholt.

Er war damals 32 Jahre alt, 8 Jahre jünger als Philipp IV., blond, schlank, mittelgross, bedächtig in der Rede und wortkarg, von Herzen fromm und gottergeben, ein treuer Gatte, wohlgeübt im Waffenhandwerk, aber friedliebend, von ritterlichen Idealen erfüllt, in welscher Sitte herangewachsen, neben der französischen Sprache, die in seiner Kanzlei benutzt wurde, der lateinischen mächtig, ein Mann, der sich in seiner Heimat durch strenge Rechtspflege einen Namen gemacht hatte. Im Gericht zeigte sich der Graf unerbittlich gegen Räuber und Landstreicher. Unangefochten zog der Kaufmann mit seinen Warenballen durch Lützelburgisches Gebiet; ohne einer Wache zu bedürfen, konnte er sein Nachtlager auch im Walde oder auf der Haide aufschlagen. Von Philipp IV. hatte der lützelburgische Graf den Ritterschlag erhalten, ihn mehrfach begleitet, ihm den Lehenseid geschworen. Konnte Philipps eigener Bruder die Kaiserkrone nicht erlangen, so musste Philipp sie dem Vasallen am ehesten gönnen.

Darum hat dieser auch gleich nach seiner Erhebung, früher noch als dem Papste, dem mächtigen Nachbar vornehme Gesandte geschickt mit ungemein freundschaftlichen Beteuerungen. Philipp erwiderte sehr höflich, aber nicht ohne einen leisen Zug von Ironie. Der Papst wurde in seinem Verhältnis zu dem neuen deutschen Könige bestimmt durch die Furcht vor Philipp, den zu reizen er vermeiden musste. Er erkannte Heinrich, wie Philipp ihm später vorwarf, allzu eilig an. Damals reifte in der Umgebung des Papstes der Plan, die Kurie von der so überaus drückenden Abhängigkeit von Frankreich dadurch zu befreien, dass durch eine Heirat ein gutes Verhältniss zwischen Deutschland und Neapel hergestellt würde. Ein Kardinal Gaetani, der treu das Andenken Bonifaz' hoch hielt, knüpfte damit an die Richtung an, die die päpstliche Politik in den letzten Jahren des Bonifaz zu Albrecht hin genommen hatte. Robert sollte das Opfer bringen, seinen Absichten auf Ober- und Mittelitalien zu entsagen. War er doch bestrebt, daselbst festen Fuss zu fassen und gewissermassen eine Landverbindung zwischen seiner Grafschaft Provence und Neapel herzustellen. Heinrich sollte ihn durch das Königreich Arelat entschädigen, das schon oft, weil doch dem unmittelbaren Bereiche der deutschen Macht entrückt, als Tauschgegenstand ins Auge gefasst worden war. Robert als Graf der Provence besass ja schon einen Teil des Landes als Reichslehen.

Es gehörte kein grosser Scharfblick dazu, um in dem Vorschlage die Spitze gegen Frankreich zu erkennen. Robert musste sich darauf gefasst machen, dass er durch die Verbindung mit Heinrich seinen Vetter an der Seine vor den Kopf stiess. Die französische Politik hatte seit der Erstarkung des Königtums nie versäumt, auf jede Weise ihren Einfluss in den ihr kulturell nahe stehenden burgundischen Landen auszubreiten. Ein Königreich Arelat unter dem Szepter eines Kapelingers liess Gefahren befürchten, wie sie sich später in burgundischer Zeit verwirklicht haben.

Für das beste Mittel, das Zustandekommen eines ihm unerwünschten deutsch-neapolitanischen Bundes zu hindern, hielt Philipp, auch von

seiner Seite freundschaftliche Verhandlungen mit dem Lützelburger an-
zuknüpfen. Beiderseitige Bevollmächtigte setzten einen Vertragsentwurf
auf (1310 Juni 26, Paris), dem nur noch die Bestätigung der Herrscher
fehlte. Es handelte sich darin neben der Herstellung eines dauernden
Friedens zwischen beiden Reichen und der Verhinderung aller Übergriffe
für die Zukunft hauptsächlich um die Grafschaft Burgund, die der
letzte Pfalzgraf Otto V. (Ottolein) 1295 im Vertrage zu Vincennes unter
schnöder Missachtung der Rechte des Reiches an Philipp verkauft hatte.
Ottos Tochter Johanna heiratete Philipps gleichnamigen Sohn, den späteren König Philipp V. den Langen, und Philipp IV. übernahm sofort
die Verwaltung als Vertreter seines Sohnes. Wenn Heinrichs Gesandte
jetzt die Belehnung des jungen Philipp zugestanden, so lag darin um
so mehr ein wesentliches Entgegenkommen, als dem Grafen Otto inzwischen ein Sohn geboren worden war, dem naturgemäss die Grafschaft
von rechtswegen gehörte.

Beide Herrscher rechneten damals mit Veränderungen in den Grenz-
landen. Denn sie verpflichteten sich, wenn einer von ihnen irgend einen
Statthalter — Heinrich nennt auch einen König — an den Grenzen
des anderen Reiches einsetze, so werde er ihn schwören lassen, sich zu
dem anderen freundlich zu stellen oder sich mit ihm zu verbinden.
Hierin mag man noch einen Niederschlag des Arelatischen Planes erkennen.

Zur selben Zeit aber, da Philipp freundschaftlich mit Heinrich verhandelte, ging er sehr unfreundlich gegen ihn vor. Wie er schon früher
die Wirren in Toul zur Ausbreitung seines Einflusses in den lothringischen
Landen benutzt hatte, so marschierten Ende Juni 1310 seine Truppen
unter dem Befehle seines Sohnes Ludwig gegen den Erzbischof Peter
von Lyon, der es gewagt hatte, die französische Garnison zu vertreiben,
und brachten in einem kurzen Feldzuge die Stadt in ihre Gewalt. Damit
wurde die Vereinigung der Stadt und der Westhälfte des Erzbistums
Lyon mit der Krone Frankreich zur Thatsache.

Heinrich nahm aber auf diese Störungen des Bündnisplanes zunächst
keine Rücksicht. Ihn drängte es, nach Süden zu ziehen und die Kaiserkrone zu erwerben. Später mochte sich Gelegenheit genug finden, an
dem Franzosen Vergeltung zu üben. Ende Oktober 1310 überschritt er
den Mont-Cenis.

Unendlich oft ist über die Verhältnisse geschrieben worden, die er
in der Lombardei vorfand, besonders im Anschluss an die berühmten

Briefe Dantes.[1]) Heinrich selbst hat einmal, im Mai 1313, die Zustände Oberitaliens geschildert. Während der kaiserlosen Zeit hätten alle Gemeinden und Städte die kaiserlichen Rechte an sich gerissen und seien dann infolge andauernder innerer Kriege einer Gewaltherrschaft anheim gefallen, die zahlreiche Bürger in die Verbannung getrieben und sie ihrer Güter beraubt hätte, so dass diese in der Fremde betteln und sterben mussten. Thatsächlich zerfleischte das blühende Land sich selbst im nie enden wollenden Bürgerkriege der Ghibellinen und der Guelfen. Italien war unfähig, sich allein staatliche Ordnung zu geben. Es bedurfte, genau so wie mehrfach vorher und später, einer eisernen Faust, die zum allgemeinen Besten den Frieden gewaltsam herstellte. Heinrich kam in der redlichsten Absicht, wie er selbst sagte: „Non pro parte, sed pro toto". Er wollte immer gerecht und unbefangen über den Parteien stehen, überall den Frieden herstellen und die Verbannten zurückführen. Aber es versteht sich, dass die gründliche Durchführung dieses hohen Grundsatzes nur dann möglich gewesen wäre, wenn Heinrich über eine gewaltige Streitmacht verfügt hätte, hinreichend, um jeden Widerstand zu brechen. Es begleitete ihn aber nur eine verhältnismässig geringe Truppenzahl, und die Italiener, die sich ihm anschlossen, verfolgten naturgemäss ihre selbstsüchtigen Ziele. Dass der König vielfach so jubelnden Empfang fand, bedeutet nicht viel. Das Volk hatte seit zwei Menschenaltern keinen Kaiser mehr in seiner Mitte gehabt. Nur hohe Siebziger konnten den grossen staufischen Kaiser noch von Angesicht zu Angesicht gesehen haben. Die Erinnerung an die furchtbaren Kämpfe zwischen Staat und Kirche, die die letzten Jahre Friedrichs II. erfüllt hatten, war erloschen. Gerade weil die Menge nicht mehr viel von dem Kaisertum wusste, verband sie überschwängliche Vorstellungen mit dem glänzenden Namen, und als diese keine Erfüllung finden konnte, fühlte sie sich später um so bitterer enttäuscht. So erklären sich die anfängliche Begeisterung und der bald darauf erfolgende Umschlag der Stimmung ungezwungen. Schon im Februar 1311 kam es in Mailand zu einem Aufstande, der blutig niedergeschlagen werden musste, und erst nach viermonatiger Belagerung konnte Brescia bezwungen werden, während die günstige Gelegenheit, rasch nach Rom vorzudringen, verpasst war.

Inzwischen hatte die Stellung des Papstes zu Heinrich sich verändert. Die französisch gesinnten Kardinäle, die mit der Hinneigung

---

1) Die Gründe, die F. X. Kraus gegen die Echtheit anführt, sind wenig überzeugend. Vorläufig schien es aber doch empfehlenswert, von einer Verwertung der Briefe in diesem Zusammenhange abzusehen. Auch hier dürfte die Zeit der Vermechtungen bald durch die Zeit der Rettungen abgelöst werden.

Klemens' zu dem Lützelburger gar nicht einverstanden waren, zeigten Philipps Vertreter Nogaret den Weg, der zum französisch-kurialen Einvernehmen führte. Philipp brauchte nur in Sachen des Bonifazprozesses nachzugeben. So geschah es. Philipp verzichtete darauf, seine äussersten Forderungen durchzusetzen, die darin gipfelten, dass des verstorbenen Papstes Gebeine ausgegraben und verbrannt würden. Dafür gab Klemens Befehl, dass alle Verdammungsurteile, die Bonifaz gegen den König von Frankreich geschleudert hatte, aus den Registern der Kurie ausgetilgt werden sollten. Nogaret wurde mit einer ganz nichtssagenden Busse belegt. Die Bullen vom 27. April 1311 besiegeln den Triumph des nationalen französischen Königtums über das weltbeherrschende Papsttum. Ein zynischer Verächter des geistlichen Standes, wie es vorher kaum einen gegeben hat, der Mann von Anagni, ging straflos aus. Aber damit nicht genug. Wenige Tage später erfolgte die politische Gegenleistung des Papstes, der sich verpflichtete, Heinrich nie zu erlauben, das Arelat an jemand anders abzutreten als an die römische Kirche selbst. Er sah also vorläufig davon ab, das angiovinisch-lützelburgische Bündnis, dessen Preis ja das Arelat war, weiter zu fördern, entsagte anscheinend den Bestrebungen der Kardinäle, Frankreich ebenbürtige Gegner zu erwecken und es dadurch im Schach zu halten. Um so grössere Mühe gab er sich jetzt, die Verhandlungen zwischen Deutschland und Frankreich zum glücklichen Ende zu führen. Der Grund liegt zu Tage. Brach offene Feindschaft zwischen ihnen aus, so musste er, schon aus Rücksicht auf seine persönliche Sicherheit, die Partei Frankreichs ergreifen und sich als Werkzeug Philipps gebrauchen lassen. Dann aber hatte Heinrich, wenn er die kaiserliche Gewalt in Italien aufrichtete, allen Anlass, die päpstliche Macht zu brechen oder womöglich dem französischen Papst ebenso einen frei gewählten allgemeinen Papst gegenüberzustellen, wie früher zur Zeit Friedrichs des Rotbarts Frankreich sich gegen den deutschen Papst aufgelehnt hatte. Auf Klemens' Wunsch besiegelte Philipp den Pariser Entwurf vom Jahre vorher. Auch Heinrich that es, aus Ehrfurcht gegen den Papst, aber unter Wahrung der Rechte des Reiches. Auch strich er in seiner Vollziehungsurkunde die Bestimmung, wonach er den Prinzen Philipp mit Burgund belehnen sollte. Darob geriet König Philipp in grosse Entrüstung und machte dem Papste bittere Vorwürfe, der wieder Heinrich sein Missfallen nicht verhehlte (1311 Dezember 18).

In solch schwieriger Lage bemühte sich Klemens, jenen älteren Plan der deutsch-neapolitanischen Verbindung doch wieder auf die Tagesord-

nung zu bringen. Schon wurden Roberts Freunde in Florenz von lebhafter Besorgnis erfüllt. Robert hatte allen Grund, Heinrichs Misstrauen
nicht rege werden zu lassen. Denn unmöglich konnte es ihm verborgen
bleiben, dass König Friedrich von Sizilien mit jenem Anknüpfung suchte.
Welche Gefahr dem Königtum des Anjou drohte, wenn Friedrich zu
den Waffen griff, war klar. Die Tage der sizilianischen Vesper standen
überall noch in frischer Erinnerung. Für Heinrich aber bedeutete, so
lange er nicht Kaiser war und in Rom erst Einlass heischte, Roberts
Freundschaft mehr als die Friedrichs. Darum war er bereit, seine
Kaiserkrönung durch die Ehe seiner Tochter mit Roberts Sohn zu erkaufen.

Wieder aber hatte sich die Gruppierung der Mächte verschoben,
Robert seinen Anschluss an seinen sozusagen natürlichen Bundesgenossen
und Verwandten, den französischen König, vollzogen. Er verlangte,
Heinrich solle mit Frankreich gute Freundschaft halten und stellte auch
sonst Bedingungen, die Heinrich keinesfalls annehmen konnte.

Das gute Schwert des Lützelburgers musste entscheiden. Wild
tobte der Kampf in den Gassen der ewigen Stadt zwischen den Deutschen
und den Truppen Roberts, die unter dem Befehle von Roberts Bruder
Johann standen. Die Kaiserkrönung (29. Juni 1312) erreichte Heinrich,
freilich nicht in Sankt-Peter, sondern im Lateran, freilich nicht durch
den Papst, sondern durch dessen Kardinäle. So bescheiden Heinrichs
Grafentum, so bescheiden sein Königtum gewesen, so bescheiden liess
sich auch sein Kaisertum an. Doch genügte ihm die keineswegs glänzende Errungenschaft, um seinen späteren Massregeln den Rechtstitel
zu geben, den er bis dahin schmerzlich vermisst hatte, weil dieser in
den Anschauungen vieler Zeitgenossen an den kaiserlichen Namen gebunden war. Die theoretische, geschichtlich begründete Abwendung vom
Kaisergedanken wurde damals erst versucht.

Für den Kaiser Heinrich war die Zeit des Zuwartens, des vor-
sichtigen Hinziehens vorbei. Er ging scharf gegen Robert vor, zunächst
allerdings nur mit Prozessakten, die dem Feinde im eigenen Lande
Schwierigkeiten bereiten sollen. Das Verlöbnis der Kaisertochter mit
dem sizilischen Thronfolger wurde festlich begangen, die Einmischung
des Papstes in den Streit mit Robert unter Hinweis auf juristische
Gutachten abgewiesen, Robert selbst wegen Hochverrat vorgefordert,
aller Reichslehen entkleidet und schliesslich zum Tode verurteilt. Im
Verein mit Friedrich von Sizilien gedachte Heinrich das Königreich
Neapel zu Lande und zu Wasser anzugreifen. Ein wohlunterrichteter

Chronist wie Villani zweifelte nicht an dem Erfolge. Robert würde, so berichtet er, gar nicht versucht haben, Widerstand zu leisten, sondern nach der Provence zu Schiff entflohen sein.

Mit Klemens zu brechen, lag für Heinrich kein Grund vor. Auch der Papst, der mit dem Siege des Kaisers rechnen musste, zögerte, die äussersten Schritte zu thun und wählte die mildeste Form in seinen Kundgebungen. Denn nicht er und Heinrich sind diesmal die geschworenen Gegner, sondern Heinrich und das Haus Kapet in seinen beiden Vertretern, nicht Kaisertum und Papsttum, sondern Kaisertum und französisches Königtum. Es war klar, dass Philipp gegen den immer gefährlicher werdenden früheren Schützling eiferte. Wie hätte Klemens solchem Drängen widerstehen können? Er verbietet jedermann, ohne Unterschied des Ranges, bei Strafe des Bannes, einen Angriff auf Neapel, vermeidet aber Heinrich mit Namen zu nennen. Der Kaiser lässt sich nicht beirren: der erhoffte Sieg über Apulien soll ihm der verheissungsvolle Anfang der heiss ersehnten Wiederherstellung der alten Kaisermacht überhaupt sein. Von Pisa holt er zum vernichtenden Schlage gegen Robert aus. Friedrich erfüllte treulich seine Bundespflicht, spendet namentlich das notwendige Geld. Da wird Heinrich, so plötzlich wie mancher seiner Vorgänger im römisch-deutschen Kaisertum, am 24. August 1313 vom Tode hinweggerafft. Das grosse Unternehmen stockt, das Heer zerstreut sich.

Deutlicher vielleicht als die Trauer der Ghibellinen um den Verstorbenen zeigt uns die masslose Freude der Guelfen, was man alles von Heinrich erwartete oder fürchtete. Weil man an einen natürlichen Tod des Mannes, der das Abendland in Atem hielt, nicht glauben wollte, neigte man dazu, in ihm das Opfer einer Vergiftung zu sehen.

Merkwürdig berührt es, wenn nur wenige Monate nach Heinrichs Tode der Papst, dem jetzt keine Wahl mehr blich, die Verurteilung Roberts durch den Kaiser für ungiltig erklärte und sie unter einem Hinweis auf seine zweifellose Überordnung über das Kaisertum aufhob. Dürfte man daraufhin von einem Siege des Papstes über das Kaisertum in der Person Heinrichs sprechen? Sicher nicht. Das wäre eine an der Oberfläche haftende Betrachtung. Der Papst blieb, was er vor Heinrich gewesen, der Gefangene des Königs von Frankreich, und dieser wurde durch Heinrichs Tod von einer grossen Gefahr befreit.

Die Laufbahn, die Heinrich zurückgelegt hat, ist vornehmlich im Verhältnis zu dem hohen Ziele, das er sich gesteckt hatte, so kurz, dass es besonders schwer fällt, sein Wollen und Können gerecht einzuschätzen.

Aber der Versuch muss gemacht werden, schon einmal deswegen, weil
es den Anschein hat, als passe der Massstab, mit dem bisher gemessen
worden ist, nicht recht zu der zu messenden Persönlichkeit.

In Heinrichs Adern rollte karolingisches Blut.[1]) Auch in seiner
Auffassung des Kaisertums möchte eine Erinnerung an die Karolinger
zu finden sein, die bis auf ihre entarteten Sprossen hinunter den Blick
nicht von dem magischen Glanze des Imperiums wenden konnten. In
der langen Reihe der römischen Kaiser deutscher Nation nimmt Heinrich von Lützelburg dadurch eine besondere Stellung ein, dass er den
Kaisergedanken in voller Reinheit, ohne Nebenabsichten verkörperte, dass
er ihn ohne Hausmacht durchzusetzen suchte, nur gestützt auf die überzeugende, werbende Kraft dieses Gedankens, eines friedebringenden, ord-
nungschaffenden, den Menschen wohlgefälligen Kaisertums im Sinne
Dantes.

Er war kein Phantast, er jagte nicht Hirngespinnsten nach. Der
Kaisergedanke war damals noch eine sehr reale Macht. Frankreich schien
auf dem besten Wege, die Schwäche Deutschlands für sich auszunutzen,
und ein römisches Reich französischer Nation lag vielleicht nicht ausserhalb des Bereiches der Möglichkeit. Frankreich war dem Ziele, das
schon den Vorfahren Philipps vorgeschwebt hatte, der Weltherrschaft,
nahe. Es ist die weltgeschichtliche That Heinrichs, dass er Frankreich
auf dem Wege zum Ziele hemmte, nicht sehr lange, aber doch lange
genug. Denn da Philipp der Schöne als der für die ganze Generation
massgebende Mann bald nach ihm starb, Philipps Nachfolger weniger
bedeutend waren oder auch nur minder gut beraten wurden, war für
Frankreich die günstige Gelegenheit vorbei und kehrte so bald nicht
wieder. Wenige Jahre hernach begann der Zwiespalt der beiden West-
mächte, der zu dem sogenannten hundertjährigen Kriege führte. Frankreich kam an den Rand des Verderbens, schien einmal aus der Reihe

---

1) Kaiser Heinrich VII. war durch seine Mutter Beatrix ein Enkel jenes Balduin von Avesnes und Beaumont, der die grosse Hennegauische Chronik zusammenstellen liess und vielleicht auch an dem genealogischen Teil mitarbeitete. Am Anfang des abgekürzten Textes, den Kervyn de Lettenhove in den Istore et Chroniques
de Flandre 2 (1880), 555 abgedruckt hat, findet sich die Heirat der Tochter Karls
des Kahlen, Judith, mit Balduin I. Eisenarm, Grafen von Flandern. Balduin von
Avesnes war ein Urenkel der Margarete, Gemahlin des Grafen Balduin V. von
Hennegau, und diese wieder eine Urenkelin Roberts des Friesen († 1093), der in
geradem Mannesstamm auf Balduin Eisenarm und in weiblicher Linie auf Gisela,
Tochter Kaiser Ludwigs des Frommen, zurückgeht. Ausserdem stammte Balduin V.
von Hennegau Urgrossvater durch Richilde von Hennegau von Kaiser Lothar I.,
Balduins V. Urgrossmutter, Ida von Löwen, von Karl dem Einfältigen ab.

der grossen Mächte ausgelöscht zu werden. Es vergingen Jahrhunderte, ehe ein König von Frankreich wieder eine Weltstellung einnahm gleich der Philipps des Schönen.

Es wäre nicht richtig, im Hinblick auf Heinrichs Unternehmen davon zu sprechen, die Zeit der Weltmonarchie sei schon durch die Zeit der nationalen Monarchien abgelöst gewesen, Heinrich habe scheitern müssen, weil er Unzeitgemässes ins Auge fasste. Der nationale Gesichtspunkt verdient bei der Würdigung des Kaisertums immer die sorgfältigste Erwägung, aber hier liegt die Sache anders. Zwar war der eigentliche Gegner Heinrichs, des Kaisers, Philipp, der König von Frankreich. Aber nicht Frankreich erwehrte sich der aus der Theorie Kraft schöpfenden Übermacht des Kaisertums, sondern Heinrich stützte sich auf den Kaisergedanken, um die thatsächliche Übermacht Frankreichs abzulehnen. Auch in Italien fand Heinrich, der Romane, nicht etwa nationalen Widerstand, sondern die Stimmung für und gegen ihn entsprang Parteirücksichten. Nicht als Fremder oder Nordländer, sondern als Herr und Gebieter wurde er bekämpft, und seine heftigsten Feinde in Florenz riefen Robert von Anjou herbei, uneingedenk des üblen Rufes, in dem die Franzosen seit der Vesper standen.

Man kann kaum sagen, dass Heinrich VII. sich ein unerreichbares Ziel gesteckt hatte, als er nach Italien aufbrach, um das Kaisertum zu erneuern. Er wurde, wie einst Heinrich VI., in der Blüte der Jahre, inmitten verheissungsvoller Wirksamkeit, voll grosser Entwürfe und festen Siegesbewusstseins, durch den Tod hinweggerafft. Hier wie so oft bei dem Werturteil über die deutschen Kaiser muss man vermeiden, nur in den Menschen liegende Gründe für das Misslingen des Gewollten zu suchen. Daneben hat eine andere Auffassung einzugreifen, die dem Spiel des Zufalls, dem Walten des Schicksals den gebührenden Platz einräumt, eine Art Katastrophentheorie. Unvorhergesehene, unerforschliche, nicht auf Thun und Lassen der Menschen zurückzuführende Ereignisse haben die deutschen Kaiser, auch einen Heinrich VII., gehindert, das römische Kaisertum, dessen Recht und Anspruch sie unbefangen für sich verlangten, so zu erneuern, wie sie es beabsichtigten. In erster Linie sind unter diesem Gesichtspunkte zu nennen der vorzeitige Tod der Herrscher, das rasche Aussterben ganzer Geschlechter, wodurch zu den überaus verderblichen Minderjährigkeitsregierungen und Thronstreitigkeiten Anlass gegeben und wilder Parteihader entfesselt wurde. Man vergleiche damit die regelmässige Erbfolge im Hause der Kapetinger. Durch elf Generationen, wenn man vom Sohne Hugo Kapets an rechnet, ging die Krone vom

Vater auf den Sohn über, während in Deutschland das sächsische, fränkische, schwäbische Haus — überdies hatte Lothar keinen Sohn — ausstarb. In der Genealogie liegt ein Schlüssel zur deutschen Geschichte. Heinrich konnte gar nicht anders, denn nach Süden ziehen. Nur der Süden vermochte ihm die reichen Geldmittel zu bieten, deren er bedurfte, um Truppen zu werben und den Partikularismus seiner unbotmässigen Fürsten zu brechen. Heinrich musste die Kaiserkrone gewinnen, weil sonst Philipp keinen Augenblick gezögert hätte, sich selbst oder einen der Seinen damit zu schmücken. Was war aber für die deutsche Königsmacht gefährlicher als ein französisches Kaisertum? Dass Heinrich vor allem deutsche Politik trieb, war schon durch die Selbstsucht seiner kurfürstlichen Wähler gänzlich ausgeschlossen. Dass aber jede Stärkung des Kaisertums der Zentralisation Deutschlands zugute kam, ist sicher. Der Weg zur deutschen Einheit führte über Rom. Das änderte sich erst dann, als die politische Macht der Kurie durch die Reformation wesentliche Einbusse erlitten hatte, als eine Macht sich innerhalb Deutschlands bilden konnte, die auf den Papst keine Rücksicht zu nehmen brauchte.

Heinrichs Politik weist keine eigenartigen Züge auf. Er folgt den Fussstapfen der grossen Staufer. Seine Persönlichkeit ist es vor allem, die seine kurze Regierung anziehend macht. Man darf sagen, dass er während der kurzen Spanne Zeit, die ihm gegönnt war, das Notwendige nach bestem Wissen getan und die Rechte des Kaisertums trotz aller Ungunst der Zeiten gewahrt hat, so gut er konnte. Nicht an ihm lag es, dass er keine dauernden positiven Erfolge für das Kaisertum und damit für Deutschland erzielte. Ein jäher Schicksalsschlag, sein vorzeitiger Tod, vereitelte alles. Aber er lebt doch nicht nur als ein Mann reinen Sinnes und grosser Zwecke in der Geschichte fort. Dadurch dass er sich dem Übergewichte Frankreichs zur rechten Stunde entgegengestemmt hat, ist ihm in der Verflechtung der europäischen Angelegenheiten seine Stelle angewiesen.[1]

---

1) Für diejenigen, die Rankes Weltgeschichte (9, 1, 28) nachschlagen, erlaube ich mir die Bemerkung, dass ich die Stelle („Oder dürfte man sagen" — „vereitelt worden") nach Abschluss meines Versuches selbst mit einiger Überraschung nachlas. Bei der Arbeit hatte ich mich bewusst nicht daran erinnert. Übrigens weiss jeder Verehrer Rankes, wie schwer es ist, zu einer allgemeinen Ansicht zu kommen, die er nicht schon irgend wo wenigstens angedeutet hat.